JOSIE LITTON

Wikinger der Liebe

Buch

Seine persönliche Freiheit aufzugeben und in den Hafen der Ehe einzulaufen, das passt dem temperamentvollen angelsächsischen Lord Hawk überhaupt nicht. Doch nachdem seine Schwester, Lady Cymbra, schon den Wikingeranführer Wolf Hakonson geheiratet hat – und außergewöhnlich glücklich wurde –, plant er nun die Beziehungen zwischen den Nordmännern und den Angelsachsen mit einer weiteren Hochzeit zu stärken: Seine Braut, die Wikingerprinzessin Krysta, kennt er zwar nicht, doch wird sie sich wohl seinen Wünschen fügen. Dieser Friedensplan stößt allerdings auf finsteren Widerstand in seinen eigenen Reihen. Doch das ist nicht das einzige Problem, auch seine Braut zeigt sich äußerst widerspenstig. Und als ob das noch nicht schlimm genug wäre, lässt auch der Begleitschutz seiner Verlobten einiges zu wünschen übrig: Ein listiger Zwerg sowie eine äußerst spröde Anstandsdame weichen keine Sekunde von der Seite der schönen Krysta. Bald jedoch erkennt Hawk, dass diese beiden Nervensägen im Kampf gegen seine Widersacher eine unverzichtbare Hilfe darstellen – und dass er dem hinreißenden Lächeln der bezaubernden Wikingerin nicht viel länger widerstehen kann…

Autorin

Josie Litton ist das Pseudonym einer seit langem bekannten Autorin, die jetzt unter neuem Namen eine zweite Karriere als Verfasserin großer historischer Liebesromane anstrebt. Und mit welchem Erfolg! In den USA und Deutschland wurde der erste Band ihrer Wikinger-Trilogie auf Anhieb zu einem Bestseller.

Von Josie Littons großer Wikinger-Trilogie
ist bereits erschienen:
Wikinger meines Herzens. Roman (35790)

Bei Blanvalet in Vorbereitung:
Wikinger meiner Träume. Roman (35818)

JOSIE LITTON

Wikinger der Liebe

Roman

Aus dem Amerikanischen
von Eva Malsch

BLANVALET

Die Originalausgabe erschien 2001 unter dem Titel
»Believe in Me« bei Bantam Books,
a division of Random House Inc., New York.

Umwelthinweis:
Alle bedruckten Materialien dieses Taschenbuches
sind chlorfrei und umweltschonend.

Blanvalet Taschenbücher erscheinen im
Goldmann Verlag, einem Unternehmen der
Verlagsgruppe Random House.

Deutsche Erstveröffentlichung Juli 2003

Dieses Werk wurde vermittelt durch die
Literarische Agentur Thomas Schlück, Garbsen.
Umschlaggestaltung: Design Team München
Umschlagillustration: Agt. Schlück/Collage
Satz: Uhl + Massopust, Aalen
Druck: Elsnerdruck, Berlin
Verlagsnummer: 35817
Lektorat: Maria Dürig
Redaktion: Regine Kirtschig
Herstellung: Heidrun Nawrot
Made in Germany
ISBN 3-442-35817-5
www.blanvalet-verlag.de

1 3 5 7 9 10 8 6 4 2

Für MM und KT,
die mir immer wieder Beine machten

1

In der staubigen Sommerhitze donnern Hufe auf der festgestampften Straße. Sand fliegt hoch empor, das Meer spiegelt das grelle Sonnenlicht wider, während die Reiter zu der stolzen Festung galoppieren. An diesem Tag haben sie die Gunst der Jagdgöttin genossen. Über den schweißnassen Hinterhänden der Pferde hängen Eber und Hirsche, ihr Blut tropft auf das durstige Erdreich. Freudenschreie hallen durch den Hof, heißen den Herrn der Festung willkommen und bejubeln die Beute.

Lord Hawk, der Herr von Hawkforte, schwingt sich aus dem Sattel und übergibt die Zügel seines Schlachtrosses einem Stallburschen. Kräftig gebaut, mit breiten Schultern, überragt er alle anderen Männer. Stets wachsame himmelblaue Augen beherrschen das markante Gesicht, und sein geschmeidiger Gang verrät den geborenen Krieger. Nach der abwechslungsreichen Jagd fühlt er sich angenehm ermüdet. Und er ist froh – wenn er es auch nicht eingestehen würde –, weil ein weiterer Tag verstrichen ist, ohne dass seine Braut angekommen ist.

Seufzend denkt er an die unbekannte, unerwünschte Braut und fährt mit allen Fingern durch sein dichtes kastanienbraunes Haar, das sich im muskulösen Nacken kräuselt. Ein Mann in seiner Position muss heiraten, um Söhne zu zeugen. Das weiß er, deshalb findet er sich widerstrebend damit ab. Aber er hätte es vorgezogen, seine künftige Gemahlin selbst zu wählen. Stattdessen wird er eine fremde Frau zum Altar führen – das Friedenspfand, das die Sachsen und Norweger im Kampf gegen die habgierigen Dänen vereinen soll.

Aus diesem Grund hat seine Schwester, die schöne Lady Cym-

bra, den mächtigen norwegischen Jarl Wolf Hakonson geheiratet. Um des Friedens willen darf Hawk nicht zögern, ihrem Beispiel zu folgen. Doch er bezweifelt, dass ihn ein ähnliches Eheglück erwartet, wie es seine Schwester an der Seite des Mannes genießt, den man einst die Geißel der Sachsen genannt hat.

Hoffentlich wird er seine Braut einigermaßen ertragen können. Das kann er erst beurteilen, wenn sie zu erscheinen geruht. Offensichtlich hat sie es nicht eilig. Wie auch immer, diesen Tag hat er noch genossen.

»Mylord ...«

Hawk drehte sich zu seinem Verwalter um, der den Hof durchquerte. Trotz der hastigen Schritte schob der Mann eine Schulter nach hinten, als wollte er notfalls möglichst schnell die Flucht ergreifen. Ist es schon so weit gekommen, dass meine eigenen Leute mein Temperament fürchten, überlegte der Herr von Hawkforte. Bin ich so unberechenbar geworden? Er bezwang ein Seufzen und wünschte, dieser Eindruck würde ihn täuschen. Denn eine solche Schwäche würde seinen Stolz ebenso verletzen wie seinen Gerechtigkeitssinn.

»Was gibt's, Edvard?«, fragte er betont freundlich. Die Freude an der erholsamen Jagd verflog bereits, er kehrte in den Alltag zurück, wo er Entscheidungen treffen, Urteile fällen und Kompromisse schließen musste. In der Festung, ihrer unmittelbaren Umgebung und auf seinen ausgedehnten Ländereien lebten viele tausend Menschen, die sich auf einen weisen Herrscher verlassen wollten. Gegen seine Pflichten hatte er sich niemals gesträubt. Sie bedeuteten ihm sogar sehr viel. Aber manchmal lasteten sie bleischwer auf seinen Schultern. An diesem schönen, sonnigen Tag sehnte er sich nach einem beschaulicheren Zeitvertreib. Wie wundervoll wäre es, an einem Bach zu sitzen, zu angeln und zu hoffen, dass keine Fische anbeißen, die seine Aufmerksamkeit erfordern würden. Am erfreulichsten wäre es, ein solches Zwischenspiel mit jemandem zu teilen, der nichts wei-

ter verlangte als seine Gesellschaft. Aber so romantische Gedanken gingen ihm nur selten durch den Sinn und wurden meist sehr schnell von der Realität verscheucht.

Während der Verwalter erkannte, dass sein Herr wider Erwarten zugänglich war, entspannte er sich. Er war noch jung für seine gehobene Stellung, die er nicht seiner Herkunft, sondern seiner Tüchtigkeit verdankte. Diesen Posten wollte er auf jeden Fall behalten. »Heute sind drei Dienstboten Eurer Braut Lady Krysta eingetroffen, Mylord«, erklärte er und wies auf ein Trio, das vor der Schmiede stand, einem der vielen kleinen Gebäude an den Innenmauern der Festung. In seiner Geste und seinen bebenden Nasenflügeln drückten sich Gefühle aus, die der ernsthafte Edvard selten zeigte. Für einen so unerschütterlichen Mann bildeten Erstaunen, Sorge und Verwirrung eine beachtliche emotionale Vielfalt.

Hawk schaute zu der kleinen Gruppe hinüber. Zuerst musterte er einen kleinen, stämmigen, bärtigen Mann mit gebeugten Schultern, langem dunklem Haar und pechschwarzen Augen. Neben ihm stand eine ältere Frau, ganz in Schwarz gekleidet, ebenfalls dunkelhaarig, mit spitzer Nase. Teilweise verdeckten die beiden eine viel jüngere, zierlich gebaute, schwarzhaarige Frau mit elfenhaften Zügen. In ihren Augen, die Hawks Blick erwartungsvoll erwiderten, tanzte ein seltsames Licht.

Trotz der Entfernung fand er, die Farbe dieser Augen würde einem bewaldeten Tal im Hochsommer gleichen. Beinahe glaubte er, kühles Moos zu spüren, kristallklares Wasser über Steine plätschern zu hören, den Duft von Veilchen zu riechen, ins Haar einer Frau mit milchweißer Haut gewunden …

Ärgerlich verdrängte er das Fantasiebild. Das Mädchen stand viel zu weit weg, um solche Tagträume heraufzubeschwören. Und doch – eine Zeit lang war er so fasziniert gewesen, dass er alles andere vergessen hatte.

Wie absurd. Sie war nur eine Dienerin, nichts Besonderes. Obendrein sah sie etwas unordentlich aus. Es gab keinen

Grund, warum sie ihn interessieren sollte. Aber nun starrte er schon wieder in die grünen Augen, und das süße, zauberhafte Lächeln erinnerte ihn – woran? Er hatte es nur ganz kurz gesehen, bevor es erlosch und den flüchtigen Eindruck eines Gewässers hinterließ, das in der Sonne funkelte.

Einfach lächerlich. Er wandte seinen Blick ab, schaute noch einmal hin, ertappte sich dabei und runzelte die Stirn. Offenbar sah sie seine Verwirrung, denn sie duckte sich und verschwand hinter den beiden anderen Dienstboten.

Er war müde. Daran musste es liegen. Bis vor vierzehn Tagen hatte er sich am Hof aufgehalten. Das zehrte immer an seinen Kräften. Nach seiner Heimkehr hatten ihn dann zahllose Geschäfte beansprucht. Außerdem hing die verdammte Heirat wie ein Damoklesschwert über seinem Kopf.

Zu spät entdeckte er seine scharfzüngige Halbschwester, die mit der Anmut und Diskretion einer missgelaunten Ziege herbeieilte. Hawk dachte kurzfristig an die raffgierige dänische Brut, der er in diesem Moment viel lieber gegenübertreten würde, und wappnete sich gegen ihren üblichen Wortschwall.

»Also wirklich, das schlägt dem Fass den Boden aus!«, kreischte Daria. »Nicht genug damit, dass wir uns fragen müssen, wann Lady Krysta uns endlich beehren wird, jetzt mutet sie uns auch noch zu, an ihrer Stelle diese Dienerschaft zu begrüßen!« Empört spähte sie über die Schulter. Dann richtete sie ihr Augenmerk wieder auf den Halbbruder, der sekundenlang die Lider senkte und sich um die unerreichbarste aller Tugenden bemühte – Geduld.

Zehn Jahre älter als Hawk, müsste Daria eigentlich ihr eigenes Haus bewohnen. Darin würde sie auch leben, wäre ihr Ehemann nicht so töricht gewesen, Alfred of Wessex zu bekämpfen, während der tapfere Krieger und allseits bewunderte Gelehrte ein Bündnis mit den Britanniern gegen die Dänen angestrebt hatte. Prompt verwitwet, machte Daria keinen Hehl aus ihrem Hass auf alle Menschen, die ihr verweigerten, was sie für ihr

Recht hielt. Dazu zählte sie auch ihren Bruder, obwohl er sie in seiner Festung aufgenommen hatte. Immerhin führte sie ihm gewissenhaft den Haushalt und war vernünftig genug, um ihn nicht allzu oft mit ihren Klagen zu belästigen. Aber an diesem Tag besiegte heller Zorn ihre Vorsicht.

»Was bildet sie sich eigentlich ein? Wieso schickt sie ohne Vorwarnung drei Leute zu uns?« Ihre Hände in die Hüften gestemmt, starrte sie ihn an. »Hat sie nicht bedacht, welche Unannehmlichkeiten sie uns bereitet? Warum sind sie überhaupt hier? Glaubt sie, auf Hawkforte würde es an Dienstboten mangeln und wir wären so arm dran wie die Barbaren im Norden?«

Bei jeder Frage klang ihre schrille Stimme noch lauter. Zuletzt schrie sie geradezu. Hawk war ein nachsichtiger Mann. Aber seine Großzügigkeit hatte ihre Grenzen. Um seine Autorität zu wahren, musste er der wütenden Frau Einhalt gebieten.

»Hüte deine Zunge, Daria, dein Gezeter missfällt mir. Bring die Leute irgendwo unter – und beeil dich.«

Etwas verspätet erinnerte sie Hawks eisiger Blick an seinen Willen, den er überall und ausnahmslos durchsetzte.

Doch sie verbarg ihren Groll noch immer nicht, als er den kleinen, stämmigen Neuankömmling zu sich winkte. Nun betrachtete er den Diener etwas genauer. Mit seinen krummen Beinen und den hängenden Schultern glich der Mann einem Troll. Irgendwie erweckte er den Eindruck, er wäre es gewohnt, unter Brücken zu lauern und nichts ahnende Reisende zu überraschen. Nach dem glitzernden Blick unter den buschigen Brauen zu urteilen, konnte man ihm solche Bosheiten durchaus zutrauen.

»Mylord, ich bin Thorgold«, stellte er sich vor, »Lady Krystas Diener.«

»Bedeutet deine Ankunft, dass Lady Krysta uns bald mit ihrer Gegenwart beglücken wird?«

Die meisten Männer hätte Hawks bissiger Unterton bewogen, einen Schritt zurückzuweichen. Aber Thorgold zuckte nur

die Achseln und breitete die knotigen Hände aus. »Sie kommt, wenn sie kommt, Mylord.«

Offenbar hielt er diese Antwort für ausreichend, und Hawk begnügte sich damit. An diesem sonderbaren kleinen Kerl wollte er seinen Ärger nicht auslassen.

Er gab das Trio in die Obhut seiner Schwester. Bevor er sich wieder zu Edvard wandte, beobachtete er die junge Frau, die Daria und den beiden anderen Dienstboten durch den Hof folgte. Dabei drehte sie sich zu ihm um und begegnete seinem Blick. Erschrocken stolperte sie, fand nur mühsam ihr Gleichgewicht wieder und senkte zerknirscht den Kopf, was ihn aus unerfindlichen Gründen belustigte.

Bis er verstand, warum sein Verwalter so verdutzt dreinschaute, dauerte es eine Weile. Edvard hatte seinen Herrn lange nicht so lachen hören. Ein höchst ungewöhnliches Ereignis…

Dieses Gelächter erwärmte Krystas Blut und jagte einen eigenartigen Schauer über ihren Rücken, während sie hinter Thorgold, Raven und der mürrischen Frau zum Dienstbotenquartier ging. Natürlich durfte sie nicht wagen, noch einmal über die Schulter zu schauen, obwohl die Versuchung fast unwiderstehlich war. Gerade noch rechtzeitig siegte ihre Vernunft, auf die sie sehr stolz war.

Noch nie hatte sie einen so großen Mann gesehen, ausgenommen den mächtigen Jarl von Sciringesheal, bei jener kurzen Begegnung vor ein paar Monaten. Wolf Hakonson war ins Haus ihres Halbbruders gekommen, um mit ihm zu sprechen. Ohne zu erfahren, zu welchem Zweck, wurde Krysta auf den Familiensitz beordert, den sie zum ersten Mal besuchte. Ein paar Wochen später hatte man ihr mitgeteilt, sie würde Wolfs Schwager heiraten, einen gefürchteten sächsischen Lord namens Hawk.

Er besitzt die Augen eines Raubvogels, dachte sie. Aber wenn er lacht… Ein Lächeln umspielte ihre vollen Lippen unter der

zierlichen Stupsnase. Seit Lord Hawk gelacht hatte, glaubte sie beinahe, ihre Vorsichtsmaßnahmen wären überflüssig. Aber als kluge Frau verwarf sie diesen Gedanken. Erst wollte sie sich Gewissheit verschaffen, ehe sie dem Wunsch nachgab, das schwache Glücksgefühl in ihrem Herzen wachsen zu lassen.

Zunächst musste sie sich vor den stechenden Augen und der scharfen Zunge Lady Darias schützen, die anscheinend den Haushalt führte. Dieser formidablen Frau ging man besser aus dem Weg.

Daria führte die drei durch den Hof zu einem lang gestreckten, niedrigen Bauwerk aus gespaltenen, mit Mörtel zusammengefügten Baumstämmen und einem spitzen Strohdach. Im Vergleich zu den bemalten, mit kunstvollen Schnitzereien geschmückten norwegischen Gebäuden wirkte das Dienstbotenquartier äußerst bescheiden.

Als Krysta eintrat, brauchte sie eine Weile, um ihre Augen nach dem hellen Sonnenschein an das Dunkel zu gewöhnen. Da die gesamte Dienerschaft ihre Pflichten anderswo erfüllte, herrschte hier gespenstische Stille. Nur das leise Summen einer Biene war zu hören. Die Binsen, die den festgestampften Erdboden bedeckten, verströmten einen trockenen, staubigen Geruch.

Aufmerksam sah sie sich um. In der Mitte der Halle stand ein großer steinerner Herd, unter einem Rauchabzug, den rußgeschwärzte Balken umgaben. An den Längsseiten des rechteckigen Raums reihten sich Alkoven mit Vorhängen aneinander, offenbar die Schlafplätze der Dienstboten. Tagsüber waren die Vorhänge geöffnet und enthüllten eine spärliche Einrichtung.

»Da könnt ihr zwei euer Bettzeug hineinbringen.« Daria zeigte auf einen leeren Alkoven. »Und du«, fuhr sie an Thorgold gewandt fort, »gehst zur Männerhalle. Sie liegt auf der anderen Seite des Hofes. Da wirst du schlafen. Haltet eure Unterkunft sauber, findet euch pünktlich zu den Mahlzeiten ein und erfüllt alle Aufgaben, die man euch zuteilt. Habt ihr mich verstanden?«

Die schwarz gekleidete Raven öffnete den Mund, um zu antworten. Aber Thorgold kam ihr zuvor. »Gewiss, Mylady, wir werden Euch keine Schwierigkeiten bereiten.«

»Das würde ich euch dringend empfehlen. Da eure Herrin immer noch durch Abwesenheit glänzt, setzt sie sich ohnehin schon in ein miserables Licht. Wäre mein Bruder geneigt, auf mich zu hören, würde er niemals eine Ehe eingehen, die unter einem so schlechten Stern steht. Bis zu seinem Lebensende wird er's bereuen.«

Nachdem Daria ihre Meinung geäußert hatte, verließ sie das Gebäude – keine Sekunde zu früh. Thorgold hatte Raven nur mühsam zurückgehalten. »Beruhige dich, sie spielt keine Rolle. Vergiss sie.«

»Leichter gesagt als getan als getan …«, murmelte Raven. Entrüstet rang sie nach Luft. »Am liebsten würde ich ihr die Leber aus dem Leib reißen. Aber dieses widerliche Ding strotzt wahrscheinlich vor Galle und Eiter.«

Lachend legte Krysta die Arme um die Schultern ihrer Freunde. Den beiden war es sehr schwer gefallen, mit ihr hierher zu reisen. Trotzdem hatten sie sich dazu durchgerungen und wieder einmal bewiesen, wie treu sie der geliebten Herrin dienten, seit sie auf die Welt gekommen war. Diese Liebe erwiderte sie von ganzem Herzen.

Sie schob den Gedanken an den ersten verwirrenden Eindruck, den sie von Lord Hawk gewonnen hatte, beiseite. Die Nase gerümpft, schaute sie sich um. »Machen wir's uns erst mal gemütlich. Wenigstens sollten wir's versuchen.«

Thorgold nickte grinsend und verschwand. Wenig später kehrte er mit dem ersten Teil des Gepäcks zurück. Während er hin und her eilte, machten die Frauen den Alkoven sauber und sorgten für Ordnung. Zumindest tat Krysta ihr Bestes. Wenn es darum ging, einen Raum wohnlich zu gestalten, konnte sich niemand mit Raven messen. Geschäftig lief sie dahin und dorthin. Beinahe erweckte sie den Anschein, sie wäre überall gleichzei-

tig, und innerhalb einer knappen Stunde verwandelte sie den Alkoven in ein gemütliches Heim.

Nirgendwo lag mehr Staub, zwei Holzbetten, Stühle und ein Tisch waren aufgestellt worden. Als Thorgold die letzte Fracht hereinschleppte, schaute er sich zufrieden um. »Dabei sollten wir's bewenden lassen. Wenn wir noch mehr Sachen hierher bringen, wird man Fragen stellen.«

Wehmütig packte Krysta einen Wandteppich, der eine Waldlichtung voller kleiner Tier zeigte, wieder ein. Nach allem, was sie bisher gesehen hatte, wurde die Dienerschaft von Hawkforte anständig untergebracht, aber man gestattete ihr keinen Luxus. »Also gut«, stimmte sie widerstrebend zu und nahm auf ihrem Bett Platz. »Um den Rest kümmern wir uns später.«

Nachdem sie sich häuslich niedergelassen hatten, fand sie endlich Zeit, um zu überdenken, was sie bisher erreicht hatte. Sie war in der Festung eingetroffen und hatte den Herrn gesehen, ohne besonders aufschlussreiche Erkenntnisse zu gewinnen. Immerhin begann ihr waghalsiges Unternehmen erfreulicher, als sie's zu hoffen gewagt hatte.

Raven und Thorgold, die das Lächeln ihrer Herrin bemerkten, wechselten einen kurzen Blick. »Noch ist es nicht zu spät, Lady Krysta«, betonte die Dienerin.

»Was meinst du?«

»Nun, Ihr könntet behaupten, Ihr wärt zu ungeduldig gewesen, um auf eine Eskorte zu warten. Da Ihr befürchtet habt, man könnte Euch auf der Straße überfallen, seid Ihr unter falschem Namen auf Reisen gegangen und in die Rolle einer Dienerin geschlüpft.« Raven hob die dünnen Schultern. »Wer weiß, vielleicht glaubt Euch Lord Hawk.«

»Nur wenn Ihr's ihm sofort gesteht«, ergänzte Thorgold. »Sonst denkt er, Ihr würdet ihn zum Narren halten. Und das gefällt keinem Mann.« Plötzlich schien ihn eine Erinnerung zu belustigen, und er lächelte. »Nein, wirklich nicht.«

Krysta sprang auf und starrte ihre getreuen Freunde verblüfft

an. »Natürlich werde ich ihm nichts erzählen. Sonst wäre mein Plan sinnlos. Wie soll ich denn herausfinden, was ich wissen muss, wenn ich mein Inkognito lüfte?«

»Was werdet Ihr schon herausfinden?«, seufzte Raven. »Dass alle Männer gleich sind. Stolz, eigensinnig, dumm…«

»Anmaßend, engstirnig, ungeschickt…«, fügte Thorgold hinzu.

»Irgendwelche guten Eigenschaften müssen sie doch haben«, protestierte Krysta. »Als Lord Hawk mich ansah, fühlte ich…« Unsicher verstummte sie und versuchte sich zu entsinnen, was sie angesichts seiner durchdringenden blauen Augen empfunden hatte. Sein Blick verriet Kraft, Klugheit und noch etwas. Etwas Faszinierendes, das sie in einen seltsamen Bann gezogen hatte. Vielleicht Leidenschaft?

Vor diesem Gedanken schreckte sie zurück, so verlockend er ihr auch erschien. Ihrem Gemahl würde das Recht zustehen, sie zu besitzen wie kein anderer Mann in ihrem bisherigen Leben. Was das bedeutete, wusste sie in groben Zügen. Doch sie spürte, dass sich im unbekannten Reich der Sinne noch viel mehr verbarg – seltsame Dinge, die Grauen oder Entzücken bewirken mochten.

Wie auch immer, Lord Hawk hatte sie zu seiner Braut erkoren, um ein Bündnis zu festigen, das seinem und ihrem Volk den Frieden bringen würde. Damit bewies er sein Verantwortungsgefühl. Und es verdiente Krystas Anerkennung. Doch die Angst vor den Rechten eines Ehemanns und den Pflichten einer Ehefrau trieb ihr das Blut in die Wangen, und ihre treuen Diener nickten sich verständnisvoll zu.

»Ach ja, die Sterblichen«, murmelte Thorgold, bevor er in den Hof schlenderte. Nun musste er ein paar seiner Habseligkeiten in die Männerhalle bringen und den Eindruck erwecken, er würde dort schlafen. Die kleine Brücke, die er vor ihrer Ankunft auf Hawkforte entdeckt hatte, gefiel ihm viel besser.

»Ruh dich aus, Raven«, schlug Krysta ihrer Freundin vor. Die

Reise übers Meer und dann im Pferdesattel hatte sie alle ermüdet. Doch die Dienerin war am ältesten. Wie viele Jahre sie schon zählte, wusste ihre Herrin gar nicht. Nachdem sie das Ziel erreicht hatten, sollte sich die alte Frau eine Atempause gönnen.

Davon wollte sie jedoch nichts wissen. »Auf dem Rücken eines Pferdes sieht man nicht viel von einer Gegend. Jetzt will ich Lord Hawks Besitz begutachten und feststellen, wie viel Macht er ausübt.«

Ohne ein weiteres Wort eilte sie aus dem Alkoven, und Krysta fand keine Gelegenheit, die Freundin zur Vorsicht zu ermahnen. Wenig später flatterten Schwingen am Ende der Halle.

Auch Krysta verließ das Gebäude, nachdem sie ihr Kleid geglättet und ihr Haar gebürstet hatte. Eine Zeit lang blieb sie im Hof stehen und genoss den warmen Sonnenschein, bevor sie das rege Leben und Treiben beobachtete. Hawkforte lag an der britannischen Südostküste, in einem Gebiet namens Essex. Auf einer Landzunge errichtet, erhob sich die Burg zwischen geschützten Buchten. Entlang der hölzernen Wälle reihten sich Wachtürme in regelmäßigen Abständen aneinander und boten einen ungehinderten Ausblick, landeinwärts und aufs Meer. Drei Stockwerke hoch, überragte der mittlere Turm die anderen. An norwegische Festungen gewöhnt, war Krysta unwillkürlich beeindruckt.

Tagsüber standen die breiten Holztore in den Außenmauern offen. Unentwegt gingen Menschen und Pferde ein und aus, Wagen rollten herein oder heraus. Voller Neugier musterte Krysta die Sachsen, die im Gegensatz zu albernen Gerüchten weder Hörner noch Hufe aufwiesen. Lächelnd sah sie ihre eigenen vernünftigen Erwartungen bestätigt. Das waren Menschen wie alle anderen auch. Bald würde sie diesem Volk angehören, und ihr Ehemann sollte die Heirat niemals bereuen – was immer seine Schwester Daria auch behaupten mochte.

Ja, sie wollte die beste Ehefrau sein, die sich Lord Hawk nur wünschen konnte – eine Zierde seiner Halle, ein Trost in schwe-

ren Tagen, eine Stütze bei seinem Bestreben, die beiden Völker friedlich zu vereinen. Konnte er noch mehr verlangen? Wohl kaum. Deshalb würde er sie lieben, wie sie geliebt werden musste, und sie würde nicht das gleiche Schicksal erleiden wie ihre Mutter.

In ihren Augen bebte ein Schatten, das dumpfe Echo alter Qualen bedrückte ihre Seele. Ihre Mutter... Vor so langer Zeit war sie entschwunden, denn sie hatte ihr Leben für eine sterbliche Liebe gewagt und verloren. Gewiss, der Vater hatte die Mutter begehrt, aber nicht geliebt, wie es nötig gewesen wäre. So zerriss das dünne Band zwischen ihnen. Die Mutter musste nicht nur auf das erträumte Glück, sondern auch auf ihr Kind verzichten. Krysta blieb in Thorgolds und Ravens Obhut zurück. Während sie heranwuchs, warnten die beiden sie immer wieder vor dem Schicksal der Mutter, das auch ihr drohen könnte. Nur flüchtig dachte sie darüber nach, denn der Gedanke, ein Mann würde in ihr Leben treten, erschien ihr völlig absurd – bis sie ins Herrschaftshaus ihrer Familie gerufen wurde. Dort hatte sie vor den hasserfüllten Augen ihres Halbbruders gestanden und erfahren, sie müsse einen Fremden heiraten. Wenn er sie nicht liebte, würde er unwissentlich ihr Leben zerstören...

Nein, das darf nicht geschehen, entschied sie. Hawk *würde* sie lieben. Daran zweifelte sie nicht, obwohl sie nur wenig über die Männer wusste – und über die Ehe noch weniger. Da sie fürchtete, in ihrer Unkenntnis der Dinge einen verhängnisvollen Fehler zu begehen und alles zu verderben, hatte sie den ungewöhnlichen, aber nach ihrer Ansicht klugen Entschluss gefasst, als ihre eigene Magd in der Festung einzutreffen. Raven würde ihr helfen, alles über den Mann herauszufinden, den sie heiraten sollte. Sobald sie genug erfahren hatte, würde die Dienerin verschwinden und Lady Krysta auftauchen, sie würde die schwarze Farbe aus dem goldblonden Haar waschen. Und Lord Hawk würde in heißer Liebe zu seiner Braut entbrennen.

Dass sie einen so verheißungsvollen Plan ersonnen hatte, erfüllte sie mit Stolz und Freude. Gewiss, Thorgold und Raven hatten sie zu entmutigen zu versucht. In sanftem Ton erklärte sie ihren geliebten Dienern, vom Mysterium der Ehe wüssten sie ebenso wenig wie sie. Schließlich hatten sie sich den Wünschen ihrer Herrin gefügt. Nun würde sie in wenigen Tagen die Antwort auf alle ihre Fragen erhalten und hoffnungsvoll in die Zukunft blicken.

Und wo sollte sie beginnen? Sie musterte die Leute im Hof, die gesund und wohlgenährt aussahen und schlicht, aber ordentlich gekleidet waren. Eifrig gingen sie ihren verschiedenen Pflichten nach. Auch ein paar Kinder saßen beisammen und krempelten Wolle.

Kinder faszinierten Krysta. In ihrem Heim war sie das einzige Kind gewesen. Dort hatte sie seit ihrer Geburt gelebt, bis vor wenigen Wochen, als sie zur Reise nach Essex aufgebrochen war. Zu seinen Lebzeiten hatte der Vater sie oft besucht, aber die Tochter niemals auf den Familiensitz eingeladen, den ihr Halbbruder und die Halbschwestern bewohnten, seine Kinder aus erster Ehe. Nach seinem Tod war sie in ihrem Schloss geblieben, zufrieden mit ihrem Dasein, aber unablässig von der beklemmenden Ahnung verfolgt, irgendetwas würde mit ihr geschehen. Darauf hatte sie Tag für Tag gewartet. Jetzt war es so weit, und das Unbehagen wurde von freudiger Erwartung verdrängt. Seit sie Lord Hawk gesehen hatte, empfand sie keine Angst mehr. Vergeblich schaute sie sich im Hof nach ihm um, doch sie war nicht allzu enttäuscht, denn sie fühlte sich unwiderstehlich zu den Kindern hingezogen. Da sie nicht wusste, wie sie ihr begegnen würden, ging sie langsam und vorsichtig zu ihnen. Als ein Junge mit haselnussbraunen Augen zu ihr aufblickte und lächelte, zögerte sie nicht länger.

»Darf ich euch helfen?«, fragte sie und zeigte auf die Wolle. Ein kleines Mädchen, offenbar die Anführerin der Gruppe, betrachtete Krysta prüfend. Dann nickte sie und reichte ihr einen

Kamm, mit dem die Wolle entwirrt werden sollte. Krysta setzte sich auf den staubigen Boden. Nachdem sie die flinken Kinderhände eine Zeit lang beobachtet hatte, versuchte sie die gleiche Arbeit zu erledigen. Allzu erfolgreich verliefen ihre ersten Bemühungen nicht, und die Zinken des Kamms schürften ihre Fingerknöchel auf.

»So macht man's«, verkündete das Mädchen, ergriff ihre Hände und zeigte ihr die richtigen Bewegungen.

Bald glitt die Wolle ungehindert durch Krystas Kamm. Zu ihrer Freude nickten die Kinder anerkennend.

Sie arbeiteten wortlos, bis das Mädchen fragte: »Seid Ihr die Dienerin der fremden Lady?«

»Ja«, bestätigte Krysta, obwohl ihr die Lüge schwer fiel. »Ich heiße Ilka.«

»Angeblich will Lord Hawk gar nicht heiraten, und er tut's nur um des Friedens willen.«

Nur mühsam verbarg Krysta ihre Bestürzung, und sie musste sich zwingen, in ruhigem Ton zu erwidern: »Wenn er meine Herrin kennen lernt, wird er vielleicht anders denken.«

»Ja – vielleicht.« Nicht sonderlich überzeugt, zuckte das Mädchen die Achseln.

»Wie heißt du?«

»Edythe.« Dann stellte das Mädchen die anderen Kinder vor, die Krysta schüchtern zunickten.

»Was tut ihr sonst noch, außer Wolle krempeln?«

»Alles Mögliche«, antwortete Edythe. »Wir hüten die Herden, holen Brennholz und Wasser, oder wir kochen – was immer erledigt werden muss.« Nach kurzem Zaudern fügte sie hinzu: »Lady Daria will immer alle Leute beschäftigen.«

»Und Lord Hawk?«, erkundigte sich Krysta. »Findet er auch, ihr müsstet dauernd arbeiten?«

Durch gesenkte Wimpern warf Edythe ihr einen kurzen Blick zu. »Lord Hawk ist ein großer, mächtiger Herr, und er hat ganz andere Sorgen.«

Damit verriet sie sehr viel. Verständlicherweise überließ der Herrscher von Hawkforte die häuslichen Angelegenheiten einer Frau. Falls er wusste, welch hohe Ansprüche seine Schwester an die Dienerschaft stellte, kümmerte er sich nicht darum, oder er sah keinen Grund, irgendetwas zu ändern.

Oder doch? Da er beschlossen hatte zu heiraten, würde er seine künftige Gemahlin beauftragen, den Haushalt zu führen. Hoffte er, sie würde andere Regeln aufstellen als Lady Daria? Noch etwas, was Krysta herausfinden musste.

So viele Dinge erforderten ihre Aufmerksamkeit. Beinahe hätte sie geseufzt, aber da neigte sich ein Kind zu Edythe und flüsterte ihr ins Ohr: »Da ist sie.«

Krysta folgte den Blicken der kleinen Schar und beobachtete, wie Lady Daria den Hof in einer verschwenderisch ausgestatteten Sänfte verließ, die zwischen zwei Pferden schwankte, gefolgt von mehreren aufgeregten Dienstboten. Unwillig beugte sich die Lady zwischen den Vorhängen aus dem Fenster und befahl den Reitknechten, die Pferde straffer am Zügel zu nehmen, sonst würde sie die holprige Straße nicht ertragen.

»Jetzt will sie auf dem Markt einkaufen«, erklärte Edythe.

In aller Eile sammelten die Kinder ihre Wolle ein, und die eben noch so ernsten Augen strahlten.

»Oh, nun können wir endlich spielen!«, jubelte Edythe, ergriff Krystas Hand und zog sie mit sich.

Lachend rannten sie durch das Tor und zum Fluss hinab, der sich am Fuß des Hügels dahinwand. Nur ganz kurz schaute Krysta zu der moosbehangenen Brücke hinüber, unter der die funkelnden Wellen plätscherten. Was sich dort bewegte, wollte sie gar nicht so genau wissen.

Wie junge Hunde balgten sich die Kinder. Belustigt beobachtete Krysta das muntere Treiben. Zuvor war ihr die ernsthafte Zurückhaltung der kleinen Festungsbewohner unnatürlich erschienen. Mussten alle Leute, die auf Hawkforte lebten und nicht dem direkten Kommando des Herrn unterstanden, ihr

wahres Wesen verstellen, um den Anforderungen der unausstehlichen Lady Daria zu genügen?

Bei diesem respektlosen Gedanken presste Krysta eine Hand auf den Mund, um ein Kichern zu unterdrücken, was ihr misslang. Am Ufer ausgestreckt, spielte Edythe mit einem Stein, den sie ins Wasser werfen wollte. In ihren Augen lag eine Weisheit, die ihre jungen Jahre Lügen strafte. »Meine Ma sagt, es würde uns viel mehr Spaß machen, heimlich davonzuschleichen, als wenn wir jederzeit spielen dürften.«

»Glaubst du, das stimmt?«, fragte Krysta und setzte sich neben das kleine Mädchen. Edythe war etwa acht Jahre alt, geschmeidig und schlank, aber nicht dünn, mit hellwacher Miene und einem energischen Kinn. Offenbar betrachtete sie die Welt so abgeklärt wie eine reife Frau.

»Nun ja, meine Ma meint, man müsste aus allem das Beste machen. Was anderes bleibt uns auch gar nicht übrig.«

Sehr klug, dachte Krysta. Doch der Zwang, dem die Leute auf Hawkforte ausgeliefert waren, missfiel ihr. Hoffentlich würde Lord Hawk seiner Gemahlin erlauben, andere Saiten aufzuziehen. Aber nun wollte sie erst einmal den angenehmen Nachmittag genießen. Gemeinsam mit den Kindern flocht sie Kränze aus Gänseblümchen, jagte Schmetterlinge und pflückte saftige Himbeeren. Dabei hörte sie aufmerksam zu. Der Gefahr entronnen, von Lady Daria ertappt zu werden, nahmen sie kein Blatt vor den Mund.

Was Kinder betraf, hatte sie keine Erfahrungen gesammelt. Trotzdem gewann sie den Eindruck, ihre Spielkameraden wären außergewöhnlich klug. Wussten die Erwachsenen in der Festung, wie viel diese jungen Augen sahen?

»Die dicke Betty ist schon wieder schwanger«, bemerkte Edythe und schob eine Himbeere in den Mund.

Neben ihr saß ein kleineres Mädchen, das die Augen aufriss. »Nein! Wirklich? Meine Ma sagt, Betty müsste einen Mann nur ansehen, und schon würde sie ein Baby kriegen.«

»Nein, da gehört schon mehr dazu«, widersprach ein Junge namens Howard. »Außerdem ist Bettys Mann gerade in der Bretagne. Schon vor Monaten hat er auf Master Tylers Schiff angeheuert. Warum also erwartet sie ein Kind?«

Seufzend verdrehte Edythe die Augen und pflückte noch eine Himbeere. »Seit sich all diese Ausländer in der Stadt herumtreiben, geht's drunter und drüber. Zumindest hat das mein Pa gesagt.«

»Fürs Geschäft ist's gut«, bemerkte Howard. »Mein Dad meint, nun wären wir besser dran, als er's jemals im Diesseits erträumt hat. Und Lord Hawk weiß, was man braucht, um in unserer Welt voranzukommen – ein scharf geschliffenes Schwert, einen starken Arm und Verstand.« Voller Stolz blickte er in die Runde. »Deshalb findet mein Dad, ich müsste lesen und schreiben lernen, und er will bei Lord Hawk ein gutes Wort für mich einlegen. Vielleicht geben mir die Mönche Unterricht.«

Dieser vernünftige Plan fand allgemeine Zustimmung. Mit einem sanften Lächeln verkündete Aedwynna, ein hübsches kleines Mädchen mit leuchtend blauen Augen: »Mein Dad sagt, Lord Hawk sei der hartgesottenste Hurensohn, den er kennt. Aber dagegen lässt sich nichts einwenden, weil er *unser* Hurensohn ist.«

Verlegen räusperte sich Edythe und warf einen kurzen Blick in Krystas Richtung. »Sag nicht ›Hurensohn‹, Aedwynna. Solche Wörter spricht man nicht aus.«

»Schon gut.« Gleichmütig hob Aedwynna die Achseln. »Jedenfalls benimmt sich meine Schwester furchtbar albern, sobald sie Lord Hawk sieht. Dann kann sie gar nicht zu kichern aufhören, genau wie ihre Freundinnen. Und alle hoffen, er kriegt eine nette Frau.« Plötzlich erinnerte sie sich, wer ihr zuhörte. »Das ist sie doch, Ilka?«

Völlig überrumpelt antwortete »Ilka« nicht sofort, und Edythe musterte sie besorgt.

»Sicher ist sie schön und freundlich, und sie wird unserem Herrn eine gute Frau sein, nicht wahr?«

»O ja – natürlich«, stammelte Krysta. »Aber vielleicht wäre es besser, sie wüsste etwas mehr über Lord Hawk. Zum Beispiel, was er mag und was ihm missfällt. Sicher würde ihr das helfen, seine Erwartungen von Anfang an zu erfüllen.«

Dafür zeigte Edythe sofort Verständnis. »Solche Dinge könnten wir Euch erzählen, Ilka, und Ihr gebt Eurer Herrin Bescheid.«

»Oh, da wäre sie euch sehr dankbar …«

»Also, Lord Hawk ist sehr, sehr stark. Das war auch nötig, denn bis vor wenigen Jahren musste er unentwegt kämpfen, als König Alfred die Dänen daran hinderte, noch mehr Gebiete in England zu erobern.«

»Einmal sah ich ihn einen Mann hochheben, der so groß war wie ein Pferd«, berichtete Howard, »den schleuderte er ans andere Ende des Turnierplatzes. Der Bursche tat sich nicht weh, und beide lachten. Welch ein Spektakel.«

»Und ich habe beobachtet, wie er das Heck eines Wagens voller Steine emporhob«, meldete sich ein anderer Junge zu Wort. »Das hielt er fest, bis der Mann, der darunter festsaß, hervorkriechen konnte.«

»Ja, der alte Finney – beinahe wäre er gestorben. Jetzt geht er jeden Tag in die Kirche und zündet eine Kerze für Lord Hawk an.«

»Und meine Ma schließt ihn immer in ihre Gebete ein!«, rief Aedwynna. Alle Kinder nickten, als wäre so etwas allgemein üblich.

»Manchmal hilft meine Ma in der Küche aus, wenn das Essen für Lord Hawks große Tafel zubereitet wird«, erzählte Aedwynna. »Dann backt sie immer seine Lieblingsspeise – Rhabarberkuchen.«

»Meine Ma ist Weberin«, sagte Howard. »Obwohl er nicht drauf achtet, was er anzieht, sucht sie immer eine Farbe aus, von der sie glaubt, sie würde ihm gefallen.«

»Jedenfalls braucht er eine Ehefrau«, entschied Edythe.

»Nachdem er Lady Daria jahrelang ertragen musste …« Schaudernd verstummte sie.

»Eine *gute* Frau«, verbesserte die kleine Aedwynna ihre ältere Freundin, und alle Kindern nickten wieder.

Wachsam behielt Edythe den Sonnenstand im Auge, und als es an der Zeit war, in die Festung zurückzukehren, scheuchte sie die Kinder den Hang hinauf. Noch bevor Darias Sänfte die Flussstraße heraufschwankte, waren sie alle innerhalb der Mauern versammelt.

Hinter der Waschküche verteilte Edythe die Himbeeren – offenbar ein gewohnter Vorgang. Da Krysta den Kindern nichts wegnehmen wollte, ließ sie ihren Anteil zurück. Doch davon wollte Edythe nichts wissen. »Ihr habt uns geholfen, die Himbeeren zu ernten. Also müsst Ihr auch welche nehmen.«

Nachdenklich kehrte Krysta in ihr Quartier zurück, mit einer Schürze voller reifer Beeren. Wenig später gesellte sich Raven zu ihr. »Oh, was für schöne Himbeeren!«, meinte die alte Frau und setzte sich neben Krysta. »Den ganzen Nachmittag habe ich welche gegessen.« Anscheinend war ihr Appetit noch nicht gestillt, denn sie verspeiste eine Hand voll, während sie Bericht erstattete. »Ein fruchtbares Land, gepflegte Bauernhöfe. Offenbar ist Essex viel dichter besiedelt als unsere Heimat. Vermutlich wegen des milden Klimas. Entlang der Küste stehen meilenweit Wachtürme, in beiden Richtungen. Ich sah mehrere Patrouillen, alle in Lord Hawks Farben. So, wie die Männer aussahen, verstehen sie was von ihren Pflichten.«

»Noch etwas?«, fragte Krysta.

Den Kopf schief gelegt, zögerte Raven. »Ihn sah ich auch – er bewohnt ein Gemach im obersten Stockwerk des höchsten Turms.«

Krysta reckte den Kopf aus dem Fenster und heuchelte lebhaftes Interesse an den Ereignissen draußen. »War er allein?«

»Nein.« Als Raven die Bestürzung ihrer Herrin bemerkte, lachte sie. »Beruhigt Euch, er sprach mit diesem Burschen – ich

glaube, es ist sein Verwalter. Die beiden sahen irgendwelche Briefe durch. Übrigens, Lord Hawk kann lesen.«

»Tatsächlich?« Diese Fähigkeit besaßen nur wenige Adelsherrn. Krystas Halbbruder spottete darüber und meinte, nur Priester würden lesen lernen, um sich über ihr enthaltsames Leben hinwegzutrösten. Lächelnd stellte sie sich vor, was er von Hawks Bildung halten würde.

Und dann erlosch ihr Lächeln. Bald würde sie ihren Bräutigam wieder sehen, denn die Stunde des Abendessens rückte immer näher. Durch den Küchentrakt wehten verlockende Düfte herüber, Leute eilten bereits zur Haupthalle im Erdgeschoss des mittleren Turms.

»Kommt, Lady Krysta«, bat Raven und sah ihre junge Herrin zaudern. »Mit ein paar Himbeeren könnt Ihr Euch nicht stärken.«

Obwohl Krysta ihr zustimmen musste, glaubte sie, vor lauter Angst würde sie keinen Bissen hinunterbringen. Nur weil ihr Thorgold und Raven nicht von der Seite wichen, wagte sie, Lord Hawks Halle zu betreten.

2

Da war die junge Frau wieder. Mit ihrer sonderbaren Begleitung erschien sie in der Halle. Sie wirkte bedrückt, und Hawk verstand nicht, warum. Über den Rand seines Bechers hinweg beobachtete er die Dienerin und hörte dem eifrigen, unermüdlichen Edvard nur mit halbem Ohr zu.

»Obwohl es nur selten geregnet hat, gedeiht die Ernte recht gut, dank der Bewässerungsgräben, die vor drei Jahren auf Euren Wunsch angelegt wurden. Allerdings wird der Ertrag nicht so reichlich ausfallen wie im regnerischen letzten Sommer. Trotzdem werden wir die Vorratslager zur Genüge auffüllen.«

»Zur Genüge…«, murmelte Hawk, ohne die junge Frau aus den Augen zu lassen. Kerzengerade ging sie zu einem der Tische und schaute sich ängstlich um. Die geschmeidigen Bewegungen ihrer schlanken Gestalt wiesen auf ein aktives Leben hin. Kein Wunder – sie war eine Dienerin und zweifellos an körperliche Arbeit gewöhnt. Aber ihre glatte Haut erweckte nicht den Eindruck, sie wäre der frischen Luft und dem Sonnenschein allzu oft ausgesetzt.

»Mit unserem Salz werden wir auskommen. Allerdings sollten wir den Vorrat aufstocken, sobald wir größere Mengen zu einem günstigen Preis kaufen können. Wie Ihr wisst, führt die unsichere Situation an den Küsten manchmal zu einer unerwarteten Blockade der Transportwege.«

Ihr pechschwarzes Haar glänzte nicht – der einzige Makel an ihrer äußeren Erscheinung.

Plötzlich zuckte Hawks Hand, und er verschüttete ein paar Tropfen Ale. Woran dachte er? Ob er eine Dienerin seiner Braut hübsch oder unansehnlich fand, spielte keine Rolle. Eigentlich dürfte er die Anwesenheit des Mädchens gar nicht zur Kenntnis nehmen. Einen so schweren Fehler würden nur dumme Männer begehen. Und Hawk war keineswegs dumm. Sicher, die Heirat missfiel ihm. Diesen Entschluss hatte er nur gefasst, um den Frieden zu sichern. Auch in seinem eigenen Haushalt wollte er für Ruhe und Ordnung sorgen. Eine Dienstmagd seiner künftigen Gemahlin! Also wirklich! Großer Gott, wenn ihn schöne grüne Augen dermaßen faszinierten, brauchte er dringend eine Frau. Seltsam, erst vor kurzem hatte er sich an Alfreds Hof mit einer netten Witwe vergnügt, die klug genug war, um nicht mehr von ihm zu verlangen als ein oder zwei Liebesnächte. Nun ja, er hatte etwas öfter ihr Bett geteilt. Warum auch nicht? In der Blüte seiner Jahre hatte er sich gegen das Leben eines Mönchs entschieden, in der Gewissheit, er würde über die Forderung des Zölibats stolpern.

Bald würde seine Braut ankommen. Wie sein Schwager be-

hauptet und sogar geschworen hatte, war sie nicht unansehnlich, was immer das heißen mochte. Zum Teufel mit Wolf und seinen vagen Andeutungen! Jedenfalls würde Hawk seine ehelichen Pflichten erfüllen und sich – sollte Lady Krysta seiner Leidenschaft kaltblütig begegnen – eine Geliebte nehmen. Aber *nicht* diese Dienerin! Allein schon der Gedanke erschreckte ihn.

»... die Holzkohle könnte Probleme aufwerfen, wenn Ihr die Produktion in der Schmiede zu steigern wünscht. Während uns genug Eisen zur Verfügung steht, müssten wir... Mylord?« Endlich fiel dem Verwalter das mangelnde Interesse seines Herrn auf, und er verstummte.

Bevor Hawk das Schweigen bemerkte, verstrichen ein paar Minuten. Um sein Versäumnis zu überspielen, hob er eine Hand. »Genug, Edvard. Euer Arbeitseifer beeindruckt mich. Aber nun wollen wir uns entspannen, die Mahlzeit genießen und nicht mehr über Produktionssteigerungen reden.«

Ringsum stimmten die privilegierten Ritter, die an seiner Tafel saßen, in sein Gelächter ein. Sosehr sie den tüchtigen Edvard auch schätzten und seinen gesellschaftlichen Aufstieg bewunderten – seine Verlegenheit störte sie kein bisschen. Nachdem er seine Zerknirschung gemeistert hatte, grinste er, schob die Schiefertafel mit diversen Notizen unter seine Tunika und setzte sich. Sofort brachte ihm eine hübsche Magd, die in letzter Zeit immer öfter seine Nähe suchte, einen Becher Ale. Ihr ermutigendes Lächeln drang sogar ins Bewusstsein des sachlichen, verantwortungsvollen Verwalters und beschwor neue Lachsalven herauf. Auch Hawk amüsierte sich, froh über die heitere Atmosphäre, die ihn von den düsteren Gedanken an seine bevorstehende Hochzeit ablenkte – leider nur kurzfristig.

Wie gut sich die Krieger an der großen Tafel unterhalten, dachte Krysta und musste sich zusammenreißen, um nicht dauernd hinüberzustarren. Trotzdem ertappte sie sich immer wieder dabei. Wenn ihr Bräutigam lachte, sah er viel jünger und zu-

gänglicher aus. Sekundenlang erwog sie sogar, Thorgolds und Ravens Rat zu befolgen und ihm die Wahrheit zu gestehen. Eine lockende Versuchung. Besonders, wenn sie sich ausmalte, wie es wohl wäre, in seinen starken Armen zu liegen… Aber sie bekämpfte ihren Wunsch. Selbst wenn er ihr das Täuschungsmanöver verzeihen und sogar ulkig finden würde, so wie er jetzt über die Scherze seiner Ritter lachte, wäre sie ihrem Ziel keinen Schritt näher gekommen. Mit aller Macht wollte sie dem Schicksal entgehen, das ihre Mutter ins Verderben gestürzt hatte. Deshalb *musste* sie die Liebe des stolzen Sachsenlords erringen. Nicht einmal ihre eigene Sehnsucht durfte diesen Plan vereiteln.

Um sich auf andere Gedanken zu bringen, musterte sie den Raum. Mit seinen Holzwänden glich er dem Quartier der Dienerinnen, war aber viel größer und nach männlichem Geschmack ausgestattet. Überall hingen Banner, Schilde und Waffen, die das Licht des Herdfeuers und der Fackeln in den Eisenständern widerspiegelten. Auf der herrschaftlichen Tafel aus poliertem Eichenholz prangten Schüsseln und Platten aus gehämmerter Bronze. Hawk saß auf einem imposanten, reich geschnitzten Thron mit hoher Lehne, die Stühle seiner privilegierten Krieger und des Verwalters waren mit edlem gegerbten Leder bespannt. Alles in allem zeugte die Einrichtung von Macht und Wohlstand und ließ keinen Zweifel an der unbeugsamen Willenskraft des Besitzers. Auch das niedrige Volk wurde nicht vernachlässigt.

Für die Dienerschaft standen Platten und Schüsseln aus Zinn oder Keramik und geschnitzte Hornbecher auf langen Tischen. Unter den wachsamen Augen Lady Darias, die an der Tafel ihres Bruders saß, servierten die Mägde das Essen. Am fröhlichen Gespräch nahm sie ebenso wenig teil wie der Priester an ihrer Seite.

Ravens spitzer Ellbogen riss Krysta aus ihren Gedanken. Verblüfft zuckte sie zusammen. »Jetzt starrt er Euch schon wieder

an«, teilte ihr die Dienerin mit und spähte an ihrer langen Nase vorbei, um einen Seitenblick zum herrschaftlichen Tisch zu werfen. »Er scheint sich zu wundern. Und wer kann ihm das verübeln? Was denkt Ihr Euch eigentlich? So unverhohlen zu gaffen…«

Beklommen schaute Krysta zu Lord Hawk hinüber, der ihren Blick tatsächlich erwiderte, und zog den Kopf ein. Am liebsten wäre sie im Erdboden versunken. Als ihn der Mann ansprach, der neben ihm saß, und seine Aufmerksamkeit erregte, verflog ihr Unbehagen.

Thorgold ergriff eine Platte und häufte Heringe auf seinen Teller. Genauso schnell zog er den Brotkorb zu sich heran, ohne die tadelnden Blicke der anderen Dienstboten zu beachten. Raven steckte einen ganzen Fisch in den Mund, schluckte ihn hinunter und schnitt eine Grimasse. Sehnsüchtig betrachtete sie die gebratenen Rebhühner, die zu Lord Hawks Tafel getragen wurden. »Die würden mir besser schmecken.«

»Hoffen wir, dass der Koch nicht zu erfinderisch ist«, kicherte Thorgold. »Sonst würdest du deine Kusinen am Ende im selben Zustand sehen.«

Ravens kleine Augen funkelten. »Nicht einmal diese primitiven Sachsen wären so dumm.«

»Still!«, mahnte Krysta. Sie unterhielten sich auf Norwegisch, aber man konnte nicht wissen, wer diese Sprache verstand. Wie ihr die verschwenderische Einrichtung der Halle verriet, beruhte Lord Hakws Reichtum hauptsächlich auf einem blühenden Handel. Seine Festung schützte den Hafen, den zweifellos zahlreiche Schiffe ansteuerten. Auch die Norweger trieben einen lebhaften Handel, und Thorgold wandte seine eigenen Methoden an, um sich luxuriöse Waren aus fernen Ländern zu beschaffen. Ob er unter den Brücken arglosen Reisenden auflauerte und Tribut von ihnen verlangte, wollte Krysta gar nicht fragen…

In Lord Hawks Halle entdeckte sie kostbaren Samt aus By-

zanz, roch Gewürze aus den Ländern der aufgehenden Sonne und bewunderte Juwelen aus dem Gebiet jenseits der großen Wüste, die angeblich nahe der Südküste des Mittelmeers lag. Mit dem Handel lernten die Menschen auch eine verfeinerte Kultur kennen, es wäre ein Fehler, die Sachsen zu unterschätzen – trotz ihrer zwanglosen Manieren.

Besonders unbefangen benahmen sie sich, wenn sie aßen. Nur Krysta verspürte keinen Appetit. Da sie nicht auffallen wollte, ließ sie ihren Blick über die gefüllten Platten und Schüsseln wandern. Womit sollte sie sich stärken? Beruhigt atmete sie auf, als sie frischen grünen Salat und Käse sah. Damit gab sie sich zufrieden. Außerdem wählte sie ein Stück Brot und einen schmackhaften Hering. An der herrschaftlichen Tafel wurden gebratene Rehkeulen und ein Eintopf mit geschnetzeltem Wildfleisch serviert. Während Krysta ihren Käse verspeiste, trugen die Mägde köstlich duftende Fleischtöpfe an ihr vorbei.

Wie Hawk feststellte, aß sie nur wenig. Vielleicht war sie deshalb so schlank, nicht wegen der harten Arbeit eines Dienstboten. Dann musste seine Braut, die unbekannte Krysta von Vestfold, eine gütige Herrin sein. Würde er eine freundliche, sanftmütige Frau heiraten, die Balsam für sein schwieriges Leben wäre? Möglicherweise – wenn er endlich aufhörte, ihre Dienerin anzustarren. Heiliger Himmel, was ist denn los mit mir, überlegte er verärgert.

Im allgemeinen Stimmengewirr und Gelächter ging der laute Knall unter, mit dem er seinen Becher ungestüm auf den Tisch stellte. Darüber war er froh. Keiner seiner Leute durfte sein Interesse an der jungen Frau bemerken, das man für Schwäche halten würde. Beim Anblick des Barden, der neben den Herd trat, seufzte Hawk erleichtert. Der Mann breitete die Arme aus. Mit seiner tiefen Stimme bat er die Versammlung um Aufmerksamkeit, und die leisen Klänge der Handtrommel, auf die sein Lehrling schlug, untermalten die Worte.

»Hört mich an!
Ich singe von großen Herren und edlen Taten,
Von kühnen Heldentaten, die unsere Feinde besiegen,
Feinde, die vor uns fliehen.
Dank der göttlichen Gnade triumphieren wir.
Der Allmächtige schenkte uns einen großen Führer,
Den mächtigen König Alfred.
Und seine starke rechte Hand, Lord Hawk,
Der Habicht mit den schnellen Schwingen und tödlichen Krallen,
Hält uns in seinem schützenden Griff fest.
Große Herren und edle Taten!
Und die Feinde fliehen
Für immer aus unserem Land!«

Lauter Jubel belohnte den Barden und verstummte sofort, als er erneut die Stimme hob. Aufmerksam lauschte Krysta, denn sie wusste, wie viel die Lieder über ein Volk verrieten.

Er enttäuschte sie nicht. Wortgewandt und leidenschaftlich berichtete er von den Ereignissen des Zeitalters: Alfreds Flucht in den Sumpf von Athelney, wo er sich vor den dänischen Eindringlingen rettete, seine Rückkehr nach Somerset; dort trommelte er seine Krieger zusammen, und das Heer errang bei Edington einen triumphalen Sieg über die Dänen.

Obwohl die Zuhörer diese Geschichte kannten, gerieten sie alle in den Bann des stimmgewaltigen Barden und hielten den Atem an, als würde sich das Geschehen vor ihren Augen abspielen. Während er Alfreds Geschick als Stifter und Bewahrer des Friedens pries, lächelten sie. Dann begann er, den Herrn von Hawkforte zu loben. Grinsend prosteten sie Hawk zu, der die Schilderung seiner Taten eher resignierend über sich ergehen ließ.

Der Barde sang:

»Dann weinten die Menschen
Um den Verlust Lady Cymbras.
Im Dunkel der Nacht
War der Wolf aus dem Norden gekommen,
Um sie in seine große Festung zu entführen,
Sciringesheal am Meer.
Dorthin flog der Habicht, zielstrebig und treu,
Getreu seiner Ehre und seines Mutes,
Kühn entschlossen, Cymbra zu befreien
Und heimzubringen.
Doch der Wolf kehrte auf eisigen Wellen zurück
Und beanspruchte seine Gemahlin.
Da beschwichtigte die Heilkundige den Zorn der Krieger,
Und die beiden Herren schlossen Frieden,
Hier auf Hawkforte,
Den Frieden der Familienbande,
Den Frieden der Kinder, die bereits geboren sind und noch geboren werden,
Den Frieden unserer für immer vereinten Völker!«

Noch bevor das letzte Wort verhallte, erfüllte schallendes Jubelgeschrei die Halle. Begeistert schlugen die Leute mit ihren Hornbechern auf die Tische. Der Lärm beunruhigte Raven und ärgerte Thorgold. Aber Krysta war fasziniert. Ein Jahr zuvor hatte sie diese Geschichte in der reichen Hafenstadt Sciringesheal gehört. Dort lebte der mächtige Norweger Wolf, ein listenreicher Krieger. Er hatte eine schöne Frau entführt und im Zorn zu einer Ehe gezwungen, in der die Saat wahrer Liebe gewachsen war. Lord Hawk holte seine gestohlene Schwester zurück. Nur Lady Cymbras Besonnenheit hatte einen Krieg verhindert. Für das Bündnis zwischen Wolf und Hawk interessierte sich Krysta ganz besonders, denn ihre eigene Heirat sollte es festigen. Dagegen hatte sie nichts einzuwenden. Wenn ihre Ehe dem Frieden dienen sollte – umso besser. Aber sie wollte auch geliebt

werden. Sonst würde das kalte graue Wasser, das ihre Mutter geholt hatte, auch sie in ein nasses Grab hinabziehen.

Zu der freudigen Stimmung, die in der Halle herrschte, passten diese düsteren Gedanken nicht, und Krysta verdrängte sie. Wenig später suchte sie mit Raven ihren Alkoven auf und hoffte Schlaf zu finden – an diesem seltsamen fremden Ort, den sie von jetzt an ihr Heim nennen musste. Für immer.

Bevor die letzten Sterne erloschen, der erste Hahn krähte und die Sperlinge in der Dachrinne des Frauenhauses zu zwitschern begannen, erwachte Krysta aus einem unruhigen Schlummer. Eine Zeit lang lag sie im grauen Schatten und wusste nicht, wo sie sich befand. Die Luft duftete nach Holz und Rauch. Wie daheim. Auch die Vogelstimmen klangen nicht anders. Aber das Klima war wärmer, und sie nahm einen schwachen Salzgeruch wahr. In der Ferne rauschten Wellen, die an eine sanftere Küste schlugen. Bald kehrten die Erinnerungen zurück und verscheuchten den letzten Nebel des Schlafs. Sie stand auf und musterte Raven, die immer noch schlummerte, den Kopf auf die Brust gesenkt.

Um die Freundin nicht zu stören, zog sich Krysta möglichst lautlos an. Sie wählte ein schlichtes Wollkleid, blau gefärbt mit einer Mischung aus Löwenzahnwurzeln, Waid und Wacholder. Um ihre Taille schlang sie einen Ledergürtel, an dem die traditionellen Gerätschaften einer vertrauenswürdigen Dienerin hingen – ein Messer, ein Fingerhut, ein kleiner Filzbeutel mit Nähnadeln und kostbaren Scheren, außerdem die Schlüssel ihrer Truhen. Sie bedeckte ihr Haar mit einem fein gewebten weißen Schal und warf ein Ende über die Schulter. Für den Tag gerüstet, schlich sie an den anderen Alkoven vorbei und trat ins Freie.

Verwundert beobachtete sie die Männer, die auf den Mauern patrouillierten. Schon zu dieser frühen Stunde? Oder hatten sie die ganze Nacht Wache gehalten? Vermutlich. Auch diese Vor-

sichtsmaßnahme zeugte von der Macht und Entschlossenheit des Festungsherrn.

In den Küchenräumen loderten bereits helle Flammen, und mehrere Dienstboten durchquerten den Hof. Das Tor blieb vorerst geschlossen. Nur an seiner Seite stand eine kleine Tür offen, um einige Frühaufsteher einzulassen. Im Schatten der Mauer huschte Krysta zu diesem Ausgang und wartete, bis eine Schar kichernder, geschwätziger Wäscherinnen hereingekommen und an ihr vorbeigeeilt war. Dann schlüpfte sie hinaus. Während sie den Hang hinablief, spürte sie ein seltsames Prickeln im Nacken und gewann beinahe den Eindruck, Hawkforte würde ihr missbilligend nachschauen.

Sie beschleunigte ihre Schritte und erreichte den Wald am Fuß des Hügels. Im Schutz der ersten Bäume hielt sie inne, um Atem zu schöpfen. Mit ihrer Heimat verglichen, wirkte die Szenerie mild und beschaulich. Ein Bach plätscherte in der Nähe, dessen Wasser über bemooste Felsen strömte und in einen stillen Teich mündete. Fast unmerklich ging dieses Gewässer ins Meer über, der fruchtbare Erdboden in feuchten Sand. Hier wuchsen keine Eichen, sondern Kiefern, und der süße Duft des Grases wich dem Salzgeruch der See. Krysta verließ den kühlen Schatten des Waldes und sah einen breiten Strand. Vor ihr erstreckte sich eine Bucht.

Impulsiv breitete sie ihre Arme aus, als wollte sie alles umfangen, was sie erblickte. Ihre Füße tanzten anmutig über den Sand. Lachend drehte sie sich im Kreis und wich den Wellen aus, die den Strand überspülten. Hinter ihr stieg die Sonne empor und tauchte die Küste in goldenes Licht.

Auch die übermütige junge Frau. Dahin und dorthin glitt ihre schlanke Gestalt, so schwerelos, dass ihre Sohlen den Sand kaum zu berühren schienen, dass sie eher einer Elfe glich als einem menschlichen Wesen. Hawk saß auf einem Felsvorsprung oberhalb des Strandes und beobachtete sie fasziniert. Halb und halb erwartete er, sie würde im Schleier der Gischt verschwinden.

Sein Blick folgte ihr am Wasserrand entlang. Nun wechselte die Brise ihre Richtung und wehte kristallklares Gelächter zu ihm herauf. Zu seiner eigenen Überraschung lächelte er.

Natürlich, sie amüsierte ihn – mehr steckte nicht dahinter. Irgendetwas an der seltsamen Kombination scheuer Unbeholfenheit und unschuldiger Grazie durchbrach seine gewohnte Zurückhaltung. Doch er empfand keine Begierde, sondern nur Belustigung. Zweifellos war sie hübsch, aber er kannte viele reizvolle Frauen, und es hatte ihm niemals Schwierigkeiten bereitet, sich mit ihnen zu vergnügen und dann seiner Wege zu gehen, ganz nach Belieben. Immerhin musste ein Mann wichtige Dinge beachten. Nur ein Narr ließ sich von seinem Schwanz leiten.

Unter seinen Stiefeln rieselten Kiesel hinab. Erst jetzt merkte er, dass er den Hang zum Strand hinunterstieg. Das hatte er nicht beabsichtigt. Und wenn schon. Um vor dem Getriebe des Tages ein bisschen Zeit für sich selbst zu finden, war er hierher gekommen. Warum sollte er nicht über seine eigenen Gestade wandern? Nicht *er* war der Störenfried, sondern *sie.* So wie die beiden anderen merkwürdigen Dienstboten, die sich ungebeten nach Hawkforte begeben hatten, ohne seine säumige Verlobte. Offenbar hatten sie nichts anderes zu tun, als sich zu amüsieren. Dass Daria ihnen keine Arbeit zugewiesen hatte, verblüffte ihn. Aber wahrscheinlich wollte sie den Leuten keine Gelegenheit geben, sich nützlich zu machen, was ein günstiges Licht auf ihre Herrin werfen könnte. Wie würde sich seine Schwester verhalten, wenn sie ihre Position an Lady Krysta abtreten musste? Dieses Problem wollte er in aller Entschiedenheit lösen. Doch das war erst nach der Ankunft seiner Braut möglich, wenn er wusste, wie energisch sie auftreten würde. Nach allem, was er bisher festzustellen vermochte, war sie entweder ungewöhnlich kühn, weil sie ihn mit ihrer Verspätung herausforderte, oder sie wagte sich vor lauter Angst nicht an seine Küste. So oder so, Hawk rechnete mit erheblichen Schwierigkeiten.

Ein Grund mehr für einen erholsamen Strandspaziergang.

Als Krysta sich bückte, um einen irisierenden Stein am Rand einer kleinen Pfütze zu betrachten, fiel ein Schatten über sie. Sie richtete sich auf und beschattete ihre Augen mit einer Hand. Angesichts der dunklen Silhouette vor der aufgehenden Sonne rang sie nach Luft. Lord Hawk. Obwohl ihr seine Züge verborgen blieben, erkannte sie ihn sofort. Kräftig gebaut und hoch gewachsen, überragte er sie um mindestens zwei Haupteslängen, und sie selbst war, verglichen mit den meisten Sächsinnen, ziemlich groß. Mit seinen breiten Schultern verdeckte er beinahe das Sonnenlicht. Weder sein Äußeres noch seine Haltung drückten etwas Sanftes aus, vielleicht abgesehen von den Locken, die im Wind flatterten. Auf dieses Haar, das sich um seinen Hals kräuselte, konzentrierte sie sich. Seidig und weich, wie Babylöckchen... Bei diesem Gedanken lächelte sie.

»Guten Morgen.« Seine Stimme glich einem Quell, der in den Tiefen der Erde entsprang. Ohne Zögern ergriff sie die Hand, die er ihr reichte. Seine Haut fühlte sich warm an, die Handfläche rau und schwielig. Hastig zog sie ihre Finger zurück und blinzelte in die Sonne.

»Guten Morgen, Mylord.« Sie sprach klar und deutlich. Aber in ihren eigenen Ohren hörte sich ihre Stimme schwach und zittrig an, wie das Lied von Schilfgräsern in einem heftigen Windstoß.

»Wo ist deine Herrin?«

Die unvermittelte Frage verwirrte Krysta. Gegen ihren Willen schaute sie auf und begegnete seinem Blick. »Meine Herrin, Mylord?«

»Lady Krysta. Entsinnst du dich nicht, wem du dienst?«

Benahm er sich immer so anmaßend? So ungehobelt? Dieser Mann, dessen Liebe sie gewinnen musste? Sekundenlang presste sie die Lippen zusammen. »Das weiß ich sehr gut, Mylord. Lady Krysta kommt hierher.«

Die Stirn gerunzelt, strich er durch seine seidigen Locken – eine Geste, die seine Ungeduld bezeugte. Halb wandte er sich

ab, als wollte er nichts mehr mit ihr zu tun haben. Dann drehte er sich wieder um, offensichtlich unentschlossen. »Ja, das hat man mir mitgeteilt. Nun frage ich mich, warum sie noch nicht eingetroffen ist.«

Auf solche Fragen war sie nicht gefasst. Sie hatte nicht einmal erwartet, mit ihm zu reden, solange sie die Dienerin seiner abwesenden Braut spielte, sondern angenommen, sie würde ihn nur aus der Ferne beobachten. Stattdessen stand er dicht vor ihr, und ihre Unsicherheit wuchs. »Für Lady Krysta kann ich nicht sprechen, Mylord.«

Angstvoll sah sie, wie er die Brauen zusammenzog. Ist mein Bräutigam gewalttätig, überlegte sie. Bis zu einem gewissen Grad zweifellos, denn er war ein mächtiger Kriegsherr. Aber wandte er auch gegen schwächere Menschen rohe Gewalt an? Würde er eine Dienerin schlagen, die nicht die gewünschte Auskunft gab? Oder eine Ehefrau, die sein Missfallen erregte?

Seufzend schüttelte er den Kopf. »Nein, das kannst du wohl nicht. Danach hätte ich dich gar nicht fragen sollen.«

So nachsichtig war er? So schnell bereit, ihr zu verzeihen? Eine neue Zuversicht stieg in ihr auf. Um ihn zu erfreuen, betonte sie: »Jedenfalls *wird* sie nach Hawkforte reisen. Und sie fiebert ihrer Ankunft entgegen.«

»Tatsächlich?« Sein Staunen wirkte fast jungenhaft. Und was las sie in seinen meerblauen Augen? Hoffnung?

Aus einem unergründlichen Impuls heraus, wollte sie diese Hoffnung schüren. »O ja. Mit dieser Heirat möchte Lady Krysta einen Beitrag zum Frieden zwischen den Norwegern und den Sachsen leisten, und sie glaubt, das wird ihr gelingen.«

»Also genießt du ihr Vertrauen? Teilt sie dir ihre Gedanken mit?«

Krysta zauderte. Was sollte sie erwähnen? Wie weit durfte sie gehen? »Wenn ich auch nur eine Dienerin bin, Mylord – in dieser Angelegenheit kenne ich die Wünsche meiner Herrin. Daraus macht sie kein Geheimnis.«

»Dann hegt sie keine Bedenken?« Hawk warf einen Blick aufs Meer, bevor er sie wieder anschaute. »Keine Zweifel?«

»Nun – die Heirat wird ihr Leben völlig verändern, mit einem fremden Mann, in einem fernen Land. Aber meine Herrin ist fest entschlossen, ihr Bestes zu tun, um Euch zu beglücken.«

»Sicher wäre ihr Erscheinen ein guter Anfang.« Seine Worte klangen nicht ärgerlich, nur leicht irritiert.

»Allzu lange müsst Ihr nicht mehr warten, Mylord. Es ist nur – ihr ganzes bisheriges Leben verbrachte sie mit denselben Menschen, und die Trennung fällt ihr schwer. Vor der Abreise will sie für das Wohl dieser Leute sorgen.«

»Darum müsste sich ihr Halbbruder kümmern – wie heißt er doch gleich? Sven?«

Beklommen fragte sie sich, was eine Dienerin über Sven sagen würde. Nur dreimal in ihrem Leben war sie ihm begegnet. Einmal nach dem Tod des Vaters, das zweite Mal bei Wolf Hakonsons Besuch, und zuletzt hatte der Bruder sie zu sich bestellt, um ihr mitzuteilen, sie würde Lord Hawk heiraten. Trotz der nur flüchtigen Bekanntschaft fühlte sie sich unbehaglich, wann immer sie an Sven dachte, denn sie hielt ihn für einen Mann mit leerem Lächeln. Und seine Versprechungen erschienen ihr noch leerer. »Gewiss, Mylord. Aber Lady Krysta möchte persönlich die Verantwortung für ihre Leute übernehmen.« Das stimmte. Wochenlang hatte sie sich um ein paar Dutzend Familien im Dorf unterhalb ihres Hauses auf den Meeresklippen bemüht und ihre Zukunft gesichert.

»Wie lobenswert …«

Krysta begann zu lächeln.

»Es sei denn, die Lady ließ sich von ihrer Eitelkeit leiten.«

Da erlosch das Lächeln. »Eitelkeit?«, wiederholte Krysta und schnappte entgeistert nach Luft. »Ist man eitel, wenn man für seine Mitmenschen sorgt?«

»Manche Leute wissen nicht zwischen echter Anteilnahme und dem Bestreben zu unterscheiden, andere zu beherrschen.«

»Glaubt mir, Lady Krysta kennt den Unterschied.«

Obwohl er nickte, wirkte er keineswegs überzeugt. »Natürlich bist du ihr treu ergeben, das ist verständlich.«

»Nicht nur treu ergeben, Mylord. Ich *kenne* Lady Krysta, und ich versichere Euch, sie will niemanden beherrschen.«

Plötzlich starrte er sie so eindringlich an, dass ihr ein Schauer über den Rücken lief. »Ist sie etwa *dumm*?«

Wenn sie den Mund noch weiter aufriss, würde sie womöglich eine Fliege verschlucken. Ein paar Mal musste sie tief Atem holen, bevor ihr die Stimme wieder gehorchte. »Darf ich fragen, warum Ihr das befürchtet, Mylord?«

»Weil die meisten Menschen eine gewisse Macht ausüben möchten. Nur die Törichten tun alles, was man ihnen befiehlt. So ist die Lady doch nicht veranlagt?«

Geduld, mahnte ihr Verstand. *Hoffnung*, drängte ihr Herz. »Keineswegs, Mylord.«

Lord Hawk bückte sich und hob den schimmernden Stein auf, den sie vorhin bewundert hatte. Mit einer flinken Drehung des Handgelenks schleuderte er ihn aufs Meer. Fünfmal hüpfte der Kiesel über die Wellen, ehe er versank. »Und wie ist sie?«

Die Neugier eines Jungen, die Frage eines Mannes.

»Wie ich bereits erklärt habe, sie sorgt sich um ihre Leute. Sie möchte den Frieden zwischen den Norwegern und Sachsen festigen, und sie wird ihr Zuhause vermissen. Aber sie ist fest entschlossen, auf Hawkforte ein neues Heim zu finden.«

Wie wehmütig ihre Stimme klingt, dachte Hawk. Nicht nur ihre Herrin wird an Heimweh leiden. Er musterte die junge Frau, deren Gesellschaft er nicht gesucht, nach deren Namen er absichtlich nicht gefragt hatte, ein Mädchen mit grünen Augen und Sommersprossen auf dem Nasenrücken, ein hübsches Ding… Nicht so strahlend schön wie seine Schwester Cymbra, deren Anwesenheit genügte, um allen Männern den Kopf zu verdrehen. Wenn die Dienerin lächelte, wirkte sie noch zauberhafter. Oder wenn sie ihn nachdenklich betrachtete, so wie jetzt.

Streckte er wirklich und wahrhaftig eine Hand aus, um ihre Wange zu berühren?

Mühsam schluckte sie und wich zurück. »Mylord…«

»*Krah, krah*…« Im Sonnenschein flatterten schwarze Schwingen. Hawk blickte zu dem Raben auf, der dicht über seinem Kopf kreiste. Auf den Ästen der Bäume hinter dem Strand hockten weitere Raben, dunkle Schatten zwischen den Blättern. »*Krah, krah*…« Hatte es schon immer so viele Raben auf Hawkforte gegeben? Daran erinnerte er sich nicht. Und es spielte auch gar keine Rolle. Solche Vögel flogen herbei und wieder davon.

Doch die grünäugige Dienerin nahm den kleinen Zwischenfall viel wichtiger. Zunächst wirkte sie erstaunt, dann biss sie ärgerlich in ihre Unterlippe. Vielleicht mochte sie Vögel nicht. »Mylord, jetzt muss ich gehen.« Ohne eine Antwort abzuwarten, eilte sie den Strand hinauf. Beinahe wäre er ihr gefolgt. Aber er hielt sich gerade noch rechtzeitig zurück. Eine Dienstmagd seiner Braut! Welch eine Torheit…

Eine Zeit lang blieb er am Wasserrad stehen, bis ihn die Pflicht zur Festung zurücktrieb. Das Tor war geöffnet, mehrere Wagen fuhren hindurch, Handkarren wurden in den Hof geschoben. Außerhalb der Mauer lag die Stadt, von Hawks gut ausgebildeten Männern bewacht. Bald drohten die blühenden Geschäfte der Siedlung ihre Wälle zu sprengen. Im nächsten Jahr würde Hawk eine neue Mauer errichten lassen. Viele Kaufleute zogen hierher, die im Schutz seines Schwerts zu Wohlstand gelangten. Auch Gelehrte kamen von weit und breit an diese Küste, eine Entwicklung, die König Alfred in die Wege geleitet hatte. Nur zu gern folgte Hawk diesem Beispiel, denn er schätzte die Gesellschaft von Männern, die zahllose Bücher gelesen hatten und so anschaulich über längst vergangene Ereignisse sprechen konnten, als wären sie erst gestern geschehen. Zahlreiche Zugereiste besaßen andere Talente. Auf Hawkforte arbeiteten die besten Schmiede von ganz Essex und darüber hinaus, das galt ebenso für die Gerber, Zimmermänner und übrigen Handwerker. Em-

sige Mönche schmückten in der Abtei, die Hawk gebaut hatte, ihre Handschriften mit schönen Bildern. Fachkundige Apotheker betreuten die Kranken. Besonders stolz war Hawk auf die Kanäle, die seine Experten angelegt hatten und die in diesem Jahr, wo es nur selten geregnet hatte, für üppig grüne Felder sorgten.

Mit dem enormen Aufschwung hatte er nie gerechnet, sondern eher ein Schicksal voller Blut und Schweiß erwartet. König Alfreds Visionen verdankte er ein sehr angenehmes Leben, und er war fest entschlossen, das Glück seiner Leute und sein eigenes zu schützen. Um jeden Preis. Doch er wollte die Freude, die ihm beschieden war, auch genießen. Und so wanderte er guten Mutes in einer abgetragenen schmucklosen Tunika aus brauner Wolle durch die Straßen zu seiner Burg. Nur das Schwert an seiner Seite und die Ehrerbietung der Stadtbewohner bekundeten den Rang des Festungsherrn. Schüchtern lächelten sie ihn an, lüfteten die Hüte, und eine alte Frau drückte ihm ein noch ofenwarmes Rosinenbrötchen in die Hand. Bereitwillig nahm er es entgegen, denn er hatte seinen Turm verlassen, ohne zu frühstücken. Während er weiterschlenderte, biss er in das knusprige Gebäck.

Langsam ging er an den Läden und Werkstätten entlang. Hier und dort blieb er stehen, um mit einem Kaufmann oder einem Bauern zu sprechen. Früher hatte er die Namen aller Bewohner von Hawkforte gekannt. Aber jetzt waren zu viele hierher gezogen. Trotzdem bemühte er sich stets um persönliche Bekanntschaften. Ein Mann, der Toby hieß, legte einen Arm um die kräftigen Schultern seines jungen Sohnes und verkündete, an diesem Tag würde der Bursche seine Lehre bei einem Wagenbauer beginnen. Lächelnd zerzauste Hawk das Haar des Jungen, beglückwünschte ihn, und einige Zuschauer nickten wohlwollend.

Dann kam er an einer Taverne vorbei, die häufig von Schiffskapitänen und ihren Besatzungen besucht wurde. Tische und

Stühle wurden vor die Tür gestellt, und ein paar Männer nippten am ersten Ale des Morgens. Dankend lehnte Hawk ab, bei ihnen Platz zu nehmen. Als er den Hang zur Festung hinaufstieg, nahm er aus den Augenwinkeln eine Bewegung wahr und blieb stehen. Instinktiv berührte er den Griff seines Schwerts.

Thorgold schnaufte verächtlich, trat unter einem steinernen Torbogen hervor, der die Straße überspannte, und grinste Hawk an. »Beruhigt Euch, Mylord, da ist nur der alte Thorgold. Einen schönen guten Morgen wünsche ich Euch.«

»Und ich dir«, erwiderte Hawk automatisch und kam sich albern vor, weil er zur Waffe gegriffen hatte. Aber nicht so albern wie vorhin. Beinahe hätte er die Wange des grünäugigen Mädchens gestreichelt... Diese Erinnerung bewog ihn, einen strengen Ton anzuschlagen, was er vorher nicht beabsichtigt hatte. »Was tust du hier?«

»Oh, ich gönne meinen alten Knochen eine kleine Rast, Mylord, denn wir haben eine weite Reise hinter uns.«

Immer noch leicht verärgert, bemerkte Hawk: »Klar, das muss ein ungewöhnlich langer Weg sein. Sonst wäre deine Herrin sicher schon eingetroffen.«

»Seid Ihr so ungeduldig?«, kicherte der bärtige Mann mit den krummen Beinen. »Dazu habt Ihr auch allen Grund. Ein bildschönes Mädchen...«

»Ein Mädchen? Bist du so vertraut mit ihr?«

»Gewiss, seit der Stunde ihrer Geburt kenne ich sie.«

An diesem Tag hatte Hawk schon genug Dummheiten begangen. Warum sollte er jetzt damit aufhören? »Erzähl mir von ihr.«

»Seid Ihr so eifrig bestrebt, die Lady kennen zu lernen?«, fragte Thorgold belustigt.

»Eifrig bestrebt? Nein, nur neugierig.«

Der alte Mann kräuselte die Lippen und nickte verständnisvoll. »Ah, reine Neugier. Deshalb sind so manche Männer um die Welt gezogen. Oder sie wollten dem schönen Geschlecht entrinnen. Mit den Frauen hat man leider immer nur Ärger. Un-

entwegt nörgeln sie über dies oder jenes, mit grässlichen Stimmen wie… Nein, ich will nicht sagen, sie krächzen wie die Raben. Damit würde ich mir einige Schwierigkeiten einhandeln. Aber wenn sie in Wut geraten, schreien sie furchtbar schrill. Findet Ihr nicht auch?«

Seufzend dachte Hawk an Daria. »Ja, allerdings.«

»Aber zum Glück gibt's auch andere Frauen. Sanft wie ein Frühlingsregen, stark wie das Wasser, das über den Felsen rauscht und ihn glättet. Der Felsen weiß kaum, wie ihm geschieht. Und es stört ihn keineswegs.«

»Ich bin kein Felsen«, erwiderte Hawk und schaute zum Himmel auf. Schmerzhaft stach ihm das gleißende Blau in die Augen. Und überall saßen Raben – auf den Festungsmauern und den Ästen der Bäume. So viele Raben. »Ich bin ein Mann.«

Da kicherte Thorgold wieder. Diese Antwort schien ihm zu gefallen. Gönnerhaft verkündete er: »Sie mag Haarbänder.«

»Was…?«

»Bänder. Für ihr Haar. Die mag sie. In vielen verschiedenen Farben. Dafür schwärmte sie schon in ihrer Kindheit.« Mit schmalen Augen starrte der kleine Mann den Lord an. »Diese Bänder verwahrt sie in einem Kästchen. Wie Blumen zusammengerollt.«

»Schlägst du vor, ich soll Haarbänder kaufen?«

Thorgold zuckte die Achseln. »Jedenfalls würde es nicht schaden.«

»Und Juwelen, Pelze, Seide?«

»Nur Haarbänder.«

»Ein edles Pferd, luxuriöse Wandbehänge für ihr Gemach, kostbare Parfüms?«

»Haarbänder.«

»Ein Spiegel aus den fernsten Regionen Arabiens, Kassetten aus Zedernholz voller Gewürze, eine Harfe, deren Saiten an den Schwanz eines Einhorns gespannt sind?«

»Haarbänder. Das Einhorn würde ich an Eurer Stelle vergessen, Mylord. Solche Tiere kann man nicht fangen.«

Erfolglos versuchte Hawk, ein Lächeln zu unterdrücken. »Willst du andeuten, ich soll bis ins hohe Alter immer nur Haarbänder kaufen?«

»Wenn Ihr Euch so glücklich schätzen dürft, Mylord... Überschüttet Euch Fortuna mit ihren Gaben?«

»Verdammt will ich sein, wenn ich das weiß...« In seinem bisherigen Leben hatte Hawk Freud und Leid kennen gelernt. Das Essex seiner Kindheit war ein gefährliches Land gewesen, nicht so friedvoll wie jetzt. Und ein vernünftiger Mann musste stets auf der Hut sein. Seine Mutter war zu früh gestorben und hatte nur vage, süße Erinnerungen hinterlassen, die manchmal eine schmerzliche Sehnsucht heraufbeschworen. Dieses Gefühl konnten viele Dinge auslösen – eine Melodie, ein Duft, das Gemurmel einer Stimme, die fast, aber nicht völlig vertraut klang. Daran war er gewöhnt. Aber seiner selbstsüchtigen, gedankenlosen jungen Ehefrau, die in ihrem sträflichen Leichtsinn kurz nach der Hochzeit einen tödlichen Unfall erlitten und ihr ungeborenes Kind ins Jenseits mitgenommen hatte, gönnte er kaum einen Gedanken. Nach den Maßstäben dieser Welt hatte er viel erreicht, und das erfüllte ihn mit Genugtuung. Trotzdem fragte er sich manchmal, ob er nicht noch mehr erhoffen sollte – etwas Unerkanntes, Unerwartetes.

Ein Signalhorn ertönte, um die Ankunft einer Reiterschar zu melden. Geschmeidig schwang sich Hawk auf den Torbogen und blickte über die Stadt hinweg. Ein Dutzend Krieger galoppierte unter dem flatternden königlichen Banner heran.

3

Wie übermütige Kinder schrien sie vor Lachen, warfen sich in Positur und erwarteten, man würde alle ihre Wünsche sofort erfüllen. Verächtlich beobachtete Daria die Männer, die vom Königshof in Winchester hierher gereist waren und mit dem *lieben*

Hawk schwatzten. Die Schwachköpfe hielten sich für was Besonderes und erkannten nicht einmal die einzig *wichtige* Persönlichkeit in dieser Festung.

Am schlimmsten führte sich Hawk auf. Ein bösartiges Schicksal hatte Daria mit diesem Halbbruder gestraft, der sie nur unter seinem Dach duldete, um seine Pflicht zu erfüllen. Das wusste sie, und dafür hasste sie ihn. Stets ging er seiner eigenen Wege, verscheuchte sie immer wieder wie eine lästige Fliege und nahm ihre Anwesenheit kaum wahr. Doch sie würde die Situation ändern – o ja, ein für alle Mal.

Voller Abscheu wandte sie ihren Blick von den Gästen an der herrschaftlichen Tafel ab und versuchte, das schallende Gelächter zu überhören. Gegen den Geruch der Krieger konnte sie sich bedauerlicherweise nicht wehren – Leder, Wolle, Schweiß und irgendetwas Maskulines, das sie nicht näher ergründen mochte. Ihr schwindelte, und sekundenlang fürchtete sie, sich vor aller Augen zu übergeben.

Vater Elberts bleiche Hand berührte ihren Arm. »Beruhigt Euch, Lady«, bat er sanft. Sie starrte in sein schmales Gesicht mit den kohlschwarzen Augen und spürte, wie sie dem Tumult in der Halle entrückte. Langsam atmete sie aus und bezwang ihre Schwäche.

»Wie ich diese Leute verabscheue!«, flüsterte sie, damit niemand außer ihm sie verstehen konnte. Wer sie beobachtete, würde eine rechtschaffene Frau im Gespräch mit einem Kirchenmann sehen, den Blick demütig gesenkt. Nur der äußere Schein zählte.

»Mit gutem Recht, Lady. Aber die Zeit der Vergeltung wird kommen. Für all ihre Verbrechen müssen sie büßen.«

»Dafür können sie gar nicht genug leiden.« Sie schaute wieder zu Hawk hinüber. Groß, kraftvoll, mit einer männlichen Ausstrahlung, die ihr ein seltsames Unbehagen bereitete. Ihr verstorbener, keineswegs betrauerter Ehemann war ein Taugenichts gewesen, zu dumm, um ihren Befehlen zu gehorchen,

außerstande, die Macht zu erringen. Die hatte Alfred an sich gerissen. Statt Daria zu der Königin zu machen, zu der sie geboren war, hatte sich der Schwächling zu sterben erdreistet. Nun musste sie von Hawks Großmut leben und träumte von ihrer Rache, die sie hoffentlich bald üben würde.

Einmal war das Werk der Zerstörung bereits missglückt, weil Cymbra – diese Kuh, die alle so unglaublich schön fanden – ihren Entführer, den Wikinger Wolf nicht dazu provoziert hatte, sie zu ermorden. Ganz im Gegenteil war sie seine heiß geliebte Gattin geworden. Darias Komplott war kläglich gescheitert.

Allein schon dieser Gedanke drehte ihr den Magen um. Ein zweites Mal durfte sie nicht versagen. Hawks unerwünschte Wikingerbraut konnte jeden Tag hier eintreffen. Wenn es Daria gelang, ihn gegen diese Frau einzunehmen und die Sicherung des Friedens zu vereiteln, würde sie die größte Freude ihres trostlosen Lebens empfinden. Während sie ihren Halbbruder musterte, der mit den Gästen aus Winchester plauderte, stieg neuer Hass in ihr auf. Wie ungeduldig sie seine Vernichtung herbeisehnte, wie sie in ihrem Triumph schwelgen würde…

Ein sonderbares Prickeln im Nacken lenkte Hawk vom Tischgespräch ab. Unauffällig sah er sich um und suchte die Quelle seines Missbehagens. Schon früh in seinem beschwerlichen Leben hatte er gelernt, wie leichtfertig es wäre, die Instinkte zu ignorieren, die ihn vor einer Gefahr warnten. Eine Bedrohung in seiner eigenen Halle, inmitten seiner Leute? Nicht unmöglich, aber unwahrscheinlich. Er kannte alle Männer, die vom königlichen Hof nach Hawkforte gekommen waren. Da er an ihrer Seite gekämpft und Mühsal und Hoffnungen mit ihnen geteilt hatte, besaßen sie sein Vertrauen. Diese Aristokraten, Alfreds getreueste Untertanen, bauten England wieder auf; und Hawk war stolz, weil er zu ihnen gehörte.

Und die anderen? Er schaute an Daria vorbei – wie üblich sehr schnell, weil er nicht gern an sie erinnert wurde. Auch Vater Elbert erregte seine Aufmerksamkeit nur flüchtig. Diesen mür-

rischen Hauspriester wollte er durch einen anderen Kaplan ersetzen, war aber noch nicht dazu gekommen. Nun musste er nur noch ein paar Kaufleute inspizieren, die auf der Durchreise waren und die er nur teilweise kannte. Und natürlich die Dienstboten seiner abwesenden Verlobten – das Trio am anderen Ende der Halle.

Eigentlich hatte er beschlossen, die junge Frau nicht mehr zu beachten. Aber jetzt fand er ihren Anblick seltsam erfrischend, als würde er über eine kühle Waldlichtung wandern. Er glaubte sogar, Wassertropfen zu spüren, die von moosbedeckten Felsen herabfielen. Bis er dieses intensive Gefühl abschütteln konnte, dauerte es eine Weile. Verärgert über sein unerwünschtes Interesse an der Dienerin, beobachtete er ihre Begleiter. Die schwarz gekleidete Frau nagte gerade ein paar kleine Knochen ab. Vermutlich stammten sie von den gebratenen Tauben, die an diesem Abend aufgetischt wurden. An ihrer Seite schlürfte Thorgold sein Ale.

Als er den Blick des Lords bemerkte, prostete er ihm mit seinem Becher zu. Das entging der jungen Frau nicht, und sie spähte in die gleiche Richtung. Obwohl sie weit entfernt saß, sah Hawk das Blut in ihre Wangen steigen. Hastig schaute sie weg – ein wildes Verlangen raubte ihm den Atem. Verblüfft riss er sich zusammen. Er war kein liebestoller Grünschnabel mehr, den schöne Augen und eine wohlgeformte Gestalt um den Verstand brachten, sondern ein vernünftiger, disziplinierter Mann. Trotzdem hatte er plötzlich das Gefühl, die Jahre würden von ihm abfallen und er wäre wieder ein unreifer Junge, von den ersten geheimnisvollen Regungen seines Körpers verwirrt.

Welch ein Unsinn. Geradezu wahnwitzig, denn wie er sich zum hundertsten Mal sagte, war dieses reizvolle Geschöpf Lady Krystas Dienerin. Selbst wenn seine Braut die personifizierte Güte wäre, könnte sie das verrückte Benehmen ihres künftigen Gemahls in eine zweite Daria verwandeln. Und die Vorstellung, er wäre für sein restliches Leben an eine kreischende Xanthippe

gekettet, die noch dazu seine Zeit und Aufmerksamkeit beanspruchen dürfte, erfüllte ihn mit heilsamem Entsetzen. Irgendetwas musste geschehen. Sollte er seine Verlobte auffordern, das Trio heimzuschicken? Hier würde sie alle Dienstboten antreffen, die sie brauchte. Aber voraussichtlich zog sie die Gesellschaft vertrauter Leute vor, und die Ehe stünde von Anfang an unter einem Unstern, wenn sie sich unglücklich und einsam fühlte, nur weil er ihre Wut und Eifersucht fürchtete. Seufzend überlegte er, wie viele Haarbänder er kaufen müsste.

Sein sichtlicher Ärger bedrückte Krysta, und sie fragte sich, was ihn stören mochte. Warum hatte er sie so seltsam angestarrt, bevor er sie ignorierte? Bei jenem Blick war ihr ganz warm ums Herz geworden. Wie ungewöhnlich, dass jemand solche Empfindungen wecken konnte, indem er sie einfach nur betrachtete. Und diesen Jemand würde sie heiraten – ein angenehmer Gedanke, der heiße Leidenschaft und innere Ruhe zugleich bewirkte. O ja, Lord Hawk rief die widersprüchlichsten Emotionen in ihr hervor, weil er sie immer wieder so merkwürdig ansah – am Strand, in seiner Halle, in ihren Träumen. Ursprünglich hatte sie geplant, ihm aus dem Weg zu gehen, damit er in seiner Braut nicht die Dienerin wiedererkennen würde, die ihr angeblich vorausgeeilt war. Mit dieser Möglichkeit musste sie nun rechnen. Wie sollte sie das Täuschungsmanöver erklären? Konnte sie's einfach als Scherz abtun und ihn umschmeicheln, in der Hoffnung, er würde ihr verzeihen? Beide Möglichkeiten missfielen ihr. Aber wahrscheinlich blieb ihr nichts anderes übrig. Und wenn er sie lieben lernte, spielte es ohnehin keine Rolle.

Jedenfalls begehrte er sie, das wusste sie in der Tiefe ihrer Seele. Aber Begierde war nicht Liebe. Würde es ihr gelingen, die Kluft zwischen diesen beiden Gefühlen zu überbrücken? Lustlos schob sie das Essen auf ihrem Teller umher. Raven bemerkte es nicht, sie war mit ihrem Täubchen beschäftigt. Aber Thorgold warf seiner Herrin einen verständnisvollen Blick zu, ehe er wieder einen Schluck Ale nahm.

Trotz der ungelösten Probleme schlief Krysta erstaunlich gut und viel länger als gewohnt. Fröhliches Geschrei drang in den Alkoven und weckte sie. Erstaunt spähte sie in die menschenleere Frauenhalle, dann zog sie sich hastig an, rannte ins Freie und sah die Kinder umhertollen. Edythe, die Anführerin, entdeckte »Ilka« und grinste. »Gerade ist Daria zum Markt aufgebrochen!«, rief sie und lief zu ihr. »Und einer der Küchenjungen hörte sie sagen, sie würde erst vor dem Abendessen zurückkommen.«

Ohne zu überlegen, erwiderte Krysta das Lächeln und fragte eifrig: »Was tun wir zuerst?« Die Überraschung in Edythes grauen Augen wies sie auf ihr ungehöriges Verhalten hin. Normalerweise beteiligten sich Erwachsene nicht an den Possen der Kinder. Aber sie hatte in ihrer eigenen Kindheit die Gesellschaft von Altersgenossen schmerzlich vermisst. Natürlich war sie dankbar für alles gewesen, was man ihr geboten hatte. Und nun wollte sie einfach nur herausfinden, wie ein ganz gewöhnliches Kind in einer ganz gewöhnlichen Welt lebte. »Ich meine – was wollt ihr zuerst tun?«, verbesserte sie sich.

»Das weiß ich nicht...« Unsicher verstummte Edythe und überdachte die eigenartige Situation. Dann siegte ihre Freundlichkeit – oder ihre Neugier. »Begleitet uns doch, wenn Ihr wollt, Ilka.«

»Nein, ich wäre euch nur im Weg...«

»Gestern wart Ihr's nicht.« Edythe wandte sich ab und rief über ihre Schulter: »Gehen wir!«

Krysta folgte ihr zögernd zu den anderen Kindern, die sie nach anfänglicher Verblüffung begeistert willkommen hießen. Zunächst stürmten sie zum Fluss hinab, wo sie Frösche fingen. Sie veranstalteten einen Wettbewerb im Froschhüpfen, den ein schüchterner kleiner Junge gewann. Als Edythe seinen Frosch zum Sieger erklärte, strahlte er vor Freude. Danach pflückten sie Beeren, lagen im Gras und verspeisten sie.

Während die Sonne immer heißer herabschien, wateten sie ins

Wasser und folgten dem Fluss bis zum Strand. Dort suchten sie Muscheln und fanden eine ganze Menge. Mit dieser Beute kehrten sie heim und übergaben sie den Müttern, die sie nur zu gern entgegennahmen. Die Frauen starrten Krysta neugierig an. Doch sie stellten keine Fragen. Seit der Ankunft auf Hawkforte war sie von niemandem außer dem Lord befragt worden. Waren die Leute zurückhaltend, weil sie eine Ausländerin war, oder wollten sie einfach aus Höflichkeit ihre Privatsphäre respektieren? Wie auch immer, die Eltern begegneten ihr freundlich, und es schien ihnen zu gefallen, dass sie sich den Kindern in deren ersehnter Freizeit anschloss.

Nun führte Edythe die kleine Schar zu einem runden Platz außerhalb der Festungsmauern und erklärte Krysta, hier würde man die älteren Jungen zu Kriegern ausbilden. Für diesen Tag hatten sie die Übungen beendet, reinigten ihre Waffen und unterhielten sich. Deshalb stand der Platz für beschaulichere Aktivitäten zur Verfügung. Die Kinder begannen zu tanzen und wirbelten umher. Manchmal hielten sie einander an den Händen, manchmal drehten sie sich allein im Kreis. Dabei sangen sie alberne, selbst ersonnene Lieder. Lachend stampften sie dahin und dorthin, klatschten und pfiffen und warfen die Arme hoch. Krysta schaute fasziniert zu. Noch nie hatte sie so viel unbändige Energie auf einmal gesehen, und bald nahm sie an dem ausgelassenen Treiben teil, von einer lächelnden Edythe ermutigt, die nach ihrer Hand griff. Während Krysta tanzte, mit immer komplizierteren Schritten, hörte sie in ihrer Fantasie eine Melodie, die sie wenig später zu singen begann. Die Kinder umringten sie und ahmten ihre Bewegungen nach. Dann erfanden sie neue Figuren oder folgten alten Traditionen. Es war ein Tanz für das Sternenlicht und geheimnisvolle Nächte, für mondhelle schäumende Wellen an weißen Stränden, obwohl eine gleißende Nachmittagssonne die Festung beleuchtete. Aus den Seelen der Kinder schienen sich verborgene Wunder zu erheben, die sie nicht enthüllten, aber ihr Entzücken verhehlten sie nicht. Auch

Hawk bemerkte es, als er vom Turnierplatz zurückkehrte, voller Sehnsucht nach einem erfrischenden Bad und gut gekühltem Cidre. Erstaunt blieb er stehen.

Tanzende Kinder? Hatte er dergleichen je zuvor beobachtet? Natürlich, alle Kinder mussten überschüssige Energien loswerden. Aber da er sich nicht an ähnliche Szenen erinnerte, gewann er den beklemmenden Eindruck, seiner Domäne würde es an Lebensfreude mangeln. Nun suchte er eine Erklärung für die unerwartete Heiterkeit. Danach musste er nicht lang suchen. Mitten in der munteren Schar tanzte die grünäugige Dienerin – nur erkennbar, weil sie größer war als ihre Gefährten. Doch sie sprang genauso übermütig umher wie die anderen. In ihrer Nähe schien die Luft zu schimmern. Der Glanz musste flimmernder Staub sein, von flinken Füßen aufgewirbelt. Aber in der Nacht hatte es geregnet, es gab hier gar keinen Staub. Trotzdem zuckten funkelnde Punkte über den Köpfen.

Er blinzelte, schaute wieder hin und erblickte die junge Frau und die Kinder in einem schillernden Schleier. Er war kein begeisterter Tänzer, aber immerhin kannte er die Moriskentänze und dergleichen, die am Vorabend von Feiertagen vorgeführt wurden. *Dieser* Tanz mit den kunstvollen, komplizierten Schritten war ihm fremd. Dennoch glaubte Hawk, er hätte ihn schon irgendwo gesehen – irgendwo, vielleicht in einem Traum. Leise wehte eine Melodie heran und verwirrte ihn, denn er entdeckte keine Musiker. Aber er hörte Flöten- und Trommelklänge. Dann verstummten sie. Wie versteinert standen die Kinder da und starrten ihn an.

Erst jetzt merkte er, dass er sich der frohen Schar genähert hatte, unwiderstehlich in ihren Bann gezogen, von einer seltsamen Magie getrieben, fast bestrebt mitzutanzen.

»Mylord …«, begann die grünäugige Dienerin, und er nahm an, sie wollte eine Erklärung abgeben, um Verzeihung bitten. In den Gesichtern der Kinder las er die unverhohlene Angst vor einem Tadel oder einer schlimmeren Strafe. Der Gedanke an das

ungeborene Baby, das seine leichtfertige Gemahlin mit sich in den Tod gerissen hatte, weckte den alten Schmerz, so qualvoll wie seit Jahren nicht mehr.

Lächelnd meinte er: »Ihr solltet öfter tanzen.«

Mit großen Augen musterten sie ihn, als wäre ihm plötzlich ein zweiter Kopf gewachsen. Nur die junge Frau erwiderte das Lächeln, nickte ihm dankbar zu und verschwand. Alle eilten davon, ehe er eine Gelegenheit fand, die Ursache seiner guten Laune zu erforschen, der sie offenbar misstrauten. Bald sah er die Dienerin nicht mehr. Aber sie verharrte noch lange in seinen Gedanken, nach dem Bad, nach dem ersten Schluck Cidre, nach dem Abendessen, während die Lieder des Barden verhallten und die Flammen im Herd erloschen. Und später tanzte sie lachend durch seine Träume.

Verdammt, welch ein Narr er war...

Die Luft war windstill. Wie ein Leichentuch hüllte sie Krysta ein. Rastlos warf sie sich umher. Unter ihr knarrte die Matratze. Raven bewegte sich und ächzte leise.

So ungern Krysta die Freundin auch störte – sie ertrug es nicht, noch länger auf den erlösenden Schlummer zu warten. Sie pflegte nackt zu schlafen, wer tat das nicht? Aber der Schicklichkeit zuliebe schlüpfte sie in ein Hemd, bevor sie aus der Frauenhalle schlich. In der milden Nachtluft wehte ein exotischer Duft aus fernen Ländern heran, den die Brise über das Meer sandte. Sie schaute zum schwarzen Himmel hinauf, der sich von Horizont zu Horizont ohne eine einzige Wolke wölbte. Längst war der Mond untergegangen. Nur die Sterne und die Feuer in den Wachtürmen spendeten Licht. Dunkler Rauch umhüllte die Silhouetten der Männer, die auf der Mauer patrouillierten und manchmal stehen blieben, um ein paar Worte zu wechseln.

Wohin Krysta sich wenden und was sie unternehmen sollte, wusste sie nicht. Schließlich sah sie den Widerschein rot glü-

hender Asche in der Schmiede. Im Schutz nächtlicher Schatten eilte sie hinüber. Den ganzen Tag hatte sie das metallische Lied des Hammers gehört. Jetzt herrschte tiefe Stille, nur vom fernen Schrei einer Eule und raschelndem Stroh durchbrochen. Dann erklang ein Miauen. Atemlos wagte Krysta sich näher heran und betrat die Werkstatt. Eine getigerte Katze hob den Kopf und schaute sie prüfend an. Nach einer Weile blinzelte sie und wandte sich wieder zu den sechs winzigen Kätzchen, die sich an ihren Bauch drängten. Einige saugten an den Zitzen, andere schliefen. In respektvollem Abstand kniete Krysta nieder und betrachtete das hübsche Bild. Nie zuvor hatte sie neugeborene Kätzchen gesehen, rosig und noch blind von der Finsternis im Mutterleib. Wahrscheinlich waren sie eben erst geboren worden. Die Mutter hatte einen geeigneten Ort gewählt, in weichem Stroh, das die Flammen der Schmiede gewärmt hatten. Offensichtlich hatte sie gewusst, was zu tun war. Mit rauer Zunge strich sie über das flaumige Fell ihrer Jungen. Nur einmal hielt sie von einer kühnen Maus abgelenkt inne. Unter anderen Umständen wäre das kleine Tier eine willkommene nächtliche Mahlzeit gewesen. Aber heute konnte es unbeschadet entkommen.

»Morgen bringe ich dir ein paar Heringe«, versprach Krysta. »Solange deine Babys noch klein sind, darfst du nicht auf die Jagd gehen.«

Die Tigerkatze blinzelte wieder, als wollte sie zustimmen. Dann fuhr sie fort, ihre Schützlinge abzulecken. Angesichts dieser mütterlichen Fürsorge fühlte sich Krysta seltsam getröstet. Plötzlich fuhr sie erschrocken hoch, als ihr Kopf gegen eine Truhe schlug. Wann sie in dieser unbequemen Haltung eingeschlafen war, wusste sie nicht. Jedenfalls spürte sie schmerzhafte Krämpfe in ihren Beinen. Mühsam stand sie auf und rieb ihre Waden, während sie aus der Schmiede wankte.

Im schwachen Licht der Morgendämmerung sah er nur undeutlich, wie sie sich bückte. Der östliche Horizont färbte sich

grau, an der Westseite funkelten immer noch die Sterne. Vom Meer wehte ein erfrischender Wind herüber und zerrte an der Tunika, die Hawk hastig angezogen hatte, nachdem er aus einem beunruhigenden Traum erwacht war. Seit seiner Jugend hatten ihn solche Träume nicht mehr geplagt. Entweder würde seine Braut möglichst schnell herkommen und ihn bereitwillig umarmen, oder er musste sich eine Geliebte suchen. Ein Mann in seiner gehobenen Position durfte sich diese hartnäckigen Gedanken an das schöne Geschlecht nicht leisten. Aus welchem Grund auch immer erhitzte ein wildes Verlangen sein Blut, das gestillt werden musste. Während er diesen Entschluss fasste, sah er die junge Dienerin aus der Schmiede hinken. Was hatte sie dorthin geführt, in einen Raum voller Ruß und Eisen? Und wenn sie schon nachts umherwanderte, warum kleidete sie sich nicht, wie es Sitte und Anstand erforderten? Soweit er feststellen konnte, trug sie nur ein dünnes Hemd, das die Brise an ihren Körper presste, an einen sehr hübschen Körper, schlank und geschmeidig… Doch das brauchte ihn nicht zu interessieren. Warum schlich sie verstohlen umher? Befand sie sich in einer Notlage?

Für einen so großen, kräftigen Mann bewegte er sich erstaunlich schnell und behände. Innerhalb weniger Sekunden stand er direkt vor Krysta. Bestürzt rang sie nach Atem, und die Angst verscheuchte den Schmerz aus ihren steifen Beinen. Wie töricht von ihr, sich so spärlich bekleidet im Dunkel von einem unbekannten Mann ertappen zu lassen, der womöglich – was?

Da kam er noch näher, und sie erkannte ihn, nicht an seinen Gesichtszügen, die sie kaum sah, sondern an seiner Ausstrahlung, die ihr bereits vertraut war. »Mylord…«

»Was treibst du hier?« Er wartete keine Antwort ab. »Fällt dir nichts Besseres ein, als nachts nur unzulänglich angezogen herumzuschleichen?« Irritiert zupfte er am dünnen Stoff ihres Ärmels, und sie wich so abrupt zurück, dass sie gestolpert wäre, hätte er sie nicht festgehalten. Ganz dicht standen sie vor-

einander, sein Arm umschlang ihre Taille. So viele Eindrücke stürmten auf Krysta ein – die Wärme seines Körpers, seine Stärke, die Verwirrung in seinem Blick, das Bedürfnis, seine gerunzelte Stirn zu glätten und ihn zu beschwichtigen – und noch viel mehr.

Über seiner rechten Schulter fiel eine Sternschnuppe herab, und der silberne Streifen lenkte Krysta lange genug von ihren Gefühlen ab, um sie zu Verstand kommen zu lassen. »Seht doch!« Als er sich umdrehte, entschlüpfte sie seinem Griff wie Wasser, das durch Felsenritzen entweicht.

Verblüfft fuhr er zu ihr herum. Sie wollte flüchten, besann sich aber eines Besseren. Er war ein Jäger. Und sie durfte ihm keinen Grund geben, ihr nachzujagen.

»Warum hat deine Herrin ausgerechnet dich hierher geschickt? Immerhin fand sie zwei Dienstboten von seltener Hässlichkeit. Konnte sie keinen dritten auftreiben?«

»O nein, Raven und Thorgold sind nicht hässlich«, protestierte Krysta gekränkt. In ihren Augen waren die beiden schön.

»Nun, das spielt keine Rolle«, erwiderte Hawk und zwang sich zur Ruhe. »Warum hat sie *dich* hierher geschickt?«

Ja warum? Damit sie ihm nachspionierte, sein Wesen erforschte, über verschiedene Möglichkeiten nachdachte, seine Liebe zu gewinnen. Gewiss, das könnte sie ihm mühelos erklären. »Weil ich für Lady Krystas Bequemlichkeit sorgen soll.«

Hawk lachte spöttisch. »Dann hat sie die Situation völlig falsch beurteilt, nicht wahr? Ist sie wirklich so naiv?«

War sie das? Was Krysta empfand war keine Naivität. In ihr regte sich ein uraltes weibliches Wissen. Sie wartete, aber sein Schweigen verlangte eine Antwort. »Mylord, sie ist – wie sie ist.«

Was konnte sie sonst noch sagen? Er würde sie lieben oder zerstören – es lag in Gottes Hand. Ein paar Sekunden lang starrte er sie noch an, ein tiefer Seufzer hob und senkte seine Brust. Dann sprach er nur eine einzige Silbe aus: »Geh.«

Ohne einen Blick zurückzuwerfen, rannte sie davon – obwohl es keinen Fluchtweg gab.

Während die Stunden verstrichen, wurde die Luft immer schwüler. Am Nachmittag färbte sich der Himmel gelblich grau. Mit gesenkten Köpfen trotteten die Hunde umher. Angstvoll wieherten die Pferde. Die Leute beeilten sich, ihre Pflichten zu erfüllen, die Frauen kümmerten sich früher als üblich um die Wäsche und nahmen sie noch feucht von der Leine. In unnatürlicher Stille erstreckte sich das Meer bis zum Horizont, kein Windhauch regte sich. Krysta holte tief Atem und fühlte einen eigenartigen Schmerz in der Brust. Vielleicht schlug ihr Herz zu heftig. Getrieben von der Sehnsucht nach den kühlen, vom Kieferndufterfüllten Brisen ihrer Heimat, ging sie zum Strand hinab. Die Ebbe hatte den Sand freigelegt. Doch die Vögel, die diese Gelegenheit zur Nahrungssuche nutzen sollten, ließen sich nirgends blicken. Nicht einmal die Möwen. Um der melancholischen Szenerie zu entrinnen, kehrte Krysta schon nach wenigen Minuten in die Festung zurück.

Innerhalb der Mauern schlossen die Kaufleute und Handwerker ihre Läden und Werkstätten. Alles, was nicht niet- und nagelfest war, wurde in Sicherheit gebracht – sogar die Tröge, die das Trinkwasser für die Pferde enthielten. Allmählich verfinsterte sich der Himmel, schien immer tiefer herabzusinken und die Gipfel ferner Berge zu berühren. Über Krystas Rücken rann ein Schauer. Daheim hatte sie wilde Stürme vom nördlichen Atlantik heranrasen sehen. Aber hier herrschte eine andere Atmosphäre. Die sonderbare Farbe des Himmels und die bleischwere Luft zerrten an ihren Nerven. Vergeblich schaute sie sich nach Raven und Thorgold um. Die beiden hatten sich zweifellos irgendwo verkrochen.

Sogar der emsige Schmied beendete seine Arbeit früher als gewohnt. Beim Anblick des Korbs mit den Heringen, den Krysta in seine Werkstatt trug, lächelte er und zeigte in die Ecke, wo die

Tigerkatze mit ihren Jungen im Stroh lag. Mit gnädigem Blinzeln nahm sie das Geschenk entgegen und verschlang die willkommene Mahlzeit. Krysta blieb noch ein paar Minuten und beobachtete die schlafenden Kätzchen. Dann verabschiedete sie sich von dem freundlichen Schmied. Im Hof brachte sie ein plötzlicher Windstoß beinahe aus dem Gleichgewicht. Den Kopf zwischen den Schultern, rannte sie zur Frauenhalle auf der anderen Seite.

Noch bevor sie ihr Ziel erreichte, öffnete der Himmel seine Schleusen, strömender Regen durchnässte sie bis auf die Haut. Hastig sah sie sich nach einem schützenden Dach um, entdeckte den Stall und lief hinein. Nachdem sie das Tor hinter sich geschlossen hatte, seufzte sie erleichtert. Draußen tobten die Elemente immer stürmischer. Der Wind rüttelte an den Bretterwänden und scheuchte Krysta tiefer in den Stall hinein. Von ihrem Kleid tropfte Wasser zu Boden. Sie bückte sich, um den Saum auszuwringen. Im selben Augenblick zerriss ein greller Blitz die Wolken, gefolgt von ohrenbetäubendem Donner. Obwohl das feurige Licht nur durch einen Fensterladen hineindrang, der sich aus den Angeln gelöst hatte, stach es schmerzhaft grell in Krystas Augen. Was sollte sie tun? Unsicher spähte sie in alle Richtungen. Nach einer Weile wurde sie von einem wiehernden Pferd und einer tiefen Männerstimme zum anderen Ende des Stalls gelockt. Sie wollte sich nicht zeigen und nur die tröstliche Nähe eines Menschen suchen. Aber bevor sie sich verstecken konnte, drehte er sich um. Im Schein eines neuen Blitzes sah sie sein markantes, wie aus Granit gemeißeltes Gesicht.

»Heiliger Himmel…« Die Worte klangen wie eine flehende Bitte um Erlösung.

»Tut mir Leid«, entschuldigte sie sich, »das Gewitter hat mich überrascht. Und die Frauenhalle liegt zu weit weg…«

Verwirrt unterbrach sie sich. In der Luft schien ein eigenartiges Knistern zu vibrieren, das Krystas Nackenhaare sträubte. Hawk trat von dem Hengst zurück, den er beschwichtigt hatte.

Was nützte es, ein Pferd zu besänftigen, wenn seine eigene Seele keine Ruhe fand? Den ganzen Tag war er der Frau aus dem Weg gegangen, hatte seine Männer und sich selbst auf dem Turnierplatz und bei der Jagd gnadenlos angetrieben. Trotz aller Mühe konnte er sie nicht vergessen. Letzten Endes hatte er beschlossen, die Dienerin mit einer Eskorte zu seinem Schwager zu schicken und sich schriftlich nach dem Verbleib seiner Braut zu erkundigen. Diese Heirat hatte der tückische Wolf eingefädelt. Also sollte er das Problem gefälligst lösen.

Und jetzt stand sie vor ihm – so verlockend, wie ein Becher voll kühles Wasser einem Verdurstenden erscheinen mochte, gefährlich wie das Unwetter, das sie zusammengeführt hatte.

Das ist Lokis Werk, würde Wolf behaupten, denn dieser boshafte Gott genoss es in vollen Zügen, wehrlose Menschen zu quälen. Eine einleuchtende Erklärung, fand Hawk. Ebenso gut wie jede andere.

»Komm zu mir.«

»Nein«, entgegnete sie ohne Zögern, mit klarer Stimme, unmissverständlich.

In wachsendem Argwohn hob er die Brauen. Eine seltsame Dienerin, die einen Befehl so dreist missachtete. »Nein?«, wiederholte er lächelnd. »Du bist eine Frau, nicht wahr? Und eine Dienerin? Du befindest dich in meiner Festung. Trotzdem missachtest du meine Aufforderung?«

Trotzig hob sie ihr Kinn. »Ihr seid nicht mein Herr.« Eine lahme Ausrede, das wussten sie beide.

Nun vertiefte sich Hawks Lächeln. »Du hast nichts zu befürchten, denn ich möchte nur bestätigt sehen, was ich bereits herausgefunden habe.«

Als sie ihn vorher erkannt hatte, war sie erschrocken. Und jetzt geriet sie beinahe in Panik. *Was* hatte er festgestellt? Durchschaute er die Maskerade? Andererseits nannte er sie eine Dienerin, die sich ihrem Herrn nicht widersetzen durfte. »Mylord, ich bin eine freie, unverheiratete Frau. Deshalb muss ich *keinem*

Mann gehorchen. Es sei denn…« Ihre Augen verengten sich. »Es sei denn, die Wünsche einer Frau kümmern Euch nicht.« Verächtlich kräuselte sie die Lippen.

»Doch, sie kümmern mich«, versicherte Hawk, und sie atmete auf. »Und wie ich bereits sagte, hast du nichts zu befürchten. Komm endlich her.«

»Lieber nicht.«

Mit wenigen Schritten war er bei ihr. Sie konnte sich nicht gegen ihn wehren – er war ein Krieger, in zahlreichen Schlachten erprobt, und ein geborener Jäger. Hilflos war sie ihm ausgeliefert. Oder doch nicht? Der Gedanke ihr wehzutun erschien ihm unvorstellbar. »Was zwischen uns entstanden ist, weißt du. Das habe ich in deinen Augen gesehen.«

Auf so freizügige Worte war sie nicht vorbereitet. Erklärte er tatsächlich, dass er sie begehrte? Die Dienerin seiner Braut? Interessierte ihn nicht, wie Lady Krysta darüber denken würde? Bedeuteten ihm die Gefühle seiner künftigen Gemahlin gar nichts?

»Ich will nicht mit Euch schlafen.« Diesen Augenblick wählte der Wind, um zu ersterben. In der plötzlichen Stille klang Krystas Stimme unnatürlich laut.

»Darum habe ich dich nicht gebeten.«

Brennend stieg ihr das Blut in die Wangen. Hatte sie die Situation missverstanden? Sie fühlte sich zutiefst gedemütigt. »Oh, ich dachte… Schon gut.« Hastig wandte sie sich ab und hoffte, die Frauenhalle zu erreichen, bevor das Gewitter erneut losbrach. Aber Hawk ergriff ihren Arm und zog sie an sich.

»Du bist eine Frau wie jede andere. Davon will ich mich überzeugen. Und dann beenden wir dieses alberne Geplänkel.«

Bevor er seinen Mund auf ihren presste, fand sie gerade noch Zeit, ein einziges Mal Atem zu holen. Die Gefühle, die er in ihr weckte, erschreckten sie. Nie zuvor war sie geküsst worden. Doch sie gestand sich ein, dass sie mehrmals von Küssen geträumt hatte. Vor allem in letzter Zeit. Mit der Wirklichkeit lie-

ßen sich die Fanatsiebilder nicht vergleichen. Kein kraftvoller, grausamer Angriff, sondern eine süße Verlockung zog Krysta in einen unwiderstehlichen Bann einer betörenden Intimität. Hawks Lippen öffneten ihre, und sie spürte seine Hitze, kostete seinen Geschmack. Stöhnend grub sie ihre Finger in seine breiten Schultern, von einer Macht überwältigt, die sie bisher nicht gekannt hatte. Aus seiner Kehle rang sich ein heiserer Laut, er presste sie fester an sich. Da erkannte Krysta eine verwandte Seele. Ihre wilde Leidenschaft beantwortete seine, und sie genoss das Drängen seiner Zunge, die mit ihrer spielte. In plötzlicher Kühnheit überließ sie sich ihrer Sinnenlust, von der sie noch vor wenigen Sekunden nichts geahnt hatte. Unbewusst hatte sie sich schon immer danach gesehnt. Diesem Mann wollte sie Kinder schenken, mit ihm würde sie durchs Leben gehen. Das erkannte sie innerhalb eines einzigen Herzschlags, und sie schwelgte in ihrer Freude. Selbstvergessen schlang sie ihre Finger in sein dichtes, seidiges Haar, zog seinen Kopf zu sich herab, um ihn ganz und gar zu vereinnahmen. Sein Kuss, den sie jetzt mit gleicher Glut erwiderte, war nur ein Anfang. Die ganze Essenz des Lebens würde sie von ihrem Bräutigam fordern.

Atemlos riss er sich los, die Wangen gerötet, und starrte sie ungläubig an. »Was tust du? Ich dachte, du wärst deiner Herrin treu ergeben. Welches Spiel treibst du mit mir?«

Ein Spiel? Bestürzt taumelte sie zurück. Es war nur ein *Spiel*, wenn man das Leben an sich so nennen konnte? Wie auch immer, sie hatte einen schweren Fehler begangen. Lag es an ihrer mangelnden Erfahrung im Umgang mit den Menschen? Nein. Einzig und allein an ihrer ungezügelten Begierde.

»Mylord, ich wollte nicht…«, begann sie.

Mit einer knappen Geste brachte er sie zum Schweigen. Blitzschnell fuhr seine Hand durch die schwüle Gewitterluft. »Wärst du eine andere Frau«, stieß er heiser hervor, »würde ich dich nicht gehen lassen. Aber um des Friedens willen muss ich mich

beherrschen. Ich schicke dich nach Vestfold zurück. Soll deine Herrin davon halten, was sie will.«

»Ihr schickt mich zurück? Nein!« Wie sollte sie hier eintreffen, wenn er sie nach Hause sandte? Sie hatte beabsichtigt, kurzfristig zu verschwinden und in ihrer wahren Gestalt nach Hawkforte zurückzukehren. Dazu würde sie keine Gelegenheit haben, wenn sie in ihre Heimat reisen musste – zweifellos mit einer Eskorte. Lord Hawk würde seine immer noch säumige Braut verfluchen, der Friede, den sie beide wünschten, wäre gefährdet. »Da ich nicht Euer Eigentum bin, steht es Euch keineswegs zu, mich wegzuschicken.«

»Wenn du hier bleibst, wirst du mir gehören.« Sein Blick schien ihre Augen zu durchbohren. »Und das kann ich nicht zulassen. Geh jetzt, sonst vergessen wir beide, was wir deiner Herrin schulden.«

Es lag ihr auf der Zunge zu beteuern, ihre Herrin sei gütig, verständnisvoll und duldsam. Oder sollte sie die Wahrheit gestehen? Welch eine Farce...

Ohne ein weiteres Wort verließ sie den Stall und begrüßte die kalte, feuchte Luft, obwohl die Hitze in ihrem Körper nicht erlosch.

Allein mit seinen Gedanken, sank Hawk an die Bretterwand des Stalls und rang nach Atem. Es war ein Irrtum gewesen, sein Verlangen als Dummheit abzutun. Ein süßer Wahnsinn hätte ihn beinahe bewogen, alles andere zu missachten, seine Pflicht, seine Ehre, sogar den klaren Verstand. Am nächsten Morgen würde sie abreisen. Dafür wollte er sorgen. Und danach würde er seine berühmte Willenskraft einsetzen, diese Frau für immer aus seiner Erinnerung zu verbannen. Durfte er hoffen, es könnte ihm gelingen?

Seufzend wandte er sich zum Tor. Das Licht der Öllampe, die er mit sich trug, fiel auf sein Handgelenk. Verwundert blieb er stehen und starrte den dunklen Fleck auf seiner Haut an. Merkwürdig – wenn er sich recht entsann, hatte er nichts berührt, was

einen solchen Fleck hinterlassen könnte. Ein bisschen Schmutz war nicht ungewöhnlich. Aber kurz vor dem Gewitter hatte er sich gründlich die Hände gewaschen, um in einem seiner kostbaren Bücher zu blättern. Und da war ihm dieser Fleck nicht aufgefallen.

Mit einer Fingerspitze berührte er die dunkle Stelle – so feucht wie das Haar der grünäugigen jungen Frau, das er bei der leidenschaftlichen Umarmung gestreift hatte. Das Haar einer Dienerin, die den Befehl eines angesehenen Kriegers dreist missachtete, einer Dienerin mit zarten Händen, ohne die Schwielen harter Arbeit. In seiner Fantasie nahm ein grotesker Verdacht Gestalt an. Nein, unmöglich… Doch der Gedanke ließ sich nicht verdrängen.

An diesem Abend erschien Krysta nicht in der herrschaftlichen Halle. Stattdessen überlegte sie verzweifelt, was sie tun sollte. Die ganze Nacht warf sie sich unruhig in ihrem Bett umher und versuchte, eine hilfreiche Entscheidung zu treffen. Sie konnte ein Geständnis ablegen und Lord Hawk um Gnade bitten. Nein, das wagte sie nicht. Sollte sie davonschleichen, bevor sie weggeschickt wurde, und wenig später als Lady Krysta zurückkehren? Wenn Thorgold und Raven mit ihr verschwanden, könnten sie behaupten, sie hätten ihre Herrin unterwegs getroffen. Was wäre damit gewonnen? Hawk hatte sie zu oft und zu deutlich gesehen. Das wäre eine Überlegung wert gewesen, bevor sie ihren scheinbar so vernünftigen Plan geschmiedet hatte, einen kläglich gescheiterten Plan.

Als der Morgen graute, stand sie auf, leicht benommen von der schlaflosen Nacht. Wie sie sich verhalten sollte, wusste sie noch immer nicht. Zu ihrer Erleichterung bemerkte sie keine Vorbereitungen für ihre Abreise. Doch das musste nichts bedeuten. Zweifellos waren Lord Hawks Krieger jederzeit zum Aufbruch bereit. Vor Hunger drehte sich ihr Magen um. Doch sie würde keinen Bissen hinunterbringen. Aus den Küchen-

räumen drang Darias schrille Stimme. Instinktiv wandte sich Krysta in die andere Richtung und stieß beinahe mit dem Verwalter zusammen, der sie offenbar gesucht hatte.

»Verzeiht mir«, entschuldigte sie sich hastig und wollte an ihm vorbeieilen.

Doch der junge Mann versperrte ihr den Weg. »Seine Lordschaft will dich sehen.«

»Wie – was?«, stammelte sie.

»Er will dich sehen«, wiederholte Edvard ungeduldig. »Im Turmzimmer.« Als sie immer noch zögerte, versetzte er ihr einen sanften Stoß. Schlimmer noch, er schaute ihr nach, um festzustellen, ob sie auch wirklich durch die richtige Tür ging.

Langsam stieg sie die Turmtreppe hinauf. Was sollte sie sagen? Hätte sie doch ein bisschen mehr Zeit, um nachzudenken. Bedauerlicherweise blieb ihr nichts anderes übrig, als das Beste zu erhoffen und zu beten.

Die Tür des Turmzimmers stand halb offen. Nach einem tiefen Atemzug nahm Krysta ihren ganzen Mut zusammen und trat ein. Das Gemach nahm das ganze oberste Stockwerk ein, beherrscht vom größten Bett, das sie jemals gesehen hatte – mit reich bestickten Vorhängen und kostbaren Pelzen. Vielleicht hätte sie außer diesem imposanten Bett nichts bemerkt, wäre ihr Blick nicht von Hawk gefesselt worden, der in eine Wanne voll dampfendem Wasser stieg. Bevor er sich setzte, sah sie seine schmalen Hüften, die kraftvollen Schenkel und dann nur mehr die breite Brust und ein raubtierhaftes Lächeln.

»Steh nicht herum!«, rief er. »Mach dich nützlich und wasch mir den Rücken.« Ehe sie antworten konnte, tauchte er unter und wieder auf, spritzte Wassertropfen nach allen Seiten und seifte sein Haar ein. Wider Willen fasziniert, starrte sie ihn an – die bronzebraune Haut, die vibrierenden Muskeln und Sehnen, die kleinen flachen Brustwarzen. In seinen Achselhöhlen wirkte das dunkle Kraushaar noch seidiger als die Locken auf seinem Kopf. Er tauchte wieder unter, um die Seife wegzuspülen. Das

Gesicht triefnass, richtete er sich auf und öffnete ein Auge. »Hast du nicht gehört?«

Doch – gut genug, um zu wissen, was seine scharfe Stimme bedeutete. Aus irgendeinem Grund war er fest entschlossen, seinen Befehl befolgt zu sehen. Vielleicht bereute er, dass er sie am Vortag aus dem Stall gescheucht hatte und wollte das unterbrochene Liebesspiel jetzt fortsetzen. Dieser Gedanke beschleunigte Krystas Puls. Oder versuchte er, sie zu demütigen, bevor er sie wegschickte? Was immer er beabsichtigte, es wäre falsch, ihn zu erzürnen. Sie hatte ohnehin keine Wahl.

In jedem Schritt drückte sich ihr Widerstreben aus, während sie zur Wanne ging. Vorsichtshalber ließ sie ihn nicht aus den Augen. Aber nachdem er erkannt hatte, dass sie gehorchen würde, beachtete er sie nicht mehr und wusch seinen Körper. Die Wangen hochrot, beobachtete sie ihn. Wenigstens schützte das Badewasser einigermaßen ihre Unschuld – oder was davon übrig geblieben war, nachdem er diese heiße Leidenschaft in ihr geweckt hatte.

Doch sie gab sich nicht völlig geschlagen. Sie sollte seinen Rücken waschen? Nur zu gern. Fügsam kniete sie neben der Wanne nieder, und ihre Lippen verzogen sich zu einem sanften Lächeln, das ihn alarmieren musste. Sie ergriff einen Lappen und tauchte ihn ins Wasser. Mit aller Kraft begann sie seinen Rücken zu schrubben.

Wollte sie seine Haut aufschürfen? Hawk lachte schallend. Verdammt, offenbar amüsierte sie ihn. »Zieh deine Krallen ein!«, mahnte er. »Ich habe auf harten Felsen geschlafen und nichts davon gespürt. Sicher wirst du keine schlimmere Wirkung ausüben.«

»Was nicht an meinem mangelnden Eifer liegen würde«, murmelte sie und verstärkte den Druck ihrer Hände, ohne Erfolg. Genauso gut hätte sie einen Stein scheuern können. Einen warmen, glatten Stein. Verwirrt zuckte sie zurück, als hätte sie sich die Finger verbrannt, und versuchte aufzustehen.

Aber Hawk umklammerte ihr Handgelenk. »Du bist noch nicht fertig.« Spöttisch hob er die Brauen. »Ich dachte, die Nordländer wären so sauber. Wie wäre es mit einem Bad?«

»Statt Euren Körper wie gepökeltes Rindfleisch in einem lächerlichen Zuber einzuweichen, solltet Ihr eine Sauna besuchen.«

»Oh, hier gibt's eine Sauna, die ich oft genieße. Trotzdem will ein Mann hin und wieder ein richtiges Bad nehmen.« Seine Finger glitten besänftigend über ihr Handgelenk.

Beinahe gewann sie den Eindruck, er wollte den Schmerz lindern, den er ihr zugefügt hatte. Unter seiner Berührung erschauerte sie wohlig. Umrahmt von langen, dichten, kastanienbraunen Wimpern, leuchteten seine Augen so blau wie der Himmel im Hochsommer. Dunkle Bartstoppeln, im Lauf der Nacht gewachsen, milderten seine markanten Züge. Plötzlich empfand sie den Wunsch, seine Wange zu berühren – *alles* an ihm kennen zu lernen.

»Also besitzt Ihr eine Sauna, Mylord?« Irgendwie musste sie sich von diesen gefährlichen Gedanken ablenken.

Ohne seinen Blick von ihr abzuwenden nickte er. »Die einzige gute Idee, auf die unsere Feinde, die Dänen, jemals kamen.«

»Eine bessere Idee als der Vorstoß nach England?« Gegen ihren Willen war ihr die Frage herausgerutscht. Hätte sie doch geschwiegen und überlegt, wie sie ihm entrinnen sollte. O Gott, sie unterhielt sich mit einem nackten Mann, der ihr Handgelenk festhielt!

»Das hängt von der Betrachtungsweise ab. Zweifellos hielten die Dänen ihren Angriff für eine ausgezeichnete Idee. Während wir…« Mit einem Achselzucken tat er den Kampf ab, der sein bisheriges Leben beherrscht hatte. Um ihn zu gewinnen, war er sogar zu einem Bündnis mit den Norwegern bereit, das er festigen würde, indem er eine Norwegerin heiratete. »Reden wir nicht vom Krieg, im Moment interessieren mich andere Dinge.«

Die ganze Nacht hatte er über seinem Verdacht gegrübelt, hin- und hergerissen zwischen der Überzeugung, er müsse sich irren, und der Erkenntnis, nichts wäre unmöglich. Letzten Endes gab er einem Impuls nach, was ungewöhnlich war, denn er pflegte sogar in der Hitze eines Gefechts stets zu überlegen, bevor er handelte. Oft genug hatten ihm seine Geistesgegenwart und sein messerscharfer Verstand das Leben gerettet. Aber diese Talente ließen ihn im Stich, wenn es um die grünäugige junge Frau ging. Da sie sein Gehirn benebelte, hatte er beschlossen, seinem Instinkt zu vertrauen. Mit jedem Lächeln vergrößerte sie seine Verwirrung.

Glücklicherweise lächelte sie in diesem Moment nicht. Sie sah sogar so aus, als würde sie nie wieder lächeln. »Gestern hast du erklärt, du willst nicht in meinen Armen liegen.«

Ihr Atem stockte, und Hawk beobachtete entzückt, wie dunkle Röte in ihr Gesicht kroch. »Das sagte ich, ohne zu überlegen – ich meine …«

»Also wirst du mit mir schlafen?«

»Nein! Darüber dürfen wir nicht sprechen. Meine Herrin …«

»Deine abwesende, pflichtvergessene Herrin«, unterbrach er sie, und seine Augen verengten sich. Dann umschloss er ihr Handgelenk noch fester, aber trotzdem behutsam, weil er ihr nicht wehtun wollte. Er fügte provozierend hinzu: »Vergiss Lady Krysta, sie spielt keine Rolle.«

»*Was?* Nur auf sie kommt es an. Habt Ihr nicht betont, wir beide wären ihr etwas schuldig?« Seine Vorsichtsmaßnahme war berechtigt, denn sie versuchte, sich loszureißen, was er mühelos verhinderte.

»Die Pflicht ist eine kalte Bettgenossin, und ich ziehe eine warmherzige, bereitwillige Frau vor. Noch viel begehrenswerter erscheint mir eine Gefährtin, die meine Leidenschaft mit gleicher Glut erwidert, so wie du gestern. Komm her!« Ehe sie ihn abwehren konnte, zog er sie näher zu sich heran. Über die

Wanne gebeugt, riss sie entsetzt die Augen auf, und er glaubte, in diesem schimmernden Grün zu ertrinken.

»Nein, Mylord! Was bildet Ihr Euch ein? Lasst mich los!«

Da zerrte er noch etwas heftiger an ihrer Hand. Sie verlor das Gleichgewicht, fiel ins Wasser und wäre auf Hawk gestürzt, hätte er sich nicht blitzschnell erhoben, um aus der Wanne zu springen. Einer so lockenden Versuchung konnte ein Mann kaum widerstehen, und er fand es klüger, der Gefahr zu entfliehen. Ohne seine Nacktheit zu beachten, beobachtete er, wie die junge Frau um sich schlug – und was mit dem Badewasser geschah. Während die ersten Spuren der schwarzen Farbe hineinrannen, änderte sich seine Miene. Die Ungewissheit hatte seinen Zorn gezügelt. Angesichts des eindeutigen Beweises sah er keinen Grund, seine Gefühle zu verbergen.

Er riss ein Handtuch von der Lehne eines Stuhls, schlang es um seine Hüften und wartete, bis eine klatschnasse, prustende, mit schwarzer Farbe befleckte Lady Krysta auftauchte – seine Braut.

4

Mühsam erhob sie sich auf die Knie und rieb ihre brennenden Augen. Hatte er sie tatsächlich in die Wanne gezerrt? Unfassbar. Was hatte er vor? Wie sollte sie …? Plötzlich unterbrach sie ihre Gedanken und starrte ihr Kleid an, über das schwarze Farbe ins Badewasser floss.

Nun wusste sie, warum ihre Augen brannten. Ein Handtuch landete in ihrem Gesicht, von einer starken Hand geschleudert. »Wisch dich ab und komm heraus. Und mach bloß nichts schmutzig!«

Dass Hawk sie allem Anschein nach durchschaut hatte, nahm ihr den Atem. Natürlich, er wusste Bescheid. Und er wird wütend sein, dachte sie. Ein kurzer Blick über den Rand des Hand-

tuchs genügte, um diese Vermutung zu bestätigen und auf etwas anderes hinzuweisen – seine spärliche Bekleidung, die kaum ausreichte, um die Schicklichkeit zu wahren. Die Beine gespreizt, die kraftvollen Arm verschränkt, stand er da und musterte sie, als wäre sie ein unerfreuliches Strandgut, das die Meereswellen vor seine Füße geschwemmt hatten.

Kein guter Anfang.

Obwohl das nasse Kleid bleischwer an ihr hing, gelang es ihr irgendwie, aus der Wanne zu klettern. Sie versuchte die schwarzen Flecken aus ihrem Gesicht zu wischen. Dann zuckte sie plötzlich zusammen, denn Hawk ging mit langen Schritten zu ihr, so schnell, dass sie keine Zeit fand, um sich zu wappnen. Dicht vor ihr blieb er stehen, bot ihr einen imposanten Ausblick auf seine nackte Brust und ergriff eine ihrer feuchten Haarsträhnen, die er so angewidert betrachtete wie einen Klumpen Seetang. »Wie sieht die echte Farbe aus?«

Krysta hüstelte, weil etwas Wasser in ihre Kehle gedrungen war. »B-b-blond…«

Offenbar missfiel ihm diese Farbe, denn er schüttelte verächtlich den Kopf. »Dachtest du, ich würde dich nicht erkennen, wenn du endlich ankommen würdest, nur weil du eine andere Haarfarbe hast?«

Die Erkenntnis ihrer eigenen Dummheit traf sie so qualvoll, dass sie nicht antworten konnte.

Seufzend ließ er die nasse Strähne los und kehrte ihr den Rücken, als würde er ihren Anblick nicht mehr ertragen. »Zieh dich aus.«

»W-Was?«, fragte sie mit schwacher Stimme.

»Zieh das nasse Zeug aus!«, befahl er und spähte sekundenlang über seine Schulter. »War das deutlich genug?«

Von Krysta abgewandt, nahm er eine Tunika vom Stuhl und ließ das Handtuch von seinen Hüften gleiten. Während er sich ankleidete, schluckte sie – der breite Rücken, die schmale Taille, die prallen Hinterbacken. Nie zuvor hatte sie auch nur einen

Gedanken an diesen Körperteil eines Mannes verschwendet. Und nun wurde ihre Aufmerksamkeit von zwei perfekten Rundungen gefesselt.

Hawk drehte sich um, bemerkte ihre Faszination und runzelte verblüfft die Stirn. Doch er hatte sich sofort wieder in der Gewalt. Seine Augen verengten sich. »Neulich fragte ich dich – in Unkenntnis deiner wahren Identität –, ob du dumm bist. Warum hast du gelogen?«

Mit diesen kränkenden Worten riss er sie aus ihrer Verwirrung. »Mein Verstand lässt nichts zu wünschen übrig. Das werdet Ihr merken, wenn Ihr mir erlaubt zu erklären …«

»O ja, du wirst mir eine ganze Menge erklären, Lady.« Hawk lachte heiser. »In allen Einzelheiten. Aber zieh dich zuerst aus. Wenn ich dich noch einmal dazu auffordern muss, reiße ich dir die nassen Sachen selber vom Leib.«

Ehe sie ihm mitzuteilen vermochte, was sie von seiner Drohung hielt, eilte er zur Tür, öffnete sie und rief nach der Dienerschaft. Hastig stolperten ein paar Leute herein und erstarrten angesichts der klatschnassen, mit schwarzer Farbe beschmierten jungen Frau.

»Leert die Wanne aus und bringt frisches Wasser«, wies Seine Lordschaft die Dienstboten an. »Das müsst ihr nicht erhitzen.«

Sie beeilten sich zu gehorchen – zweifellos, um dem Zorn ihres Herrn möglichst schnell zu entrinnen und die anderen Diener mit einer aufregenden Klatschgeschichte zu erfreuen. Inständig wünschte Krysta, sie würden hier bleiben oder bald wiederkommen – oder sie brächte den Mut auf, aus dem Fenster zu springen und der Rachsucht ihres Bräutigams zu entfliehen.

»An mir werden die nassen Kleider besser trocknen«, gab sie zu bedenken. »Die Diener brauchen sich nicht um das Wasser zu bemühen, ich hole mir selber ein paar Eimer. Oder ich gehe zum Fluss hinunter.« Sie versuchte an ihm vorbeizuhuschen und blieb abrupt stehen, als er lachte. Fand er das alles *amüsant*?

»Du schmeichelst dir.«

»Was?«

»Du schmeichelst dir, wenn du glaubst, du müsstest dich entkleiden, weil du mein Verlangen erregst. Dafür bist du viel zu schmutzig. Keine Katze, die auf sich hält, würde so etwas wie dich ins Haus schleppen. Nur zu deinem *eigenen* Vorteil solltest du halbwegs menschlich aussehen, bevor wir die Hintergründe deines unentschuldbaren Benehmens erörtern. Zieh dich endlich aus!«

Obwohl er sein Temperament zügelte, erkannte Krysta, dass sie am Rand eines gefährlichen Abgrunds stand. Wäre sie vernünftig, würde sie gehorchen. Aber allmählich zweifelte sie an ihrem Verstand, der sie stets mit Stolz erfüllt hatte. »Das werde ich tun, wenn Ihr hinausgeht.«

Unter anderen Umständen wäre seine Miene vielleicht komisch gewesen. Jetzt wirkte sie beängstigend. »Du verlangst, ich soll mein Zimmer verlassen? In meiner eigenen Festung?«

»Ich verlange es nicht, ich ersuche Euch darum. Wenn ich mich auskleiden und baden soll, dann geht, bitte! Außerdem brauche ich saubere Kleidung. Wenn Ihr so freundlich wärt, jemanden in die Halle der Dienerinnen zu schicken. Dort stehen meine Truhen.«

»Besitzt du denn gar keinen Überlebenswillen?«, fragte er freundlich, als hätte er soeben eine interessante Entdeckung gemacht.

Es war seine Belustigung, die Krysta aus der Fassung brachte. Unter den schwarzen Flecken färbten sich ihre Wangen flammend rot. Zitternd krallte sie die Finger in ihr ruiniertes Kleid und schien sich vorzustellen, es wäre der Hals ihres künftigen Herrn und Meisters. Das entging ihm nicht. Während er seine Braut erwartungsvoll beobachtete, empfand er ein gewisses Unbehagen. Etwas verspätet meldeten sich seine eigenen Überlebensinstinkte.

»Glaubt Ihr, damit gebe ich mich zufrieden?«, fauchte sie. »Einfach nur weiterleben kann man auch in einem Erdloch.

Doch das wäre kein *Leben!* Ich wünsche mir *Frieden* für Euer Volk und meines, eine gesicherte, hoffnungsvolle Zukunft, ohne Angst vor dem nächsten Angriff, ohne die bange Frage, wann wieder einmal tote Männer heimgebracht werden oder Bauernhöfe niederbrennen. Eigentlich dachte ich, auch Ihr würdet den Frieden herbeisehnen. Aber ich habe mich wohl geirrt. Falls ich Euch darauf hinweisen dürfte, Lord Hawk, der Weg zum Frieden führt nicht durch die Betten anderer Frauen.« Entgeistert starrte er Krysta an, und sie stemmte ihre Hände in die Hüften. »Wagt es bloß nicht zu leugnen! Als ihr mich für eine Dienerin halten musstet, habt Ihr mich begehrt. Und Ihr hättet mit mir geschlafen, wäre das hier…« Erbost zeigte sie auf ihr Haar. »…nicht geschehen!«

»Damit es nicht dazu kommt, wollte ich dich nach Vestfold zurückschicken.«

»Also gebt Ihr es zu. Ihr wart nahe daran, mich mit mir selbst zu betrügen.« Das klang gar nicht so übel, und so fügte sie rasch hinzu: »Und wer weiß, mit wie vielen anderen Frauen! O ja, so etwas ist allgemein üblich. Aber die Ehe schon vor der Hochzeit zu brechen…«

In seinem Kopf drehte sich alles. Lord Hawk, der sich mit erhobenem Schwert einen Weg durch zahllose schreiende Dänenhorden gebahnt hatte, so kühl und gelassen wie bei einer Waffenübung auf dem Turnierplatz, bangte plötzlich um sein inneres Gleichgewicht. Noch nie hatte sich jemand erdreistet, so mit ihm zu reden wie seine Frau, dieser Feuer speiende kleine Drachen. Bei jeder Gelegenheit forderte sie ihn heraus. Offensichtlich glaubte sie, das wäre ihr gutes Recht. Erst jetzt fiel ihm wieder ein, was er über die Norwegerinnen gehört hatte. Eigenwillige, unabhängige Frauen, stets bereit, einem Mann Fesseln anzulegen, statt ihn zu küssen, schrecklich besitzergreifend, sobald es um etwas ging, das ihnen nach ihrer Meinung zustand. Davor hatte ihn Dragon, Wolfs Bruder, gewarnt. Aber Hawk hatte angenommen, das wäre maßlos übertrieben.

Und jetzt musste er mit dieser Xanthippe fertig werden. Wenn er nicht aufpasste, würde sie sein ganzes wohl geordnetes Leben durcheinander bringen. »Jetzt reicht's!« Seine Donnerstimme erschütterte die Deckenbalken und erschreckte die Diener, die in diesem Augenblick mehrere Eimer und die entleerte Wanne über die Schwelle trugen. Vor lauter Entsetzen verschütteten sie einen Teil des Wassers, und während sie die Wanne füllten, floss noch mehr zu Boden. Ungläubig beobachtete Hawk die nervöse Schar und sah in ihrem Verhalten ein beunruhigendes Omen für die Zukunft.

Auf Händen und Knien wischten einige Diener das vergossene Wasser weg, andere rannten davon, um frisches zu holen. Plötzlich erschienen Menschen, die im Turm des Festungsherrn gar nichts zu suchen hatten, und spähten verdutzt ins Zimmer. Sogar die Vögel schien das Spektakel anzulocken, denn ein Rabe landete auf dem Fensterbrett und krächzte lauthals.

»Still!«, befahl Krysta.

Wen sie meinte, wusste Hawk nicht, und es kümmerte ihn auch gar nicht. Die Arme emporgeworfen, stürmte er zur Tür hinaus. Erst auf halber Höhe der Turmtreppe merkte er, dass er genau das tat, was die Lady wollte.

Nun musste Krysta erst einmal die Leute beschwichtigen. Das hielt sie für ihre wichtigste Aufgabe. Immerhin würden sie ihr dienen, und sie waren sichtlich verängstigt. Kein Wunder, nachdem sie diesen heftigen Wutausbruch ihres Herrn miterlebt hatten. Den durfte sie ihm nicht verübeln. Thorgold hatte sie gewarnt und mehrmals betont, ein Mann würde sich nicht gern zum Narren halten lassen.

»Vielen Dank für das frische Wasser«, sagte sie lächelnd.

Die Dienstboten starrten sie verwirrt an und wechselten sorgenvolle Blicke. Aber keiner brachte auch nur ein Wort hervor. Hastig erledigten sie ihre Pflichten – in Hawks Abwesenheit nicht mehr allzu gewissenhaft – und verschwanden so schnell

wie möglich. Außer ein paar vergessenen Tropfen rings um die Wanne hinterließen sie keine Spuren.

Mutterseelenallein stand Krysta in der Mitte des Raums, verschränkte die Arme vor der Brust und versuchte, ihr Zittern zu bekämpfen. Hatte sie ihrem Bräutigam tatsächlich erklärt, der Weg zum Frieden würde nicht durch die Betten anderer Frauen führen? Wie konnte sie ihn so dreist herausfordern? War sie verrückt geworden?

Nach einem kurzen Blick zur Tür, die seine Dienstboten hinter sich geschlossen hatten, und einem inständigen Gebet, der Herr von Hawkforte möge nicht plötzlich zurückkehren, schlüpfte sie aus ihrem nassen, mit schwarzer Farbe befleckten Kleid. Die Leute hatten Hawks Anordnung befolgt und kaltes Wasser aus der Küche heraufgebracht. Doch das störte Krysta nicht, da sie es gewohnt war, in Flüssen und Teichen zu baden, in die geschmolzene Gletscher flossen. Zufrieden setzte sie sich in die Wanne, ergriff die Seife, die daneben auf dem Stuhl lag, und wusch ihr Haar.

Dann stieg sie aus ihrem Bad und goss das schwarz gefärbte Wasser in das fachkundig angelegte Abflussrohr, das an der äußeren Turmmauer nach unten verlief. Dankbar für die zusätzlichen Eimer, die Hawks Diener bereitgestellt hatten, füllte sie die Wanne noch einmal. Bei diesem zweiten Mal blieb das Wasser sauber, und sie lag darin, solange sie keine unliebsame Störung befürchten musste. Schließlich verließ sie die Wanne, wickelte sich in ein Laken, und wenig später klopfte es an der Tür.

»Herein!«, rief sie.

Auf seinen krummen Beinen humpelte Thorgold ins Zimmer und schleifte eine Truhe hinter sich her. »Raven meint, das würdet Ihr brauchen.«

»Danke! Gerade habe ich überlegt, wie ich mir saubere Kleidung beschaffen soll.«

»Immerhin habt Ihr Eure Blößen bedeckt«, bemerkte er grin-

send. »Vorhin stürmte Seine Lordschaft aus diesem Turm, als wären alle Furien hinter ihm her. Hättet Ihr bloß gesehen, wie die verschreckten Leute das Weite suchten!«

»O nein«, stöhnte Krysta. »Natürlich habe ich mit seinem Ärger gerechnet. Aber dass es so schlimm ist…«

»Ärgerlich ist er nicht, sondern furchtbar wütend, ganz zu schweigen von seiner Verwirrung!« Thorgolds Gelächter schien von seinen Zehenspitzen nach oben zu quellen und erschütterte den ganzen Körper. Aber dann sah er Krystas gesenkten Blick und wurde sofort ernst. »Regt Euch nicht auf, Mädchen. Was geschehen ist, lässt sich nicht ändern. Jetzt kommt's darauf an, was Ihr tun wollt.«

»Keine Ahnung…« Unglücklich sank sie auf den Stuhl und wünschte, sie könnte einfach verschwinden. Nur allzu gut erinnerte sie sich an Hawks Behauptung, keine Katze, die etwas auf sich hielt, würde so etwas wie *sie* ins Haus schleppen. Wie durfte sie hoffen, die Liebe eines Mannes zu erringen, der sie verachtete?

Und doch – bevor er die Wahrheit herausgefunden hatte, war sein Verlangen nach ihr erwacht. Mochte sie auch unberührt und unschuldig sein, sie wusste, welche Gefühle sie von Anfang an erfasst hatten.

Trotz des Unbehagens, das Thorgold angesichts solcher weiblichen Probleme empfand, wollte er seiner Herrin helfen und zeigte auf die Truhe. »Raven hat gesagt, Ihr sollt das Kleid anziehen, das obenauf liegt.«

Nachdem er den Raum verlassen hatte, kniete Krysta neben der Truhe nieder und öffnete sie. Vor ihr lag ein Kleid, das sie nie zuvor gesehen hatte. Der Stoff glich dem Schaum auf Wellenkronen, er war so hauchzart, dass sie glaubte, die sanfteste Brise könnte ihn davonwehen. Trotzdem fühlte sich das Kleid seltsam schwer an, als sie es vorsichtig hochhob. Verblüfft runzelte sie die Stirn, als sie die zahllosen, winzigen aufgestickten Kristalle entdeckte. Einerseits fragil, andererseits substanziell, machte ihr

das Gewand Mut. Sie stand auf und zog es über den Kopf, und es schmiegte sich an ihren Körper, wie für sie geschneidert. Aber es war für eine andere Frau bestimmt gewesen. Das wusste sie. Für die Mutter, die sie nie gekannt hatte…

In Hawks Gemach gab es nur einen einzigen Spiegel neben dem Waschtisch, auf dem ein scharf geschliffenes Rasiermesser lag. Ihr Bild in der polierten Bronze zeigte tränennasse Augen und zerzaustes Haar. Von der Farbe befreit, begann es sich zu dichten, widerspenstigen Locken zu kräuseln. Einen Teil konnte Krysta mit einem passenden Band aus der Stirn halten, den Rest ließ sie auf die Schultern fallen.

Gewissenhaft brachte sie das Zimmer in Ordnung. Um den gefürchteten Moment hinauszuzögern, in dem sie die verhältnismäßige Sicherheit dieses Raumes verlassen musste, sah sie sich um. Ihr Blick glitt zum Fenstertisch hinüber. Was darauf lag, fesselte sofort ihre Aufmerksamkeit.

Ein Buch.

In ihrem Leben hatte sie vielleicht ein halbes Dutzend Bücher gesehen und drei besessen, die sie der Großzügigkeit ihres verstorbenen Vaters verdankte. Wie sie sich entsann, hatte Raven erzählt, Hawk könnte lesen. Aber es überraschte Krysta, ein so kostbares Buch zu entdecken, sie ging darauf zu. Eine Zeit lang betrachtete sie einfach nur den reich verzierten Ledereinband – dann war die Versuchung unwiderstehlich. Behutsam öffnete sie das Buch. Ohne dass es ihr richtig bewusst wurde, setzte sie sich auf den Stuhl neben dem Tisch und begann zu lesen.

Hawks Zorn verflog erstaunlich schnell. Eine knappe Stunde, nachdem er das Turmzimmer verlassen hatte, war seine Wut nur mehr eine Erinnerung. Der Wind wehte die düstere Stimmung so erfolgreich davon, wie er das Segel des Kutters blähte, der jenseits des Hafens über die Wellen tanzte. In einer Kurve aus goldenem Strand und weißen Klippen sah er Hawkforte liegen – ein Anblick, der ihn stets erfreute, wenn er von kürzeren oder län-

geren Seereisen zurückkehrte. Dies war sein Heim, seine Zuflucht, sein Sieg über eine grausame, lieblose Welt. Und jetzt gewann die geliebte Festung eine neue Bedeutung. In ihren Mauern befand sich die Frau, die zwei Völkern den ersehnten Frieden bringen sollte, die seine Hoffnung auf ein Glück geweckt hatte, wie es seine Schwester mit ihrem Ehemann teilte, und die so dreist gewesen war, ihn zu hintergehen.

Das war ihr nur kurzfristig gelungen. Das tröstete seinen Stolz. Aber er fragte sich, wie lange sie die Maskerade fortgesetzt hätte, wäre sie nicht entlarvt worden. Und was hatte sie damit bezweckt? Warum riskierte sie seinen Zorn?

Dafür musste es einen Grund geben, den er bald erfahren würde. Er hatte seine Braut endlich kennen gelernt, was ihm allerdings wenig nützte, denn sie erschien ihm noch mysteriöser als das Fatansiebild seiner abwesenden Verlobten.

Seine Behauptung, er würde sie nicht begehren, war eine Lüge gewesen. Aber jeder halbwegs vernünftige Mann behielt gewisse Dinge für sich. Welche Macht sie auf ihn ausübte, durfte sie nicht merken. Nie zuvor hatte eine Frau so heiße Gefühle in ihm entfacht. Bei diesem Gedanken dachte er an ihre Anklage, beinahe hätte er sie mit ihr selbst betrogen. Und dann entsann er sich, wie sie klatschnass aus der Wanne gestiegen war, mit schwarzer Farbe beschmutzt, ein wildes Feuer in den Augen. Sekundenlang musste er lachen. Doch die Belustigung erstarb sofort, wurde von der Erinnerung an ihren Blick verdrängt, während er sich angekleidet hatte. Nicht nur er schien süße Gefühle zu empfinden.

Lächelnd kniff er die Augen zusammen, um sie vor den grellen Sonnenstrahlen zu schützen, die das Wasser widerspiegelte. Dann steuerte er das Boot in den Wind und segelte die Küste entlang. Seit seiner frühen Kindheit liebte er das Meer. Nur hier draußen, mit Wasser und Luft vereint, fühlte er sich wirklich frei. Diese Flucht vor der Mühsal des Alltags erlaubte er sich nur selten, deshalb erschien sie ihm umso kostbarer.

Bis in den Nachmittag hinein kreuzte er vor den Buchten von Hawkforte. Die Fischer in ihren wendigen kleinen Kähnen aus gegerbten Tierhäuten winkten ihm zu. Ebenso wie der Kapitän eines Handelsschiffs, das sich dem Hafen näherte. Sobald er das Habichtswappen am Segel des Kutters entdeckte, ließ er sein Banner einholen, um Seine Lordschaft zu begrüßen. Eine Herde fröhlicher Seehunde tollte vorbei. Kurz nachdem sie aus Hawks Blickfeld verschwunden waren, entdeckte er etwas anderes in den Wellen – eine dunkle, schlanke Gestalt, die den Kopf zu heben und ihn zu mustern schien. Sogar mehrere Schemen – aber vielleicht waren es nur Schatten, denn sie verflüchtigten sich blitzschnell.

Über seinem Boot kreisten Möwen und beobachteten glänzende Heringe, die wie Silberpfeile unter der Wasseroberfläche umherwirbelten. Auch die Seelöwen und die Fischer folgten ihnen. Schimmernde Netze wurden ausgeworfen und mit reicher Beute wieder in die Fischerboote gezogen.

Während die Sonne nach Westen wanderte, segelte Hawk zur Küste zurück. Diesen freien Tag hatte er sich gestohlen, und er empfand keine Reue, denn die Mußestunden hatten eine bedeutsame Veränderung in ihm bewirkt. Jetzt fühlte er sich besser für die Auseinandersetzung mit seiner tückischen Braut gewappnet als an diesem Morgen. Er freute sich sogar darauf, und die heitere Stimmung hielt an, bis er den Hafen etwas deutlicher sah.

Daria erwartete ihn auf dem Kai. Beim Anblick ihrer hageren Gestalt musste er an ein Unheil verkündendes Gespenst denken. Beinahe hätte er sein Boot wieder aufs Meer hinausgesteuert. Nur seine eiserne Disziplin befähigte ihn, seinen Kutter zu vertäuen und die steinerne Treppe hinaufzusteigen.

Kaum hatte er die oberste Stufe erreicht, als Daria auch schon tief Atem holte. Wie einen Giftpfeil schleuderte sie ihm ihre Klage entgegen. »Weißt du's schon? Natürlich, du musst es wissen! Wie kann sie es wagen? Welches Spiel treibt dieses alberne Mädchen? Wenn ich mir vorstelle, was für eine schreckliche

Beleidigung sie dir zugefügt hat...« Stöhnend presste sie eine Hand auf ihre Brust, als hätte sie eine Hauptrolle in einem schlechten Theaterstück übernommen. »Warum lässt du sie nicht auspeitschen, mitsamt ihrer grauenvollen Dienerschaft? Wie soll sie jemals lernen, die Pflichten der Herrin von Hawkforte zu erfüllen, wenn du diese Respektlosigkeit duldest?«

Schon seit langer Zeit kannte Hawk die Lebenselixiere seiner Halbschwester – bitteren Zorn und Missgunst. Davon ließ er sich nicht beeindrucken. »Beruhige dich, Daria. Vor lauter Zorn überschreitest du deine Grenzen. Was geschehen soll, entscheide einzig und allein *ich*.«

»Ja, natürlich.« Durch gesenkte Wimpern schaute sie ihn in heuchlerischer Demut an. »Wie dumm von mir... Aber was hat sie sich nur dabei gedacht? Vielleicht ist sie nicht ganz richtig im Kopf. Du musst herausfinden, was sie zu diesem Täuschungsmanöver veranlasst hat...«

Mit schnellen Schritten ging er den Kai entlang. Um an seiner Seite zu bleiben, musste Daria laufen. »Außer mir braucht sich niemand für ihre Beweggründe zu interessieren. Für dich und alle anderen genügt die Erkenntnis, wer sie ist. An meinem Entschluss, Lady Krysta zu heiraten, wird sich nichts ändern. Erstens wird diese Ehe den Frieden sichern, zweitens bringt sie mir eine beträchtliche Mitgift ein. Damit kann ich die Verteidigungsbastionen von Hawkforte vor dem nächsten Kampf gegen die Dänen verstärken. Das ist am allerwichtigsten. Hast du mich verstanden?«

Sekundenlang flackerte ein seltsames Licht in ihren Augen, erlosch aber so schnell, dass er glaubte, er hätte sich geirrt. »Gewiss, das verstehe ich«, antwortete sie. »Du hast nie einen Hehl daraus gemacht, was du wichtig findest und was nicht. Nur aus Sorge um dich möchte ich die Schwierigkeiten erwähnen, die vielleicht auf dich zukommen. Nach dieser verrückten Maskerade werden die Leute deiner Braut voller Argwohn begegnen. Darauf solltest du dich vorbereiten.«

Obwohl er versucht war, die Warnung zu missachten, musste er seiner Schwester Recht geben. Zumindest würden seine Untertanen überrascht und verwirrt sein. Da sie ihm treu ergeben waren, könnten sie Krysta wegen ihrer Hinterlist sogar verdammen. Bei diesem Gedanken runzelte er die Stirn. Wenn sie auch eine Strafe verdiente – die Bewohner von Hawkforte mussten ihre künftige Herrin respektieren. Was das betraf, würden sie seiner Weisung folgen. Also blieben ihm nicht allzu viele Möglichkeiten, was seine Vergeltungsmaßnahmen betraf. Noch ein Problem, das die Lady heraufbeschworen hatte. Und sie waren noch nicht einmal verheiratet. Kein gutes Omen für die Zukunft…

Als er seine Schritte beschleunigte, konnte Daria ihm nicht mehr folgen. Kurz danach betrat er den Hof der Festung, wo wie üblich reges Leben und Treiben herrschte. Aber Hawk ließ sich nicht täuschen, er sah die verstohlenen Blicke, die ihm von allen Seiten zugeworfen wurden. Offenbar hatte sich die Neuigkeit bereits herumgesprochen. Vor lauter Neugier würden die Leute fast platzen, waren aber klug genug, in seiner Gegenwart den Mund zu halten.

Nur kurzfristig erwog er, mit seiner schuldbeladenen Braut zu reden. Nein, dieses zweifelhafte Vergnügen wollte er sich für später aufheben. An diesem Morgen hatte er sein Bad nicht beendet, und seither war er mit reichlich salziger Gischt bespritzt worden. Seine Tunika fühlte sich steif und kratzig an. Und so suchte er Zuflucht in seiner Sauna, nachdem er einem Diener befohlen hatte, ihm frische Kleidung zu bringen.

Halb unter der Erde, mit einem steinernen Dach, wäre die Kammer kühl und feucht gewesen, hätte kein Feuer in einem Eisenkasten gebrannt. Darüber lagen glatt polierte Steine. Hawk warf noch etwas Holz in die Flammen. Mit einem Schöpflöffel goss er Wasser auf die Steine, bevor er sich auszog. Er wusch seinen ganzen Körper, dann streckte er sich auf der Bank aus, und die

wohltuende Hitze beschwor Erinnerungen herauf. In dieser Sauna hatte sein Schwager mit dem passenden Namen Wolf erklärt, auch Hawk sollte das Bündnis zwischen Norwegern und Sachsen mit einer Heirat festigen. Ein starkes Wikingerheer im Rücken, war Wolf nach Hawkforte gekommen, um seine Gemahlin Cymbra, die Schwester des Festungsherrn, zurückzuerobern. Hawk wurde immer noch von Gewissensbissen geplagt, weil er sie aus Wolfs Burg Sciringesheal entführt hatte. Dorthin war sie als Gefangene des Jarls gebracht und später seine innig geliebte Ehefrau geworden. Das hatte Hawk nicht verstanden und sie an Bord seines Schiffs gelockt – mit List und Tücke, könnte man behaupten. Bei diesem Gedanken seufzte er unbehaglich. Damit ließ sich die jetzige Situation nicht vergleichen. Immerhin hatte er damals geglaubt, es wäre richtig, Cymbra nach Hause zu holen. Aber was mochte Krysta zu ihrem Täuschungsmanöver bewogen haben?

Zweifellos hatte sie sich inzwischen eine Rechtfertigung ausgedacht, vielleicht sogar mehrere. Doch er wollte ihre *wahren* Motive erfahren, wenn er auch nicht erwarten durfte, das würde ihm gelingen. Darüber grübelte er, bis sein Magen knurrte. Seit dem Morgen hatte er nichts gegessen, inzwischen neigte sich der Tag dem Abend zu, und er konnte nicht für immer in der Sauna bleiben. Er griff nach den sauberen Kleidern, die der Diener bereitgelegt hatte, ging zu einem nahen Teich und nahm ein erfrischendes Bad. Als er aus dem kalten Wasser auftauchte, fühlte er sich gestärkt und bereit für alles, was auf ihn einstürmen würde. Das hoffte er zumindest.

In seiner Halle angekommen, schaute er sich um. Die Dienstboten bereiteten die Mahlzeit vor und musterten ihn nur kurz, bevor sie wieder ihre Pflichten erfüllten. Zu seiner Erleichterung war Daria noch nicht erschienen. Zögernd blieb er stehen und wünschte, Edvard würde herbeieilen und irgendeine Angelegenheit erwähnen, die Hawks sofortige Aufmerksamkeit erforderte.

Da sich der Verwalter nirgends zeigte, stieg Hawk die Treppe zu seinem Turm hinauf, nicht so schnell wie normalerweise, die Blicke der Dienerschaft im Rücken, keineswegs eifrig bestrebt zu entdecken, was ihn da oben erwartete.

Seine Tür war angelehnt, und er öffnete sie so vorsichtig, als würde er sich Zugang zu einer dänischen Festung verschaffen. Lautlos schwang sie an gut geölten Angeln auf. Der Raum sah aus wie am Morgen, nur ordentlicher. Inzwischen hatte man die Wanne entfernt und alle Spuren des spektakulären Bads beseitigt. Auf dem schlichten Holztisch, an dem er sich niederzulassen pflegte, um Geschäftspapiere und die Korrespondenz aus Winchester zu studieren und gelegentlich ein paar Stunden für seine geliebten Bücher zu erübrigen, lag auch jetzt ein Buch. Aber nicht er selbst beugte sich darüber. Seine triefnasse, mit schwarzer Farbe beschmutzte Verlobte war verschwunden. Da saß an ihrer Stelle ein Geschöpf aus Sonnenlicht und Meeresschaum, sicher nicht menschlich, oder doch, falls das heftige Erröten bei seinem Anblick darauf hinwies.

Langsam schloss sie das Buch – sehr sorgfältig, wie er feststellte – und erhob sich, als würde sie ihm lieber stehend begegnen. Sie versuchte zu lächeln, was kläglich misslang. »Mylord...«

Die Stimme klang unverändert, sanft und kehlig. Während er die junge Frau etwas genauer betrachtete, merkte er, dass auch die äußere Erscheinung fast gleich geblieben war. Die Augen schimmerten immer noch in jenem einzigartigen Grün, das er nie zuvor gesehen hatte. Auf der Nase sah er die gewohnten Sommersprossen. Das beruhigte ihn. Sonst hätte er seine Braut wohl kaum wiedererkannt.

Schön fand er sie noch immer nicht, gemessen an seiner Schwester, die man für die schönste Frau in der christlichen Welt hielt. Aber die mangelnde klassische Schönheit ersetzte diese Lady durch ein gewisses Etwas, eine ganz besondere Ausstrahlung. Hawk starrte sie an, ertappte sich dabei und bemühte sich

erfolglos wegzuschauen. Warum sollte er auch? Schließlich war sie seine Braut und seine Neugier verständlich.

»Was machst du hier?«

Sein schroffer Ton verwirrte Krysta. Und wie bedrohlich er aussah, hoch aufgerichtet, die Stirn gerunzelt. Irgendwie schien er die Außenwelt hereinzubringen, den Raum mit der Macht des Windes, des Meeres und der Erde zu füllen. Obwohl sie sich nicht fürchtete – kein bisschen –, wich sie einen Schritt zurück. Natürlich war das absurd, weil es keinen Fluchtweg gab. Sie wies auf das Buch. »Damit bin ich ganz behutsam umgegangen.«

Als er der Richtung ihres Blicks folgte, vertieften sich seine Stirnfalten. »Hast du gelesen?« Das war keine unsinnige Frage, denn viele Menschen begnügten sich damit, die kunstvollen Bilder und Schriftzeichen auf dem edlen Pergament solcher Werke zu bewundern, ohne die Worte zu verstehen.

Krysta nickte. Beklommen suchte sie in seinen Augen nach einer Missbilligung, entdeckte aber nichts dergleichen und atmete auf. Er wirkte nur überrascht.

»Welch eine erstaunliche Fähigkeit…« Mit der Erkenntnis, dass seine künftige Gemahlin lesen konnte und seine Freude an Büchern offenbar teilte, würde er sich später befassen. Jetzt wollte er feststellen, welche verborgenen Talente sie sonst noch besaß. »Was hältst du von dem Buch?«

»Nun, ich finde es sehr schön, aber bedrückend. Wer ist dieser – Boethius?«

»Ein Römer, der vor vielen Jahrhunderten lebte. Er liebte die Musik und die Mathematik. Seinen größten Trost fand er jedoch, wie dieses Buch besagt, in der Philosophie.« Gedankenverloren starrte Hawk den Ledereinband an. »Das schrieb er im Gefängnis, kurz vor seiner unverdienten Hinrichtung. Wenn ihn die Arbeit getröstet hat – umso besser.«

»So alt kann das Buch nicht sein«, meinte Krysta verblüfft. »Das Pergament fühlt sich neu an. Und einige Kommentare stammen aus unserer Zeit. Wie ist das möglich?«

»Die Kommentare hat Alfred verfasst, übrigens auch die Übersetzung. Er schätzt Boethius sehr, wenn er auch nicht in allen Punkten mit ihm übereinstimmt. Unserem König verdanken wir aufschlussreiche Kopien von diesem Buch und anderen. Allen Menschen, die lesen gelernt haben, stehen sie zur Verfügung, oder denen, die sich daraus vorlesen lassen und klug genug sind, um den Inhalt zu würdigen.«

»Also ist Euer König nicht nur ein Krieger, sondern auch ein Gelehrter. Jetzt verstehe ich besser, warum Ihr ihm dient.«

»Das ist meine Pflicht.«

»Nur die Pflicht bewirkt Eure Loyalität?«, fragte sie leise. Sie wusste, dass sie in seine Privatsphäre eindrang. Doch sie musste es wagen, denn sie wollte sich ein Urteil über den Mann bilden, der ihr Schicksal entscheiden würde. »Inspiriert Euch nichts anderes?«

Es dauerte eine Weile, bis Hawk ihr eine wohl überlegte Antwort gab. »Vor der Treue steht das Vertrauen – das unabdingbar ist.«

Aus ihren Wangen wich alle Farbe. Diese Anspielung verstand sie nur zu gut. Wie sollte er *ihr* vertrauen? »Erlaubt mir zu erklären ...«

»Kannst du das?« Hawk lehnte sich an die Wand neben dem Fenster, die Arme vor der breiten Brust verschränkt, und erweckte den Eindruck, er wäre nur mäßig interessiert. Aber sie ließ sich nicht täuschen. Inzwischen kannte sie ihn gut genug und wusste, welch tiefe Gefühle sich hinter seiner gleichmütigen Fassade verbargen. »Darf ich raten? Du hast dich verkleidet, weil du fürchten musstest, die Dänen würden dich auf der Reise gefangen nehmen. Nach der Ankunft auf Hawkforte bewog dich mädchenhafte Scheu, deine Identität zu verheimlichen.«

Eine perfekte Begründung, der niemand widersprechen würde und die kein schlechtes Licht auf Krysta warf. Während sie überlegte, warum er ihr eine so leichte Lösung des Problems

anbot, war sie fast versucht, nach dem rettenden Strohhalm zu greifen. Nur ihre Wahrheitsliebe hinderte sie daran. »Das klingt plausibel. Aber es stimmt nicht. Ich schlüpfte in die Rolle einer Magd, weil ich dachte, vor unserer Hochzeit sollte ich möglichst viel über Euch erfahren, die Dienstboten würden mir einiges erzählen, und dann könnte ich Euch eine bessere Gemahlin sein.«

Bevor er die gewohnte unergründliche Miene aufsetzte, bemerkte sie seine Verwunderung. »Gegen diese selbstlosen Absichten ist nichts einzuwenden«, erwiderte er ironisch. »Also hast du dich zu meinem Wohl maskiert?«

Wie dringend sie seiner Liebe bedurfte, mochte sie nicht gestehen. Verzweifelt suchte sie nach Worten. »Uns *beiden* käme eine erfolgreiche Ehe zugute – und unseren Völkern ebenso.«

Nun waren sie beim Thema Pflicht angelangt. Hawk trat näher zu ihr und freute sich, weil sie nicht zurückwich. Langsam hob er eine Hand und berührte ihr glänzendes Haar. Solche dichten Locken hatte er noch nie gesehen – so reizvoll zerzaust, als wäre der Wind darüber hinweggetanzt. Unter seinen Fingern fühlten sie sich wie Seide an. Unwillkürlich lächelte er, weil sie versucht hatte, ihre Haarpracht mit einem Band zu zügeln. Inzwischen war es verrutscht, in den Löckchen verfangen. Er atmete den Duft ihrer Haut ein und erinnerte sich an Rosen, die nur am Meer wuchsen und die frische Salzluft mit ihrem Aroma bereicherten. In ihrem schlanken Hals pochte der Puls. Eine Zeit lang starrte er darauf, dann seufzte er und rückte ihr Haarband zurecht.

»Wohin ist Euer Zorn entschwunden?«, flüsterte sie.

Danach fragte er sich auch, gab es aber nicht zu. »Der muss warten, bis ich entschieden habe, ob ich ihn brauche.«

Tiefe Gefühle, dachte sie wieder und nickte. Die schwache Hoffnung, am Morgen geschöpft und im Lauf des Tages fast begraben, kehrte zurück und schimmerte in ihrem Herzen wie eine winzige Perle.

»Komm«, befahl er und streckte eine Hand aus.

Am Strand war sie vor seiner Berührung zurückgeschreckt, als hätte sie sich verbrannt. Jetzt legte sie ihre Hand ohne Zögern in seine.

5

Mit einem Schreckensschrei fuhr Krysta aus dem Schlaf empor und bekämpfte das bleischwere Gewicht auf ihrer Brust. Verzweifelt schlug sie um sich und trat nach dem Ungeheuer, das sie zu erdrücken drohte.

»Hatschiiii!«

Aus der Matratze, auf die ihre Fäuste trommelten, hatten sich Federn gelöst, kitzelten ihre Nase, und sie musste niesen. Das verscheuchte die Nebel aus ihrem Gehirn. Als sie wieder halbwegs klar denken konnte, fiel ihr ein, wo sie war. Verärgert über ihre Dummheit, richtete sie sich auf und schob die dicke Pelzdecke beiseite. Nur gut, dass niemand ihr albernes Verhalten beobachtet hatte.

Sie saß in einem komfortablen breiten Bett. Wie man ihr erklärt hatte, wurde es von König Alfred benutzt, wenn er Hawkforte besuchte. Nun bewohnte Krysta das Gemach in einem der niedrigeren Türme, das stets für den Herrscher bereitgehalten wurde. Immer noch leicht benommen, schaute sie sich um. Am vergangenen Abend hatten nur die Fackeln in den Händen der Dienstboten, denen sie hierher gefolgt war, und kupferne Kohlenbecken den Raum erhellt. Wie eine Schar gespenstischer Tänzer war der Widerschein der Flammen über die Wände gehuscht.

Jetzt betrachtete Krysta die verschwenderische Einrichtung im gleißenden Sonnenlicht, das durch die Fenster hereinströmte. Nun bewunderte sie die reich geschnitzten Möbel, die kostbaren Wandbehänge, die dicken Teppiche. Auf dem Bett mit den

üppig bestickten Vorhängen häuften sich die Pelze, die ihr in einem Albtraum den Atem genommen hatten.

Noch nie in ihrem Leben hatte sie ein so luxuriöses Schlafzimmer gesehen – und sie war noch nie so allein gewesen. Raven oder Thorgold hatten sich stets in ihrer Nähe aufgehalten. Und nun wusste sie nicht einmal, wo sich die beiden befanden. Seit sie am letzten Abend in die Halle gegangen war, hatte sie ihre Freunde nicht mehr gesehen. Sie hatten kein einziges Wort wechseln können. Seufzend streifte sie das Nachthemd nach oben, das über ihre Schulter hinabgerutscht war. Sie erinnerte sich an den Augenblick, als sie am Arm des Festungsherrn die Halle betreten hatte. Die Neugier der Leute war nahezu greifbar gewesen, und sie hatte beinahe geglaubt, Hawk müsste sein Schwert benutzen, um seiner Begleiterin und sich selbst einen Weg hindurch zu bahnen. Aber er ging einfach weiter, ohne die Gaffer zu beachten, die Krysta zweifellos verdammen würden, hätten sie im Blick Seiner Lordschaft eine Aufforderung dazu gelesen. Vor seiner Tafel blieb er stehen und verkündete: »Lady Krysta von Vestfold.«

Mit keinem Wort erwähnte er ihre Verwandlung und gab auch keine Erklärung für ihre Maskerade ab. Stattdessen ließ er einen zweiten Thron, fast so groß wie sein eigener, an seiner Seite aufstellen. Als die Ritter erkannten, welche Ehre er seiner Braut erwies, nickten sie ihr zu, sprachen sie aber nicht an. Hin und wieder schauten sie verstohlen zu ihr herüber und schienen sich zu fragen, was für eine Frau das sein mochte, die den Herrn von Hawkforte heimtückisch getäuscht hatte und – so sah es zumindest aus – ungestraft davonkam.

Während der Mahlzeit brachte sie kaum einen Bissen hinunter. Zu mühelos erriet sie die Gedanken der Leute, die überlegten, ob sie eine strenge, anspruchsvolle Herrin wäre. Was sie dachten, wollten sie sich nicht anmerken lassen. Nur Daria machte keinen Hehl aus ihrer Meinung. Obwohl Vater Elbert beruhigend auf sie einsprach, warf die verbitterte Frau der Ver-

lobten ihres Bruders immer wieder zornige Blicke zu, unfähig, die Wellen ihres Hasses einzudämmen.

Endlich war das Abendessen beendet. Vor Erleichterung fühlte sich Krysta ganz schwach. Hawk blieb mit den Kriegern an der Tafel sitzen und bedeutete einigen Dienstboten, seine Braut in ihr Zimmer zu geleiten. Als sie sich erhob, stand er ebenfalls auf. Über ihre Hand gebeugt, wünschte er ihr höflich eine gute Nacht vor den Augen eines faszinierten Publikums, das sofort zu tuscheln begann. An Schlaf ist nicht zu denken, fürchtete sie. Aber sobald ihr Kopf das Kissen berührt hatte, war sie eingeschlummert.

Und jetzt musste, nach dem hellen Sonnenschein zu schließen, später Morgen sein. So lange hatte sie noch nie geschlafen. Sie sprang aus dem Bett und sah sich nach ihren Sachen um.

Sorgsam zusammengefaltet, lag das Kleid ihrer Mutter auf einer Truhe am Fußende des Betts, die ihre restliche Garderobe enthielt. Ihr übriges Eigentum – wertvolle Bücher, glatt geschliffene Steine aus der Bucht vor ihrem Haus auf den nordischen Klippen und eine Kassette mit gepressten Blumen – war im Zimmer verteilt. Erstaunt fragte sie sich, welche gütige Seele ihr geholfen hatte, sich ein bisschen heimisch zu fühlen. Sie nahm ein Hemd, Strümpfe und ein schlichtes Tageskleid aus der Truhe. Auf einem Fenstertisch fand sie einen Krug mit warmem Wasser. Offenbar war ein Dienstbote hereingekommen, während sie geschlafen hatte. Weil man sie nicht für eine Faulenzerin halten sollte, wusch sie hastig ihr Gesicht und die Hände. Dann zog sie sich an. Noch bevor sie den Mut aufbrachte, die Tür zu öffnen, klopfte es.

»Herein!«, rief sie.

Eine junge Frau trug ein Tablett ins Zimmer und lächelte schüchtern. »Guten Tag, Mylady. Hoffentlich habt Ihr gut geschlafen. Ich bin Aelfgyth, Eure Zofe.«

»Meine – meine Zofe?«, stammelte Krysta. Vor lauter Verblüffung wäre ihr beinahe herausgerutscht, sie sei noch nie von

einer Zofe bedient worden. Wenn Raven und Thorgold auch Dienstboten waren, hatte sie die beiden stets als ihre Freunde betrachtet, deren unabhängige Denkweise sie nicht störte. Die Befehle ihrer Herrin befolgten sie nur, wenn es ihnen gefiel, und sie gehorchten ihr niemals blindlings – genauso wenig, wie sie zum Mond fliegen würden. Was sogar wahrscheinlicher wäre. Aber sie fand, es wäre unklug, ihre mangelnde Erfahrung mit dienstbaren Geistern zu gestehen. »Wir werden sicher gut miteinander auskommen, Aelfgyth.« Erfreut musterte sie das Tablett, das die junge Frau auf den Tisch gestellt hatte – frisch gebackenes Brot, Beeren, ein Stück Käse. Dieses Frühstück hätte sie selbst auch gewählt.

»Wie mir Eure Dienerin erklärt hat, esst Ihr kein Fleisch, Mylady«, berichtete die Zofe etwas unbehaglich. Allem Anschein nach war das Gespräch mit Raven kein reines Vergnügen gewesen. »Sonst würde ich Euch etwas von der Wurst holen, die unsere Köchin in dieser Woche gebrüht hat, sie schmeckt köstlich.«

»Daran zweifle ich nicht. Aber mit dieser Mahlzeit bin ich sehr zufrieden. Übrigens bin ich's nicht gewöhnt, dass man mir das Essen ins Zimmer bringt, normalerweise schlafe ich auch nicht so lange.«

»Nun, der gestrige Tag war ziemlich ereignisreich und ermüdend«, bemerkte Aelfgyth diplomatisch. Nach kurzem Zögern fügte sie hinzu: »Wenn es Euch beliebt, Mylady – der Verwalter erwartet Euch.«

Der Respekt einflößende Edvard?

Krystas Verblüffung musste offensichtlich gewesen sein, denn die Zofe fuhr fort: »Bevor Lord Hawk auf den Turnierplatz ging, wo er Waffenübungen mit seinen Männern abhält, beauftragte er Edvard, Euch durch die Burg zu führen und alle Eure Fragen bezüglich des Haushalts zu beantworten.«

Also sollte nicht Daria, sondern der Verwalter die neue Herrin über die Gepflogenheiten von Hawkforte informieren. Krysta

glaubte nicht, dass ihn diese Aufgabe beglückte, war aber froh, weil ihr die Gesellschaft der künftigen Schwägerin vorerst erspart blieb.

Um ihn nicht noch länger warten zu lassen, frühstückte sie in aller Eile und verließ das königliche Gemach. Sie sah ihn auf den Stufen zur Haupthalle sitzen, wo er gerade ein Geschäftspapier studierte. Bei ihrer Ankunft sprang er auf, schob die Pergamentrolle in seine Tunika und verneigte sich. Der Blick, den er mit Aelfgyth wechselte, wäre Krysta entgangen, hätte eine wachsende Nervosität ihre Sinne nicht geschärft.

Als er die Zofe lächeln sah, hob er die Brauen, senkte sie wieder und schenkte der Braut des Festungsherrn seine ungeteilte Aufmerksamkeit. »Guten Morgen, Mylady. Habt Ihr gut geschlafen?«

»Ganz ausgezeichnet und viel zu lange. Wie ich von Aelfgyth erfahren habe, werdet Ihr mir das Haus zeigen.«

»Ja, auf die Anordnung Seiner Lordschaft.« Edvard runzelte die Stirn und unterbrach sich. Diese bemerkenswerte Frau hatte straflos seinen Herrn hintergangen, obwohl Lord Hawk in ganz England für seine gnadenlose Rache an allen Leuten bekannt war, die seinen Unmut erregten. Also schien Lady Krysta seine besondere Wertschätzung zu genießen, deshalb hielt der Verwalter eine Erklärung für angemessen. »Das würde er selbst übernehmen, müsste er sich nicht an den Waffenübungen beteiligen. In unseren unruhigen Zeiten hat diese Pflicht absoluten Vorrang. Hawkforte mag den Eindruck einer friedlichen Festung erwecken. Doch der Friede wird nur durch unablässige Wachsamkeit und Disziplin gewährleistet. Glücklicherweise ist Lord Hawk seinen Kriegern in beiden Tugenden ein leuchtendes Beispiel.«

Nachdem Krysta diesen umständlichen Ausführungen etwas mühsam gefolgt war und daraus schloss, der Verwalter wollte ihr zu verstehen geben, die Abwesenheit ihres Bräutigams dürfe sie nicht kränken, versicherte sie, seine Begleitung sei ihr will-

kommen. Insgeheim fühlte sie sich sogar erleichtert, weil sie ihrem formidablen Verlobten vorläufig nicht begegnen musste.

Edvard erwähnte Daria nicht, und sie ließ sich auch nirgends blicken, während sie durch Hawkforte wanderten. Zunächst besuchten sie die kühle Molkerei mit den dicken Steinmauern, die halb unter der Erde lag, dann die Werkstätten, wo Wolle gesponnen, gewebt und gefärbt wurde; die Räucherkammer und die Vorratslager, die Schmiede und den Schuppen, wo man Holz sägte und verarbeitete; die Gerberei und die Getreidemühle und schließlich die Taubengehege an der Spitze eines der Türme. Neugierig, aber zurückhaltend begrüßten die Festungsbewohner ihre künftige Herrin. Edvard musterte die Leute mit strengem Blick, der ihnen klar machen sollte, wer und was sie war. Als müssten sie trotz der Klatschgeschichten, die sie heraufbeschworen hatte, daran erinnert werden... Gelegentlich spähte sie über die Schulter, um sich zu wappnen, falls Hawk auftauchte. Aber er blieb verschwunden.

Im Lauf der stundenlangen Besichtigung ihres neuen Heims wurde die Sorge allmählich von Ungeduld verdrängt. Ging er ihr absichtlich aus dem Weg? »Dauern Lord Hawks Waffenübungen immer so lange?«, fragte sie und beobachtete die Tauben, die in ihren Käfigen umherflogen.

Die Frage verwirrte Edvard. Nur widerstrebend beendete er seinen Bericht über die Vorzüge der Essex-Trauben, die immer noch in den alten Weingärten der Römer wuchsen, gegenüber den Reben im milderen mediterranen Klima. »Nun, diese Übungen sind sehr wichtig. Immerhin kommandiert Lord Hawk eine sehr große Garnison, und es wäre nicht ratsam, die Männer sich selbst zu überlassen.«

»Wohl kaum.« Krysta wandte sich ab und blickte über die Mauer des Turms hinweg. Zwischen diesem Teil der Burg und dem Meer lagen goldgelbe Felder, gepflegte Obst- und Weingärten und Wälder. Ihren Augen, an raue nordische Landschaften gewöhnt, erschien diese Fülle wie ein Märchen.

»Hier sah es nicht immer so aus«, bemerkte Edvard. »Früher lagen die Felder brach, zertrampelt und leblos. Die Stadt bestand nur mehr aus verkohlten Ruinen. Und die Menschen, die in unserer Festung Zuflucht gesucht hatten, klammerten sich an die schwache Hoffnung, die Dänen könnten vertrieben werden.«

»Bevor König Alfred die Feinde besiegt hat?«

»Ja, bevor Männer wie Lord Hawk mit ihm ritten und an seiner Seite in zahllosen Schlachten kämpften. Tagelang kamen sie nicht aus den Sätteln heraus, fanden keinen Schlaf und mussten hungern, bis sie glaubten, auf dieser Welt würde es nichts mehr geben außer Blut und Tod.« Eine Brise wisperte während eines kurzen Schweigens und erstarb, als Edvard hinzufügte: »Davon spricht Lord Hawk niemals. Andere prahlen mit ihren Heldentaten, er erwähnt seine Erfolge mit keinem Wort. Obwohl er noch ein halbes Kind war, kämpfte er mit der Kraft eines Mannes und sah Dinge, die ein so junger Mensch nicht sehen dürfte. Alfred nannte ihn den größten Krieger unseres Zeitalters und bot ihm den höchsten erdenklichen Lohn an. Wisst Ihr, was sich Lord Hawk wünschte?«

»Nein.«

»Er wollte heimkehren, dieses Land heilen, in der Hoffnung, darin würde auch er gesunden.«

»Habt Ihr mit ihm gekämpft?«, fragte Krysta zutiefst bewegt.

»Das war unmöglich, denn ich war damals noch ein Baby, und meine Eltern versteckten sich mit mir im Wald. Damit ich die schweren Zeiten überlebte und die Milch meiner Mutter nicht versiegte, kochte sie täglich einen Sud aus Wurzeln und Rinde, der sie mehr schlecht als recht ernährte. Seiner Lordschaft verdanken wir den Frieden in unserem Land. Aber er gönnt sich keine Ruhe. Nur der Ruhm seiner gewaltigen Kampfkraft hält die Dänen fern. Das weiß er. Und deshalb spornt er sich selbst und seine Männer unentwegt an, auf dem Turnierplatz, auf der Jagd, überall, wo dänische Spione umherschleichen.«

»Spione?«

»Glaubt Ihr, die Dänen würden sich so leicht geschlagen geben und den Verlust dieser Gebiete widerstandslos hinnehmen? Wie festgebundene Stiere scharren sie auf dem Boden und warten auf das erste Zeichen unserer Schwäche, um uns wieder anzugreifen.«

»Daran habe ich nicht gedacht«, gab Krysta zerknirscht zu. Nicht nur ihre Augen sahen, wie prächtig dieses Land blühte und gedieh. Das erkannten auch andere, und sie würden begierig danach trachten.

»Dann denkt jetzt darüber nach, Mylady«, empfahl ihr der Verwalter. »Nur der Ruf des gefürchteten Lord Hawk schützt uns. Jede noch so kleine Schwäche könnte eine Katastrophe auslösen.«

Den Kopf stolz erhoben, wandte sie sich zu ihm. »Ich entdecke keine Schwäche an Lord Hawk.«

»Und Ihr würdet auch keine heraufbeschwören.« In seiner Stimme schwang ein bedeutsamer Unterton mit.

»Natürlich will ich ihm eine gute, treue Ehefrau sein«, erwiderte sie sanft, denn sie spürte, dass seine Kühnheit nur der Loyalität gegenüber seinem Herrn entsprang.

Da nahm die strenge Miene des jungen Mannes etwas weichere Züge an. »Hoffen wir auf Euren Erfolg, Mylady. Hier leben weder Männer noch Frauen oder Kinder, die ihm nicht das Beste wünschen.«

Was die Leute von ihr erwarteten, belastete Krystas Seele. Sie atmete erleichtert auf, als der Rundgang wenig später beendet wurde. Bis zum Abendessen wollte sie die erholsame Einsamkeit in ihrem Zimmer genießen und überdenken, was sie gesehen und erfahren hatte. Aber in der Haupthalle lauerte ihr Daria auf.

Plötzlich tauchte sie aus den Schatten auf und erschreckte Krysta, die einen leisen Schrei ausstieß. »Oh – Daria, ich habe Euch nicht gesehen.«

Auf den schmalen Wangen der älteren Frau zeigten sich zwei

rote Flecken und hoben den unheimlichen Glanz in ihren Augen hervor. »Zweifellos seid Ihr mit frivolen Gedanken beschäftigt und nehmt Eure Umgebung gar nicht wahr«, fauchte sie und verzog spöttisch die Lippen. »Was für eine Närrin Ihr seid! Wenn Ihr vernünftig wärt, würdet Ihr sofort abreisen.«

Hätte jemand anderer diese unhöflichen Worte ausgesprochen, wäre Krysta überrascht gewesen. Aus Darias Mund wirkten sie so natürlich wie der Rauch eines Holzfeuers. »Das finde ich nicht.«

»Offenbar versteht Ihr die Situation nicht. Ihr habt Hawk *erzürnt*. Vor lauter Wut traut er seiner Selbstbeherrschung nicht, sobald er in Eure Nähe gerät. Eine törichte, selbstsüchtige kleine Gemahlin hatte er bereits, die nicht lange am Leben blieb. Mit dummen Frauen weiß er nichts anzufangen. Er liebt eine echte, vornehme Lady, die er geheiratet hätte, wäre es nicht zu diesem idiotischen Bündnis gekommen.«

So viele bestürzende Neuigkeiten auf einmal. Eine verstorbene Ehefrau, eine andere Lady, die er liebte? Sekundenlang glaubte Krysta, sie wäre in ein stürmisches, eiskaltes Meer geworfen worden. Doch sie fand einen Rettungsanker. Wenigstens in einem Punkt konnte sie Daria widersprechen. »Hawk grollt mir nicht. Sonst hätte er sich gestern Abend anders verhalten.«

»Vor seinen Leuten zeigt er keine Gefühle«, schnaufte Daria mit einer wegwerfenden Geste. »Aber er verbrachte den ganzen Tag auf dem Turnierplatz und hätte seine Männer beinahe in Stücke gehackt. Begreift Ihr wirklich nicht, was Ihr angerichtet habt?«

»Sicher nicht genug, um Eure Feindschaft zu verdienen, Daria.«

»Mein Gott, Ihr seid noch dümmer als Adda!«

Das Gift, das Daria verspritzte, schien die Luft ringsum zu verpesten. Aber das hinderte Krysta nicht daran zu fragen: »Wer ist Adda?«

»Wer *war* sie?«, wurde sie triumphierend verbessert. »Hawks

erste Gemahlin, dieses weinerliche Kind. Für uns alle war ihr Tod eine Erlösung.«

»Wie ist sie gestorben?«

»Sie stürzte von einer Klippe. Da draußen.« Daria zeigte zum Meer. »Ein Glück, dass wir sie loswurden! Was Besseres hat sie nicht verdient. Nicht einmal ihre Leiche konnten wir bergen. Da ihr ein anständiges Begräbnis verwehrt blieb, wird ihre verdammte Seele bis in alle Ewigkeit rastlos umherwandern. Das bekümmert Euch wohl kaum, weil Ihr keine Christin seid.«

»Doch, ich *bin* eine Christin. Nach dem Wunsch meines Vaters wurde ich im christlichen Glauben erzogen.« Was Krysta vermutete, behielt sie für sich. Nach ihrer Ansicht hatte er jene Entscheidung getroffen, um sie vor dem vermeintlich schlechten Einfluss ihrer entschwundenen Mutter zu schützen.

Verwirrt zuckte Daria zusammen. Aber sie erholte sich sofort von ihrer Verblüffung. »Nun, das spielt keine Rolle. Wenn Ihr auch auf Euer Christentum pocht, in Eurem Herzen seid Ihr eine Heidin. Was anderes werden die Wikinger niemals sein. Deshalb leben sie im nordischen Frost, weit entfernt von der Gnade unseres Herrn.«

»Auch unser Land wurde von Gott erschaffen. Und ich bezweifle, dass Ihm Eure albernen Vorurteile gefallen. Würde Er irgendeines Seiner Völker verachten, hätte Er Seinen Sohn nicht auf die Erde geschickt, um *alle* Menschen zu erlösen.«

Ein paar Sekunden lang stand Daria völlig unter dem Bann ihrer Wut. Wortlos und unbewegt starrte sie Krysta an, von unverhohlenem Hass beherrscht. Das Schweigen zwischen ihnen dehnte sich. Dann öffnete die ältere Frau den Mund, aber es dauerte noch eine ganze Weile, bis ihr die Stimme wieder gehorchte. »Nehmt Euch in Acht, wenn Ihr von unserem Herrn sprecht! Sonst werden feuchte Frösche über Eure Lippen springen und allen Leuten verraten, was für eine elende, verfluchte Hexe Ihr seid.«

Nicht einmal dieser Xanthippe hatte Krysta eine solche

Niedertracht zugetraut. Jetzt war die Grenze ihrer Geduld überschritten. Ihr ganzes bisheriges Leben hatte sie mit Menschen verbracht, die sie liebten. Doch die behütete Kindheit und frühe Jugend hatten sie nicht geschwächt. Ganz im Gegenteil, darin lag ihre innere Kraft.

»Genug, Daria«, entgegnete sie ruhig und würdevoll. »Wegen der Dämonen, die in Eurer Seele nisten, bedaure ich Euch. Aber ich werde Euch nicht gestatten, so mit mir zu reden. Damit beleidigt Ihr auch Hawk, meinen künftigen Gemahl. Wenn Ihr meine Warnung beherzigt, werden wir uns vielleicht vertragen.«

»Niemals!«, zischte Daria. Abrupt kehrte sie Hawks Verlobter den Rücken zu und stolzierte davon. Hinter ihr vibrierten Zorn und Hass in der Luft.

Krysta trat an ein Fenster und atmete die erfrischende, beschwichtigende Salzluft ein. Dann setzte sie sich auf das Sims und betrachtete das Meer. Wenn es auch eine hoffnungslose Fantasie war, wünschte sie doch, sie könnte über die zahllosen Meilen hinweg in ihre geliebte Heimat schauen. Aber was würde ihr das einbringen außer einer unstillbaren Sehnsucht?

»Was bedrückt Euch?«, fragte Raven, nahm neben ihr Platz und musterte sie mit ihren durchdringenden schwarzen Augen, denen nichts entging. »Wäre Euer Gesicht noch länger, würde es bis zu den Knien herabhängen. Sah ich Euch nicht erst gestern in all Eurem Glanz an der Seite Eures stolzen Herrn, der nicht den geringsten Groll zeigte?«

Krysta hob die Schultern, konnte ihr Selbstmitleid aber nicht abschütteln. Wie eine Klette schien es an ihr zu kleben. »Und was bedeutet das nach deiner Meinung? Dass alles gut wird?«

Ungeduldig schnalzte Raven mit der Zunge. »Ich finde, Ihr seid viel besser dran, als zu erwarten war. Aber ich habe die Männer nie verstanden. Also, was bekümmert Euch? Nein, sagt nichts, ich hab's erraten. Die grässliche Daria war hier und hat ihr Gift versprüht.«

»Ist das so offensichtlich?«

»O ja, für mich und alle anderen in dieser Festung. Die Leute reden nur noch davon, wie schön Ihr gestern Abend wart, wie Lord Hawk Euch ansah, wie Ihr ihn angesehen habt und so weiter.« So viel Dummheit bewog Raven, seufzend den Kopf zu schütteln. Dann warf sie Krysta einen prüfenden Blick zu. »Natürlich wagen sie nur zu *flüstern*. Die Macht liegt immer noch in den Händen dieser Frau. Und die will sie auch behalten.«

»Auf keinen Fall möchte ich Zwietracht unter dem Dach meines Bräutigams säen.«

»Oh, die steht längst in voller Blüte. Die Zwietracht ist alles, was dieses Knochengerüst kennt. An dieser Frau klebt keine Unze Fleisch, und sie verfolgt nur ein einziges Ziel, die Menschen zu quälen. Außerdem ist's das gute Recht Seiner Lordschaft zu entscheiden, was in seinem Haus geschehen soll und was nicht. Nach allem, was ich gestern Abend beobachtet habe, begehrt er Euch.«

»Was keineswegs heißt, er würde mich lieben.«

»Angeblich fängt die Liebe bei den meisten Männern mit der Leidenschaft an.« Als Raven merkte, dass ihre Worte die Herrin nicht trösteten, ächzte sie: »Seid Ihr nicht aus härterem Holz geschnitzt? Hat Euch diese Frau so entmutigt? Das glaube ich nicht.«

»Was sie mir erzählt hat, bereitet mir Sorgen. Lord Hawk war schon einmal verheiratet. Wusstest du das?«

Unbehaglich wich Raven dem Blick ihres Schützlings aus. »Da oder dort habe ich was gehört. Sie starb vor langer Zeit. Und die Leute sagen, er würde sie nie erwähnen.«

»Ebenso wenig seine Kämpfe gegen die Dänen. Damals war er noch blutjung. Trotzdem muss ihm jener Krieg viel bedeutet haben.«

»Seine Frau nicht, behaupten die Bewohner von Hawkforte. Nun hoffen sie, Ihr würdet Eure Sache besser machen, mein Mädchen.«

»Das würde mir sicher gelingen, wäre er nicht in eine andere verliebt.«

Ruckartig hob Raven das Kinn. »Was? Welche Frau liebt er denn?«

»Ihren Namen hat Daria nicht genannt. Sie teilte mir nur mit, Lord Hawk hätte beabsichtigt, eine echte, vornehme Lady zu heiraten.«

»Und Ihr nehmt diesen Unsinn für bare Münze? Was hat Euer Gehirn benebelt, Mädchen? Wenn er vorhatte, eine andere zu heiraten, heißt das keineswegs, er würde sie lieben. Liebe und Ehe haben nichts miteinander zu tun.« Hastig unterbrach sich Raven. »Nicht immer. Und wenn Daria von einer *echten, vornehmen Lady* spricht, bedeutet das wahrscheinlich, dass sie genauso verknöchert ist wie sie selber. Kein Wunder, dass sie Seine Lordschaft nicht vor den Altar gelockt hat! Eigentlich müsste er den Dänen auf den Knien danken, weil sie ihm so viel Ärger gemacht und dieses Bündnis verursacht haben.«

Endlich lächelte Krysta. »Du meinst, er wäre den Dänen dankbar? Irgendwie kann ich mir das nicht vorstellen.«

Aber dieser Gedanke gefiel ihr und amüsierte sie immer noch, nachdem Raven davongeeilt war. Tiefe Stille erfüllte die Halle. Noch hatten die Vorbereitungen für das Abendessen nicht begonnen. In den Sonnenstrahlen, die durch einige Fenster hereinströmten, tanzten Staubkörnchen. Krysta zog die Knie an, stützte ihre Arme darauf und blickte über Hawkforte hinweg. Seit der Besichtigungstour mit Edvard kannte sie die Festung etwas besser. Trotzdem blieb noch einiges zu entdecken. Von der Stadt unterhalb der Festung wusste sie fast nichts. Nach den zahlreichen neuen Häusern zu schließen, lebten die Bewohner im Wohlstand. Eine so große Gemeinde war ihr fremd und rätselhaft, und sie hatte nie erwartet, sie würde eines Tages von so vielen Menschen umgeben sein. Auch daran musste sie sich erst noch gewöhnen. Während sie überlegte, welchen Platz sie zwischen all den Fremden einnehmen sollte, kam Hawk in die Halle.

In ihre Gedanken versunken, sah sie ihn nicht. Aber er entdeckte sie sofort und blieb wie festgewurzelt stehen. Die Dienerin mit den glanzlosen schwarzen Haaren war verschwunden, ebenso die ätherische Göttin vom vergangenen Abend, jenes zauberhafte Geschöpf aus Meeresschaum und Sonnenlicht. An die Stelle dieser beiden trat eine ernsthafte, schlicht gekleidete junge Frau, die Wangen und die Stirn leicht gebräunt. Nachdenklich blickte sie vor sich hin. Sie wirkte traurig. Plötzlich empfand er das Bedürfnis, sie aufzuheitern. Ohne sich zu fragen, ob er diesem Impuls auch wirklich folgen sollte, durchquerte er den Raum und kniete neben ihr nieder. »Hat Edvard dich ermüdet?«

Verblüfft über seine unverhoffte Anwesenheit, hielt sie den Atem an. Obwohl er auf den Knien lag, erschien er ihr so groß, so stark. Sein Haar klebte am Kopf, die Bartstoppeln des vergangenen Tages verdunkelten sein Gesicht. Wie verschwitzt und schmutzig er aussah und einfach wundervoll... »O nein. Warst du die ganze Zeit auf dem Turnierplatz, Hawk?« Ohne lange zu überlegen, hatte sie sich zu der vertraulichen Anrede entschlossen.

Darüber freute er sich. Krystas leise Stimme durchströmte ihn wie eine Liebkosung. »Bis jetzt. Hast du alles gesehen?«

»Ja, ich denke schon«, erwiderte sie und lächelte schwach. »Edvard war sehr gründlich.«

»Das ist er immer.« Hawk erhob sich, und sie rückte beiseite, um ihm auf der Fensterbank Platz zu machen. »Was hältst du von Hawkforte?«

»Nun – die Festung ist sehr groß«, erwiderte sie hastig, bevor seine Nähe ihre klaren Gedanken verscheuchen konnte.

»Findest du?« Erstaunt runzelte er die Stirn. »Winchester ist wesentlich größer.«

»Kaum zu glauben. Mein Heim – mein früheres Heim – würde in eine Ecke dieser Burg passen. Und wenn mein Bruder auch eine riesige Festung bewohnt, leben dort längst nicht so viele Menschen wie hier.«

»Vor einiger Zeit war ich in Sciringesheal, eine ausgedehnte Stadt und ein geschäftiger Hafen.«

Krysta zögerte. Dann siegte ihre Neugier. Diese Gelegenheit musste sie nutzen, um etwas mehr über ihren zukünftigen Gemahl zu erfahren. »Stimmt es, dass du dorthin gesegelt bist, um deine Schwester zurückzuholen?«

Forschend schaute er sie an, aber er wirkte kein bisschen verärgert. »Wird das behauptet?«

»Allerdings, und an meinem ersten Abend auf Hawkforte sang der Barde ein Lied davon.«

»Ja, ich fuhr nach Sciringesheal, um Wolf zu töten. Nachdem er meine Schwester entführt hatte, fürchtete ich, sie wäre gestorben oder müsste schrecklich leiden. Deshalb wollte ich das Blut dieses Mannes an meinem Schwert sehen.«

»Und warum blieb er am Leben?«

»In einem Zweikampf hätten wir einander womöglich getötet. Aber Cymbra versicherte mir, sie sei glücklich und flehte mich an, ihr zu glauben. Stattdessen dachte ich, sie würde lügen, um mich zu schützen, lockte sie an Bord meines Schiffs und segelte heimlich mit ihr davon.« Hawk seufzte. »Ich rechne ihr hoch an, dass sie mir verzieh, ebenso wie Wolf, als er hierher reiste, um seine Frau zurückzuerobern. Damals kam er auf die Idee, die Norweger müssten ein Bündnis mit den Sachsen schließen, und er sicherte sich Alfreds Beistand. Den Rest der Geschichte kennst du.«

Zumindest konnte sie sich einiges zusammenreimen. Voller Begeisterung hatte Alfred das Bündnis und die Ehen begrüßt, die es festigen sollten. Was immer Hawk auch für die *echte, vornehme Lady* empfinden mochte, er würde sich niemals den Wünschen seines Königs widersetzen. »Ich freue mich über das Glück deiner Schwester und Lord Wolfs«, erklärte sie wahrheitsgemäß und verschwieg ihre Hoffnung auf ein ähnliches Schicksal.

»Ja, die beiden lieben sich sehr.« Nur stockend kamen die

Worte über seine Lippen, als würde er solche Gefühle nicht verstehen, als wäre *Liebe* ein Begriff aus einer rätselhaften Fremdsprache.

Bleischwer sank neue Trauer in Krystas Seele. Doch sie ließ sich nichts anmerken. Wäre sie mutiger, würde sie ihn fragen, ob er an die Liebe glaubte. Doch sie fürchtete seine Antwort. Solange sie sich nicht Gewissheit verschaffte, durfte sie wenigstens träumen.

»Inzwischen habe ich über die Hintergründe deiner Maskerade nachgedacht«, verkündete Hawk.

Krampfhaft schluckte sie und wartete.

»Hast du's tatsächlich nur getan, um mich besser kennen zu lernen?«

Sie nickte und holte tief Luft. »Damals fand ich meinen Plan vernünftig.«

Würde er sie verspotten? Oder durfte sie Hoffnung schöpfen?

»Vielleicht war dieser Gedanke gar nicht so unsinnig.«

Krysta hob die Lider. Erst jetzt merkte sie, dass sie die Augen geschlossen hatte, um stumm zu beten. »Meinst du das ernst?«

»Allzu viel darfst du nicht in meine Worte hineingeheimnissen. Ich will damit nur sagen, es wäre vorteilhaft, wenn wir uns schon vor der Hochzeit näher kennen würden.« Hastig fügte er hinzu: »Was keineswegs bedeutet, ich würde deine Handlungsweise billigen. Genau genommen war es eine verrückte Idee.«

Nach einer Weile begann sie zu lächeln. »In Vestfold gibt's viele Hasen, große Tiere mit kräftigen Hinterbeinen, und sie können unglaublich weit springen. Die schlimmsten Wintermonate überleben sie in ihrem Bau unter der Erde, sie nehmen's mit den gefährlichsten Raubtieren auf. Sogar mit den Habichten.«

Sein schallendes Gelächter überraschte sie genauso wie ihn selbst und erschreckte einen jungen Diener, der gerade ein schwer beladenes Tablett in die Halle trug. Beinahe hätte er seine Last fallen lassen, er stellte sie blitzschnell auf einen Tisch, bevor er sich in aller Eile entfernte.

»Wie ein Hase siehst du nicht aus«, bemerkte Hawk. Kein besonders nettes Kompliment, aber in solchen Dingen besaß er wenig Übung. Außerdem hatte Krysta ihn an *Beine* erinnert, er stellte sich lange, schlanke, seidige Beine vor, um seine Hüften geschlungen … »Jetzt muss ich ein Bad nehmen«, erklärte er und stand auf. Natürlich ergriff er nicht die Flucht, er brauchte nur ein bisschen Zeit für sich selbst, um die verblüffende Erkenntnis zu überdenken, dass seine Braut Humor hatte. Den schätzte er so hoch ein wie Intelligenz. Gegen die Schönheit einer Frau war er ebenso wenig immun wie jeder andere Mann. Aber Humor hielt er für eine der besten Gottesgaben.

Nur mühsam widerstand Krysta der Versuchung, ihn zu fragen, ob sie wieder seinen Rücken waschen sollte. Das wäre zu dreist. Entschlossen presste sie die Lippen zusammen, um sie gleich wieder zu öffnen, von einem Lächeln bezwungen. »Leider hat Edvard mir die Sauna nicht gezeigt.«

»Das werde *ich* tun – irgendwann. Beim Abendessen sehen wir uns wieder.« Er wartete, bis sie nickte, dann ließ er sie allein.

Später lag er im warmen Wasser, den Kopf an den Rand der Wanne gelehnt, und suchte an der Zimmerdecke nach Antworten. Wie lernte man eine Frau kennen? Und welche Vorteile würde man sich verschaffen, wenn man etwas mehr über sie wusste? Die Männer behaupteten, jede Frau zu kennen, die sie besessen hatten. Aber daran zweifelte er. Aus zahlreichen Betten war er gestiegen, ohne das Geheimnis der Frauen zu ergründen. Wenn man mit ihnen schlief, verstand man sie noch lange nicht. Und wenn Krysta fand, sie müssten ihre Bekanntschaft schon vor der Hochzeit vertiefen, wie sollte das geschehen?

Nur selten hatte er seine Zeit mit Frauen verschwendet. Die Einzige, die ihm etwas bedeutete, war Cymbra. Vor langer Zeit hatte er sie aus seiner Festung geschickt, um sie vor der sonderbaren Gabe zu schützen, die sie ihrer Heilkunde verdankte und

die sie schmerzhaft befähigte, das Leid anderer zu empfinden. Nachdem sie sich dazu durchgerungen hatte, dieses Talent zu kontrollieren, hielt er sie immer noch von der Welt fern, denn er wusste, wie erbittert die Männer um sie kämpfen würden, sobald sie ihre Schönheit sahen. Inzwischen hatte Wolf dieses Problem gelöst. Dafür war er dankbar. Und nun war er mit einem neuen Problem konfrontiert. Wie sollte er Krystas Wesen erforschen?

Männer lernten einander auf dem Turnierplatz oder Schlachtfeld kennen. Im Heereslager entstanden Freundschaften, die ein Leben lang hielten, mochte es Stunden oder Jahrzehnte dauern. Er konnte Krysta wohl kaum auffordern, gegen ihn zu kämpfen, zumindest nicht mit einem Schwert. Die Gedanken an andere Kämpfe – oder Spiele – verdrängte er energisch. Wenn er sie verfrüht in sein Bett holte, würde er sie vor den Augen seiner Leute erniedrigen, und der kirchliche Segen wäre nur mehr eine belanglose Formalität.

Nicht, dass er der Versuchung widerstand ... Das erkaltete Badewasser kühlte sein Verlangen nicht, es war unübersehbar. Allein schon die Erinnerung an Krysta erregte ihn. Aber eine Ehefrau durfte man nicht so behandeln wie eine Geliebte, mit der man sich kurzfristig vergnügte. Für eine dauerhafte Bindung brauchte man Geduld.

Sie konnte lesen. Ja, das wäre ein guter Anfang. Also würden sie über Bücher reden. Im Lauf seines Lebens hatte er über fünfzig Werke studiert. Davon würde er erzählen und Krysta beeindrucken, und dann würden sie ...

Seufzend versuchte er, sich solche Gespräche auszumalen. Nun, vielleicht gab es bessere Methoden. Darüber dachte er nach, als ihn die rötlichen Sonnenstrahlen, die durchs Fenster hereinfielen, auf die späte Stunde hinwiesen. Er stieg aus der Wanne und trocknete sich ab. Dann ertappte er sich dabei, wie er eine Tunika in einer Farbe wählte, die Krysta vielleicht gefallen würde. Ärgerlich stöhnte er und warf sie in die Truhe

zurück. Einige Sekunden später nahm er sie wieder heraus, zog sie an und redete sich ein, es wäre zu mühsam, etwas anderes hervorzusuchen.

Und so eilte der Herr von Hawkforte in die Halle hinab, um seine Braut zu erwarten.

6

Auch Krysta nahm ein erfrischendes Bad. Sorgfältig zog sie sich an und wählte ein Kleid in jenem Taubenblau, das der Himmel manchmal kurz nach dem Sonnenuntergang zeigte. Dieses Gewand hatte sie nie zuvor gesehen. Offenbar enthielt ihre Truhe eine Garderobe, die ihrer Mutter gehört oder die Raven im Lauf der Zeit angeschafft hatte, zweifellos vom tüchtigen Thorgold unterstützt. Einerseits freute sich Krysta über die weise Voraussicht der beiden, andererseits überlegte sie, warum sie annahmen, sie würde so kostbare Kleider brauchen.

Ihr Halbbruder Sven behauptete, die Sachsen würden in ihrem eigenen Schmutz dahinvegetieren. Davon hatte sie auf Hawkforte nichts bemerkt. In der sommerlichen Wärme schienen die Leute regelmäßig zu baden, die Frauen machten unentwegt ihre Hütten sauber, lüfteten das Bettzeug und so weiter. Noch etwas war ihr aufgefallen. Sobald sich Daria abends zurückzog, wanderten die Dienstboten paarweise zum Fluss hinab. Der sanfte Abendwind wehte fröhliches Gelächter vom Ufer herauf, vermischt mit plätschernden Geräuschen.

Nun war sie froh, weil sie sich vor der Dienerschaft gepflegt und schön gekleidet zeigen konnte, und dankbar für Aelfgyths Hilfe. Die junge Frau bestand darauf, das Haar ihrer Herrin zu bürsten und bewunderte die goldene Farbe, während sie mit den widerspenstigen Locken kämpfte. »Hatte Eure Mutter auch so herrliches Haar, Mylady?«

Krysta wandte sich vom kleinen Bronzespiegel ab, der eine

seltsame, fremdartige Miene reflektierte. »Das weiß ich nicht. Ich verlor sie, als ich noch ein Baby war.«

Sekundenlang hielt Aelfgyths Hand inne, bevor sie die rhythmischen Bürstenstriche fortsetzte. »Ist sie gestorben?«

»Nein, sie ging einfach fort. Raven und Thorgold erzählten mir nur, sie sei sehr schön gewesen.«

»Verzeiht mir, wenn ich zu viele Fragen stelle, Mylady, aber ist das im Norden üblich? Ich meine, dass eine Ehefrau ihren Mann verlässt? Hier geschieht das manchmal, wenn die Menschen den alten Traditionen folgen und eine Bindung ohne kirchlichen Segen eingehen. Sie versprechen einander, ein Jahr beisammenzubleiben oder etwas länger, falls sie ein Kind bekommen. Schließlich trennen sie sich.«

»Ja, das kommt auch im Norden vor. Allerdings glaube ich, nur wenige Frauen laufen ihrem Mann davon, nachdem sie ein Kind geboren haben.«

Aelfgyth schwieg nur so lange, wie es ihre Neugier gestattete. »Durftet Ihr Eure Mutter besuchen?«

Zu ihrer eigenen Verblüffung hatte Krysta etwas zu viel über ihre Vergangenheit ausgeplaudert. Zögernd überlegte sie, wie sie die heikle Frage beantworten sollte. »Weil sie weit weg ging, konnte ich ihr nicht folgen. Jedenfalls war mein Vater sehr gut zu mir. Vor einem Jahr starb er, und ich vermisse ihn schmerzlich.«

Mitfühlend nickte die Zofe und schlang ein blaues Band um die Locken ihrer Herrin, das zum Kleid passte. »Wie schön Ihr ausseht, Mylady!«

Krysta brachte ein schwaches Lächeln zustande, das sofort erlosch; noch bevor sie die Tür ihres Zimmers öffnete.

Am vorherigen Abend hatte sie sich gefragt, wie Hawks Leute die plötzliche Verwandlung der »Dienerin« hinnehmen würden. Diesmal galten ihre Gedanken nur ihm. Er hatte sich bereits in der Halle eingefunden und sprach mit einigen Rittern. Als sie die Treppe hinabstieg, verstummten sie abrupt. Einige Männer mit

kantigen Gesichtszügen warfen ihr scharfe Blicke zu, andere verneigten sich. Wenn auch keiner das Wort an sie richtete, spürte sie, dass sie im Mittelpunkt der allgemeinen Aufmerksamkeit stand. Ihre Kehle war wie zugeschnürt, und sie musste den Impuls bekämpfen, wieder nach oben, in ihr Turmzimmer zu laufen. Aber Raven hatte Recht, sie war aus härterem Holz geschnitzt. Und so hielt sie mit gestrafften Schultern und stolz erhobenem Kinn die Stellung.

Glücklicherweise dauerte es nicht lange, bis Hawk zu ihr kam. Dafür war sie dankbar, ebenso für seine anerkennende Miene. Er führte sie zu ihrem Stuhl und setzte sich an ihre Seite. Auch die Ritter und Edvard nahmen an der Tafel des Festungsherrn Platz, die anderen Leute an den übrigen Tischen. Während die Diener mit gefüllten Schüsseln, Platten und Weinschläuchen umhereilten, schaute Krysta zu Thorgold und Raven hinüber. Beide wirkten gut gelaunt, der kleine Mann grinste sogar.

Vielleicht hing seine heitere Stimmung mit der erlesenen Mahlzeit zusammen. Einen Tag, nachdem verlautbart worden war, die Braut des Herrn sei angekommen, hatten sich der Koch und seine zahlreichen Hilfskräfte selbst übertroffen. Ein ganzes gebratenes Schwein wurde von vier Küchenjungen auf einer großen Trage hereingeschleppt und jubelnd begrüßt. Dann folgten andere Diener mit Hirsch- und Lammkeulen und Platten voller Krabben, Aale und Austern. Dazu gab es runde Brotlaibe und frisches Gemüse.

Wie üblich wurde Hawk zuerst bedient. Aber er suchte die appetitlichsten Leckerbissen für Krysta heraus. Sein höfliches Benehmen entging seinen Tischgefährten nicht. Viel sagend nickten sie einander zu. Von all den Köstlichkeiten verwirrt, fasste sich Krysta erst, als ihr Verlobter eine Scheibe Schweinefleisch auf ihre Seite des Silbertellers legte, den er mit ihr teilte. »O nein, danke«, protestierte sie.

»Magst du keinen Schweinebraten?«

»Zweifellos schmeckt er ausgezeichnet. Aber ich esse kein Fleisch.« Entschuldigend lächelte sie. »Alles andere sieht sehr verlockend aus.«

»Wenn du auf Fleisch verzichtest, wirst du krank«, gab Hawk zu bedenken und runzelte die Stirn.

Was sollte sie entgegnen, ohne ihm offenkundig zu widersprechen? Nach kurzem Zaudern zuckte sie die Achseln. »Für manche Menschen trifft das wohl zu – in meinem Fall nicht. Ich versichere dir, ich bin kerngesund, obwohl ich niemals Fleisch zu mir genommen habe.«

»Noch nie im Leben?«, fragte er ungläubig. Die einzigen Menschen in seinem Bekanntenkreis, die nahrhaften Fleischspeisen entsagten, waren ein paar Mönche. Und die wirkten nicht besonders kräftig. Alle anderen wussten einen saftigen Braten zu schätzen. »Dann hätten deine Eltern besser für dich sorgen müssen.«

»Oh, mein Vater war sehr gut zu mir.«

»Und deine Mutter?«

Krysta unterdrückte einen Seufzer. Schon zum zweiten Mal innerhalb einer Stunde wurde sie auf ein Thema angesprochen, das sie normalerweise nur mit Thorgold und Raven erörterte. Trotz ihres Unbehagens zwang sie sich zu antworten. »Kurz nach meiner Geburt verließ mich meine Mutter. Mein Vater hatte ihr ein eigenes Haus geschenkt, nur einen Tagesritt von seinem Herrschaftssitz entfernt. Nachdem sie verschwunden war, wohnte ich dort – bis ich hierher kam.«

Nachdenklich schob Hawk das verschmähte Schweinefleisch auf seine Seite des Tellers. Krystas Erklärung ließ einiges zu wünschen übrig. Einerseits wollte er sie nicht bedrängen und womöglich alte Wunden aufreißen, andererseits musste er seine Neugier befriedigen. »Wohin ist deine Mutter gegangen?«

»Fort.« Hastig fügte sie hinzu: »Trotzdem wurde ich gut betreut.«

»Daran zweifle ich nicht. Und warum lebten deine Eltern

nicht zusammen? Soviel ich weiß, ist es im Norden immer noch üblich, dass ein mächtiger Mann mehrmals heiratet.« Hatte eine ältere Gemahlin Krystas Mutter, die sicher eine Schönheit gewesen war, nicht in ihrem Heim geduldet?

»In meiner Familie wird diese Tradition nicht aufrechterhalten«, betonte sie ärgerlich. »Mein Vater nahm meine Mutter nach dem Tod seiner ersten Gemahlin zur Frau. Aus jener Ehe waren einige Kinder hervorgegangen, darunter mein Halbbruder Sven. Vermutlich fand mein Vater, es wäre besser, die beiden Familienzweige zu trennen.«

Dieses Arrangement erschien ihm außergewöhnlich. Aber er sagte nichts mehr dazu. Immerhin hatte er in den letzten Minuten sehr viel über seine Braut erfahren. Nun glaubte er zu wissen, warum sie so großen Wert auf eine erfolgreiche Ehe mit ihm legte. Offenbar hatten sich ihre Eltern nicht verstanden. Sonst wäre die Mutter nicht fortgegangen oder – was er für wahrscheinlicher hielt – weggeschickt worden. Ein solches Schicksal wollte sich Krysta verständlicherweise ersparen. Nachdem er diesen Schluss gezogen hatte, lächelte er zufrieden. Letzten Endes war es gar nicht so schwierig, eine Frau kennen zu lernen.

In bester Stimmung beschloss er, ihre merkwürdigen Essgewohnheiten vorerst auf sich beruhen zu lassen. Er legte ihr Krabben und Austern vor, die auch ihm schmeckten. Zwischendurch forderte er sie auf, am Weinkelch zu nippen, und freute sich über das Lob, das sie Hawkforte zollte. Anscheinend hatte Edvard gründliche Arbeit geleistet, denn Krysta erwähnte Vorzüge des Haushalts, die der Festungsherr bisher noch gar nicht entdeckt hatte. Gewiss, er wusste, dass Stoffe gewebt, Lebensmittel eingemacht, Kleidung geschneidert und gewaschen, Kinder und Tiere umsorgt und tausend andere Dinge erledigt wurden. Doch sie gehörten so untrennbar zu seinem Alltag, dass er sie nur wahrnehmen würde, wenn er sie entbehren müsste. Um Einzelheiten hatte er sich nie gekümmert. Auch jetzt begeister-

ten sie ihn nicht sonderlich, denn er fand es viel erfreulicher, Krystas sanfter Stimme zu lauschen und ihre rosigen Lippen zu betrachten. Was sie sagte, war nicht so wichtig.

Dieses Erlebnis entzückte ihn. Und so leerte der strenge Kommandant einiger Tausend Krieger, der nur selten einen Tag ohne ausgedehnte Waffenübungen verstreichen ließ, seinen Weinkelch und verkündete: »Morgen reiten wir beide aus.«

An diesem Tag wollte er seiner Frau das Hawkforte zeigen, das *er* liebte. Inständig hoffte er, sie würde wenigstens annähernd jene Gefühle empfinden, die ihn jedes Mal erfassten, wenn er von einer Reise zurückkehrte und den Rauch seiner heimischen Feuer emporsteigen sah. Die Stallburschen hatten seinen Auftrag erhalten und gewissenhaft ausgeführt. Nun präsentierten sie ihm eine hübsche, lebhafte kleine Stute. Über ihrem ebenholzschwarzen Fell lag ein silbriger Schimmer. Während er ihre Nüstern streichelte, schnaubte sie leise. Dann schnupperte sie an seinen Taschen, auf der Suche nach dem Apfel, den er ihr viel früher gab als beabsichtigt.

Lachend überlegte er, wie ähnlich sich Frauen und Pferde in gewissen Dingen waren. In diesem Augenblick kam seine Verlobte in den Hof, die üppigen Locken halbwegs unter einem Schleier gebändigt, der zu ihrem hellbraunen Kleid passte. Hawk vermutete, sie hätte diese Farbe gewählt, damit man die Schlammspritzer nicht so deutlich sehen würde. Erfreut über diesen klugen Entschluss, schenkte er ihr ein Lächeln, das gleich wieder erstarb, denn er bemerkte die Angst in ihren Augen. Obwohl die Stute nur graziös tänzelte, um sich wichtig zu machen, wich Krysta erschrocken zurück.

»Eins solltest du vielleicht wissen, Hawk – ich bin nur sehr selten ausgeritten.«

Verwundert hob er die Brauen. Er kannte niemanden, der nicht da- oder dorthin ritt. Sogar die Bauern schwangen ihre Beine über Eselsrücken. Und vornehme Damen setzten ihren

ganzen Stolz daran, stundenlang zu reiten, ohne zu ermüden, und über alle Hindernisse hinwegzusprengen.

»Was bedeutet ›selten‹?«, fragte er.

Errötend wich Krysta seinem Blick aus. »In Vestfold muss man nicht reiten. Um diesen oder jenen Ort aufzusuchen, benutzen wir Boote.«

Gewiss, das ergab einen Sinn, wenn er auch vielen Wikingern begegnet war, die ausgezeichnet ritten. Aber er musste Krystas ungewöhnliche Erziehung berücksichtigen. »Hier pflegen wir zu reiten«, erklärte er sanft. »Also musst du's lernen. So schwierig ist das gar nicht.«

Skeptisch beobachtete sie, wie er die Stute zu ihr führte. Dann ergriff er Krystas Hand und legte sie auf die Nüstern. »Wie weich sie sich anfühlt!«, rief sie zu seiner Belustigung.

»Ja, sie ist sanftmütig und benimmt sich vorbildlich«, versicherte er und bedeutete einem Stallburschen, die Zügel zu halten. Krystas Atem stockte, als Hawk ihre Taille umfasste und sie mühelos in den Sattel hob. Zum ersten Mal blickte sie ins Gesicht ihres künftigen Gemahls *hinab* – eine sonderbare Situation, die ihr Unbehagen noch verstärkte. »Oh, ich glaube nicht – wirklich, ich bin nicht bereit…«

»Doch, natürlich. Warte, ich zeige dir, wie du die Zügel halten musst.«

Nach einigen missglückten Versuchen fand sie heraus, wie sie die Riemen umklammern musste, und saß sicher im Sattel. Hawk ließ sein eigenes Pferd aus dem Stall holen, einen grauen Hengst, der wiehernd in den Hof trabte und die Stute erschreckte. Als sie scheute, tätschelte Krysta ihren Hals und flüsterte tröstliche Worte. Sofort beruhigte sich die Stute, was ihre Reiterin entzückte und überraschte. Während einer fast schlaflosen Nacht hatte sie sich beklommen gefragt, wie sie es schaffen sollte, mit Hawk auszureiten. Auf den Gedanken, sich zu weigern, wäre sie niemals gekommen. Sie hatte nur befürchtet, sie würde sich lächerlich machen. Zu dieser Sorge bestand offen-

sichtlich kein Grund. Erleichtert lächelte sie ihn an und erschien ihm so bezaubernd, dass sein Atem stockte.

Sie ritten durch das Tor, den Pfad hinab, der hinter den Hügel und von der Stadt wegführte. Anfangs entschied sich Hawk für einen gemächlichen Trab, dann beobachtete er, wie Krystas Zuversicht wuchs, und beschleunigte das Tempo. Am Waldrand erreichten sie eine breite Klippe oberhalb des Meeres. Möwen kreisten über ihren Köpfen, Sonnenstrahlen spiegelten sich im Wasser. In den Salzgeruch mischte sich der Duft wilder Gräser und Blumen. Trotz des frühen Morgens hatte sich die Luft bereits erwärmt. Hawk wendete sein Pferd seitwärts und blickte zur Stadt zurück.

Als Krysta seinem Beispiel folgte, seufzte sie hingerissen. Jetzt befanden sie sich auf der anderen Seite der Bucht, und ganz Hawkforte erstreckte sich vor ihnen, von der geschäftigen Stadt am Wasserrand bis zur stolzen Festung auf dem Hügel. Boote steuerten den Hafen an oder liefen aus, und Krysta sah die Wagen, die den Kai entlangfuhren. Die Augen zusammengekniffen, glaubte sie die Patrouillen auf den Mauern auszumachen.

»Wie schön!«, flüsterte sie. Zum ersten Mal erkannte sie in Hawkforte ein Symbol für hart erkämpften Frieden und Wohlstand.

»O ja«, bestätigte Hawk.

Sie betrachtete seine markanten Züge, die straff über den Wangenknochen gespannte Haut. Nur mühsam widerstand sie dem Wunsch, eine Hand nach ihm auszustrecken. »Edvard hat mir von früheren Zeiten erzählt …«

»Vor einigen Jahren war Hawkforte eine einzige Leichenhalle – verbrannte Felder, verkohlte Ruinen, zerstörte Hoffnungen.« Hawk zeigte auf eine Baumreihe innerhalb der Stadt. »Siehst du diese Bäume? Die sind jünger als die anderen, die weiter entfernt wachsen. Sogar den Wald brannten die Dänen nieder, zumindest den Teil, den sie nicht abholzten und auf ihre Schiffe schleppten. Nachdem sie erkannt hatten, dass sie die

Stellung in diesem Gebiet nicht halten konnten, beschlossen sie, Hawkforte zu verwüsten. Zum Schluss haben sie auch noch die Brunnen vergiftet.«

»Sicher hat es viel Mut und Entschlossenheit gekostet, die Stadt und die Festung wiederaufzubauen.«

»Den Mut der Verzweiflung. Die Überlebenden wussten nicht, wohin sie sonst gehen sollten. So viele Menschen waren nach Westen geflohen. Dort reichten das Land und der Viehbestand nicht aus, um alle zu ernähren, sie mussten den Hungertod fürchten.« Die Hände über dem Sattelknauf gefaltet, musterte er die Häuser. »Damals schwor ich mir, für Frieden zu sorgen. Wie ich mein Gelübde halten sollte, wusste ich nicht. Aber ich wollte mein Leben dafür wagen.«

Ihr ganzes Herz auf der Zunge, erwiderte Krysta: »Wie glücklich muss sich dein Volk schätzen, weil es einem Herrn wie dir gehorcht.«

Entschieden schüttelte er den Kopf. »Unser Glück verdanken wir Alfred of Wessex. Ohne ihn wären wir einsame Männer gewesen, jeder hätte für sich versucht, die Dänen abzuwehren.« Hawk hob eine Hand und spreizte die sonnengebräunten Finger. »Wären wir einzeln vorgegangen, hätten wir gar nichts erreicht – nur den Tod.« Nun ballte er die Hand zu einer mächtigen Faust. »Nur mit vereinten Kräften konnten wir den Sieg erringen.« Plötzlich unterbrach er sich. »Von solchen Dingen dürfte ich nicht sprechen. Eigentlich hatte ich geplant, einen erholsamen Tag mit dir zu verbringen.«

»Mir würde ein Tag, an dem wir uns besser kennen lernen, viel mehr bedeuten.«

Er lachte etwas gezwungen. Offenbar bereitete ihm dieser Gedanke immer noch ein gewisses Unbehagen. »Vor allem musst du reiten lernen. Komm mit mir!«

Gehorsam folgte sie ihm auf einem gewundenen Weg zum Strand hinab. Ein paar Mal hielt sie den Atem an, während die Stute mit vorsichtigen Schritten hinter dem Hengst hertrottete.

Am Wasserrand angekommen, stieß Krysta einen so tiefen Seufzer der Erleichterung aus, dass Hawk grinsen musste. »So schlimm war's doch gar nicht, oder?«, fragte er und hob sie aus dem Sattel.

In seiner Nähe, im Bewusstsein seiner Kraft, verdrängte sie ihre Angst. »O nein.«

Natürlich log sie, und er wusste es. Doch es störte ihn nicht, denn er bewunderte ihre Tapferkeit. Außerdem faszinierte ihn ihre schmale Taille, die genau in seine Hände passte. In seine Hände, die er nur ein wenig vorschieben müsste, dann würde er ihre Brüste liebkosen… Beinahe erlag er der Versuchung und dem Wunsch, mit Krysta in den Sand zu sinken, die Lust zu stillen, die ihn seit der ersten Begegnung quälte.

Daran hinderte ihn nur ihre Erklärung, vor der Ehe müssten sie einander besser verstehen, ebenso der seltsame Gedanke, Wolfs und Cymbras Glück wäre vielleicht gar nicht so einzigartig. Bisher hatte er die Liebe stets für ein romantisches Fantasiegebilde gehalten. Jetzt begann er sich zu fragen… Unmöglich! Nach so albernen Gefühlen würde er sich niemals sehnen. Er war einfach nur überrascht und ein bisschen verwirrt. Sonst nichts.

Nach dem Ritt wollte er Krysta eine Ruhepause gönnen, und er erinnerte sich an ihren fröhlichen Tanz am Strand unterhalb von Hawkforte. Deshalb band er die Pferde an einem Strauch fest, ergriff ihre Hand, und sie wanderten die Küste entlang. Soweit er sich entsinnen konnte, hatte er noch nie mit einer Frau einen Spaziergang am Strand unternommen, abgesehen von ein paar Schritten an der Seite einer Dame, die er in Alfreds Winchester-Palast zur Tafel geleitet hatte. Plötzlich wusste er nicht, worüber er mit ihr reden sollte. Von dem neuen Speer, den er entworfen hatte und den seine Männer gerade zu benutzen lernten, wollte sie sicher nichts hören. Ebenso wenig würde sie es genießen, die Schlachten zu erörtern, die er in Gedanken ausfocht, die Strategien, die er entwickelte, um seine Feinde zu

schlagen. Die Frauen, die er am Hof getroffen hatte, beherrschten die Kunst der Intrige geradezu meisterhaft und schwärmten für die Finessen der Politik. Niemals würde er den Fehler begehen, eine dieser Ladys zu unterschätzen. Krysta war anders. Mit ihrer Sanftmut weckte sie Erinnerungen an seine Mutter. Trotzdem durfte er sie nicht für feige halten. Schon mehrmals hatte sie ihn wie eine Furie angefaucht. Lächelnd dachte er an ihre äußere Erscheinung nach dem unfreiwilligen Bad – triefnass, mit schwarzer Farbe bekleckst. Aber sie hatte ihre Würde gewahrt. Sicher würde sie ihm charakterfeste Söhne und Töchter schenken.

Dieser Gedanke war ein Fehler, denn er spürte, wie seine Erregung wuchs. Teils verblüfft, teils erfreut ließ er Krystas Hand los, bückte sich und hob eine graurosa Muschel auf. Sie war völlig unversehrt und schimmerte irisierend. Während er sie hin und her drehte, bewunderte er ihre schlichte Perfektion und ihre Fähigkeit, im stürmischen Meer zu überleben. Er wollte sie in die Wellen zurückwerfen. Doch dann besann er sich anders und übergab sie Krysta. Mit einem scheuen Lächeln nahm sie die Muschel entgegen.

Ein paar Sekunden lang glaubte er, in diesem Lächeln zu ertrinken. Dann riss er sich zusammen. »Dort drüben bei den Felsen tummeln sich manchmal Delfine.«

Sie folgte seinem Blick zum blaugrünen Wasser. Schäumend schlug es gegen Felsen, die so aussahen, als hätte sie ein verspielter Riese am Strand verstreut. »Ich habe noch nie Delfine gesehen. Nach Vestfold kommen sie nicht, weil es zu weit oben im Norden liegt.«

»Schauen wir, ob welche da sind.« Auf dem Weg zu den Felsblöcken mahnte er: »Pass auf, die Steine sind nass und glitschig.«

Obwohl sie nickte, galt ihre Aufmerksamkeit dem Meer. Wie immer weckte dieser Anblick und der Salzgeruch eine schmerzliche Sehnsucht. Der Wind brannte in ihren Augen. Über ihre Wangen liefen Tränen, die sie ungeduldig wegwischte. Ein Sche-

men bewegte sich im Wasser und kam rasch näher. Plötzlich ragte ein Kopf empor, und Krysta lachte entzückt, als sie das breite Grinsen des Delfins sah. »Oh, wie wundervoll!«, rief sie. Ohne lange zu überlegen, trat sie ans Ufer heran und stieg auf rutschigen Seetang, der einen Felsbrocken bedeckte. Sie strauchelte und streckte beide Arme aus, um ihr Gleichgewicht wiederzugewinnen – ohne Erfolg. Schreiend fiel sie ins Wasser.

Wie gelähmt stand Hawk da. Ein Mann, der in hundert Schlachten nie gezögert, dem seine Geistesgegenwart schon oft das Leben gerettet hatte, starrte ein paar Sekunden lang fassungslos ins Meer. Nein, seine Braut konnte nicht in den Wellen verschwunden sein. So viel versprechend hatte der Tag begonnen. Auf so schreckliche Weise durfte er sich nicht verdunkeln.

Wütend verfluchte er das Schicksal, warf seinen Umhang beiseite und sprang ins Wasser. Wenig später tauchte er auf und schaute sich verzweifelt um. Als er Krysta noch immer nicht entdeckte, holte er tief Luft und versank wieder in den Wellen. Vergeblich suchte er nach seiner Verlobten. Brennende Lungen zwangen ihn, wieder emporzutauchen. Nach einem weiteren tiefen Atemzug wollte er wieder hinabschwimmen. Doch da bemerkte er eine Gestalt, die sich neben ihm bewegte.

Lachend erschien Krysta zwischen den Schaumkronen, das nasse Haar an den Kopf geklebt. Obwohl das schwere Gewicht ihrer Kleidung an ihr hing, genoss sie ihr Bad in vollen Zügen. »Oh, das ist himmlisch! Warum hast du mir nicht gesagt, wie warm das Wasser ist?«

Ehe er seine Verwirrung bezwang, stürzte sie sich wieder in die Wellen. Hawk trat Wasser und spähte in alle Richtungen. Bald sah er sie wieder, etwa fünfzig Fuß von der Stelle entfernt, wo sie untergetaucht war.

»Oh, du kannst schwimmen!«, rief er – angesichts dieser eindrucksvollen Demonstration eine völlig überflüssige Feststellung.

»Ja, Raven und Thorgold behaupten, ich sei für das Wasser ge-

schaffen worden. Natürlich übertreiben die beiden. Aber ich habe das Wasser immer geliebt.« Sie versank wieder in der Tiefe. Diesmal tauchte sie in seiner Nähe empor und strahlte vor Freude. »Hin und wieder schwamm ich in warmen Felsenteichen. Doch bei Vestfold ist das Meer sogar im Hochsommer eiskalt. Und hier – so herrlich warm.«

Hawk, der das Wasser angenehm, aber kühl fand, konnte nur seufzen. Gewiss, er fühlte sich maßlos erleichtert, weil ihr nichts zugestoßen war. Doch das Entsetzen, das er vorhin empfunden hatte, ließ sich nicht vollends verdrängen. Nicht einmal auf den Schlachtfeldern, wo die Angst jeden vernünftigen Mann begleitete, war ihm so elend zu Mute gewesen.

Da die qualvolle Sorge immer noch in ihm nachwirkte, befahl er strenger als beabsichtigt: »Komm heraus! So warm, wie du glaubst, ist das Wasser nicht. Womöglich wirst du dich erkälten.«

Erstaunt und enttäuscht erwiderte sie seinen Blick. Aber sie protestierte nicht. Wenigstens gehorcht sie mir, dachte er etwas besänftigt, während sie an den Strand wateten. Krysta bückte sich und wrang ihren nassen Rocksaum aus. »In Kleidern zu schwimmen, das ist furchtbar anstrengend.« Hoffnungsvoll wandte sie sich zu Hawk. »Daheim trug ich nur ein Hemd, wenn ich schwimmen ging.« Und manchmal gar nichts, ergänzte sie in Gedanken. Entgeistert starrte er seine Braut an, bis er merkte, dass sie es ernst meinte. Er müsste sie nur ein bisschen ermutigen, und schon würde Lady Krysta ins Meer zurückkehren, nur mit ihrem Hemd bekleidet … Und was sollte er dann tun? Am Strand sitzen und das Spektakel genießen? Oder ihr folgen? O ja, das wäre eine großartige Idee. Die Lust, die er den ganzen Morgen bekämpft hatte, stieg erneut in ihm auf. Nur mühsam unterdrückte er einen Fluch und warf ihr seinen Umhang zu, den er abgelegt hatte, um ihr keine Sekunde lang gefährdetes Leben zu retten. »Da, zieh das an.«

Geschickt fing sie den Mantel auf. »Danke, aber ich friere nicht.«

Offensichtlich bemerkte sie nicht, wie sich das nasse Kleid an ihren Körper schmiegte, die Brüste und sogar die harten Knospen nachzeichnete, die gertenschlanke Taille und die geschwungenen Hüften, die schlanken Beine. Besonders fantasievoll war er nie gewesen. Doch er brauchte keinerlei Einbildungskraft, um sich vorzustellen, wie Krysta nackt aussehen würde. Seine künftige Gemahlin … Viele Paare schliefen schon vor der Hochzeit miteinander. Und einige Bräute empfingen den Segen der Kirche erst nach der Zeugung ihres ersten Kindes. Niemand würde ihm Vorwürfe machen. Höchstens Krysta. Trotzdem würde er ihren Widerstand überwinden. Daran zweifelte er nicht, als er sich an den leidenschaftlichen Kuss im Stall erinnerte.

Aber er legte großen Wert auf seine Disziplin – *verdammt*. Das würde er wegen einer Frau nicht vergessen, mochte sie auch noch so verführerisch wirken. Wenn er es wollte, und wenn es an der Zeit war, würde er seinem Verlangen nachgeben.

»Zieh den Umhang an!«, befahl er, und diesmal erzielte sein Tonfall die gewünschte Wirkung. Ruckartig hob sie den Kopf, starrte ihn an, und ihre Wangen röteten sich. Dann schaute sie hastig weg. Bevor sie zu den Pferden gingen, wickelte sie ihren Körper in den Mantel.

Schweigend ritten sie zur Festung zurück. Hawk behielt seine Braut im Auge. Mittlerweile konnte sie schon besser reiten. Das hatte sie erstaunlich schnell gelernt, ihre angeborene Geschmeidigkeit kam ihr zugute. Als er sich entsann, wie sie mit den Kindern getanzt hatte, lenkte er seine Gedanken entschlossen in eine andere Richtung, was ihm nicht viel nützte. Gegen seinen Willen erschien in seiner Fantasie das Bild der schönen jungen Frau, die behände durch Meereswellen glitt, mit einer fast überirdischen Anmut. Erst auf dem Turnierplatz würde er das alles vergessen. Deshalb wollte er mit einem halben Dutzend Männer, die sich auf einen freien Tag gefreut hatten, Waffenübungen abhalten und sich bis zur Erschöpfung verausgaben. Ja, das würde ihn unweigerlich von seiner Braut ablenken.

Doch der Plan wurde vereitelt. Plötzlich umrundeten drei lange Schiffe mit unheilvollen Drachenbügen die Landzunge und steuerten den Hafen an. Im Sattel aufgerichtet, musterte Hawk das stolze Emblem auf den Segeln, die sich im Wind blähten. Fluchend spornte er seinen Hengst zum Galopp an.

7

»Lass mich raten«, bat Hawk. »Rein zufällig kamst du vorbei, und da wolltest du die Gelegenheit nutzen, um mich zu besuchen.«

Der Mann, der ihm gegenübersaß, grinste breit. So groß und kräftig gebaut wie Hawk, mit goldbraunem, schulterlangem Haar und Topasaugen, trug er eine schlichte Tunika aus fein gesponnener schwarzer Wolle und blank geputzte Lederstiefel. Kein Schmuck wies auf seinen Rang und seine Macht hin, nur ein scharf geschliffenes Schwert. Trotzdem war die Aura seiner edlen Herkunft unverkennbar, von seiner ungewöhnlich attraktiven äußeren Erscheinung noch verstärkt.

Bisher waren schon sechs Dienerinnen unter diesem oder jenem Vorwand zur Tafel geeilt. Hawk fragte sich, ob jemals einem Mann so viele lustvolle Blicke in einem kürzeren Zeitraum gegolten hatten. Seinen Gast schien das nicht zu überraschen, und er missachtete die Mägde keineswegs. Ganz im Gegenteil – jeder schenkte er ein liebenswürdiges Lächeln. Wie sich Hawk seufzend entsann, schätzte der Wikinger das weibliche Geschlecht über alle Maßen und hielt es für das schönste Geschenk, das die Menschheit von den Göttern bekommen hatte. Das schienen die Frauen zu spüren, und sie erwiderten seine Zuneigung mit unverhohlenem Entzücken.

»Welch ein Freund wäre ich, hätte ich meine Schiffe grußlos an deiner Burg vorbeigesteuert?«, fragte der Gast, während ein hübsches rothaariges Mädchen vorbeilief und die Hüften so hef-

tig schwenkte, dass ein Luftzug entstand. »Außerdem dachte ich, du willst Neuigkeiten von deinem Neffen hören.«

Hawk musterte den Mann, den man von den Gletschern des Nordens bis zu den Suks von Byzanz als Dragon kannte, und lachte leise. »Nun, wie geht's dem kleinen Löwen?« Inzwischen staunte er nicht mehr, weil die Familie, in die seine Schwester hineingeheiratet hatte, ihren männlichen Sprösslingen ebenso wie seine eigene nur Namen gab, die bestimmte Vorstellungen heraufbeschworen. Im weithin gefürchteten Norweger Wolf hatte Cymbra ihr zweites Ich gefunden.

Vor wenigen Monaten war ihr Sohn auf Hawkforte zur Welt gekommen, allseits freudig begrüßt – nicht zuletzt, nachdem dieses Ereignis den kampflustigen Wolf daran gehindert hatte, die Festung Planke um Planke und Stein um Stein auseinander zu nehmen. Diese Rache hatte er Hawk für Cymbras unsinnige Entführung angedroht.

Erstaunlicherweise waren alle Streitigkeiten vergessen, seit die Norweger und Sachsen beschlossen hatten, die Dänen mit vereinten Kräften zu bekämpfen. Hawks und Krystas Ehe sollte das Bündnis zusätzlich festigen. Auch Dragon würde nicht mehr allzu lange ledig bleiben.

»Wenn der kleine Lion brüllt, erschüttert er immer noch die Mauern von Sciringesheal. Glücklicherweise besitzt er ein heiteres Gemüt und schreit nur selten. Cymbra ist natürlich eine wundervolle Mutter und eine ebenso gute Ehefrau. Und Wolf? In seiner Selbstzufriedenheit zerrt er manchmal an meinen Nerven. Kaum zu glauben, dass man ihn früher die Geißel der Sachsen nannte …«

»Du weißt ja, was die Leute sagen«, entgegnete Hawk achselzuckend, »gezähmte Ungeheuer geben die besten Ehemänner ab. Weil wir gerade beim Thema sind – hat dein Bruder noch keine Braut für dich gefunden?«

Erschrocken zuckte Dragon zusammen und nahm einen großen Schluck Ale. »Ich erklärte ihm, ich würde mir eine süße

kleine Frau wünschen, die im Winter meine Füße warm reibt und mir Söhne schenkt und mich nicht mit Widerworten ärgert. Da meinte er, die würde mich zu Tode langweilen, noch ehe der Brautstrauß verwelkt. Wegen unserer unterschiedlichen Ansichten wird's wohl noch eine Weile dauern, bis mir das Ehejoch droht. Außerdem ist Wolf im Augenblick eher an *dir* interessiert.« Nach einer kurzen Pause fragte er: »Hast du eine besondere Nachricht erhalten?«

»Letzten Monat bekam ich einen Brief von Cymbra«, antwortete Hawk mit unschuldiger Miene. »Sie hofft, Wolf zu einem baldigen Besuch in Hawkforte zu überreden. Darüber würde ich mich freuen, vorausgesetzt, er bringt kein angriffslustiges Heer mit.«

»Wie nett. Aber ich wollte auf deine bevorstehende Hochzeit anspielen.«

»Ach so ...«, murmelte Hawk. »Dein Bruder war so freundlich, den Ehevertrag auszuhandeln. Deshalb hatte ich nicht viel damit zu tun. Ich nehme an, alles ist in Ordnung mit... Wie heißt sie doch gleich? Kwirka? Klonka?«

»Krysta«, verbesserte ihn Dragon. »Lady Krysta von Vestfold. Sicher wäre es hilfreich, wenn du dir den Namen deiner Verlobten merken könntest.«

Hawk nickte ernsthaft. »In solchen Dingen beuge ich mich deiner reichlichen Erfahrung. Wie lange bleibst du hier? Wollen wir auf die Jagd gehen?«

»Nur zu gern. Aber was Lady Krysta betrifft...« Die Stirn gerunzelt, stellte Dragon seinen Becher auf den Tisch. »Da scheint's ein kleines Problem zu geben.«

»Was für ein Problem? Ich vermute, das Mädchen ist passabel, und alles wird so ablaufen wie geplant. Oder erwartest du etwas anderes?«

»O nein, angeblich ist deine Braut ganz reizend. Und abgesehen von dieser kleinen Komplikation... Also, ihr Halbbruder Sven, offenkundig ein Schwachkopf und ein elender Tauge-

nichts, weiß nicht genau, wo sich das liebe Mädchen derzeit befindet.«

In vollen Zügen genoss Hawk die Situation. Seit seiner ersten Begegnung mit den Brüdern Hakonson – Wolf und Dragon – war er mehrmals ohne eigenes Zutun in schlimme Turbulenzen geraten. Dafür wollte er sich rächen, und es bereitete ihm ein ungeheures Vergnügen, wenigstens eine Zeit lang zu beobachten, wie sich Dragon am Rand einer diplomatischen Katastrophe wand. »Deutest du etwa an, die Lady sei ihm abhanden gekommen?«, fragte er in gespieltem Entsetzen.

»Nein, natürlich nicht! Der Bursche ist ein Schwachkopf. Zweifellos liegt ein Missverständnis vor. Ich dachte, vielleicht – nur vielleicht – wäre sie mittlerweile hier eingetroffen. Offensichtlich nicht.« Dragon unterbrach sich, denn Hawks glitzernder Blick erregte seinen Argwohn. »Oder hast du sie schon gesehen?«

»Seltsam, jetzt, wo du's erwähnst... In der Tat, etwas Merkwürdiges ist geschehen. Drei von Lady Klonkas Dienstboten...«

Sekundenlang schloss Dragon die Augen und bat die Götter um Geduld. Deshalb entging im Hawks Grinsen. »Lady Krysta.«

»Wie auch immer, drei ihrer Dienstboten kamen nach Hawkforte. Ein sonderbarer kleiner Kerl, der wie ein Troll aussieht, eine Frau namens Raven und ein ebenso eigenartiges Mädchen mit dunklen Haaren, die in nassem Zustand schwarze Farbe absondern.«

Verwirrt schüttelte Dragon den Kopf. *»Was?«*

»In Wirklichkeit ist sie blond. Kurz nach ihrer Ankunft entpuppte sich diese Dienerin als Lady Klonka...«

»Krysta!«

»...und sie hatte den unglaublichen Plan geschmiedet, sich zu verkleiden, weil sie mich vor der Hochzeit besser kennen lernen wollte.«

Dragon blinzelte entgeistert. »Sag mir, dass du diese Geschichte erfunden hast!«

»Das könnte ich gar nicht. Du bist doch der Mann, der über eine blühende Fantasie verfügt.«

»Also ist sie hier?«

»Allerdings.«

»Gelobt seien die Götter, die das zu Wege brachten!«, rief Dragon leidenschaftlich. »Ich dachte schon, Wolf würde Lady Krystas Halbbruder in Stücke reißen, als der Narr in Sciringesheal auftauchte und verkündete, sie sei verschwunden.«

»Wahrscheinlich hätte er's verdient, aber wir sollten den armen Burschen eher bemitleiden. Seine Schwester ist – etwas ungewöhnlich.«

»Wie Wolf mir erklärt hat, ist sie hübsch, spricht mit sanfter Stimme und hat schöne Augen. Er fügte sogar hinzu, wenn sie eine Sächsin wäre, würde er sie mit *mir* verheiraten.«

»Vergiss es!«, stieß Hawk hervor und erhob sich halb von seinem Stuhl. Dann bezwang er seinen Zorn und nahm wieder Platz. Aber Dragon hatte den Wutausbruch schon bemerkt.

»Freut mich, dass ihr beide euch so gut versteht«, bemerkte der Wikinger grinsend.

»Das habe ich nicht gesagt. Sie ist nur eine Frau. Und ziemlich ungebärdig.«

Mit einiger Mühe zügelte Dragon seinen Lachreiz. »Gerade solche Frauen sind besonders reizvoll.«

»Dir mag das komisch erscheinen. Mir nicht. Ich hatte bereits eine Gemahlin, der ich nicht trauen konnte. Mit so einer will ich mich nicht noch einmal abplagen. Ich werfe meiner Braut keineswegs vor, sie sei nicht ehrenwert. Sie ist nur unvernünftig. Als Dienerin verkleidet hierher zu kommen – das war albern und leichtfertig.«

»Und mutig. Findest du das so schrecklich?«

»Mir wäre es lieber, sie würde ihren Verstand benutzen. Sie ist unberechenbar.«

Verständnisvoll nickte der Mann, der die Frauen anbetete. »Ah, du strebst nach Ruhe und Ordnung. Bloß keine Überraschungen! Stattdessen ein beschaulicher Alltag, Langeweile …«

»Hättest du so unruhige Zeiten erlebt wie ich, würdest du die Langeweile geradezu herbeisehnen.« Mit allen Fingern strich Hawk durch sein Haar, das er schon zuvor in eine hoffnungslos zerzauste Mähne verwandelt hatte. »Heute fiel sie ins Meer. Ich dachte, sie würde ertrinken, und ich fühlte mich … So genau weiß ich's nicht. Jedenfalls war's grauenhaft.«

»Ist ihr etwas zugestoßen?«, fragte Dragon besorgt.

»Natürlich nicht. Sie schwimmt wie ein Fisch. Lachend tauchte sie auf und wollte unbedingt im Wasser bleiben. Von ihrer Kleidung behindert, meinte sie sogar, sie müsste sich bis aufs Hemd ausziehen. Was für eine großartige Idee!«

»Ist sie wirklich so naiv?«

»Sieht so aus. Nach allem, was ich bisher erfahren habe, wurde sie ziemlich unkonventionell erzogen.«

Nun gab Dragon seine Zurückhaltung auf und begann schallend zu lachen. Als er wieder zu Atem kam, stöhnte er: »Hübsch, mit sanfter Stimme, schöne Augen, unberechenbar *und* eine süße Unschuld. Jetzt verstehe ich dein Problem, mein Freund. Ich glaube, ich werde eine Weile hier bleiben. Diesen Spaß lasse ich mir nicht entgehen.«

»Oh, deine Anteilnahme überwältigt mich. Aber bedenk bitte – dich wird's auch bald treffen.«

Das ernüchterte Dragon ein wenig. Doch seine gute Laune kehrte sofort zurück, denn die rothaarige Dienerin schlenderte wieder am Tisch vorbei. Anerkennend schaute er ihr nach. »Vielleicht wird mich die Schicksalsgöttin noch eine Zeit lang verschonen.«

Mag sein, dachte Hawk. Trotzdem wird sie keine Gnade kennen, wenn es so weit ist. Und dann wirst du genauso leiden wie ich heute, als ich dachte, Krysta würde sterben. Geistesabwesend bedeutete er dem rothaarigen Mädchen, noch einen

Krug Ale zu bringen. Wie lange würde es dauern, bis der Sturm losbrach, der sich – das spürte er seit Tagen – über Hawkforte zusammenbraute?

Noch ein Herzschlag – noch ein Atemzug. Wenn sich diese Kreatur mit dem scharlachroten Kopf dann noch immer nicht zurückzog, wusste Krysta nicht, was sie tun würde. Sicher nichts, was weiblichen Tugenden wie Sanftmut und Duldsamkeit entsprechen mochte. Dauernd stolzierte diese Frau vor Hawk auf und ab. Ein Wunder, dass ihn diese Hüftschwünge nicht vom Stuhl warfen! Oder versuchte sie in sein Auge zu stechen, mit diesem Ding, das ein tiefer Ausschnitt entblößte? Krysta blinzelte. Sah sie wirklich und wahrhaftig eine *Brustwarze*?

Heller Zorn besiegte die geplante Diskretion. Eigentlich war sie nur die Treppe herabgeschlichen, um den Besucher zu mustern, ohne sich zu zeigen. Aber jetzt vergaß sie diese Absicht. Zu ihrer Erleichterung hatte sie von Raven erfahren, die Schiffe würden weder kriegerischen Dänen noch ihrem Halbbruder gehören. Wenige Sekunden später war die Freude verflogen, denn die Freundin hatte berichtet, Wolfs Bruder sei eingetroffen, der gefürchtete Lord Dragon von Landsende. Zweifellos hatte man ihre Abreise aus Vestfold bemerkt, und das bedeutete, dass sie sich in ernsthaften Schwierigkeiten befand. Doch daran konnte sie jetzt nicht denken – nur an ihren wachsenden Zorn.

Tatsächlich – eine *Brustwarze*. Was für eine Unverschämtheit!

»Hawk!«, rief sie.

Verwirrt wandten sich beide Männer zu ihr. Krysta nahm ihren ganzen Mut zusammen, eilte zur Tafel und warf der rothaarigen Schlampe einen Blick zu, der sie versteinern musste. Stattdessen grinste das Mädchen und hob eine glatte Schulter, so dass die Bluse noch tiefer hinabrutschte.

Hawk bemerkte Krystas Zorn, der nur einem Blinden entgangen wäre. Doch er hatte keine Ahnung, warum sie sich ärgerte.

Hastig stand er auf und reichte ihr eine Hand. »Krysta, kennst du Lord Dragon, den Jarl von Landsende?«

»Nein, aber ich habe von ihm gehört«, erwiderte sie und gönnte dem Gast nur einen kurzen Blick. »Hawk, ich – ich wollte dir für den wundervollen Ausritt danken. Vielleicht könnten wir dieses Erlebnis wiederholen – schon bald.« Jetzt lehnte die rothaarige Dienerin am Tisch und raffte ihren Rock, um einen schlanken Fußknöchel und eine wohlgeformte Wade zu entblößen. »Jetzt gleich?« Etwas zu spät erinnerte sich Krysta an Lord Dragons Anwesenheit und ihre Manieren. »Wenn dein Besucher nichts dagegen hat…«

»Überhaupt nichts.« Grinsend sprang Dragon auf und schlang einen Arm um die Taille des rothaarigen Mädchens. »Ich werde schon eine Beschäftigung finden. Nicht wahr, meine Süße?«, fragte er die Dienerin, die sich hingerissen an ihn schmiegte.

»Oh, gewiss, Mylord«, gurrte sie.

»Seht ihr? Macht nur, was ihr wollt, ihr beiden. In den nächsten Stunden werde ich euch wohl kaum vermissen. Oder in den nächsten Tagen. Nehmt bloß keine Rücksicht auf mich!«

Erst jetzt erkannte Krysta, dass sie die Situation missverstanden hatte. »Lord Dragon, Ihr seid sehr großzügig.«

»Keineswegs, mein liebes Mädchen, nur vernünftig. Da seid Ihr, und Hawk kommt auch ohne mich sehr gut zurecht, der Hochsommer hat begonnen, und ich sehe keinen Grund, diese schöne Jahreszeit nicht zu genießen.«

Nun betrachtete sie den Mann, den alle Frauen entzückt anzustarren pflegten, etwas genauer. Sehr attraktiv, dachte sie, aber mit Hawk kann er sich nicht messen. Zu ihrer Verblüffung wirkte er nett und freundlich, trotz seines Furcht erregenden Rufs. Und was den Sommer anging, hatte er völlig Recht. Diese kostbaren warmen Stunden musste man nutzen und sich an dem hellen Sonnenschein freuen oder sehnsüchtig unter dem milden Sternenhimmel seufzen.

Lächelnd wandte sie sich zu ihrem Bräutigam und schaute in seine blauen Augen, die seine Verwunderung nicht verhehlten. »Ich kenne ein Plätzchen, wo die wilden Erdbeeren schon reif sind.«

Natürlich folgte er ihr aus der Halle. Welcher Mann könnte ihr widerstehen? Hinter ihnen lachte Dragon froh und erleichtert. Vielleicht auch ein bisschen neidisch. Aber daran durfte er nicht denken. Außerdem hatte das rothaarige Mädchen einiges zu bieten.

Dragon blieb eine Woche auf Hawkforte. Tagsüber ging er mit Hawk zur Jagd, segelte mit ihm aufs Meer hinaus oder beteiligte sich an den Waffenübungen. Inzwischen hatte die Ernte begonnen. Fast alle Bewohner von Hawkforte außer den Rittern arbeiteten auf den Feldern. Der Festungsherr hatte bekannt gegeben, er würde Lady Krysta erst nach der Ernte heiraten. Diese Entscheidung nahmen die Leute bereitwillig hin, da sie auf einer alten Tradition beruhte.

Jeden Abend versammelten sie sich in der Halle, um Dragons wunderbaren, unglaublichen Geschichten zu lauschen, die alle gefangen nahmen. Sogar die sächsischen Barden lehnten sich genüsslich zurück und hörten dem Mann zu, in dem sie einen wahren Meister erkannten. Wenn ihn das Schicksal auch zum Krieger bestimmt hatte, war er doch ein geborener Skalde.

Er berichtete von der Entstehung Asgards, wo die Götter hausten. Durch die Brücke Bifröst, die den Menschen als Regenbogen erschien, war dieser Wohnsitz mit der Erde verbunden. »Nachdem die Götter ihre Feinde, die Riesen, besiegt hatten«, erklärte Dragon seinem faszinierten Publikum, »beschlossen der große Gott Odin und seine Gefährten Hoenir und Lodur, aus Baumstämmen sterbliche Wesen zu erschaffen. Den ersten Mann nannten sie Ask, dem sie Kraft und Macht verliehen, und seine Gemahlin Elm, die ihm getreulich zur Seite stehen sollte. Im Mittelpunkt der Welt ragt die Esche Yggdrasil empor. Bis in

die Tiefe der Erde reichen ihre Wurzeln hinab, ihre Zweige erheben sich zum Himmel. Von ihren Blättern ernährt sich Odins Lieblingshengst Sleipnir. Der Ort, den Yggdrasil überschattet, ist heilig. Dort versammeln sich die Götter jeden Tag, um Entscheidungen zu treffen. Im fernen Donnergrollen, das manchmal am Himmel dröhnt, kann man ihre Stimmen hören.«

All diese Geschichten kannte Krysta, obwohl sie im christlichen Glauben aufgewachsen war. Trotzdem gefiel es ihr, die vertrauten Legenden aus Dragons Mund zu hören, denn er schilderte jene Ereignisse so fesselnd und lebhaft, wie sie es nie zuvor vernommen hatte. *Zu* anschaulich für den Geschmack Vater Elberts und Darias, die unentwegt die Stirn runzelten, die Köpfe zusammensteckten und sich über das *heidnische Geschwätz* beschwerten. Doch Dragons Wikinger beachteten sie ebenso wenig wie die Sachsen, die an die schlechte Laune der beiden gewöhnt waren.

Das Wetter blieb warm und mild. Meistens aßen sie draußen im Hof, an langen Tischen, von Fackeln beleuchtet, die lästige Insekten fern hielten. Die Nächte waren sternenklar. Am letzten Abend seines Aufenthalts erzählte Dragon vom Vollmond angeregt die folgende Geschichte:

Nachdem die Götter eine Zeit lang in Asgard gelebt hatten, stellten sie fest, dass kein Schutzwall ihr Heim umgab. Trotz ihrer Macht dachten sie an den wilden Kampfgeist der Riesen und fragten sich, ob sie ohne Mauer vor diesen gefährlichen Feinden sicher wären. Als sie darüber sprachen, erschien ein Fremder in Asgard, er erbot sich, eine starke Mauer rings um den Wohnsitz zu errichten, und erklärte, innerhalb eines Jahres würde er den Bau vollenden. Die Götter wollten zustimmen. Aber Odin, der Weiseste von allen, fragte nach dem Preis.

Kühn trat ihm der Fremde gegenüber und antwortete: »Wenn ich die Mauer gebaut habe, gebt mir Frigg, die schönste Göttin. Außerdem verlange ich die Sonne und den Mond.«

Odin geriet in hellen Zorn. Niemals würde er dem Fremden eine Göttin überlassen, seine eigene Gemahlin. Gewiss, er stritt sehr oft mit Frigg. Aber sie gehörte ihm, und er wollte sie behalten. So beschloss er, den Fremden fortzuschicken. Doch da meldete sich der listenreiche Gott Loki zu Wort und schlug vor, der Fremde solle den Wall errichten, allerdings in einem halben Jahr. Sicher würde ihm das misslingen, und die Götter würden wenigstens eine halbe Mauer umsonst erhalten.

Nur widerstrebend ging Odin darauf ein, obwohl Frigg goldene Tränen vergoss.

Fast ein halbes Jahr verstrich. Zum Entsetzen der Götter war die Mauer beinahe fertig gestellt. Bald würde der Fremde nicht nur Frigg, sondern auch die Sonne und den Mond für sich beanspruchen.

Glücklicherweise wusste Loki Rat. »Der Fremde braucht sein starkes schwarzes Pferd, das die Steine zum Wall schleppt. Wenn ich diesen Rappen weglocke, bleibt die Mauer unvollendet.« Und so verwandelte sich Loki in eine schöne weiße Stute. Wie erwartet, folgte ihr der schwarze Hengst in den Wald. Als der Fremde bemerkte, dass sein Pferd verschwunden war und der Mauerbau nicht fortgesetzt werden konnte, legte er vor lauter Wut seine Verkleidung ab und gab sich als Riese und Erzfeind der Götter zu erkennen. Odin rief Thor zu sich, den stärksten aller Götter, der mit seinem Hammer auf den Kopf des Riesen schlug und einen gewaltigen Donner am Himmel dröhnen ließ. Da floh der verwundete Riese aus Asgard, die Götter bauten die restliche Mauer selbst, und letzten Endes verzieh Frigg ihrem Gemahl, der sie fast verkauft hätte. Nach einer Weile kehrte Loki zurück – begleitet von einem wundervollen Rappen mit acht Beinen, den er Sleipnir nannte und Odin schenkte. So erhielten die Götter ihren Schutzwall und Odin seinen kraftvollen Hengst.

»Mal sehen …«, begann Hawk, nachdem der Beifall der Zuhörer verklungen war. »Als weiße Stute getarnt, lockte Loki einen

schwarzen Hengst in den Wald und kehrte etwas später mit einem achtbeinigen Rappen zurück. Wurde er jemals gefragt, wie Sleipnir entstanden war?«

»Wohl kaum«, entgegnete Dragon grinsend, »jedenfalls sprach er nie darüber. Wie wir alle wissen, wird so mancher Betrüger mit seinen eigenen Waffen geschlagen.« Viel sagend schaute er Krysta an. »Wenn er Glück hat, kommt er ungeschoren davon.«

Trotz seines freundlichen Blicks verstand sie die Anspielung. Sie hatte Hawk hintergangen und musste sich glücklich schätzen, weil sie einer Strafe entronnen war. Nur eine Närrin würde das Schicksal – und den Herrn von Hawkforte – erneut herausfordern. »Loki scheint seine Lektion nie zu lernen«, meinte sie leise, zu Hawk gewandt. »Da sind die Menschen etwas klüger.«

Was sie ihm damit zu verstehen gab, gefiel ihm, und das wollte er ihr sagen. Aber Edvard ließ ihn nicht zu Wort kommen. Vom Lächeln der hübschen Aelfgyth ermutigt, hatte der junge Verwalter etwas zu viel getrunken und vergaß seine übliche Zurückhaltung. »Und wie soll man Odin beurteilen?«, rief er. »Die Bereitschaft, seine Frau gegen eine Mauer einzutauschen – selbst wenn er hoffen durfte, die würde nicht fristgemäß fertig gestellt. Das war ziemlich leichtfertig.«

»Gewiss«, stimmte Dragon zu. »Aber Odin weiß einfach nicht, wie er mit Frigg umgehen muss. Dauernd ärgert er sie, stachelt sie an, und sie begehrt gegen ihn auf.«

»Bliebe er öfter am heimischen Herd«, bemerkte Krysta, »von seinem eigenen Bett ganz zu schweigen, müsste er nicht überlegen, wie er mit Frigg *umgehen* soll. Und sie würde ihm nicht trotzen …« Schon in der nächsten Sekunde hätte sie sich am liebsten die Zunge abgebissen. Wie man ihre Worte auffassen würde, wusste sie nur zu gut. Hawk mochte es widerstrebend hinnehmen, wenn sie ihm unter vier Augen erklärte, der Weg zum Frieden würde nicht durch die Betten anderer Frauen füh-

ren. In der Öffentlichkeit konnte er solche Andeutungen nicht dulden. »Was ich damit ausdrücken möchte …«

»Das wissen wir alle«, unterbrach er sie. Zu ihrer Überraschung lächelte er. Dann neigte er sich zu ihr und flüsterte in ihr Ohr: »Eine Frau muss sehr zuversichtlich sein, so viel zu wagen. Fühlst du dich dem Kampf gewachsen, den du anzettelst?«

Dunkle Röte stieg ihr in die Wangen, und Hawk musterte sie voller Genugtuung. Natürlich war sie ihrer Sache nicht sicher, denn sie hatte keine Erfahrungen mit Männern gesammelt und konnte ihre Fähigkeiten in heiklen Situationen nicht beurteilen. Doch das würde sie niemals zugeben. Gelassen zuckte sie die Achseln. »Ich glaube, das hängt von *dir* ab …«

Fasziniert beobachtete sie die Glut der Leidenschaft, die in seinen Augen aufflammte. Er erhob sich halb von seinem Stuhl, als wollte er sie sofort, vor aller Augen, in sein Schlafzimmer zerren. Doch da ergriff Dragon wieder das Wort. »Dieses Gerede von ehelichen Schwierigkeiten erinnert mich an eine andere Geschichte. Die erzählte mir ein Ire, den ich in Byzanz traf. Er schwor, es handle sich um eine wahre Begebenheit, und er behauptete sogar, den armen Burschen zu kennen, dem dies alles widerfahren sei.«

Eines Tages fuhr der mächtige Herr eines irischen Clans in seinem Coracle – einem Boot aus mit Häuten überzogenem Weidengeflecht – aufs Meer hinaus. Allein und ungestört, fern vom Leben und Treiben in seinem Schloss, wollte er über ein Problem nachdenken. Er musste heiraten, konnte sich aber für keine junge Frau entscheiden. Da gab es so viele. Manchmal fühlte er sich zu dieser hingezogen, dann zu jener. Doch er kannte seine Pflicht. Und während er über die Bucht vor seinem Familiensitz ruderte, überlegte er, wie er vorgehen sollte. Vor seinem geistigen Auge erschien die Tochter eines benachbarten Clan-Häuptlings. Und plötzlich sah er eine seltsame Gestalt durch die Wellen herangleiten. Verwirrt richtete er sich in seinem Coracle auf,

warf zielsicher sein Fischernetz ins Wasser und fing das Geschöpf ein, obwohl es zu fliehen suchte.

Als er seine Beute ins Boot zog, erblickte er zu seiner Verblüffung eine bildschöne junge Frau. Nur ihr ebenholzschwarzes Haar bedeckte ihre milchweiße Haut, und er fand sie so begehrenswert wie keine der anderen, die er je gesehen hatte. Spontan beschloss er, sie zu heiraten. Er führte sie in sein Schloss und stellte sie seinem Clan vor. Obwohl seine Verwandten staunten, erhoben sie keine Einwände. Und so vermählte er sich mit seiner Meerjungfrau. Bald schenkte sie ihm starke, gesunde Söhne und Töchter. Alles schien in bester Ordnung, außer einer seltsamen Angewohnheit des Festungsherrn. Regelmäßig, im Abstand weniger Tage, suchte er einen Ort auf, den niemand außer ihm kannte. Dort blieb er nur kurze Zeit, und jedes Mal, bevor er das Schloss verließ, befahl er seinen Wachtposten, seine Gemahlin in ihrem Zimmer einzusperren, damit sie ihm nicht folgen konnte. So verstrichen einige Jahre, bis sie schließlich ihrer ältesten Tochter auftrug, dem Vater zu jenem geheimen Ort nachzuschleichen.

Die Tochter gehorchte und erzählte der Mutter bei der Rückkehr, er würde in eine kleine Höhle gehen, nicht weit vom Familiensitz entfernt, und sie habe nicht gewagt, ihm hineinzufolgen. Doch das störte die Mutter nicht. Sie dankte dem Mädchen, küsste es zärtlich und beteuerte, sie würde es innig lieben, ebenso die anderen Kinder.

Am nächsten Morgen verschwand sie und wurde nie mehr gesehen. Nur das Kleid, das sie getragen hatte, fand man vor der Höhle, die ihr Ehemann seit Jahren besuchte. Während die Kinder um sie weinten, gestand der Vater die Wahrheit. Im Netz, mit dem seine Braut gefangen worden sei, habe er noch etwas anderes entdeckt – die Haut einer Robbe. Was das bedeutete, hatte er sofort gewusst und erkannt, nämlich dass die schöne Maid ein Skelkie war, ein Fabelwesen, halb Mensch, halb Robbe. Nur wenn sie die Robbenhaut nicht zurückgewann, würde sie bei

ihm verweilen. Er versteckte die Haut in der Höhle und befeuchtete sie alle paar Tage, denn sie musste in gutem Zustand bleiben. Sonst würde seine Frau sterben. Da er sie nicht verlieren wollte, hielt er das Versteck der Robbenhaut geheim. Wenn ein Skelkie seine Haut wiederfand, musste es ins Meer heimkehren. Das hatte seine Gemahlin letzten Endes getan. Bis zu seinem Lebensende ging er täglich ans Meer, hielt nach ihr Ausschau und hoffte, sie würde zu ihm zurückkommen. Manchmal sah er weit draußen in den Wellen eine schemenhafte Gestalt, die seinen Blick erwiderte. Doch sie näherte sich kein einziges Mal.

»Was für eine seltsame Geschichte«, meinte Hawk nachdenklich. Er hatte schon viele merkwürdige Erzählungen gehört. Aber diese übertraf alle anderen. Wenn er sie auch nicht für bare Münze nehmen wollte, musste er doch zugeben, dass sich gerade die sonderbarsten Geschichten als wahr herausstellten. Zum Beispiel behauptete man, im Westen liege eine Insel voller Berge, die feurigen Schlamm ausspeien würden. Welcher vernünftige Mensch würde so etwas glauben? Doch er kannte Männer, an deren Verstand er nicht zweifelte, und die schworen, sie hätten das Schauspiel mit eigenen Augen gesehen.

Seinen Gast schienen ähnliche Gedanken zu bewegen. »Sicher, das klingt unwahrscheinlich. Aber wer weiß? Und wenn es solche Geschöpfe irgendwo gibt, dann wohl nur in Irland. Warst du jemals dort?«

»Nein«, erwiderte Hawk, und er nahm auch nicht an, er würde jemals in dieses Land reisen. In England hatte er alle Hände voll zu tun, um Alfred in seinem Streben nach Recht und Ordnung zu unterstützen.

»Die Norweger halten eine Stellung in Dubh Linn«, fuhr Dragon fort. »Wenn es den Iren nicht gelingt, ihre zahlreichen Clans zu vereinen, werden sie vermutlich noch weitere Teile ihrer schönen Insel verlieren.«

»Was veranlasst euch Wikinger, immer neue Gebiete zu er-

obern?« Mit dieser Frage wollte Hawk den Freund nicht beleidigen. Er war einfach nur neugierig. Die Dänen glaubte er zu verstehen, denn sie wurden von der gleichen Gier nach Reichtum und Macht getrieben wie viele Sachsen. Doch die Norweger, mit den Dänen verwandt, trachteten vor allem nach Landbesitz.

»Vielleicht, weil es uns an Grund und Boden mangelt«, entgegnete Dragon kein bisschen gekränkt. »Wir bewohnen ein schönes, aber raues Land. Nur in den kurzen Sommermonaten gedeiht ein bisschen Gemüse. Im Winter können wir nicht einmal die Früchte des Meeres ernten. Unsere Familien sind traditionsgemäß sehr groß. Deshalb müssen manche Wikinger ihren Lebensunterhalt woanders bestreiten.«

Diese Erklärung klang einleuchtend. Während Hawk darüber nachdachte, sah er seine Braut plötzlich erbleichen. Da der Mond hell genug schien, waren Fackeln überflüssig. Im Silberlicht wich alles Blut aus Krystas Wangen. Die Lippen zusammengepresst, starrte sie auf ihre Finger hinab, die sie im Schoß ineinander schlang. Warum wirkte sie so bedrückt? »Stimmt was nicht?«, fragte er.

Mit großen Augen schaute sie ihn an. Bestürzt las er kalte Angst in ihrem Blick. »Ich bin nur müde«, antwortete sie und lächelte gezwungen.

Daran glaubte er keine Sekunde lang. Irgendetwas bekümmerte sie. Was mochte es sein? Aufmerksam musterte er die Tischgesellschaft. Daria und Vater Elbert steckten die Köpfe zusammen und runzelten die Stirn. Im Verhalten der beiden entdeckte er nichts Ungewöhnliches. Eine hübsche Dienerin saß auf Edvards Knien. Fröhlich schwatzte das junge Paar. Hawks Ritter tranken und lachten mit den norwegischen Gästen. Da gab es nichts, was ihm auffallen müsste. An einem anderen Tisch saßen die sonderbaren Dienstboten seiner Verlobten, Thorgold und Raven, offensichtlich zufrieden. Was sonst...? Er überdachte, was in den letzten Minuten geschehen war, doch er erinnerte sich an nichts, das Krystas seltsames Benehmen verur-

sacht haben könnte. Gewiss, Dragon hatte sie mit ihrem Täuschungsmanöver geneckt – mit ihrer Ankunft als ihre eigene Magd. Doch das war ihr nicht allzu nahe gegangen. Und inzwischen schien sie auch nicht mehr zu bereuen, dass sie ihre Sympathie für Frigg bekundet hatte. Was quälte sie jetzt? Zeigte er sein Verlangen nach ihr zu deutlich? Bei jenem Kuss im Stall hatte er nicht den Eindruck gewonnen, sie würde seine Leidenschaft fürchten.

Schließlich sagte er sich, sie sei ein unerfahrenes junges Mädchen, erst vor kurzer Zeit in einem fremden Land eingetroffen – die Braut eines Unbekannten, dem man sie ohne Rücksicht auf ihre Gefühle versprochen hatte, der über ihre Zukunft bestimmen würde. Dass dieses Schicksal unzählige Frauen ereilte, war wohl nur ein schwacher Trost.

Widerstrebend dachte er an seine erste Frau. Seit jener kurzen Ehe waren viele Jahre verstrichen, und er erinnerte sich nur verschwommen an ihr Gesicht, aber umso besser an ihre Furcht vor der Hochzeitsnacht. Auch danach war sie immer wieder vor ihm zurückgeschreckt.

Bei aller Bescheidenheit durfte er sich rühmen, dass er sie sanft und behutsam behandelt hatte. Trotzdem war es ihm nicht gelungen, ihr die Angst zu nehmen. Musste er eine so unglückliche Ehe erneut verkraften? Diese Vorstellung erfüllte ihn mit Grauen. Um das zu verhindern, war er zu allem bereit. Notfalls würde er sogar die Begierde zügeln, die ihn seit der ersten Begegnung mit seiner nordischen Braut peinigte. Bis er sicher sein konnte, sie würde seine Glut teilen...

Seufzend starrte er vor sich hin. Nur wenige Männer würden einen solchen Entschluss fassen. Aber er war ein erprobter, disziplinierter Kriegsherr, der zahlreiche Männer kommandierte. Also würde er verdammt noch mal die erforderliche Geduld aufbringen. Mit diesem grimmigen Gedanken leerte er seinen Becher und protestierte nicht, als ein Diener ihm frisches Ale einschenkte.

8

»Da geheimnisst Ihr zu viel hinein«, schimpfte Raven. »Es ist nur eine Geschichte. Mehr nicht. Warum nehmt Ihr's Euch so zu Herzen?«

Krysta wandte ihren Blick vom Meer ab. An diesem Morgen waren Dragons Schiffe mit der Ebbe ausgelaufen. Aber seine Worte beunruhigten sie immer noch. Sie hatte schlecht geschlafen. Jetzt schmerzte ihr Kopf. »Du hast die Geschichte gehört. Meinst du wirklich, er hat sie einfach nur erzählt – rein zufällig?«

»Genau das meine ich.«

»Bevor er damit begann, spielte er auf meine Maskerade an.«

Stöhnend schwenkte Raven ihre dünnen Arme durch die Luft und sank neben Krysta auf die Fensterbank. »Das eine hängt nicht mit dem anderen zusammen. Glaubt mir, er hat keine Ahnung.«

»Vielleicht ist ihm etwas zu Ohren gekommen. Das würde mich nicht wundern. Nach Vaters Tod posaunte Sven in alle Welt hinaus, was geschehen war – bis er herausfand, dass sich der Jarl von Sciringesheal für mich interessierte. Erst da hielt mein Bruder den Mund. Aber wer weiß, welchen Schaden er zuvor angerichtet hat?«

Raven berührte Krystas Hand. »Immerhin seid Ihr hier. Würde Wolf Hakonson seinem Schwager eine übel beleumundete Braut schicken, um den Frieden zu sichern?«

»Sogar die Nornen würde er nach Hawkforte schicken, wenn er hoffen dürfte, dass sie seinen Zwecken dienen.«

Raven kicherte. »Ah – wilde Furien, die entscheiden, wer am Leben bleibt und wer sterben muss, würden ihm nichts nützen.« Liebevoll betrachtete sie ihren Schützling. »Da eignet sich eine hübsche junge Lady, die das Herz eines Kriegers gewinnt, viel besser.«

»Schön und gut, aber ich sage dir, Lord Dragon weiß Bescheid. Zumindest misstraut er mir. Warum hat er Hawk nichts erzählt?«

»Was denn? Das Märchen, das Euer alberner Halbbruder erfunden hat? Wenn Lord Sven verkündet, der Himmel sei blau, steckt ein kluger Mann den Kopf zum Fenster raus, um nachzusehen, ob das stimmt. Jeder durchschaut den Herrn von Vestfold. Und Lord Dragon ist kein Narr.«

»Oh, er braucht gar nicht zu wissen, was Sven sagte. Diese Geschichte kann er überall gehört haben. So was spricht sich schnell herum.«

»In letzter Zeit macht Ihr Euch ständig Sorgen.« Ravens Augen verengten sich. »Aus welchem Grund?«

»Das verstehe ich selber nicht. Nur eins wird mir allmählich klar – ich bin nicht mehr ich selbst. Irgendetwas geschieht mit mir. Das würde ich gern verhindern. Aber es steht wohl nicht in meiner Macht.«

Voller Mitleid versuchte Raven ihre Herrin aufzumuntern. »Wieso seid Ihr nicht mehr Ihr selbst? Seit der Abreise aus Vestfold habt Ihr Euch kein bisschen verändert.«

»Doch, ich fühle mich wie eine Fremde in meiner eigenen Haut.« Vor dem Fenster überspülten sanfte Wellen den Strand. Kein Hauch bewegte die Luft.

Wie die Stille in Krystas Herzen, wie ein angespanntes Warten...

»Nun, Ihr seid an einem fremden Ort«, betonte Raven. »Natürlich wirkt sich das auf Euer Seelenleben aus.«

»Nein...«, begann Krysta zögernd. »Daran liegt es nicht. Was immer ich tue, ob ich aufwache oder esse oder Edvard zuhöre, ich muss unablässig an Hawk denken.«

»So?«, fragte Raven erstaunt. »Warum?«

»Weil ich ihn heiraten werde. Ist das kein ausreichender Grund?«

»Doch, vermutlich. Aber was gibt's da zu bedenken? Er ist nur ein Mann.«

»Nur?« Krysta lachte. »Könnte ich ihn bloß so sehen wie du!«

Eine Zeit lang schwieg Raven und strich ihr Kleid glatt, dann gestand sie: »Darauf hätte ich Euch vorbereiten sollen. Eurer Mutter ging's genauso.«

»Wirklich?«, fragte Krysta verblüfft. Von ihrer Mutter wurde so selten gesprochen, dass sie sich die Vergangenheit kaum vorstellen konnte. »Ich weiß, sie wünschte sich die Liebe meines Vaters. Und die konnte er ihr nicht geben …«

»Er war ein guter Mann. Doch sein Herz gehörte der Pflicht. Für die Liebe war kein Raum darin.«

»Trotzdem liebte sie ihn.«

»Weil ihr gar nichts anderes übrig blieb. Dass ich's verstehe, will ich nicht behaupten. Manche Leute halten die Liebe für eine Schwäche. Die anderen nennen sie ein Fieber, das heiße Wellen durch die Adern jagt. Fragt mich nicht, in solchen Dingen bin ich unerfahren. Nur eins weiß ich – Eure Mutter besaß eine große innere Kraft. So wie Ihr. Trotzdem war sie der Liebe hilflos ausgeliefert.«

»Aber ich liebe Hawk nicht«, protestierte Krysta, »ich kenne ihn kaum …« Abrupt verstummte sie und erinnerte sich an den Kuss im Stall, an jenes Gefühl, als wäre er ihr vertraut. Vielleicht dauerte es gar nicht so lange, jemanden kennen zu lernen, denn die Seele nahm Dinge wahr, die sich dem Gehirn erst später offenbarten. »Nein, ich liebe ihn wirklich nicht.« In ihrer Stimme schwang ein wehmütiger Unterton mit.

»Habt Ihr erwartet, ihr könntet sein Herz gewinnen, ohne ihn zu lieben?«

»Nun, ich dachte, zuerst müsste *er* mich lieben. Danach würde ich mich sicher fühlen und seine Glut erwidern.«

»In der Liebe gibt es keine Sicherheit, Mylady. Wenn Ihr Euch vor jeder Gefahr schützen wollt, müsst Ihr Euch in einer Höhle verkriechen. Aber um zu leben, wirklich zu leben, dürft Ihr Euch nicht verstecken. Jeder Flug – mit Schwingen oder mit dem Herzen – ist ein Wagnis.«

»Ein Wagnis, das meine Mutter getötet hat.«

»Sagt so etwas nie wieder!«, mahnte Raven. »Kein einziges Mal habe ich behauptet, sie sei tot.«

»Sie ging ins Meer…« Beinahe erstickte Krysta an diesen Worten, doch sie musste sie aussprechen, denn sie lagen schon viel zu lange wie Steine in ihrer Brust.

»O nein, sie wurde ins Meer *gerufen*«, entgegnete Raven, »und das ist ganz was anderes.«

»Gewiss, das hast du immer gesagt. Was soll ich denn glauben? Dass sie ein verzaubertes Geschöpf war wie die Meerjungfrau in Lord Dragons Geschichte? Oder ein Ungeheuer, wie Sven behauptet hat? Oder einfach nur eine Frau, wie ich eine Frau bin, die ihr Leben nicht mehr ertrug? War sie so schrecklich verzweifelt? Konnte nicht einmal ihr Kind sie zurückhalten?«

»O Mylady, sie liebte Euch! Und sie wollte bei Euch bleiben.«

»Warum hat sie mich dann verlassen?« Auf Krystas Hand fiel ein glänzender Tropfen, und ein zweiter folgte ihm. Überrascht betrachtete sie die Perlen, bis sie die Tränen auf ihren Wangen spürte. Nie zuvor hatte sie solche Fragen gestellt, sie hatte sich nicht einmal gestattet, daran zu denken. Aber jetzt waren all die verschütteten Ängste aus ihr herausgebrochen. Ihre Kehle schmerzte. Mühsam würgte sie hervor: »Tut mir Leid, das hast du nicht verdient, Raven. Du und Thorgold, ihr habt immer euer Bestes für mich getan.«

»Was Eure Mutter wünschte, und was sie selber getan hätte, wäre es ihr vergönnt gewesen, bei Euch zu bleiben.« Behutsam wischte Raven die Tränen von Krystas Wangen. »Ihr habt die Gabe Eurer Mutter geerbt, uns aus jener anderen Welt in diese zu rufen. Aber ich wies Euch stets auf die Kehrseite der Medaille hin. Auch *Ihr* könnt ins andere Reich geholt werden. Das widerfuhr Eurer Mutter, als sie ihr Unglück in *dieser* Welt nicht mehr aushielt.«

Seufzend senkte Krysta den Kopf. Einen Augenblick lang

wünschte sie inständig, sie könnte sich wieder an Raven schmiegen, wie so oft in der Kindheit, und in den Falten des schwarzen Gewands Schutz suchen. Früher hatte Raven sie zärtlich »mein kleines Hühnchen« genannt. Darüber hatten sie beide gelacht. Jetzt war sie kein Kind mehr, und sie gab der Freundin Recht – jeder Flug war ein Wagnis. Trotzdem lockte die große weite Welt.

»Geht zu ihm, Mylady«, schlug Raven leise vor. »Er wird Euch nicht täuschen. Wenn es zu früh ist, in sein Herz zu schauen, versucht in seinen Augen zu lesen.«

Schweigend nickte Krysta. Eine kleine Weile blieb sie noch neben der treuen Freundin sitzen und betrachtete das Meer. Dann nahm sie ihren ganzen Mut zusammen, vertraute ihren Träumen und eilte aus dem Zimmer.

Hawk sah sie den Turnierplatz überqueren. In der schwülen, windstillen Hitze hatte er ein Band um seine Stirn gewunden, das die Schweißtropfen auffing, die sonst in seinen Augen brennen würden. Ohne sein Hemd, nur mit Breeches und Stiefeln bekleidet, senkte er sein Schwert und entließ den Ritter, gegen den er gefochten hatte.

An diesem Morgen erschien sie ihm nicht mehr so bedrückt wie am vergangenen Abend, aber immer noch angespannt, und ihr übliches bezauberndes Lächeln wirkte gezwungen. Aber er wusste ihren Blick zu schätzen, der seine nackte Brust streifte, die sanfte Röte in ihren Wangen. Offensichtlich nahm sie ihn als Mann wahr. Sehr gut.

»Hoffentlich störe ich dich nicht.« Ihre sanfte Stimme glich der Brise, die soeben die Wipfel der Bäume zu streicheln begann. »Heute ist es so heiß, und ich dachte, du möchtest vielleicht etwas trinken. Auch deine Ritter sollten sich erfrischen.« Sie winkte zwei junge Dienerinnen heran, die Schläuche mit kühlem Brunnenwasser an die Kämpfer verteilten.

Ohne Krysta aus den Augen zu lassen, steckte Hawk sein

Schwert in die Scheide. »Vielen Dank, diese Stärkung ist uns hochwillkommen.«

Es war eine schlichte Geste, den ermatteten Männern kaltes Wasser zu bringen, aber die erste häusliche Aufgabe, die sie auf Hawkforte erfüllte. Im Bewusstsein ihrer Position und immer noch voller Scheu vor Daria, hatte sie sich bisher zurückgehalten. Doch die beiden Mädchen hatten ihren Auftrag so freudig erfüllt, dass sie nicht mehr befürchtete, es würde ihr schwer fallen, die Dienerschaft für sich zu gewinnen. Was den Herrn der Festung betraf – das war eine andere Frage.

Zögernd erwiderte sie seinen Blick. Wie schon so oft verwirrte sie das klare Blau seiner Augen, und sie glaubte, den sommerlichen Mittagshimmel zu betrachten. Mit bebenden Fingern füllte sie ein Trinkhorn und reichte es ihrem Bräutigam. Dann beobachtete sie fasziniert, wie er den Kopf in den Nacken legte und durstig trank, wie sich die kraftvollen Muskeln seines Halses bewegten.

Lächelnd hielt er ihr das Horn hin. »Wenn du so freundlich wärst…«

Sie schenkte ihm noch einmal Wasser ein. Nur zu gern erwies sie ihm einen Dienst. Außerdem fühlte sie sich erleichtert, denn nichts wies darauf hin, sie könnte sich begründete Sorgen machen. Ja, vielleicht musste sie Raven Recht geben, und Lord Dragon hatte nur zufällig die Geschichte einer Meerjungfrau erzählt.

Während die Dienerinnen die Trinkhörner der Krieger füllten, standen Hawk und Krysta allein nebeneinander. Sie war zu schüchtern, um zu sprechen, und er wurde von ihrem Anblick abgelenkt. Aus dem langen Zopf, der an ihrem Rücken hinabhing, löste die Brise kleine Löckchen. Die Sonne schien ihre Stirn und die Sommersprossen auf ihrer Nase zu küssen. So weich und einladend wirkten ihre Lippen. Viel zu deutlich entsann er sich, wie sie geschmeckt hatten.

Schließlich brach er das Schweigen. »Dragon sagte, er würde

eine Nachricht von dir in den Norden bringen. Hast du ihm etwas mitgeteilt?«

»Nein. Sein Angebot war sehr freundlich. Aber es gab nichts zu sagen.«

Mit dieser Erklärung überraschte sie Hawk nicht. Dass sie ihrem Bruder nicht allzu nahe stand, wusste er schon seit einiger Zeit. Und darüber freute er sich, nach allem, was er von Dragon über Lord Sven erfahren hatte. »Nun, du scheinst dich gut auf Hawkforte einzuleben. Wenn Daria dir Schwierigkeiten macht, musst du dich sofort an mich wenden.«

Erstaunt und unsicher hob sie die Brauen. Was sollte sie darauf antworten? Seine Bereitschaft, sie vor seiner Schwester zu schützen, erwärmte ihr Herz. Andererseits wollte sie keinen familiären Streit heraufbeschwören. »Danke«, murmelte sie unverbindlich.

Wieder entstand ein längeres Schweigen, und dann fragte Hawk: »Kommen wir gut voran?«

»Was meinst du?«

»Unser Bestreben, einander kennen zu lernen.« Nach dem Klang seiner Stimme zu schließen, hielt er das für ein äußerst schwieriges Unterfangen.

»Oh – ich glaube, wir machen Fortschritte.«

Erleichtert seufzte er auf. »Das finde ich auch. Zum Beispiel weiß ich inzwischen, dass du gern schwimmst, kein Fleisch isst, lesen kannst und Haarbänder magst.«

»Wie hast du Letzteres herausgefunden?«

»Davon hat mir Thorgold erzählt. Bald werde ich dir neue Bänder kaufen. Und was weißt du mittlerweile über mich?«

»Nun ja – du liebst deine Bücher, setzt dich für den Frieden ein, und du bist ein starker Anführer, und du bildest dir ein, es wäre ganz einfach, einen anderen Menschen kennen zu lernen. Bedauerlicherweise irrst du dich.« Die unverblümten Worte waren ihr unwillkürlich herausgerutscht, und nun ärgerte sie sich darüber.

»*Was*?«, stieß Hawk hervor.

»Verzeih mir bitte. So freimütig dürfte ich nicht mit dir reden.«

»Dagegen ist nichts einzuwenden. Ehrlichkeit ist mir lieber als Heuchelei.« Aber er sprach in kühlem Ton, um ihr zu bedeuten, nicht nur sie könnte verletzend wirken.

»Ich wollte nur ausdrücken, dass die Männer nicht daran gewöhnt sind, Frauen richtig kennen zu lernen. Männer begnügen sich oft mit ein paar kleinen Einzelheiten, die sie herausgefunden haben.«

Da musste er ihr Recht geben. Schon nach kurzer Bekanntschaft glaubte er, sie gut zu kennen. Aber er schien mehr über sie zu wissen als sie über ihn. »Ja, meine Bücher sind mir sehr wichtig. Das weiß jeder in dieser Festung. Und ich bemühe mich um den Frieden. Auch das ist offensichtlich, weil unsere Verlobung darauf beruht. Und ich bin tatsächlich ein starker Kommandant. Doch das alles könnte ich als schlichte Schmeichelei betrachten. Also sag mir, was du sonst noch über mich erfahren hast.«

Krysta zögerte sehr lange. Sollte sie die Herausforderung annehmen? Dann müsste sie zumindest einen Teil ihrer Seele enthüllen – falls Hawk so scharfsinnig war, das zu merken. Wie auch immer, ihr Stolz trieb sie zu diesem Wagnis. »Dein tiefes, herzhaftes Gelächter scheint die Leute zu verwirren. Anscheinend hören sie's nur selten, und ich frage mich, ob's auch dich verblüfft. Du wirfst gern Steine übers Meer. Das kannst du sehr gut. Du achtest auf die Kinder und möchtest sie nicht erschrecken. Von Gefühlen lässt du dich nicht leiten. Dein Verlangen nach mir missfiel dir, solange du dachtest, ich wäre eine Dienerin. Und so hast du deine Leidenschaft bekämpft, genauso wie deinen Zorn, als du mich durchschaut hattest. Da du niemals die Kontrolle verlieren willst, trinkst du nur mäßig. In einer chaotischen, grausamen Zeit bist du zum Mann gereift. Aus diesem Grund legst du großen Wert auf Recht und Ordnung. Du liebst

dieses Land und seine Bewohner. Dafür würdest du sterben, in der festen Überzeugung, der Preis wäre nicht zu hoch. Wenn du müde bist, zuckt ein winziger Puls über deinem rechten Auge. Soll ich fortfahren?«

»Nicht nötig, Lady«, entgegnete er hastig. »Ich bewundere deine Klugheit.« In Wirklichkeit fühlte er sich verlegen und beglückt zugleich. Niemals hätte er erwartet, jemand könnte so viel über ihn herausfinden, und er fragte sich, was er sonst noch wider Willen offenbart hatte.

Während er Krysta betrachtete, überlegte er, wie viele Sommersprossen ihre Nase zieren mochten und ob er sie wieder zu einem Ausritt einladen sollte. Dann lenkte ihn ein plötzlicher Windstoß von diesen Gedanken ab. Die Augen zusammengekniffen, schaute er zum Himmel hinauf, der genauso aussah wie seit Stunden, mit hohen weißen Wolken. Hawk wurde dennoch von einer bösen Ahnung befallen. Reglos stand er da und holte tief Atem. Die Luft roch schwül und stickig. Am Morgen hatte sie sich kaum bewegt, und dann war eine Brise aufgekommen, gefolgt von einem heftigen Windstoß. Bei der nächsten Bö drang ihm ein sonderbarer Geruch in die Nase, den er erst zum zweiten Mal in seinem ganzen Leben wahrnahm.

Das Schicksal hatte ihn zum Kriegsherrn bestimmt. Aber er war der geborene Seefahrer. Er kannte alle Spielarten des Windes und des Wassers. Nicht nur der plötzliche Wetterumschwung, auch sein Instinkt verriet ihm, was jenseits des Horizonts lag. »Ich muss sofort mit Edvard reden«, erklärte er. »Komm mit mir, Krysta.«

»Die Ernte geht gut voran, Mylord«, versicherte der Verwalter, sichtlich verwirrt, weil Hawk um diese Tageszeit nach ihm gerufen hatte, in der er sich normalerweise mit anderen Dingen beschäftigte. Trotzdem hatte Edvard alle Fakten und Zahlen parat, wie üblich. »Nach meiner Schätzung müsste die halbe Gersten- und Haferernte eingebracht sein, ebenso ein Großteil der Äpfel.

Die Leute sind sehr fleißig. Wahrscheinlich haben wir am Wochenende alles unter Dach und Fach.«

»Das freut mich zu hören. Aber so lange darf es nicht dauern. Bis morgen Abend muss die ganze Ernte eingefahren werden.«

Fassungslos schnappte Edvard nach Luft. »Schon morgen? Mylord, wie wäre das möglich? Abgesehen von der Garnison arbeiten alle Eure Untertanen auf den Feldern, vom Morgengrauen bis zum Einbruch der Dunkelheit.«

»Stellen wir Fackeln am Rand der Felder auf. Natürlich werden die Wachen ihren gewohnten Dienst tun. Doch die restliche Garnison soll die Schwerter beiseite legen und Sicheln ergreifen. In der morgigen Abenddämmerung will ich nur mehr kahle Felder sehen. Übrigens, der Hafer und die Gerste dürfen nicht im Freien trocknen. Lasst sie in die Lagerräume bringen.« Hawk schaute sich in seiner Halle um. »Falls der Platz nicht ausreicht, wird das Getreide hier gestapelt.«

»Mylord – da könnte es vermodern.«

»Allzu lange wird's nicht in der Halle lagern. Vielleicht nur einen Tag. Beauftragt die Kinder, die restlichen Äpfel zu ernten, Edvard.« Hawk wandte sich zu Krysta. »Würdest du sie beaufsichtigen und ihnen helfen?«

»Ja, gewiss. Aber warum diese Eile?«

»Wenn mich nicht alles täuscht, braut sich ein heftiger Gewittersturm zusammen. Womöglich würden wir einbüßen, was noch auf den Feldern und in den Obstgärten wächst.«

Edvard erbleichte und presste die Pergamentrolle mit seinen Aufzeichnungen an die Brust. »Um Himmels willen, das darf nicht geschehen. Ein solcher Verlust wäre schrecklich.«

»Ganz meine Meinung.« Hawk tröstete sich mit der Tatsache, dass seiner Festung, der Stadt und den Bauernhöfen keine Katastrophe drohte, sondern nur ein Verlust. Hawkforte war reich genug. Falls nur ein Teil der restlichen Ernte gerettet wurde, musste niemand hungern. Trotzdem wollte er den Schaden in Grenzen halten.

Edvard lief davon, um die Leute zu verständigen. Inzwischen suchte Krysta die Kinder und wandte sich an Edythe, in der Hoffnung, das kleine Mädchen würde die anderen zusammentrommeln. Wenig später eilten sie alle zu den Obstgärten.

Unterwegs kamen sie an einem Feld vorbei, auf dem sich goldgelbe Haferähren mit fedrigen Spitzen im Wind wiegten. Hier hatten Hawk und seine Krieger bereits zu arbeiten begonnen. Zweifellos wäre dieser Anblick erstaunlich gewesen, hätte der Herr von Hawkforte nicht selbst die Sichel geschwungen, so fachkundig, als hätte er nie etwas anderes getan. Die Bauern und die Stadtbewohner, die ebenfalls bei der Ernte halfen, beobachteten ihn verwundert, und das ungewöhnliche Spektakel führte ihnen den Ernst der Situation vor Augen. Mit vermehrtem Eifer gingen sie ans Werk.

Genauso emsig kletterten die Kinder auf die schwer beladenen Äste der Apfelbäume, schüttelten sie, und die Früchte fielen in die Decken hinab, die ihre Gefährten bereithielten. Bald hatten sie so viele Körbe gefüllt, dass sie einen Ochsenkarren brauchten, um die Ausbeute nach Hawkforte bringen zu lassen. Während sie auf seine Rückkehr warteten, forderte Krysta die Kinder auf, unter den Bäumen Platz zu nehmen und sich auszuruhen.

»Warum glaubt Lord Hawk, ein Gewitter wird losbrechen?«, erkundigte sich Edythe, trank aus dem Wasserschlauch und reichte ihn Krysta.

Noch nie hatte ihr kühles Wasser so köstlich geschmeckt wie nach der schweißtreibenden Arbeit in den Obstgärten. Einige Kinder streckten sich im Gras aus und dösten, die anderen saßen in Krystas Nähe und hörten zu.

»Das weiß ich nicht«, gab sie zu. »Aber er hat sicher gute Gründe für seine Vermutung.«

»An diesem Tag kann ich nichts Besonderes entdecken«, wandte Edythe ein.

»Die Luft riecht schon ein bisschen seltsam, findest du

nicht?« Das hatte Krysta erst im Obstgarten bemerkt. In den Duft der reifen Äpfel mischte sich ein Geruch, der ihr fremdartig erschien.

»Doch...« Die Stirn gerunzelt, schnupperte das kleine Mädchen. »Wenigstens stinkt's nicht. Woher kommt das, frage ich mich.«

»Du stellst ja sehr viele Fragen«, erwiderte Krysta lächelnd.

»Das stimmt. Mama sagt, ich will zu viel wissen. Trotzdem versucht sie mir immer alles zu erklären, und wir reden drüber. Papa behauptet, wenn ich meine Zunge nicht im Zaum halte, wird sie mir irgendwann aus dem Mund fallen.«

»Darum musst du dir keine Sorgen machen.«

»Tu ich auch nicht. Nach der Arbeit will Papa einfach nur seine Ruhe haben. Aelfgyth meint, man müsste ständig fragen, was auf der Welt geschieht, sonst würde man überhaupt nichts lernen.«

»Ist sie deine Schwester?«

»Ja, und sie freut sich so, weil sie jetzt für Euch arbeiten darf. Anfangs war sie ziemlich überrascht, als die grässliche Lady Daria sie zu Euch schickte, denn die beiden kamen nie besonders gut miteinander aus. Und dann erkannte Aelfgyth...« Abrupt verstummte Edythe und zeigte ein brennendes Interesse an den Grashalmen, die sie aus der Erde zupfte.

»Schon gut. Nicht, dass ich mangelnden Respekt billigen würde. Aber manchmal kann man seine Gefühle nur schwer verbergen.«

Dankbar nickte Edythe, doch sie sprach nicht weiter.

Nur ein paar Sekunden lang zauderte Krysta. Sie verabscheute Klatsch und Tratsch zwar, doch ihre Neugier ließ sich nicht bezähmen. »Was hat Aelfgyth erkannt?«

»Lady Daria wollte die schlechteste aller Zofen für Euch aussuchen. Und da sie ständig über die Arbeit meiner Schwester geklagt hatte, entschied sie sich für Aelfgyth.«

Lachend schüttelte Krysta den Kopf. »Ein Wunder, dass mich

nicht mindestens ein Dutzend Zofen betreut, denn ich habe den Eindruck, dass Lady Daria die Arbeit *aller* Dienerinnen bemängelt.«

»Allerdings! Nichts kann man ihr recht machen, und deshalb bemühen sich die Leute auch gar nicht mehr darum. Wenn man irgendwas genauso erledigt, wie sie's befohlen hat, behauptet sie, ihre Wünsche seien nicht erfüllt worden.«

»Wie schrecklich…« Krysta fragte sich, warum die Dienstboten nicht schon längst gegen die hochnäsige Frau rebelliert hatten. Vermutlich, weil sie Hawk keine Schwierigkeiten bereiten wollten. Sie respektierten ihn und waren ihm dankbar für die Sicherheit, die er ihnen bot.

»Vielleicht wird sich jetzt einiges ändern«, bemerkte Edythe mit einem kurzen Seitenblick.

»Ja, vielleicht«, stimmte Krysta zu. Doch sie versprach dem kleinen Mädchen nichts. Soweit es möglich war, würde sie einen Machtkampf mit Daria vermeiden, obwohl Hawk erklärt hatte, sie könne sich mit solchen Problemen an ihn wenden. Außerdem stand ihr die Position der Herrin erst nach der Hochzeit zu.

In der Abenddämmerung war die Apfelernte beendet. Krysta führte die Kinder wieder an den Feldern vorbei. Dort brannten mehrere Fackeln, die man vermutlich gar nicht brauchen würde, denn der Wind hatte alle Wolken vertrieben, und der fast volle Mond warf helles, silbernes Licht auf das Land.

Die Mahlzeit wurde zu den Feldern gebracht. Hastig verspeisten die Leute Brot und Käse. Dazu tranken sie Apfelwein. Alle sahen müde, aber entschlossen aus. Nachdem Krysta die Kinder in die Obhut ihrer Mütter gegeben hatte, suchte und fand sie ihren Bräutigam, der zusammen mit einigen Männern die Hafergarben bündelte und auf einen Ochsenkarren warf. Eine Zeit lang blieb sie etwas abseits stehen und beobachtete ihn. Er war größer als die meisten Bauern und Stadtbewohner und kräftiger gebaut. Ansonsten unterschied ihn nichts von seinen Mitarbeitern, kein Merkmal, das auf seinen Rang oder seine

Autorität hinweisen würde. Trotzdem war seine Führungsrolle deutlich zu erkennen, obwohl er die gleichen Aufgaben erfüllte wie die anderen. Keine Mühsal ersparte er sich, und seinen scharfen Augen entging nichts. Wenn es jemandem nicht gelang, ein schweres Getreidebündel auf den Wagen zu befördern, trat Hawk sofort hinzu und half ihm.

Immer wieder ermutigte er die erschöpften Leute. Als ein Wasserschlauch herumgereicht und dem Festungsherrn zuerst angeboten wurde, schüttelte Hawk den Kopf und wartete, bis alle ihren Durst gelöscht hatten. Und während sie auf seinen Befehl rasteten, gönnte er sich keine Pause und hielt nur kurz inne, um den Himmel zu betrachten.

Schließlich ging Krysta zu ihm. Da unterbrach er seine Tätigkeit, wandte sich zu ihr und wischte den Schweiß von seiner Stirn. »Habt ihr alle Äpfel geerntet?«

»O ja. Vorhin brachte ich die Kinder zu ihren Müttern. Sie werden am Rand der Felder schlafen, wenn die Erwachsenen weiterarbeiten.« Auf dem Rückweg von den Obstgärten hatte sie festgestellt, wie viel innerhalb weniger Stunden geleistet worden war. Doch es gab nach wie vor eine ganze Menge zu tun. »Rechnest du immer noch mit einem Unwetter?«

Hawk zuckte die nackten, von der harten Arbeit schmutzigen Schultern. In seinem Haar hingen winzige Haferährchen, und Krysta widerstand dem Impuls, eins nach dem anderen herauszuzupfen. »Wenn wir Glück haben, zieht das Gewitter an uns vorbei. Doch wenn es direkt auf uns zukommt, wird ein so heftiger Sturm toben, wie ich ihn nur ein einziges Mal miterlebt habe.«

»Wo?«

»Am königlichen Hof von Winchester, im Sommer vor fünf Jahren. Ehe das Inferno losbrach, war es völlig windstill gewesen. Einen ganzen Tag lang. So wie heute. Dann frischte die Brise langsam auf und wehte den Geruch ferner Länder heran. Am nächsten Morgen segelte ich mit Alfred aufs Meer hinaus. Da

wehte bereits ein heftiger Wind. Aber weil der Himmel klar blieb, dachten wir uns nichts dabei. Nach wenigen Stunden zogen dunkelgraue Wolken am Horizont auf. Davor färbte sich der Himmel gelb, schon nach wenigen Minuten schlugen die Wellen so hoch, dass unser Boot fast kenterte. Mit knapper Not erreichten wir eine geschützte Bucht, bevor der heulende Sturm und das schäumende Meer unser Boot zertrümmerten. Die letzten paar Hundert Fuß bis zum Strand mussten wir schwimmen, das kostete unsere ganze Kraft. Glücklicherweise konnten wir das Ende des Unwetters in einer Höhle abwarten. Als wir ins Freie traten, sah die Welt völlig verändert aus. Umgestürzte Bäume lagen aufeinander, der Strand war verschwunden, das Gras flach gedrückt. Fast alle Bauernhütten hatte das Gewitter vernichtet und viele Menschen getötet. Sogar das hölzerne Kirchendach war weggerissen worden.«

Atemlos hatte Krysta zugehört. Auch sie hatte wilde Stürme mit angesehen. Oft war sie wochenlang in ihrem Haus auf den Klippen eingeschneit gewesen. Von großen Eiszapfen beschwert hatten sich die Bäume zu Boden geneigt. Aber von einem so schrecklichen Unwetter, wie Hawk es beschrieben hatte, war sie niemals heimgesucht worden. »Und du glaubst, diese Gefahr droht uns jetzt?«

»Ich halte es durchaus für möglich. Aber mach dir deswegen keine Sorgen, die Mauern von Hawkforte werden der Wut aller Elemente standhalten.« Er warf einen Blick zu seinen Männern hinüber, die gerade aufstanden, um weiterzuarbeiten. »Geh jetzt in die Festung zurück, Krysta, und ruh dich aus. Du hast genug getan.«

»Was, ich soll mich ausruhen? Wenn alle anderen die ganze Nacht arbeiten?« Außer Daria und dem Priester, dachte sie. Keinen der beiden hatte sie hier draußen gesehen.

»Von dir darf ich das nicht erwarten. Für eine Lady hast du mehr als genug geleistet.«

Wie sollte sie das auffassen? War sie keine Lady, weil sie ge-

nauso hart gearbeitet hatte wie die einfachen Leute? Oder glaubte er, sie wäre so zart gebaut, dass sie sich keine weiteren Anstrengungen zumuten durfte. Widerstrebend erinnerte sie sich an Darias Behauptung, Hawk habe geplant, eine »vornehme Lady« zu heiraten. »Ich helfe sehr gern bei der Ernte«, beteuerte sie.

»Trotzdem musst du dich ausruhen. Wir kommen sehr gut voran. Geh jetzt.« Er tätschelte ihren Rücken und gab ihr einen leichten Stoß in die Richtung von Hawkforte.

Nur zögernd verließ sie die Felder. Sie wollte ihrem Bräutigam nicht widersprechen, geschweige denn, den Eindruck erwecken, sie wäre keine Lady. Ein paar Mal spähte sie über die Schulter und hoffte, Hawk würde sich anders besinnen. Doch er war viel zu beschäftigt, um ihr nachzuschauen. Rhythmisch und geschmeidig warf er ein schweres Garbenbündel nach dem anderen auf den Wagen. Wie schon so oft verrieten die mühelosen Bewegungen seine Stärke und Willenskraft.

Ihr Kleid klebte am Rücken, und sie betrachtete ihre schmutzigen Hände. Genauso unsauber fühlte sich ihr Gesicht an. Als ihr bewusst wurde, in welchem Zustand Hawk sie gesehen hatte, stöhnte sie. Langsam ging sie weiter. Sie war müde, und der Gedanke, in einem Raum mit kühlen steinernen Mauern zu sitzen, erschien ihr sehr verlockend. Trotzdem wäre sie lieber auf den Feldern geblieben. Alle außer Daria und Vater Elbert, ihrem Günstling, würden die ganze Nacht arbeiten. Während sie an einigen Leuten vorbeikam, die ein anderes Feld aberntеten, entdeckte sie Raven und Thorgold. Sie saßen gerade auf Getreidesäcken, um sich ein bisschen auszuruhen. Lebhaft schwatzten sie mit ein paar Stadtbewohnern, die etwas verwirrt wirkten, aber froh über die Hilfe der beiden waren. Im kühlen Schatten schliefen die kleinen Kinder, die älteren eilten immer noch umher, um verstreute Garben einzusammeln. Sie alle leisteten ihren Beitrag zur überstürzten Ernte. Nur Krysta durfte sich nicht daran beteiligen. Weil sie eine Lady war, zu schwach für diese harte Arbeit …

Welch ein Unsinn! Wenn Hawk das vermutete, würde er eine Enttäuschung erleben. Sie schaute wieder über ihre Schulter und vergewisserte sich, dass sie sich außerhalb seines Blickfelds befand. Da stand ihr Entschluss fest. Später würde er ihr zürnen. Aber dieses Wagnis nahm sie gern auf sich. Wie sollte sie Schlaf finden, wenn sich alle anderen die ganze Nacht hindurch abrackerten?

Als sie einige Frauen erreichte, die Ähren bündelten, gesellte sie sich hinzu und begann, ihnen wortlos zu helfen. Eine Zeit lang wurde sie kaum wahrgenommen, nur ihre willkommenen emsigen Hände, die bald schmerzten, ebenso wie ihr Rücken. Ihre Arme wurden immer schwerer. Doch sie gab sich nicht geschlagen. Garben sammeln – zusammenbinden – sammeln – zusammenbinden – immer wieder, bis Krysta nicht mehr wusste, wie viel Zeit verstrichen war. Sie war dankbar, weil die Männer wenigstens die mühsame Aufgabe übernahmen, die Bündel auf die Wagen zu heben. Anscheinend wurde der Hafer, der noch gebündelt werden musste, kein bisschen weniger. Die Felder waren noch immer nicht abgeerntet. Jedes Mal, wenn ein beladener Wagen davonfuhr, kehrte ein anderer aus der Festung zurück.

Während die Nacht hereinbrach, wurden Fackeln entzündet, obwohl der Mond silbriges Licht spendete. Wären nicht alle Farben verblasst, würde man glauben, ein neuer Tag hätte begonnen, so hell schien die runde Scheibe vom Himmel herab. Hin und wieder unterbrachen die Frauen die Arbeit, um nach den Kindern zu sehen. Tief und fest schliefen sie alle am Rand der Felder. Die Nacht war warm, doch der Wind frischte auf. Obwohl Krysta wusste, was das bedeutete, begrüßte sie die Kühlung. Nach Mitternacht kniete eine Frau neben ihr nieder, um verstreute Ähren aufzuheben. Plötzlich hielt sie inne.

»*Mylady*?« Entsetzt starrte Aelfgyth sie an, genauso verschwitzt wie Krysta, schmutzig und todmüde. Wild zerzaust hing ihr das Haar ins Gesicht, so wie ihrer Herrin. Und an den

Händen beider Frauen bluteten winzige Haferstiche. »Mylady, hier könnt Ihr unmöglich sein!«

Trotz ihrer Erschöpfung musste Krysta lachen. »Dann träume ich, nicht wahr? Wie schön! Ich liege in meinem weichen Bett!«

Fassungslos schüttelte Aelfgyth den Kopf und musterte Krysta wie einen Geist. »Hat Euch Seine Lordschaft erlaubt, hier zu bleiben?« Im grellen weißen Mondschein wirkte ihr Gesicht um Jahre gealtert.

»Natürlich nicht. Aber er hat mich auch nicht weggeschickt. Nicht direkt…«

»Mylady, Ihr müsst nicht bei der Ernte helfen. Warum tut Ihr's trotzdem?«

»Warum sollte ich's nicht tun? Den Hafer werde ich genauso essen wie die anderen, nicht wahr? Im nächsten Winter wird er mich stärken. So wie euch alle.«

Verwirrt blinzelte Aelfgyth, zu ermattet, um den Sinn dieser Worte zu begreifen. Aber sie bemühte sich darum. »Nun ja, vielleicht, aber niemand erwartet von Euch…«

»Sicher richte ich keinen Schaden an, wenn ich mich nicht so verhalte, wie man's erwartet.«

Seite an Seite arbeiteten sie weiter, die Herrin und ihre Zofe, während die Nacht alterte und der Tag qualvoll langsam anbrach. Ein guter Teil der Ernte musste immer noch eingebracht werden.

Manchmal schliefen Krysta und Aelfgyth, als der Mond untergegangen war und nur mehr die Sterne den Himmel erhellten. Vor lauter Erschöpfung konnten sie sich nicht mehr auf den Beinen halten. Doch sie ruhten sich nicht lange aus. Auch die anderen rasteten kaum. Bevor der erste Hahn krähte, standen sie schwankend auf und rieben sich die trüben Augen. Der Wind, der allmählich in einen Sturm überging, hatte sie geweckt.

Nur mühsam erhoben sich Krysta und Aelfgyth. Ihre Röcke flatterten heftig. Auf den Feldern blähten sich die verstreuten

Decken. Vom Gewicht der Schläfer befreit, wurden sie davongeweht. Die Kinder rannten hinterher und fingen sie genauso geschickt ein wie die leeren Körbe, die ebenfalls davonflogen. Über ihren Köpfen zeigte sich nach wie vor keine einzige Wolke.

»Vielleicht zieht das Unwetter bald vorbei«, meinte Aelfgyth.

Skeptisch nickte Krysta. Der sonderbare dumpfe Geruch erschien ihr intensiver denn je. Völlig übermüdet, begann sie wieder zu arbeiten, und Krysta wunderte sich, dass sie ihre bleischweren Arme immer noch heben konnte. Zwischen ihren Schulterblättern glich der Schmerz einem lodernden Feuer. Und nachdem sie auf dem harten Felsboden geschlafen hatte, nur von einer dünnen Wolldecke geschützt, spürte sie jeden einzelnen Knochen. Mittlerweile war ein Großteil der Felder abgeerntet. Darüber staunte sie, denn sie glaubte, alle Leute hätten sich wenigstens zeitweise ausgeruht.

Alle bis auf Hawk und seine Krieger, die auch jetzt ihre Sicheln schwangen. In zahlreichen Kämpfen abgehärtet, von ihrem Kommandanten zu eiserner Disziplin gezwungen, hatten sie die ganze Nacht pausenlos ihre Pflicht erfüllt. Unter normalen Umständen hätten sie niemals so niedrige Dienste geleistet. Aber in dieser Notlage vergaßen sie ihren Stolz. Bedingungslos gehorchten sie ihrem Herrn.

Während sich einige Ritter auf der Straße näherten, von einem halben Dutzend Wagen begleitet, hielten die Bauern rings um Krysta inne. Ehrerbietig lüfteten sie die Mützen, um die müden Krieger zu begrüßen. Hawk schob einen Wagen aus einer tiefen Furche. Unter seinen Augen lagen dunkle Schatten, um seinen Mund hatten sich tiefe Linien eingegraben. Trotzdem grinste er, nachdem er den Wagen befreit hatte. Und dann fiel sein Blick auf Krysta.

Obwohl die anderen den Weg fortsetzten, blieb er stehen und starrte seine Braut an. Energisch bezwang sie den Impuls, sich hinter der kleinen Gruppe zu verstecken, mit der sie zusammenarbeitete. Nun sahen die Leute, wem die Aufmerksamkeit ihres

Herrn galt und schauten woandershin. Aelfgyth blieb bei ihrer Herrin. Aber sobald Hawk seine lähmende Verblüffung abschüttelte und auf die beiden Frauen zuging, warf sie seiner Verlobten einen mitfühlenden Blick zu und machte sich aus dem Staub.

»Bist du wirklich und wahrhaftig hier?«, fragte er langsam, ließ seine Sichel zu Boden sinken und stützte sich darauf. War er so müde, dass er seinen Augen nicht traute? »Sagte ich nicht, du sollst in die Festung gehen?«

»Dazu hast du mich aufgefordert«, erwiderte sie leise. »Doch das hielt ich nicht für einen Befehl …«

Ungeduldig fiel er ihr ins Wort. »Was ich angeordnet habe, weißt du sehr gut. Warum hast du meinen Wunsch missachtet?«

Mit einem tiefen Atemzug zwang sie sich zur Ruhe. Hawk erschien ihr nicht zornig, nur überrascht. Und sehr müde. Offenbar hatte er die ganze Nacht pausenlos gearbeitet. Bei dieser Erkenntnis krampfte sich ihr Herz zusammen. Zu all seiner Mühe und Plage kam noch die Enttäuschung über ihren Ungehorsam. »Ich wollte nicht abseits stehen, während sich deine Leute so schrecklich anstrengen mussten. Jetzt ist Hawkforte auch *mein* Heim, und ich gehöre zu ihnen.«

Er blinzelte und stützte sich noch schwerfälliger auf die Sichel. »Wie schmutzig du bist, und wie erschöpft du aussiehst …«

»Tut mir Leid«, entgegnete sie ärgerlich. »Vielleicht solltest *du* mal in den Spiegel schauen.«

»Das ist was anderes.«

»Warum?«

Verblüfft hob er die Brauen, als würde er an ihrem Verstand zweifeln. »Weil ich keine Lady bin.«

Da er auf eine so offensichtliche Tatsache hinwies, musste sie trotz ihrer Erschöpfung lachen. »Wohl kaum.« Nach einer kurzen Pause fügte sie hinzu. »Vermutlich bin ich auch keine Lady. Zumindest nicht in jenem Sinn, der deiner Vorstellung entspricht.«

Wenn er sich auch hundemüde fühlte, sein Instinkt war nicht abgestumpft. Und so erkannte er trotz der Nebel, die sein Gehirn schwächten, die Bedeutung dieses Augenblicks. Er wusste nur nicht, warum, denn es fiel ihm unendlich schwer, klar zu denken. So widerstrebend er sich das auch eingestand, er war der Erschöpfung nahe. Bis zu seinem Lebensende würde er die Bauern, die sich auf den Feldern abmühten, voller Bewunderung und Respekt betrachten.

»Nein, das bist du wohl nicht«, stimmte er tonlos zu. Seine Schwester Cymbra war eine Lady, die alle anderen Frauen überstrahlte. Auch Daria musste er eine Lady nennen. Doch er wollte sie nicht mit seiner Braut vergleichen. Allein schon bei diesem Gedanken erschauerte er. Seine erste Gemahlin war eine Lady gewesen, und je weniger er über sie nachdachte, desto besser. Vielleicht, überlegte er, ist es gar nicht so wichtig, eine Lady zu sein, was immer das auch heißen mag, und es kommt nur auf den Menschen an.

Warum schaute Krysta so bedrückt drein? Er entsann sich nicht mehr, was er zu ihr gesagt hatte, und er wollte nicht noch länger herumstehen und schwatzen. Dafür fehlte ihm die Zeit. Viel zu schnell frischte der Wind auf. »In ein paar Stunden sind wir fertig«, erklärte er, »und das ist auch gut so. Versprich mir wenigstens, nicht länger hier draußen herumzutrödeln als nötig. Sobald die letzte Ähre geerntet ist, musst du in die Festung zurückgehen.«

Schweigend nickte sie, und er wunderte sich über ihre Fügsamkeit. Für gewöhnlich war sie nicht so kleinlaut. Diese Erkenntnis konnte er fraglos auf die Liste der Dinge setzen, die er über sie herausgefunden hatte. Verdammt, seit ihrer Ankunft war ihm keine ruhige Minute vergönnt gewesen – sonderbare Dienstboten, eine unglaubliche Maskerade und so weiter. Ein schwaches Lächeln umspielte seine Lippen. War's denn so erstrebenswert, ein ruhiges Leben zu führen? Vielleicht wurde ein geregelter Alltag überschätzt. Eine sommersprossige

Wikingerschönheit hatte zweifellos gewisse Vorzüge zu bieten.

Sein Lächeln vertiefte sich. Plötzlich verflog seine Müdigkeit. Ja, von seinen tüchtigen Leuten unterstützt, würde er den Sieg erringen und die ganze Ernte einfahren, bevor der Sturm zu tosen begann. Nur ein kleiner Triumph im Lauf der Geschichte, aber *sein* Triumph, den er in vollen Zügen genießen würde.

Wenn das alles überstanden ist, beschloss er, werde ich mich ernsthafter denn je bemühen, Krysta besser kennen zu lernen. Zunächst wollte er seine Neugier bezüglich einer Frage befriedigen, die ihn seit der ersten Begegnung beschäftigte.

Wie viele Sommersprossen hatte sie?

9

Trödeln! Noch nie in ihrem Leben hatte Krysta getrödelt. Auch nicht am vergangenen Tag. Bis zur Erschöpfung hatte sie sich abgerackert, um *seinen* Hafer und *seine* Äpfel zu retten und... Nein, das war ungerecht. Hawk hatte härter gearbeitet als alle anderen, er hatte keineswegs erwartet, sie würde seinem Beispiel folgen, und sie nur gebeten, die Kinder zu beaufsichtigen. Ein Befehl war das sicher nicht gewesen.

Aber er hielt sie nicht für eine Lady, so viel stand jedenfalls fest. Und das bekümmerte sie, vor allem, weil ihre Gedanken wieder einmal zu jener verdammten *echten, vornehmen Lady* wanderten, die er angeblich liebte. Gewiss, Krystas Bekanntschaft mit Hawk hatte etwas unglücklich begonnen. Doch ihre Beweggründe waren lauter gewesen. Und sie hatte angenommen, inzwischen würde er ihr nicht mehr grollen. Nun, sie hätte es besser wissen müssen. So angenehm es auch sein mochte, die schönen Kleider ihrer Mutter zu tragen und zum ersten Mal in ihrem Leben von einer Zofe bedient zu werden, das machte noch lange keine Lady aus ihr.

Ladys schwitzten nicht, machten sich nicht schmutzig, und ihre Hände wiesen keine blutigen Haferstiche auf. Niemals haftete der Geruch harter Arbeit an ihren Körpern. Sie tummelten sich nicht im Meer, um lachend aufzutauchen, und würden nicht gestehen, sie seien noch nie geritten. Und sie würden keinesfalls ihren Verlobten schon vor der Hochzeit küssen. Ja, das war ein schwerer Fehler gewesen, jener Kuss im Stall… Dagegen hätte eine richtige Lady protestiert oder sich zumindest passiv verhalten. Aber Krysta hatte den Kuss ihres Bräutigams leidenschaftlich erwidert. Hawk erschrak über ihre Glut. Das gab er ihr deutlich zu verstehen. Und in ihrer Dummheit hatte sie sich eingebildet, nur die Illoyalität der Dienerin gegenüber ihrer Herrin würde ihn entsetzen. Wie naiv war sie gewesen…

Zutiefst zerknirscht starrte sie vor sich hin. Und sie hatte ihm auch noch erklärt, er solle sich bloß nicht in die Betten anderer Frauen wagen, die rothaarige Magd zu verscheuchen gesucht, mit den Kindern getanzt und war am Strand umhergetollt. Stattdessen hätte sie…

Womit befassten sich echte Ladys eigentlich? Daria schien gar nichts zu tun, außer die Dienstboten herumzukommandieren und über ihre mangelhaften Leistungen zu klagen. Sie war wohl kaum ein leuchtendes Vorbild. Leider hatte Krysta kein anderes.

Von der legendären Lady Cymbra wusste sie nicht viel, nur dass sie Hawks Schwester und Wolf Hakonsons Gemahlin war, die Heilkunde beherrschte, andere bemerkenswerte Fähigkeiten besaß und sich unermüdlich für den Frieden einsetzte. Mit einem solchen Muster an Tugendhaftigkeit würde sich Krysta niemals messen können.

Dieses Problem bedrückte sie, während sie zu den Frauen zurückkehrte. An wem sollte sie sich orientieren, um das Benehmen einer Lady zu erlernen? Noch nie hatte sie sich so verloren und unsicher gefühlt. Würde sie nicht so grässlich schwitzen, müsste sie glauben, der Salzgeschmack auf ihren Lippen würde von Tränen herrühren. *Nein, natürlich weinte sie nicht.*

Ähren einsammeln und bündeln, immer wieder, während sich die Schmerzen ihres müden Körpers mit den Seelenqualen mischten, bis Aelfgyth endlich eine Hand auf ihren Arm legte. »Jetzt sind wir fertig, Mylady.«

Sie richtete sich auf, was ihr gepeinigter Rücken kaum erlaubte. Tatsächlich – so weit das Auge reichte, waren die Felder kahl. Nirgends erhob sich auch nur eine einzige Garbe. Glücklicherweise, denn als Krysta nach Süden blickte, entdeckte sie düstere Wolken vor einem gelblichen Himmel. In den Wipfeln der Bäume stöhnte der Wind.

»Kommt, Mylady«, bat Aelfgyth, »wir müssen nach Hause gehen.«

Die Leute eilten zur Festung oder in die Stadt, so schnell die müden Beine sie trugen. Inzwischen waren die Kinder bereits vorausgeschickt worden. Nur Hawk und seine Krieger blieben zurück, um sich zu vergewissern, dass sich alle in Sicherheit brachten. Hawk war der Letzte, der seinen Hof betrat, hinter dem letzten, mit goldenem Getreide beladenen Ochsenkarren.

Beinahe am Ende ihrer Kraft, zog Krysta zwei Eimer voller Wasser aus dem tiefen Brunnen. Aelfgyth bot ihr Hilfe an, die abgelehnt wurde.

Als Krysta die Eimer zur Turmtreppe schleppte, versperrte ihr Daria den Weg. »O Gott, wie seht Ihr aus?«, rief sie und presste ihren weiten Ärmel an die gerümpfte Nase. »Und wie Ihr riecht! Habt Ihr Euch mit den Schweinen gesuhlt?« Ihre kleinen dunklen Augen glitzerten. »Wärt Ihr nicht so erbärmlich, würdet Ihr mich amüsieren. Seit Ihr hier seid, habt Ihr alles falsch gemacht. Armer Hawk! Sicher überlegt er verzweifelt, wie er eine Verlobung lösen soll, die er niemals eingehen wollte.«

In Krystas Schläfen pochte es schmerzhaft. Daria war die allerletzte Person, die sie jetzt – dem Zusammenbruch nahe – sehen wollte. Nicht nur die Beleidigung zerrte an ihren Nerven, sondern auch das boshafte Lächeln. Vielleicht sollte sie einfach weitergehen. Doch das ließ ihr Stolz nicht zu. »Ich rieche ge-

nauso wie alle anderen«, entgegnete sie in eisigem Ton. »Denn die Einzigen, die sich seit gestern Morgen *nicht* geschunden haben, seid Ihr und Euer kostbarer Priester. Offenbar glaubt Ihr beide, es wäre Eurer nicht würdig, auch nur einen Finger zu rühren, um die Ernte einzufahren. Aber im Winter werdet Ihr Euch sehr gern an den Früchten unserer Plackerei laben.«

»Wie könnt Ihr es wagen …«

»Oh, ich sage nur die Wahrheit. Und um Eure übrigen Bemerkungen zu beantworten – nennt mich nur erbärmlich. Aber ich bemitleide Euch. Niemals möchte ich Eure Position einnehmen.«

»Meine Position? Ich bin die Herrin dieser Festung, und die Leute werden mir stets gehorchen.«

»Nein, sie dienen Lord Hawk. Und die Stellung der Hausherrin, die Ihr beansprucht, wird nicht mehr lange Eure sein.« Krysta sprach viel selbstbewusster, als sie sich fühlte, denn sie war wohl kaum die Lady, die Hawk an seiner Seite sehen wollte. Doch vor dieser widerwärtigen Frau würde sie ihre Zweifel niemals zeigen.

»Gar nichts wird sich ändern!«, zischte Daria, die Wangen feuerrot gefleckt. »*Überhaupt nichts!* Ihr seid ein dreister kleiner Emporkömmling! Falls Ihr allen Ernstes glaubt, Ihr würdet hier das Regiment führen, seid Ihr verrückt. Das ist *mein* Land, *meine* Burg, in der ich für immer herrschen werde!«

Angesichts dieser ungezügelten Wut fand Krysta keine Worte. Wie sollte sie die Furie beruhigen, die aus der Haut zu fahren drohte?

»Und nicht nur das!«, kreischte Daria. *»Bald werdet Ihr sehen, was es heißt, mich herauszufordern und …«*

»Mylady …« Plötzlich tauchte Vater Elbert aus einem dunklen Winkel auf. In wehender schwarzer Robe eilte er zu Daria. »Bitte, regt Euch nicht auf. Kommt mit mir. Wir wollen beten. Danach geht es Euch gewiss besser.« Blicklos starrte sie ihn an, und er berührte ihren Arm, um sie zu besänftigen und unter

seine Kontrolle zu bringen. »Alles wird so geschehen, wie Ihr es wünscht. Begleitet mich jetzt, erleichtern wir unsere Herzen vor dem Herrn. Er liebt die Guten und Gerechten. Niemals wird Er Euch im Stich lassen.«

»Ja…«, flüsterte sie und blinzelte, als würde sie aus tiefem Schlaf erwachen. »Erleichtern wir unsere Herzen. So viele Lasten liegen auf meiner Seele.«

»Die müsst Ihr nicht allein tragen. Vertraut mir, Mylady. Der Allmächtige kennt Euren Kummer, und er wird die Treue belohnen, die Ihr Ihm immer bewiesen habt. Glaubt mir, Er wird Euch nicht enttäuschen.«

»Zahlreiche Menschen haben mich bitter enttäuscht«, murmelte sie mit hoher, schwacher Stimme.

»Ja, natürlich…« Nach einem kurzen messerscharfen Blick in Krystas Richtung führte er Daria davon.

Kraftlos lehnte sich Krysta an den Treppenpfosten. Wie schwierig und unleidlich Daria sein konnte, hatte sie gewusst, aber nicht, wie tief Zorn und Wahn in der Brust dieser Frau verwurzelt waren. Doch damit wollte sie sich jetzt nicht befassen. Dafür war sie viel zu erschöpft. Mühsam schleppte sie die Wassereimer nach oben.

In ihrem Turmzimmer schlüpfte sie aus den staubigen Kleidern und überlegte, ob sie sich jemals würden reinigen lassen. Aber in diesem Moment zählte nur eins – sie musste den Schmutz und den Schweiß von ihrem Körper spülen. Nie zuvor hatte sie ein Bad so sehr genossen. Sie wusch auch ihr Haar. Während sie die wirren Locken trocken rieb, schaute sie aus dem Fenster.

Von Hawk vor dem Unwetter gewarnt, hatten die Kapitäne ihre Schiffe aus dem Hafen in die geschützten Buchten gesteuert. Der Wind jagte dichten Nebel über das Meer heran. Zwischen den grauen Schwaden verschwanden die dunklen Rümpfe und tauchten wieder wie geisterhafte Schemen auf. Die Türen und Fensterläden in der Stadt waren fest verschlossen.

Alle bewegliche Habe hatten die Menschen in ihre Häuser gebracht. Auf den Festungsmauern hielten die Ritter nach wie vor Wache, und Krysta hoffte, sie würden sich bald in Sicherheit begeben.

Ihr Haar war noch feucht, aber die Arme zu ermattet, um es noch länger zu trocknen, und so warf sie das Handtuch zu Boden, was sie normalerweise niemals tat. Sehnsüchtig betrachtete sie das breite Bett, und allmählich erkannte sie, dass es keinen Grund gab, warum sie sich nicht hinlegen sollte. Als sie unter die Pelzdecken kroch, stöhnte sie erleichtert. Wenige Minuten später schlief sie ein.

Nachdem Hawk sich vergewissert hatte, dass alle nötigen Vorbereitungen für das Gewitter getroffen worden waren, folgte er seinen Kriegern in die Sauna. Er würde es niemals eingestehen, aber ihm tat jeder einzelne Knochen weh. Nicht einmal nach erbitterten Schlachten hatte er sich so elend gefühlt. Die harte Arbeit auf den Feldern war eine Erfahrung, die er nie vergessen würde. Dass die anderen Männer seine Qualen teilten, wusste er. Doch darüber würden sie ebenso wenig sprechen wie er selbst, deshalb begnügten sie sich mit tiefen Seufzern, während sie die Spuren ihrer Plage wegwuschen.

Ehe sie auf den Bänken einschlummern konnten, schleppten sie sich ins Freie und gossen kübelweise kaltes Wasser über ihre Köpfe. Das ermunterte sie ein bisschen. Trotzdem riet ihnen Hawk, sich auszuruhen. Dann zog er eine saubere Tunika an, ging zu den Patrouillen und wies sie an, die Wachtürme aufzusuchen, bevor der Wind noch schärfer wehte. Natürlich durfte nicht einmal ein wilder Sturm die Alarmbereitschaft beeinträchtigen. Denn überall lauerten neugierige Augen, die eine solche Nachlässigkeit bemerken würden, und ein Feind mochte davon hören.

Mittlerweile hatte Edvard das ganze Getreide untergebracht, es war nicht nötig, einen Teil der Vorräte in der Haupthalle zu

lagern. Doch das wäre möglich gewesen, denn niemand hätte ihnen im Weg gestanden. Um diese Tageszeit, wo sich normalerweise alle Festungsbewohner zum Essen versammelten, erschien keine Menschenseele in dem großen Raum. Die Leute waren zu müde, um auch nur an eine Mahlzeit zu denken. Ebenso wie Hawk. Inbrünstig sehnte er sich nach einem erholsamen Schlaf. Aber vorher musste er noch etwas erledigen, steifbeinig stieg er die Treppe zu Krystas Turmzimmer hinauf.

Als er die Schwelle überquerte, sah er seine Braut schlummern. Noch war die Sonne nicht untergegangen, doch das Tageslicht hatte sich in ein geisterhaftes gelbliches Grau verwandelt. Der Wind peitschte Regentropfen durch die Fenster herein, die Krysta offen gelassen hatte. Seufzend schloss Hawk die hölzernen Läden. Sofort klang das Geheul des Windes etwas leiser. Das Unwetter tobte immer heftiger. Bald würde es den Höhepunkt erreichen, und er hoffte, es würde seiner Verlobten keine allzu schlimme Angst einjagen.

Vorsichtig, um sie nicht zu stören, ging er zum Bett. Sie lag auf der Seite, eine Pelzdecke über der Schulter, die goldblonde Lockenpracht auf den Kissen ausgebreitet. Halb unbewusst ergriff er eine seidige Strähne und ließ sie zwischen seinen Fingern hindurchgleiten.

Sie duftete nach Lavendelseife und salziger Meeresluft, das erinnerte ihn an sommerliche Segelfahrten, dicht an der Küste entlang, so dass der Geruch wilder Blumen in seine Nase gestiegen war. Wie oft hatte er sich diese Freude gegönnt? Wie viel Zeit hatte er jemals seinen eigenen Bedürfnissen gewidmet?

Daran erinnerte er sich nicht. Warum dachte er jetzt darüber nach? In seinem müden Gehirn gerieten die Gedanken durcheinander. Wie viele Minuten verstrichen, während er einfach nur dastand und Krysta anstarrte, wusste er nicht. Nun sollte er in sein eigenes Zimmer gehen. Er musste schlafen und neue Kräfte sammeln, falls irgendetwas geschah, falls er gebraucht wurde.

Ausruhen – jetzt, hier – mit ihr…

Seine Knie berührten das Bett. So ein wundervolles, breites, einladendes Bett... So müde... Nach den Schlachten hatte er stets nur einen kurzen Schlaf benötigt, um seine Lebensgeister zu erfrischen. Das würde ihm auch jetzt genügen. Nur ein paar Minuten würde er an Krystas Seite liegen. In diesem großen Bett würde er sie nicht einmal berühren. Ohne noch länger zu überlegen, schlüpfte er aus den Sandalen, streifte die Tunika über den Kopf und glitt unter die Pelzdecken. Einfach nur dazuliegen, dieses reine Entzücken entlockte ihm ein Stöhnen. Irgendwann in seinem Leben musste er genauso müde gewesen sein. Wann? Bevor ihm das einfiel, übermannte ihn der Schlaf.

In Krystas Träumen rüttelte der Wind an den Fensterläden. Sie drehte sich auf die andere Seite, streckte einen Arm aus, spürte irgendetwas Hartes und murmelte sinnlose Worte vor sich hin. Aber sie erwachte nicht. Etwas später hörte sie ein schrilles Kreischen. Sie rannte über eine Wiese voller Blumen, die eine unsichtbare Macht zu Boden streckte. Und dann kam sie zu einer majestätischen Eiche. Wie gelähmt vor Entsetzen beobachtete sie, wie ein grausiges Ungeheuer einen Zweig nach dem anderen abriss und in ihre Richtung schleuderte. Dagegen konnte sie sich nicht wehren. Und so blickte sie hilflos dem Tod ins Auge. Gerade noch rechtzeitig wurde sie von einer starken Hand ergriffen. Schützende Wärme hüllte sie ein. Und der Traum versank im Nichts.

Die Festung hielt den tosenden Elementen stand. Nur ein paar Ziegel flogen von den Dächern. Aber die steinernen Mauern – um eine Feuersbrunst zu verhindern, hatte Hawk jede Hütte, jede Werkstatt und jeden Laden aus Stein errichten lassen – behaupteten sich auch während dieser Katastrophe. Sicher und geborgen lauschten Männer und Frauen dem Sturm und dankten der weisen Voraussicht ihres Herrn. Die Kinder schliefen in der Nähe ihrer Eltern, friedlich und ungestört.

Nicht so Krysta. Plötzlich richtete sie sich in der Dunkelheit auf, von der Erkenntnis wachgerüttelt, dass sie etwas Wichtiges

vergessen hatte. Noch halb benommen vom Schlaf taumelte sie aus dem Bett. Draußen ächzte der Wind und peitschte prasselnde Regentropfen gegen die…

…gegen die Fensterläden. Die waren geschlossen. Wann sie dafür gesorgt hatte, erinnerte sie sich nicht. Sie war wohl zu erschöpft gewesen, um es bewusst zu tun. Erleichtert kehrte sie zum Bett zurück und wollte wieder unter die Decken kriechen. Doch dann hörte sie ein leises Stöhnen und erstarrte. Da kein einziges Kohlenbecken brannte, herrschte tiefes Dunkel im Zimmer. Sie ertastete eines der großen eisernen Becken auf einem Dreifuß. Mit Feuerstein und Zunder entfachte sie eine Flamme. Allzu viel sah sie noch immer nicht. Es dauerte eine Weile, bis sich ihre Augen an das schwache Licht gewöhnten. Langsam wanderte ihr Blick durch den Raum und blieb an den Umrissen einer Gestalt hängen, die mitten im breiten Bett lag.

Eine Hand auf den Mund gepresst, unterdrückte sie einen Schrei. O Gott… Seit sie das Turmzimmer bewohnte, schlief sie nicht mehr nackt, so wie früher. Aber am vergangenen Abend war sie nach ihrem Bad zu müde gewesen, um ein Nachthemd anzuziehen. Hastig zerrte sie eine Pelzdecke vom Fußende des Betts und wickelte sich hinein. Auf leisen Sohlen schlich sie etwas näher und versuchte festzustellen, wer der Eindringling war. Vielleicht Raven, vom Gewitter erschreckt, oder eine verängstigte Aelfgyth? Nein, für beide erschien ihr die Gestalt viel zu groß. Es gab nur einen einzigen Menschen, der so breite Schultern besaß, eine so muskulöse Brust, die sie jetzt oberhalb der Decken erkannte.

Hawk. In ihrem Bett. Ohne sie um Erlaubnis zu bitten. Glaubte er, nur wegen der Verlobung dürfte er solche Rechte beanspruchen? Wenn ja, warum hatte er dann bisher darauf verzichtet? Dachte er, es würde sie nicht stören, weil sie keine richtige Lady war? Sicher würde sich eine dieser *echten, vornehmen Ladys* in so einer Situation die Seele aus dem Leib schreien.

Aber Krysta gab keinen Laut von sich. Die Augen zu-

sammengekniffen, musterte sie ihn. Welch ein wohlgeformter Körper, der Unterschied zu ihrem eigenen faszinierte sie, weckte ungehörige Wünsche… Um sich darauf zu besinnen, dass er am falschen Ort war, musste sie ihre ganze innere Kraft aufbieten.

Immer heftiger rüttelte der Sturm an den Fensterläden. In den Pausen zwischen den einzelnen Windstößen hörte sie das Rauschen der Brandung am Strand. Nie zuvor hatte sie ein so wildes Unwetter erlebt. Damit ließen sich nicht einmal die Blizzards im winterlichen Vestfold vergleichen. Schließlich stand sie neben dem schlafenden Hawk. Was sollte sie tun? Sie fühlte sich immer noch müde. Außerdem war das *ihr* Bett.

Vorsichtig schob sie eine der Decken zurück. Dann merkte sie, dass sie sich in den Pelz gehüllt hatte. Darin würde sie nicht schlafen können, es wäre zu heiß. Sie müsste ein Nachthemd anziehen. Wenn sie's nicht tat und Hawk erwachte… Bei diesem verlockenden Gedanken errötete sie, und die mädchenhafte Scheu kämpfte vergeblich gegen die Leidenschaft, die in ihrem Blut wuchs. Warum nicht? Bald würden sie heiraten, und vorher wollten sie einander kennen lernen. Bedeutete das nicht auch, dass sie die verführerische Intimität einer gemeinsamen Nacht erforschen müssten? Und die Geborgenheit, die sie in Hawks Nähe empfinden würde, war unwiderstehlich. Kurz entschlossen ließ sie den Pelz fallen und kroch ins Bett.

Als der Wind erstarb, wurde Hawk von der plötzlichen Stille aus seinem tiefen, traumlosen Schlummer gerissen. Sofort setzte er sich auf und lauschte. Kein Windhauch. Der Regen prasselte immer noch gegen die Fensterläden. Aber der Sturm hatte seine Kraft scheinbar verbraucht. Dank der Erinnerung an das Unwetter vor fünf Jahren in Winchester ließ er sich trotzdem nicht täuschen, und er hoffte, seine Leute wären genauso vorsichtig, bis er ihnen erklären konnte, was das bedeutete. Bald würde der Wind erneut kreischen und sich mit aller Macht gegen die Mau-

ern werfen. Erst wenn er zum zweiten Mal verstummte, war die Gefahr überstanden.

Als er ins Kissen zurücksinken wollte, kehrte die Erinnerung zurück, und er erstarrte. Erstaunt und ungläubig betrachtete er die Frau, die neben ihm schlief. Welch ein Dämon hatte ihn veranlasst, in Krystas Bett zu steigen? Hatte er vor lauter Erschöpfung den Verstand verloren oder der Versuchung nachgegeben, sich geheime Wünsche zu erfüllen? Um diese Frage zu beantworten, regte sich sein Verlangen. Mit einem unterdrückten Fluch stand er auf.

Aber da hörte er Krysta leise schreien. Der Wind heulte wieder, dieses Geräusch musste sie erschreckt haben. Von einem inneren Konflikt gequält, zögerte er. Schließlich führte Krystas Stöhnen die Entscheidung herbei. Er warf einen kurzen Blick nach oben, um göttlichen Beistand zu erflehen, dann sank er wieder ins Bett. Ganz behutsam, um sie nicht zu wecken, zog er sie an sich.

Da bemerkte er, dass seine Braut nackt schlief. Bestürzt rang er nach Atem. Ihre Haut, so warm und weich, bildete einen seltsamen Kontrast zu der Kraft, die sie bewiesen hatte. Schlanke, wohlgeformte Glieder… Und ihre Brüste… Als sie sich bewegte, jagte sie Feuerströme durch seine Adern. Nun wäre es ratsam, die Flucht zu ergreifen. Aber Krysta schien sich zu entspannen. Offenbar war ihre Angst verflogen. Die Augen geschlossen, betete Hawk um Geduld und Willensstärke und blieb liegen. Während der ganzen langen Nacht hielt er seine Wikingerbraut in den Armen und bezwang sein Verlangen.

Im ersten Tageslicht stieg er aus dem Bett. Das Gewitter hatte sich verzogen. Bald würde Krysta erwachen, und seine Anwesenheit sollte sie nicht erschrecken. Außerdem wollte er seine Selbstbeherrschung nicht noch länger auf die Probe stellen. So tief und fest hatte sie in seinen Armen geschlafen, dass er felsenfest glaubte, seine Nähe wäre ihr gar nicht bewusst geworden. Dabei würde er's bewenden lassen. Nicht nur aus Rücksicht auf

ihre Gefühle. Dass er die Nacht im Bett einer schönen Frau verbracht hatte, ohne sie zu besitzen, behielt er lieber für sich.

Nachdem er seine Tunika und die Sandalen angezogen hatte, schlich er auf Zehenspitzen aus dem Zimmer und eilte die Treppe hinab. Zu seiner Erleichterung traf er niemanden in der Halle an. Um diese frühe Stunde waren nur wenige Leute auf den Beinen. Sein erster Weg führte zu den Wachtürmen, wo seine Krieger berichteten, die Nacht sei ruhig gewesen. Mit dieser Erklärung entlockten sie ihm ein Grinsen. Aber er verstand, was sie meinten. In harten Kämpfen gegen die Dänen erprobt, betrachteten sie sogar das schwerste Gewitter nur als harmlose Unannehmlichkeit. Dann ging er in die Stadt hinab und stellte erfreut fest, dass der Sturm keine größeren Schäden angerichtet hatte. Die Straßen waren zwar schlammig, und überall häufte sich Sand, der vom Wind herangeweht worden war. Doch er entdeckte nirgendwo Schutt.

In die Halle zurückgekehrt begegnete er mehreren Dienstboten, die alle Fensterläden öffneten. Edvard erwartete ihn, etwas verschlafen, aber sichtlich zufrieden. »Ohne Eure Warnung hätten wir die halbe Ernte eingebüßt, Mylord. Nun müssen wir nur geringe Verluste hinnehmen. Eine Landebrücke wurde weggerissen, die sich leicht ersetzen lässt, und im Mühlrad steckt ein Baumstamm. Aber darum kümmern sich bereits einige Männer.«

»Haben wir Verletzte zu beklagen?«

»Nur einen. Alwin, der Gehilfe des Gerbers, musste während des Unwetters seine Notdurft verrichten. Aus unerfindlichen Gründen genügte ihm ein Nachttopf nicht, und er lief ins Freie. Da schleuderte ihn ein Windstoß gegen die Tür des Bäckers Wilhelm, der ihm Obdach gewährte. Außer einer Beule am Kopf und ein paar Schürfwunden hat der Bursche nichts abgekriegt.«

»Wahrscheinlich werden ihm die Leute mindestens ein halbes Dutzend Nachttöpfe schenken, um ihn an weiteren ähnlichen Abenteuern zu hindern«, meinte Hawk belustigt.

»Ja, Mylord, das glaube ich auch. Jedenfalls sind wir glimpflich davongekommen.«

»Allerdings«, stimmte Hawk zu.

Von seinem Verwalter begleitet, ritt er aus der Festung, um die Felder zu inspizieren. Im aufgewühlten Erdreich hätte keine einzige Ähre überlebt. Er stieg ab, übergab Edvard die Zügel seines Grauschimmels und kniete nieder. Nach den heftigen Regengüssen war der Boden immer noch feucht. Hawk berührte den Schlamm und schnupperte an seinem Finger. »In ein oder zwei Tagen werden die Äcker trocknen«, erklärte er und schwang sich wieder in den Sattel. »Dann können wir das Getreide hier draußen trocknen lassen. Bis dahin sollen unsere Männer die oberste Erdschicht abtragen und ins Meer werfen.«

»Sehr wohl, Mylord.« Edvard runzelte die Stirn. »Aber darf ich fragen, warum?«

»Die Erde riecht nach Salz. Also war der Regen nicht rein, sondern mit Gischt aus dem Meer vermischt. Wenn die oberen Schichten nicht entfernt werden, verdirbt die nächste Ernte.«

»Seltsam, Mylord, Ihr redet wie ein Bauer – verzeiht mir die kühne Bemerkung.«

Hawk lachte. Und plötzlich entsann er sich, dass Krysta behauptet hatte, der Klang seines eigenen Gelächters würde ihn verblüffen. Warum dachte er bei jeder Gelegenheit an sie? »Soll ich mich deshalb beleidigt fühlen, Edvard?«

»O nein, Mylord, ich staune nur, weil ein Krieger so viel vom Ackerbau versteht.«

»Für dieses Land habe ich gekämpft. Und das wäre sinnlos gewesen, hätte ich nach dem Sieg nicht gewusst, wie ich meine Felder bestellen muss.«

Nachdenklich nickte der junge Verwalter, und sie ritten zur Festung zurück.

Kurz nachdem Hawk aus ihrem Bett geflohen war, erwachte Krysta, öffnete die Augen und sah die Sonne scheinen. Hawk

war verschwunden. Warum hatte er sie verlassen, ohne ein Wort, ohne Abschiedsgeste? Als wäre er niemals hier gewesen …

Oder hatte sie nur geträumt, er würde unter ihren Pelzdecken liegen? Hatte ihr übermüdetes Gehirn, von vager Sehnsucht erfüllt, seine Nähe heraufbeschworen? Diesen Gedanken verdrängte sie sofort wieder. Sicher nicht. Er hatte ihr Bett geteilt, was das immer noch warme Laken an ihrer Seite bewies, ganz zu schweigen vom Abdruck seines Kopfes im Kissen.

Dieses Kissen musterte sie mehrmals, während sie sich anzog und ihre widerspenstigen Locken zu bändigen suchte. Im Hintergrund ihres Bewusstseins regte sich eine Erinnerung an glatte Haut, an sanfte und zugleich starke Arme. Glühend heiß stieg ihr das Blut ins Gesicht, beklommen kaute sie an ihrer Unterlippe. Wie sollte sie ihm gegenübertreten?

Offensichtlich hatte er sie nicht begehrt. Obwohl sie so kühn gewesen war, nackt unter die Decken zu schlüpfen. Gewiss, er begegnete ihr stets sehr freundlich. Aber seine Güte interessierte sie nicht. Wenigstens nicht *nur*. Nun fühlte sie sich zutiefst gedemütigt. Ihr erster Versuch, einen Mann zu verführen, war kläglich gescheitert. Was sollte sie jetzt tun?

Natürlich würde sie sich so verhalten, als wäre nichts geschehen. Etwas anderes ließ ihr Stolz nicht zu. Aber sie fragte sich in wachsender Sorge, ob Daria Recht hatte. Trauerte Hawk tatsächlich jener *echten, vornehmen Lady* nach? Liebte er sie so sehr, dass er nackt neben einer anderen liegen und sie besänftigend umarmen konnte, gefeit gegen die Lockung der Leidenschaft?

Diese verdammte Frau! Was mochte sie besitzen, das ihr fehlte? Vermutlich klang die Stimme der Lady wie Vogelgezwitscher oder ähnlich geistlos. Ihre Hände waren lilienweiß, und sollte jemals ein Blutstropfen aus der zarten Haut quellen, würde die Wunde vom Stich einer Nähnadel stammen, dem Werkzeug jener Kunst, die Krysta nicht beherrschte. Selbstverständlich hatte die feine Dame keine Sommersprossen, weil sie

niemals unter der Sonne umhertollte. Sie sprach stets ganz leise, und sie würde ihren Bräutigam nicht herausfordern oder mit Widerworten ärgern. Sie würde auch nicht wie eine Bäuerin arbeiten, um seine Ernte zu retten, oder ihr Haar färben und sich als Dienerin ausgeben oder …

Wie man es auch drehte und wendete – Krystas und Hawks Ehe sollte dem Bündnis dienen, das den Frieden festigte. Davon abgesehen, bedeutete sie gar nichts. Beide waren Gefangene eines Versprechens, das sie nicht brechen durften. Sonst würden sie zahllose Menschen ins Unglück stürzen.

Von solchen Gedanken bewegt, stieg sie die Treppe zur Halle hinab und trat ins Freie, um herauszufinden, welche Schäden das Unwetter angerichtet hatte. Angstvoll schaute sie nach allen Seiten. Wo war Hawk? Hoffentlich würde sie ihm vorerst nicht begegnen. Ein feiger Wunsch, den sie verachtete, aber nicht bezwingen konnte … Was durfte sie unter diesen Umständen von der gemeinsamen Zukunft erwarten?

Während sie die Frage zu vergessen suchte, eilte Aelfgyth zu ihr. Die junge Zofe wirkte frisch, munter und bestens gelaunt. Offensichtlich hatte sie sich mittlerweile von der Plackerei des Vortags erholt. »Da seid Ihr ja, Mylady! Welch ein Glück, dass wir den Sturm fast unbeschadet überstanden haben!« Als sie Krysta etwas genauer betrachtete, erstarb ihr Lächeln. »Seid Ihr immer noch müde, Mylady? Habt Ihr schlecht geschlafen, wegen des Lärms?«

»O nein, ich schlief sehr gut«, erwiderte Krysta hastig. Dieses Thema wollte sie möglichst schnell fallen lassen.

»Gut, dann fangen wir an. Es gibt viel zu tun.«

»Was denn?« Nach allem, was sie geleistet hatten, konnten wohl kaum neue Pflichten warten, oder?

»Wir müssen das Erntefest vorbereiten. Kennt man diesen Brauch in Vestfold nicht?«

»Doch, natürlich, aber sollte ich wirklich …?«

»Darum hat sich Lady Daria nie gekümmert. Sie spricht nur

ein Dankgebet. Alles Übrige hält sie für heidnischen Unfug, an dem sie sich nicht beteiligt.« Aelfgyth rümpfte die Nase. Dann lachte sie. »Glücklicherweise ist Lord Hawk anderer Ansicht. Bisher hat Edvard die Vorbereitungen getroffen. Aber jetzt meint er, dies sei Eure Aufgabe. Das hat er mir letzte Nacht erklärt – ich meine, gestern Abend«, verbesserte sie sich errötend.

»Ah, ich verstehe.« Krysta lächelte nachsichtig. »Wenn das so ist, bin ich gern bereit. Womit sollen wir beginnen?«

Wie sich bald herausstellte, war das Festmahl am wichtigsten. Darauf legten die Leute besonderen Wert. Ein paar Hundert Kuchen mit Rosinen und Honig mussten gebacken werden, Brotlaibe aus frisch gemahlenem Mehl, dann kochten die Frauen Früchte ein, pressten Äpfel für den Cidre und rührten in großen Butterfässern. Inzwischen sammelten die Männer Holz für die Feuerstellen im Freien. Dort würden sich ganze Schweine und Rinderhälften am Spieß drehen. Nicht nur die Dienstboten, sondern auch die Stadtbewohner und Bauern von den umliegenden Höfen arbeiteten unermüdlich.

Während Hawk und seine Ritter täglich zur Jagd gingen, fuhren die Fischer aufs Meer hinaus und kehrten mit Netzen voller Makrelen, Aale und Heringe zurück. Von fröhlichen Mädchen ermutigt, probten junge Burschen die traditionellen Tänze. Alle gingen eifrig ans Werk – bis auf Daria und Vater Elbert, die mit düsteren Mienen umherwanderten, ewige Verdammnis ankündigten und ostentativ für die Seelen der »Gotteslästerer« beteten.

Wie Krysta beobachtete, ließen sie sich in Hawks Anwesenheit niemals blicken. Stattdessen warteten sie jeden Morgen, bis er davongeritten war. Bei seiner Heimkehr verschwanden sie. Und so hörte er die Unkenrufe der beiden nicht. Von allen anderen wurden sie ignoriert.

»Seit Ihr da seid, Mylady«, betonte Aelfgyth, »gehorchen Euch die Leute nur zu gern. Das schrille Genörgel einer Lady, die es niemals gut mit uns meinte, beachten wir gar nicht.«

Obwohl sich Krysta über die Anerkennung der Dienstboten freute, wollte sie verhindern, dass sie Daria allzu respektlos begegneten. »Noch bin ich nicht Lord Hawks Frau. Das solltet ihr stets bedenken.«

Darüber konnte Aelfgyth nur lachen. Aber Krysta teilte die gute Laune ihrer Zofe nicht. Die Erinnerung an die Sturmnacht bedrückte sie, ebenso wie Hawks offensichtliches Bestreben, ihr aus dem Weg zu gehen. In den letzten drei Tagen hatte er nur mit ihr gesprochen, wenn es die Höflichkeit erforderte.

Natürlich war er vor dem Erntedankfest von morgens bis abends beschäftigt, so wie alle seine Untertanen. Doch das tröstete Krysta nicht. Immer wieder ertappte sie sich dabei, wie sie nach ihm Ausschau hielt und auf den Klang seiner Stimme lauschte. Wenn sie abends nebeneinander an der großen Tafel saßen, suchte sie vergeblich nach Mitteln und Wegen, um seine Aufmerksamkeit zu erregen. Aber sie brachte kein Wort hervor, und in ihrem Gehirn herrschte hoffnungslose Leere.

Das entging Raven nicht, und sie spottete darüber. Doch sie konnte ihre Sorge nicht verhehlen. Thorgold murmelte etwas Unverständliches in sein Ale und runzelte die Stirn, wann immer Hawk seinen Weg kreuzte. Am Morgen des Festtags traf Hawk ihn auf dem Weg zum Stall, wo er seinen Hengst striegeln wollte. Als ihm das finstere Gesicht des kleinen Mannes auffiel, übergab er die Zügel seines Grauschimmels einem Stallknecht und winkte Thorgold zu sich heran. »Was bekümmert dich?«

»Mich?« Thorgold spähte unter zusammengezogenen buschigen Brauen hervor. »Gar nichts. Um mich müsst Ihr Euch keine Gedanken machen, Mylord.«

Nachdem Hawk sich vergewissert hatte, dass niemand das Gespräch mit anhörte, nickte er. »Also gut. Welche Laus ist *ihr* über die Leber gelaufen?« In seiner Stimme schwang ein klagender Unterton mit, den er nicht zu unterdrücken vermochte und der Thorgold ein widerstrebendes Grinsen entlockte.

»Hat sie Euch durcheinander gebracht?«

»Glaub, was du willst. Aber beantworte meine Frage. Ist sie krank?«

»O nein, Lady Krysta ist kerngesund. Wie kommt Ihr bloß darauf, sie könnte krank sein?«

»Weil sie kaum mit mir redet und dauernd meinem Blick ausweicht. Seit dem Tag vor dem Unwetter sah ich sie nicht mehr lächeln. Ärgert sie sich über die harte Feldarbeit, die ihr zugemutet wurde? Oder über die zahlreichen Pflichten, die sie vor dem Festmahl erledigen muss? Wenn du dir einbildest, ihr unermüdlicher Fleiß wäre mir verborgen geblieben, täuschst du dich, mein Alter. Aber ich habe sie nicht gebeten, die eine oder andere Aufgabe zu erfüllen, und sie muss nicht befürchten, die Position der Herrin von Hawkforte würde ihr ständig so viel Mühsal abverlangen.«

Eine Zeit lang schwieg Thorgold und zwirbelte die Enden seines langen schwarzen Barts. Als er Hawk wieder anschaute, funkelten seine Augen. »Verratet mir doch, Mylord, neigt Ihr dazu, die falsche Richtung einzuschlagen? Wenn Ihr in Eurem schönen Boot aufs Meer hinaussegelt, fällt's Euch schwer, den Kurs zu halten? Oder wenn Ihr in die Wälder reitet, findet Ihr nicht nach Hause?«

»Welch ein Unsinn! Warum fragst du danach?«

»Denkt mal drüber nach, Mylord. Wenn's irgendwas gibt, was Lady Krysta niemals gescheut hat, dann ist's harte Arbeit. Schon in der Kindheit hat sie uns auf den Feldern geholfen. Damals lebte ihr Vater noch, und er wollte sie dran hindern, sich zu überanstrengen. Aber sie blühte geradezu auf, wenn's möglichst viel zu tun gab, und sie hasste den Müßiggang.«

»Dann liegt's wohl an mir. Irgendwie muss ich sie gekränkt haben.« Mit schmalen Augen musterte Hawk den seltsamen kleinen Mann. Schon seit Tagen überlegte er, ob er sich vielleicht getäuscht und Krysta seine Anwesenheit in ihrem Bett sehr wohl bemerkt hatte. Dann wäre es ihr gutes Recht, ihm zu zür-

nen. Doch er hoffte, sie hätte sich nicht bei ihren Dienstboten beschwert.

»Ich wüsste nicht, auf welche Weise, Mylord«, erwiderte Thorgold. »Für einen Sachsen seid Ihr gar nicht so übel.«

Erleichtert atmete Hawk auf, und er brachte sogar ein schwaches Lächeln zustande. »Besten Dank. Aber ich würde trotzdem gern herausfinden, wie ich Krysta aufheitern könnte.«

»Habe ich Euch von den Haarbändern erzählt?«

»Ja, allerdings bezweifle ich…«

»Mylord, Ihr grübelt zu viel«, fiel Thorgold ihm ins Wort. »Kauft ein paar hübsche Haarbänder und redet mit Eurer Braut oder noch besser, führt sie irgendwohin, wo sie nicht weglaufen kann, um dies oder jenes zu erledigen.«

Einen guten Rat wusste Hawk stets zu schätzen, selbst wenn er von einem Mann stammte, der einem Troll glich. Und so ritt er in die Stadt hinab, besuchte einen freudestrahlenden Händler und kehrte hochzufrieden mit seinen Einkäufen zurück. Weil das Erntedankfest soeben begann, konnte er sich nicht sofort an Krysta wenden.

Die Sonne wanderte bereits nach Westen, aber der Himmel war noch hell, während sich die Bewohner der Festung, der Stadt und der Bauernhöfe auf einer großen Wiese versammelten. Dort waren lange Tische aufgestellt, mit Tüchern bedeckt und mit verschiedenen Köstlichkeiten beladen worden, dem Ergebnis tagelanger Küchenarbeit. Unter dem wachsamen Auge des Kochs kümmerten sich junge Gehilfen um die Feuerstellen. Regelmäßig begossen sie die Rinderhälften und ganzen Schweine, die sich am Spieß drehten, mit Bratfett. Verlockende Düfte begrüßten die Festgäste, Honigwein- und Alefässer wurden angezapft. Übermütig rannten die Kinder umher, von nachsichtig lächelnden Erwachsenen beobachtet.

Als Krysta die Wiese betrat, schaute sie sich aufmerksam um. Offenbar war alles in Ordnung. Aber da sie noch nie an einer so großen Feier teilgenommen hatte, fühlte sie sich unsicher. Aelf-

gyth hatte ihr in ein malvenrosa und violettes Kleid geholfen, das den Eindruck erweckte, es wäre aus den letzten Strahlen der sinkenden Sonne gesponnen worden. Danach hatte Krysta sie weggeschickt, denn die Zofe sollte sich um ihre eigenen Vorbereitungen kümmern. Nun tummelte sie sich irgendwo in der Menschenmenge, wahrscheinlich an Edvards Seite. Die beiden waren offensichtlich füreinander bestimmt, und Krysta freute sich mit ihnen. War auch ihr ein solches Glück vergönnt?

Diese Frage konnte nur der hoch gewachsene, breitschultrige Mann beantworten, der inmitten der Wiese stand und mit den Leuten plauderte, anscheinend völlig unbeschwert. Seine Heiterkeit irritierte Krysta. Doch der Groll wurde sofort von anderen Gefühlen verdrängt. Wie fabelhaft er aussah, in einer schwarzen, mit Goldfäden bestickten Tunika. Um seine schmale Taille war ein Gürtel aus goldenen Kettengliedern geschlungen, in dem die kostbare, mit Juwelen besetzte Scheide seines Schwerts steckte. Dichte kastanienbraune Locken umrahmten sein gebräuntes Gesicht, das himmelblaue Augen beherrschten. Die meisten Männer überragte er mindestens um Haupteslänge. Während Krysta ihn beobachtete, neigte er sich zu einer älteren Frau hinab, die ihn zu hänseln schien. Beide lachten, dann ging sie davon.

Bei Krystas Anblick erlosch sein Lächeln. Schweren Herzens überlegte sie, ob sie in der Menge untertauchen sollte. Doch ihr Stolz ließ sie zögern. Und im nächsten Moment war es zu spät. Zielstrebig eilte Hawk zu ihr. Bevor er zu sprechen begann, umfasste er ihren Ellbogen, als hätte er ihre Absicht erraten, die Flucht zu ergreifen. »Vielen Dank für deine Mühe, Krysta. Ein so schönes Erntedankfest habe ich noch nie erlebt.«

Zu ihrer Bestürzung spürte sie, wie ihr das Blut in die Wangen stieg. Verlegen senkte sie die Lider. »Bedank dich lieber bei Edvard und den Dienstboten, ich habe ihnen nur geholfen.«

»Da ist mein Verwalter anderer Meinung.« Nachdem er nicht mehr befürchten musste, sie würde ihm einfach davonlaufen,

entspannte er sich und geleitete sie in die Mitte der Wiese. Sofort wurden sie von zahlreichen Festgästen umringt, die das scheinbar gute Einvernehmen des Brautpaars wohlwollend registrierten.

Hawk rückte seiner Verlobten einen Stuhl am größten Tisch zurecht und setzte sich an ihre Seite. Damit gab er den Leuten das Zeichen zum Beginn der Mahlzeit. Üppig beladene Platten wurden serviert, Honigwein und Ale flossen in Strömen. Inmitten des fröhlichen Trubels wuchs Krystas Verwirrung. Alle wollten mit Hawk reden, für jeden fand er ein freundliches Wort. Auch die Gäste, die an anderen Tischen Platz genommen hatten, sprachen ihn an. Ohne den Faden zu verlieren, führte er mehrere Gespräche gleichzeitig. Bald wurde in der allgemeinen heiteren Stimmung nicht mehr auf Formalitäten geachtet.

Unter lautem Jubel trat ein schüchternes junges Paar vor, um Hawk und Krysta zwei Puppen zu überreichen, aus ein paar Ähren von der letzten Ernte gebastelt. Angesichts dieser fremdartigen Sitte wusste Krysta nicht, wie sie sich verhalten sollte. Aber Hawk stand auf, ergriff ihre Hand und ging mit ihr zu einer alten Eiche am Wiesenrand. Dort folgte sie seinem Beispiel und setzte ihr Püppchen neben seines auf einen Zweig. Inzwischen war die Sonne untergegangen, und die Fackeln wurden entzündet. Tanzende Flammen schienen die Welt in die Schatten längst entschwundener Zeiten zu tauchen.

Lächelnd wies Hawk auf die zwei Puppen. »Der Erntekönig und seine Königin«, erklärte er. »Die beiden muss man ehren, um die Fruchtbarkeit der Felder zu sichern – ein heidnischer Brauch, der in dieser Gegend immer noch gepflegt wird.«

»Glaubst du daran?«, fragte sie leise.

»Jedenfalls kann's nicht schaden, wenn man solche Traditionen bewahrt.«

Hand in Hand kehrten sie zu ihrem Tisch zurück und setzten sich wieder. Dann liefen weiß gekleidete Männer mit schwarz bemalten Gesichtern in die Mitte der Wiese. An ihren Kostümen

hingen unzählige blank polierte Metallstücke, die den Flammenschein widerspiegelten und den Eindruck erweckten, die Gestalten würden sich inmitten winziger Sonnen bewegen. Die Burschen hielten Stöcke in der Hand, die sie rhythmisch aufeinander schlugen, der uralte Tanz schien ihnen im Blut zu liegen.

Entzückt schaute Krysta zu. Da sie selbst leidenschaftlich gern tanzte, beobachtete sie endlich ein vertrautes Ereignis. Ähnliche Tänze hatte sie auch in Vestfold gesehen.

Hawk beobachtete ihre strahlenden Augen, die glühenden Wangen, und er freute sich, weil ihre düstere Stimmung offensichtlich verflogen war. Aber was sie so bedrückt hatte, wusste er noch immer nicht. Er wollte alle Schwierigkeiten meistern. Jetzt hatten sie lange genug nur *versucht*, einander kennen zu lernen. Das würde er ihr klar machen, aber nicht inmitten der ausgelassenen Leute, sondern unter vier Augen, in einem kostbaren privaten Moment.

Lächelnd betrachtete er das Meer und sehnte den nächsten Tag herbei.

10

Bevor Krysta die letzten Stufen zur Halle hinabstieg, schaute sie sich vorsichtig um. Glücklicherweise ließen sich weder Daria noch Vater Elbert blicken. Nachdem die Furcht erregende Lady gezwungenermaßen das Spektakel des Erntedankfests ertragen hatte, wenn auch nur aus der sicheren Entfernung ihres Zimmers, war sie zweifellos schlechter gelaunt denn je. Mit aller Macht würde sie versuchen, ihre einstige Position zurückzuerobern. Und in diesem Kampf würde die künftige Schwägerin die wichtigste Zielscheibe darstellen. Deshalb wollte sich Krysta möglichst unsichtbar machen. Während sie darüber nachdachte und einen Apfel verspeiste, kam Hawk in die Halle. »Ah, da bist

du ja, meine Liebe. Ich suche dich schon die ganze Zeit. Hast du gut geschlafen?«

Das würde sie nicht mit ihm erörtern. Nach dem Fest – und reichlichem Ale- und Honigweingenuss – waren viele Paare Hand in Hand in der Finsternis verschwunden, sogar der ehrenwerte Edvard und Aelfgyth. Obwohl Krysta das kleinliche Gefühl des Neides verabscheute, konnte sie sich nicht davon befreien. Diesem Kummer verdankte sie eine rastlose Nacht.

»Warum hast du mich gesucht?«, wich sie der Frage aus.

»Ich dachte, vielleicht möchtest du segeln.«

»Segeln? Mit dir?«

»Niemals würde ich dir vorschlagen, allein aufs Meer hinausfahren«, erwiderte er, einen sanften Tadel in der Stimme.

»Nein, natürlich nicht…« Verwirrt rang sie nach Atem und nahm einen neuen Anlauf, trotz ihrer rasenden Herzschläge. »O ja, ich würde sehr gern segeln, und ich weiß deine Einladung zu schätzen.«

Amüsiert über ihre förmliche Antwort grinste er. »Dann beeilen wir uns, ehe wir von unzähligen wohlmeinenden Leuten bestürmt werden, die uns mit unaufschiebbaren Angelegenheiten behelligen.«

Uns… Alle trüben Gedanken verflogen, und sie ergriff lachend die Hand, die er ihr reichte. Durch menschenleere Hintergassen erreichten sie den Kai und das Boot. Hawk half ihr an Bord, löste die Vertäuung und sprang ins Heck. Zwischen Fässern voller Salzheringe schlich eine Katze umher und beobachtete, wie der Kutter ablegte.

Hawk hisste das Segel, das sich sofort im Wind blähte. Eine Hand am Ruder, steuerte er das Boot in schneller Fahrt über die Wellen, in eine der geschützten Buchten.

Während Krysta neben ihm im Bug saß, sog sie die frische Meeresluft tief in ihre Lungen und hob das Gesicht zur Sonne empor. Viel zu lange hatte sie solche Freuden entbehrt und schmerzlich vermisst. Mit jeder Sekunde rückte der Kummer in

weitere Ferne. Entzückt sah sie die weißgoldene Kurve des Strandes vorbeigleiten. »Vom Pferderücken aus betrachtet, ist dein Land traumhaft schön, Hawk. Aber wenn ich's aus diesem Blickwinkel bewundere, gefällt's mir noch besser.«

»Also ziehst du eine Bootsfahrt einem Morgenritt vor?«, fragte er lächelnd.

»Darauf kannst du wetten.«

»Willst du das Ruder übernehmen?« Der Tag war klar, die Brise mild. Deshalb hegte Hawk keine Bedenken.

Erstaunt wandte sie sich zu ihm. »Das würdest du mir erlauben?«

»Solange das Boot nicht kentert. Lass dir zeigen, wie ...«

Bevor er zu Ende sprechen konnte, ergriff Krysta das Ruder. Ohne Zögern drehte sie den Kutter, so dass der Wind direkt von achtern heranwehte. Das Boot schien vorwärts zu springen. Zu Hawks Verblüffung kreuzte sie geschickt mit Backbordbug, quer zur Windrichtung. Dadurch drosselte sie das Tempo.

»Oh, du verstehst was vom Segeln«, murmelte er leicht verdrossen.

»Bei schönem Wetter bin ich entweder geschwommen oder gesegelt«, erklärte sie und fragte sich, ob sie zu viel gewagt hatte. Darum musste sie sich nicht sorgen, denn als sie ihrem Verlobten das Ruder wieder übergeben wollte, schüttelte er den Kopf.

»O nein, Lady, da du ausgezeichnet segelst, lehne ich mich lieber zurück und genieße die Fahrt.«

Skeptisch schaute sie ihn an, doch er blieb bei seinem Entschluss und streckte beide Arme aus, legte sie seitlich auf die Reling und wirkte völlig unbeschwert. Um diesen Eindruck zu verstärken, schloss er sogar die Augen. Aber er öffnete sie immer wieder, um Krysta zu beobachten, was ihr nicht entging.

»Da drüben erheben sich einige Felsen«, warnte er, kurz bevor Krysta den verräterischen Strudel über den großen, unter Wasser liegenden Steinen bemerkte. Mühelos steuerte sie den Kutter daran vorbei und segelte weiter nach Norden, die Küste

entlang. Viele Buchten und Meeresarme reihten sich aneinander, kleiner als in Vestfold, aber genauso schön. Da und dort reichten dichte Wälder bis ans Ufer heran, und manchmal entdeckte Krysta Lichtungen, die darauf hinwiesen, dass hier Menschen lebten. Sie überlegte, wie sehr sich diese beschauliche Landschaft von ihrer rauen Heimat unterschied. Zum ersten Mal entsann sie sich nicht, wann sie zuletzt an ihr Haus auf den Klippen gedacht hatte.

»Was bedrückt dich?«, fragte Hawk unvermittelt.

In die Gegenwart zurückgekehrt, schaute sie ihn überrascht an. »Nichts. Mir wurde nur der Kontrast zwischen dieser Gegend und Vestfold bewusst.«

Er zauderte, als wollte er das Thema fallen lassen. Stattdessen erwiderte er: »Ich meine nicht diesen Augenblick, sondern die letzten Tage. Seit Dragons Besuch bist du unglücklich.«

Beklommen schluckte sie und fand keine Worte.

»Leidest du an Heimweh? Hat dich seine Ankunft an das Land erinnert, das du verlassen musstest?«

»Nein, ich sehne mich nicht zurück.«

Seufzend strich er durch sein dichtes Haar. Vom Sonnenglanz auf seinem kastanienbraunen Haar abgelenkt, überhörte sie seine nächste Frage beinahe. »Dann bekümmert dich unsere bevorstehende Hochzeit?«

In wachsender Verwirrung schüttelte sie den Kopf. Warum versuchte er zu ergründen, was in ihr vorging? Dass er die falschen Schlüsse zog, verblüffte sie noch mehr. »Keineswegs, ich dachte eher, *du* würdest unsere Verlobung bereuen.«

»*Was?*«, rief er, seinerseits maßlos erstaunt. »Wie kommst du darauf?«

Verlegen wich sie seinem Blick aus und errötete.

Hawk betrachtete ihre schmalen Hände am Ruder, sah die weißen Fingerknöchel unter der zarten gebräunten Haut. Wie Seide würde sie sich anfühlen... Plötzlich kehrte eine Erinnerung zurück. Als er während der Gewitternacht in Krystas Bett

erwacht war, hatte er sie an seiner Seite gesehen. Im Licht eines Kohlenbeckens, das bei seiner Ankunft nicht geglüht hatte. *Also wusste sie Bescheid.*

»Nun begreife ich's…«, sagte er langsam. »Offenbar muss ich mich bei dir entschuldigen. Das hätte ich nicht tun dürfen.«

Verständnislos starrte sie ihn an. »Meinen wir ein und dasselbe? Die Nacht des Sturms…«

»… in der ich dein Bett mit dir geteilt habe. Aber ich tat dir nichts an. Wenn du verängstigt oder gekränkt warst, tut's mir wirklich Leid…« Er unterbrach sich und dachte wieder an das Kohlenbecken, das sie angezündet haben musste. Und dann hatte sie ihn gesehen. Warum war sie trotzdem in ihr Bett zurückgekehrt – splitternackt? Hatte sie versucht, ihn zu verführen. Mit sanfter Stimme fragte er: »Nun, Krysta, hattest du Angst? Warst du beleidigt? Oder wurdest du von anderen Gefühlen erfasst, die ich nicht erkannte?«

Über dem Lied des Sommerwinds konnte er ihre leise Antwort kaum hören. »Solche Gefühle würde eine echte, vornehme Lady niemals empfinden.«

Sein Nacken prickelte, wie schon so oft auf dem Schlachtfeld, wenn dicht hinter ihm ein Feind mit erhobener Streitaxt herangeschlichen war, um ihm den Schädel zu spalten. In solchen Situationen hatte er blitzschnell und gnadenlos gehandelt. Jetzt musste er behutsamer vorgehen. »Also glaubst du, eine Lady dürfte sich keine Gefühle erlauben?«

Bevor sie sich abwandte, warf sie ihm einen kurzen Blick zu. »Nur *schickliche* Gefühle – am rechten Ort, zur richtigen Zeit. Ansonsten muss sie sich zurückhalten.«

Hawk erinnerte sich an den Kuss im Stall und dankte dem Himmel für eine Braut, die unter gewissen Umständen keine Zurückhaltung übte. »Offenbar hast du ziemlich seltsame Vorstellungen von den Eigenschaften, die eine Lady ausmachen.« Seine Lippen verzogen sich zu einem breiten Grinsen, nachdem er herausgefunden hatte, was Krysta bedrückte. Nicht was er

getan, sondern was er unterlassen hatte. Welch ein Narr war er gewesen! Warum hatte er das nicht früher erkannt? Dann wären die letzten Tage für beide viel angenehmer verlaufen. Doch das ließ sich nicht mehr ändern. »Eine Lady ist eine vermögende Frau von edler Herkunft. Nicht mehr und nicht weniger. Wie es in ihrem Herzen aussieht, das hängt nicht damit zusammen.« Er neigte sich zu ihr und berührte ihre Hände, die das Ruder festhielten. »Ob sie ihrem Herzen folgen will oder nicht, das muss sie allein entscheiden, ganz egal, ob sie eine Lady ist oder nicht.«

Mit großen Augen schaute sie ihn an und protestierte nicht, als er das Boot in die Windrichtung steuerte. Das Segel bauschte sich und flatterte in der steifen Brise, die nahe der Küste wehte. Über ihren Köpfen kreisten Möwen. Ein aufgeschreckter Tümmler hob den Kopf aus den Wellen. Als Krysta eine kleine Insel herangleiten sah, stockte ihr Atem. Aber Hawks Hand umschloss ihre Finger noch fester. Ohne das Tempo zu drosseln, lenkte er den Kutter an der Insel vorbei. Die Brise sprang um. Das schien er vorauszusehen, denn er manövrierte das Boot fachkundig, und das Segel erschlaffte nicht einmal sekundenlang. Den Kurs so dicht am Wind zu halten, wagte Krysta nur selten. Damit beschwor man überflüssige Gefahren herauf, die ihr Bräutigam sichtlich genoss. Und ihr gefiel es genauso, wie sie verwundert feststellte. Noch nie hatte ihr eine Bootsfahrt so viel Freude bereitet. »Wurdest du jemals beim Segeln übertrumpft?«, fragte sie. Unter seiner warmen, starken Hand bebten ihre Finger.

Er lachte, und sie spürte, wie seine Brust an ihrem Rücken vibrierte. »Nur von Wolf und Dragon. Die Hälfte unserer Wettfahrten konnten die beiden gewinnen.« In seiner Stimme schwang tiefe Genugtuung mit. Zweifellos wusste er ebenbürtige Gegner zu würdigen. »Und wie hast du segeln gelernt?«

»Das brachte mir mein Vater bei. Jedes Mal, wenn er mich besuchte, fuhren wir aufs Meer hinaus.«

»Kam er oft zu dir?«

»Wann immer es seine Zeit erlaubte. Zwischen seinen Besuchen segelte ich allein – was ich ihm natürlich verschwieg. Sonst hätte er sich Sorgen gemacht.«

Vor Wolf Hakonsons eisernem Regiment war die Vestfold-Küste mehrmals von den Dänen angegriffen worden. Der Gedanke an die kleine Krysta, die in jenen gefährlichen Gewässern ihre Segelkünste erprobt hatte, jagte einen Schauer über Hawks Rücken. »Konnte dich denn niemand zügeln?«

Sie wandte den Kopf zu ihm und zuckte verstört zusammen, weil er ihr so nahe war. Ganz deutlich sah sie die feinen Fältchen in seinen Augenwinkeln und um seine Lippen, die glatt rasierte Haut, er roch nach Seife und Meer. Plötzlich wurde ihr Mund trocken. »Ich bin keine Stute, Hawk«, erwiderte sie sanft, »und ich lasse mich nicht zügeln.«

Jetzt ergriff er das Ruder mit beiden Händen, und sie war in seinen Armen gefangen. An ihrer Wange spürte sie seinen warmen Atem, der eine süße Sehnsucht weckte. »Dann muss ich andere Methoden anwenden«, flüsterte er. Nur sekundenlang verschloss ihr ein Kuss den Mund. Nun galt seine Aufmerksamkeit wieder dem Boot. Es dauerte eine Weile, bis sie merkte, dass sie an seiner Brust lehnte. Sofort versuchte sie, sich aufzurichten. Das verhinderte er, indem er sie noch fester umfing. Und sie wollte sich auch gar nicht befreien.

Vor einem abgeschiedenen goldenen Strand holte Hawk das Segel ein, sprang ins Wasser und zog den Kutter in den Sand. Krysta wollte ihm folgen, aber er umschlang ihre Taille, hob sie aus dem Boot und zog sie an sich. Die Berührung seines warmen, kraftvollen Körpers beschleunigte ihren Puls.

Langsam ließ er sie an sich hinabgleiten, bis ihre Füße im Sand landeten. Sie glaubte, er würde sie wieder küssen. Darauf wartete sie voller Ungeduld, was sie sich natürlich nicht eingestand. Abrupt ließ er sie los. »Bist du hungrig?«, fragte er und nahm einen kleinen Beutel aus dem Kutter.

War sie hungrig? Das wusste sie nicht. »Ja, vielleicht…« Woher stammte die Mahlzeit? Auf dem Weg zum Kai hatte er nichts bei sich getragen.

Als er ihre Verblüffung bemerkte, grinste er. »Ich habe Aelfgyth gebeten, ein Mittagessen für uns einzupacken.«

Gerührt über seine Aufmerksamkeit, lächelte Krysta, obwohl mittlerweile ganz Hawkforte wissen musste, wie Lord Hawk und seine Verlobte diesen Morgen verbrachten. In Vestfold war sie nur mit wenigen Menschen zusammen gewesen. Aber nachdem sie das geschäftige Leben und Treiben in der Festung kennen gelernt hatte, erschien ihr die Privatsphäre, die sie jetzt mit Hawk teilte, umso kostbarer.

Er breitete eine Decke im Sand aus und legte den Beutel darauf. Dann drehte er sich zu Krysta um, die reglos dastand und ihn beobachtete. »Ich beiße nicht«, beteuerte er.

Wie albern muss ich ihm vorkommen, dachte sie, und ihre Wangen erhitzten sich. Nicht zum ersten Mal überwältigte sie sein Anblick. So groß, so stark. Manchmal vergaß sie, in seiner Nähe zu atmen.

»Möchtest du schwimmen?«, fragte er.

Anscheinend wollte er ihr aus der Verlegenheit helfen. Wie viele andere Männer würden sich darum bemühen. Und wie viele würden ihre Pflichten vernachlässigen, um eine missgelaunte Braut zu besänftigen? Ihr Herz erwärmte sich, und sie lächelte beglückt. »Siehst du die kleine Insel da draußen?« Sie zeigte auf einen Felsblock, der aus den Wellen ragte, ein paar Hundert Fuß vom Strand entfernt. Als er nickte, griff sie nach der Verschnürung ihres Kleids. »Ich wette, ich bin zuerst dort.«

Verwundert blinzelte er, bevor er laut auflachte. »Diese Herausforderung nehme ich an. Worum wir wetten, besprechen wir später.«

Fröhlich stimmte sie in sein Gelächter ein und zog ihr Kleid aus. Sie glaubte, das Hemd würde ihre Blößen bedecken. Sie ahnte nicht, dass die Sonne durch den dünnen Stoff schien und

sich die Umrisse ihrer Gestalt deutlich darunter abzeichneten. Von diesem reizvollen Anblick gefesselt, zerrte Hawk immer noch an seinen Stiefeln, als Krysta bereits in den Wellen versank. Etwa fünfzig Fuß vom Ufer entfernt, tauchte sie auf und warf einen kurzen Blick zurück, ehe sie weiterschwamm.

Hawk zögerte nur kurz, ehe er aus seiner Tunika schlüpfte. Allmählich musste sie sich an seinen nackten Körper gewöhnen. Und da er wusste, wie gut sie schwimmen konnte, wollte er ihr keinen allzu großen Vorsprung gönnen. Beinahe hätte sie den Sieg errungen. Aber er holte sie ein, nutzte die überlegene Kraft seiner langen Beine und berührte den Felsen wenige Sekunden vor seiner Braut. »Du hättest gewinnen können.« Grinsend trat er Wasser und musterte ihre enttäuschte Miene. Dann zeigte er auf ihr Hemd, das sich im Wasser bauschte. »Das hat dich behindert.«

»Und deine Tunika?« Zu spät erkannte sie ihren Fehler, und er lachte über ihr heftiges Erröten. Seite an Seite schwammen sie zurück. Kurz bevor sie den Strand erreichten, hielt Krysta plötzlich inne.

Auch Hawk blieb stehen. Die Wellen umspülten seine Taille. »Stimmt was nicht?«

»Alles in Ordnung. Aber ich möchte mein Bad noch ein bisschen genießen.«

Was sie dazu bewog, erriet er mühelos. Unter dem feinen Leinen ihres Hemds, im Wasser völlig durchsichtig, sah er ihre glatte, rosige Haut. Wenn sie aus dem Wasser watete, würde der nasse Stoff an ihrem Körper kleben und alles enthüllen. Um ihre Absicht zu ergründen, musste er nur kurz in ihr Gesicht schauen – Krysta würde sich nicht von der Stelle rühren, bis sie erfror.

Seufzend erinnerte er sich an seine früheren unkomplizierten Beziehungen zu den Frauen. Diese Gedanken verbannte er sofort und ging an Land. Hinter seinem Rücken hörte er sie nach Luft schnappen. Doch er drehte sich nicht um. Mit seinem un-

befangenen Verhalten wollte er ihr zeigen, dass seine Nacktheit etwas ganz Natürliches war.

Ohne sich abzutrocknen – die Luft war warm genug – ergriff er die Decke und kehrte zum Wasserrand zurück. »Komm heraus«, bat er sanft und hielt die Decke hoch.

Ganz langsam, ohne ihn aus den Augen zu lassen, erhob sie sich, die Arme vor den Brüsten verschränkt. Ihr Haar hing über die Schultern, eine lange glatte Mähne. Zögernd machte sie einen Schritt in Hawks Richtung. Dann noch einen. Bald würde er sie in die Decke hüllen. Was er danach tun würde, wusste er nicht genau. Seine Erfahrungen mit Jungfrauen ließen zu wünschen übrig. Im Gegensatz zu anderen Männern hatten sie ihn nie interessiert. Seit der Hochzeitsnacht mit seiner ersten Gemahlin bevorzugte er Frauen, die ihre Unschuld längst verloren hatten. Aber Krysta war – anders. Oder *er* hatte sich verändert. So genau wusste er das nicht. Jedenfalls erregte sie seltsame, widersprüchliche Gefühle in seinem Herzen. Verlangen, gewiss, aber auch Zärtlichkeit. Solche sanften Emotionen waren ihm fremd. Wie sollte er damit umgehen? Er konnte nur versuchen, sein Bestes zu tun.

So wartete er geduldig, bis sie zu ihm kommen, ihren Körper in die Decke wickeln und ihm das Problem aufbürden würde, ihre flatternden Nerven zu beschwichtigen, ihr Vertrauen zu gewinnen. Das tat sie nicht. Sie ging zu ihm und ergriff den Rand der Decke. Aber statt ihre Blößen zu verhüllen, überraschte sie ihn wieder einmal. Daran sollte ich mich allmählich gewöhnen, dachte er. Und dann dachte er gar nichts mehr. Wie gebannt beobachtete er Krysta. Mit geschickten, anmutigen Bewegungen faltete sie die Decke zusammen und gab sie ihm zurück. Ihre Wangen färbten sich rosig, aber sie hielt seinem Blick stand, bevor sie den Saum ihres Hemds ergriff und es über ihren Kopf zog. »Du hast Recht«, sagte sie und schüttelte ihr wundervolles Haar. »Ohne mein Hemd hätte ich den Wettkampf gewonnen.«

»Dafür hast du was anderes gewonnen«, flüsterte er und

nahm sie in die Arme. Ihr Mut faszinierte ihn ebenso wie ihre Schönheit. Und ihre Aufrichtigkeit rührte ihn zutiefst. Ja, sie war ehrlich genug, um ihre Leidenschaft zu offenbaren, die all ihre Ängste bezwang. Da wollte Hawk seine eigene Begierde nicht länger verhehlen.

Als er Krysta auf die Decke bettete, zitterte sie und redete sich ein, es würde am kalten Wasser liegen, durch das sie geschwommen war. Doch sie wusste es besser. Sie bebte vor Erregung, und in dieses Gefühl mischte sich die Angst, die ihr das Mysterium eines Mannes einflößte. War Hawk wirklich so geheimnisvoll? Ohne Scheu betrachtete sie ihn, bevor er auf sie herabsank. Durch ihre Adern strömten heiße Wellen. Von einem plötzlichen Impuls getrieben, dem sie nicht widerstehen konnte, umschlang sie seinen Hals.

Stöhnend drückte er sie an sich. Sobald sie seine Haut an ihrer spürte, gewann sie den seltsamen Eindruck heimzukehren, sie seufzte leise. Ihre Atemzüge vereinten sich, die Lippen verschmolzen, Krysta schmeckte Hawks Mund, und ihrer wurde hungrig erforscht. Diesmal erlebte sie die neuen Entdeckungen noch intensiver als damals im Stall. Ihr Bräutigam umgab sie mit seiner Wärme und Fürsorge. Um sie nicht mit seinem Gewicht zu belasten, stützte er sich auf seine Ellbogen, bis sie ihn herabzog, weil sie seine ganze Kraft genießen wollte.

Seine Hand wanderte über ihren Körper, erkundete die vollen Brüste, die schmale Taille, den Schwung ihrer Hüften. Dann umkreiste sein Daumen eine Brustwarze. Aus Krystas Kehle drang ein halb erstickter Laut, und sie presste sich noch fester an ihn. Ihre Leidenschaft beglückte ihn. Eine solche Frau in den Armen zu halten – eine Jungfrau, seine Verlobte –, übertraf seine kühnsten Träume. Nur sekundenlang erinnerte er sich an seine enttäuschende erste Hochzeitsnacht. Dann verbannte maßlose Erleichterung diese unerquicklichen Gedanken.

In wachsender Glut küsste er seine Braut. Er hatte beschlos-

sen, behutsam vorzugehen und sich viel Zeit zu nehmen, alles zu tun, um ihr Freude zu bereiten. Aber jetzt versagte ihm sein Verstand den Dienst, und er vergaß die geplante Zurückhaltung. Vielleicht, wenn Krysta sich passiv verhalten würde... Nein, diesen Gefallen erwies sie ihm nicht, und er wollte es auch gar nicht. Aufreizend wand sie ihre Hüften umher und streichelte seinen Rücken.

Trotz seiner drängenden Lust beherrschte er sich, denn er wollte zunächst ihren Körper kennen lernen. Und so richtete er sich auf. Ihre hoch angesetzten, runden Brüste passten perfekt in seine Hände. Darunter betonten schwache Schatten ihre Rippen. Sein Mund liebkoste ihren glatten Bauch. Da rang sie nach Luft, zerrte an seinen Haaren und entlockte ihm leises Gelächter, das in ein Stöhnen überging, als er das Zentrum ihrer Weiblichkeit kostete. Krysta versteifte sich in seinen Armen. Beide Hände gegen seine Schultern gestemmt, versuchte sie ihn wegzuschieben. Doch im nächsten Moment schmolz sie dahin und senkte die Lider, schrie leise auf und entspannte sich.

Nach einer Weile öffnete sie die Augen und starrte zum blauen Himmel hinauf, ohne ihn wahrzunehmen, hörte nur die Schläge ihres eigenen Herzens, fühlte die Vibrationen einer Ekstase, von deren Existenz sie nichts geahnt hatte. Hawk erhob sich und kniete über ihr.

Den Himmel und die Sonne hatte sie nicht gesehen – aber *ihn* sah sie, diesen starken, leidenschaftlichen und zugleich so rücksichtsvollen Mann. Mühelos könnte er sie überwältigen. Stattdessen wartete er und schaute sie fragend an.

Sie zögerte nur kurz. Den Kopf zur Seite gewandt, lauschte sie dem Echo ihres jungfräulichen Entzückens nach, für das sie keinen Preis gezahlt hatte. Nein, es genügte nicht. Sie berührte seine Schultern, die breite Brust, den flachen Bauch. Ganz sanft umfasste sie die Hitze seiner pulsierenden Männlichkeit. In ihrem Innern erwachte eine wilde Freude. Bereitwillig spreizte sie die Beine, und er glitt zwischen ihre Schenkel.

»Krysta …« So langsam, wie er ihren Namen aussprach, wagte er sich vor. Unverwandt schauten sie einander in die Augen. Während er die Barriere ihrer Jungfräulichkeit durchstieß, zuckte er so heftig zusammen wie sie, als würde er den gleichen Schmerz empfinden. Das bemerkte sie, und sie öffnete ihm nicht nur ihren Körper, sondern auch ihr Herz. Ganz fest drückte sie seinen Kopf an ihre Brust und ließ sich ins Reich der Sinnenlust entführen.

Interessant, dachte Hawk. So viele Herausforderungen hatte er in seinem Leben angenommen, so viele Abenteuer bestanden und nie gewusst, zu welchen Gefühlen er fähig war. Sicher, er kannte die Freuden, die diese Welt einem Mann bieten konnte. Aber Freude – mit diesem Wort konnte man die aufwühlende Ekstase wohl kaum beschreiben, aus deren Tiefen er nur langsam aufgetaucht war. Ein Wunder, dass er schon wieder halbwegs klar denken konnte. Eine Zeit lang hatte er befürchtet, er würde für immer den Verstand verlieren. Er wandte sich zu Krysta. Die Augen geschlossen, lag sie an seiner Seite und lächelte, sichtlich zufrieden mit sich selbst – und mit ihm.

Als sein Finger über ihre seidige Wange strich, hob sie die Lider. »Ich habe was für dich«, verkündete er. Überrascht beobachtete sie, wie er etwas aus seinem Beutel nahm und in seiner Hand verbarg. »Mach die Augen zu.«

Sie gehorchte, spähte aber durch die gesenkten Wimpern.

»Nicht schwindeln!«, mahnte er und wartete, bis sie die Augen fest zusammenkniff.

Irgendetwas kitzelte ihre Nase, und sie wischte es weg. Ein paar Sekunden später spürte sie es wieder. Warum dauerte es so lange, bis sie die Augen öffnen durfte? Was Hawk ihr schenken würde, spielte keine Rolle. Dass er überhaupt auf solche Ideen kam, war viel wichtiger und erhöhte ihr Glück. Die Sinne nach dem Liebesgenuss immer noch leicht benommen, fragte sie sich, ob sie diese zusätzliche Freude ertragen könnte.

Was juckte sie dauernd an der Nase? Sie vergaß seinen Befehl, blinzelte und ihr Atem stockte. Vor ihrem Gesicht baumelte ein samtenes Haarband, grün wie ihre Augen. »O Hawk…«

Das reine Entzücken in ihrer Stimme schnürte ihm beinahe die Kehle zu. Wann hatte sie zum letzten Mal ein Geschenk erhalten? Offenbar schon lange nicht mehr. Nun war er doppelt froh, weil er Thorgolds Rat befolgt hatte. Hingerissen ließ sie das Band zwischen den Fingern hindurchgleiten und starrte es an, als hätte sie nie zuvor etwas Schöneres gesehen. Er griff wieder in den Beutel und holte weitere Haarbänder hervor, in allen Farben, aus Brokat und Seide, bestickt und mit Juwelen besetzt, und sie rieselten auf Krysta hinab wie Fragmente eines Regenbogens.

Lachend versuchte sie, alle einzufangen, während sie auf ihre Brüste, den Bauch und die schlanken Schenkel fielen, in ihre Locken und rings um ihren Kopf herum. Dann schaute sie ihn an. In ihren strahlenden Augen las er eine Dankbarkeit, die den Eindruck weckte, er hätte ihr die Welt geschenkt. Und da glaubte er sogar, das würde ihm tatsächlich gelingen.

Sie blieben noch lange am Strand, aßen die Mahlzeit, die Aelfgyth eingepackt hatte, und schwammen wieder im Meer. Ungehemmt gaben sie dem Verlangen nach Küssen und Liebkosungen nach. Mit der Sprache ihrer zärtlichen Lippen und Hände konnten sich Worte nicht messen. Übermütig neckten sie einander und lachten, schauten sich tief in die Augen und brachen in neues Gelächter aus. Möwen schnellten heran und schnappten nach den Brotkrumen, die sie ihnen zuwarfen, Schnepfenvögel eilten herbei und forderten ihren Anteil an der Beute. Als sie ein drittes Mal aus dem Meer wateten, entdeckten sie einen Strauch voller Brombeeren und verspeisten sie heißhungrig, bis die Küsse nach den süßen, saftigen Sommerfrüchten schmeckten.

»Einen solchen Tag habe ich noch nie erlebt«, flüsterte Krysta. Sie lag auf Hawk, den Kopf an seine breite Schulter geschmiegt, und das kurze Kraushaar seiner Brust streichelte ihre

Wange. Vor lauter Glück tat ihr das Herz weh. »Am liebsten möchte ich die Sonne mit einer goldenen Schnur einfangen und am Himmel festhalten, damit sie nie mehr untergeht.«

»Auch die Nacht hat ihre Vorzüge«, erwiderte er und malte sich aus, wie Krysta in seinem Bett liegen und in den langen Stunden der Dunkelheit seine Leidenschaft teilen würde.

Am Spätnachmittag segelten sie nach Hawkforte zurück, ganz langsam, um die Zweisamkeit noch ein wenig auszukosten. Als sie den Hafen erblickten, brannten bereits mehrere Fackeln am Kai, und die ersten schwachen Sterne funkelten in der Dämmerung.

Und dann sahen sie das Wikingerschiff, das neben einer Landebrücke ankerte, mit zerbrochenem Bug. Am schiefen Mast hing ein zerrissenes Segel.

»Da ist jemand in Schwierigkeiten geraten«, meinte Hawk. »Offenbar hat das Unwetter, das hier vorbeizog, weiter nördlich viel schlimmeren Schaden angerichtet.«

»Ja, wahrscheinlich ...«, stimmte Krysta geistesabwesend zu. Ihre ganze Aufmerksamkeit galt dem Schiff. Während sie näher heransegelten, verstärkte sich ihre böse Ahnung. Irgendwo hatte sie diesen wuchtigen Drachenkopf am geschwungenen Bug schon einmal gesehen. »Ich bin mir nicht sicher. Aber ...«

Plötzlich verstummte sie, denn während der Kutter die Anlegestelle erreichte, sah sie weiter oben am Kai einen mittelgroßen Mann stehen. Die schmalen, gebeugten Schultern, das mausbraune strähnige Haar und das bleiche Gesicht waren unverwechselbar. Mit einer Hand hielt er seinen Umhang am Hals zusammen, mit der anderen gestikulierte er heftig vor der Nase des jungen Verwalters herum, der ihn anscheinend zu beruhigen suchte.

Als Hawk von Bord ging und das Boot vertäute, entdeckte ihn der Mann, wehrte Edvard ab, der ihn zurückhalten wollte, und eilte herbei. In unerschütterlichem Selbstvertrauen nahm er die verächtlichen Blicke der Leute, die sich am Kai aufhielten,

gar nicht wahr. Auch seine eigene Besatzung beobachtete ihn voller Hohn. »Da seid Ihr ja endlich! Ich trotze dem schlimmsten Sturm des Jahrhunderts, ertrinke beinahe, dann komme ich hier an, und Euer Diener erzählt mir, er wisse nicht, wo Ihr seid!«

Die Brauen hochgezogen, musterte Hawk den Neuankömmling. »Wie ich annehme, habt Ihr einen Namen.«

Ehe der Mann antworten konnte, stieg Krysta aus dem Boot und stellte sich neben Hawk. »Das ist mein Halbbruder.«

In Svens Augen funkelte wilder Hass. Wütend stürmte er zu ihr. Dabei verfingen sich seine Beine in den Falten des langen Umhangs. Beinahe strauchelte er. »Elendes Biest!«, schrie er. »Was fällt dir ein? Unsere Familie zu entehren und in Gefahr zu bringen! Dich werde ich noch lehren …«

Hawk sprang vor und schob Krysta hinter seinen Rücken, packte ihren Bruder am Kragen und hob ihn hoch. Hilflos trat Sven in die leere Luft, und sein Gesicht färbte sich so feuerrot wie seine Tunika, deren Ausschnitt seinen Hals immer enger umspannte. »Wisst Ihr, mit wem Ihr sprecht, verdammter Narr?«

Halb furchtsam, halb empört starrte Sven den Herrn von Hawkforte an. »Natürlich kenne ich diese Frau«, würgte er hervor. »Aber *Ihr* scheint nicht einmal zu ahnen, wer sie ist!«

11

»Dieser Trottel!«, seufzte Hawk und streckte sich auf Krystas Bett aus.

Nach der Szene am Kai hatte er sich geweigert, seine Braut allein zu lassen. Die Hände hinter dem Kopf verschränkt, wirkte er völlig entspannt. Nur in seinen Augen glühte mörderischer Zorn. Krysta spähte über den Rand eines Wandschirms hinweg. Dahinter zog sie sich für das Abendessen um, seit sie den Versuch aufgegeben hatte, Hawk aus dem Zimmer zu schicken.

Allzu eifrig hatte sie sich nicht darum bemüht, und das beunruhigte ihn. Sie erschien ihm niedergeschlagen, ihr sonst so lebhafter Geist ermattet. Nur wegen ihres verdammten Halbbruders! Einige Sekunden lang erwog er mehrere Methoden, den Kerl umzubringen. Natürlich war das sinnlos, aber bei diesen Gedanken fühlte er sich etwas besser.

»Dragon nannte ihn einen Schwachkopf und Taugenichts«, fügte er hinzu. »Damit hatte er völlig Recht. Svens eigene Leute erzählen jedem, der zuhören will, das Schiff sei nur in ein paar Böen geraten, keineswegs in einen bedrohlichen Sturm, und nur seine Dummheit habe sie in diese Lage gebracht.« Das wusste er von Aelfgyth. Vorhin war sie mit heißem Wasser und Honiggebäck ins Zimmer geeilt, hatte ihre Herrin liebevoll umarmt und Hawk flüsternd über die Ereignisse informiert. Diese junge Frau muss Edvard bald heiraten, entschied er. Das hat sie verdient.

Nun trat Krysta hinter dem Wandschirm hervor, in einem schlichten braunen Kleid. Normalerweise bevorzugte sie am Abend eine elegante Garderobe. Ihr Haar hatte sie zu zwei dicken Zöpfen geflochten.

Als Hawk die Angst in ihren Augen bemerkte, unterdrückte er einen Fluch, aber er verbarg seine Sorge. »Hör mal, Schätzchen, für deine Verwandtschaft kannst du nichts«, sagte er leichthin. »Ich muss mich ja auch mit Daria herumschlagen. Und ich bin der Letzte, der einen Stein auf jemanden werfen würde, nur weil er mit unangenehmen Leuten verwandt ist.«

»Daran liegt es nicht«, erwiderte sie leise, ohne nähere Erklärungen abzugeben.

Hawk erhob sich vom Bett, ging zu ihr, und sie wollte sich abwenden. Aber er umfasste ihre Schultern und hielt sie fest. »Um Himmels willen, woran denn sonst? Soll er vor unserer Hochzeit abreisen? Gut, bei der nächsten Ebbe wird er verschwinden. Glaub mir, er ist unwichtig. Ich verstehe nicht, was dich bedrückt.«

»Hast du ihm nicht zugehört? Er kennt mich. Und du hast keine Ahnung, wer und was ich bin.«

»Das hat er lauthals bekannt gegeben. Ein Biest. Aber es bedeutet nichts. Es sei denn, du willst mir mitteilen, dass du nicht Lady Krysta von Vestfold bist...« Plötzlich schöpfte er einen erschreckenden Verdacht. »Großer Gott, bist du in Wirklichkeit ihre Magd?« Seine Gedanken überschlugen sich. Wie sollte er die Probleme lösen, die sich unweigerlich einstellen würden, wenn er darauf bestand, eine Dienerin zu heiraten? Glücklicherweise war diese Frage überflüssig.

»Nein, natürlich nicht, ich bin Lady Krysta. Trotzdem sollten wir herausfinden, was Sven hierher geführt hat. Er legt großen Wert auf seine Bequemlichkeit. Nur wenn's unbedingt nötig ist, verlässt er sein Schloss. Und nun hat er diese weite Reise unternommen. Warum?«

»Wenn er halbwegs bei Verstand wäre, würde ich sagen, um uns zu beglückwünschen.«

»Ganz sicher nicht. Nach dem Tod unseres Vaters kam er in mein Haus.« Bei dieser Erinnerung erschauerte sie. »Wie er mir unmissverständlich erklärte, ärgerte er sich maßlos über Vaters zweite Ehe und ließ mich seine Verachtung deutlich spüren. Wer weiß, was mir widerfahren wäre, hätte mich der Jarl von Sciringesheal nicht zu deiner Braut bestimmt. Nicht einmal Sven wäre dumm genug, um sich gegen Wolf Hakonson zu stellen. Aber ich fürchte, nun hat er irgendwas vor. Obwohl er kein Ausbund an Klugheit ist, kann er beträchtlichen Schaden anrichten.«

»Da irrst du dich. Er wird dir nichts zu Leide tun.«

In ihren Augen glänzten Tränen, und Hawk musste erneut einen Fluch unterdrücken. Behutsam entwirrte er ihre Zöpfe und strich durch die goldene Lockenfülle. Dann reichte er ihr das kostbarste, mit Juwelen verzierte Haarband. »Das sollst du heute Abend tragen, um mich zu erfreuen.«

Was er beabsichtigte, verstand Krysta. Entschlossen eilte sie wieder hinter den Wandschirm und vertauschte das schmuck-

lose braune Kleid mit jenem schönen Gespinst aus Sonnenlicht und Meeresschaum, das sie am Abend ihrer Entlarvung angezogen hatte. Das Gewand ihrer Mutter würde ihr Kraft geben. Und als sie sich ihrem Bräutigam zeigte, machte ihr auch die Bewunderung in seinem Blick ein wenig Mut.

Hocherhobenen Hauptes stieg sie an seiner Seite die Stufen zur Halle hinab, wo sich die Leute bereits versammelt hatten, und verbarg ihre Sorge. Das Stimmengewirr verstummte, erwartungsvolles Schweigen breitete sich aus.

Kurz nachdem Hawk und Krysta ihre Plätze an der herrschaftlichen Tafel eingenommen hatten, erschien Sven von Daria begleitet, die ungewöhnlich zufrieden wirkte. Vater Elbert folgte den beiden und bemühte sich vergebens, seine übliche geheuchelte Frömmigkeit auszustrahlen, die den Anschein erwecken sollte, er wäre der Welt entrückt. Heute glühten hektische rote Flecken auf seinen Wangen.

Entgegen allen Regeln der Gastfreundschaft stand Hawk nicht auf, um den Besucher zu begrüßen. Nicht einmal Edvard rührte sich von der Stelle. Unter anderen Umständen hätte er dem Herrn von Vestfold einen Stuhl an der großen Tafel angeboten oder das Personal angewiesen, ihn zu bedienen. Stattdessen blieb er hinter Hawks Thron stehen, die Arme grimmig vor der Brust verschränkt.

»Habt Ihr Euch inzwischen erholt?«, fragte Hawk kühl.

Sein Tonfall ließ Sven erstarren. Ein paar Schritte von der Haupttafel entfernt, hielt er inne, setzte eine ausdrucksvolle Leidensmiene auf und erwiderte mit hoher, schriller Stimme: »Einigermaßen, nach allem, was ich durchgemacht habe. Erst musste ich mich vor dem Jarl für das Verschwinden meiner Halbschwester rechtfertigen, dann erfuhr ich, sie sei in der Verkleidung einer Dienerin hier eingetroffen. Wie ich sehe, habt Ihr diesem Unfug ein Ende bereitet, Lord Hawk. Dazu gratuliere ich Euch. Aber ich verstehe nicht, warum sie den Ehrenplatz an Eurer Seite einnimmt.«

»Weil sie meine Verlobte ist«, erläuterte Hawk langsam und geduldig, als würde er mit einem begriffsstutzigen Kind reden. Mehrere Leute kicherten belustigt, nachdem Seine Lordschaft angedeutet hatte, wie er den Verstand des Gastes einschätzte.

Aber Sven antwortete unbeirrt: »Das *war* sie, Hawk of Essex. Da sie unsere Familie entehrt hat, eignet sie sich nicht zur Braut eines vornehmen Mannes.«

»Offenbar habt Ihr Euer Hirn – oder was Ihr dafür haltet – nicht auf Eure Reise zu dieser Küste mitgenommen.«

Am Königshof von Winchester erzitterten mächtige Ritter, wenn sie diese Donnerstimme hörten, denn sie kannten die Gefahr, die Hawks Zorn heraufbeschwor. Von solchen Erwägungen unbehelligt, zuckte Sven die schmalen Schultern. »Beleidigt mich, so viel Ihr wollt, das macht keinen Unterschied. Eigentlich solltet Ihr mir danken, weil ich Euch Schlimmeres erspare.« Mit einer dramatischen Geste wies er auf Krysta und verkündete: »Diese Frau ist ein Wechselbalg!«

Alle Anwesenden schnappten nach Luft und reckten die Hälse, um zu beobachten, was nach dieser ungeheuren Behauptung geschehen würde.

Etwas verspätet merkte Sven, dass er sich im Ton vergriffen hatte. Mit etwas sanfterer Stimme fuhr er fort: »Bevor Ihr mir widersprecht, hört Euch die Geschichte an. Krystas Mutter war eine Hexe, die meinen armen, von allen guten Geistern verlassenen Vater verführte und ihm ein Kind gebar. Beinahe starb er vor Scham, und er versteckte sie in einem abgeschiedenen Haus. Da wir ihn nach wie vor respektierten, hüteten wir das Geheimnis. Niemals hätte ich erwartet, meine Halbschwester könnte die Aufmerksamkeit eines mächtigen Mannes wie Wolf Hakonson erregen, geschweige denn, er würde auch nur sekundenlang ihre Verlobung mit seinem Schwager in Betracht ziehen. Aber er erfuhr von ihrer Existenz und bestand darauf, sie kennen zu lernen. Bei dieser Begegnung entschied er, sie würde sich zu Eurer Braut eignen, Hawk of Essex. Das wollte ich ihm ausreden.

Aber er interessierte sich nur mehr für die Mitgift. Nun, das steht nicht mehr zur Debatte. Von Rechts wegen besitzt sie keinen Anteil am Erbe unseres Vaters. Und sie verdient auch gar nichts, woran angesichts ihres Benehmens in letzter Zeit niemand zweifeln dürfte. Grämt Euch nicht, Lord Hawk, für Euch wird sich eine andere Braut finden. Allerdings«, fügte der bedauernswerte Narr hinzu, »ist keine meiner richtigen Schwestern heiratsfähig.« Er warf einen kurzen Blick auf Daria. »Um Euren Namen und Euer Bett zu ehren, bedarf es einer Lady von echtem Wert.« Jetzt starrte er Krysta an. »Eine solche Dame würde Euch *menschliche* Kinder schenken – keine Wechselbälger, die von Fabelwesen aus dem Meer abstammen.«

»Tod und Teufel!«, schrie Hawk und sprang auf.

Erst jetzt bekam es Sven mit der Angst zu tun. Hastig verschanzte er sich hinter Daria und dem Priester. »O ja, verflucht mich nur! Aber die Zeit wird mir Recht geben. Seht sie doch an! Sie ist keine Lady. Und sie wird nie eine sein. Ich verstoße sie aus meiner Familie und erkenne ihr den Anspruch auf eine Mitgift ab. Soll sie in Zukunft das Dasein der Dienerin fristen, für die sie sich ausgab, nein, einer Sklavin …«

»Haltet den Mund. Ist Euch Euer Leben so wenig wert? Bei Gott, ich schwöre …« Hawk umfasste den Griff seines Schwerts.

»Nein!«, rief Krysta und berührte seine Hand. »Willst du ihn töten und alle Hoffnung auf Frieden zwischen unseren Völkern begraben? Wenn ein norwegischer Aristokrat in deiner Halle stirbt, wird dich kein anderer mit seiner Schwester oder Tochter vermählen.«

»Das ist auch gar nicht nötig. Denn ich werde dich heiraten! Der Narr hat's nur auf deine Mitgift abgesehen und ein Märchen erfunden, weil er sich einbildet, ich würde diesen Unsinn für bare Münze nehmen und die Verlobung lösen.«

»O nein, ich habe kein Märchen erzählt«, verteidigte sich Sven gekränkt, »sondern die reine Wahrheit. Nicht einmal Krysta wird das bestreiten.« Zu seiner Halbschwester gewandt, fauchte

er: »Glaub bloß nicht, du dürftest mit mir heimkehren! Nie wieder wirst du einen Fuß auf das Land meines Vaters setzen. Behaltet sie, Lord Hawk, und macht mit ihr, was Euch beliebt. Ich überlasse sie Euch nur zu gern. Nachdem ich Euch erklärt habe, wer und was sie ist, werdet Ihr sie zweifellos für ihre Dreistigkeit bestrafen, und Ihr solltet keine Zeit verlieren.«

»Unerträglicher, hochnäsiger Kerl! Einzig und allein *Euch* möchte ich strafen. Falls Ihr Eure Haut retten wollt, geht mir aus den Augen!«

Endlich erkannte Sven, dass er die Grenzen überschritten hatte. Oder vielleicht wiesen ihn Daria und Vater Elbert, die an seinen Ärmeln zupften, auf die Gefahr hin. Mit vereinten Kräften zerrten sie ihn aus der Halle. Aber wie seine Miene verriet, fühlte er sich immer noch beleidigt, weil Hawk of Essex die Neuigkeiten nicht mit gebührender Dankbarkeit zur Kenntnis nahm.

»Entfernt diesen jämmerlichen Schuft von meiner Küste, Edvard«, befahl Hawk.

»Morgen früh wechseln die Gezeiten, Mylord, dann wird er verschwinden.« Nach einer bedeutungsvollen Pause gab der Verwalter zu bedenken: »Falls sich genug Leute finden, um sein Schiff zu bemannen. Anscheinend will ein Großteil seiner Besatzung nicht mehr für ihn arbeiten.«

»Gebt den Norwegern genug Geld, so dass sich ihre Mühe lohnen wird, und sagt ihnen, sie sollen ihn an Bord anketten, wenn er Ärger macht.«

Grinsend eilte Edvard davon, um den Auftrag auszuführen.

Nachdem die unangenehme Szene überstanden war, setzte sich Hawk wieder und musterte Krysta. Leichenblass und sichtlich verzweifelt saß sie neben ihm. Ihre Lippen zitterten. Mit rastlosen Fingern trommelte sie auf die Armstützen ihres Stuhls. Er bedeutete den Dienstboten, die Mahlzeit zu servieren, dann neigte er sich zu seiner Braut. »Vergiss ihn, er spielt keine Rolle«, flüsterte er. »Morgen werden wir heiraten.«

»Unmöglich!«, protestierte sie verwirrt. »Hast du nicht ge-

hört, was Sven angekündigt hat? Er will mir meine Mitgift vorenthalten.«

»Und wenn schon? Deine Mitgift ist der Friede, den unsere Ehe festigen wird. Nur darauf kommt es an.«

»Wie kannst du so etwas behaupten? Hast du mir nicht selbst erklärt, eine Lady sei eine Frau von edler Herkunft, die ein Vermögen besitzt? Weder das eine noch das andere habe ich zu bieten. Und vielleicht würde unsere Ehe dem Frieden gar nichts nützen.«

»Jedenfalls heirate ich die Frau, für die ich mich entschieden habe.« Eindringlich starrte er sie an, als wollte er sie vor einem Widerspruch warnen.

»Das sagst du jetzt. Aber was wirst du später denken?«

»Dass ich richtig gehandelt habe. Überleg doch, was mit deinem schwachsinnigen Halbbruder geschehen wird, wenn Wolf von seinem peinlichen Auftritt in meiner Festung erfährt. Diese Neuigkeit wird ein schnelles Schiff nach Sciringesheal bringen. Das verspreche ich dir. Um mich für die Beleidigung zu entschädigen, muss der verdammte Narr nicht nur deine Mitgift auszahlen, sondern auch einen Teil seines Erbes.«

»Glaubst du, der Jarl wird immer noch auf unserer Hochzeit bestehen, wenn er Svens Geschichte gehört hat?«

»Meinst du das Märchen vom Wechselbalg? So was Verrücktes würde mein Schwager niemals ernst nehmen.«

»Und wenn es stimmt? Bedenk doch, was es für dich bedeuten würde – und für deine Nachkommen!«

Obwohl sie mit leiser Stimme sprach, gellten ihre Worte wie Donnerhall in seinen Ohren. »Soll das ein Scherz sein? Vielleicht hast du in deiner Kindheit irgendwelchen mystischen Blödsinn aufgeschnappt. Aber jetzt bist du erwachsen und müsstest wissen, dass es keine Hexen oder Fabelwesen gibt.«

»Als Dragon von jenem Skelkie erzählte, hast du dich über die Geschichte gewundert, aber nicht erklärt, solche Dinge würde es nicht geben.«

»An jenem Abend wollte Dragon uns einfach nur amüsieren. Und er hat nicht gesagt, jene Ereignisse hätten sich tatsächlich zugetragen.«

Krysta schaute zu dem Tisch hinüber, an dem Raven saß. Ohne zu blinzeln, erwiderte die alte Frau ihren Blick, mit dunklen glänzenden Augen. Auch Thorgold würde sich irgendwo in der Nähe aufhalten, es sei denn, er hätte sich unter seiner Lieblingsbrücke verkrochen, um seinen Kummer ungestört in Ale zu ertränken. »Du hast meine Dienstboten gesehen, Hawk.«

»Gewiss, die beiden sind dir treu ergeben. Was ist mit ihnen?«

»Findest du sie nicht – ungewöhnlich?«

»Manchmal erschien mir sogar die aufgehende Sonne ungewöhnlich, weil ich gedacht hatte, ich würde den nächsten Morgen nicht erleben. Ich musste jahrelang kämpfen, Tag für Tag. Und jetzt staune ich immer noch, wenn ich erwache und nichts anderes zu tun habe, als für meine Leute und mein Land zu sorgen.« Er beugte sich noch näher zu ihr, und seine Stimme glich einer Liebkosung. »Weißt du, was noch viel ungewöhnlicher ist? Eine Frau zu umarmen, die mir das Gefühl gibt, *alles* wäre möglich. Und nun soll ich mich wegen deiner *Dienstboten* aufregen, wer immer sie auch sind?«

Krystas Kehle war wie zugeschnürt, und sie fürchtete, sie würde kein Wort hervorbringen. Trotzdem versuchte sie's. Hawk übertraf alles, was sie jemals ersehnt hatte. Und weil in ihrem Herzen eine tiefe Liebe zu ihm gewachsen war, musste sie ihn von seinem Eheversprechen entbinden. »Ich werde dich nicht heiraten.«

Da erblasste der Mann, der schreienden Dänenhorden gegenübergetreten war, ohne mit der Wimper zu zucken. Krachend stellte er seinen Weinkelch auf den Tisch. In der Halle entstand drückende Stille. Das bemerkte er nicht, überwältigt von... Was empfand er? Zorn, Enttäuschung, Furcht? Nein, sicher nicht Furcht! Keine Frau konnte einem erprobten Krieger Angst einjagen. Aber in jenen Stunden am Strand hatte

Krysta ihm ein Glück geschenkt, das er nicht verlieren wollte. »Verdammt…«

Der Fluch hallte von den Wänden wider – und in Krystas Seele. Mühsam umklammerte sie ihre Armstützen, als glaubte sie, die Kraft seines Zorns könnte sie zu Boden schleudern, eisige Kälte erfüllte ihr Herz.

»Tut mir Leid.« So schwach, so unzulänglich… Aber was sollte sie sonst sagen? *Alles* tat ihr Leid, ihre Mutter, sie selbst, ihre albernen Hoffnungen und Träume, sogar die gestohlenen Stunden am Strand. Doch die würde sie niemals vergessen. »Jetzt werde ich gehen.« Sie erhob sich und fürchtete, die zitternden Beine würden sie nicht tragen. Verzweifelt sah sie sich nach Raven um. Doch die Freundin war verschwunden. Wie konnte sie nur, die Dienerin, die stets so gut für sie gesorgt hatte? Auch von Thorgold keine Spur. Allein und hilflos stand Krysta da, vor den Augen des wütenden Festungsherrn und seiner Gefolgschaft.

In diesem Moment kehrte der Verwalter zurück, nachdem er Svens baldige Abreise vorbereitet hatte. Was ihn in der Halle erwartete, ahnte er nicht. Als er Hawks durchdringendem Blick begegnete, eilte er zu ihm.

Hawk sprang auf und überragte Krysta wie eine nächtliche Gewitterwolke über dem stürmischen Meer. »Nein, du wirst nirgendwo hingehen.« Zu Edvard gewandt, befahl er: »Bringt die Lady in ihr Zimmer und sperrt sie ein.«

»Aber – aber – was, Mylord?«, stammelte der junge Mann, der oft genug beobachtet hatte, wie sanft und zärtlich Lord Hawk mit seiner Braut umging.

»Das habt Ihr deutlich genug gehört, Edvard. Sie darf nirgendwo hingehen. Mit der Zeit wird sich alles Weitere ergeben. Und bis dahin muss ein eisernes Schloss bewahren, was Liebe und Ehre nicht festhalten können.«

»Nein, du darfst nicht…«, begann Krysta. Aber Edvard ergriff bereits ihren Arm und zog sie mit sich. Hawks Ritter stan-

den auf, Männer mit kalten, strengen Gesichtern. Enttäuscht und vorwurfsvoll beobachteten die anderen Anwesenden die Braut des Festungsherrn – alle außer Aelfgyth, die erschrocken und mitfühlend Krystas Schulter berührte, die Augen voller Tränen.

Edvard blieb im Turmzimmer, beauftragte einige Dienstboten, noch mehr Brennstoff für die Kohlenbecken und frisches Wasser für die Waschschüssel zu bringen, überprüfte die Fensterläden und vergewisserte sich, dass sauberes Bettzeug und Öl für die Lampen vorhanden war. »Mylady, Ihr habt nichts gegessen«, betonte er schließlich, als es keinen Grund gab, seinen Abschied noch länger hinauszuzögern.

»Heute Abend bringe ich keinen Bissen hinunter«, erwiderte Krysta leise.

»Aber Ihr müsst Euch stärken.« Erleichtert drehte er sich zu Aelfgyth um, die in diesem Augenblick eintraf.

»Ja, Ihr müsst was essen, Mylady«, bekräftigte Aelfgyth. »Seht, was ich Euch mitgebracht habe!« Sie hielt ein Tablett hoch. »Zarten grünen Salat, erst heute Abend gepflückt, mit dem Essig angemacht, der Euch so gut schmeckt. Und da ist Euer Lieblingskäse, ein ofenwarmer Brotlaib, Himbeeren von den Sträuchern an der Bucht. Dort wachsen die besten, das wisst Ihr ja. Und geräucherte Heringe, der Koch hat mir versichert, davon würdet Ihr gar nicht genug kriegen.« Sie stellte das Tablett auf den Tisch und lächelte ermutigend. »Wie könnt Ihr diese Köstlichkeiten verschmähen, Mylady? Oh, und der Cidre wurde bis vor wenigen Minuten im Brunnen gekühlt.« Sie unterbrach sich, musterte Krystas Miene, und ihr Lächeln erlosch. »Bitte, Mylady, Ihr müsst wirklich ein bisschen was essen.«

»Später«, versprach Krysta, weil sie die beiden nicht kränken wollte. Trotz allem schienen sie ihr die Freundschaft nicht aufzukündigen. »Nun will ich mich erst einmal ausruhen.«

Nachdem sie Krysta ermahnt hatten, gut auf sich aufzupassen, verließen sie zögernd das Zimmer. Die Tür wurde geschlossen, der eiserne Schlüssel klirrte, und sie glaubte Edvard seufzen zu hören, während er den Befehl seines Herrn ausführte.

Eine Zeit lang stand sie reglos mitten im Raum, konnte kaum atmen und versuchte zu begreifen, was geschehen war. Erst vor wenigen Stunden hatte sich die Jungfrau in eine Frau verwandelt. Und was war sie jetzt? Hawk bestand immer noch auf der Hochzeit. Doch sie wusste es besser. Wenn er darüber nachgedacht hatte, würde er erkennen, dass er nicht wagen durfte, ein Geschöpf von ihrer Sorte zu heiraten, was immer sie auch sein mochte. Nur zu gern würde er ihr den Rücken kehren.

Andererseits ist er ein eigenwilliger Mann, überlegte sie, und sein Stolz wurde verletzt. So leicht würde er sich nicht geschlagen geben.

Sie eilte zur Tür und drehte am Knauf, um ihre letzte Hoffnung zu begraben. Tatsächlich, sie war gefangen.

Dagegen rebellierte ihr Geist, wie die Flügel eines Vogels, die heftig an die Gitterstäbe eines Käfigs schlugen. Sie brauchte ihre Freiheit, musste den Wind und das Meer spüren, davonlaufen, in die Wellen springen, aus diesem Leben verschwinden – so wie ihre Mutter, die letzten Endes erkannt hatte, dass ihr keine Liebe vergönnt worden war. Mit schweren Schritten ging Krysta zu den Fenstern.

Rings um die runde Mauer des Turms reihten sich viele Fenster aneinander, und die meisten boten einen Ausblick aufs Meer. Edvard hatte alle Läden geschlossen. Jetzt öffnete sie ein paar und schaute hinaus. In der mondlosen Nacht schimmerte dunkles Wasser. Sie beugte sich hinaus und betrachtete die Sterne. Vor langer Zeit hatte der Vater ihr die Sternbilder erklärt, und sie wusste, wo man den Orion fand, den Großen und den Kleinen Bären. An dem Stern, der sich niemals bewegte und stets den Weg nach Norden wies, konnte sie sich orientieren. Weit oben

im Norden lag ihre Heimat, die ihr nach Svens vernichtendem Urteil für immer verschlossen bleiben würde. Da er das Oberhaupt der Familie war, stand ihm das Recht zu, seine Halbschwester zu verstoßen. Dagegen würde niemand protestieren, was immer Hawk auch glauben mochte. Und die Mitgift? Würde Wolf Hakonson ihr dazu verhelfen? Doch das spielte keine Rolle. Von Sven gezwungen, musste sie sich mit dem Geheimnis ihrer Herkunft abfinden, das einen Schatten auf ihr Leben warf und das ihr verwehrte, die gleichen Träume und Hoffnungen zu hegen wie normale Frauen.

In ihrer engen Kehle stiegen Tränen auf. Der lange, ereignisreiche Tag hatte sie erschöpft. Ihrer Zofe zuliebe zwang sie sich, ein paar Bissen zu essen. Und weil sie den Eindruck erwecken wollte, sie hätte viel mehr zu sich genommen, warf sie Brotkrumen aus dem Fenster. Die würden am nächsten Morgen den Vögeln schmecken. Wo mochte Raven stecken? Kraftlos sank sie aufs Bett, an die Stelle, wo Hawk gelegen hatte. Und dann weinte sie sich in den Schlaf. Albträume verfolgten sie während der ganzen Nacht.

Am Morgen erschien Aelfgyth – mit unsicherem Lächeln, die Stirn besorgt gerunzelt – von einigen Mägden gefolgt, die Krysta frisches Wasser und ein Frühstück brachten. Und welch ein Wunder! Vorsichtig legte die Zofe ein paar schwere Bücher auf den Tisch. Die hatte sie selbst die Treppe heraufgeschleppt. Eine solche Kostbarkeit wollte sie den einfachen Dienstboten nicht anvertrauen.

Nachdem die anderen Mädchen hinausgegangen waren, nicht ohne neugierige, mitleidvolle Blicke in Krystas Richtung zu werfen, erklärte Aelfgyth: »Diese Bücher gab mir Seine Lordschaft, kurz bevor ich die Stufen erreichte. Vielleicht hätte Edvard den Auftrag übernehmen müssen. Nie hätte ich gedacht, ich würde jemals in meinem Leben ein Buch anrühren. Und weiß der Himmel, ich will's auch nicht mehr wagen. Wenn ich eine Seite beschmutzt oder zerknittert hätte! Aber Lord Hawk

drückte mir die Bücher einfach in die Hände und befahl mir, sie in Euer Zimmer zu befördern, Mylady.« Seufzend schüttelte sie den Kopf. »Der arme Mann sah gar nicht gut aus, und ich fürchte, er hat letzte Nacht kein Auge zugetan.« Aufmerksam beobachtete sie ihre Herrin, um festzustellen, wie sie diese Neuigkeit aufnehmen würde. Aber Krysta war mit den Büchern beschäftigt.

Also hatte er ihr Bücher geschickt. Obwohl sie seine Gefangene war. Bücher, die sie kostbarer fand als Juwelen. Und er schien nicht zu bezweifeln, dass sie sorgsam damit umgehen würde. Hastig wandte sie sich vom Tisch ab, sonst hätten ihre Tränen die wertvollen Ledereinbände befleckt.

»O Mylady, grämt Euch nicht!«, flehte Aelfgyth. »Alles wird wieder gut, das werdet Ihr schon noch sehen. Allzu lange kann unser Lord gar nicht zürnen. Und er hält sein Wort. Wenn Ihr aus dem Fenster schaut, werdet Ihr das schnellste seiner Schiffe sehen. Alle Segel hat er setzen lassen, und es wird Sciringesheal ansteuern. Euer Halbbruder ist bereits an Bord, Mylady. Diese Reise wird er wohl kaum genießen. Wie ich vorhin hörte, hat ihn seine Besatzung in Ketten gelegt, und die Leute glauben, Wolf Hakonson wird sie dafür belohnen.«

»Meinst du wirklich, das macht einen Unterschied?«

Diese Frage überraschte Aelfgyth. »Warum denn nicht? Die Mitgift muss bezahlt werden. Das hat der Jarl mit Eurem Halbbruder vereinbart, und er wird drauf bestehen. Die Verzögerung nimmt Euch unser Herr nicht übel. Nicht *wirklich*. Sonst hätte er Euch keine Bücher geschickt.«

»Auf die Mitgift allein kommt's nicht an«, entgegnete Krysta langsam. »Was mein Halbbruder erzählt hat …«

»Dass Ihr ein Wechselbalg seid?« Obwohl Aelfgyth über ihre eigene Kühnheit erschrak und heftig errötete, fuhr sie unbeirrt fort: »Gewiss, alle Leute reden drüber, und sie finden, er könnte längst nicht so gut merkwürdige Begebenheiten schildern wie Lord Dragon. *Seine* Geschichte über den irischen Herrn und

dessen Braut, die Meerjungfrau, habe ich geglaubt. Wie die meisten Dienstboten. Wenn man sich vorstellt, das würde tatsächlich geschehen, laufen einem kalte Schauer über den Rücken, nicht wahr? Weil niemand erwartet, solchen Fabelwesen im richtigen Leben zu begegnen.«

»Wieso meinst du, mit dergleichen hätte ich nichts zu tun?«

»Gar nichts, Mylady.« Lachend schüttelte Aelfgyth den Kopf. »Soll die grässliche Lady Daria doch herumlaufen und über Dämonen jammern! Je länger sie solchen Unsinn redet, desto weniger werden die Leute ihr Gefasel ernst nehmen.«

Allem Anschein nach hielten die Bewohner von Hawkforte die Braut ihres Herrn für unschuldig, weil sie Daria verachteten. Nur deshalb?

Während Krysta nachdenklich vor sich hin starrte, fuhr Aelfgyth fort: »Natürlich macht Ihr Euch jetzt Sorgen, weil Ihr befürchtet, Ihr müsstet ohne Mitgift heiraten. Welche Frau will das schon? Aber deshalb braucht Ihr Euch nicht aufzuregen. Alles wird sich zum Guten wenden. Das hat Lord Hawk versichert.«

Sekundenlang fühlte sich Krysta versucht, die Wahrheit zu gestehen. Doch sie schwieg, denn sie wollte das Mädchen nicht mit ihrem beklemmenden Geheimnis belasten.

Kurz danach verließ Aelfgyth das Zimmer, nachdem sie ihre Herrin ermahnt hatte zu frühstücken, sich auszuruhen und allen Kummer zu vergessen. In ein paar Stunden wollte sie zurückkehren, falls Krysta sich einsam fühlen und Gesellschaft brauchen würde.

Als die Zofe endlich die Tür hinter sich schloss, seufzte Krysta erleichtert. Sosehr sie Aelfgyths Fürsorge auch schätzte, es war ihr unendlich schwer gefallen, ihre wahren Gefühle zu verbergen. Jetzt musste sie nichts mehr verhehlen, auch nicht ihre Rührung über die Bücher, die Hawk ihr geschickt hatte. Sie setzte sich an den Tisch, aber sie öffnete die schönen Bände nicht sofort. Stattdessen strich sie über das feine Leder. Ohne diesen

Zeitvertreib würde sie sich in ihrer Gefangenschaft ganz schrecklich langweilen. Und nun hatte sie zum ersten Mal in ihrem Leben nichts anderes zu tun, als zu lesen. Um niemanden musste sie sich kümmern, keine Verantwortung übernehmen, keine Pflichten erfüllen. Wie seltsam, dass sie diese Freiheit hinter verschlossener Tür genoss …

Den ganzen Tag und auch an den beiden nächsten vertiefte sie sich in ihre Lektüre. Wäre es nach ihrem eigenen Willen gegangen, hätte sie die Bücher erst geschlossen, wenn ihre Augen schmerzten und der Kopf so schwer wurde, dass sie wohl oder übel schlafen musste. Aber Aelfgyth brachte ihr regelmäßig eine Mahlzeit, und wann immer sie ein unberührtes Tablett entdeckte, blieb sie mit strenger Miene neben dem Tisch stehen, bis ihre Herrin wenigstens ein paar Bissen gegessen hatte. Außerdem schleppte sie eimerweise heißes Wasser die Treppe herauf – eine Mühe, die Krysta nicht missachten konnte. Das Bad war ihr willkommen, und danach fühlte sie sich besser. Aber sobald sie sich abgetrocknet hatte, kehrte sie zu den Büchern zurück.

Sie studierte den Psalter und bewunderte die poetischen Verse, verschlang immer neue Geschichten und stellte sich die Charaktere der Verfasser vor. Mit einigen Schwierigkeiten versuchte sie die Schriften des heiligen Augustinus zu verstehen. Einige Abschnitte, die ihr rätselhaft erschienen, las sie mehrmals. Und Boethius – Hawk hatte ihr das Buch geschickt, das ihn selbst erst vor kurzem interessiert hatte. Darin fand sie die sorgsam eingetragenen Randbemerkungen König Alfreds, des Übersetzers. Am Nachmittag des dritten Tages hörte sie durch die offenen Fenster ein Signalhorn, das die Ankunft vornehmer Besucher ankündigte.

Behutsam legte sie das Buch beiseite, das sie gerade las, und spähte hinaus. Ihr Turmzimmer lag hoch oben, und so erkannte sie nur die königlichen Insignien auf den Bannern einiger Ritter. Doch das genügte, um den seltsamen Frieden der letzten

Tage zu stören und sie an die Probleme der Außenwelt zu erinnern.

Am Abend kam Hawk zu ihr. Schon bevor das eiserne Schloss geöffnet wurde, hatte sie seine Schritte erkannt. Einige Sekunden lang blieb er auf der Schwelle stehen, in einer schwarzen, mit goldenen Fäden durchwirkten Tunika. Auch an seinem Hals und den muskulösen Oberarmen funkelte Gold – und auf seinem Haar, das im Licht der Kohlenbecken schimmerte.

Krysta saß auf dem Bett, nur mit einem Hemd bekleidet, denn sie hatte niemand anderen als die getreue Aelfgyth erwartet. Bei Hawks Anblick zuckte sie zusammen. Aber sie widerstand dem Impuls, nach einer Pelzdecke zu greifen. Er schloss die Tür und räusperte sich. »Geht es dir gut?«

Obwohl er so freundlich gewesen war, ihr die Bücher zu senden, hatte sie mit einem Tadel gerechnet. Seine Besorgnis überraschte sie. »Ja, vielen Dank. Und ich danke dir auch für die Bücher. Das war sehr nett von dir.«

»Nun, du bist nicht an den Müßiggang gewöhnt«, erwiderte er leicht verlegen. »Und so dachte ich, du solltest dich beschäftigen.«

»Gewiss, ohne diese Abwechslung würden sich die Stunden viel zu langsam dahinschleppen.«

Die Hände hinter dem Rücken verschränkt, nickte er. Das Schweigen zog sich in die Länge. Ehe es unerträglich wurde, erregte ein kaum berührtes Tablett Hawks Aufmerksamkeit. »Deine Zofe hat mir erzählt, du würdest zu wenig essen.«

War er deshalb zu ihr gekommen? Insgeheim ärgerte sie sich über Aelfgyth, die ihn beunruhigt hatte, statt den Mund zu halten. »Oh, ich esse genug. Wenn ein anderer Eindruck entstanden ist, dann nur deshalb, weil mir meine Zofe fünf oder sechs Mal am Tag eine Mahlzeit serviert. Hätte ich auch nur die Hälfte von alldem verspeist, was sie mir aufdrängen wollte, würde ich mittlerweile wie eine Weihnachtsgans aussehen.«

Er begann zu lachen, beherrschte sich aber sofort und schlug einen strengen Ton an. »Aber du isst noch immer kein Fleisch.«

»Noch nie im Leben habe ich Fleisch zu mir genommen.«

»Trotzdem wäre es mir lieber, du würdest dich dazu durchringen. Sonst schadest du deiner Gesundheit.«

»Hältst du mich für einen Schwächling? Ich versichere dir, das bin ich nicht.«

»Vorerst wohl nicht, doch du könntest erkranken, wenn du dich falsch ernährst. Eine saftige Rindslende, rosa gebraten, das ist es, was du brauchst, um dein Blut zu stärken. Ich werde Aelfgyth sagen …«

»Nein, bitte nicht! So etwas bringe ich nicht hinunter. Wenn du mich dazu zwingst, werde ich *wirklich* krank.«

»Jetzt übertreibst du. Aber da du so empfindlich bist, werde ich Aelfgyth erklären, sie soll die Lende ganz durchbraten lassen, obwohl's ein Jammer ist, ein schönes Stück Rindfleisch zu vergeuden.«

»Glaub mir, Hawk, ich *kann's* nicht essen.«

»So viel Aufhebens um ein bisschen Fleisch …« Nach einer kurzen Pause fügte er hinzu: »Vielleicht gelingt es dir, mich von meinem Entschluss abzubringen.«

»Wie denn?« Plötzlich schlug ihr Herz schneller.

»Ich wurde an den Hof gerufen. Komm mit mir.«

Meinte er das ernst? »An König Alfreds Hof?«, stammelte sie.

»Einen anderen gibt's nicht in England. Dort wirst du noch mehr Bücher finden, interessante Leute treffen und jede Menge Abwechslung genießen.«

Da stand er, keine Traumgestalt, sondern leibhaftig. Aber seine Worte ergaben keinen Sinn. Verwirrt schüttelte sie den Kopf. »Wie könnte ich dich begleiten – nach allem, was geschehen ist?«

Irritiert fuhr er durch sein Haar und zerzauste es. Krysta wollte es aus seiner Stirn streichen. Diesen Wunsch unterdrückte sie nur mühsam.

»Was geschehen ist, entzweit uns nicht. Du bildest dir nur ein, zwischen uns hätte sich etwas geändert.« Prüfend schaute er in ihre Augen. »Oder suchst du Mittel und Wege, um unsere Hochzeit zu verhindern?«

»Nein! Warum traust du mir das zu? Ich denke nur an *dein* Wohl. In deiner Position musst du eine Lady heiraten, an der kein Makel haftet, nicht einmal ein Hauch von …«

»Von Magie? Sprich's doch aus, Krysta. Leugne nicht, dass dir dieses Wort auf der Zunge lag. Magie und der ganze Unfug, den man damit verbindet, Kobolde und Elfen und Zwerge, Fabelwesen und Kreaturen, die sich ständig verwandeln, Wechselbälger und Skelkies … So nennt man jene sonderbaren Wesen, halb Robbe, halb Mensch, wenn ich mich entsinne. O ja, du bist eine ausgezeichnete Schwimmerin. Aber ich lag mit dir zusammen, und da warst du eine echte Frau vom Scheitel bis zur Sohle, eine Frau, die meine schönsten Träume übertraf.«

Inmitten der Pelzdecken erhob sie sich auf die Knie, ohne zu beachten, dass die Bewegung das dünne Hemd noch fester an ihren Körper schmiegte. Wie goldene Wolken fiel die Lockenpracht über ihre Schultern, aus ihren Smaragdaugen schienen Funken zu sprühen. »Jenes Erlebnis am Strand musst du nicht erwähnen. Nur zu gut erinnere ich mich daran. Und diese Erinnerung verfolgt mich, denn jetzt weiß ich, was wir nie mehr teilen dürfen – wenn du's auch nicht wahrhaben willst. Warum sorge ich mich viel mehr um deine Ehre und dein Glück als du selbst? Würdest du mir das erklären – du, der grandiose, weise Hawk of Essex?«

Er zuckte die Achseln, und seine Stimme nahm einen sanften Klang an. »Wahrscheinlich, weil du mich liebst.«

Einer Panik nahe, starrte sie ihn an, und ihr Atem stockte. »Nein!«

»Lass dich von albernen Fantasiegeschichten beeinflussen, wenn's unbedingt sein muss, Krysta. Aber du solltest nicht lügen.«

»Ich lüge nicht. Ich liebe dich nicht!« Über ihre Wangen rannen heiße Tränen. »Doch – oh, zum Teufel mit dir! Ja, ich liebe dich, obwohl ich dagegen kämpfe. Nun, es spielt keine Rolle. Meine Mutter verlor ich, meinen Vater, mein Heim. Und wenn ich dich verliere, werde ich's genauso überleben.«

Impulsiv eilte er zu ihr, streckte eine Hand aus und ließ sie sofort wieder sinken, denn er wollte Krysta nicht trösten, sondern herausfordern und den Sieg erringen. »Geht's nur ums Überleben? Mehr wünschst du dir nicht?«

»Verdammt…«

»Genauso habe ich dich in der Halle verflucht, als du sagtest, du würdest mich nicht heiraten. Aber die Entscheidung liegt nicht bei dir, meine süße Lady. Du wirst mich nach Winchester begleiten, zum König. Dann werden wir sehen, was das Schicksal für uns bereithält.«

»Und wenn ich mich weigere?«

»Dein Halbbruder hat dich mir geschenkt, eine Dienerin, eine Sklavin. Also darf ich mit dir machen, was ich will. Und so wahr ich hier stehe, du wirst mit mir kommen.«

Niemals, Hawk of Essex!

Doch die Worte blieben unausgesprochen. Natürlich, er konnte sie zwingen und zu König Alfred bringen, so wie er Sven nach Sciringesheal geschickt hatte. Sogar in Ketten. Einerseits wehrte sich ihr Stolz dagegen, andererseits erwachte ihre Neugier. Und letzten Endes gab nur ein einziger Gedanke den Ausschlag – sie würde mit Hawk zusammen sein, an seiner Seite den Hof besuchen und Alfred begegnen, dem gelehrten König und großen Krieger, dem Bezwinger der wilden Dänen, der die Hoffnung auf den Frieden stärkte und auf die Liebe.

Nach Winchester! Zur Hölle mit dem Schicksal!

12

Ein lebhafter Wind füllte die Segel der beiden Langschiffe, während sie die Meerenge südlich vom Hafen Hamtun durchquerten. Dort vereinten sich die Flüsse Test und Itchen, gegenüber der rautenförmigen Insel mit dem Kalkfelsen, der sich wie ein Rückgrat über die ganze Breite des Eilands hinweg zog, und der Zusammenfluss verursachte hohe Wellen.

Ausnahmsweise wollte Krysta nicht am Ruder stehen. Sie begnügte sich damit, Hawk zu beobachten. Geschickt manövrierte er das Schiff zwischen der Kiesküste und den Kalkklippen der nahen Insel hindurch. Auf seinem Haar glänzte Sonnenlicht. Wenn er lächelte, hoben sich seine Zähne schneeweiß vom gebräunten Gesicht ab. Er trug kein Hemd, nur seine Breeches. Sogar hier draußen auf dem Wasser herrschte an diesem spätsommerlichen Nachmittag angenehme Wärme.

Drei Tage lang waren sie mit günstigem Wind gesegelt und nur nachts vor Anker gegangen. Seit drei Tagen sah Krysta die schöne Landschaft mit ihren grünen Tälern, rauschenden Flüssen und Kalkgebirgen vorbeiziehen. Drei Tage lang hatte sie sich bemüht, nicht an den Mann zu denken, der stets in ihrer Nähe blieb. Kein einziges Mal hatte er das Geständnis ihrer Liebe erwähnt, ebenso wenig ihre Überzeugung, dass sie nicht heiraten dürften. Offensichtlich wollte er beides ignorieren. Aber sie fragte sich, ob das mangelnde Interesse in Wirklichkeit die Taktik eines meisterhaften Strategen war.

Hin und wieder berührte er sie, niemals begehrlich oder romantisch, immer nur ganz leicht und scheinbar unpersönlich. Mit starker Hand hielt er ihren Arm fest, wenn das Schiff schaukelte. Oder er strich mit einem Finger über ihre Wange, um einen Tropfen Gischt wegzuwischen. Manchmal spürte sie seinen Schenkel an ihrem, wenn sie nebeneinander saßen. Deshalb blieb ihr seine Nähe auch körperlich stets bewusst. Und die

Nächte… Hawk bestand darauf, an ihrer Seite zu schlafen, mit der Erklärung, an Bord sei wenig Platz und jeder müsse sich etwas einschränken. Ihr Widerstreben tat er als lächerlich ab, als gäbe es auch nur einen einzigen vernünftigen Grund, warum sie Einwände erheben sollte. Wie sie zugeben musste, fasste er sie nachts niemals an. Aber jeden Morgen stellte sie zerknirscht fest, dass sie sich an ihn schmiegte. Zum Glück gewann sie den Eindruck, er würde tief und fest schlafen, ohne ihre Schwäche zu bemerken. Nur deshalb wurde ihr eine Demütigung erspart.

O ja, es war eine Schwäche, die wie süßer Wein durch ihre Adern floss und ihr Gehirn benebelte. Hundert Mal, nein, tausend Mal ertappte sie sich dabei, dass sie ihn anstarrte. Weder die reizvolle Landschaft noch ihr geliebtes Meer konnten sie fesseln. Aber Hawks Anblick zog sie unwiderstehlich in seinen Bann. So wundervoll sah er aus, das Ideal männlicher Schönheit… Und sie entsann sich viel zu deutlich, wie sie in seinen Armen gelegen hatte. Mit einem leisen Stöhnen, das ihm nicht entging, wandte sie sich von ihm ab.

»Stört dich irgendetwas?«, fragte er in freundschaftlichem Ton. Wortlos schüttelte sie den Kopf. Damit begnügte er sich nicht. »Bist du sicher? Heute segeln wir auf ziemlich hohen Wellen. Hast du Magenbeschwerden?«

Verärgert über seine beiläufige Fürsorge erwiderte sie: »Nein, ich werde niemals seekrank.«

»Dagegen ist niemand gefeit. Auch mir wurde einmal übel, als wir vor der gallischen Küste in einen wilden Sturm gerieten. Da war kein Mann an Bord, der sich nicht übergeben musste. Dauernd rutschten wir an Deck im Erbrochenen aus, allein schon der Gestank… Oh, tut mir Leid, solche Geschichten dürfte ich nicht erzählen, wenn du dich schlecht fühlst.«

»Mir geht es ausgezeichnet. Zumindest war ich in bester Verfassung, bis ich in deine faszinierenden Erinnerungen eingeweiht wurde.«

Mit seiner geheuchelten Reue hätte er nicht einmal ein neugeborenes Lamm hinters Licht geführt. »Verzeih mir, an die Gesellschaft einer Frau an Bord bin ich nicht gewöhnt. So was vergisst man sehr leicht.«

»Also *vergisst* du, dass ich eine Frau bin?« Wenn sie ihm einen kraftvollen Stoß versetzte, könnte sie ihn über die Reling werfen?

»Nicht direkt. Vielleicht liegt's daran, dass du dich so großartig anpasst. Du redest nicht viel, beklagst dich niemals übers Essen, und du verlangst keine Sonderbehandlung. Glaub mir«, fügte er hastig hinzu, »das soll ein Kompliment sein.«

»Und die Leute rühmen Dragon von Landsende, weil er so wundervoll mit Frauen umgehen kann! Stattdessen sollte man eher ein Loblied auf dich singen.«

»Nett von dir ...«

»Ich wollte keineswegs nett sein.«

»Bitte, reg dich nicht auf. Nur weil ich dich im Augenblick nicht ans Ruder lasse ...«

»Ich habe gar keine Lust, das Schiff zu steuern!«

»Offensichtlich flattern deine Nerven. Kein Wunder – du fühlst dich beengt an Bord. In Winchester wird sich deine Laune bessern. Dort kannst du mit anderen Frauen beisammensitzen, ein bisschen nähen und schwatzen und so weiter. Das wird dir gefallen.«

»Weißt du, eins dieser Ruderblätter könnte ein großes Loch in deinen Kopf schlagen.«

»Glaubst du?« Erstaunt hob er die Brauen. »Da wäre ich mir nicht so sicher. Ich habe einen unglaublich dicken Schädel.« Ein paar Sekunden lang wartete er, während sie eine nahe liegende Antwort hinunterschluckte, dann brach er in Gelächter aus. Ein aufreizender Blick jagte einen Schauer durch ihren ganzen Körper. »Was mir am allerbesten gefällt – man kann dich so wundervoll hänseln.«

»Sonst noch was?« Unwillkürlich fügte sie hinzu: »Abgese-

hen von der Tatsache, dass ich mich nicht von der übrigen Besatzung unterscheide?«

Grinsend neigte er sich zu ihr und senkte die Stimme. »Falls dich das beunruhigt, meine Süße, werden wir bald einen abgeschiedenen Strand finden oder noch besser, ein breites Bett, wo uns niemand stören kann.«

Nur wegen der heißen Sonne brennen meine Wangen, redete sich Krysta ein. Mit ein paar betörenden Worten kann er mir nicht das Blut ins Gesicht treiben. O nein, sie war kein unreifes Mädchen, das sich vom großmächtigen Lord Hawk in Verlegenheit bringen ließ, sondern ein *ehemaliges* unreifes Mädchen, hingerissen von... Seufzend starrte sie aufs Meer.

Eine Zeit lang betrachtete er ihre Miene, dann lachte er leise und folgte ihrem Beispiel.

Bei Sonnenuntergang ritten sie nach Winchester. Die Pferde waren von Bord des Langschiffs gegangen, das sie begleitet hatte, um die Tiere und weitere Mitglieder von Hawks persönlicher Wache zu befördern. Zum ersten Mal erblickte Krysta den englischen Regierungssitz, der ihr den Atem nahm. Hawk hatte ihr erklärt, diese Festung sei größer als seine eigene. Aber was das bedeutete, hatte sie sich nicht vorgestellt. Nun folgten sie einer breiten, geraden Straße zu massiven steinernen Mauern, umgeben von einem breiten Burggraben. Darin konnten ganze Heere verschwinden. Vor lauter Staunen traute sie ihren Augen nicht. Im schwindenden Licht der Abendröte – verstärkt von Fackeln, die alle paar Schritte loderten – wirkten die Mauern neu oder fast neu. An manchen Stellen schimmerten immer noch die weißen Spuren der Meißel, und die schweren Torflügel zeigten den hellen Glanz jungen Eichenholzes.

»Alfred hat Winchester wieder aufbauen lassen«, berichtete Hawk. In seinem Festgewand mit Goldschmuck war er eine gebieterische Gestalt an ihrer Seite. Hinter ihnen ritt seine Wache in disziplinierter Formation, die flatternden Banner mit dem

Habichtsemblem hoch erhoben. »Während der Regentschaft seines Vaters brannte der dänische Feind die Stadt bis auf die Grundfesten nieder.«

»Wurde der Wiederaufbau unter seiner persönlichen Leitung durchgeführt?«

»Ja, Alfred hat viele Gesichter. In erster Linie ist er ein König und Krieger. Aber neben seiner Leidenschaft für Bücher liebt er auch die Architektur, da fasziniert ihn jede kleinste Einzelheit. Zudem besitzt er ein außergewöhnliches Organisationstalent, das zeigt sich in allem, was er in Angriff nimmt.«

Wenig später passierten sie das Haupttor, und Krysta sah, was Hawk meinte. Die Stadt war wie ein Gitter angelegt. Von der langen, breiten Mittelstraße, die vom Tor zum königlichen Schloss führte, zweigten Seitenstraßen in entgegengesetzte Richtungen ab. Entlang der Innenmauer verband eine weitere breite Straße alle Tore. Wohin immer Krysta schaute, sah sie stattliche oder schlichtere Häuser, Läden und Werkstätten. Aber am meisten verblüffte sie das rege Leben und Treiben. Trotz der späten Stunde waren zahlreiche Menschen unterwegs, drängten sich in den Straßen, gingen in den Häusern aus und ein oder verhandelten mit Kaufleuten. Adelige Herrschaften mischten sich unter Bauern, bebrillte Gelehrte, Priester und Mönche. Zusammen mit ihren Pferden und Ochsenkarren erzeugten sie einen Lärm, wie sie ihn nie zuvor wahrgenommen hatte. Vom Gestank ganz zu schweigen.

Lachend musterte Hawk ihre gerümpfte Nase. »Daran wirst du dich bald gewöhnen. Zum Glück liegt Alfreds Residenz in einer Richtung, in die der Wind nur ganz selten weht. Dort wirst du nichts mehr riechen.«

»Hoffentlich«, murmelte Krysta. Die Höflichkeit verbot ihr eine ausführlichere Antwort. Doch sie sehnte sich schon jetzt nach der frischen Meeresluft von Hawkforte. Natürlich war das albern, denn sie wusste nicht, was mit ihr geschehen oder wohin sie gehen würde, wenn sie Hawk endlich klar gemacht hatte, er

müsse die Verlobung lösen. Das würde er letzten Endes einsehen. Kein Mann, der so tapfer gekämpft, so viel ertragen und geleistet hatte, würde alles aufs Spiel setzen, indem er eine unwürdige Frau heiratete. Und wenn er das nicht begriff, würde sie eben stark genug für sie beide sein, ohne Rücksicht auf ihr gebrochenes Herz.

Doch nun wollte sie solchen Gedanken nicht länger nachhängen, sonst würde sie womöglich zu weinen anfangen. Entschlossen verdrängte sie alle Sorgen, während sie sich der Schwelle des königlichen Hofs näherten. Hawk stieg vom Pferd und hob Krysta aus dem Sattel, ergriff ihre Hand und geleitete sie die Stufen hinauf, die zu Alfreds Halle führten.

In vielen hundert gehämmerten Schilden entlang der Wände spiegelten sich die Fackeln wider. Der Feuerschein betonte die Farben der Schlachtenbanner, die von der hohen Balkendecke herabhingen, und beleuchtete die Gesichter der versammelten Lords und Ladys. Interessiert schauten sie den Neuankömmlingen entgegen. Krysta stellte fest, dass sie zu dem Zeitpunkt eintrafen, als der königliche Hof beim Abendessen saß. Plötzlich war sie froh über Hawks Hand, die ihr Halt bot, denn andernfalls hätte sie sich wohl kaum in den Kreis einer so vornehmen Gesellschaft gewagt. Nie zuvor hatte sie so kostbar gekleidete Leute gesehen. Sogar die jungen Pagen, die an langen Tischen Speisen und Getränke servierten, waren in Samt gehüllt. Was sie noch mehr beeindruckte, war das weltgewandte Verhalten der Höflinge und Hofdamen.

Am Kopfende der Haupttafel, die auf einem Podest in der Mitte des Raums stand, saß Alfred der Große. Zu Krystas Überraschung wirkte er eher unscheinbar – mittelgroß, mit schulterlangem braunem Haar und einem sorgsam gestutzten Bart. Erst als sie näher trat, las sie Klugheit und Scharfsinn in seinen Augen. Erleichtert sah sie das Lächeln, das seine unerwartet sinnlichen Lippen umspielte.

»Hawk!« Der König sprang auf, eilte um den Tisch herum

und umarmte den Mann, den er offensichtlich nicht nur als seinen Untertan, sondern auch als Freund betrachtete. »Nachdem Ihr so schnell hier angekommen seid, muss ein günstiger Wind Eure Segel gebläht haben.«

»Den Ihr mir zweifellos geschickt habt, Mylord«, scherzte Hawk.

Alfred lachte und wandte sich zu Krysta. »Und die schöne Lady ist wohl…«

»Lady Krysta von Vestfold«, erklärte Hawk und umfasste ihre Hand noch fester. »Meine Braut.«

»Ah, natürlich, welch eine Freude, dass Ihr sie hierher gebracht habt! Meine Liebe, ich heiße Euch herzlich willkommen. Ich hatte gehofft, Euch bald kennen zu lernen. War die Reise angenehm?«

Während Alfred sprach, befreite er ihre Hand aus Hawks Griff und führte sie galant zu seiner Tafel. In aller Eile hatten die Dienstboten zwei Stühle zu beiden Seiten der Plätze aufgestellt, die für das königliche Paar bestimmt waren. Die Königin, eine hübsche rundliche Frau namens Eahlswith, nickte der jungen Norwegerin aufmunternd zu. Dem Vernehmen nach war Alfred sehr glücklich mit ihr und das nicht nur deshalb, weil sie ihm den Frieden mit den Bewohnern Mercias beschert hatte. Verlegen spürte Krysta die neugierigen Blicke aller Anwesenden. In tiefer Dankbarkeit erwiderte sie das freundliche Lächeln der Königin. Trotzdem wäre sie am liebsten im Erdboden versunken, als sie sich neben Eahlswith setzte.

Von der Königin in ein Gespräch verwickelt, spähte Krysta immer wieder verstohlen zu Hawk hinüber. Sichtlich gut gelaunt saß er neben Alfred und fühlte sich in dieser illustren Umgebung wie zu Hause. Kein Wunder. Wie sie wusste, hatte er Winchester schon oft besucht. Jedenfalls oft genug, um zu wissen, dass die Ankunft seiner Braut vor dem versammelten Hofstaat ihren Plan, anonym zu bleiben, ein für alle Mal vereiteln würde. Obwohl sie die Fragen der Königin mit einem höflichen

Lächeln beantwortete, wuchs ihre Verzweiflung. Wieder einmal hatte Hawk alles so geregelt, wie es ihm gefiel, und *sie* musste die Konsequenzen tragen.

Bleischwer lastete dieser düstere Gedanke auf ihrer Seele. Doch die heitere, festliche Stimmung, die Alfreds Halle erfüllte, verwehrte ihr, vollends in ihrem Kummer zu versinken. Während einige Barden sangen und ihre Lauten schlugen und geistreiche Scherze die Runde machten, tischten die Dienstboten eine erlesene Mahlzeit auf. Vielleicht spürte Eahlswith das Unbehagen ihrer Tischgenossin, denn sie schlug ihr vor, einige besondere Köstlichkeiten zu probieren. Krysta erklärte, sie würde kein Fleisch essen, und zu ihrer Überraschung zeigte die Königin Verständnis dafür.

Im Lauf der Unterhaltung erwähnte Eahlswith, sie habe fünf Kinder. Allem Anschein nach war sie für die Mutterschaft geboren. Nach einer Weile entspannte sich Krysta. Zum ersten Mal, seit sie die Halle betreten hatte, konnte sie etwas freier atmen.

Aber das Wohlbefinden währte nicht lange, denn als sie die vornehme Gesellschaft musterte, begegnete sie dem eisigen Blick einer schönen Frau, die an einem der benachbarten Tische saß. Vielleicht war die Lady ein oder zwei Jahre älter als Krysta, in eleganten, mit Juwelen verzierten Samt gekleidet. Wie ein Gespinst aus Mondstrahlen schimmerte ihr silberblondes Haar. Das glatte Gesicht mit den fein gezeichneten Zügen erinnerte an frische Milch. Als sie merkte, dass sie Krystas Aufmerksamkeit erregt hatte, legte sie den Kopf schief und rümpfte ihre wohlgeformte, von keiner einzigen Sommersprosse verunstaltete Nase.

Ihre offenkundige Verachtung beschämte Krysta. Hatte sie die Lady zu dreist angestarrt? Hastig schaute sie weg. Kurz zuvor waren ihr die Herren zu beiden Seiten der Lady aufgefallen. Auch sie hatten Krysta geringschätzig inspiziert.

»Lord Udell«, flüsterte die Königin, der dieser stumme Kontakt nicht entgangen war. »Und Lord Wolscroft. Zwischen den

beiden sitzt Lady Esa, Udells Schwester.« Zögernd fuhr sie fort: »Lasst Euch von den Geschwistern nicht verwirren, meine Liebe. Was immer manche Leute glauben – von einer Heirat war nie die Rede.«

»Von einer Heirat?«, würgte Krysta hervor.

»O Gott!«, seufzte Eahlswith. »Vermutlich hätte ich den Mund halten sollen. Andererseits ist es vielleicht besser, wenn Ihr Bescheid wisst – wenn's auch keine Rolle spielt. Die Udells waren an einer engeren Verbindung mit Lord Hawk interessiert, und Esa bildete sich ein, er würde sie heiraten. Aber er hat niemals angedeutet, er würde das ernsthaft erwägen.«

Trotz dieser beruhigenden Erklärung krampfte sich Krystas Herz zusammen. Esa Udell musste jene *echte, vornehme Lady* sein, die Daria erwähnt und die Hawk zu heiraten beabsichtigt hatte. Mit einer so schönen, eleganten, anmutigen Frau würde sich Krysta niemals messen können. Zweifellos entstammte sie einer respektablen Familie und würde eine beträchtliche Mitgift erhalten. Kein Wunder, dass sie Hawks Braut verachtete, die ihr die angestrebte Position streitig gemacht hatte.

Beklommen warf sie einen raschen Blick zu Hawk hinüber. Aber er war in ein lebhaftes Gespräch mit dem König und einem Priester vertieft, der an seiner anderen Seite saß. Soweit sie das beurteilen konnte, schien ihn die Anwesenheit der Frau, die man für seine künftige Gemahlin gehalten hatte, nicht zu beunruhigen. Den ganzen Abend erweckte er nicht den Eindruck, er würde von ihr Notiz nehmen. Stattdessen erregte Krysta seine Aufmerksamkeit im selben Moment, als ihr bewusst wurde, wie müde sie war. Leise sprach er mit dem König, der sich zu seiner Frau wandte, worauf sie einige Dienstboten heranwinkte.

»Verzeiht mir, meine Liebe«, bat Eahlswith, »die Plauderei mit Euch war so angenehm, dass ich nicht bedacht habe, wie müde Ihr von der Reise sein müsst. Inzwischen wurde ein Gästezimmer für Euch vorbereitet. Nun wünsche ich Euch eine gute Nacht.« Mütterlich lächelte sie Krysta an. »Ich glaube, für

morgen hat mein Gemahl eine kleine Exkursion geplant. Daran sollt Ihr teilnehmen.«

Nur mit halbem Ohr hörte Krysta die letzten Worte. Sie bedankte sich, und Hawk stand auf, um sie aus der Halle zu begleiten.

Am Fuß der Treppe, die zu den Gästezimmern hinaufführte, zog er Krystas Hand an die Lippen und schaute ihr prüfend in die Augen. »Schlaf gut.«

Schweigend nickte sie, obwohl sie fürchtete, sie würde keine Ruhe finden. Dann folgte sie dem Dienstboten nach oben. Den verschwenderischen Luxus des Gemachs, in das sie geleitet wurde, nahm sie kaum wahr. Eine lächelnde junge Zofe tat ihr Bestes, um sie für die Abwesenheit Aelfgyths zu entschädigen, die froh und dankbar daheim geblieben war, bei ihrem geliebten Edvard. Nachdem Krysta gebadet und ein Nachthemd angezogen hatte, bürstete das Mädchen ihre Locken und ließ sie dann allein. Eine Zeit lang saß Krysta am Fenster und lauschte dem Stimmengewirr, das immer noch aus der königlichen Halle heraufdrang.

Aber die Geräusche verebbten bald. Erschöpft sank sie ins Bett, und es dauerte nur wenige Minuten, bis sie einschlief.

Mitten in der Nacht erwachte sie, drehte sich auf die andere Seite und tastete instinktiv nach der Wärme und Kraft, an die sie sich während der Schiffsreise gewöhnt hatte. Aber ihre Hand griff ins Leere. Das genügte, um die letzten Reste schläfriger Benommenheit zu verscheuchen. Verwirrt setzte sie sich auf und ließ ihren Blick durch den fremden Raum wandern, bis die Erinnerung zurückkehrte. Nun erkannte sie auch, was sie geweckt hatte.

Trotzdem warf sie sich ihre unschickliche Sehnsucht nach Hawk vor, schlang ihre Arme um die angezogenen Knie und hoffte, sie würde bald wieder einschlummern. Aber das gelang ihr nicht. Schließlich stieg sie aus dem Bett und ging zu einem

der Fenster, das einen Ausblick auf die Stadt bot. Wie in Hawkforte patrouillierten Wachen auf den von Fackeln beleuchteten Mauern. Ansonsten schienen alle Bewohner der Residenz, außer ihr selbst zu schlafen. In den Häusern brannte keine einzige Lampe, alle Herdfeuer waren eingedämmt worden.

Wie schmerzlich sie Hawk vermisste. Um auf andere Gedanken zu kommen, sah sie sich im Zimmer um. Den Steinboden bedeckten gewebte Binsenmatten statt des üblichen losen Schilfrohrs, die Wände waren mit kunstvoll geschnitztem Holz getäfelt. Ein Wandteppich zeigte Jäger, die einen wilden Eber verfolgten. Während Krysta das Bild bewunderte, entdeckte sie eine Tür in der Täfelung, die sie bisher übersehen hatte. Neugierig drehte sie den Knauf herum und hielt erstaunt den Atem an, als die Tür in einen angrenzenden Raum schwang.

Hawk hörte, wie sich die Tür öffnete. Reglos lag er im Bett. Unter normalen Umständen hätte er sogar unter dem Dach des Königs zum Schwert gegriffen, das sich stets in seiner Reichweite befand. Aber er wusste, wer das Nebenzimmer bewohnte. Das hatte Alfreds Verwalter, ein Seelenverwandter des beflissenen Edvards, ganz beiläufig erwähnt, bevor Hawk zur Ruhe gegangen war, und die Diskretion bewiesen, der er seine Position verdankte. Diese Fürsorge überraschte Hawk nicht. In seiner Jugend war Alfred trotz seiner sprichwörtlichen Frömmigkeit ein Weiberheld gewesen. Nun gestattete ihm die Ehe, Leidenschaft und Gottesfurcht in Einklang zu bringen, und er schätzte sich glücklich, hatte aber nicht vergessen, wie heiß das Blut schon vor der Hochzeit durch seine Adern geflossen war.

Unbewegt, die Augen geschlossen, lauschte Hawk den leisen Schritten seiner Verlobten, die sein Schlafgemach betrat. Nur zaudernd kam sie näher, hielt immer wieder inne, und einmal schien sie umzukehren. Dann besann sie sich anders und ging weiter. Als sie neben dem Bett stehen blieb, hörte er sie nach Luft schnappen und unterdrückte ein Lächeln. In dieser warmen Nacht hatte er beschlossen, nackt zu schlafen, ohne Decke.

Weil er wusste, dass Krysta ihn betrachtete, spürte er die vorhersehbare Wirkung und fragte sich, wie lange es ihm noch gelingen würde, tiefen Schlummer vorzutäuschen.

Ihr atemloser Seufzer beschleunigte seine Herzschläge. Natürlich, die Verführung, die er jetzt erwog, war tadelnswert. Aber wenn er seine Braut heiratete, was sie nicht verhindern konnte, würde er eine ehrbare Frau aus ihr machen, und alles hätte wieder seine Ordnung. Außerdem hatte er auf dem Schlachtfeld nie gezögert, die Schwäche eines Gegners auszunutzen. Auch jetzt stand ihm ein Kampf bevor. Daran zweifelte er nicht, und er beruhigte sein Gewissen mit der Absicht, Krysta letzten Endes keine Niederlage zu bereiten.

Trotzdem zwang er sich, Ruhe zu bewahren, zumindest vorerst, als sie mit sanfter Hand eine Locke aus seiner Stirn strich. Sie seufzte wieder. Diesmal klang es beinahe wie ein Schluchzen. Um nicht nach ihr zu greifen, krallte er seine Finger in die Matratze und hoffte, Krysta würde es nicht bemerken.

Nein, sie nahm es nicht wahr, sie war von heftigen Gefühlen erfasst. Nicht einmal sie konnte gegen eine so starke Strömung schwimmen, die ihren Körper durchflutete, seit sie Hawks hinreißenden, von silbrigem Mondlicht übergossenen nackten Körper bestaunte. Der feurige Strom hatte sie hierher getrieben, an seine Seite, und drängte sie wider ihr besseres Wissen, ihn zu berühren. Jetzt musste sie gehen. Sofort. Aber sie stand wie erstarrt da und wehrte sich gegen den Impuls, ihn noch einmal anzufassen, aus ihrem Nachthemd zu schlüpfen und neben Hawk ins Bett zu sinken; mit behutsamen Fingerspitzen seine sinnlichen Lippen nachzuzeichnen, die seidigen Locken zu streicheln; die Hände über seine kraftvollen Schultern und die muskulöse Brust wandern zu lassen, über die glatte, bronzebraune Haut; ihre Beine um seine zu schlingen, mit ihren Zehenspitzen die sehnigen Waden zu kitzeln; zwischen seine Schenkel zu gleiten, seine Männlichkeit zärtlich festzuhalten und ihn zu kosten, so wie er sie geschmeckt hatte…

Sie hob ihr schweres Haar hoch, entblößte ihren Hals und streckte sich träge. Im Zimmer war es ziemlich heiß, und sie ertrug es kaum, das Hemd zu spüren, das ihre geschwollenen Brustwarzen streifte.

Könnte sie doch in kühles, tiefes Wasser tauchen. Dann würde sie die unsittlichen Wünsche ihres Körpers bezähmen. Aber weil ihr diese rettende Zuflucht versagt wurde, wäre es reine Torheit, noch länger hier zu bleiben. Sie wagte es nicht, Hawk noch einmal anzuschauen. Sonst würde ihr stummes Gebet um Vernunft nichts nützen. Und so trat sie zurück.

Da straffte sich ihr Hemd und verhinderte weitere Schritte, die sie vom Bett entfernen würden. Verwirrt starrte sie die Hand an, die den dünnen Stoff umklammerte, musterte Hawks Gesicht und sah jenes schläfrige Lächeln, das sie mittlerweile so gut kannte.

»Geh nicht«, bat er und hielt das Hemd fest, während ihr Verstand gegen wachsende Begierde kämpfte.

»Ich hätte nicht herkommen dürfen.«

Als er sich aufrichtete, wurde ihr Blick von seiner erregten Männlichkeit angezogen. Hilflos war sie ihrer Schwäche ausgeliefert.

»In drei Nächten hast du dich an mich geschmiegt, Krysta. Warum willst du jetzt allein schlafen?«

»Oh, das solltest du gar nicht wissen. Wenn ich am Morgen erwachte, dachte ich, du würdest schlafen ...«

»Dank unzähliger Schlachten habe ich einen sehr leichten Schlaf.« Hawk ließ das Hemd los und ergriff ihre Hand. Ein letztes Mal meldete sich sein Gewissen, das er energisch zum Schweigen brachte. In der Kunst, Frauen zu umwerben, hatte er wenig Erfahrung. Aber bei Krysta fiel es ihm nicht schwer. »Bleib bei mir, meine Süße. Wer weiß, wie lange wir noch zusammen sind in dieser unsicheren Welt? Das Leben ist so kurz. Genießen wir den Augenblick.« Er küsste ihre Finger, dann schlang er einen Arm um ihre Hüften. In einem halbherzigen

Versuch, sich zu befreien, stemmte sie ihre Hände gegen seine Brust. Aber er streifte bereits ihr Hemd nach oben, entblößte ihre langen, schlanken Beine, und sie fühlte seinen Mund an ihrem Bauch, seinen warmen Atem. Da erlahmte auch ihr letzter Widerstand.

So schnell verging die Zeit, man musste das Beste daraus machen, damit hatte er Recht. Die Vergangenheit war entschwunden, die Zukunft, die sie ersehnte, würde ihr das Schicksal verwehren. Nur die Gegenwart zählte. Ist es denn verwerflich, wenn ich mir ein bisschen Glück gönne, fragte sie sich.

Plötzlich erschien Lady Esas Bild in ihrer Fantasie – die kalte, verächtliche Schönheit. Würde Hawk sie heiraten, diese *echte, vornehme Lady,* die seiner wert wäre? Vielleicht, denn sie wirkte sehr entschlossen. Das hatte Krysta trotz ihrer mangelhaften Menschenkenntnis festgestellt.

Falls das geschehen würde, wollte sie wenigstens einen kleinen Sieg erringen, den wünschte sie sich so inbrünstig, dass ihr Herz schmerzhaft gegen die Rippen hämmerte. Hawk durfte sie nicht vergessen. Im hohen Alter – und sie hoffte, er würde lange leben – sollte er sich immer noch erinnern, wie er sie berührt hatte, wie ihre Küsse schmeckten, wie ihre Stimme klang. Und die Ekstase, die sie in dieser Nacht teilten, sollte seine Träume verzaubern, bis zum Ende seiner Tage.

Hawk erkannte ihre Kapitulation, und der Triumph war bittersüß. Viel zu selbstsüchtig hatte er seinen Willen durchgesetzt, deshalb machte er sich Vorwürfe. Trotzdem gab es kein Zurück. Ungeduldig zerrte er ihr das Hemd über den Kopf und warf es zu Boden. Wie kühler Alabaster schimmerte ihre Haut, aber ihre Glut glich seiner eigenen. Er zog sie herab, so dass sie auf ihm lag, streichelte ihren Rücken, die sanft gerundeten Hüften, seine Finger glitten zwischen ihre Schenkel, und ein verzehrender Kuss nahm ihr den Atem. Begierig kostete er ihren Mund, seine Zunge spielte mit ihrer. Sein Verlangen nach ihr war unersättlich, von den Tagen und Nächten ohne Erfüllung noch

gesteigert. Nun wollte er endlich ihren Körper unter seinem spüren. An nichts anderes konnte er denken, als sie sich plötzlich in seinen Armen bewegte.

Mit einem provozierenden, mutwilligen Lächeln richtete sie sich auf und saß rittlings auf seinen Hüften, warf ihr goldenes Haar in den Nacken und enthüllte ihre betörenden Brüste. Heiße Sehnsucht verschleierte ihre Augen und ihre Hände strichen zart über seine Brust. »Bitte«, hauchte sie, »ich würde so gern...«

Stöhnend ließ er seinen Kopf ins Kissen sinken. Seine Erregung schmerzte bereits. Wenn Krystas Blick gewisse Schlussfolgerungen erlaubte, würde seine Qual noch eine Weile dauern. Ihn interessierten ihre unschuldigen Liebeskünste, obwohl er an seiner Fähigkeit zweifelte, sich noch länger zu beherrschen. Während er sein Bestes tat, pochte sein Puls immer schneller. Wie ein Feuerstrom floss das Blut durch seine Adern.

Krysta war eine unerfahrene Verführerin. Beglückt von ihrer eigenen Kühnheit, genoss sie die Wirkung, die sie auf ihn ausübte, in vollen Zügen. Sie erforschte ihn mit zärtlichen Händen und Lippen, mit hungrigen Küssen und ihrer warmen, weichen Haut. Dabei schwieg sie nicht. Aus ihrer Kehle rangen sich leise Laute, Freudenrufe voller Staunen, die ihn mit männlichem Stolz erfüllten, seine Selbstkontrolle hing an einem seidenen Faden.

Auf seiner Stirn perlte Schweiß, als sie sich aufrichtete, eine scheue Frage in den Augen. Was sie wollte, verstand er sofort, umfasste ihre Hüften und postierte sie über dem harten Zeichen seiner Lust. Verblüfft hielt sie die Luft an. Dann seufzte sie entzückt und verschmolz mit ihm aufreizend langsam. Nachdem er so tief wie möglich in sie eingedrungen war, schlangen sich seine und ihre Finger ineinander. Mit angeborener Grazie begann sie sich zu bewegen. Fasziniert beobachtete er, wie die wachsende Leidenschaft ihre Haut rötete, die harten Knospen ihrer Brüste näherten sich verlockend seinem Mund.

Beinahe war dieser Angriff auf ihre berauschten Sinne unerträglich. Während Hawk an einer ihrer Brustwarzen saugte, schrie sie auf. Brennende Wellen durchfluteten ihren ganzen Körper, in wildem Tempo, bis sie sich in einem weiß glühenden Wirbel ergossen, der kein Ende zu finden schien. Kraftlos sank sie auf ihren Liebhaber hinab, völlig außer Atem. Die Welt drehte sich, und plötzlich lag sie unter ihm. Die markanten Züge angespannt, die Augen verengt, strebte er seiner Erlösung entgegen, immer schneller. Ohne Gnadenfrist wurde Krysta zu einem neuen Gipfel emporgejagt, und Hawk folgte ihr wenig später. Ganz fest presste er sie an sich, als wollte er sie nie mehr loslassen.

Es genügte nicht. Bei Tagesanbruch erwachten sie, Hände und Lippen suchten einander. Diesmal liebten sie sich langsamer und zärtlicher. Jeden einzelnen Moment kosteten sie aus. Danach schliefen sie tief und fest. Nicht einmal die üblichen Morgengeräusche des Königshofs konnten sie stören. Erst als der Lärm in den Straßen der geschäftigen Stadt – polternde Wagen, schrilles Stimmengewirr, die scharfen Befehle der Wachtposten, die fröhlichen Lieder fahrender Sänger – durch die offenen Fenster in Hawks Gemach drang, kehrte das erschöpfte Paar widerstrebend in die Wirklichkeit zurück.

Nur mühsam errungene Disziplin befähigte die beiden, aus dem Bett zu steigen, ohne der Versuchung flüchtiger Liebkosungen und zärtlicher Blicke erneut zu erliegen. Den nackten Körper von einem Laken umhüllt, taumelte Krysta in ihr Zimmer. Gleichzeitig klopfte es an der Tür, die zum Flur führte. Ohne eine Antwort abzuwarten, trat die Zofe ein. Verdutzt riss sie die Augen auf, und ihre Wangen röteten sich. Aber sie sagte nichts und stellte ein Tablett auf den Tisch, knickste und legte Kleider für die Herrin über einen Sessel.

Kurz danach kam Hawk herein, mit nacktem Oberkörper, Seifenschaum am Kinn, ein Rasiermesser in der Hand, und erinnerte Krysta an die Verabredung mit dem König. Da schüttete

das verdatterte Mädchen zu viel Milch in einen Becher, so dass sie über den Tisch rann und zu Boden tropfte. Obwohl die Zofe protestierte, kniete Krysta seufzend nieder und half ihr, die Bescherung aufzuwischen. Nur zu gut kannte sie Hawks verwirrende Wirkung auf das schwache Geschlecht. Er hatte sie oft genug aus der Fassung gebracht, und was noch schlimmer war, das störte sie nicht im Mindesten. Es fiel ihr sogar schwer, nicht unentwegt zu lächeln. Vor lauter Glück schwindelte ihr beinahe. Alle Sorgen, die sie am Vortag geplagt hatten, rückten in weite Ferne.

Erst nachdem sie sich angezogen und ein paar Bissen gegessen hatte, überlegte sie, was Alfred für diesen Tag geplant haben mochte. Bisher war ihr das völlig gleichgültig gewesen. Dass sie die Wünsche des großen Königs so unwichtig fand, wies auf ihren bedenklichen Geisteszustand hin. Was immer auch geschehen würde, sie musste verbergen, wie es in ihr aussah. Darüber grübelte sie immer noch, als Hawk zurückkehrte, um sie abzuholen. Anerkennend musterte er ihre äußere Erscheinung, und sein jungenhaftes Grinsen beschleunigte ihren Puls. »Wir sind viel zu spät dran, beeil dich!«, mahnte er und nickte der verlegenen Zofe zu. »Glücklicherweise hat Alfred immer was zu tun, also wird's ihm nichts ausmachen.«

Noch ehe Krysta ihre Gedanken einigermaßen ordnen konnte, führte er sie die Treppe hinab. In der großen Halle trafen sie nur ein paar Dienstboten an, ein sicheres Zeichen, dass der Morgen schon weit vorangeschritten war. Draußen schien eine strahlend helle Sonne, eine frische Brise bewegte die Zweige der jungen Bäume.

Hawk eilte mit Krysta zu einem steinernen Gebäude, das etwas abseits lag, inmitten eines idyllischen Gartens. Hier spürte man nichts vom hektischen Getümmel der Residenzstadt. Ein kurzer Blick durch die offene Doppeltür bestätigte Krystas Vermutung. Im Halbdunkel sah sie ein Kirchenschiff. Sie folgten einem Weg zur Ecke des Gotteshauses. Dahinter änderte sich die

beschauliche Szenerie, von einer Atmosphäre reger Betriebsamkeit verdrängt. An mehreren Tischen saßen Mönche, zwischen leinenen Wandschirmen, die den Wind und aufgewirbelten Staub fern hielten. Davor geschützt, konnten die Mönche das Sonnenlicht für ihre Arbeit nutzen. Welch eine faszinierende Arbeit. Krystas Herz pochte schneller, als sie erkannte, dass sie *Buchseiten* beschrifteten. Eifrig rannten junge Gehilfen hin und her, um noch mehr Tinte, neue Federn und Pergament zu holen. Andere Burschen saßen unter einem Baum und wurden von einem Lehrmeister in die Schönschreibkunst eingewiesen.

Mit leiser Stimme erklärte Hawk: »Alfred glaubt, später würde man sich vor allem deshalb an ihn erinnern, weil er in diesem Land die Wissenschaft wiederbelebt hat. Ohne sie wird der Frieden nicht lange währen, deshalb ist sie am allerwichtigsten.« Er zeigte auf einen Gebäudekomplex jenseits der Tische. »Dort siehst du das Skriptorium, die Schreibstube der Mönche, und die Schule, die der König gegründet hat. In einem Teil des Trakts bringen viele Aristokraten ihre Söhne unter, die Alfreds Erziehung genießen. Um diese Ausbildungsplätze kämpfen die Väter geradezu, obwohl sie nicht verstehen, dass der König seine Schützlinge dazu zwingt, jeden Tag ein paar Stunden ihren Studien zu widmen. Manche Lords sehen immer noch keinen Sinn in der Gelehrsamkeit und finden es unmännlich, wenn man danach strebt. Trotzdem würden sie Alfred niemals widersprechen. Sogar die unbegabtesten Schüler verlassen das Schloss mit ein paar Lateinkenntnissen und einem Wissen, das sie sich woanders niemals angeeignet hätten.«

Von glühendem Neid erfasst, malte sich Krysta aus, wie es sein mochte, in einem dieser Häuser zu leben, jeden Tag Bücher zu lesen und von fachkundigen Männern unterrichtet zu werden. So musste es im Paradies zugehen. Sie schaute in Hawks leuchtend blaue Augen. Dann wich sie seinem Blick aus, sonst hätte sie nicht klar denken können. »Dürfen auch Frauen in König Alfreds Residenz studieren?«

»Wieso wusste ich, dass du diese Frage stellen würdest?«, neckte er sie. »Manche Leute meinen, gebildete Frauen würden zur Unzufriedenheit neigen und die Autorität ihrer Väter oder Ehemänner nicht anerkennen. Vielleicht stimmt das. Wie ich schon öfter festgestellt habe, lässt deine Fügsamkeit zu wünschen übrig.«

»Vermutlich überschätzt du den Wert der Demut.« Schon im nächsten Moment bereute sie ihre Worte, die etwas zu herausfordernd klangen. Hawk, ein Krieger und Kommandant, erwartete natürlich, dass man ihm gehorchte.

»Nie zuvor habe ich einen Menschen so duldsam behandelt wie dich, Krysta«, entgegnete er in ruhigem Ton. »Deinen Ungehorsam nahm ich immer wieder hin. Weißt du, warum?«

Zu einer Antwort fand sie keine Zeit, denn in diesem Augenblick kam Alfred aus einem der Häuser, von dem Priester begleitet, der am vergangenen Abend neben Hawk gesessen hatte. Als sie die Neuankömmlinge erblickten, eilten sie zu ihnen.

»Da seid Ihr ja!« Offensichtlich war Alfred bester Laune, und er zeigte sogar einen überschwänglichen Enthusiasmus, der die ernsthaften Pflichten seiner Position nicht erahnen ließ. »Meine Liebe«, fuhr er, zu Krysta gewandt fort, »ich glaube, meinen guten Freund, Vater Asser, habt Ihr noch nicht kennen gelernt. Dieser leidgeprüfte Mann übernahm vor vielen Jahren die schwere Aufgabe, mir Latein beizubringen.«

Lächelnd verneigte sich der Priester vor Krysta. »Schon gestern Abend habe ich Eure Schönheit bewundert, Mylady. Und ich versichere Euch, der König war kein so schlechter Schüler, wie er behauptet.«

»Jetzt schmeichelt er mir«, scherzte Alfred, »weil ich dieses Schulgebäude errichtet habe und noch andere im ganzen Land. Er möchte Wessex mit Büchern überhäufen. Und ich bin sein williger Komplize.«

»Die ganze Welt würde ich mit Büchern überschütten, wenn ich Mittel und Wege fände«, gestand der Geistliche. »Vor kur-

zem begann ich eine Geschichte dieser Regentschaft zu verfassen.«

Gutmütig seufzte Alfred. »Deshalb muss ich ihm besonders freundlich begegnen, denn die Menschheit wird noch in vielen hundert Jahren lesen, was er von mir hält.«

»Sicher wird man sich auch an andere Dinge erinnern, Mylord«, bemerkte Hawk trocken.

Vater Asser lachte. »Hört ihm nur zu, Mylord! Er ist jung und vital und den sinnlichen Dingen des Lebens viel enger verbunden als ein alter Büßer von meiner Sorte.«

»Beruft Euch bloß nicht auf Euer Alter, mein Freund!«, mahnte Alfred. »Eure Dienste werde ich noch jahrelang brauchen. Ihr habt Eure Arbeit eben erst begonnen.«

»Möge der Allmächtige mir noch einige Zeit auf dieser Erde gewähren«, murmelte der Priester. Dann musterte er Krysta interessiert. »Wie mir Lord Hawk erzählt hat, könnt Ihr lesen, Mylady.«

Auch Alfreds Neugier erwachte. Offenbar hatte er nichts gegen gebildete Frauen einzuwenden. »Wie habt Ihr's gelernt, meine Liebe?«

»Als ich ein kleines Mädchen war, suchte ein Mönch die Festung meines Vaters in Vestfold auf und bat ihn um die Erlaubnis, den Einheimischen das Christentum nahe zu bringen. Das beunruhigte meinen Vater, denn er fürchtete, es könnte zu Schwierigkeiten führen. Andererseits wollte er den Mönch nicht kränken, weil er die Macht des christlichen Gottes fürchtete. Und so durfte der Mönch seine Lehre verbreiten. Mein Vater schickte ihn auch zu mir. Etwa zehn Jahre blieb Bruder Malcolm bei uns, erklärte mir das Evangelium und lehrte mich lesen. Nachdem er den Eindruck gewonnen hatte, ich wäre halbwegs begabt, entschied er, ich müsste auch schreiben und rechnen lernen ...« Da diese Enthüllungen keinen Unmut erregten, fügte sie nach kurzem Zögern hinzu: »Und Latein.«

»Latein?«, rief Alfred und blinzelte, als würde sie einer Spe-

zies angehören, der er noch nie begegnet war. »Könnt Ihr tatsächlich Latein lesen?«

»Ja, zu meinem Glück. Bruder Malcolm war ein sehr freundlicher, geduldiger Lehrer.«

»Hat Euer Volk das Wort Christi erhört?«, fragte Vater Asser, und Krysta nickte.

»Wir alle ließen uns bekehren und in späteren Jahren noch viele andere Norweger. Sogar mein Vater erkannte am Ende seines Lebens, dass man den Gott der Christenheit nicht fürchten muss, denn Er schenkt uns die Hoffnung auf eine bessere Welt.«

»Dann hat Bruder Malcolm seine Jahre in Vestfold gut genutzt«, meinte der König. »Er muss ein ungewöhnlicher Mann gewesen sein, da er beschlossen hat, ein junges Mädchen zu unterrichten. Schon immer war ich der Ansicht, ein kluger Mann sollte auf bescheidenen Grundfesten zu bauen anfangen und allmählich größere Ziele anstreben. Vielleicht sollten wir auch die Töchter unserer Lords in diese Schule aufnehmen. Zunächst könnten wir ihnen schlichte Erkenntnisse übermitteln und dann abwarten, ob sie Fortschritte machen.«

»Was für eine großartige Idee, Mylord!«, lobte Hawk. Verblüfft und erfreut schaute Krysta ihn an, was ihm nicht entging. Grinsend sprach er weiter: »Vorausgesetzt, die Mädchen würden ihre weiblichen Aufgaben nicht vernachlässigen.«

»Das dürfen wir natürlich nicht gestatten«, stimmte der König zu. »Jedenfalls wäre es möglich...« Er verstummte und starrte nachdenklich vor sich hin. Dann lächelte er entschuldigend. »Verzeiht mir. Ständig überlege ich, wie ich die irdischen Aufgaben, die mir zugewiesen wurden, noch besser erfüllen kann. Wie auch immer, Lady Krysta, soeben wurde die erste Kopie eines neuen Buchs vollendet, eine Abhandlung über die Organisation der Regierung. Die möchte ich mir ansehen, und als ich Hawk einlud, mich zu begleiten, schlug er vor, Ihr solltet mitkommen.«

Das war also die Exkursion, die Alfred geplant hatte. Außer-

gewöhnlich und wie aufschlussreich, was den Charakter des Königs betraf. Wie freundlich von Hawk, mich einzubeziehen, dachte Krysta. Eine weitere seiner zahlreichen Tugenden, die sie während einer trostlosen Zukunft in ihrem Herzen bewahren würde. Doch daran wollte sie jetzt nicht denken. Die Aussicht, ein neues Buch zu begutachten, noch dazu als eine der ersten Personen, die es sehen würden, war viel zu erfreulich. »Besten Dank, Mylord, das wäre himmlisch. Bis zu meiner Ankunft in Hawkforte kannte ich nur wenige Bücher, und jetzt bin ich von ihnen umgeben, das bereitet mir großes Vergnügen.«

»Welch eine bewundernswerte Neigung, meine Liebe.« Höflich bot ihr der König einen Arm, und Hawk folgte ihnen mit Vater Asser ins Skriptorium.

Nie zuvor hatte sie einen so eindrucksvollen Raum betreten. Allein schon die Gerüche nach frischem Pergament und Kleister, feinem Leder und Tinte, das metallische Aroma von Gold, die würzigen Düfte gemahlener Mineralien und getrockneter Pflanzen, mit denen man Farben mischte, entfachten Krystas Begeisterung. Für eine Weile schloss sie die Augen und holte tief Atem. Diese einzigartige Mischung von Aromen würde sie niemals vergessen.

Und das war erst der Anfang. Auf hohen Schreibpulten lagen geöffnete Bücher. Teils noch im Entstehen, teils bereits vollendet. Leuchtende Farben entzückten Krysta, gleißendes Gold, Blau, Rot, Grün und Schwarz vereinten sich zu kunstvollen Lettern oder Illustrationen.

Hingerissen betrachtete sie ein großes A aus verschlungenen Ranken voller winziger bunter Vögel, als Hawk sich räusperte, um ihre Aufmerksamkeit zu erregen. Alfred und der Priester waren zu einem Tisch am anderen Ende des Raums gegangen, wo ein älterer Mönch das kostbare neue Buch bewachte. »Offensichtlich hast du den König mit deinem Charme umgarnt«, sagte Hawk leichthin. »Das gelingt nur wenigen Frauen. Aber von dir habe ich nichts anderes erwartet.«

Sein Lob beglückte und verwirrte sie. »Von Charme und solchen Dingen verstehe ich nichts. Bei meiner Erziehung wurde so etwas nicht berücksichtigt.«

»Echten Charme kann man nicht lernen. Vielleicht entspringt er einem offenen Herzen und einer sanften Seele.«

Überrascht hob sie die Brauen, dann brach sie in Gelächter aus. »Verzeih mir, ausgerechnet *du* findest meine Seele sanft? Habe ich nicht erst gestern gesagt, man müsste deinen Schädel mit einem Ruderblatt einschlagen?«

Auch Hawk lachte. Aber plötzlich verdunkelten sich seine Augen. »Es ist viel besser, du sprichst freimütig aus, was du denkst, statt böse Gedanken hinter einem falschen Lächeln zu verbergen. *Das* ist nur allzu üblich in diesem Zentrum der Macht. Trotzdem trifft man an Alfreds Hof gewisse Leute, die ihre wahren Gefühle nicht verhehlen. Daran solltest du dich stets erinnern.«

Seine Warnung bedrückte sie. Nur zu gut wusste sie, was er meinte. Die unverhohlene Verachtung Lord Udells und seiner Schwester hatte sie nicht vergessen. Gab es noch andere, die ihr ablehnend gegenüberstanden? Ein Schauer überlief ihren Rücken.

Mit warmen, kraftvollen Fingern umschloss Hawk ihre Hand und führte sie zu dem Pult, auf dem das neue Buch lag.

13

Das Sonnenzimmer der Königin lag im Ostflügel des Schlosses, ein heller, gemütlicher Raum, gut geeignet für die Näharbeit, der sich die meisten vornehmen Ladys täglich widmeten. Zu diesem Gemach ließ sich Krysta nach ihrem Besuch des Skriptoriums von einer Dienerin geleiten. Sie wusste, dass der König und Hawk viel zu besprechen hatten. Und obwohl sie die Unterredung gern mit anhören würde, hatte sie verständnisvoll

gelächelt, als sie freundlich, aber energisch weggeschickt worden war. Sie wollte allein in die Festung zurückkehren. Aber das verhinderte Hawk, entschuldigte sich für ein paar Minuten bei Alfred und begleitete sie in die Halle. Dort hatte er ein Dienstmädchen beauftragt, seine Braut zur Königin zu bringen.

Sobald Krysta das Sonnenzimmer betrat, erkannte sie, welch schweren Fehler sie beging. Hier waren einige Dutzend Ladys versammelt, in allen Altersstufen, aber gleichermaßen kostbar gekleidet. Der Anblick erinnerte sie an die prächtigen Vögel zwischen den Ranken des Großbuchstabens A. Genauso eitel schienen die Damen ihr farbenfrohes Gefieder zu spreizen, während sie Lord Hawks Verlobte neugierig anstarrten. Einen schrecklichen Augenblick lang fühlte sie sich wie gelähmt. Dann schien ihr das Lächeln der mütterlichen Königin einen rettenden Anker zuzuwerfen. Dankbar folgte Krysta der Einladung, neben Eahlswith Platz zu nehmen.

»Oh, ich hatte gehofft, Ihr würdet hierher kommen«, begann die Königin. »Erzählt doch, entspricht das neue Buch den hohen Erwartungen meines Gemahls?«

Mehrere Damen, die in der Nähe saßen, bekundeten höfliches Interesse. Aber Lady Esa schenkte ihre ungeteilte Aufmerksamkeit auch weiterhin der exquisiten Stickerei, an der sie arbeitete. Nur ihr spöttisches Lächeln deutete an, was sie dachte.

»Gewiss, Mylady, das Buch ist ein Wundwerk«, antwortete Krysta, ohne Esa zu beachten. »In prächtiger Schrift werden die Gesetze aufgelistet, die König Alfred erließ, um in seinem Reich Recht und Ordnung zu wahren. Der Band ist in drei Abschnitte unterteilt. Darin sind die Gesetze für die betenden, die arbeitenden und die kämpfenden Männer enthalten. Mühelos kann man die Handschrift lesen. Nie zuvor sah ich ein Buch mit so schönen, künstlerisch gestalteten Anfangsbuchstaben in jedem Kapitel und so zahlreichen anschaulichen Illustrationen.«

»Das freut mich zu hören«, erwiderte Eahlswith. »Denn ich

schwöre, meinem Gatten bedeuten seine Bücher fast genauso viel wie seine Kinder, und das will etwas heißen.«

Freundlich lächelten die Damen, alle außer Esa, die gelangweilt ihre Augen verdrehte. Entweder entging es der Königin, oder sie ignorierte das taktlose Verhalten der Lady. Krysta vermutete Letzteres, weil sie Eahlswiths Klugheit bereits erkannt hatte.

»Und wie gefällt Euch das Skriptorium?«, erkundigte sich die Königin.

»So einen herrlichen Raum sah ich nie zuvor. Ich durfte lange genug darin verweilen, um in einigen Büchern zu blättern. Und der König war so freundlich und versprach, er würde mir eins leihen.«

»Dass Ihr lesen könnt, finde ich einfach großartig, Lady Krysta. Hin und wieder beschloss ich, diese Fähigkeit zu erlernen. Aber dafür lassen mir die Kinder keine Zeit.«

Krysta nickte. Natürlich fiel es sogar einer Königin sehr schwer, ihren »weiblichen Aufgaben« auch nur kurzfristig zu entrinnen. »Zu meinem Glück lernte ich schon in der Kindheit lesen.«

»Zu Eurem Glück?« Esas Stimme klang sanft, aber durchdringend. Nun spitzten auch die Damen, die etwas weiter entfernt saßen, ihre Ohren. Auf einen Eklat hatten sie begierig gewartet. Die Lady lächelte gewinnend. »Am Rand von Nirgendwo aufzuwachsen, ohne Eltern, das würde ich nicht als Glück bezeichnen. Nach allem, was ich erfahren habe, ist Vestfold ein einsamer, trostloser, unzivilisierter Ort. Kein Wunder, dass Ihr so eifrig bestrebt wart, hierher zu reisen, und Euch sogar als Dienerin getarnt habt, um Euer Ziel möglichst schnell und ungefährdet zu erreichen.« Die Nase hoch erhoben, musterte sie Krysta und fragte honigsüß: »Oder war das nicht der Grund für Eure ungeheuerliche Maskerade?«

Ehe die Königin eingreifen konnte, entgegnete Krysta: »Keineswegs. Und Vestfold ist gewiss nicht so schrecklich, wie Ihr

glaubt, sondern wunderschön. Als ich meine Heimat verließ, war ich todunglücklich.«

»Ah, ich verstehe ...« Esas Miene bewies das Gegenteil. »Also habt Ihr nur zum *Spaß* eine Dienerin gespielt? Weil Ihr Lord Hawk zum Narren halten wolltet?«

Die anderen Ladys kicherten. So gut wurden sie nur selten unterhalten. Dieses Vergnügen genossen sie in vollen Zügen. Eahlswith versuchte sich wieder einzumischen. Aber Krysta kam ihr zuvor, denn sie wollte keinesfalls den Eindruck erwecken, sie könnte nicht für sich selber einstehen. »Meine Beweggründe sind einzig und allein *meine* Sache, Lady. Und ich werde sie Euch nicht verraten.«

Schmollend verzog Esa die schönen Lippen. »Für solche Dummheiten interessiere ich mich auch gar nicht.«

Neues Gekicher erklang, bis die Königin mahnend eine Hand hob. »Bitte, verzeiht uns, Lady Krysta. Solche Klatschgeschichten verbreiten sich so schnell wie der Wind und sind genauso unnütz wie der Staub, den er aufwirbelt.« Ein strenger Blick schien Esa zu durchbohren. »Bedauerlicherweise haben manche Leute kein Fünkchen Verstand. Sonst würden sie diesen Unfug gar nicht beachten.«

»O Mylady!« Zerknirscht senkte Esa den Kopf. »Wenn ich Euer Missfallen erregt habe, tut es mir aus tiefster Seele Leid. Es ist nur – so wie wir alle weiß ich Lord Hawk und seine Verdienste sehr zu schätzen. Und der Gedanke, jemand könnte ihn beleidigt haben, weckt meinen Zorn, wenn das kein zu unweibliches Gefühl ist.«

Als Krysta diese Emotion empfand, hegte sie keine Bedenken. Es juckte sie in den Fingern, einen der Krüge zu ergreifen, die auf einem nahen Tisch standen, und kaltes Wasser in Lady Esas höhnisches Gesicht zu schütten.

Bedächtig legte Eahlswith die Tunika beiseite, die sie für ihren Gemahl bestickte. »Lady Krysta ist mit Lord Hawk verlobt«, erklärte sie leise, aber in entschiedenem Ton, »und diese Ehe ist

ein bedeutender Eckpfeiler des Friedens zwischen den Sachsen und den Norwegern, den unser König wahren möchte, um uns vor den wilden Dänen zu schützen. Vergessen wir nicht, dass unser Erlöser die Hochzeit zu Kana gesegnet und Wasser in Wein verwandelt hat, Er liebt alle Friedensstifter. Deshalb wird Er die Verbindung zwischen Lady Krysta und Hawk of Essex besonders wohlwollend betrachten.«

Am liebsten hätte Krysta lauthals verkündet, dieser Verlobung sei kein Segen beschieden und Hawk müsse eine andere heiraten, um seines Glücks und seiner Ehre willen. Aber sie schwieg, während Esa wieder nach ihrer Stickerei griff und erbost mit der Nadel in den Stoff stach, ohne das komplizierte Muster zu beachten.

Eahlswith winkte eine Zofe zu sich und erteilte ihr einen Befehl. Dann griff auch sie wieder zu ihrer Näharbeit. Wenig später erschien ein schüchterner junger Mönch, ein Buch in der Hand. Offensichtlich war er nicht an weibliche Gesellschaft gewöhnt.

»Wenn Ihr so freundlich wärt, meine Liebe…«, wandte sich die Königin an Krysta. »Lest uns doch etwas vor, während wir handarbeiten. Zweifellos ist der Inhalt dieses Buchs erbaulicher als Klatsch und Tratsch.«

Der Mönch zögerte, aber Eahlswiths' durchdringender Blick bewog ihn, das Buch widerstrebend in Krystas Hände zu legen. Wie sie erfreut feststellte, enthielt es die äsopschen Fabeln. Äsop, der Held eines griechischen Volksbuchs aus dem sechsten Jahrhundert vor Christi, war ein schalkhafter phrygischer Sklave gewesen. »Von diesen Geschichten habe ich schon gehört, aber noch keine einzige gelesen. Angeblich sind sie sehr witzig und geistreich.«

Ermutigend lächelte die Königin ihr zu, und Krysta schlug das Buch auf.

Der restliche Vormittag verlief in heiterer, angenehmer Atmosphäre, nicht zuletzt, weil Lady Esa Kopfschmerzen vorge-

schützt und sich mit ihrem Gefolge zurückgezogen hatte. Danach besserte sich die Stimmung im Sonnenzimmer, wenn Krysta auch nicht wusste, ob sie sich das nur einbildete. Jedenfalls atmete sie erleichtert auf.

Während die Männer anderswo beschäftigt waren, nahmen die Damen das Mittagessen gemeinsam ein. Zum ersten Mal in ihrem Leben genoss Krysta die Gesellschaft vornehmer Damen. Sie entsann sich, wie verärgert sie gewesen war, als Hawk scherzhaft erklärt hatte, es würde ihr gefallen, mit Frauen beisammenzusitzen, ein bisschen zu nähen und zu schwatzen. Jetzt sah sie das anders. Bei der Mahlzeit unterhielten sich die Ladys über die Geschichten, die Krysta ihnen vorgelesen hatte, stellten Vergleiche mit eigenen Erlebnissen an und lachten fröhlich. Einige waren besonders nett oder geistreich. Aber sie entdeckte an jeder liebenswerte Eigenschaften – seit Esa den Raum verlassen hatte.

Doch sie würde zurückkehren und ihr auch weiterhin das Leben schwer machen. Die Vorstellung, Hawk könnte eine solche Frau zu seiner Gattin erwählen, erfüllte Krysta mit kaltem Grauen. Zweifellos verdiente er etwas Besseres – eine perfekte Gemahlin. Eine Zeit lang hatte sie in ihrer Dummheit erwartet, diese Rolle zu übernehmen. Und sie würde es immer noch wünschen, hätte die Liebe ihrem Gewissen keine so schwere Bürde aufgeladen. Sosehr sie es auch bedauerte, sie musste auf ihr Glück an Hawks Seite verzichten. Aber dieses schmerzliche Opfer wollte sie nicht bringen, um dann mit anzusehen, wie er eine herzenskalte Frau heiratete, die nur sich selbst liebte.

Wieder einmal war sie den Tränen nahe. Alle Gefühle schienen sich zu steigern, Leid und Freude gleichermaßen. Zwischen beiden schwankte sie hin und her. Kein Wunder, dass sie sich übel fühlte. Oder vielleicht war ihr das Essen nicht bekommen. Besorgt neigte sich Eahlswith zu ihr. »Seid Ihr krank, meine Liebe?«

»Nein, nur eine kleine Unpässlichkeit«, erwiderte Krysta.

Plötzlich wurde ihr schwindlig, und sie schloss die Augen, in der vergeblichen Hoffnung, das würde ihr helfen.

Mit sanfter Hand berührte die Königin Krystas Stirn. »Ihr seid ja ganz verschwitzt! Habt Ihr heute noch etwas anderes gegessen als unsere Mahlzeit?«

»Nur ein paar Bissen, weil die Zeit knapp war. Ich schlief sehr lange. Und dann ...«

Einige Ladys kicherten und erröteten verlegen. Mit einem strengen Blick gebot ihnen Eahlswith Einhalt, doch der Schaden ließ sich nicht mehr beheben. Krysta erblasste.

»Oh, meine Liebe, Ihr seht wirklich nicht gut aus.« Die Königin erhob sich und gab zwei Dienerinnen ein Zeichen. »Nun müsst Ihr in Euer Zimmer zurückkehren, Lady Krysta, und wir wollen sehen, was wir für Euch tun können. Sicher fehlt Euch nichts Ernstes. Wenn der Herbst beginnt, erkältet man sich leicht.«

Dankbar für die Gelegenheit, sich zu entfernen, stand Krysta auf und wurde sofort von einem neuen Schwindelgefühl erfasst. Von den Dienerinnen gestützt, ging sie zur Tür. »Bitte, beunruhigt Euch nicht«, bat sie die Königin. »Bald werde ich mich erholen.«

»Natürlich, meine Liebe. Trotzdem will ich Euch begleiten.«

Ohne Krystas Protest zu beachten, folgte Eahlswith ihr ins Gästezimmer, brachte sie zu Bett und forderte sie auf, einen Kamillensud zu trinken. Nur aus Höflichkeit gehorchte Krysta. Aber nach ein paar Minuten musste sie zugeben, dass sie sich besser fühlte. »Keine Ahnung, was in mich gefahren ist«, seufzte sie mit einem entschuldigenden Lächeln. »Noch nie im Leben war ich krank.«

»In letzter Zeit ist zu viel auf Euch eingestürmt. Das hat Euch wohl aus dem Gleichgewicht gebracht.«

Gerührt über Eahlswith' Mitleid und Verständnis, nickte Krysta. Obwohl sie ohne Mutterliebe aufgewachsen war, erkannte sie, welch eine gute Mutter die Königin sein musste.

»Wie glücklich müssen sich Eure Kinder schätzen, wenn *Ihr* für sie sorgt. Auch Euer Gemahl ist zu beneiden.«

»Vielen Dank, meine Liebe«, erwiderte Eahlswith, verblüfft und erfreut über das Kompliment. »Manchmal fürchte ich, die grandiosen Ereignisse am Königshof würden meiner Aufmerksamkeit entgehen. Aber ich tröste mich mit dem Wohlbefinden meiner Familie.«

»Keine Frau kann ihr Leben besser ausfüllen.«

»Bald werdet auch Ihr diesen Segen genießen.«

Krysta fühlte sich erschöpft. Ihr war immer noch ein bisschen übel, und ihr Herz drohte zu brechen. Vielleicht konnte sie deshalb ihr Schluchzen nicht unterdrücken. Von tiefem Kummer überwältigt, ließ sie ihren Tränen freien Lauf.

Erschrocken setzte sich Eahlswith zu ihr aufs Bett und schickte die Dienerinnen aus dem Zimmer. Sobald sich die Tür hinter den beiden geschlossen hatte, breitete sie die Arme aus. Ohne Zögern schmiegte sich Krysta an die Brust der herzensguten Frau. »Mein armes Kind, Ihr müsst mir anvertrauen, warum Ihr Euch grämt. Was in meiner Macht steht, will ich tun, um Euch beizustehen.«

Krysta schämte sich ihres Gefühlsausbruchs, doch sie wusste die Fürsorge der Königin zu würdigen. Hilflos schüttelte sie den Kopf. »Danke, Mylady. Aber ich glaube, Ihr könnt nichts unternehmen …«

»Gar nichts?« Eahlswith schob sie ein wenig von sich und schaute ihr lächelnd in die Augen. »Stets war ich eine gute, gehorsame Ehefrau. Das werden Euch alle Leute an diesem Hof bestätigen. Kein einziges Mal habe ich mich den Wünschen meines Gemahls widersetzt. Was keineswegs bedeutet, Alfred würde sich nie nach meiner Meinung erkundigen. Und nun wollen wir versuchen, Euer Problem zu lösen, meine Liebe. Habt Ihr Heimweh?«

»Warum werde ich immer wieder danach gefragt? Nein, ich leide nicht an Heimweh. Sobald ich Vestfold verließ, war es für

mich verloren. Dort führt mein Halbbruder das Regiment seit dem Tod unseres Vaters. Ich wusste, ich würde niemals zurückkehren, selbst wenn er es gestatten würde. Aber er hat mir unmissverständlich erklärt, er würde mich verstoßen.«

»Tatsächlich? Wie grausam! Was ist das bloß für ein Mann?«

»Ein verbitterter, rachsüchtiger Mann, der nie darüber hinwegkam, dass mein Vater ein zweites Mal geheiratet hat und zwar meine Mutter. Wie ich allerdings eingestehen muss, war diese Ehe mit gewissen Schwierigkeiten verbunden.«

»Das bedauere ich. Aber so etwas ist nicht ungewöhnlich. Viele Witwer suchen ein neues Eheglück. Wenn Ihr Euch nicht nach Eurer früheren Heimat sehnt, bekümmert Euch die Verlobung mit Lord Hawk? Die Sorge eines jungen Mädchens, das in ein fernes Land geschickt wird, um einen Fremden zu heiraten, ist nur natürlich. Auch mir widerfuhr dieses Schicksal, und ich erinnere mich noch sehr gut an meine Bedenken. Aber ich versichere Euch, von Lord Hawk habt Ihr nichts zu befürchten. Er ist ein ehrenwerter, großartiger Mensch.«

»Das weiß ich, und ich schätze ihn über alle Maßen. Aus diesem Grund …« Krysta unterbrach sich, denn ihr wurde bewusst, welch ein ungeheuerliches Geständnis sie jetzt ablegen würde. Doch die Königin schaute sie so freundlich und mitfühlend an. Und Krysta musste sich endlich alles von der Seele reden. »Deshalb kann ich ihn nicht heiraten.«

Verwirrt hob Eahlswith die Brauen, als traute sie ihren Ohren nicht. Dann merkte sie, dass sie sich nicht verhört hatte, und rief bestürzt: »Ihr könnt ihn nicht heiraten? Überlegt doch, was das bedeutet, Kindchen! Die Hochzeit – von Alfred und Lord Hawks Schwager arrangiert – soll den Frieden zwischen unseren Völkern festigen. Glaubt mir, ich verstehe Eure Angst vor dem Eheleben, aber die müsst Ihr überwinden und tun, was richtig ist. So viel hängt davon ab.«

»Weil ich tun muss, was richtig ist, darf ich Hawk nicht heiraten. Diese Ehe wäre zu sehr belastet …«

»Wovon? Mein liebes Kind, Ihr müsst mir alles erzählen, was Euer Herz beschwert. Dann werde ich Eure befremdliche Entscheidung vielleicht begreifen.«

»Ja, Mylady, ich werde Euch einweihen. In Hawkforte nahm mein Halbbruder Sven kein Blatt vor den Mund. Bald wird die Geschichte auch Winchester erreichen.« Mit leiser Stimme, ohne die Königin anzuschauen, schilderte Krysta das Schicksal ihrer Mutter. Sie nahm an, Eahlswith wäre entsetzt und würde sich abgestoßen fühlen. Solche Ereignisse mussten jede Christin zutiefst erschüttern.

Aber als sie verstummte, starrte die ältere Frau nur ins Leere und seufzte. »Armes Kind, welch eine grauenhafte Last wurde Euren jungen Schultern aufgebürdet! Aber falls das alles der Wahrheit entspricht, und ich möchte es nicht beurteilen, sehe ich trotzdem keinen Grund, warum Ihr Euch *nicht* für eine Sterbliche halten solltet.« Sie legte einen Finger unter Krystas Kinn und zwang sie, ihren Blick zu erwidern. »Oder?«

Krysta dachte an Raven und Thorgold, an ihre Visionen von einer Welt, die andere Menschen nicht zu sehen schienen. »Offen gestanden gibt es in meinem Leben Dinge, die ich sehr sonderbar finde.« Plötzlich spürte sie, wie alle Kraft aus ihr wich und eine eigenartige innere Ruhe zurückblieb. »Irgendwie bildete ich mir ein, ich könnte alles in Ordnung bringen. Aber jetzt weiß ich, wie dumm das war. Hawk verdient etwas Besseres. Mylady, meint Ihr wirklich, eine Ehe, auf der ein so dunkler Schatten liegt, würde dem Allmächtigen gefallen und den Frieden sichern?«

Nur was die wahrheitsliebende Königin vorbehaltlos glaubte, konnte sie aussprechen. »In Gottes Schöpfung gibt es viel mehr, als wir wahrnehmen, und alles dient irgendeinem höheren Zweck. Aber was Eure Situation betrifft, Lady Krysta, ich verstehe nun Eure Sorge, aber ich empfehle Euch dringend, keinen vorschnellen Entschluss zu fassen und nicht unbedacht zu handeln. Dies alles muss reiflich überlegt werden.«

»Das tat ich bereits.« Krysta sank ins Kissen zurück. Nach ihrem Geständnis und dem vernünftigen Rat der Königin atmete sie etwas freier. Selbstsüchtig hoffte sie, noch etwas Zeit mit Hawk verbringen zu können, bevor sie sich trennen würden.

Von ähnlichen Gedanken bewegt, fragte Eahlswith: »Wenn Ihr glaubt, Ihr könnt Lord Hawk nicht heiraten, und nicht in Eure Heimat zurückkehren dürft, wohin wollt Ihr Euch dann wenden?«

»Darüber habe ich noch nicht nachgedacht«, gab Krysta zu. Dann zögerte sie, weil sie erneut fürchtete, die Königin zu erschrecken. Wenn sie ihrer Liebe auch entsagen musste, wollte sie ihrem Leben wenigstens einen Sinn verleihen. Nützliche Arbeit leisten, mochte ihr gebrochenes Herz auch keinen Trost darin finden. Dieser Wunsch war im Skriptorium erwacht. »Am liebsten würde ich studieren. Männer mit solchen Neigungen gehen ins Kloster. Gibt es auch für Frauen einen solchen Ort?«

Nachdenklich runzelte Eahlswith die Stirn. »Auch Frauen können einem Orden beitreten und sich in der Obhut einer Äbtissin der Wissenschaft widmen. Bisher sind nur wenige Nonnenklöster entstanden. Aber ich selbst habe eins gegründet. Und es soll nicht das Letzte sein.« Forschend musterte sie Krystas Gesicht. »Wenn Ihr Euch in ein Kloster zurückziehen wollt, müsstet Ihr ein heiliges Gelübde ablegen. Traut Ihr Euch das zu?«

»Das weiß ich nicht«, gestand Krysta. »Und ich bezweifle, dass eine Äbtissin jemanden wie mich aufnehmen würde.«

»Dem Kloster, das ich gegründet habe, steht meine liebe Schwester vor, eine vernünftige, warmherzige Frau. Aber wir eilen den Ereignissen voraus. Noch ist es zu früh, um solche Pläne zu schmieden.« Nach einer kurzen Pause fuhr die Königin fort: »Ich ersuche Euch noch einmal, nehmt Euch Zeit und wägt Eure Entscheidung gründlich ab. Den Schleier zu nehmen, statt einen mächtigen Lord zu heiraten, das ist ein folgenschwe-

rer Entschluss. Und wenn Ihr Euch dazu entschieden habt, gibt es kein Zurück.« Etwas später verabschiedete sich die Königin. »Ruht Euch jetzt aus, mein Kind.«

Eine Zeit lang lauschte Krysta den Geräuschen der Stadt, die durch die Fenster hereindrangen. Die milde Brise beruhigte sie ein wenig, und der Raum roch angenehm nach getrockneten Blumen. Zwitschernd setzte sich ein Star auf ein Fenstersims und warf Krysta einen kurzen Blick zu, bevor er davonflog. Plötzlich schwang die Tür auf.

Hawk stürmte ins Zimmer, packte Krystas Schultern und schüttelte sie. »Was stimmt denn nicht mit dir?«

Verwirrt hob sie die Lider. Seine unerwartete Ankunft nahm ihr den Atem, und es dauerte ein paar Sekunden, bis sie antworten konnte: »Alles in Ordnung. Mir war nur ein bisschen übel. Nichts Ernstes.«

»Ein bisschen übel? Was heißt das? Hast du Fieber?« Er betastete ihre Stirn. »Nein. Tut dir irgendwas weh?«

Erstaunt über seine übertriebene Sorge, beteuerte sie: »Gar nichts – ich hatte nur leichte Magenbeschwerden.« Wohlweislich verschwieg sie die Schwindelgefühle, denn sie wollte ihn nicht noch mehr aufregen. Warum nahm der mächtige Hawk of Essex einen verdorbenen Magen so wichtig?

Abrupt ließ er sie los und begann umherzuwandern – einerseits erleichtert, andererseits verärgert. »Weil du nicht richtig isst!«

»O nein! Fang nicht schon wieder damit an. Nur ein kleiner Schwächeanfall, das war alles.« Beinahe hätte sie hinzugefügt, Lady Esas Bosheit könnte ihr den Magen umgedreht haben. »Wieso weißt du Bescheid?«

»Eine Dienerin hat's mir erzählt.« Allmählich schien er sich zu beruhigen. »Geht's dir jetzt besser? In Alfreds Diensten stehen ausgezeichnete Ärzte. Soll ich einen holen?«

»Danke, nicht nötig. Die Königin hat sich rührend um mich gekümmert, und ich bin schon verlegen genug, weil sie so viel

Aufhebens um mich machte.« Plötzlich erschrak sie. »Hat der König gehört, was die Dienerin sagte?«

Gleichmütig zuckte Hawk die Achseln. »Das spielt keine Rolle. Jedenfalls bin ich froh, dass du dich besser fühlst.«

»Ja, inzwischen habe ich die Übelkeit überwunden, und ich sollte aufstehen. Am helllichten Tag dürfte man nicht im Bett faulenzen.«

»Wirklich nicht?« Er setzte sich zu ihr und schaute sie herausfordernd an. »Kannst du beurteilen, ob das erstrebenswert ist oder nicht? Hast du einschlägige Erfahrungen gesammelt? In Hawkforte gewann ich den Eindruck, du würdest immer nur arbeiten.«

Seine Hand lag neben ihrer, und die Finger berührten sich ganz leicht. Trotzdem spürte Krysta einen wohligen Schauer. Im strahlenden Sonnenschein kehrte die süße Sehnsucht der vergangenen Nacht zurück. Bedrückt dachte sie an die leeren Jahre ihrer Zukunft. Wenn sie ihr Leben auch sinnvoller Arbeit weihte, ihr verwundetes Herz würde niemals heilen. »Wie lange wirst du in Winchester bleiben?«, fragte sie, ohne Hawk anzuschauen.

»Vielleicht eine Woche.« Er unterbrach sich, und sie fühlte seinen prüfenden Blick. »Warum willst du das wissen?«

»Aus keinem bestimmten Grund.« Die Erklärung eines Feiglings. Entschlossen riss sie sich zusammen und versuchte es noch einmal. »Weil wir gewisse Dinge regeln müssen.«

Er stand auf, ging zum anderen Ende des Raums und drehte sich zu ihr um. Innerhalb weniger Sekunden war der freundliche, um ihr Wohl besorgte Mann vom mächtigen Hawk of Essex verdrängt worden, der gnadenlos alles festhielt, was ihm gehörte. »Zwischen uns ist alles geregelt. Das solltest du endlich zur Kenntnis nehmen. Niemals werde ich dir erlauben, mit albernen Launen zu verhindern, was geschehen muss.«

»Ach, tatsächlich, du wirst es nicht erlauben?« Ihr verletzter Stolz besiegte die Vernunft. »Glaubst du, die Entscheidung über

unsere Heirat liegt bei dir allein? Immerhin geht es um das Wohl unzähliger Menschen.«

»Angeblich denkst du nur an *mein* Wohl.«

»Nicht *angeblich*, sondern wirklich und wahrhaftig. Wenn du's doch einsehen würdest…« Ihre Stimme brach, und sie sprang aus dem Bett. Irgendwie musste sie ihm entrinnen – irgendwohin fliehen, wo sie ihre Qual und ihre Scham nicht länger zu verhehlen brauchte.

Aber das ließ er nicht zu. Mit beiden Armen umschlang er ihren zitternden Körper. Trotz ihrer heftigen Gegenwehr hielt er sie eisern fest. »Krysta, meine Süße! Du regst dich völlig grundlos auf. Was immer du in deiner Kindheit gehört hast, diese Geschichten bedeuten nichts.«

»Für mich schon«, flüsterte sie. Und weil es kein anderes Versteck gab, verbarg sie ihr Gesicht an seiner Brust.

Seufzend drückte er sie noch fester an sich und hoffte, sie würde nicht in Tränen ausbrechen. Nur weil er ihre innere Kraft kannte, vergaß er manchmal, wie schmerzlich der idiotische Sven von Vestfold ihre Seele gekränkt und geschwächt hatte – möge er im ewigen Höllenfeuer schmoren. Letzten Endes würde sich alles zum Guten wenden. Davon war Hawk überzeugt. Aber es würde eine ganze Weile dauern. Und diese Zeit wollte er auf angenehme Weise nutzen.

»O Krysta…«, murmelte er, presste seine Lippen an ihren Hals und jagte einen neuen wohligen Schauer durch ihren Körper. Dann hob er sie hoch und trug sie zum Bett. »Wenn's dir widerstrebt, was ich tun möchte – sag's *jetzt*.«

Sie starrte ihn so verzweifelt an, dass er sekundenlang fürchtete, sie würde ihm das ersehnte Glück verweigern. Nur mühsam bezwang er den Impuls, ihren Mund mit einem Kuss zu verschließen, die gefürchteten Worte zu ersticken. Aber sie streichelte sein Gesicht mit sanften Fingerspitzen, als wollte sie sich jeden einzelnen seiner Züge einprägen. Erleichtert seufzte er auf und sank mit ihr ins Bett.

14

Als Krysta am nächsten Morgen erwachte, war Hawk verschwunden. Glücklicherweise – denn kaum hatte sie den Kopf aus dem Kissen gehoben, begann ihr Magen wieder zu rebellieren, diesmal mit den naturgemäßen Folgen. Nachdem sie sich übergeben hatte, kroch sie keuchend und kraftlos ins Bett zurück.

Wenig später betrat die Zofe das Zimmer, und Krysta zwang sich zu einem freundlichen Lächeln. An ein Frühstück war nicht zu denken. Aber das Mädchen stellte ein Tablett auf den Bettrand. »Die Königin sagt, Ihr müsst tüchtig essen, Mylady. Dann wird's Euch bald besser gehen.«

Krysta fragte sich, wieso Eahlswith die neuerlichen Magenbeschwerden vorausgesehen hatte und wie sie die Mahlzeit ablehnen sollte, ohne die Dienerin in Schwierigkeiten zu bringen. Nach einem Blick auf das Tablett besann sie sich anders – nur ein Becher mit jenem Kamillensud, der ihr am Vortag geholfen hatte, und einige Scheiben trockenes Brot. Normalerweise würde ihr ein solches Frühstück missfallen. Aber in ihrem derzeitigen Zustand fand sie es sogar verlockend.

Sobald sie den Sud getrunken und ein paar Bissen gegessen hatte, erholte sie sich tatsächlich. Ohne Schwindelgefühle zu verspüren, stand sie auf und zog sich an. Erfreut über ihre schnelle Genesung, dankte sie der Zofe und verließ ihr Schlafgemach. Auf dem Weg zum Sonnenzimmer der Königin begegnete ihr Lady Esa.

Hochelegant und bildschön, lächelte sie frostig. »Ist das nicht die kleine Dienerin? Wärt Ihr in *meinem* Haushalt angestellt, würde ich Euch befehlen, Euch besser zu kleiden und irgendetwas mit Euren ungepflegten Haaren anzufangen.«

Nach Krystas Meinung gab es an ihrem schlichten, aber hübschen waldgrünen Kleid nichts auszusetzen. Ihre Locken hatte

sie mit mehreren Bändern – Hawks Geschenk – locker umwunden. So vornehm wie Esa sah sie natürlich nicht aus.

»Lasst mich vorbei«, bat sie und machte einen Schritt zur Seite.

Lachend verdrehte Esa die Augen, und ihr Gefolge kicherte. Ging diese Frau nirgendwo allein hin? »Habt Ihr's so eilig, die Königin zu besuchen? Bisher konntet Ihr die arme, gute Eahlswith zum Narren halten. Aber das wird Euch nicht mehr lange gelingen. Sogar sie wird bald erkennen, dass Ihr Euch nicht zur Gemahlin eines Lords eignet, der dem König so viel bedeutet. Warum hat Hawk Euch bloß hierher gebracht? Das begreife ich nicht. Nun, vielleicht will er Alfred zeigen, welch eine unmögliche Braut Ihr seid.«

»Ich möchte nicht mit Euch streiten«, erwiderte Krysta würdevoll und versuchte wieder, an Esa vorbeizugehen.

Doch die Lady versperrte ihr den Weg. »Einen Streit mit mir würdet Ihr nicht überleben«, zischte sie. »Merkt Euch das! Da ihr offensichtlich ebenso ahnungslos wie unbeholfen seid, werde ich Euch aufklären. Mein Bruder, Lord Udell, ist der mächtigste Aristokrat von Mercia. Oh, gewiss, die Königin glaubt, dort würde ihre Familie immer noch hohes Ansehen genießen. Und dieser alberne Wolscroft nimmt sich selber furchtbar wichtig. Aber die beiden irren sich, denn meinem Bruder dienen viel mehr Schildknappen, und er besitzt größere Ländereien. Niemals würde er eine Kränkung seiner Schwester hinnehmen. Das weiß Alfred. Müsste er sich nicht mit diesem wilden Wikinger gut stellen, den Hawks arme, geistig umnachtete Schwester geheiratet hat, wäre es nie zu Eurer Verlobung gekommen.«

Aufmerksam musterte Krysta ihre Widersacherin. Dachte die Lady immer nur an ihre eigenen Wünsche? »So gewaltig es Euch auch stören mag, ich bin Hawks Braut. Unsere beiden Völker sehnen sich nach dauerhaftem Frieden. Was würdet *Ihr* tun, um ihn zu wahren?«

Von dieser Herausforderung überrumpelt, suchte Esa mehrere Sekunden lang nach Worten. »Fragt lieber, auf welche Weise ich den unseligen Frieden beenden würde! Wie soll sich Alfred gegen die Dänen wehren, wenn das Bündnis zwischen den sächsischen Königreichen zerbröckelt?«

Darauf fand Krysta keine Antwort, denn sie wusste nicht, wie das Bündnis zustande gekommen war. »Warum sollten die Sachsen gegen einen Herrscher rebellieren, dem sie ihre Einheit und ihren Frieden verdanken?«

Seufzend zuckte Esa die Achseln. »Wie dumm Ihr seid! Weil sie Männer sind! Die Männer wollen einander immer bekämpfen. Sobald sich einer über die anderen erhebt, zürnen sie ihm. Alfred ist nicht mehr der Jüngste. Im Krieg gegen die Dänen hat er seine Kräfte verbraucht. Außerdem finden viele Ritter, seine Schwärmerei für die Wissenschaft wäre eine gefährliche Schwäche. Warum vergeudet er seine Zeit mit Büchern, wo es doch nur um die Macht geht?«

Obwohl Krysta glauben wollte, Esa suchte sie nur zu provozieren, erkannte sie schweren Herzens, wie ernst es die Lady meinte. In den klaren grauen Augen las sie brennenden Ehrgeiz und kalte Verachtung. »Auch Lord Hawk legt großen Wert auf Bildung. Fast jeden Tag studiert er seine Bücher.«

»Und wenn schon? So etwas ist heutzutage in Mode.«

»Oh, Lord Hawk richtet sich keineswegs nach irgendeiner Mode. Er besitzt einen scharfen Verstand und den Willen, ihn zu nutzen.«

»Tatsächlich?« Sonderbar, selbst wenn Esa höhnisch die Lippen verzog, sah sie bezaubernd aus. »Kennt Ihr ihn so gut? Natürlich interessiert Euch vor allem sein Verstand. Was macht Ihr beiden in trauter Zweisamkeit? Führt Ihr wissenschaftliche Gespräche?«

Jetzt brachen die Hofdamen in schrilles Gelächter aus, statt nur verstohlen zu kichern, und spornten Esa noch an. Krysta konnte ihren Zorn nicht mehr bezähmen. »Warum kümmert Ihr

Euch um Dinge, die Euch nichts angehen? Soviel ich weiß, habt Ihr nichts mit Lord Hawk zu schaffen.«

»Wirklich nicht?« Die zarten Wangen der Lady röteten sich, wurden aber nicht fleckig, sondern zeigten einen rosigen Hauch, der ihr Gesicht trotz der verkniffenen Lippen noch verschönerte. »Ich kenne ihn länger als Ihr und viel besser.« Mit einem eisigen Lächeln fügte sie hinzu: »Allerdings nicht so intim. Im Gegensatz zu Euch bin ich keine Närrin.« Nun trat sie etwas näher. In Krystas Nase stieg eine Wolke aus Lavendel und Geißblatt.

Ein ziemlich überwältigender Duft, dachte Krysta. Unwillkürlich stellte sie sich Blumen vor, die auf Leichen herabregneten.

»Dass er Euch schon besessen hat, ist wahrlich kein Geheimnis«, fauchte Esa. »Also unterscheidet Ihr Euch kein bisschen von den anderen Frauen, mit denen er schlief, von einem Aspekt abgesehen. Wenn Ihr auch eine verantwortungslose, unsittliche Person seid, die ihn schon vor dem kirchlichen Segen verführt hat, erwartet man doch aus irgendwelchen Gründen, Ihr würdet den Frieden mit den Norwegern sichern. Welch ein Unsinn! Hawk hat sich immer nur für seine eigenen Ländereien interessiert. Leichten Herzens trennt er sich von allem, was seiner Macht nicht dienlich ist. Und sobald er bemerkt, wie unnütz Ihr seid…« Geringschätzig hob sie die Schultern. »Noch vor dem nächsten Mondwechsel werdet Ihr aus seinem Leben verschwinden, darauf wette ich.«

Krysta fühlte sich elend. Mochte Esa unter der oberflächlichen Schönheit auch verachtenswert sein, einzig und allein von ihrer Machtgier getrieben, so hatte sie doch völlig Recht. Sie würde noch freudiger triumphieren, wenn sie von dem Schatten wüsste, den Krystas Geburt über ihr Leben warf. Davon ahnte die Lady nichts, sonst hätte sie den Makel zweifellos erwähnt. Ein schwacher Trost, der Krystas Kummer nicht linderte.

Offenbar merkte Esa, wie schmerzlich sie ihre Gegnerin ver-

letzt hatte, denn sie lächelte in gespieltem Mitleid, trat zur Seite und ließ sie vorbeigehen. »Lauft nur zu Eahlswith, kleine Dienerin! Lasst Euch von der Königin ermutigen! Aber vergesst nicht, sie übt längst nicht so viel Macht aus wie mein Bruder und ich. Und die werden wir nutzen.«

Ohne einen Blick zurückzuwerfen, eilte Krysta den Flur entlang. Die letzten Worte der Lady gellten ihr in den Ohren. War Esa tatsächlich so leichtfertig, einen Krieg zwischen Alfred und Mercia heraufzubeschwören, wenn sie ihren Willen nicht durchsetzte? Während Krysta diese Möglichkeit überdachte, geriet die Sorge um ihre eigene Zukunft in den Hintergrund. Die Angst vor der drohenden Gefahr bedrückte sie immer noch, als sie die Tür des Sonnenzimmers öffnete.

Wie üblich saß Eahlswith im Kreis ihrer Hofdamen. Erfreut winkte sie Krysta zu sich. »Nehmt neben mir Platz, meine Liebe. Wie geht es Euch?«

Nach allem, was Krysta ihr am Vortag anvertraut hatte, war sie doppelt dankbar für die unbefangene Begrüßung. »Sehr gut, Mylady, vielen Dank. Auch für Eure gütige Fürsorge muss ich Euch danken.«

»Keine Ursache, ich half Euch sehr gern. Habt Ihr Euch hinreichend erholt, könnt Ihr uns wieder etwas vorlesen?«

Eine Situation, in der Krysta *nicht* lesen wollte, würde sie wohl niemals erleben. Sie öffnete das Buch der äsopschen Fabeln und fuhr an der Stelle fort, wo sie am vergangenen Tag ihren Vortrag beendet hatte. Aber das Problem, das Esa und Mercia betraf, ließ sich nicht verdrängen. Sollte sie die Königin darauf hinweisen? Sie hoffte, dazu würde sich eine Gelegenheit ergeben, als Eahlswith zu Mittag die Hofdamen entließ und ihr einen Spaziergang im Garten vorschlug.

Von Mauern umgeben, nur durch eine Tür vom Fuß der Treppe erreichbar, die zum Sonnenzimmer hinaufführte, war der Garten eine Oase friedlicher Stille. In der Mitte lag ein kleiner Teich, aus dem Vögel tranken. Eine alte Eiche breitete ihre

Äste aus und überschattete eine steinerne Bank. Auf gepflegten Beeten hoben herbstliche Astern ihre Köpfe zur Sonne empor, und duftende Kräuter warteten auf die Ernte.

Eahlswith bückte sich, um ein Unkraut aus der Erde zu zupfen. Von leiser Wehmut erfasst, ließ sie ihren Blick über die Idylle wandern. »Diesen Garten ließ Alfred nach der Geburt unseres ersten Kindes anlegen. Hier sollte ich Ruhe finden, wann immer das geschäftige Leben und Treiben am Hof meine Kräfte überstieg.« Sie zeigte auf die Bank. »Da saß ich und schaute unseren Kindern bei ihren Spielen zu. Manchmal glaube ich, sie hätten erst gestern ihre Bälle einander zugeworfen oder ihre bunten Reifen wären hin und her gerollt.« Seufzend schüttelte sie den Kopf. »Verzeiht mir meine Melancholie, Lady Krysta. Heute Morgen bekam ich einen Brief meiner ältesten Tochter Athelflad. Sie ist mit dem Alderman Athelred of Mercia verheiratet. So ein liebes Mädchen ... Obwohl sie jetzt in weiter Ferne lebt, stehen wir uns immer noch sehr nahe. Seltsam, denn wir gleichen uns kein bisschen, sie ist ganz nach ihrem Vater geraten. Nun schrieb sie mir, Athelred würde neue Festungen mit starken Verteidigungsbastionen bauen.«

»Bereitet Euch das Sorgen?«, fragte Krysta leise.

»Dazu besteht kein Grund. Wenn sich die Bewohner der Städte im Schatten fester Burgen geschützt fühlen, blüht der Handel. Deshalb werden immer mehr Schlösser errichtet. Trotzdem überlege ich, ob Athelred noch andere Absichten verfolgt.«

Die Königin führte Krysta zur Bank, und sie setzten sich. Eine Zeit lang betrachteten sie schweigend die Mauern, die den Trubel der Welt fern hielten. Vorerst schien da draußen keine Gefahr zu drohen.

»In Mercia herrscht Frieden, nicht wahr?« Um die gütige Königin nicht zu beunruhigen, beschloss Krysta, möglichst vorsichtig zu taktieren. Aber Eahlswith hatte ihr unwissentlich eine Gelegenheit geboten, die sie nutzen musste.

»Was von meiner Heimat Mercia übrig blieb. Vor vielen Jahren haben die Dänen das halbe Land erobert. Wahrscheinlich würden sie jetzt das ganze Reich besitzen, hätte Alfreds Vater, damals der König von Wessex, den Feind nicht bekämpft.«

»Und da habt Ihr Alfred geheiratet, Mylady?«

»Ja, nach der Schlacht bei Nottingham, wo die Dänen zurückgeschlagen wurden. Da Alfred sein jüngerer Sohn ist, dachte niemand, er würde eines Tages den Thron besteigen. Aber er beerbte seinen Vater, was ein Segen für Mercia ist. Er war stets ein weiser, gerechter Ratgeber.«

»Berät er den König von Mercia?«

»Den gibt es nicht. Der letzte König war ein Vasall der Dänen. Nach seinem Tod weigerten sich die Aldermen und Bischöfe im englischen Mercia, einen Nachfolger zu ernennen. Stattdessen übertrugen sie einen Großteil der königlichen Macht einem der ihren, meinem Schwiegersohn Athelred.«

Also regierte kein König in Mercia, und der Herrscher war mit König Alfreds willensstarker Tochter verheiratet. Zweifellos kam das dem Haus Wessex zugute. Aber Krysta fragte sich, ob es den aristokratischen Familien in Mercia gefiel, zum Beispiel den Udells. »Leben viele Mercier an König Alfreds Hof?«, erkundigte sie sich.

»Nun, sie kommen und gehen. Leider kann mich Athelflad nur selten besuchen. Umso häufiger finden sich andere Mercier ein, für meinen Geschmack viel zu oft. Aber ich verstehe, dass mein Mann sie im Auge behalten will.«

»Möchte er jemanden – besonders aufmerksam beobachten?«

Eahlswith warf Krysta einen forschenden Blick zu. »Denkt Ihr an Lord Udell und Lady Esa?«

»Andere adelige Mercier kenne ich nicht.«

»Esa hat sich unmöglich benommen. Daran bin ich längst gewöhnt. Aber ich hoffe, Ihr nehmt sie nicht ernst, meine Liebe.«

»Gewiss nicht, aber, welche Rolle spielt Mercia in König Alfreds Kampf gegen die Dänen?«

»Die Aldermen und Bischöfe von Mercia stellen ihm Krieger und Waffen zur Verfügung, und sie zahlen Steuern, um das Heer zu unterstützen – ebenso wie Kent, Essex und andere Länder. Außerdem stehen sie meinem Mann in gerichtlichen Streitfällen bei. Für Alfred ist das sehr wichtig.«

»Da Eure Tochter mit dem Alderman von Mercia verheiratet ist, dachte ich, die beiden wären am bedeutsamsten.«

»Nicht unbedingt. Die Mercier sind ein reiches Volk. Und Alfred zählt auf die Hilfe aller Aristokraten, die dort leben.«

»Hat er nie erwogen, die Loyalität der Mercier durch andere Ehen zu festigen?«

»Doch…« Eahlswith lehnte sich auf der Bank zurück und musterte Krysta mit schmalen Augen. »Falls Ihr glaubt, er hätte Lord Hawk ermutigt, Lady Esa zu heiraten, dann täuscht Ihr Euch.«

»Darf ich fragen, warum Euer Gemahl diese Verbindung nicht angestrebt hat?«

Nach kurzem Zögern erwiderte die Königin: »Alfred ist ein praktisch veranlagter Mann. Und er weiß, was er tun muss, um das Königreich zu schützen. Aber er sorgt auch für das Wohl der Männer, die seine Gunst verdienen. Niemals würde er Lord Hawk, dem er so vieles verdankt, eine unglückliche Ehe zumuten.«

Einerseits fand Krysta diese Erklärung sehr erfreulich, andererseits überlegte sie, was Alfred unternehmen würde, wenn er von ihrer fragwürdigen Herkunft erfuhr. Falls er nicht schon längst Bescheid wusste.

»Eins würde mich interessieren«, gestand Eahlswith. »Ihr habt mir erzählt, Ihr wärt nach England gekommen, in der Hoffnung, trotz Eurer Vergangenheit eine glückliche Ehe mit Hawk zu führen. Warum habt Ihr Euch anders besonnen?«

Was sollte Krysta darauf antworten? Das raschelnde Eichenlaub erinnerte sie an die Vergänglichkeit. In diesem Garten hatte die Königin das Spiel ihrer Kinder beobachtet. Und Jahre später

sah sie immer noch die Schatten der Söhne und Töchter, die jetzt außerhalb ihrer Reichweite lebten.

Schließlich erwiderte Krysta mit sanfter Stimme: »Die Liebe ist ein Segen und ein Fluch zugleich.«

»O ja.« Verständnisvoll drückte die Königin Krystas Hand. »Damit muss Euer folgenschwerer Entschluss zusammenhängen, das dachte ich mir.«

Eine kleine Weile blieben sie noch auf der Bank sitzen, bis die schrägen Sonnenstrahlen verrieten, wie viel Zeit inzwischen verstrichen war. Jetzt konnten die allgegenwärtigen Pflichten nicht länger hinausgeschoben werden. Und so kehrten sie zum Schloss zurück, die Tochter, deren Mutter das Meer zu sich gerufen hatte, die Mutter, deren Kinder in die Welt hinausgezogen waren.

Kurz bevor sie die Tür erreichten, pflückte Eahlswith eine der letzten Rosen, die im Windschatten der Mauer wuchsen, und legte sie in Krystas Hand. »In diesen Garten lade ich nur wenige Menschen ein. Aber Ihr, Krysta von Vestfold, seid mir stets willkommen.«

Hawk verließ die kleine Privatkammer, in der er mit Alfred gesprochen hatte. Im Flur begegneten ihm mehrere Aristokraten, die er kannte, aber nicht beachtete. Verblüfft fragten sie sich, was den großen Hawk of Essex dermaßen beschäftigen mochte, dass er die einfachsten Regeln der Höflichkeit vergaß.

Ehe er seine Umgebung wahrnahm, hatte er einen der Höfe betreten. Dort hielt er nicht inne. Mit langen Schritten eilte er aus der Festung, durchquerte die Stadt und blieb erst stehen, als er nur noch Bäume sah und den Fluss rauschen hörte. Erbost hämmerte er seine Faust gegen den Stamm einer unschuldigen Eiche.

Zum Teufel mit ihr! Warum hatte er sie jemals für eine sanftmütige Frau gehalten und sich eingebildet, sie wäre Wachs in seinen Händen? Er hatte sogar erwogen, Krysta zu *umwerben*!

Welch ein Hohn! Schon zwei Mal hatte ihn die tückische kleine Hexe aus dem Norden hintergangen.

Ohne ihm ihre Absicht mitzuteilen, hatte sie der Königin von ihrem Problem erzählt.

Und jetzt? Was hatte Alfred gesagt? *Vielleicht wäre sie in einem Kloster besser aufgehoben.* Dort könnte sie sich ihrer Liebe zur Wissenschaft widmen und Gutes tun. Warum sollte Hawk nach seiner unglücklichen ersten Ehe ein neues Wagnis eingehen. In Vestfold gab es noch andere Mädchen, die seiner würdig wären. Man müsste sich nur an Wolf Hakonson wenden

Nein, bei Gott! Tausend Mal *nein*! Sie gehörte *ihm*, ihr schurkischer Bruder hatte sie ihm geschenkt. Verdammt wollte er sein, wenn er sie jemals gehen ließe. Nicht einmal der König durfte ihm sein Eigentum wegnehmen. In diesem Ton hatte Hawk noch nie mit seinem obersten Herrn gesprochen. Nie zuvor war Alfred mit dem Zorn konfrontiert worden, der seinen treuen Diener erfassen konnte. Geduldig nahm der König den Wutausbruch hin, und nach seiner ersten Überraschung lächelte er sogar. Aber er blieb bei seinem Entschluss. Und er hatte auch erklärt, warum. *Es sei das Risiko nicht wert. Zu viel würde auf dem Spiel stehen. Und warum sollte Hawk eine widerstrebende Braut heiraten?*

Natürlich erwartete der König, die Lady würde ihm gehorchen. Sie hatte Hawk umarmt und in ihrem Schoß willkommen geheißen, seine Leidenschaft mit gleicher Glut erwidert und ihm einen Blick ins Paradies gewährt, dem er nie mehr entsagen wollte. Die ganze Zeit hatte sie geplant, die Verlobung zu lösen. Unglaublich!

Stöhnend sank er gegen den Eichenstamm und rieb seine Stirn an der rauen Rinde. Warum hatte sich ein erfahrener Krieger und Kommandant so leicht hinters Licht führen lassen? Was Frauen betraf, war er kein unreifer junger Bursche. Stets waren sie bereitwillig in sein Bett gestiegen, und er hatte sie gut behan-

delt. Innerhalb gewisser Grenzen, die er selbst steckte. Vielleicht hatten sie viel mehr erträumt und waren enttäuscht gewesen. Aber er hatte ihnen niemals falsche Hoffnungen gemacht. Nun verstand er plötzlich die Gefühle einer Frau, die der geliebte Mann für immer verließ.

So wie Krysta ihn verlassen wollte, aus welchen Gründen auch immer, wegen der albernen Geschichte über ihre Mutter, wegen der Angst vor der Ehe in einem fremden Land. Ganz egal, sie würde bei ihm bleiben! Doch dann flüsterte ihm eine innere Stimme zu, mit der Hilfe des Königs könnte sie in einem Kloster verschwinden, sich in ihre geliebten Bücher vertiefen und vielleicht eines Tages die Position einer Äbtissin erreichen. Und er müsste sich hilflos in sein Schicksal fügen.

Die Erkenntnis seiner Unfähigkeit, die Ereignisse zu bestimmen, schürte seinen Zorn. Seit seiner Kindheit, inmitten eines grausamen Krieges, hatte er sich nicht mehr so machtlos gefühlt. War dies die Zukunft, für die er so hart gekämpft, für die er so viel geopfert und ertragen hatte? Nicht nur seinem eigenen Wohl zuliebe, vor allem um sein Land und seine Leute zu schützen. Sollte ihm jetzt das Einzige entrissen werden, das er jemals für sich *selbst* gefordert hatte?

Verdammt! Zweifellos wäre es besser gewesen, Krysta hätte ihm niemals das Glück gemeinsamer Nächte gezeigt und niemals jene Leidenschaft und tiefe Zärtlichkeit in seinem Herzen geweckt.

Also gut, sollte sie den Schleier nehmen und sich in ihren Büchern vergraben, bis sie alt und grau wurde, bis sie erblindete, die Schultern gebeugt, ihre Leidenschaft verkümmern und ihre Jugend verblühen lassen, bis sie dem vergilbten Pergament glich, das ihr so viel bedeutete.

Ja, er würde sie vergessen, eine andere heiraten und ein Dutzend Söhne zeugen, in keiner einzigen Nacht erwachen, um sich nach den leisen Atemzügen an seiner Seite zu sehnen. Frohen Mutes würde er seine Schwingen ausbreiten und in die Zukunft

fliegen, wie die Raben, die sich auf den Ästen der Bäume versammelten und ihre heiseren Lieder krächzten.

Zur Hölle mit den Vögeln!

Ohne zu wissen, welche Richtung er einschlagen musste, trat er den Rückweg an. Beinahe stolperte er über den vierschrötigen kleinen Kerl, der am Flussufer kauerte. Seufzend blickte Thorgold zu ihm auf und schüttelte den Kopf. »Welch wilder Zorn Euch erfüllt, Mylord!«

Hawk packte ihn am Kragen und hob ihn hoch. »Genau der Mann, den ich vor der Abreise aus Hawkforte gesucht habe!«, stieß er hervor. »Dich und deine schwarz umhüllte Freundin! Wo zum Teufel habt ihr gesteckt?«

Offenbar störte es Thorgold nicht im Mindesten, in der Luft zu hängen. Mit spitzen Fingern zog er einen Grashalm zwischen seinen Zähnen hervor und erwiderte: »Natürlich mussten wir uns unsichtbar machen, zumindest, bis Eure Wut verfliegen würde, Mylord.«

»Dann hast du den falschen Augenblick gewählt, um wieder aufzutauchen, denn jetzt bin ich zorniger denn je. Heiliger Himmel, Mann, was glaubst du, was sie getan hat?«

»Sie sagte, sie würde Euch nicht heiraten.«

»Wieso weißt du das? Hast du dich irgendwo in meiner Nähe herumgetrieben, bevor ich sie in ihrem Zimmer einsperren ließ?«

»Keineswegs. Eine halbe Meile außerhalb Eurer Stadt gibt's eine hübsche Brücke … Nun, das spielt keine Rolle. Allzu lange war die Lady nicht gefangen.«

»Weil ich hierher beordert wurde. Während meiner Abwesenheit konnte ich ihr nicht zumuten, hinter Schloss und Riegel auszuharren.«

»Doch, das konntet Ihr. Aber Ihr wolltet Euch nicht von ihr trennen.«

Hawk versuchte gar nicht erst, dem kleinen Mann zu widersprechen. Seufzend stellte er ihn auf die Beine und wollte sich

zur Ruhe zwingen. Stattdessen empfand er wachsende Verzweiflung. »Weil ich ein Narr bin.«

»Die Liebe verwandelt alle Sterblichen in Narren.«

»Wer behauptet denn, ich würde sie lieben?«

»*Ihr* ganz sicher nicht. Der Lady habt Ihr's nicht gestanden, oder? Warum nicht? Das möchte ich gern wissen.«

»Soll ich eine solche Waffe in ihre Hände legen? Bist du verrückt, Mann? Sie quält mich schon zur Genüge. Dauernd benebelt sie mein Gehirn, und ich will's nicht noch schlimmer machen.«

Thorgold bemühte sich nicht, seine Gefühle zu verbergen. Als er in schallendes Gelächter ausbrach, krächzten die Raben noch lauter. Vergnügt schlug er sich auf die Schenkel. »Ja, da habt Ihr Euch treffend beschrieben – ein benebeltes Gehirn! Oh, das muss ich mir merken!«

»Das finde ich gar nicht komisch!«, protestierte Hawk. »Stell dir vor, sie schüttete der Königin ihr Herz aus, und die will ihr helfen. Womöglich werde ich Krysta verlieren...« Abrupt verstummte Hawk und runzelte die Stirn. »Und wenn schon? Soll sie sich doch in einem Kloster verkriechen! Wer braucht denn eine Ehefrau, die immer nur Ärger macht?«

»Ihr, Mylord. Aber da müsst Ihr selber draufkommen«, fügte Thorgold hinzu und wandte sich zum Gehen.

Blitzschnell packte Hawk ihn an der Lederweste und betrachtete geistesabwesend die merkwürdigen Dinge, die daran hingen – mehrere Broschen, Gürtelschnallen, bunte Armreifen und Perlen, Nadeln in allen Größen, glitzernde Kristalle in winzigen durchsichtigen Beuteln, Federn. Und der ganze Tand baumelte hin und her, wenn sich der Besitzer bewegte. »Hast du Krysta diese alberne Geschichte über ihre Mutter erzählt? Du und die alte Frau? Warum?«

»Eine *alberne* Geschichte? Glaubt Ihr das, Mylord? Was hätten wir denn sonst erzählen sollen?«

»Die Wahrheit.«

Als Hawk die Weste losließ, drehte Thorgold den Kopf nach allen Seiten. »Welche Wahrheit?«

»Da gibt's nur eine.«

»Tatsächlich? In was für einer schlichten Welt Ihr lebt! Manchmal muss das ganz angenehm sein. Aber ich weiß nicht recht. Wahrscheinlich würde ich mich bald langweilen.«

»Red keinen Unsinn, und verrate mir, was wirklich mit Krystas Mutter geschehen ist.«

»Sie wurde ins Meer gerufen.«

Erschrocken hielt Hawk den Atem an. Selbstmord war eine schwere Sünde. Hatte sich Krystas Mutter umgebracht? »Was sagst du da?«

»Dass sie ins Meer gerufen wurde.«

»Und was heißt das? Nahm sie sich das Leben?«

Thorgold seufzte tief auf. »Im Meer wimmelt's von Leben. Als Seefahrer müsstet Ihr das wissen.«

»Großer Gott, du verstehst sehr gut, was ich meine! Keine sterbliche Frau kann unter Wasser überleben.«

Eine Zeit lang spähte Thorgold schweigend unter buschigen Brauen hervor, bevor er entgegnete: »Und wenn sie eine Sterbliche mit seltenen Talenten war, wenn sie Geschöpfe aus einem anderen Reich in diese Welt holen konnte? Wenn sie dank dieser Gabe in jene andere Region gerufen wurde, weil sie ihre Verzweiflung nicht mehr ertrug?«

Nachdenklich starrte Hawk vor sich hin. Auch er kannte eine Frau, die unter solchen Talenten litt – seine Schwester Cymbra. Trotzdem erwiderte er: »Im Meer kann kein Mensch am Leben bleiben. Nicht einmal dann, wenn er's mit aller Macht wünscht.«

»Ah, das wollen die Leute gar nicht, weil sie glauben, dazu wären sie unfähig. Seit ihrer Geburt schleppen sie ihre Körper mit sich herum und denken, was anderes gäb's nicht. Aber das Leben …« Thorgold zeigte auf die Bäume mit den verfärbten Blättern, die bald herabfallen würden, und den Fluss, der so schnell dahinrauschte, dass man die einzelnen Tropfen nur für

einen Sekundenbruchteil sah, auf milchweiße Wolken aus Saatkörnern, die vorbeiwehten und verschwanden, als hätten sie niemals existiert. »Ständig verwandelt sich das Leben. Nicht mehr und nicht weniger. Man muss es nur wahrnehmen.«

Eine Zeit lang dachte Hawk darüber nach, ohne ein Ergebnis zu erzielen. Irgendwie war es wichtig, das wusste er. Aber er sah nicht, was er *wahrnehmen* sollte – nur eine Ahnung, einen flüchtigen Schleier. »Diese Geschichte habt ihr erfunden, du und deine schwarz gekleidete Freundin, damit Krysta sich besser fühlt«, entschied er schließlich. Das verstand er und fand es sogar sehr rücksichtsvoll. Deshalb wollte er den beiden alten Dienstboten keine Vorwürfe machen.

»Wenn Euch diese Version gefällt, Mylord.«

»Sie *gefällt* mir nicht, ich versuche nur, eure Beweggründe zu begreifen. Hätte Krysta die Wahrheit erfahren …«

»Wessen Wahrheit, welche Wahrheit, die Wahrheit über die Wahrheit? Öffnet Euren Geist, Hawk of Essex, der hat Flügel, die Ihr endlich ausbreiten müsst.«

Mit diesen Worten verschwand Thorgold. Eben hatte er noch am Ufer des Flusses gestanden, jetzt ließ er sich nicht mehr blicken. Vergeblich schaute Hawk in alle Richtungen, aber er glaubte ein seltsames Klirren zu hören – die Gürtelschnallen und Armreifen und Perlen, die in der Luft tanzten.

15

Gedankenverloren schlug Krysta die falsche Richtung ein, nachdem sie sich von Eahlswith verabschiedet hatte, und gelangte in einen Flügel der königlichen Residenz, den sie noch nicht kannte und für den Dienstbotentrakt hielt. Hier traf sie um diese Tageszeit niemanden an. Sie wanderte eine Zeit lang umher und versuchte sich im Labyrinth der Korridore zurechtzufinden. Schließlich entdeckte sie eine Tür, die in einen Hof

führte. Als sie hinaustrat, sah sie einen Jungen vorbeilaufen, der offenbar eine Besorgung zu erledigen hatte, hielt ihn auf und fragte nach dem Weg zur Haupthalle.

»Durch diese Tür.« Nur widerstrebend verlangsamte er seine Schritte. »Dann müsst Ihr links abbiegen, noch mal links, Euch geradeaus halten und die zweite – nein, die dritte Tür rechts nehmen. Von da aus ist's noch ziemlich weit. Aber irgendwann werdet Ihr die Halle erreichen.«

Nach dieser wenig hilfreichen Erklärung rannte er davon. Nur mühsam erinnerte sich Krysta an seine Worte. »Hier hindurch«, murmelte sie und überquerte die Schwelle, auf die er gezeigt hatte, »links, dann noch einmal links, geradeaus …«

Unsicher folgte sie einem langen Korridor mit Türen an einer Seite und großen Fenstern gegenüber, die zu einem anderen Hof hinausgingen. Hinter den Türen erklangen Stimmen, die lateinische Texte rezitierten. Eine Tür stand halb offen, und Krysta hörte Federn auf Pergament kratzen. Neugierig spähte sie hinein und sah einige junge Männer, die Köpfe über Schreibpulte gebeugt.

Anscheinend war sie in einen Teil des Schlosses geraten, der mit König Alfreds Schule verbunden war, und das bedeutete, dass sie durch die Fenster das Skriptorium sehen müsste.

Doch sie täuschte sich. Ärgerlich seufzte sie. Hatte ihr der Junge einen falschen Weg beschrieben? Sollte sie umkehren? Als sie sich dazu entschloss, kam plötzlich ein Mann aus einem Seitengang – hoch gewachsen, gut gebaut, mit schulterlangem dunklem Haar. Trotz des warmen Wetters trug er ein samtenes Wams. An seinem Hals hing eine schwere, protzige Goldkette, funkelnde Juwelen schmückten die Armbänder an beiden Handgelenken. Bei Krystas Anblick blieb er abrupt stehen.

Schweren Herzens erkannte sie ihn und haderte mit dem unfreundlichen Schicksal, das sie nicht nur in die Irre geführt, sondern ihr auch noch eine Begegnung mit Lord Udell beschert hatte.

»Ah, teure Lady …« Spöttisch verneigte er sich. »Welch eine Überraschung, Euch hier zu sehen! Ich dachte, Ihr wärt stets in unmittelbarer Nähe der Königin zu finden.«

Ohne die Herausforderung zu beachten, erwiderte sie: »Ich wollte mein Zimmer aufsuchen und wandte mich versehentlich in die falsche Richtung. Wenn Ihr mich entschuldigen würdet …«

»Ja, gewiss.« Udell trat zur selben Seite wie Krysta und versperrte ihr den Weg. Dann versuchte sie, um ihn herumzugehen. Mit dem gleichen Erfolg.

Erbost hielt sie inne und schüttelte den Kopf. Die Hände in die Hüften gestemmt, stand er grinsend da und wartete ab, was sie nun tun würde. Aber sein Lächeln erlosch sofort, als sie sich einfach umdrehte und sich entfernte.

Allzu weit kam sie nicht. Sobald sie eine Tür öffnete und in den Hof eilte, holte Udell sie ein und packte ihren Arm. Entrüstet wollte sie sich losreißen, doch er drückte sie an die Hausmauer und hielt sie unerbittlich fest. »Sogar für eine Norwegerin habt Ihr miserable Manieren. Sicher wäre es besser, Ihr würdet höher gestellten Personen etwas mehr Respekt zeigen.«

Krysta verkniff sich die Antwort, sie würde keine höher gestellten Personen sehen. Stattdessen kämpfte sie erneut gegen seinen harten Griff. Sie hatte nicht erwartet, er würde sie anrühren, seine Unverschämtheit erschreckte sie. Obwohl mehrere Leute in der Nähe waren, fühlte sie sich dem dreisten Lord hilflos ausgeliefert, der sie um Haupteslänge überragte, er war nicht so groß wie Hawk, aber trotzdem bedrohlich.

Auf keinen Fall durfte sie ihre Angst zeigen. »Warum tut Ihr das, Lord Udell?«, fragte sie in beiläufigem Ton. »Damit werdet Ihr nichts gewinnen.«

Verblüfft starrte er sie an, dann lachte er gellend. »Denkt Ihr immer in diesen Kategorien? Gewinn oder Verlust?«

Ganz gewiss nicht. Doch das behielt sie für sich. »Eine vernünftige Denkweise. Und nach allem, was ich höre, seid Ihr ein

vernünftiger Mann.« In Wirklichkeit wusste sie nicht, ob ihn irgendjemand auch nur halbwegs vernünftig fand. Wenigstens lockerte er seinen Griff, ließ sie aber nicht los.

»Hat man mit Euch über mich gesprochen?«

»Eure Schwester pries Eure Macht. Außerdem ist es unmöglich, auch nur kurzfristig am königlichen Hof zu verweilen, ohne Eure einflussreiche Position zu erkennen.«

Damit schmeichelte sie ihm, was er wohl bemerkte. »Wenn Euch das auffiel, seid Ihr vielleicht gar nicht so dumm, wie ich dachte.«

Viel sagend musterte sie die Hand, die ihren Arm immer noch umklammerte. »Nun, ich bin klug genug, um mich zu fragen, was Ihr mit Eurem Verhalten bezweckt. Wollt Ihr Hawk eine Gelegenheit bieten, Euch anzugreifen?«

»Seid Ihr so sicher, dass er mich zur Rechenschaft ziehen würde? Ihr seid nicht die Braut seiner Wahl, und er hat sich nur mit Euch verlobt, weil er dazu gedrängt wurde.«

»Oh, das spielt keine Rolle. Würdet Ihr jemandem erlauben, Euer Eigentum anzufassen, nur weil Ihr's nicht selbst ausgesucht habt?«

»Natürlich nicht …« Udell unterbrach sich und schüttelte den Kopf. »Wie eigenwillig Ihr seid! Ganz anders als die meisten Frauen. Weiß Hawk das zu würdigen?« Er neigte sich noch näher zu ihr und streichelte den Arm, in den er seine Finger so grob und schmerzhaft gebohrt hatte. »Und wie wild Ihr ausseht mit diesem zerzausten Haar und den funkelnden Augen. Täuscht dieser Eindruck? Oder liegt tatsächlich echte Leidenschaft in Eurem Blut?«

Seine Lippen streiften ihre Wange. Angewidert erschauerte sie, drehte den Kopf zur Seite und setzte eine ausdruckslose Miene auf. Zu ihrer Bestürzung lachte Udell.

»Welch ein tapferer Versuch, Lady …«, murmelte er und legte eine Hand unter ihren Busen. »Aber ich spüre, wie heftig Euer Herz pocht.«

War er wirklich so eitel, sich einzubilden, heißes Verlangen nach ihm hätte ihre Herzschläge beschleunigt? Wenigstens hatte er ihre Angst nicht bemerkt.

Diesen schwachen Trost machte er sofort zunichte. »In Essex wären Eure Vorzüge verschwendet. Hawk ist einfach nur ein Gefolgsmann des Königs. Niemals wird er eine bessere Position erreichen. Eine praktisch veranlagte Frau wie Ihr ...« Nun berührte sein Mund ihren Hals. »... und eine so reizvolle strebt zweifellos nach Höherem.«

Die Magenbeschwerden, die sie am Morgen gepeinigt hatten, kehrten zurück und drohten sie zu überwältigen. Energisch kämpfte sie dagegen an. »Was gibt es Höheres als eine Ehe, die dem Frieden dient?«

Die Brauen erhoben, richtete er sich auf und zwinkerte ihr zu. Anscheinend glaubte er, sie würde scherzen. »O ja, der Frieden steht über allem anderen.« Spielerisch zupfte er an ihren Locken. »Aber überlegt doch, Lady, warum sollten die Norweger so großen Wert auf ihren Frieden mit einem alternden König legen, dessen Siege der Vergangenheit angehören? Sollten sie sich nicht mit jüngeren, vitaleren Führungskräften verbünden?«

»Welche Anführer könnten sich mit dem König messen, dessen Sohn ihn beerben wird? Bisher habe ich von keinem einzigen gehört.«

»Dann müsst Ihr in Zukunft etwas aufmerksamer lauschen. Langsam interessiert Ihr mich, Lady. Irgendwas habt Ihr an Euch.«

Krysta glaubte, er würde sie nur deshalb so interessant finden, weil sie Hawk gehörte – einem Mann, der hoch über ihm stand und seinen Neid weckte. Aber was immer der Grund sein mochte, sie spürte auch seine Erregung. Von heftigem Ekel erfasst, versuchte sie, beiseite zu treten.

Da ergriff er ihr Kinn und zwang sie, ihn anzuschauen. »Seid bloß nicht kokett, das passt nicht zu Euch! Der Friede mit den Norwegern ist auch dem König von Mercia wichtig.«

»Dort gibt es keinen König«, entgegnete sie tonlos.

In seinen Augen erschien ein eigenartiges Glitzern. »Vorerst nicht. Aber in absehbarer Zeit.« Plötzlich presste er sie noch fester an die Wand, zerrte ihren Rock hoch und entblößte ihre Beine. »Möchtet Ihr nicht lieber Königin werden, statt einen einfachen Lord zu heiraten?«, murmelte er und rieb seine Hüften an ihren.

Jetzt rebellierte ihr Magen fast schmerzhaft. Wie würde es dem abscheulichen Lord Udell gefallen, wenn sie ihm ins Gesicht spie? Doch sie widerstand der Versuchung, denn sie erinnerte sich an eine Lektion ihres alten Freundes Thorgold.

»Es gibt Männer mit schwarzen Herzen, Mädchen«, hatte er in seiner bärbeißigen, aber liebevollen Art erklärt. »Skrupellos verfolgen sie ihre Ziele und gehen über Leichen. Wenn Ihr so einem begegnet, müsst Ihr Ruhe bewahren, und wenn er's am wenigsten erwartet...«

Die Augen geschlossen, holte sie tief Atem und befolgte Thorgolds Rat. Blitzschnell hob sie ihr Knie und rammte es zwischen Udells Schenkel.

Sein Schrei schreckte die Stare auf, die in der Dachrinne nisteten. Mit schrillem Gezwitscher flatterten sie zum Himmel empor. Ächzend ließ er Krysta los und krümmte sich. »Elendes Biest! Wie könnt Ihr es wagen? Oh, ich werde...«

Verspätet erkannte sie, dass er trotz seiner geckenhaften Erscheinung ein Krieger war, an Schmerz gewöhnt. Als er sich auf sie stürzte, entrann sie seinem Griff nur um Haaresbreite. Zu ihrem Entsetzen klemmte die Tür, die in den Korridor führte. Für einen schrecklichen Augenblick fürchtete Krysta, nun wäre es um sie geschehen.

Bis glänzende schwarze Schwingen und ein heiseres Krächzen neue Hoffnung in ihr weckten. Ein Rabe flog in den Hof herab, gefolgt von noch einem und noch einem. Innerhalb weniger Sekunden verdunkelten sie die Luft, mit gnadenlosen Schnäbeln hackten sie auf Udell ein. Kreischend hob er die Hände und ver-

suchte, seinen Kopf zu schützen – vergeblich. Blut strömte über sein Gesicht. Und die Vögel attackierten ihn immer noch.

Wie gelähmt vor kaltem Grauen, stand Krysta eine Zeit lang da und beobachtete die Szene. Dann wurde ihr die Gefahr bewusst, in der sie immer noch schwebte, und sie kehrte dem verzweifelten Lord den Rücken. Diesmal ließ sich die Tür öffnen. Während sie in den Korridor taumelte, sank Udell zu Boden. Mit letzter Kraft wehrte er die spitzen Schnäbel ab, die seine Augen bedrohten. Sein Gebrüll zerriss die beschauliche Stille der königlichen Schule. Entlang des ganzen Flurs flogen Türen auf, Lehrer und Studenten eilten heraus, um festzustellen, was geschehen war.

Krysta wartete nicht ab, bis sie entdeckt wurde. Die Röcke gerafft, rannte sie in die entgegengesetzte Richtung und bog um eine Ecke. Endlich erreichte sie die Haupthalle und blieb abrupt stehen. Obwohl es noch zu früh für das Abendessen war, hatten sich mehrere Leute in dem großen Raum versammelt. Als sie die neugierigen Blicke spürte, versuchte sie ruhig und gefasst zu erscheinen.

Zu ihrer maßlosen Erleichterung entdeckte sie Hawk und schluchzte beinahe vor Freude. Ohne lange zu überlegen, eilte sie zu ihm und zuckte erschrocken zusammen. Mit eisigen Augen starrte er sie an und trat einen Schritt zurück. »Ich habe dich gesucht, Krysta. Komm mit mir.«

Verwirrt begleitete sie ihn ins Treppenhaus, das zu den Gästezimmern führte. Einerseits war sie froh, den sensationslüsternen Höflingen zu entgehen, andererseits fürchtete sie Hawks frostige Miene. Sobald sie allein waren, stieß er wütend hervor: »Du bist zur Königin gegangen.« Offenbar war das eine Anklage.

Immer noch von Udells Angriff entnervt, verteidigte sie sich: »Nein, ich ging nicht zu ihr. Mir wurde übel, und Eahlswith war so freundlich, mich zu betreuen. Aus einem Impuls heraus erzählte ich ihr, was mich quält.«

»Soll ich etwa glauben, du hättest *nicht* gehofft, sie würde den König einweihen?«

»Daran dachte ich nicht. Vielleicht hätte ich damit rechnen müssen.«

»Allerdings. Beglückt dich die Ansicht, zu der Alfred gelangt ist? Er findet, ich sollte dich nicht heiraten. In einem Kloster wärst du besser aufgehoben. Deshalb will er eine neue Braut für mich suchen. Nun? Jubelt dein Herz?«

In Wirklichkeit drohte es zu brechen. Tiefes Leid erfüllte ihre Seele. Doch sie bemühte sich, ihre Gefühle zu verbergen. »Keineswegs, Hawk. Falls du einen anderen Eindruck gewonnen hast, irrst du dich.« Weil er nicht sehen sollte, wie sie mit den Tränen kämpfte, wollte sie sich abwenden.

Aber er packte den Arm, den Udell so schmerzhaft umklammert hatte. Leise schrie sie auf, und Hawk ließ sie sofort los. »Ist dir meine Berührung so unangenehm?« Heißer Zorn, mit Trauer vermischt, erhärtete seine Züge.

Die Konsequenzen ihres Gesprächs mit Eahlswith hatte sie tatsächlich nicht bedacht. Nie wieder würde sie einen solchen Fehler begehen. Wenn sie jetzt erwähnte, was Udell ihr angetan hatte, würde Hawk zweifellos Rache üben, obwohl er ihr grollte. Das musste sie verhindern. »O nein, ich bin nur müde«, entgegnete sie und wusste, wie lahm diese Erklärung klang.

Eine Zeit lang musterte er Krysta, die Lider halb gesenkt, so dass sie den Ausdruck in seinen Augen nicht sah. Als er das drückende Schweigen nicht länger ertrug, wandte er sich wortlos ab und ging davon.

Drei Tage verstrichen. Und jede Minute goss neue Tropfen ins Meer der Verzweiflung, die Krysta peinigte. Die Tür zwischen ihrem und Hawks Zimmer blieb geschlossen. Jeden Abend saß er neben ihr an der königlichen Tafel. Doch sie sprachen nicht miteinander. Nach der Mahlzeit stiegen sie getrennt die Treppe hinauf. Udell trat ihr nicht mehr zu nahe. Aber manchmal begegnete sie seinem Blick und las so wilden Hass darin, dass sich ihre Nackenhaare warnend sträubten. Offenbar hatte sie sich die

erbitterte Feindschaft dieses Mannes zugezogen. Würde sie das eines Tages bereuen? Glücklicherweise blieb Eahlswith ihre Freundin.

Jeden Morgen schickte ihr die Königin ein Tablett mit trockenem Brot und Kamillensud, der die Magenbeschwerden linderte. Krysta vermutete, diese Unpässlichkeit würde sie ihrem Liebeskummer verdanken. Trotzdem nahm sie Hawk nichts übel, denn es war ihr eigenes unnachgiebiges Gewissen, das den Konflikt heraufbeschworen hatte.

Gelegentlich sah sie Raven und Thorgold. Doch sie kamen nicht in ihre Nähe. Wie gern würde sie die Gesellschaft der beiden begrüßen… Noch nie in ihrem Leben hatte sie sich so einsam gefühlt. Inmitten des geschäftigen höfischen Lebens, stets im Kreis der Königin und ihrer Hofdamen, glaubte Krysta ihre eigene leere Welt zu bewohnen.

Esa verhehlte ihre gute Laune nicht und schien überall gleichzeitig zu verweilen. Mit wachsendem Staunen wurde sie beobachtet, und die Leute begannen einander nach dem Grund dieser auffallenden Fröhlichkeit zu fragen. Am dritten Tag bemerkte Krysta, dass solche Gespräche verstummten, wann immer sie auftauchte. Mitleidsvolle Blicke zerrten an ihren Nerven.

Zu ihrer eigenen Bestürzung hielt sie ständig nach Esa und Hawk Ausschau, um festzustellen, wie viel Zeit sie miteinander verbrachten. Die beiden trafen sich viel zu oft. Wenn der Hofstaat zur Jagd ritt, lenkte Esa ihr Pferd neben Hawks Grauschimmel. Und wenn Hawks Männer und Alfreds Krieger auf dem Turnierplatz jenseits der Stadt Waffenübungen abhielten, veranstaltete Esa mit ihren Damen ein Picknick in der Nähe.

Eines Tages verfolgte Krysta eine solche Szene durch ein Fenster des Sonnenzimmers und verdrehte die Augen. Warum erregten kämpfende Ritter diese frivole Aufmerksamkeit? Würde Hawk die Anwesenheit der schmachtenden Esa genießen?

Seufzend wandte sich Krysta vom Fenster ab und versank für den restlichen Nachmittag in ihrem Elend.

Am selben Abend, bevor sie mit Hawk ihren Platz an der königlichen Tafel einnahm, eilte Esa zu ihm und verwickelte ihn in ein Gespräch. Gewiss, die Unterhaltung wirkte eher einseitig, denn er schien nur kurz angebunden zu antworten. Trotzdem lachte die Lady vergnügt, als wären sie und Hawk ein Herz und eine Seele.

Krysta trug eine tapfere Miene zur Schau, bis die Mahlzeit ein Ende nahm. Dann flüchtete sie erleichtert in ihr Zimmer. Nach einer fast schlaflosen Nacht beschloss sie mit Hawk zu sprechen. Noch länger konnte sie seinen Groll nicht ertragen.

Da sie niemanden nach seinem Aufenthalt fragen wollte, hatte sie Mühe, ihn zu finden. Mittlerweile hatte sie den Klatschbasen schon genug Gesprächsstoff geliefert. Sie ging zum Stall, um nachzusehen, ob sein Lieblingshengst an seinem Platz stand. Als sie einen Hund schmerzlich jaulen hörte, hielt sie inne. Dann eilte sie in die Richtung, aus der das jammervolle Geheul zu ihr drang.

Entsetzt beobachtete sie, wie ein Jagdhund, den man aus dem Gehege geholt hatte, mit einem Stock geschlagen wurde. In Vestfold hatte sie keinem ihrer Untertanen gestattet, Tiere zu misshandeln. Wie konnte man eine hilflose Kreatur so grausam züchtigen? Verzweifelt krümmte sich der Hund und winselte zwischen den brutalen Schlägen vergeblich um Gnade. Ohne Zögern trat Krysta vor, um das arme Tier zu retten. Erst jetzt erkannte sie, wer den Stock schwang – niemand anderer als Lord Udell. Ein hässliches Grinsen verzerrte sein gerötetes Gesicht. Immer wieder hieb er auf den Jagdhund ein, mit wahrer Wollust.

»Halt!«, rief Krysta. »Hört sofort auf! Sonst werdet Ihr das bedauernswerte Geschöpf noch umbringen!«

Verblüfft ließ Udell den Stock sinken und versuchte, sie beiseite zu schieben. Als er sie erkannte, verengten sich seine Augen. »Verdammtes Biest! Verschwindet, oder …«

Die Drohung blieb unausgesprochen, denn der Hund, von seinen Qualen erlöst, grub scharfe, spitze Zähne in den Fußknöchel seines Peinigers. Schreiend trat Udell nach dem Tier. Dabei lockerte sich sein Griff um den Stock, den Krysta ihm mühelos entwand. Mit aller Kraft schlug sie ihn ins Gesicht des Lords.

Danach schien alles gleichzeitig zu geschehen. Wimmernd presste Udell eine Hand auf die blutende Wunde, die sich von seiner Stirn zur linken Wange zog, knapp am Auge vorbei, und hüpfte auf seinem unverletzten Fuß umher. Der Hund flüchtete hinter eine Ecke des Stalls, aus dem mehrere Reitknechte stürmten, um herauszufinden, was sich ereignet hatte. Im selben Augenblick kehrten mehrere mercische Aristokraten von ihrem Morgenritt zurück, darunter Lady Esa.

Mit einem Blick erfasste sie die Situation und kreischte: »*Mörder!* Jemand wollte Lord Udell töten! Heiliger Himmel, welche Niedertracht! In der königlichen Residenz! Hilfe! Hilfe!« Sie sprang aus dem Sattel und warf sich auf ihren Bruder und stieß ihn zu Boden. Stöhnend und blutüberströmt lag er im Staub. Andere eilten herbei, während die Ladys in Esas Geschrei einstimmten, zückten die Lords ihre Dolche und befahlen einander, den imaginären Angreifer zu erstechen.

Verwundert beobachtete Krysta das Getümmel. Gewiss, Udell war verletzt, schwebte aber wohl kaum in Lebensgefahr. Und wenn sie auch nicht beabsichtigt hatte, ihm ernsthaft zu schaden, verdiente er eine Strafe. Immerhin hatte er den Hund grausam misshandelt.

Da sie annahm, irgendjemand in dieser erregten Schar würde endlich zu schreien aufhören und Udell helfen, wandte sie sich zum Gehen. Aber da sprang er auf, die blutige Hand immer noch ans Gesicht gepresst, und jammerte lauthals: »Das hat *sie* getan! Diese Bestie! Haltet sie fest!«

Sofort wurde Krysta von mehreren Lords umzingelt. Keiner wagte Hawks Braut anzurühren. Aber sie versperrten ihr den Weg.

Einer der Männer entriss ihr den Stock und grinste voller Genugtuung. »Ah, wir haben sie ertappt – mit der Tatwaffe in der Hand!«

»Stellt euch das vor, plötzlich fiel sie über mich her!«, erklärte Udell in selbstgerechter Empörung. »Ich hatte Schwierigkeiten mit meinem Hund. Während ich mich um ihn kümmerte, drosch sie mir den Stock ins Gesicht. Offensichtlich stimmt es, was allgemein behauptet wird, die Wikinger sind ein wildes, unzivilisiertes Volk!«

»Was für ein unverschämter Lügner Ihr seid!«, fauchte Krysta. »Ihr habt Euren Hund unbarmherzig verprügelt. Nur weil ich Euch Einhalt gebieten wollte, nahm ich Euch den Stock weg und schlug ihn in Euer Gesicht.«

Die Schultern gestrafft, ließ Udell die Hand sinken und entblößte die Wunde. Langsam ließ er seinen Blick über die versammelte Schar schweifen, die begierig an seinen Lippen hing. »Hat ein Mann nicht das Recht, seinen eigenen Hund zu züchtigen? Welch eine alberne Geschichte diese Frau erzählt, um sich zu verteidigen!«

Nun entsann sich Krysta, was vor vier Tagen geschehen war. Sie wusste, dass Udell ihr nicht nur die Verletzung neben seinem linken Auge verübelte. Zu spät erkannte sie das Unheil, das ihr drohte. Die Mercier, die sie umringten, waren zweifellos Udells treue Freunde. Sonst befand sich niemand in ihrer Nähe, abgesehen von den Stallknechten, die ihretwegen wohl kaum den Zorn einflussreicher Aristokraten riskieren würden.

»Einen Lord zu schlagen, das ist ein schweres Verbrechen«, verkündete Udell. Mit einem widerwärtigen Grinsen ging er zu Krysta. »Was Ihr vielleicht nicht wisst, das Wergeld, die Buße, die man für einen Angriff auf meine Person zahlen muss, gehört zu den höchsten in diesem Land. Hoffentlich wird Eure Mitgift ausreichen, um diese Summe zu begleichen. Wenn nicht, muss Hawk den Rest entrichten.«

Alle Lords und Ladys stimmten in sein schadenfrohes Ge-

lächter ein, während sich Esa einen Weg durch das Gedränge bahnte. Dicht vor Krysta blieb sie stehen und starrte sie an. In ihren Augen funkelte unverhohlene Bosheit. »Was sagst du da, mein Bruder? Die Buße, die du erwähnt hast, pflegen nur Aristokraten zu zahlen. Für gewöhnliche Leute, Dienstboten und *Sklaven* ist eine andere Strafe vorgesehen.«

Verblüfft runzelte Udell die Stirn, ebenso wie alle anderen – außer Krysta. Offenbar hatte Esa von Svens Urteilsspruch auf Hawkforte erfahren. Was die Lady wenig später bestätigte. Triumphierend zeigte sie auf Krysta.

»Um sie zu beschuldigen, reiste ihr Halbbruder eigens aus Vestfold in Lord Hawks Festung.« Nach einer dramatischen Pause fuhr sie fort: »Er erklärte, sie sei ein Wechselbalg ihres armen, betörten Vaters und eines Fabelwesens aus dem Meer.« Noch bevor die Schreckensschreie verstummten, sprach sie weiter: »O ja, ich weiß, es ist zu grauenhaft und klingt unglaublich, doch der Lord von Vestfold schwor, es sei die reine Wahrheit. Er verstieß seine Halbschwester, verweigerte ihr die Mitgift und gab bekannt, sie dürfe nie mehr in ihre Heimat zurückkehren. Stattdessen schenkte er sie Lord Hawk – als *Dienerin* oder *Sklavin*! Das konnten alle hören, die sich an jenem Abend in der Halle von Hawkforte aufhielten.«

Über diese Enthüllungen keineswegs erfreut, musterte Udell seine Schwester voller Argwohn. »Woher weißt du das?«

Lässig zuckte sie die Achseln, als läge die Antwort auf der Hand. »Glaubst du, solche Neuigkeiten würden nicht über Hawkfortes Mauern hinausdringen? Heute Morgen erzählte mir ein Händler davon, bei dem ich regelmäßig einkaufe. Bis zum Abend wird sich's in ganz Winchester herumsprechen. Und morgen Vormittag dürfte es in ganz Wessex kein einziges Kind geben, dem die Geschichte noch nicht zu Ohren kam.«

»Vielleicht hat sie nichts zu bedeuten.« Zu Krysta gewandt, fragte er: »Stimmt das alles? Seid Ihr eine Dienerin oder sogar eine Sklavin?«

Weder ihr Stolz noch ihr ehrliches Wesen erlaubten ihr zu lügen. Den Kopf hoch erhoben, das Leid ihres Herzens verborgen, erwiderte sie leise: »So nannte mich mein Halbbruder.«

Udells wütender Fluch ließ beinahe die Blätter an den Bäumen welken. »Tod und Teufel! Und Ihr habt es gewagt, Euch mir zu verweigern und mich noch schlimmer zu beleidigen! Obwohl Ihr ein Nichts seid! Noch nie im Leben wurde ich so tief gekränkt! Das muss geahndet werden!« Sein flackernder Blick irrte umher, als suchte er Mittel und Wege, um seiner Wut freien Lauf zu lassen.

Entschlossen nutzte Esa die Gunst der Stunde. »Wenn eine Dienerin oder Sklavin einen Lord schlägt, wird sie ausgepeitscht. So lautet das Gesetz.«

Die anderen Mercier rings um Udell schnappten nach Luft, erholten sich aber sehr schnell von ihrer Überraschung und starrten Krysta mit schmalen Augen an. Von ihrem Entsetzen angenehm erregt, kicherten die Ladys. Udell rang nach Luft. Die Hände geballt, begann er hin und her zu wandern. Dabei schaute er immer wieder nachdenklich zu Krysta hinüber. Was sie ihm angetan hatte, konnte er offenbar noch immer nicht fassen. Schließlich drehte er sich zu seiner Schwester um. Was sie gesagt hatte, schien nur langsam in sein verwirrtes, vom Zorn benebeltes Gehirn zu dringen. »Bei Gott, du hast Recht. Dem Gesetz nach muss sie ausgepeitscht werden. Mit einer milderen Strafe begnüge ich mich nicht.«

Ein Lord aus Mercia in Udells Alter, aber anscheinend etwas besonnener, runzelte unbehaglich die Stirn. »Aber, Hawk of Essex …«

Erbost fuhr Udell zu ihm herum. »Der spielt keine Rolle, hört Ihr? Gegen das Gesetz kann er nichts ausrichten. Und es gibt nichts, was der König wichtiger nimmt als Recht und Ordnung. Unentwegt betont er, wir müssten uns an die Gesetze halten. Und der illustre Hawk of Essex …« Seine Stimme triefte vor Hohn. »… ist jederzeit bereit, Alfreds Willen durchzusetzen.

Nun soll er sehen, was es bedeutet, wenn man die Gesetze befolgt.« Ehe jemand Einwände erheben konnte, zeigte er auf einen Pfahl. »Bei Gott, die Gerechtigkeit muss siegen, ohne weitere Verzögerung. Bindet die Frau dort fest!«

Harte Hände packten Krysta. Schreiend versuchte sie sich zu befreien. »Nein! Auf dem Grund und Boden des Königs kann nur er mich verurteilen.« Ob das stimmte, wusste sie nicht. Aber in Vestfold war das üblich, und sie hoffte, es würde auch für Wessex gelten.

»In dieser Sache dürfte sich Alfred wohl kaum gegen mich stellen. Wenn er es wagt, wird sich Mercia gegen ihn erheben.«

Ehe sie antworten konnte, wurden ihre Arme um den Pfosten geschlungen und die Handgelenke zusammengebunden. Esa rannte in den Stall und kehrte mit einer Peitsche zurück, die sie ihrem Bruder übergab. Dann riss sie einem Lord, der in ihrer Nähe stand, den Dolch aus der Hand und schnitt Krystas Kleid am Rücken auf.

Als die milchweiße Haut entblößt wurde, verstummte das Stimmengewirr. Krysta hörte nur mehr ihre eigenen heftigen Herzschläge, die stockenden Atemzüge der Zuschauer.

Und dann knallte die Peitsche, die Udell auf den Boden schlug. Vielleicht will er erst einmal feststellen, wie sie sich anfühlt, dachte Krysta. Danach würde der Riemen ihren nackten Rücken treffen und die Demütigungen rächen, die sie dem Mercier zugefügt hatte.

Niemand würde ihn zurückhalten. Sogar die Raben waren verschwunden. Später, wenn Hawk oder Alfred zürnen sollten, würde sich der Schaden nicht mehr beheben lassen. Verzweifelt schloss Krysta die Augen und betete um innere Kraft.

Die Zähne zusammengebissen, wappnete sie sich gegen den ersten Peitschenhieb, als eine vertraute Stimme das Schweigen brach.

»Halt!«

Krysta spähte über ihre Schulter und sah Hawk im Hof ste-

hen, nur wenige Schritte entfernt. Ruhig und gelassen, die Arme vor der breiten Brust verschränkt, gönnte er ihr nicht einmal einen kurzen Blick. Hinter ihm keuchte der Stallbursche, der davongelaufen war, um ihn zu holen. Udells Augen verengten sich.

Herausfordernd ließ er die Peitsche ein zweites Mal knallen. »Eure Sklavin hat gegen das Gesetz verstoßen. Da sie mich mit einem Stock schlug, muss sie bestraft werden.«

Ohne einen Kommentar abzugeben, betrachtete Hawk das Blut in Udells Gesicht. Dann starrte er Esa, die vor Erregung am ganzen Körper zitterte, verächtlich an. Als er sich zu Krysta wandte, waren seine Augen völlig ausdruckslos. Langsam ging er auf sie zu. Nichts in seiner Miene verriet, was er dachte. »Verdankt er diese Wunde dir?«

Mühsam schluckte sie die bittere Galle hinunter, die in ihrer Kehle aufstieg, und nickte. »Er schlug seinen Hund. Daran wollte ich ihn hindern und entriss ihm den Stock.«

»Warum es geschah, spielt keine Rolle. Niemals darf eine Dienerin einen Lord schlagen.«

Wenn er sie auch nicht Sklavin, sondern Dienerin nannte, das machte keinen Unterschied. Nun hatte er öffentlich bekannt gegeben, was sie nicht leugnen konnte. Von ihrem Halbbruder verstoßen, hatte sie keine Familie und keine Position mehr. Nach dem Gesetz stand sie auf der gleichen Stufe wie eine arme Bäuerin.

Beschämt senkte sie den Kopf. Hawks Stimme durchdrang ihr Elend. »Euer Wergeld ist hoch, Udell. Möchtet Ihr's nicht einheimsen?«

»Würdet Ihr's denn bezahlen?«, fragte der Mercier gedehnt und schien sich köstlich zu amüsieren. Vermutlich hatte er nie zuvor einen mächtigen Mann in eine so unangenehme Lage gebracht.

Es dauerte eine Weile, bis Hawk antwortete, als müsste er die Angelegenheit überdenken. Schließlich erwiderte er: »Ja.«

Lachend wandte sich Udell an das interessierte Publikum. »Was für eine großzügige Geste! Beinahe fühle ich mich geneigt, das Angebot anzunehmen. Und das würde ich wohl tun, wäre ich nicht so eifrig bestrebt, die Gesetze zu befolgen. Erklärt der König nicht unentwegt, nur Recht und Ordnung würden uns vor der Anarchie schützen? Könnte mich meine Dienerschaft respektieren, wenn ich in einer so wichtigen Sache klein beigebe?« Er seufzte tief auf, um zu betonen, zu welch leidvollem Opfer er sich bereit fand. »Nein, ich muss auf der Peitschenstrafe bestehen.«

Immer noch ausdruckslos, bemerkte Hawk: »Für ein solches Vergehen sieht das Gesetz zwanzig Hiebe vor.«

Krysta zuckte entsetzt zusammen. Wie sollte sie diese Tortur überstehen?

»Nach zwanzig Schlägen wäre die Frau zu sehr beschädigt, um mir zu nützen«, fuhr Hawk fort. »Ich verdopple das Wergeld.«

Erstaunt hielten die Zuschauer den Atem an. Nur wenige Lords konnten sich's leisten, eine so hohe Summe zu zahlen. Im Besitz dieses Vermögens, würde Udell beträchtlichen Einfluss ausüben. Das wussten die Mercier. Und wie sein Zögern bekundete, geriet er in Versuchung.

Aber dann erinnerte er sich an die Schmach, die Krysta ihm vor vier Tagen in einem der Höfe angetan hatte, und an die schmerzende Wunde, die sein Gesicht wahrscheinlich lebenslang entstellen würde. »Nein!«, zischte er. »Sie muss die Peitschenstrafe erdulden. Das verlangt meine Ehre.«

»Allmählich ermüdet mich die Feilscherei.« Hawk zog das zerfetzte Kleid über Krystas Rücken zusammen. »Für die Missetaten von Dienstboten ist ihr Herr verantwortlich. Also trage ich die Schuld an diesem Regelverstoß, und deshalb lasse ich mich bestrafen. *Mir* machen zwanzig Peitschenhiebe nichts aus.«

Er sprach so beiläufig, als würde er nur ein kleines Ärgernis erörtern. Aber die Zuhörer sahen das ganz anders. Bestürzt schnappten sie nach Luft und redeten leise aufeinander ein. Zwanzig Peitschenhiebe würden sogar den stärksten Mann in die Knie zwingen. Warum wollte Lord Hawk eine solche Strafe auf sich nehmen? Nur um eine Frau zu schonen?

Das würde Krysta nicht verkraften. Lieber würde sie die Schmerzen selbst erleiden. »Nein!«, schrie sie und riss an ihrer Fessel.

Entschlossen bezähmte er seinen Zorn und presste eine Hand auf ihren Mund. Jedes Mal, wenn sie den öffnete, machte sie alles noch schlimmer. Erst hatte sie sich der Königin anvertraut und nun auch noch den unausstehlichen Udell gekränkt. Würde sie ihr impulsives Temperament niemals zügeln? Oder ihren Stolz, der ihr verbot, in einer bedrohlichen Situation den leichteren Ausweg zu wählen?

Mit solchen Gedanken durfte er sich vorerst nicht befassen. Jetzt musste er sich möglichst schnell aus der Affäre ziehen. Und danach… Nur sekundenlang überlegte er, was mit Krysta geschehen würde, sobald sie der Gefahr entronnen wäre. Dann wandte er sich wieder zu Udell. »Soll ich den ganzen Tag warten? Bringen wir's hinter uns.«

Udell holte tief Luft. Gleichmütig beobachtete Hawk den inneren Kampf, den die verzerrten Züge des Merciers widerspiegelten. Das Wergeld hatte er bereits abgelehnt, sogar die doppelte Summe. Wenn er jetzt den Rückzug antrat, würde er sich der Lächerlichkeit preisgeben. Und das konnte der eitle Prahler nicht ertragen. In seinem wilden Hass hatte er sich unbändig darauf gefreut, Krysta zu züchtigen, und nicht geahnt, in welche Falle Hawk ihn locken würde.

Nach dem Gesetz war Hawk ihr Herr und besaß das Recht,

sie zu strafen oder sich selbst bestrafen zu lassen, wenn sie eine Schuld auf sich lud. Noch nie war dergleichen geschehen. Aber es war Gesetz, Alfreds Gesetz, das Udell so überschwänglich gerühmt hatte.

»Nun?«, fragte Hawk gelangweilt, als hätte er Besseres zu tun und wollte das leidige Problem endlich lösen.

»Zum Teufel mit Euch, Hawk of Essex!«, fauchte Udell. »Glaubt Ihr, ich würde Euch nicht auspeitschen, weil Ihr die Gunst des Königs genießt, und ich würde es nicht wagen, auf Euren Vorschlag einzugehen?«

Lässig hob Hawk die breiten Schultern und wischte ein Stäubchen vom Ärmel seiner Tunika. »Was immer Ihr tun werdet, ich wünschte, Ihr würdet Euch entscheiden…« Plötzlich schaute er zur Seite und erweckte den Eindruck, er hätte den Mann, der bereits vor mehreren Minuten eingetroffen war, eben erst entdeckt. »Ah, Mylord!«, rief er. »Würdet Ihr bestätigen, dass ich im Recht bin? Da mein Eigentum nicht beschädigt werden soll, möchte ich die Strafe erdulden, und Udell muss Krysta freilassen.«

Während Alfred in den Kreis der Lords und Ladys trat, hielten sie den Atem an. Nur die Kühneren wagten missbilligend die Stirn zu runzeln. Aber alle wichen zurück wie Ratten vor einem gnadenlosen Fänger.

Nachdenklich schaute sich der König um, für ein paar Minuten blieb sein Blick an Udells Wunde hängen. Mit ruhiger Stimme verkündete er: »Da der Lord of Essex Recht hat, muss das Mädchen freigelassen werden.« Gebieterisch winkte er die Krieger zu sich, die gerade um die Ecke des Stalls bogen. Ihr Kommandant wandte sich zu Hawk, der ihm zunickte, dann durchschnitt er Krystas Fesseln. Mit einer Hand hielt sie ihr Kleid im Nacken zusammen, die andere legte sie auf Hawks starken Arm. In diesem Moment brauchte sie seine Nähe. Er sah sie nicht an. Aber er umschloss ihre Finger mit seinen, eine schützende Geste.

»Nun?«, wiederholte er, hob die Brauen und musterte Udell.

Unbehaglich beobachtete der Mercier die Krieger, die sich rings um die Versammlung postierten. Die meisten gehörten Alfreds Wache an. Aber nun eilten auch Hawks Männer aus allen Richtungen herbei, einige vom Turnierplatz, andere aus dem Schloss. Ausnahmslos bewaffnet oder zum Kampf bereit, eine Elitetruppe, die sogar den königlichen Streitkräften überlegen war. In zahllosen Schlachten hatten sie ihr Blut vergossen und waren ihrem Anführer durch die Hölle gefolgt. Ohne Zögern würden sie für ihn sterben und skrupellos töten, um ihn zu retten.

»Wie könnte ich Euch züchtigen, Hawk?«, stieß Udell hervor. »Ich würde nicht einmal lange genug leben, um die Peitsche zu heben.«

Dieser Behauptung widersprach Hawk nicht. Belustigt schlug er vor: »Wie wär's mit einem Zweikampf? Wenn Ihr mich besiegt, dürfen meine Leute Euch nicht töten, das würde ihre Ehre verbieten.«

Krampfhaft zuckten Udells Lippen. Ein Kampf gegen Hawk... Einige Männer hatten es gewagt, keiner war am Leben geblieben. »Also fordert Ihr mich heraus?« In der Frage des Merciers schwang unverkennbare Angst mit.

Hawks Lächeln ließ Krysta erschauern. Auch der König erbleichte. Der Lord of Essex, Bezwinger der Dänen, Beschützer seines Volks, der meist gefürchtete Krieger in ganz Britannien, blickte in die Runde der Lords und Ladys, die gehofft hatten, vom Ehrgeiz eines machtgierigen Mannes zu profitieren. Jetzt schlotterten Udells Knie, kalte Todesangst verdunkelte seine Augen.

Langsam drehte sich Hawk wieder zu ihm um und entgegnete mit einer Stimme, die durch den ganzen Hof hallte: »Noch nicht.«

Während sich die Mercier entfernten, vibrierten die Worte immer noch in der Luft. So schnell die Beine sie trugen, eilten sie davon. Die Ladys stolperten über ihre Röcke, die Lords stießen

einander mit den Ellbogen an, um sich im Gedränge einen Fluchtweg zu bahnen. Als Udell seinen Landsleuten folgen wollte, umklammerte Esa seinen Arm. Jemand hatte sie in seiner Hast angerempelt, und dabei war ihr die Haube vom Kopf gefallen. Im Ärmel ihrer Tunika klaffte ein Riss. »Er hat dich schwer beleidigt!«, kreischte sie. »Und *sie* hat dir noch Schlimmeres angetan. Wie kannst du die beiden ungestraft davonkommen lassen?«

»Was soll ich denn tun?«, jammerte er mit einem kurzen Blick auf Hawk. »Willst du mich sterben sehen? Wärst du dann zufrieden, du unersättliche, machtbesessene Xanthippe?«

Ihr Wutschrei bewog Udell, so kraftvoll in ihr Gesicht zu schlagen, dass sie in einen Haufen Pferdemist fiel. Ohne sie noch länger zu beachten, verschwand er hinter der Ecke des Stalls. Krysta wollte zu der gedemütigten Frau laufen.

Aber Hawk hob sie hoch, und ihre Füße bewegten sich vergeblich. »Wenn Ihr uns entschuldigen würdet, Mylord«, bat er höflich, »nun haben wir Euch lange genug behelligt.«

Alfred suchte erfolglos, ein Grinsen zu unterdrücken. Schließlich lachte er laut auf, als Hawk eine entsetzte Krysta über seine Schulter warf. Ein schriller Protest wurde vom Heiterkeitsausbruch seiner Krieger übertönt. Von schallendem Gelächter und anzüglichen Kommentaren begleitet, kehrte Hawk ins Schloss zurück.

»Lass mich runter!«, verlangte Krysta, noch bevor er die Doppeltür zur Haupthalle erreichte.

Aber er ignorierte ihren Wunsch und trug sie an verwirrten Dienern vorbei, an erstaunten Priestern und amüsierten Lords – an der halben Bevölkerung von Winchester, wie es ihr erschien. Vor seinem Schlafzimmer blieb er kurz stehen, stieß die Tür mit einer Fußspitze auf und trat ein. Zielstrebig ging er zum Bett und warf sie zwischen die Pelzdecken. Auf einen Ellbogen gestützt, beobachtete sie, wie er zur Tür zurückkehrte und den schweren hölzernen Riegel vorschob.

Nun musste er keine Störung befürchten. Er schlenderte zum Bett, bückte sich und zog seine Stiefel aus. »Noch nie ist mir eine so lästige Frau wie du begegnet.«

Unsicher schaute sie ihn an. Seine Stimme klang nicht zornig, und er sah auch nicht so aus. Doch sie kannte ihn gut genug, um sich nicht täuschen zu lassen. Nur weil er seine Wut bezwungen hatte, war Udell dem Tod entronnen. Deshalb durfte sie dem äußeren Schein keine Bedeutung beimessen. »Was tust du?«

Sichtlich verblüfft über diese Frage, hob er den Kopf. »Ich ziehe meine Stiefel aus.«

»W-warum?« Natürlich war sie nicht beunruhigt. Und sie empfand auch keine Begierde. Sie war einfach nur neugierig.

»Weil sie ziemlich schwer sind«, antwortete er, richtete sich auf und nahm seinen Schwertgurt ab. »In der Hitze des Gefechts sollst du dich nicht verletzen.«

Wenn sie den Mund noch lange öffnete und schloss, würde er sie für einen Fisch halten. Also, jetzt trieb er sein lässiges Verhalten wirklich zu weit. Wenn er glaubte, sie würde einfach daliegen und geschehen lassen, was er beabsichtigte, nachdem sie vier Tage lang kaum ein Wort gewechselt hatten, von dem ungelösten Problem ganz zu schweigen...

Und dann war er bereit gewesen, an ihrer Stelle die Peitschenstrafe zu erleiden.

Nachdem er sich so ritterlich verhalten hatte, wie konnte sie ihm die kalte Schulter zeigen? Das wäre kleinlich und undankbar. Und er wusste es. Aber – o Gott – wie wundervoll seine kraftvolle, gebräunte Brust aussah, wie unwiderstehlich es ihre Hände reizte, darüber zu streichen... Sie richtete sich etwas weiter auf und warf ihre Haare in den Nacken, warum sollten sie ihr die Sicht versperren? »Hoffentlich ist dir klar, dass ich deinen Wunsch nur erfülle, um schöne Erinnerungen an unsere gemeinsame Zeit zu bewahren.«

Hawk schlüpfte aus seinen Breeches. Jetzt hielt er inne und starrte sie an. »Für dein künftiges Leben hinter Klostermauern,

wo du dich bis ins hohe Alter mit schmerzendem Rücken und trüben Augen über vergilbte Pergamente beugen wirst?«

»Mach keine Witze! Dann wirst du auch ein alter Mann sein.« Aber in ihrer Fantasie würde er immer jung bleiben, ganz gleichgültig, wie viele Jahre verstreichen mochten.

Er ließ seine Hose fallen und legte sich zu ihr ins Bett. »Laut Thorgold werde ich dir an meinem Lebensabend immer noch Haarbänder kaufen«, seufzte er und wickelte eine seidige Locke um seinen Finger. »Oder willst du behaupten, dieser eigenwillige alte Troll könnte sich irren?«

Durch das feine Leinen ihres Kleids hindurch liebkoste er ihre Brüste. Dann schob er einen nackten, muskulösen Schenkel zwischen ihre Beine. Seine Lippen glitten über ihren Hals. So heiß... Würde sie jeden Augenblick in Flammen aufgehen? Stattdessen umfasste sie seine Schultern und schob ihn ein wenig von sich, um ihn forschend zu betrachten. »Wie hast du Thorgold genannt?«

Widerstrebend löste er seinen Mund vom pochenden Puls ihrer Kehle. »Einen eigensinnigen alten Troll. Würdest du ihn anders beschreiben?«

Wie rasend hämmerte ihr Herz gegen die Rippen. »Hältst du Thorgold für einen Troll?«

Hawk zuckte die breiten Schultern, die sie unwillkürlich streichelte. »Heute Morgen verschwand er einfach. Wir hatten eben noch geredet, und im nächsten Moment löst er sich in Luft auf. Wer benimmt sich denn so?«

»Ein Troll...?«

»Zumindest gewann ich diesen Eindruck, obwohl ich mich in solchen Dingen nicht besonders gut auskenne. Bevor er mich verließ, erklärte er mir, mein Geist hätte Flügel, die ich endlich ausbreiten müsste.«

»Thorgold ist ein Poet.«

»Mag sein. Übrigens, ich erkundige mich *nicht* nach Raven. Dieses Thema schneide ich lieber nicht an. Habe ich's mir nur

eingebildet, oder zeigt Udells Gesicht die Spuren spitzer Schnäbel?«

Krysta seufzte tief auf. Allmählich lockerte sich die Fessel ihrer Sorgen, die sie so lange gequält hatte. »Vor vier Tagen hatte ich eine unerfreuliche Begegnung mit Udell. Irgendetwas muss die Raben gestört haben, und so griffen sie ihn an.«

Zu ihrem Bedauern beendete er seine Zärtlichkeiten, setzte sich auf, und ein wütender Lord verdrängte den glutvollen Liebhaber. »Erzähl mir sofort, was geschehen ist!«

Weil sie ihm stets zu gehorchen suchte – niemand würde *ihr* vorwerfen, dass ihre Bemühungen so selten zum Erfolg führten –, schilderte sie die Ereignisse in möglichst knappen Worten. Als sie verstummte, hoffte sie, er würde da fortfahren, wo er aufgehört hatte.

Aber Hawk schmiedete andere Pläne, stieg aus dem Bett und ergriff seine Tunika. »Jetzt werde ich ihn doch noch umbringen.«

»Was? Warte, das darfst du nicht!«

»Bald bin ich wieder da. Geh nicht weg.«

»Nein!« Krysta sprang auf und riss ihm die Tunika aus den Händen. »Was redest du denn? Du willst Udell töten? Bist du verrückt? Wenn er stirbt, wird sich Mercia gegen den König erheben!«

»Das siehst du ganz falsch. Wenn er am Leben bleibt, wird Mercia rebellieren.«

Also wusste er Bescheid. Was sie nur befürchtete und für Lord Udells alberne Prahlerei gehalten hatte, war grausame Wirklichkeit. Aber in ihr Entsetzen mischte sich ein Gedanke, der sie ein wenig beruhigte. Wenn Hawk die Gefahr kannte, musste auch Alfred informiert sein.

»Was glaubst du, warum ich nach Winchester gerufen wurde?«

»Udells wegen?«, flüsterte sie beklommen.

»Meinst du, Alfred hätte ein zersplittertes Königreich vereint,

in einer dunklen Welt die Flamme der Wissenschaft und Kultur entzündet und die Hoffnung auf eine gesicherte Zukunft geweckt, ohne mit scharfem Auge zu beobachten, was sich in seiner Residenz zusammenbraut?«

»Dann müsst ihr etwas unternehmen.«

»O ja, und deshalb werde ich…«

Er wollte Udell töten. Wenn nicht sofort, dann in absehbarer Zeit. Deshalb hatte er inmitten der Mercier gestanden und dem ehrgeizigen Lord das doppelte Wergeld angeboten, mit dem er ein Heer kaufen und gegen den König zu Felde ziehen könnte. Aber Hawk hatte gewusst, sein Widersacher würde nicht lange genug leben, um diesen Krieg zu beginnen, und falls Udell beschlossen hätte, die Peitsche zu schwingen, hätte er bald danach unter der Erde gelegen.

»Nicht *jetzt*!«, flehte Krysta. Auf Worte allein verließ sie sich nicht. Sie schleuderte die Tunika in eine Ecke und zerrte ihr Kleid über den Kopf. Nackt und stolz stand sie vor Hawk. »Machst du dir Thorgolds wegen keine Gedanken?«

Bewundernd musterte er ihre schöne Gestalt. »Warum sollte ich? Es ist *Udell*, den ich umbringen werde.«

»Das habe ich verstanden. Aber wenn du im Haus des Königs Blut vergießen wolltest, wäre er schon tot.«

Seine Mundwinkel zuckten. »Bildest du dir wirklich ein, hinter deiner Stirn würde sich ein Gehirn befinden?«

Ehe sie den Mut verlor, erklärte sie hastig: »Teils gehöre ich deiner Welt an, teils einer anderen. Mein Leben lang kämpfte ich gegen dieses Schicksal an. Als ich hierher kam, fürchtete ich Kummer und Leid. War das ein Irrtum?«

Ihr Herz klopfte so heftig, dass sie glaubte, es würde bersten. Zutiefst erschrocken über ihr eigenes Wagnis, so freizügig zu sprechen, bangte ihr vor Hawks Antwort, vor der Verzweiflung, die sie erfüllen würde, wenn er sich von ihr abwandte und sie in der Kälte zurückließ.

Schon jetzt fror sie und zitterte am ganzen Körper. Sie wollte

die Arme vor ihren Brüsten verschränken, konnte sie aber nicht heben, konnte nichts anderes tun, als Hawk voller Sehnsucht zu betrachten.

»Dummes Ding!«, murmelte er, riss sie an sich und wärmte sie mit seiner Kraft. Eng umschlungen sanken sie aufs Bett, und ihre Lippen fanden sich.

Hawk tat sein Bestes, um sich zu beherrschen. Doch die tagelange Enthaltsamkeit hatte sein Verlangen gnadenlos geschürt. Obwohl er beschloss, langsam vorzugehen, Krystas Bereitschaft abzuwarten und ihr Freude zu schenken, steigerte sich seine Begierde ins Unerträgliche. Stöhnend umfasste er ihre Brüste, drückte sie zusammen, und sein Mund wanderte von einer Knospe zur anderen. Während er hungrig daran saugte, schob er ein Knie zwischen Krystas Beine, um ihren Schoß zu öffnen. Sie klammerte sich so fest an ihn, als wollte sie ihn nie wieder loslassen. Ungeduldig hob sie sich ihm entgegen, und ihr weiches, gekräuseltes Schamhaar streifte seine geschwollene Männlichkeit.

»Bitte...«, wisperte sie. Doch ihre Stimme klang nicht flehend, sondern eher gebieterisch.

Voller Sehnsucht erforschte seine Zunge ihren Mund. Dabei spürte er, wie sie ihn in sich einführte. Behutsam drang er weiter vor. Auf seiner Stirn glänzte Schweiß, denn es fiel ihm unendlich schwer, Krysta die Zeit zu geben, die sie brauchte, um sich an ihn zu gewöhnen. Trotzdem hielt er sich zurück. Nur die harte Spitze streichelte die heiße, seidige Hülle, die ihn umfing. Vor seinen Augen tanzten dunkle Nebelschleier, heftige Gefühle raubten ihm den Atem. Krampfhaft rang er nach Luft. Dann hob er den Kopf und beobachtete fasziniert, wie Krysta über ihren eigenen Höhepunkt staunte, den sie schon nach kurzer Zeit erreichte. In irgendwelchen fernen Regionen seines Gehirns, die ihn immer noch zu klaren Gedanken befähigten, erkannte er, dass die vier einsamen Tage nicht nur ihn gequält hatten. Als ihre Ekstase verebbte, lag sie reglos unter ihm. Nur ihre Hände streichelten seinen Rücken.

Er richtete sich ein wenig auf, so dass seine Arme und Knie sein Gewicht abstützten. Allzu lange gönnte er ihr keine Erholungspause, bevor er sich in drängendem Rhythmus bewegte. Seine exquisite Erfüllung weckte ein Entzücken, das kein Ende zu finden schien.

Vom Gipfel der Lust, auf den er sie so schnell geführt hatte, schwebte sie noch höher empor. Eine feurige Welle nach der anderen durchströmte ihren Körper. Schluchzend rief sie Hawks Namen, presste sich an ihn, und ringsum versank die Welt.

Stunden später wurden sie von fröhlichem Stimmengewirr in der königlichen Halle geweckt, wo man sich zweifellos über ihre Abwesenheit amüsierte. Das störte sie nicht. Langsam und ausgiebig bereiteten sie einander betörende Freuden und glitten in den Schlaf zurück. Kurz danach drang der verlockende Duft von frisch gebackenem Brot in ihre Nasen, und sie erwachten wieder. In Krystas Zimmer entdeckten sie ein Tablett, von der fürsorglichen Zofe bereitgestellt. Beglückt wie Kinder trugen sie die Mahlzeit in Hawks Bett und fütterten einander mit liebevoll ausgewählten Leckerbissen – eine intime Szene, die zum unvermeidlichen Ergebnis führte. Schließlich schliefen sie tief und traumlos. Erst im hellen Morgensonnenschein, der ihre umschlungenen Körper beleuchtete, öffneten sie die Augen.

»Jetzt werde ich zum König gehen«, murmelte Hawk schlaftrunken und küsste Krystas Brüste. Dann schob er seine Hand zwischen ihre Schenkel, liebkoste sie und wurde mit einem leisen Stöhnen belohnt. Seine Wangen, rau vom nächtlichen Bartwuchs, boten ihrer empfindsamen Haut einen zusätzlichen Reiz. Atemlos schmiegte sie sich an ihn, umfasste seinen Kopf und streichelte mit ihrer Zungenspitze seinen Mundwinkel. »Nein, noch nicht…«, flüsterte er. Was immer sie antwortete, erstarb in den Flammen seiner eigenen Begierde. Der König musste warten. Sogar sehr lange.

Erst am späten Vormittag stieg Hawk aus dem Bett und be-

trachtete seine schlummernde Geliebte, die auf der Seite lag, die Hände unter ihrem Kinn und mit süßer Unschuldsmiene. Überglücklich seufzte er. Nun war die Welt völlig in Ordnung. Von tiefem, innerem Frieden erfüllt, nahm er sich vor, Udell möglichst schnell umzubringen, sollte er ihm begegnen. Ursprünglich war er fest entschlossen gewesen, den mercischen Verräter mit einem langsamen, qualvollen Tod zu bestrafen. Immerhin hatte der Schurke gewagt, Krysta anzurühren. Aber in seiner gegenwärtigen barmherzigen Stimmung würde er ihn einfach nur enthaupten. Diese erstaunliche Wirkung kann eine zauberhafte Frau ausüben, dachte er und sah sich um.

Was suchte er eigentlich? Ach ja, seine Kleidung und Waschwasser. Rasieren würde er sich irgendwann im Lauf des Tages. Alfred hatte ihn schon viel ungepflegter gesehen, während sie den Dänen wochenlang von Schlachtfeld zu Schlachtfeld gefolgt waren.

Bevor er das Zimmer verließ, schlang er seinen Waffengurt um seine Taille. Im Flur traf er eine Dienerin und fragte sie, wo sich der König aufhielt.

Alfred besuchte gerade ein Fohlen, das seine Lieblingsstute an diesem Morgen geworfen hatte. Als Hawk den Stall betrat, drehte sich der König zu ihm um, musterte die dunklen Bartstoppeln und verdrehte die Augen. »Eine rastlose Nacht, Lord of Essex?«

»Eher eine erfrischende, Sire«, entgegnete Hawk grinsend und bückte sich, um das Fohlen zu bewundern. »Hoffentlich wird's so hübsch wie seine Mutter und so kräftig wie sein Vater.«

»Ja, die beiden geben ein prächtiges Zuchtpaar ab.« Alfred stand auf und wischte Strohhalme von seinen Händen. »Letzte Nacht ist Udell abgereist.«

»Gut. Ich nehme an, Athelred wird ihn an der Grenze erwarten.«

»Ohne jeden Zweifel. Wenn's auch eine Weile gedauert hat, bis er meiner Tochter klar machen konnte, sie müsste daheim

bleiben«, fügte der König hinzu und lächelte stolz. »Mit aller Macht wollte Athelflad ihn begleiten.«

»Eine Tochter, die ganz nach dem Vater geriet, Mylord«, meinte Hawk. Und klug genug, um Udells niederträchtige Pläne auszukundschaften, einen Boten nach Winchester zu schicken und den König zu warnen. »In einer Stunde breche ich auf. Mit vereinten Kräften werden Athelred und ich den Verräter beseitigen.«

»Normalerweise würde ich Euch vorschlagen, ihn hierher zu bringen, denn ich sollte ihn vor Gericht stellen…«

Weitere Worte waren überflüssig, denn Hawk verstand, was der Regent meinte. Alfreds ungeteilte Konzentration galt den Dänen. Nur dank seiner unablässigen Wachsamkeit wahrte er den Frieden. Davon würde er sich von Udell nicht ablenken lassen.

Bald danach eilte Hawk zum Quartier seiner Leute. Die ranghöchsten Krieger erwarteten ihn schon. Scharfsinnige Männer, im Umgang mit Intriganten erfahren, hatten sie vorausgesehen, wozu Udells Machenschaften führen würden. Gesattelte Pferde standen bereit, und Hawks persönliche Wache, Englands meist gefürchtete Truppe, war bereits aufgestiegen. Noch früher, als er es dem König versprochen hatte, ritt er an der Spitze seines Heers durch das Tor der Residenz zu der langen Straße, die in nördlicher Richtung aus der Stadt führte. Nur ein einziges Mal drehte er sich um und schaute zu den Fenstern seiner Braut hinauf.

»Wann ist er weggeritten?« Verwirrt starrte Krysta die Königin an. Ohne ihr Bescheid zu geben, war er Udell gefolgt? Nein, unmöglich.

»Am späten Vormittag«, wiederholte Eahlswith mitfühlend. »Gewiss, das überrascht Euch, aber so sind die Männer nun einmal. Ich kann gar nicht zählen, wie oft Alfred in den Krieg zog, ohne sich von mir zu verabschieden.«

Wahrscheinlich schlafe und träume ich noch, dachte Krysta. Was immer der König befohlen hatte, Hawk würde sie nicht wortlos verlassen. Er hätte ihr das Ziel seiner Reise mitgeteilt und versichert, ihm würde keine Gefahr drohen, ihre Furcht weggeküsst und ...

O Gott, kein Wunder, dass er heimlich davongeschlichen war! Welcher Mann würde sich mit der Sorge einer Frau belasten, wenn eine schwierige Pflicht seine ganze Aufmerksamkeit erforderte?

Trotzdem erschrak sie über seine plötzliche Abwesenheit, und sie war ein bisschen beleidigt. Doch das Gefühl der Kränkung verflog schon nach wenigen Minuten, nur die Angst blieb zurück.

Eahlswith tat ihr Bestes, um sie von ihrem Kummer abzulenken. Bei jedem Herzschlag dachte Krysta an Hawk. Hundert Mal sagte sie sich, er sei der meist gefürchtete Krieger von England, der Kommandant einer erprobten Truppe. Zahllose Schlachten hatten seine Kampfkraft geschult, seine Sinne geschärft. Verglichen mit dem Lord of Essex war Udell ein armseliger Wurm. Aber auch einem Wurm konnte das Glück lachen. Manchmal führte nicht die Überlegenheit eines Mannes zum Sieg, sondern ein Zufall.

Als sie ihre Verzweiflung nicht länger verbergen konnte, entschuldigte sie sich bei der Königin und floh in die kleine Kirche nahe dem Skriptorium. Auf den Knien flehte sie den Allmächtigen an, Hawk zu schützen und seine Feinde zu vernichten. In ihr inbrünstiges Gebet versunken, beachtete sie die jungen Priester nicht, die lautlos umhergingen, hohe Kerzen anzündeten und Hymnen sangen.

Schließlich drangen die Lieder des Komplet, das die katholischen kirchlichen Tageszeiten beendete, in Krystas Bewusstsein, und sie erkannte, wie lange sie mittlerweile schon auf dem Steinboden kniete. Während des Mittagsoffiziums war sie hierher gekommen. Da hatte die Sonne noch hoch am Himmel gestanden. Von Krysta unbemerkt war die Abendandacht verstrichen.

Langsam stand sie auf. Ihre Beine trugen sie kaum, ihr ganzer Körper hatte sich versteift und schmerzte. Aber sie glaubte, den Trost göttlicher Gnade zu spüren. Tiefe Dankbarkeit erfüllte ihr Herz.

Draußen wehte ihr kühler Nachtwind entgegen, und sie hielt inne, um die Sterne zu betrachten. Würde auch Hawk in diesem Moment zu ihnen emporschauen? Wie wundervoll wäre es, wenn sie eins der funkelnden Lichter am samtschwarzen Himmel berühren und den geliebten Mann auf diese Weise liebkosen könnte…

Würde sie in dieser Nacht Schlaf finden, von Hawk getrennt?

Plötzlich glitt ein Schatten hinter der Kirche hervor. Um zu überlegen, wer das sein mochte, blieben ihr nur ein paar Sekunden. Dann verschloss eine grobe Hand ihren Mund, ein Arm umschlang ihre Taille und hob sie hoch.

»Biest!«, zischte ihr die schemenhafte Gestalt ins Ohr. »Dachtet Ihr wirklich, Ihr dürftet mich herausfordern, ohne dafür zu büßen?«

Von kaltem Grauen erfasst, versuchte sie nach dem Angreifer zu treten und grub ihre Zähne in seine Hand. Da schleuderte er sie so kraftvoll zu Boden, dass ihr alle Luft aus den Lungen gepresst wurde. Er drehte ihr die Arme auf den Rücken, band die Handgelenke zusammen. Als sie aufspringen wollte, warf er sie erneut in den Staub und fesselte ihre Fußknöchel.

»Schnell!«, befahl Udell heiser. Harte Hände packten Krysta und schleiften sie in die Finsternis.

17

Hawk schwenkte seinen Grauschimmel in einem kleinen Kreis herum und studierte die Hufabdrücke auf der schmalen schlammigen Straße, die abgebrochenen Zweige. Nur wenige Stunden zuvor waren hier mehrere Pferde dahingaloppiert. Nicht weit

entfernt, nahe der Stelle, wo sich die Straße gabelte, hatte ein Krieger ein Bündel gefunden, das offensichtlich von einem Sattel gefallen war. Lachend faltete er einen Damenmantel auseinander, der am Rücken mit einem riesengroßen goldenen Schmetterling bestickt war.

»Niemals hätte ich erwartet, ich würde das eines Tages sagen«, bemerkte Hawk, »aber ich freue mich über Lady Esas einzigartigen modischen Geschmack.«

In der Gewissheit, der richtigen Fährte zu folgen, ritten sie weiter. Eine Stunde später gewann Hawk die Überzeugung, sie müssten die Mercier bald einholen, denn die Häufchen aus Pferdemist, die sie zurückgelassen hatten, sahen immer frischer aus. Voller Genugtuung nickte er, als er erkannte, dass die Feinde jene Falle ansteuerten, die Alfred ihnen gestellt hatte. Wenn sie die Grenze von Mercia überquerten und sich sicher fühlten, würden Hawk und Athelred die elenden Verräter mittels einer Zangenbewegung zur Strecke bringen. Vermutlich würden die Frauen am Leben bleiben, denn niemand wünschte ihren Tod. Aber was Esas Schicksal betraf, würde Athelflad später ein Wörtchen mitreden.

Während Hawk immer deutlichere Spuren fand, verdüsterte sich seine Stimmung. Am Königshof hatte er die Mercier gezählt, und nun glaubte er, eine kleinere Reiterschar würde sich ihrer Heimat nähern. Beunruhigt befahl er seiner Truppe anzuhalten und stieg ab, um die Hufabdrücke genauer zu betrachten.

»Irgendwelche Schwierigkeiten, Mylord?«, fragte der stellvertretende Kommandant, dem Hawk die Zügel seines Hengstes übergeben hatte.

Langsam hob Hawk den Kopf. »Ein Dutzend Reiter zu wenig…«

Die Männer schauten sich verblüfft an, dann meinte einer der Krieger: »Hier ist der Boden ziemlich weich, Mylord, und manche dieser tiefen breiten Spuren könnten von mehreren Hufen stammen.«

»Möglich«, erwiderte Hawk keineswegs überzeugt. Vielleicht waren die Mercier nicht zusammengeblieben, und einige hatten in panischer Angst vor Alfreds Rache auf eigene Faust das Weite gesucht. Gewiss, das wäre denkbar. Und wenn etwas anderes dahinter steckte? Etwas viel Gefährlicheres?

Udell war ein eitler, verräterischer, habgieriger Bastard. Aber nicht dumm. Nur intelligente Männer vermochten im Chaos der englischen Politik so lange zu überleben.

Während Hawk nachdenklich neben den Hufspuren kauerte, entdeckte er die Raben, die ringsum auf den Zweigen der Bäume saßen. Vor wenigen Minuten waren sie noch nicht da gewesen. Er hatte in letzter Zeit gelernt, solchen Ereignissen größere Bedeutung beizumessen als je zuvor.

»Raben«, murmelte er.

Verwundert runzelte der stellvertretende Kommandant die Stirn und verstand nicht, was seinem Herrn Sorgen bereitete. »Nur Vögel, Mylord.«

»Allerdings. Einfach nur Vögel. Habe ich etwas anderes behauptet?«

Der größte Rabe krächzte laut, ein seltsames Funkeln in den klugen Augen. Gleichzeitig hörte Hawk ein Rascheln im Unterholz.

Die Hand am Schwertgriff, sprang er auf. Ein Hund stürmte herbei, stellte sich auf die Hinterbeine und legte ihm die Pfoten auf die breite Brust. Zu Hawks Verwirrung fuhr eine feuchte Zunge über sein Gesicht.

»Oh, er mag Euch«, kicherte Thorgold, schlenderte auf die Straße und pfiff nach dem Hund.

Sofort hörte das Tier auf, Hawks Kinn abzulecken, und lief an die Seite des kleinen Mannes, setzte sich und hechelte fröhlich.

»So ein braver Kerl!« Thorgold tätschelte den Kopf des Hundes, der heftig mit dem Schwanz wedelte.

Nun schaute Hawk etwas genauer hin und entdeckte im glatten Fell Spuren von Stockschlägen. Offenbar waren die Wunden

erstaunlich schnell verheilt. *Unnatürlich* schnell? Nein, das wollte er sich nicht vorstellen. »Ist das …?«

»Ja, Mylord.«

»Oh, dann bin ich froh, dass er wieder auf den Pfoten gelandet ist«, bemerkte Hawk grinsend. »Auf allen vieren.«

»Darüber könnt Ihr Euch noch viel triumphaler freuen, als Ihr's ahnt, denn er hat Udells Witterung und kann dem Schurken sogar über Felsenboden folgen.«

»Hast du ihn deshalb mitgenommen? Weil du hinter Udell her bist?«

»Nein, weil Ihr nicht hinter ihm her seid, Mylord. Ihr reitet in die falsche Richtung.«

Verblüfft starrte Hawk den alten Troll an, der seine Vermutung bestätigte. Also hatte er angesichts der Hufabdrücke einen begründeten Verdacht geschöpft. Seine Hand umklammerte den Schwertgriff noch fester. Weiß traten die Fingerknöchel hervor, und sein Fluch jagte die Raben aus den Bäumen in die Luft.

Thorgold wartete, bis das Rascheln der Blätter verhallte, bevor er die Worte aussprach, die den Lord of Essex in die erwartete, wilde Wut versetzten. Dann blieb er wohlweislich im Hintergrund, während Hawk seine Streitkräfte in zwei Gruppen teilte und mit unbeirrbarem Auge die tödlichsten, zielstrebigsten, willensstärksten Krieger auswählte, die ihn begleiten sollten. Auf seinen Befehl übergaben sie den anderen das gesamte Gepäck, das ihren Galopp verlangsamen würde.

Für Thorgold wurde ein Pferd herbeigeholt. Behände schwang er sich auf den Rücken des Hengstes und pfiff nach dem Hund, der vor ihm in den Sattel sprang. Mit einem kurzen Blick vergewisserte sich Hawk, dass sein Trupp zum Aufbruch bereit war. Dann spornte er seinen Grauschimmel an. Von seinen Leuten gefolgt ritt er in halsbrecherischer Geschwindigkeit nach Winchester zurück. Nur ein einziger Gedanke trieb ihn an, er musste die geliebte Frau lebend antreffen.

Immer noch an Händen und Füßen gefesselt, lag Krysta im Bug eines Bootes, in das man sie unsanft vefrachtet hatte. Da ein Knebel in ihrem Mund steckte, musste sie nicht nur ihre Furcht, sondern auch eine wachsende Übelkeit bekämpfen. Ihr Gebet, Alfreds Wache möge die Entführer aufhalten, bevor sie Winchester verließen, war nicht erhört worden. Zu Fuß und im Schutz nächtlicher Schatten entkamen Udell und seine Leute den Patrouillen. Was einem feindlichen Heer missglückt wäre, gelang ihnen. Außerhalb der Stadt eilten sie zu einem Boot, das sie am Ufer des Flusses Itchen erwartete.

Die ganze Nacht ruderten sie dahin. Noch bevor die Sonne aufging, hatten sie sich viele Meilen von der königlichen Residenz entfernt. In langen dunklen Stunden wandte sich Udell immer wieder zu seiner Gefangenen und erklärte ihr, was er mit ihr machen wollte. Seine Absichten beschrieb er in allen Einzelheiten, wie schrecklich sie leiden würde, welche Maßnahmen verhindern würden, dass sie zu schnell starb. Allmählich erschienen ihr auch seine Worte wie Folterqualen, und ihre letzten Hoffnungen auf Hilfe schwanden.

Aber als er in seinen grausamen Plänen schwelgte, zeigte sie keine Angst. Schließlich näherte sich das Boot dem Ufer. Krysta schickte ein stummes Gebet zum Himmel und sammelte ihre ganzen inneren Kräfte, um zu ertragen, was auf sie zukommen würde.

Verglichen mit Udells haarsträubenden Drohungen, erschien ihr die Wirklichkeit eher harmlos. Auf einer kleinen Lichtung am Flussufer warteten Pferde. Ein paar Männer schauten sich besorgt um, nahmen einen Beutel voller Münzen entgegen und verschwanden im Wald. Im grauen Licht der Morgendämmerung eilten die Mercier zu den Pferden. Nach wie vor gefesselt wurde Krysta zu einem der Tiere gezerrt. Anscheinend sollte sie über den Sattel geworfen werfen.

Sie begann zu stöhnen, so laut es der Knebel gestattete. Verdutzt ließen die Männer die Arme der Gefangenen los, und sie

sank zu Boden. Erst jetzt erregte ihr schriller Protest Udells Aufmerksamkeit. »Heiliger Himmel, mit Eurem Gejammer werdet Ihr noch die Toten wecken! Vielleicht sollte ich Euch sofort erwürgen, dann hätte ich's hinter mir.«

Während der langen Bootsfahrt hatte Krysta genug Zeit gefunden, um nachzudenken, und ihre eigenen Schlüsse gezogen. Udell hatte sie sicher nicht nur aus Rachsucht – praktisch vor den Augen der königlichen Wache entführt. Herausfordernd starrte sie ihn an und protestierte so lange, bis er ihr den Fetzen wütend aus dem Mund riss.

»Bei Gott, ich schwöre Euch, ich töte Euch auf der Stelle!«

»Nein, das werdet Ihr nicht tun.« Obwohl ihre Lippen schmerzten, zwang sie sich weiterzusprechen und richtete sich so hoch auf, wie es ihre gefesselten Fußknöchel gestatteten. »Weil Ihr mich als Geisel braucht!«

»Freut Euch nicht zu früh, ich brauche Euch nur, um Euch den Garaus zu machen.«

»Dazu werdet Ihr Euch später entschließen. Jetzt noch nicht. Hawk wird Euch verfolgen, das wisst Ihr.«

Eine Zeit lang musterte er sie schweigend. »Er reitet in die falsche Richtung. Bis er das merkt, sind wir längst in Mercia, und dann müsst Ihr sterben.«

»Nur weil Ihr Eure Heimat erreicht, werdet Ihr mich nicht ermorden. So dumm seid Ihr nicht. Auf dieser Welt gibt es keine Grenze, die Hawk aufhalten würde.«

Udells Gelächter klang etwas unbehaglich. Seine Hände in die Hüften gestemmt, starrte er Krysta an, die Augen von unverhohlenem Hass erfüllt. Beinahe wäre sie zurückgewichen. Doch sie riss sich zusammen und straffte den Rücken, erhob sich auf die Knie und bekämpfte den brennenden Schmerz in ihren gebundenen Gliedern. Tapfer hielt sie dem Blick ihres Gegners stand.

»Dann soll er eben zu mir kommen«, erwiderte er und zuckte lässig die Achseln. »Auf meinem eigenen Grund und Boden, in

meiner eigenen Festung kann ich ihn mühelos besiegen. Nach seinem Tod wird ganz Mercia hinter mir stehen, und es dürfte mir nicht schwer fallen, Wessex und den Thron zu erobern!«

Das alles musste er von langer Hand geplant haben. Er glaubte felsenfest an seinen Erfolg. Aber Krysta nahm an, er würde sich bald an Hawks zahlreiche Schlachten erinnern, an die geschlagenen feindlichen Heere, die zerstörten Burgen. In wachsender Furcht würde er sich unberechenbar verhalten. Bis dahin wollte sie seine wahnwitzige Zuversicht für ihre eigenen Zwecke nutzen. »Je früher Ihr in Mercia eintreffen werdet, desto besser für Euch. Warum bin ich immer noch gefesselt? Wie sollte ich Euch und einem Dutzend bewaffneter Männer entfliehen?« Da er nicht antwortete, fügte Krysta hinzu: »Mein Gewicht und Eures wird das Tempo des Pferds drosseln. Lasst mich allein reiten.«

Er zögerte, und sie erwartete, er würde ihren Vorschlag ablehnen. Doch er wollte auf keinen Fall Zeit verlieren, und Krystas Warnung leuchtete ihm ein. Außerdem bezweifelte er, dass eine Frau seinen Kriegern entrinnen konnte. Nachdem er einen knappen Befehl erteilt hatte, wurden Krystas Fesseln durchschnitten. Erleichtert seufzte sie auf und rieb ihre steifen Muskeln, um den Blutkreislauf anzukurbeln.

Als Udell sich abwandte und eine Satteltasche über den Rücken seines Pferds legte, bat sie: »Gebt mir Zeit, damit ich meine Notdurft verrichten kann.«

Ärgerlich drehte er sich zu ihr um. »Warum sollte ich?«

»Weil Ihr mich nicht fürchtet.« Mühsam stand sie auf. »Ihr fragt Euch nicht, warum Ihr von den Raben angegriffen wurdet. Und Ihr nehmt die Geschichte, die mein Halbbruder erzählt, nicht ernst. Ebenso wenig überlegt Ihr, warum der mächtigste englische Kriegsherr durch die Hölle galoppieren würde, um mich zu retten. Letzten Endes bin ich nur eine Frau.«

Trotz des schwachen Morgenlichts sah sie ihn erblassen. Hastig vergewisserte er sich, dass keiner seiner Männer zuhörte.

Dann zischte er: »Also gut, beeilt Euch! Wenn Ihr mich mit irgendwelchen Hexenkünsten zu überlisten versucht, werdet Ihr auf einem Scheiterhaufen verbrennen.«

Ehe er sich anders besinnen konnte, verschwand sie im Gebüsch. So töricht, einen sinnlosen Fluchtversuch zu wagen, war sie nicht, obwohl sie der Versuchung beinahe erlag. Um auf das Pferd an Udells Seite zu steigen, musste sie ihren ganzen Mut aufbieten. Die Zügel waren entfernt und ein Strick am Zaumzeug des Tiers festgebunden worden. Das andere Ende hielt Udell in der Hand. Während die Pferde davonsprengten, klammerte sich Krysta an den Sattelknauf.

Stundenlang ritten sie dahin, ohne das Tempo zu verlangsamen. Am Nachmittag war Krysta der Verzweiflung nahe. Wenn die Dunkelheit hereinbrach, mussten sie rasten. Sonst würden die Pferde zusammenbrechen. Und dann würde man sie wieder fesseln. Der Gedanke an die lange Nacht in der Nähe eines hasserfüllten, rachsüchtigen Mannes drohte ihr Blut zu gefrieren. Vielleicht wäre es besser, die erstbeste Gelegenheit zu nutzen und im Wald unterzutauchen. Aber wie sollte sie Udell und seinen Männern zu Fuß entkommen?

Während sie in ihrer müden Fantasie nach einem Hoffnungsstrahl suchte, entdeckte sie zwischen dicht belaubten Zweigen ein schimmerndes Gewässer, das schnell vorbeifloss. Unterwegs hatte sie den Fluss immer wieder gesehen, also musste die Straße parallel dazu verlaufen. Aber jetzt erschienen ihr die Wellen so nahe wie nie zuvor, und die Straße führte anscheinend darauf zu.

Wenig später bestätigte sich die Vermutung. Um die Straße auf der anderen Seite des Flusses zu erreichen, mussten sie über eine hölzerne Brücke reiten. Krysta beobachtete, wie sich das rauschende Wasser über Steinen brach und Gischtwolken in allen Regenbogenfarben emporschleuderte. Unter anderen Umständen hätte sie die Schönheit dieses Naturschauspiels genossen. Aber jetzt konnte sie nur an das baldige Ende des Tages

denken, der ihr mitsamt seinem Licht auch alle Hoffnung rauben würde. Udell, an der Spitze des Trupps, versetzte sein Pferd in langsamen Trab. Donnernd polterten die Hufe über die ersten Bretter der Brücke – bis er seinen Hengst plötzlich zügelte. Ein Pfahl, von Holzblöcken gestützt, versperrte ihm den Weg. »Was zum Teufel ist das?«

Noch bevor die Worte verklangen, kam ein Mann unter der Brücke hervor – ziemlich klein, aber kräftig gebaut. Langes schwarzes Haar verschmolz mit seinem Bart. Geschmeidig schwang er sich auf die Planken und sprang vor den Pfahl. »Wenn Ihr zum anderen Ufer gelangen wollt, müsst Ihr Zoll bezahlen!«, verkündete er mit tiefer, heiserer Stimme.

»Zoll?« Ungläubig hob Udell die Brauen. »Wovon redet Ihr? Hier musste man noch nie Zoll entrichten.«

»Heute schon.« Unerschrocken streckte der kleine Mann eine Hand aus, als würde ihn die bewaffnete Kriegerschar nicht im Mindesten einschüchtern. »Gebt mir Euer Gold, dann dürft Ihr die Brücke überqueren. Sonst müsst Ihr umkehren, oder …« Seine Augen, unter buschigen Brauen halb verborgen, glitzerten boshaft. »Oder wollt Ihr schwimmen? In dieser starken, gefährlichen Strömung? Nur ein guter Schwimmer würde das andere Ufer erreichen – viel weiter flussabwärts.«

»Was faselt Ihr da?«, rief Udell und griff nach seinem Schwert. »Aus dem Weg, Alter, oder ich spalte Euch den Schädel!«

Keineswegs erschrocken, zuckte der kleine Mann die Schultern. »Könnt Ihr gut schwimmen, Lord of Mercia? Wollt Ihr Euer Glück in diesen schäumenden Wellen versuchen?«

Entgeistert starrte Udell ihn an, dann warf er lachend seinen Kopf in den Nacken. »Großer Gott, der Kerl ist verrückt. Obwohl er weiß, wer ich bin, wagt er mir zu trotzen.«

Auch die Männer hinter ihm lachten, aber etwas leiser. Darauf achtete Krysta nicht. Sie betrachtete das Farbenspiel der Tropfen, die über dem Fluss tanzten, und dachte an die Stromschnellen, die sie gesehen hatte – nördlich von der Stelle, wo sie an

Land gegangen waren. Die gewaltige Strömung würde sie sofort mit sich reißen. Aber wenn sie sich an irgendwelchem Treibgut festhielt, an einem abgebrochenen Ast, und den Kopf immer wieder aus dem Wasser reckte, um genug Luft zu bekommen …

Jetzt verlor Udell die Geduld und zog sein Schwert. »Gebt uns endlich den Weg frei, alter Narr!«

Krysta grub die Fersen in die Flanken ihres Pferds und lenkte es zur Brücke hinab.

»Und entfernt diesen verdammten Pfahl!«

Sie holte tief Luft und winkte dem kleinen Mann dankbar zu, schwang ein Bein über den Pferderücken und sprang in den Fluss. Von der gewaltigen Strömung erfasst, konnte sie weder denken noch atmen oder schwimmen. Hinter sich hörte sie Udell schreien, spähte über die Schulter und sah, wie er sich zu seinen Männern wandte und heftig gestikulierte. Und dann verschwand alles aus ihrem Blickfeld, denn sie wurde in die Wassertiefe gerissen.

Dicht unter der Oberfläche erschienen ihr die Wellen viel ruhiger. Gefleckte Licht erhellte schwankende Farnwedel, die im Kies des Flussbetts wuchsen. Vor Krystas Augen wirbelte Schlamm, versperrte ihr die Sicht, und sie wischte ihn beiseite. Große und kleine Steine glitten vorbei. Plötzlich starrte sie in die Augen eines Lachses, dann schwamm er an ihr vorbei.

Trotz der schnellen Strömung wirkte die Szenerie beschaulich, und Krysta staunte, weil sie keine Gefahren fürchtete. Nachdem sie Udell entflohen war, verspürte sie nur maßlose Erleichterung. Hinter einer Biegung wurde sie ins Sonnenlicht hochgeschleudert. Prustend tauchte sie auf. Einen schrecklichen Augenblick lang glaubte sie beinahe, sie könnte nicht atmen. Aber bevor sie über diese absurde Sorge nachdenken konnte, sogen ihre gierigen Lungen aus eigenem Antrieb die ersehnte Luft ein. Die Kleidung zog sie wieder in die Tiefe. Diesmal kämpfte sie sich nach oben und gelangte in einen Teich, einen toten Flussarm. Auf Händen und Knien schleppte sie sich die

Uferböschung hinauf und brach erschöpft zusammen. Halb benommen blieb sie im weichen Moos liegen.

Nach einer Weile hob sie den Kopf und sah sich um. Wie weit sie von der Brücke entfernt war, wusste sie nicht. Aber ihr Instinkt empfahl ihr, die Flucht fortzusetzen. Udell würde alles tun, um die Geisel wieder einzufangen. Nur sie allein konnte ihn vor dem Tod bewahren, ein Schutzschild, der ihn vor Hawks Schwert retten würde.

Taumelnd stand sie auf. Wohin sollte sie sich wenden? Falls sie der Straße am Fluss entlang folgte, würde Udell sie bald einholen. Und wenn sie die Straße verließ, verirrte sie sich womöglich in dieser schwach besiedelten Gegend, wo die freie Natur so viele Gefahren bereithielt. Also blieb nur noch der Fluss übrig.

Zögernd starrte sie in die schnelle Strömung. Wäre es reiner Wahnsinn, sich erneut hineinzuwagen? Doch die rauschenden Wellen hatten sie bisher verschont, abgesehen von kleinen Schürfwunden und blauen Flecken, die sie sich beim Zusammenprall mit den Felsen zugezogen hatte. Irgendwo weiter vorn mussten sich die Stromschnellen befinden. Die hatte sie noch nicht passiert. Sonst würde sie nicht mehr leben. Wenn sie sich in Acht nahm und rechtzeitig aus dem Wasser stieg, würde sie keinen Schaden nehmen.

Der tote Flussarm lag im Schatten alter Eichen. Einer der Bäume war fast abgestorben, ein langer abgebrochener Ast lag am Ufer, und Krysta stieß ihn in den Teich. Dann beobachtete sie ihn, bis sie sich vergewissert hatte, dass er an der Oberfläche treiben würde. Kurz entschlossen zog sie sich bis aufs Hemd aus und watete ins Wasser, umklammerte den Ast und kehrte in den Fluss zurück.

Am Rand der Lichtung zügelte Hawk seinen Grauschimmel. Nachdem er das Boot am Ufer und die Spuren im weichen Boden betrachtet hatte, winkte er Thorgold zu sich. »Lass den Hund Witterung aufnehmen.«

Kaum war das Tier aus dem Sattel des kleinen Mannes gesprungen, rannte es umher, die Nase dicht am Boden. Bald verkleinerte sich das Suchgebiet, und schließlich trottete er in einen Waldweg, der nach Norden führte. Die Reiter folgten ihm. Nach einer halben Meile gabelte sich der Weg. Unbeirrt bog er nach rechts.

»Braver Hund«, lobte Thorgold und pfiff ihn zurück. Gehorsam landete das Tier wieder im Sattel. »Wieso kanntet Ihr die Lichtung, Mylord?«

»Da ging ich schon oft an Land«, antwortete Hawk. »Etwas weiter oben muss man gefährlichen Stromschnellen ausweichen. Entweder trägt man das Boot daran vorbei, oder man reitet von der Lichtung aus weiter. Das ist eine der beiden Hauptstrecken nach Mercia. Nur ein Teil der Flüchtlinge entschied sich für den anderen Weg, und Udell wählte diesen.«

Mit grimmiger Miene setzte sich Hawk an die Spitze seines Trupps. Seit dem frühen Morgen saßen sie pausenlos im Sattel. Und jetzt, am Nachmittag, zeigten weder der Kommandant noch seine Männer irgendwelche Ermüdungserscheinungen. Die durften sie sich auch nicht leisten. Udells Vorsprung war viel zu groß. Um ihn einzuholen, mussten sie an die Grenzen ihrer Kräfte gehen und darüber hinaus oder auf ein wohlmeinendes Schicksal hoffen.

Jedenfalls ist der Hund ein Himmelsgeschenk, dachte Hawk. Ohne ihn hätten sie die richtige Fährte niemals gefunden. Aber sie waren noch nicht am Ziel.

So schnell wie möglich ritten sie flussaufwärts. Vor langer Zeit, zwischen zahllosen Schlachten, hatte Hawk gelernt, in wachsamem Halbschlaf zu versinken. Dabei erholte sich sein Geist, und sein Körper fand ein wenig Ruhe, ohne dass er drohende Gefahren übersehen würde. Nun wollte er diesen Zustand nutzen, um seine Sorge um Krysta zu lindern, die der grausame Schurke in seine Gewalt gebracht hatte. Aber es gelang ihm nicht.

Zum tausendsten Mal fragte er sich, warum er die Pläne des

Merciers nicht durchschaut hatte. Viel zu zuversichtlich hatte er geglaubt, der Verräter würde blindlings in die Falle tappen. Vielleicht wäre er klüger gewesen, hätte Krysta am königlichen Hof nicht immer wieder seine Aufmerksamkeit und seinen Zorn erregt. Hätte er sie doch in der Sicherheit von Hawkforte zurückgelassen, selbst wenn es nötig gewesen wäre, sie einzusperren ... Aber nein, er hatte sich eingebildet, angesichts des Königs würde sie nicht wagen, die Verlobung zu lösen.

Und jetzt musste sie vielleicht sterben.

Bei diesem Gedanken stockte sein Atem, und brennende Qualen durchzuckten sein Herz schlimmer als alle schmerzhaften Wunden, die er auf den Schlachtfeldern erlitten hatte. O Gott, er *durfte* sie nicht verlieren! Verzweifelt bat er den Allmächtigen um Hilfe und versprach Ihm, alles Erdenkliche zu tun, alles, wozu er fähig war.

Hawk betete nur selten, weil er keinen Sinn darin sah. Nach allem, was er beobachtet hatte, bevorzugte Gott in einem Krieg weder die eine noch die andere Seite. Männer, für die er sein Leben geopfert hätte, lagen unter der kühlen Erde, andere waren dem Tod immer wieder entronnen. Dass er selbst die blutigsten Kämpfe überlebt hatte, schrieb er seinen eigenen Fähigkeiten zu, seinem Glück oder dem Schicksal – was immer es für ihn auch geplant haben mochte. Wenn er einen Gottesdienst besuchte, fand er kurzfristig inneren Frieden, eine angenehme Erholung von seinen weltlichen Sorgen. Von Gebeten hatte er nicht viel gehalten.

Aber jetzt, während lange Meilen und Stunden an ihm vorbeizogen, betete er so inständig, wie er sich das niemals zugetraut hätte, aus vollem Herzen, mit ganzer Seele. *Alles* wollte er tun, wenn der Allmächtige Krysta rettete, notfalls sogar auf sie verzichten. Ja, er konnte ohne sie leben, obwohl er ein ödes, leeres Leben führen würde, wenn er nur wüsste, dass sie irgendwo auf dieser Welt in Sicherheit wäre. Eine Welt *ohne* Krysta, unvorstellbar ...

Schrilles Hundegebell riss ihn aus seinen Gedanken, er wandte sich zu Thorgold.

Mit aller Kraft hielt der kleine Mann den Hund fest, der aus dem Sattel zu springen versuchte. Irgendwas hatte ihn erschreckt. Seufzend gab er den Kampf auf und ließ den Hund los, der blitzschnell am Boden landete. Um eine Witterung aufzuspüren, rannte er mehrmals im Kreis.

In Hawk stieg neue Hoffnung auf. Vielleicht waren sie dem Ziel näher gekommen, als er vermutet hatte. Wenn Udell aus irgendwelchen Gründen aufgehalten worden war…

Ohne Erfolg schnupperte der Hund am Boden. Da er nicht fand, was er suchte, geriet er in helle Aufregung. Schließlich stieg Thorgold ab und lief zu ihm. »Wo liegt das Problem, mein Junge?«

Winselnd hob der Hund den Kopf und ließ den Schwanz hängen.

»Hat er die Witterung verloren?«, fragte Hawk. Wieso das möglich wäre, verstand er nicht. Udell würde kein anderes Ziel ansteuern als Mercia und seine Festung. Wenn er die Straße verließ, würde er viel langsamer vorankommen. Auf dem Fluss konnte er nicht zurückkehren, denn er hatte sein Boot unterhalb der Stromschnellen ans Ufer gezogen. Oder er wurde von einem anderen Kahn erwartet. Aber dafür gab es keine Anzeichen, denn sie hatten keine Lichtung gesehen, wo man ein Boot bereitstellen könnte, auch keine Hufabdrücke oder Spuren von Reitern.

»Nein, wir waren die ganze Zeit auf der richtigen Fährte«, erwiderte Thorgold. »Aber die Witterung ist nicht mehr frisch. Irgendetwas hat unseren Freund aus der Fassung gebracht.« Beruhigend tätschelte er den Hundekopf und kehrte zu seinem Pferd zurück. Da versteifte sich das Tier und spähte zum Fluss hinüber, hob eine Vorderpfote, schnüffelte und streckte den Schwanz aus.

»Er wurde zum Jagdhund ausgebildet.« Abrupt schärften sich

Hawks Sinne, und er schaute ebenfalls in die Richtung, wo das Wasser zwischen den Bäumen glitzerte. »Ist Udell umgekehrt?«

Sobald er die Frage ausgesprochen hatte, schöpfte er wieder Hoffnung. Krysta war eine ungewöhnlich starke, tapfere Frau. Ohne Zögern würde sie eine Gelegenheit zur Flucht nutzen. Hastig lenkte er sein Pferd von der Straße ins Gebüsch, zum Ufer. Seine Männer, Thorgold und der Hund folgten ihm.

Am Wasserrand begann das Tier wieder zu bellen. Hechelnd rannte es zwischen dem Ufer und der Truppe hin und her. Dann sank es auf die Hinterbeine, ließ die Zunge aus dem Maul hängen und starrte Hawk unverwandt an.

»Verdammt will ich sein, wenn er mir nichts sagen will.«

Hawk schwang sich vom Pferd, stieg die Uferböschung hinab, bis das Wasser seine Stiefel überspülte, und schaute nach beiden Seiten. In der Stille des Spätnachmittags hörte er nur Satteleder knarren, die Vögel in den Zweigen rascheln, Insekten summen, Pferde schnauben. Silbern schimmerte eine Forelle in den Wellen.

Wenige Meilen weiter südlich würde der Fluss über die Stromschnellen rauschen. Hier wogte er tief und breit dahin. Nur da und dort ragten Felsen aus dem Wasser, ein paar tote Zweige trieben dahin. An einem Ast schien irgendetwas zu hängen…

Die Augen zusammengekniffen, schaute er noch etwas länger hin. Doch er wusste bereits, was sich da näherte, der Hund kläffte aufgeregt, sein eigenes Herz schlug wie rasend. Noch ehe seine Männer errieten, was er vorhatte, watete er in den Fluss und schwamm auf den Ast mit der seltsamen Last zu. Gegen den Strom musste er seine ganzen Energien einsetzen. Und dann sah er Krysta, die sich an das Treibholz klammerte, das Haar klatschnass, das Gesicht wachsbleich. Aber bei seinem Anblick brachte sie ein schwaches Lächeln zustande. Hawk verdoppelte seine Bemühungen und beschleunigte das Tempo.

Schon nach wenigen Sekunden erreichte er Krysta und

schlang einen Arm um ihre Taille. »Bist du verletzt?«, stieß er hervor. In seiner Stimme schwang die ganze Sorge der letzten Stunden mit.

Um ihre letzten Kräfte zu schonen, wollte sie nicht sprechen und schüttelte nur den Kopf. Nach dem anstrengenden Kampf gegen die Strömung, gegen die Gefahr, auf Felsen geschleudert oder in die Tiefe gerissen zu werden, schwanden ihr beinahe die Sinne. Ihr Körper war völlig erschöpft. Aber ihre Seele jubelte.

»Lass den Ast los und halt dich an mir fest«, bat Hawk.

Sie nickte. Doch sie konnte ihre verkrampften Hände kaum bewegen. Behutsam löste er ihre Finger vom Treibholz, presste sie an sich und schwamm mit ihr zum Ufer. Seine Krieger wateten ihm entgegen und halfen ihm, Krysta an Land zu bringen.

Vorsichtig bettete er sie ins Moos. Ihre Augen waren geschlossen, die Atemzüge viel zu flach. Als Thorgold mit einem Umhang herbeieilte, griff Hawk danach, wickelte Krysta hinein und begann, ihre Glieder zu reiben. Eine Zeit lang rührte sie sich nicht. Aber dann hob sie den Kopf, erwiderte seinen angstvollen Blick und berührte seine raue Wange. »Du musst dich rasieren.«

Hawk blinzelte, und es dauerte eine Weile, bis er den Sinn ihrer Worte verstand. Dankbar und erleichtert brach er in Gelächter aus. »Wenn dir das auffällt, kann's nicht allzu schlimm um dich stehen.«

»Mir geht's gut«, versicherte sie und verdarb die Wirkung ihrer Worte, indem sie erfolglos versuchte, sich aufzurichten.

Hawk drückte sie ins Moos zurück. »Beweg dich nicht! Wahrscheinlich bist du mit blauen Flecken übersät. Ein Wunder, dass du noch lebst! In Zukunft sollte ich dich einsperren, wann immer ich dich allein lassen muss.«

Krysta murmelte etwas Unverständliches. Als er sich zu ihr neigte, wiederholte sie ihren Vorschlag.

»Gut, darüber werde ich nachdenken«, versprach er grinsend. »Mit dir hinter Schloss und Riegel zu sitzen, zweifellos gibt's ein

schlimmeres Schicksal.« Er hob sie hoch, setzte sie auf sein Pferd und stieg hinter ihr auf.

»Vielleicht ist Udell hinter mir her«, warnte sie ihn.

»Damit rechne ich sogar.« Einen Arm schlang er um ihren Körper, seine andere Hand ergriff die Zügel. An der Spitze seines Trupps ritt er zur Straße zurück, in die Richtung, aus der sie gekommen waren. Bevor er seinen Feind jagte, musste er Krysta in Sicherheit bringen. Von wilder Verzweiflung getrieben, würden die Mercier ihre Pferde zu Schanden reiten, um ihre Geisel wieder einzufangen. Eine Stunde später bestätigte sich dieser Verdacht, denn der Hund begann zu bellen. Hastig lenkte Hawk sein Pferd zwischen die Bäume am Straßenrand, gefolgt von seinen Kriegern und Thorgold.

Nach der knappen Warnung war der Hund verstummt. Aufmerksam beobachtete er, wie die Ritter abstiegen und ausschwärmten.

»Bleib bei ihr, Thorgold«, befahl Hawk. Der alte Troll nickte und führte Krysta tiefer in den Wald hinein. Als sie protestierte, brachte er sie energisch zum Schweigen. Hawk schaute ihnen nach, bis sie im Unterholz verschwanden. Dann wandte er sich zur Straße. Allzu lange musste er nicht warten. Donnernde Hufschläge kündigten Udells Ankunft an. Schon vor langer Zeit hatte er eine Zeichensprache entwickelt, um seinen Männern lautlose Anweisungen zu geben. Dank dieser Methode war er schon mehrmals tödlichen Gefahren entronnen.

Weder Udell noch seine Männer sahen das Seil. Quer über die Straße gespannt, ließ es die ersten Pferde straucheln. In wilder Panik bäumten sich die Tiere auf und warfen die Reiter ab. Nachdem Udell unsanft auf dem Boden gelandet war, erhob er sich sofort mit gezücktem Schwert. Blitzschnell stürzte sich Hawk auf ihn. Während seine Krieger die anderen Mercier bekämpften, postierte er sich so geschickt, dass er den Verräter von dessen Komplizen abschnitt, damit sie ihm nicht beistehen konnten.

Als Udell seinen Gegner erkannte, wich alles Blut aus seinem Gesicht. Aber auch er besaß die Erfahrung zahlreicher Schlachten. Wie er sich verhalten musste, wusste er. Seine einzige Hoffnung lag im Angriff. Mit beiden Händen schwang er sein breites Schwert hoch. Hawk wehrte die Attacken einfach ab. Mühelos parierte er jeden Schwertstreich, beinahe überwältigt von seinem Wunsch, den Tod des Schurken hinauszuzögern. O ja, die Versuchung war groß, aber der Gedanke an Krysta bewog ihn, sich anders zu besinnen. Sie brauchte dringend seine Fürsorge und Ruhe.

Während er sein Schwert hob, verflogen Hass und Rachsucht innerhalb einer Sekunde, sie wurden verdrängt von tiefer Dankbarkeit für Krystas Rettung. Nichts anderes zählte. Zum ersten Mal, seit er von ihrer Entführung gehört hatte, atmete er befreit auf. Und in seiner Seele entstand ein leuchtender Gedanke – *o Herr, Dein Wille geschehe.*

18

Plötzlich schien Udell zu versteinern. Die Augen weit aufgerissen, starrte er Hawk an. Was er sah, erfüllte ihn mit kaltem Grauen. Aber er fand wenig Zeit, um darüber nachzudenken. Die scharf geschliffene Klinge, von der Hand eines Meisters geschwenkt, durchschnitt die Luft und den Mann. Lautlos starb der Mercier, von einem einzigen Schwerthieb enthauptet, sein Blut ergoss sich in die fruchtbare Erde des Landes, das er dem rechtmäßigen König zu entreißen getrachtet hatte.

Hawk senkte die Waffe und sah sich um. Nicht nur Udell war zur Hölle gefahren. Auch seine Anhänger, von der Elitetruppe aus Essex niedergestreckt, lagen am Boden. Innerhalb weniger Minuten herrschte tiefe Stille.

Bis die Raben krächzten.

Hawk wischte sein Schwert an Udells Umhang ab und rief

zwei seiner Männer zu sich. »Etwa eine Reitstunde von der Lichtung entfernt, in östlicher Richtung, liegt ein Dorf. Holt ein paar Bauern. Sie sollen die Toten begraben.«

Nicht einmal die Leichen elender Verräter würde er den Raben und Wölfen überlassen. Aber dann verschwendete er keinen Gedanken mehr an die Schurken und eilte in den Wald zu Krysta. Immer noch in seinen Umhang gehüllt, die zerzausten feuchten Locken über den Schultern, saß sie auf einem umgestürzten Baumstamm.

Bei Hawks Anblick erhob sie sich sofort und sank in seine Arme. »Sag bloß nicht, du bist verletzt, untersteh dich!«, schrie sie und trommelte mit beiden Fäusten gegen seine Brust. Die sanften Schläge spürte er kaum. Doch er wusste es besser, als ihr das zu zeigen.

»Autsch! Hör auf! So übel wie du hat Udell mir nicht mitgespielt.«

»Ist er …?«

»Natürlich. Denk nicht mehr an ihn. Thorgold, ist es dir niemals in den Sinn gekommen, dieser Frau Manieren beizubringen? Schau sie an! Da verprügelt sie mich, obwohl ich nichts anderes verbrochen habe, als sie aus dem Fluss zu fischen und ein Ärgernis zu beseitigen.«

»Um die Umgangsformen der Lady müsst *Ihr* Euch kümmern, Mylord.« Belustigt kicherte Thorgold, pfiff nach dem Hund und kehrte zur Straße zurück.

»Oh, ich weiß mich sehr gut zu benehmen«, klagte Krysta. »Aber du beschwörst immer wieder meine schlimmsten Wesenszüge herauf, Hawk. In deiner Nähe kann ich nicht klar denken. Jedes Mal, wenn ich's versuche, stolpere ich über Gefühle, die mich überwältigen.«

Dieses wirre Geständnis belohnte er mit einem Lächeln, das ihr den Atem raubte. Noch bevor sie wieder Luft bekam, trug er sie zu seinem Pferd. So schnell wie möglich wollte er Winchester erreichen.

Kurz nach Einbruch der Dunkelheit ritten sie in die Stadt. Alle Fackeln waren entzündet, auf den Türmen brannten die Wachfeuer. Von Udells Verrat alarmiert, hatten sich die Menschen entlang der Hauptstraße versammelt. Jubelnd begrüßten sie Hawk und seine siegreichen Krieger. Im Haupthof der Residenz kam ihnen Alfred entgegen. »Meine lieben Freunde!«, rief er. »Unentwegt habe ich an Euch gedacht und für Euch gebetet. Gelobt sei Gott für Eure Rückkehr!«

Hilfreiche Hände hoben Krysta aus dem Sattel. Aber sobald Hawk vom Pferd gestiegen war, nahm er sie auf seine Arme. »Vielen Dank, Mylord. Udell und seine Komplizen sind tot. Wenn Ihr's gestattet, möchte ich jetzt unsere Heimreise vorbereiten.«

Mitfühlend musterte der König die erschöpfte Frau, die an Hawks Brust schlief. »Dagegen habe ich nichts einzuwenden. Aber *mich* müsst Ihr nicht um Erlaubnis bitten.«

Noch während er sprach, stieg Eahlswith die Stufen zum Hof herab und trat an die Seite ihres Gemahls. »Oh, das arme liebe Kind!«, seufzte sie und betrachtete Krystas blasses Gesicht. »Bringt Eure Braut sofort in ihr Zimmer, Lord Hawk! Jetzt braucht sie ein Bad, eine nahrhafte Mahlzeit, Fürsorge und sehr viel Ruhe.«

»Natürlich, Mylady«, stimmte Hawk zu. »Aber das alles muss so schnell wie möglich erledigt werden, wenn es Euch nichts ausmacht. Im Morgengrauen brechen wir nach Hawkforte auf.«

Die warmherzige, mütterliche Königin, Alfreds sanftmütige Gefährtin, starrte den mächtigen Herrn von Essex an, den blutverschmierten, schmutzigen, unrasierten Krieger, der wahrlich einen Furcht erregenden Anblick bot, und runzelte die Stirn. »Reist nur ab, wann immer Ihr wollt, Lord Hawk. Aber Eure Lady bleibt hier, bis sie die Strapazen ihres Abenteuers überwunden hat.«

Verblüfft wandte er sich zu Alfred, der schicksalsergeben die

Achseln zuckte. »An Eurer Stelle würde ich klein beigeben, das ist letzten Endes einfacher.«

Von neuem Verständnis für den inneren Zusammenhalt der königlichen Ehe erfüllt, trug Hawk seine Verlobte hinter Eahlswith die Stufen hinauf. Am Treppenabsatz wurden sie von beunruhigten Hofdamen umzingelt, die alle durcheinander redeten. Er durfte in Krystas Schlafgemach gehen und sie sogar aufs Bett legen. Danach drängten ihn die Frauen in den Flur zurück. Ehe er wusste, wie ihm geschah, warfen sie die Tür vor seiner Nase zu.

Die ganze Nacht und auch am nächsten Tag blieb diese Tür versperrt, ebenso die Verbindungstür zwischen den beiden Schlafzimmern. Wann immer Hawk anklopfte, was er regelmäßig tat, erklärte ihm eine Hofdame mit sanfter Stimme, er dürfe nicht eintreten. Lady Krysta würde schlafen und ihre Ruhe benötigen. Sobald er sie besuchen könnte, wollte man ihm Bescheid geben.

Hilfe suchend eilte er zu Alfred, der erneut die Achseln zuckte und einen Jagdausflug vorschlug. Hawk stimmte nur widerstrebend zu. Als er nach der Rückkehr vor Krystas immer noch verschlossener Tür stand, rebellierte er. Energisch betonte er, nun müsse man ihm endlich Zutritt gewähren. Nach einem längeren Wortwechsel holte eine aufgeregte Hofdame die Königin. »Ich will sie nur ganz kurz sehen, Mylady«, beteuerte er und fühlte sich wie ein Narr. Wann hatte er eine Frau jemals um irgendetwas angefleht? Aber jetzt rang er sich dazu durch, denn er war so froh, weil Krysta noch lebte, und dankbar für die gute Betreuung, die sie in der Residenz genoss.

Eahlswith hatte Mitleid, führte ihn ins Zimmer und ermahnte ihn, leise zu sein.

So wie man's ihm erzählt hatte, schlief Krysta tief und fest. Sie lag auf dem Rücken, das Haar zu schimmernden Zöpfen geflochten. Über dem Rand der Decke sah Hawk den Ausschnitt eines züchtigen weißen Nachthemds. Offenbar ging es ihr gut,

und er atmete auf. Aber die Erleichterung verflog, als er sie genauer betrachtete.

Ihre rechte Wange war violett verfärbt, die Stirn an der anderen Seite geschwollen und zerkratzt. Erschrocken starrte er die verbundenen Handgelenke an und wandte sich zu Eahlswith, die im Flüsterton erklärte: »Sie wurde an den Handgelenken und Fußknöcheln gefesselt, und die Stricke schnitten schmerzhaft ins Fleisch. Glücklicherweise hat Udell ihr nichts Schlimmeres angetan. Die anderen Verletzungen zog sie sich im Fluss zu. Ihr Körper ist mit Schürfwunden und blauen Flecken übersät. Wenigstens hat sie sich keine Knochen gebrochen. Bald wird sie genesen. Aber vorerst darf sie nicht abreisen.«

Bedrückt schüttelte er den Kopf. »Ich hatte keine Ahnung… Während wir zur Stadt ritten, schlief sie fast die ganze Zeit. Und in meiner Freude über ihre erfolgreiche Flucht überlegte ich nicht…«

Eahlswith berührte tröstend seinen Arm. »Solche Blessuren sieht man nicht oft. Es war das Beste, was Ihr tun konntet, Eure Lady möglichst schnell hierher zu bringen.«

In wachsender Sorge neigte er sich über Krysta, die bleich und reglos im Bett lag. »Sicher hat sie starke Schmerzen.«

»Als sie heute Morgen erwachte, tat ihr alles weh, wenn sie auch tapfer versuchte, sich nichts anmerken zu lassen. Ich verabreichte ihr ein wirksames Mittel gegen die Schmerzen. Danach schlummerte sie wieder ein. Nichts wirkt so heilsam wie tiefer Schlaf.«

Und er hatte gegen die Tür gehämmert und gebieterisch Einlass begehrt.

Eahlswith deutete seine Miene richtig. »Hört mich an. Was ich Euch jetzt sage, würde ich auch meinen Söhnen versichern. Euch trifft keine Schuld. Und was noch wichtiger ist, Ihr habt Krysta gerettet. Glaubt mir, sie wird sich erholen. Seid dankbar dafür und vergesst alles andere.«

Weil er seiner Stimme nicht traute, nickte er nur. Seine Augen

brannten, sein Blick verschleierte sich. Aus einem plötzlichen Impuls heraus kniete er neben dem Bett nieder. Behutsam ergriff er Krystas Hand und hauchte einen Kuss darauf.

Etwas später verließ er das Zimmer immer noch erschüttert und beklommen. Aber als er ins letzte Sonnenlicht des Tages trat, wurden diese Gefühle von heißem Zorn verdrängt. Absurderweise wünschte er, Udell würde noch leben, damit er den Bastard ein zweites Mal töten könnte. Aber der Mercier befand sich außerhalb seiner Reichweite. Um die anderen Schurken würde sich Athelred kümmern. Irgendwie musste sich Hawk von seiner Wut ablenken, und so wanderte er ziellos umher, bis er das Skriptorium erreichte. Nach kurzem Zögern trat er ein. Der Priester Asser inspizierte gerade eine weitere, fast vollendete Ausgabe von Alfreds Gesetzbuch.

Beim Anblick des Neuankömmlings verabschiedete er sich von seinem Schreiber. Um den Mönch nicht zu stören, führte er Hawk ins Freie. »Kann ich etwas für Euch tun, Mylord?«

Hawk nickte. Auf dem Weg zum Skriptorium hatte er noch nicht gewusst, warum er hierher gegangen war. Jetzt erkannte er die Absicht, die er im Hintergrund seines Bewusstseins gehegt hatte. »Ich möchte ein Buch in Auftrag geben.«

Erstaunt hob der Priester die Brauen. »Beschäftigt Ihr keine Schreiber auf Hawkforte?«

»Doch, tüchtige Männer, aber nicht so gut geschult wie Eure Mönche. Und es muss ein ganz besonderes Buch werden.«

»Welches Thema soll es behandeln?«

Nachdenklich starrte Hawk vor sich hin. »Tiere. Wissenschaftlich fundierte Beschreibungen, keine Geschichten, wie sie die Leute erzählen. Mit anschaulichen Illustrationen.«

»Ein lobenswerter Entschluss, Mylord. Dass Euch solche Dinge interessieren, wusste ich gar nicht.«

»Mich nicht so sehr«, gab Hawk zu. »Aber Lady Krysta hat alle Tiere in ihr Herz geschlossen. Dieses Buch will ich ihr schenken.«

Vater Asser lächelte. Falls er die Idee seltsam fand, einer Frau ein Buch zu verehren, behielt er seine Meinung für sich. »Ah, ich verstehe. Nun, dann müssen wir den besten Schreiber mit dieser Aufgabe betrauen. Ein junger Mönch füttert täglich die Vögel im Garten. Wie ich schon öfter festgestellt habe, beobachtet er sie aufmerksam und skizziert sie. Vielleicht würde er sich für die Arbeit an Eurem Buch eignen.«

»Diese Entscheidung überlasse ich Euch.«

»Also gut, ich werde die nötigen Maßnahmen ergreifen. Habt Ihr sonst noch einen Wunsch, Mylord?«

Hawk überlegte kurz, dann grinste er. »Wisst Ihr, wer in dieser Stadt Haarbänder verkauft?«

»Leider nicht.«

Aber eine junge Dienerin, die gerade frische Milch ins Skriptorium brachte, konnte Hawks Frage beantworten. Nur zu gern erwies sie dem berühmten Lord einen Gefallen.

Gut gelaunt ging er davon. Nun hatte er Mittel und Wege gefunden, um seinen Zorn zu überwinden. Er musste sich einfach nur ausdenken, was Krysta eine Freude bereiten würde. Während des restlichen Tages befasste er sich mit nichts anderem und war glücklich.

Von mehreren Kissen gestützt sah sich Krysta in ihrem voll gestellten Zimmer um. »Jemand sollte ihm Einhalt gebieten«, verkündete sie, ohne sich an eine bestimmte Person zu wenden.

Kichernd steckten einige Hofdamen die Köpfe zusammen. Eahlswith saß auf einem Stuhl, von dem man einige Stoffballen entfernt hatte, und lächelte sanft. »Warum? Ich finde das wundervoll.«

»Ja, Ihr habt wohl Recht.« Krysta betrachtete die Farbenpracht auf ihrer Decke. »Aber wenn's so weitergeht, wird sich bald jede Frau in England an mich wenden müssen, wenn sie Haarbänder braucht. Ganz zu schweigen von den kostbaren Parfums, den seltenen Früchten und Seide und Samt... Nicht

einmal, wenn ich uralt werde, kann ich so viele Kleider tragen.« Ihr Blick wanderte wieder durch den Raum. Seufzend schüttelte sie den Kopf. »Und all die Juwelen! Was soll ich nur damit anfangen?«

»Schmückt Euch mit diesem herrlichen Geschmeide«, schlug eine Hofdame vor. Sie sprach in freundlichem Ton, wirkte aber genauso verwirrt wie ihre Gefährtinnen, seit Hawks Geschenke in verschwenderischer Fülle eintrafen. Am vergangenen Abend waren die ersten geliefert worden. An diesem Morgen hatte sich Krystas Schlafgemach in eine Schatzkammer verwandelt. Und es nahm kein Ende.

Das alles zu verkraften fiel ihr schwer, denn seit ihrer Rückkehr ins Bewusstsein litt sie wieder an jener Übelkeit, die sie kurz nach der Ankunft in Winchester zum ersten Mal geplagt hatte. Trockenes Brot und ein Becher Kamillensud, von Eahlswith verabreicht, halfen ihr. Doch die blauen Flecken und Schürfwunden schmerzten immer noch. Nach einem heißen Bad, mit duftendem Öl angereichert – einem Geschenk von Hawk – fühlte sie sich besser. Aber während ihr Haar gebürstet wurde, blickte sie in den Spiegel und erschauerte. So durfte Hawk sie nicht sehen. Am Nachmittag wollte er sie besuchen. Sie schützte Müdigkeit vor und ließ ihm ausrichten, sie würde ihm für die Geschenke danken. Zweifellos gab er sich damit zufrieden. Welcher Mann wollte sich schon in einem Krankenzimmer aufhalten?

Als sie am nächsten Morgen erwachte, saß er neben dem Bett. Die Königin hatte sich mit ihren Damen in den Hintergrund des Raums zurückgezogen. Wie Hawks entschlossene Miene verriet, würde ihn nichts auf der Welt bewegen, seinen mühsam erkämpften Platz zu verlassen. Als Krysta die Augen öffnete, beugte er sich lächelnd zu ihr hinab. »Guten Morgen. Wie geht's dir?«

Sie wollte sich aufrichten und beteuern, mit ihr sei alles in Ordnung. Aber ehe sie sprechen konnte, wurde sie wieder von

der verflixten Übelkeit heimgesucht. Beklommen stöhnte sie und presste eine Hand auf den Mund. Hawk sprang bestürzt auf. Dann wandte er sich an die Königin. »Was fehlt ihr denn? Sie ist krank!«

Sofort eilte Eahlswith zum Bett, half Krysta, sich aufzusetzen, und gab ihr den Becher mit Kamillensud, den sie vorsorglich bereitgestellt hatte. »Seit etwa einer Woche erleidet sie jeden Morgen einen kleinen Schwächeanfall.« Viel sagend schaute sie in Hawks Augen. »Ich hatte befürchtet, das würde nach ihrem gefährlichen Abenteuer im Fluss aufhören. Glücklicherweise blieb ihr Zustand unverändert.«

Wie aus weiter Ferne hörte Krysta diese Erklärung und blinzelte verwundert. Wieso freute sich die Königin über diese grässliche Übelkeit? Das ergab keinen Sinn. Und warum starrte Hawk sie an, als hätte man ihm den Boden unter den Füßen weggezogen? Seltsam, alles Blut wich aus seinem Gesicht. Und was sagte er da?

»Meine Süße, es tut mir so Leid.«

O Gott, was bedauerte er?

Schließlich schüttelte sie den Kopf und gab es auf, darüber nachzudenken. Immer noch leicht benommen, erwiderte sie: »Du musst dich nicht entschuldigen. Für meine Magenschmerzen bist du wohl kaum verantwortlich.«

Hawk und die Königin wechselten einen Blick. Dabei hob sie die Brauen, und er errötete. »Meine Liebe«, begann Eahlswith sanft, »ich weiß, in Eurer Kindheit musstet Ihr auf die Mutterliebe verzichten. Aber es gab doch andere Frauen, die Euch großzogen, nicht wahr.«

Warum erörterte die Königin ausgerechnet jetzt dieses Thema? Nur mühsam verbarg Krysta ihre Überraschung. »Zwei treue Dienstboten betreuten mich – Raven und Thorgold. Aber in dem Dorf, das zu meinem Anwesen gehörte, wohnten auch Frauen.«

»Sprachen sie mit Euch über gewisse – Dinge?«

»Natürlich, über die Ernte, das Wetter, wie es den Leuten ging und so weiter.«

»Oh, ich verstehe. Und diese Raven, die Ihr erwähnt habt? Hat sie Kinder?«

Zögernd runzelte Krysta die Stirn. Was Raven trieb, wenn sie verschwand, teilte sie ihr nicht mit. »Keine Ahnung. Vielleicht. Darüber haben wir nie geredet.«

Die Königin tätschelte Krystas Hand und warf Hawk einen scharfen Blick zu. Dann scheuchte sie die Hofdamen aus dem Zimmer und folgte ihnen.

Sobald Hawk mit seiner Braut allein war, sank er langsam auf den Stuhl zurück, ohne sie aus den Augen zu lassen. Das lauteste Geräusch im Raum verursachten ihre Zähne, die das trockene Brot kauten. Nachdem sie eine Zeit lang erfolglos versuchte hatte, etwas leiser zu essen, schob sie das Brot unter ihre Bettdecke.

»Nun …« Hawk räusperte sich. »Also erfreulicherweise bist du kerngesund, was mich maßlos erleichtert. Wirklich, es ist wunderbar … Hilft dir dieses Zeug?« Er zeigte auf den Becher mit dem Kamillensud, den sie immer noch festhielt.

Mit ihrer freien Hand fegte sie ein paar Krümel von der Decke. »Ja, die Königin sorgt so gut für mich. Falls ich mir die Bemerkung erlauben darf, du siehst ziemlich mitgenommen aus. Vielleicht solltest du Eahlswith um eine Arznei bitten.«

Wenn er sie noch länger so eigenartig anstarrte, würde sie ernsthaft glauben, dass er krank war. Aber da grinste er plötzlich. »Besser könnte ich mich gar nicht fühlen. Nur eins fehlt mir noch zu meinem Glück.«

Unbehaglich wich sie seinem Blick aus. Meinte er etwa, er würde ihr noch mehr Geschenke schicken? »Was denn?«, fragte sie vorsichtig.

Hawk entwand ihr den Becher, stellte ihn auf den Nachttisch und umfasste ihre Hände. Eindringlich schaute er in ihre Augen. »Heiraten wir – hier in Winchester. Sobald du aufstehen kannst. Vater Asser wird die Trauung vornehmen, Alfred und Eahlswith

werden sich unbändig freuen, und wir kehren als Ehepaar nach Hawkforte zurück.«

Abwechselnd wurde ihr heiß und kalt. Welch eine verlockende Zukunft erschien in ihrer Fantasie. Doch die alte Angst ließ sich nicht vertreiben. »Meine Mutter …«

»Oh, sie muss eine wundervolle Frau gewesen sein. Wäre sie hier, würde sie dir zweifellos empfehlen, mich möglichst schnell zu heiraten.«

Seine Überzeugungskraft wirkte unwiderstehlich. Nur Krystas Ehrlichkeit hinderte sie an einer vorbehaltlosen Kapitulation. »Da ist noch etwas, das ich dir erzählen muss.«

»Was denn?«, fragte er erschrocken. Ihre Dienstboten, ihre Mutter, was konnte es denn *sonst* noch geben? »Geht es um deinen Vater?«

»O nein, er war ganz normal. Aber darin liegt das Problem. Verstehst du?«

Das versuchte er und scheiterte. »Wenn er nicht ungewöhnlich war, warum sorgst du dich?«

Seufzend umklammerte sie Hawks Hände. »Er war ein völlig normaler Mann. Und Männer scheinen anders zu empfinden als die Frauen. Vielleicht, weil sie zu Kriegern erzogen werden. Meine Mutter liebte ihn. Aber er erwiderte ihre Gefühle nicht. Und ohne das Band der Liebe, das sie festgehalten hätte, musste sie diese Welt verlassen. Sie wurde ins andere Reich gerufen, aus dem sie besondere Geschöpfe hierher geholt hatte.« Sie sah Hawks gerunzelte Stirn und spürte, wie sehr er sich bemühte, das alles zu begreifen. Hastig fuhr sie fort: »Um deine Frage zu beantworten, warum ich in der Verkleidung einer Dienerin nach Hawkforte kam, sagte ich nicht die ganze Wahrheit. Gewiss, ich wollte dich besser kennen lernen, denn ich dachte, das wäre wichtig für eine gute Ehe. Aber ich wollte vor allem deine Liebe gewinnen.« Ihre Stimme sank zu einem Flüstern herab. »Dann müsste ich nicht befürchten, ich würde das gleiche Schicksal erleiden wie meine Mutter.«

»Und das *bedrückt* dich?«, rief Hawk fassungslos.

War dieser Mann wirklich so dumm? Merkte er noch immer nicht, wonach sie sich sehnte?

»Das glaube ich einfach nicht!« Hawk sprang auf und starrte sie an. »Nach allem, was geschehen ist, zweifelst du an meiner Liebe zu dir? Heiliger Himmel, bist du schwachsinnig, taub und blind? Mein ganzes Leben hast du durcheinander gebracht, und ich dachte sogar, ich würde den Verstand verlieren. Das alles nahm ich klaglos hin. Vor ein paar Tagen fragte ich dich, ob du dich nicht darüber wunderst. Du hast behauptet, weil du mich liebst, wäre dir meine Ehre wichtiger als mir selber. Bist du gar nicht auf den Gedanken gekommen, *du* würdest mir mehr bedeuten als alles andere – *aus demselben verdammten Grund*?«

Dieses Geständnis klang weder poetisch noch romantisch. Trotzdem begann Krystas Herz zu singen, und ihre Augen strahlten. Er liebte sie? Er liebte sie! Warum war sie so töricht gewesen? Natürlich, würde er sie nicht lieben, hätte er ihr schon längst den Hals umgedreht.

Mit einem Freudenschrei kletterte sie aus dem Bett, warf sich in Hawks Arme, und er hielt sie entsetzt fest. »Was machst du denn? Du bist voller blauer Flecken und Kratzwunden. Warum stehst du auf? Um Himmels willen, deinetwegen werde ich bald weiße Haare kriegen.«

Vorsichtig legte er sie wieder hin und streckte sich neben ihr aus. Von ihrem Glück überwältigt, schmiegte sie sich an ihn. Nach all den Stürmen, die sie gemeinsam besiegt hatten, waren sie in einem sicheren Hafen gelandet und blickten einer verheißungsvollen Zukunft entgegen. Zufrieden berührte sie Hawks breite Brust.

Wie sie seine Kraft liebte, es war eine andere als ihre eigene seelische Stärke, eine perfekte Ergänzung. So schmerzlich hatte sie ihn vermisst und ihn so dringend gebraucht. Unwillkürlich streichelte sie die harten Muskeln unter dem feinen Leinen sei-

nes Hemds. Das ließ sich mühelos entfernen, und sie würden ohne Hindernis beisammen sein. So lange war es her …

»O nein!« Entgeistert richtete er sich auf. »Spätestens in einem Jahr wirst du mich endgültig in den Wahnsinn treiben. Was bildest du dir eigentlich ein? Ich könnte dich umarmen, deinen Duft riechen, deine Liebkosung spüren ohne den Wunsch, mit dir zu verschmelzen? Mit einer Frau, die eben erst so viel durchmachen musste und dank der göttlichen Gnade immer noch …« Stöhnend schüttelte er den Kopf, in der Hoffnung, das würde ihm helfen, wieder etwas klarer zu denken.

»Immer noch? Was meinst du?« Auf einen Ellbogen gestützt, beobachtete Krysta, wie er aus dem Bett stieg. Warum schaute er sie so beunruhigt an? Benahmen sich alle Männer so merkwürdig, wenn sie eine Frau liebten?

»Nicht so wichtig. Jetzt musst du wieder schlafen.«

»Nachdem ich so lange geschlafen habe, bin ich hellwach.«

»Dann werde ich Eahlswith bitten, sie soll dir einen Schlummertrunk bringen.«

»Untersteh dich! Den trinke ich nicht. Nein, bleib da! Ich brauche ein bisschen Abwechslung.«

»Abwechslung?«, wiederholte er, zwischen Ärger und Belustigung hin- und hergerissen. »Willst du mit mir spielen?«

Lächelnd richtete sie sich etwas weiter auf. Der Ausschnitt ihres Nachthemds glitt über die Schulter hinab und entblößte eine runde, milchweiße Brust. »Ja, wenn du's erlaubst.« Sie sah, wie er mit der Versuchung kämpfte, wie sein Gewissen die Oberhand gewann, und seufzte enttäuscht. »Also gut – geh!«, murmelte sie, zog einen Schmollmund und sank in die Kissen zurück. »Sorg dich nicht um mich.«

»Dazu habe ich auch keinen Grund.« Auf dem Weg zur Tür warf er einen Blick über die Schulter. »Damit du dich nicht langweilst, werde ich dir etwas schicken, das sich für eine Braut geziemt.«

In ihrer Naivität ahnte sie nicht, was auf sie zukam.

Sie zuckte zusammen, versuchte sich zu bewegen, zuckte erneut zusammen. Flehend starrte sie die Königin an, die ihr besänftigend zulächelte. »Meine Liebe, Ihr seht zauberhaft aus.«

Gequält musterte Krysta die Schneiderin, die neben ihr kniete, die spitzesten Nadeln von der Welt zwischen den Fingern. »Sind wir jetzt fertig?«

»Fast«, antwortete Eahlswith. »Was meinst du, Martha? Noch eine Stunde?«

»Hmpf...« Nachdem die Frau ihre Zustimmung signalisiert hatte, setzte sie ihr Teufelswerk fort. Die Augen geschlossen, betete Krysta um Geduld.

Vor drei Tagen hatte die Königin entschieden, nun sei ihr Schützling hinreichend genesen, um das Bett zu verlassen. Drei Tage voll endloser Torturen, die anscheinend nötig waren, um die aufwändigste Hochzeit seit der Trauung des Königspaars vorzubereiten. Athelflad und ihr Gemahl, der Alderman von Mercia, waren nur zwei unter den vielen Hundert geladenen Gästen. Aus ganz England kamen sie angereist, um dem hoch geschätzten Lord die Ehre zu erweisen und um seine Wikingerbraut neugierig zu begutachten.

Die Festlichkeiten hatten schon begonnen. Jeden Abend traten Schauspieler, Gaukler, fahrende Sänger und Akrobaten in Alfreds Halle auf und unterhielten die ständig wachsende Gästeschar. Draußen in den Schlosshöfen und auf den Straßen der Stadt feierte auch das gewöhnliche Volk. Eine Hochzeit im Spätsommer, wenn die Ernte bereits eingebracht war, bot den Leuten eine willkommene Gelegenheit, den Alltag zu vergessen. Der Sieg über den Verräter musste natürlich ebenfalls gewürdigt werden. Aristokraten und Bürger, Jung und Alt, alle wanderten unbeschwert umher, abgesehen von den Schneiderinnen und Köchen, die dem Müßiggang erst nach dem großen Ereignis frönen durften.

Falls es jemals ein Ende finden würde... Das bezweifelte Krysta, während sich der Tag dahinschleppte und das Brautkleid

nicht einmal annähernd fertig war. Doch sie täuschte sich. Eine Stunde später, während sie immer noch vermied, in den großen, blank polierten Bronzespiegel zu schauen, der aus dem Schlafgemach der Königin stammte, straffte die Respekt gebietende Martha ihren Rücken, erhob sich ächzend von den Knien und verkündete: »So!«

Aufgeregt eilten die Hofdamen herbei, klatschten in die Hände und brachen in schrillen Jubel aus. Krysta nahm ihren ganzen Mut zusammen und wandte sich zum Spiegel. In golden schimmernder Bronze stand eine Göttin, umhüllt von Samt und Seide in den Farben eines sommerlichen, sonnendurchfluteten Waldes. Perlen und Edelsteine schmückten das Kleid. Eine Kaskade aus blonden Locken über den Schultern erwiderte die Erscheinung den Blick der Sterblichen, die sie fassungslos anstarrte.

Unfähig, ihr Staunen zu verbergen, schnappte Krysta nach Luft. Das konnte nicht *sie* sein – mit ihren Sommersprossen und ihren zerzausten, manchmal sogar *nassen* Haaren, eine Frau, die lachte und stöhnte und schwitzte und seufzte wie alle Sterblichen, aber niemals so aussah wie die überirdische Gestalt im Spiegel. Plötzlich lächelte die Göttin verschwörerisch, als wollte sie Krysta in ein Geheimnis einweihen.

»O Gott…« Nur ein Flüstern, aber es genügte, um Martha zu beglücken.

»In der Tat – o Gott!« Voller Genugtuung betrachtete sie die Braut. »Dieses Lob entschädigt mich für alle Mühe, wenn ich auch bezweifle, dass meine armen Augen sich jemals erholen werden. Nie wieder nähe ich so ein Kleid.« Abrupt verstummte sie und begutachtete die zahlreichen Stoffballen, die sich auf Tischen und Stühlen stapelten, das Ergebnis von Hawks hemmungsloser Großzügigkeit. »Es sei denn, Eure Ladyschaft wünscht sich noch eins.«

»O nein!« Allein schon dieser Gedanke erschreckte Krysta, obwohl sie wusste, dass irgendetwas mit den Stoffen geschehen

musste. Das würde Hawk erwarten. Und sie hatte längst erkannt, wie beharrlich er seinen Willen durchzusetzen wusste. »Zumindest nicht *sofort*...«

Was sie nicht ahnte war, dass mehrere andere Schneiderinnen bereits an schlichteren, aber ebenso luxuriösen Kleiden, Hemden, Umhängen und all den Dingen arbeiteten, die nach Eahlswith' Meinung zur Aussteuer einer vornehmen Braut gehörten. Erst an diesem Morgen hatte sie zur Freude der Hofdamen und Krystas Bestürzung bekannt gegeben, wie viele Hochzeitsgeschenke sich mittlerweile in der Haupthalle stapelten. Gewiss, Hawkforte war eine große Festung. Trotzdem konnte man innerhalb dieser Mauern nur eine begrenzte Anzahl goldener Teller und Becher, kunstvoll gewobener Wandbehänge, kostbarer Truhen voller Gewürze, edler Pelze und dergleichen unterbringen.

Dessen ungeachtet wurde Hawk mit Geschenken überhäuft. Ein Tribut an die rechte Hand des Königs, dachte Krysta, an den Mann, der Udell bezwungen hatte, der heiraten würde, um den Frieden zwischen Sachsen und Norwegen zu sichern. Natürlich verdiente er die reichen Gaben, das wollte Krysta nicht bestreiten. Sie gewann nur den Eindruck, es wäre des Guten zu viel.

»Vielleicht solltet Ihr Euch setzen, meine Liebe.« Eahlswith gab Martha und deren Gehilfinnen ein Zeichen.

Geschickt streiften sie die prächtige Robe über den Kopf der Braut. Nur mit einem Hemd bekleidet, sank Krysta auf einen Stuhl, und eine Hofdame kredenzte ihr ein kühles Getränk.

»Sogar die liebe Athelflad, die nur selten die Nerven verliert, fand ihre Hochzeitsvorbereitungen ermüdend«, erzählte Eahlswith. »Und dafür hatten wir ein halbes Jahr Zeit – nicht nur vierzehn Tage.«

Krysta konnte sich nicht vorstellen, ein solches Martyrium sechs Monate lang zu ertragen. Doch das sprach sie nicht aus. Stattdessen dankte sie der gütigen Königin für all die Mühe. »Ihr

wart sehr freundlich, Mylady. Wie soll ich Euch jemals vergelten, was Ihr für mich getan habt?«

Erfreut und ein bisschen verlegen lächelte Eahlswith. »Ihr braucht mir nicht zu danken, Kindchen. Glaubt mir, ich amüsiere mich köstlich.«

Wenigstens *eine* Person, der die Plage Spaß macht, dachte Krysta.

Aber am Hochzeitsmorgen besserte sich ihre Laune. Ausnahmsweise wurde ihr nicht übel. Ganz im Gegenteil, sie fühlte sich wundervoll. Sobald die ersten Sonnenstrahlen das Zimmer erhellten, sprang sie aus dem Bett, eilte zu einem Fenster und betrachtete die Stadt. Da nicht genug Quartiere für die zahlreichen aristokratischen Gäste und ihre Dienerschaft zur Verfügung standen, mussten mehrere Leute auf Matratzen vor den Haustüren schlafen. Glücklicherweise herrschte angenehmes Wetter. Der Herbst begann mit warmen, wolkenlosen Tagen. In den Büschen summten immer noch Insekten. Kaum ein welkes Blatt fiel von seinem Zweig. Nur hier und da zeigte goldenes oder rötliches Laub in den umliegenden Wäldern den Wechsel der Jahreszeiten an. Und die Tage wurden merklich kürzer.

Plötzlich erschrak Krysta beim Gedanken an die nächste Nacht. Wie albern! Sie würde nicht als Jungfrau ins Ehebett steigen. Darüber war sie sehr froh. Unvorstellbar, sie müsste die Zeremonie, die zahllosen Gäste und alles andere verkraften und danach mit einem Fremden schlafen. Ihren Bräutigam kannte und liebte sie, und sie vertraute ihm rückhaltlos. Sekundenlang schloss sie die Augen und wünschte, die Nacht würde möglichst bald auf sanften Schwingen herabsinken und den anstrengenden Tag verdrängen.

Während sie noch am Fenster stand, erschien die Königin mit ihren Hofdamen. Sie brachten ihr ein Frühstück und Badewasser. Und sie leisteten ihr willkommene Gesellschaft. Aber obwohl Krysta die Abwechslung genoss, hoffte sie, irgendetwas

würde die Ereignisse beschleunigen. Jede Minute kroch qualvoll langsam dahin.

Das bildete sie sich nur ein. Als die Kirchenglocken erklangen und die Sext einläuteten, zuckte sie überrascht zusammen. Schon Mittag. Auf einmal wurde die Zeit knapp. Nur mehr drei Stunden bis zur Trauung, und noch so viel war zu erledigen! Belustigt ließ sie ihre Finger- und Zehennägel polieren, musste jedoch zugeben, dass der Perlglanz sehr hübsch wirkte.

Und dann wurde ihr Haar endlos lange gebürstet. Darauf bestanden die Damen, obwohl sie warnend erklärte, dadurch würden die Locken noch wirrer aussehen. Schließlich wurden sie mit Bändern voller Juwelen umwunden, deren Gewicht ihren Kopf ständig nach hinten zu ziehen drohte.

Letzten Endes war es so weit. In einem hauchdünnen Leinenhemd und Seidenstrümpfen mit Strumpfbändern an den Knien, stand sie da, hob die Arme, und drei Damen streiften das Kleid über ihren Körper. Das Oberteil aus waldgrünem Samt war mit Goldfäden, Perlen und Edelsteinen bestickt, die weiten Ärmel an den Handgelenken zusammengefasst. Unter den geschlitzten Bahnen des Rocks schimmerte ein hellbraunes seidenes Unterkleid, das sich nur zeigte, wenn sie sich bewegte. Goldene Stickereien schmückten den geraden Ausschnitt und den Rocksaum. Zu beiden Seiten wurde das Oberteil eng geschnürt, um ihren vollen Busen und die schmale Taille zu betonen. Schwere Goldbroschen mit Rubinen besetzt, hielten den Umhang aus bernsteinfarbener Seide am Hals zusammen. Dazu passte ein goldener, ebenfalls mit Rubinen verzierter Stirnreif.

Nachdem die Hofdamen ihr Werk vollbracht hatten, traten sie zurück und forderten die Braut auf, in den Spiegel zu blicken. Indem sie den Kopf vorsichtig zur einen und dann zur anderen Seite neigte, konnte sie sich vergewissern, dass sie in der glänzenden Bronze tatsächlich ihr eigenes Bild sah.

»Erstaunlich«, hauchte sie und beobachtete, wie das bemer-

kenswerte Geschöpf die Lippen zur gleichen Zeit bewegte wie sie selbst.

»In jedem Kleid würdet Ihr zauberhaft aussehen, meine Liebe«, meinte Eahlswith. »Aber diese Robe steht Euch besonders gut. Eine schönere Braut gab es noch nie.«

Krysta wandte sich zu ihr und ergriff ihre Hände. »Mein Leben lang werde ich Eure Güte nicht vergessen, Mylady, und ich hoffe, ich werde mich Eurer Gunst stets würdig erweisen.«

In Eahlswiths' Augen schimmerten Tränen. »Ganz sicher, Kindchen. Daran zweifle ich nicht. Geht jetzt zu Eurer Hochzeit und freut Euch, denn diese Ehe wird wahrlich gesegnet sein.«

In diesem Moment begannen die Glocken zu läuten und kündigten die neunte Stunde nach Sonnenaufgang an, in der Krysta und Hawk den heiligen Bund schließen würden.

Und plötzlich raste die Zeit dahin. Krysta kam kaum dazu, Atem zu holen. In aller Eile wurde sie zur Tür hinaus- und die Treppe hinabgeführt, während die Hofdamen die lange Schleppe des seidenen Umhangs festhielten. Nur vage spürte sie die zahllosen Blicke, die ihr folgten. Im Hof wartete eine weiße Stute, und sie stieg auf. Kinder ergriffen die Zügel und geleiteten das Pferd an einer jubelnden Menschenmenge vorbei in strahlendem Sonnenschein zur königlichen Kirche.

Da Krystas Herz wie rasend gegen die Rippen hämmerte, musste sie nach Luft ringen. Wenig später war alles in Ordnung, denn Hawk kam ihr in schwarzem Samt mit üppigem Goldschmuck entgegen. Er streckte die Arme zu ihr empor, und sie ließ sich aus dem Sattel heben. Bevor er sie auf die Füße stellte, gab ihr seine Kraft das Gefühl, sie wäre federleicht.

Vater Asser wartete im Kirchentor. An seiner Seite stand das freudestrahlende Königspaar.

»Warum seid ihr gekommen?«, fragte der Priester.

»Um den Segen unseres Herrn zu erbitten, so wie Er ihn in Kana erteilt hat«, antwortete Hawk.

Und so begann das Ritual. Von Gesängen begleitet, betraten die Brautleute die Kirche. Vor dem Altar knieten sie nieder und empfingen aus der Priesterhand das Sakrament des Brots und des Weins. Für Krysta war es ein Augenblick seligen Friedens, einer turbulenten Welt abgerungen. In dankbarem Gebet neigte sie den Kopf, an der gleichen Stelle, wo sie vor einigen Tagen um Hawks Sicherheit gebetet hatte. Die Lieder der Mönche hallten durch den Raum, duftender Weihrauch erfüllte die Luft. In jeder einzelnen Sekunde war ihr die Nähe des geliebten Mannes bewusst, der neben ihr kniete.

Auf Assers Geheiß erhoben sie sich, und Hawk steckte einen schlichten Goldring an Krystas Finger, das Symbol, das sie für immer vereinte. Hand in Hand verließen sie das Gotteshaus und nahmen die Glückwünsche der versammelten Menschenscharen entgegen.

Krysta blinzelte ins blendende Sonnenlicht und spürte, wie die letzten Reste der Anspannung verflogen, die ihre ständige Begleiterin gewesen war, seit sie erfahren hatte, sie müsse in einem fernen Land einen Fremden heiraten. Im Jubel der Menge, von ihrem eigenen frohen Herzen besiegt, entschwanden die Ängste und verwandelten sich in eine schwache Erinnerung. Jetzt herrschte nur mehr reine Freude in ihrer Seele, und sie glaubte, wenn sie nicht mit beiden Füßen auf dem Boden stünde, würde sie zum Himmel emporschweben. Um das zu verhindern, und weil es sich so gut anfühlte, umklammerte sie Hawks Arm. Durch das Gedränge fröhlicher Gratulanten gingen sie zur königlichen Halle, wo das Hochzeitsfest begann.

19

Nun waren sie verheiratet. Sehr gut. Genauso, wie er's gewünscht hatte. Vorher waren größere Schwierigkeiten aufgetaucht als erwartet, aber Hawk hatte sie alle gemeistert. Seine

zweite Ehe. Nein, daran wollte er nicht denken. Solche bösen Erinnerungen durften sein Glück nicht trüben.

Um sich zu vergewissern, dass er glatt rasiert war, strich er über sein Kinn. Dann ergriff er ein Handtuch und trocknete sein Gesicht ab. Er war allein in dem Raum, den er seit der Ankunft in Winchester bewohnte. Durch die geschlossene Verbindungstür hörte er das Gelächter der Frauen, die Krysta in ihr Schlafgemach begleitet hatten. Sein raffiniertes Manöver, mit dem er ohne männliches Gefolge sein Zimmer erreicht hatte, erfüllte ihn mit Genugtuung. Mit Alfreds Hilfe hatte er sich aus der festlich geschmückten Halle geschlichen, kurz nachdem die Braut inmitten mehrerer Hofdamen mit feuerroten Wangen zur Treppe gegangen war. Weil sie die derben Scherze der fröhlichen, von Ale und Honigwein trunkenen Gäste in Verlegenheit brachten, überlegte Hawk. Oder weil sie ihren Lachreiz bekämpfen musste. Da er Krysta kannte, nahm er eher Letzteres an. Und er freute sich darüber.

Von seinen getreuen Kriegern im Zaum gehalten, hatten einige Zecher vergeblich versucht, ihm nachzulaufen. Er war unbeschadet entkommen. Jetzt musste er nur noch warten. Wie lange, fragte er sich und betrachtete die Verbindungstür. Dahinter erklangen Stimmen und Schritte, die Tür zum Flur wurde geöffnet und geschlossen, dann herrschte tiefe Stille.

Also waren die Hofdamen verschwunden, großartig. Zweifellos würde Krysta ihm entgegenfiebern. Welch ein Glück, mit einer Frau verheiratet zu sein, die das Ehebett nicht fürchtete. Trotzdem geduldete er sich noch ein paar Minuten, um sicherzugehen, dass er sich unter Kontrolle hatte. Immerhin erwartete sie ein Kind. Wenn er auch vor Stolz fast platzte, weil es ihm schon nach so kurzer Zeit gelungen war, einen Nachkommen zu zeugen, wusste er nicht, ob er seine Gemahlin darauf hinweisen sollte. Falls sie die Niederkunft fürchtete, wollte er sie möglichst lange im Ungewissen lassen. Aber da sie eine kluge Frau war, würde sie die Ursache ihre morgendlichen Übelkeit bald erken-

nen. So oder so, er würde sehr behutsam mit ihr umgehen. Wie durch ein Wunder hatten Krysta und das Baby die Gefahren im reißenden Fluss heil überstanden. Jetzt wollte Hawk nichts mehr riskieren, deshalb wartete er.

So viele gemeinsame Jahre lagen noch vor ihnen. Es wäre sinnlos, irgendetwas zu überstürzen.

Plötzlich flog die Verbindungstür auf. In einem durchscheinenden Hemd aus reiner weißer Seide, die goldene Lockenpracht ungebändigt, stand Krysta auf der Schwelle und schenkte ihm jenes gewinnende Lächeln, das sein Herz jedes Mal schneller pochen ließ.

Sie sah wie eine bildschöne und ziemlich mutwillige Elfe aus. »Endlich sind sie alle weg!«, rief sie und warf sich in seine Arme, stellte sich auf die Zehenspitzen und küsste sein Kinn, seine Mundwinkel. »Weg! Weg! Weg!«, sang sie. »Nun sind wir ganz allein!« Sie rückte ein wenig von ihm ab und schaute in seine Augen. »War die Zeremonie nicht himmlisch. Und das Fest! Niemals hätte ich gedacht, das alles könnte mir so viel Spaß machen. Die Gaukler und Akrobaten, unglaublich! Wie soll ich Alfred und Eahlswith jemals danken. Und Athelflad. Um die Wahrheit zu gestehen, ich hatte ein bisschen Angst vor ihr. Aber sie war so nett, und sie sagte, wir müssten sie möglichst bald in Mercia besuchen. Ihr Mann hält große Stücke auf dich. Den ganzen Abend schwärmte er von deinen brillanten Feldzügen. Er war allerdings ein bisschen neidisch, weil du Udell getötet hast. Doch darüber ist er inzwischen hinweggekommen.«

»So, tatsächlich?« Verblüfft und von ihrer Nähe erregt, hatte Hawk vergeblich versucht, dem Wortschwall zu folgen. Jetzt gab er es auf. Sie war glücklich, und das genügte ihm.

»Schau doch, was sie gemacht haben!« Krysta packte seine Hand und führte ihn zum Nebenraum. »Es ist so schön!«

Verwundert blieb er in der Tür stehen. Zahlreiche Kerzen verbreiteten sanftes Licht, jede eine Miniatursonne, die im nächtlichen Schatten schimmerte. Am Boden lagen Blumen, in so üp-

piger Fülle, dass sie bei jedem Schritt ihren Duft verströmten, als Krysta und Hawk das Zimmer durchquerten. Hauchzarte Schleier hingen am Bett und flatterten im milden Wind, der durch die offenen Fenster hereinwehte. Über die Kissen und Pelzdecken waren Blütenblätter gestreut.

Staunend sah sich Hawk in diesem femininen Paradies um, das seine maskuline Kraft zu betonen schien. Seine Verwirrung war gewachsen, seit Krysta auf der weißen, mit Bändern verzierten, von lachenden Kindern herbeigeführten Stute zu ihm geritten war. Wie eine glanzvolle Göttin hatte sie ausgesehen, mit Juwelen und Gold geschmückt, ein überirdisches Wesen, der Berührung eines Mannes entrückt. Doch dann hatte sie in seine Augen geschaut. Ah, dieser Blick – eine Erinnerung, die er ins Jenseits mitnehmen würde.

Und da stand sie jetzt, die seidige Haut kaum verhüllt. Seine Hand wirkte sehr groß und dunkel auf ihrer wohlgeformten Schulter. Langsam zog er sie an sich. Die blauen Flecken waren verblasst, aber sie war erst vor kurzem verletzt worden, und so zauderte er.

»O Gott…«, flüsterte sie.

Sofort zog er seine Hand zurück, als hätte er sich verbrannt. »Was ist los?«

Durch gesenkte Wimpern musterte sie ihn, und er sah unverhohlene Belustigung in ihren Augen tanzen. »Seit unserer Hochzeit bist du ziemlich schüchtern, Mylord.«

Schüchtern? Bei der Vorstellung, Hawk of Essex wäre schüchtern, würden sich unzählige Männer am Boden wälzen und vor Lachen schreien. Und die Frauen, eine ganze Menge von ihnen, würden sich ebenfalls amüsieren. Während er sich das ausmalte, spürte er, wie brennende Röte in seine Wangen stieg. Offenbar musste er Krysta Recht geben. »Schüchtern? Nicht direkt, aber nach allem, was du erleiden musstest, will ich dir nicht wehtun.«

»O Hawk!« Aus ihrem Mund klang sein Name wie eine Lieb-

kosung. Hingerissen lauschte er ihrer Stimme nach. Sie griff wieder nach seiner Hand, setzte sich aufs Bett und zog ihn an ihrer Seite hinab. »Niemals könntest du mir wehtun. Nur deine Abwesenheit würde mich kränken.«

Da war es um ihn geschehen. Ein Mann vermochte einiges zu ertragen. Aber es gab gewisse Grenzen. Und die hatte er jetzt überschritten. Stöhnend nahm er Krysta in die Arme und streichelte ihren Körper, immer wieder, als könnte er nicht fassen, dass sie seine Gemahlin war.

Die letzten Reste seiner Bedenken entschwanden so schnell wie seine und ihre Kleidung. Voller Sehnsucht genossen sie die Freuden, die sie einander schenkten. Trotz seiner Leidenschaft hielt sich Hawk zurück. Behutsam steigerte er Krystas Erregung, bis sie vor Verlangen fast den Verstand verlor. Und dann wartete er immer noch, über ihren bebenden Körper geneigt, der so wunderbare Geheimnisse barg.

Während seine Lippen über ihre Hüften und den weichen Bauch wanderten, in dem sein Kind schlief, erfasste ihn ein heißes Glücksgefühl, das er nie zuvor gekannt hatte. Ganz vorsichtig drang er in sie ein und bewegte sich in sanftem Rhythmus. Krystas Höhepunkt entzückte ihn so maßlos, dass er von seinem eigenen ohne Vorwarnung überwältigt wurde. Die Ekstase schien kein Ende zu nehmen. Schließlich sank er atemlos auf seine Frau hinab. Mit letzter Kraft glitt er zur Seite, um sie vor seinem Gewicht zu schützen. Den Kopf auf seine Brust gelegt, schmiegte sie sich an ihn, und es dauerte lange, bis sie die Augen öffnete.

Als sie ihn anschaute, lachte sie leise.

Etwas mühsam richtete er sich auf, betrachtete Krysta und seinen eigenen Körper. Wäre es nicht zu anstrengend gewesen, hätte auch er gelacht. Seufzend sank er ins Kissen zurück und dankte dem Himmel, weil ihn in dieser Nacht keiner seiner Feinde sah – vom Liebesgenuss ermattet, mit Blütenblättern übersät.

Sie blieben noch eine Woche in Winchester. Drei Tage lang verließen sie ihre Gemächer kein einziges Mal. Die Mahlzeiten, Wein und Wasser war alles, was sie brauchten, brachten ihnen fürsorgliche Dienstboten. Abwechselnd schliefen sie, fütterten einander, liebten sich, badeten gemeinsam mit spielerischem Übermut und schliefen wieder. Viel zu schnell verstrich die Zeit.

Am vierten Tag erschien Hawk wieder in der Öffentlichkeit, um am Turnier teilzunehmen, das zu Ehren seiner Hochzeit veranstaltet wurde. Gutmütig hörte er sich die Scherze über seine lange Abwesenheit und die erwartete Prophezeiung an, nach seinem Kräfte raubenden Honigmond sei er wohl kaum ein ernst zu nehmender Gegner. Auf dem Turnierplatz besiegte er ein halbes Dutzend Männer, die dumm genug waren, ihn herauszufordern. Ächzend hinkten sie davon, durch Schaden klug geworden.

Er amüsierte sich großartig. Ebenso wie Krysta, die neben Eahlswith auf der Tribüne saß. Bei den ersten beiden Kämpfen konnte sie kaum atmen und umklammerte die Armstützen ihres Sessels so fest, dass ihre Fingernägel das Holz zerkratzten. Als der dritte Kampf begann, lagen ihre Hände im Schoß, und die innere Anspannung lockerte sich. Nach dem fünften Kampf jubelte sie sogar. Und sobald der sechste beendet war und keine weiteren Gegner bereitstanden, rannte sie mit einem Freudenschrei auf den Turnierplatz. Vor aller Augen küsste sie ihren verschwitzten, schmutzigen, triumphierenden Krieger.

Am Morgen vor der Abreise verabschiedete sie sich tränenüberströmt von der Königin. »Keine Mutter könnte ihrer Tochter gütiger begegnen als Ihr *mir*, Mylady. Das werde ich niemals vergessen.«

Auch in Eahlswiths' Augen glänzten Tränen. »Mein liebes Kind, Euch werde ich ebenso schmerzlich vermissen wie meine Töchter. Ihr habt mich daran erinnert, dass die Liebe der Quell aller Kraft und allen Mutes ist.«

»Bald kommen wir wieder«, versprach Hawk, als er den Kummer der Frauen mit ansah.

Damit trösteten sie sich ein wenig. Aber Krysta drehte sich zwei Mal im Sattel um und winkte der Frau, die eine Lücke in ihrem Leben füllte, wenn sie auch niemals zugegeben hatte, die Liebe einer Mutter würde ihr fehlen.

Kurz bevor sie den Hafen von Hamtun erreichten, entdeckte Hawk weiter vorn auf der Straße eine Bewegung, die ihn veranlasste, sein Pferd zu zügeln. Die Krieger und Krysta folgten seinem Beispiel. Jetzt sah auch sie, was seine scharfen Augen zuerst entdeckt hatten. Auf einem zottigen Pony ritt ihnen Thorgold entgegen. Fröhlich sprang der Hund, den Udell geschlagen hatte, an seiner Seite dahin.

»Oh, ich habe mich schon gefragt, wohin du verschwunden bist.« Hawk begrüßte Thorgold so freundlich, dass sich Krystas Herz erwärmte. Lächelnd beobachtete sie den Hund, der um ihre Stute herumrannte und begeistert mit dem Schwanz wedelte.

»Wie schön, er ist genesen! Wirst du ihn behalten, Thorgold?«

»Fragt ihn lieber, ob er *mich* behalten will, mein Mädchen. Aber ich glaube, wir beide geben ein nettes Paar ab.«

»Das finde ich auch«, stimmte Hawk zu. »Bei unserer Hochzeit haben wir dich vermisst, Thorgold.«

»Natürlich war ich da. So ein fabelhaftes Fest würde ich mir niemals entgehen lassen. Aber ich blieb lieber im Hintergrund. Und jetzt bin ich froh, dass Ihr's endlich hinter Euch gebracht habt, Mylord.«

Von Thorgold begleitet ritten sie weiter. Bald erregten die Raben, die am Straßenrand von Baum zu Baum flatterten, Hawks Aufmerksamkeit. Aber er sagte nichts. Er schwieg auch, als ein Rabe bis Hamtun an ihrer Seite blieb. Über gewisse Dinge verlor ein kluger Mann kein Worte.

Im Hafen warteten die beiden Schiffe. Während die Pferde an Bord gebracht wurden, saß Krysta auf einem Heuballen und schaute zu. Obwohl die Tiere perfekt ausgebildet und an See-

reisen gewöhnt waren, musste man bei dieser Prozedur mit einigen Gefahren rechnen. Ein falscher Schritt, und ein Pferd konnte ins Wasser stürzen und sich verletzen. Wenn ein Tier in Panik geriet und ausschlug, würden auch die Männer Schaden nehmen. Hawk kümmerte sich um seinen Hengst und Krystas Stute, dann half er seinen Leuten, die anderen Pferde an Deck zu bringen. Zuletzt trippelte Thorgolds zottiges Pony die Laufplanke hinauf, als wäre es ein geborener Seefahrer. In strahlendem Sonnenschein segelten sie aufs Meer hinaus.

Während Hamtun und die Straße nach Winchester aus dem Blickfeld verschwanden, seufzte Krysta wehmütig. Dann besserte sich ihre Stimmung, denn Hawk überließ das Ruder einem seiner Männer und setzte sich zu ihr in den Bug. »Bald kommen wir zurück, meine Süße«, versicherte er und wärmte sie mit seinem Umhang. »Die Weihnachtstage verbringe ich lieber auf Hawkforte. Aber vielleicht werden uns Alfred und Eahlswith schon vorher besuchen.«

»Oh, das wäre wundervoll. Und im Frühling verbringen wir ein paar Wochen bei den beiden.«

Darauf gab Hawk keine Antwort. Im Frühjahr würde Krystas Zustand keine Reise gestatten. Zweifellos würde sie glauben, sie könnte nach wie vor schwimmen und reiten und segeln. Er musste gut auf sie aufpassen, und diese zusätzliche Mühe störte ihn kein bisschen. Ganz im Gegenteil, es würde ihm Freude bereiten, für seine Frau zu sorgen.

Da sie in letzter Zeit so viel durchgemacht hatte, wollte er ihr die Reise so angenehm wie möglich machen. Am späten Nachmittag des ersten Tages ließ er das Schiff zur Küste steuern. Als Krysta erstaunt die Brauen hob, erklärte er: »Die Pferde brauchen ein bisschen Bewegung.«

»Die hast du ihnen auf der Fahrt nach Hamtun nicht gegönnt.«

»Weil die Zeit knapp war, wegen der Verschwörung, die Udell angezettelt hatte.«

Sie nickte, und er wandte sich rasch ab, denn sie sollte nicht sehen, wie er die Augen verdrehte. Mit dem Lügenmärchen über die Pferde ersparte er sich einen Streit. Den würde Krysta sicher anfangen, wenn sie dachte, er wollte sie verhätscheln.

Auf einem Sandstrand in der Nähe eines rauschenden Bachs schlugen sie ihr Nachtlager auf. Während einige Männer Wache hielten und andere zur Jagd gingen, genoss Hawk die Zweisamkeit mit seiner Gemahlin. Unter dem Sternenhimmel aßen sie zu Abend und lachten über die Geschichten, die Thorgold erzählte. Dann schliefen sie bis zum Morgengrauen und segelten weiter. Auch die nächsten Nächte verbrachten sie am Meeresufer. Am Nachmittag des vierten Tages sahen sie die Klippen von Hawkforte.

Einen Arm um Krystas Schultern gelegt, stand Hawk im Bug, betrachtete die schöne grüne Landschaft im Licht der Herbstsonne und war wunschlos glücklich. Dieses Gefühl teilte Krysta. »Wenn ich Winchester auch vermisse, es ist einfach wunderbar heimzukehren.«

Sein und ihr Heim... Lächelnd drückte er sie noch fester an sich. »Nachdem ich dich wohlbehalten nach Hause gebracht habe, freue ich mich sogar auf ein Wiedersehen mit Daria«, verkündete er, und sie lachte leise.

Am Kai hatte sich eine große Menschenmenge versammelt. Kein Wölkchen trübte die Zufriedenheit des jungen Ehepaars, als sich die Schiffe dem Hafen näherten.

Da waren sie wieder, ihr anmaßender Halbbruder und diese Wikingerhure, die eigentlich tot sein müsste. Zumindest hätte er sie davonjagen sollen. Aus unerklärlichen Gründen kehrte sie nach Hawkforte zurück. Jetzt war die Freude jenes Augenblicks, als der Narr aus Vestfold in Hawks Halle das dumme Biest einen Wechselbalg genannt hatte, nur mehr eine schöne Erinnerung. Und die erhofften Folgen der Enthüllung – Hawks Zorn angesichts der erlittenen Schmach, das unwiderruflich zerrissene

Bündnis zwischen Sachsen und Norwegern, ein Krieg, der das Land erschüttern, den verhassten Alfred vernichten und ihr Ehre und Reichtümer einbringen sollte – dies alles wurde ihr verwehrt. Welch ein grausames, perfides Schicksal, das ihr den sicher geglaubten Sieg zu rauben schien.

Aber das letzte Wort war noch nicht gesprochen. Zu viel hatte sie erduldet, um sich geschlagen zu geben. Außerdem würde sie jetzt viel leichter ans Ziel gelangen. Denn sie bildeten sich ein, nichts könnte ihnen zustoßen, und würden in ihrer Wachsamkeit nachlassen. Heimtückisch würde sie sich hinter falscher Demut verschanzen und den richtigen Moment abwarten. Dann wollte sie zum Angriff übergehen, ein Werkzeug strafender Gerechtigkeit, und ihr gekränktes Herz endlich von allen Qualen erlösen.

Gott der Rache, spann mich nicht zu lange auf die Folter, flehte sie. Lass den Hohn und den Spott und die Erniedrigungen, die ich jahrelang ertragen musste, in einem Blutstrom davonfließen.

»O Herr, hilf mir, die Tat zu vollbringen!«

»Mylady?« Vater Elbert wandte sich zu Daria, in seinen glanzlosen Augen jene Sorge, die sie viel zu oft sah.

Erst jetzt merkte sie, dass sie laut gesprochen hatte. Als sie sich zu einem Lächeln zwang, schmerzte ihr schmales Gesicht. »Nur ein Gebet, Vater. Das ist doch erlaubt?«

»Gewiss, Mylady, ich frage mich nur, ob dies ein günstiger Augenblick ist.«

Sein angedeuteter sanfter Tadel ärgerte Daria. Hastig verhehlte sie ihre Gedanken.

Als Hawk den Kai betrat, ließ er seinen Blick über die Menschenmenge schweifen und entdeckte nichts, was ihm Sorgen bereiten würde. Dann drehte er sich um und hob Krysta aus dem Bug des Schiffs. Jubelnd stürmten die Leute auf die beiden zu und begrüßten sie, angeführt von Aelfgyth und Edvard, der sein frohes Grinsen nicht unterdrücken konnte.

»Oh, Mylady, willkommen daheim!«, rief die Zofe. »Wir haben uns so über die Nachricht von Eurer Hochzeit gefreut!

Angeblich war's das größte Fest, das Winchester je gesehen hat. Bitte, Ihr müsst uns davon erzählen!«

»In allen Einzelheiten«, versprach Krysta lächelnd. »Damit werde ich dich so schrecklich langweilen, dass du nie wieder was über Hochzeitsfeste hören willst.«

»Oh, daran zweifle ich, Mylady. Ehrlich gesagt...« Aelfgyth warf dem jungen Verwalter einen scheuen Blick zu. »Da ich meine eigene Hochzeit plane, kann ich gute Ratschläge gebrauchen.«

Während sich die beiden Frauen umarmten und vor Entzücken kreischten, seufzten die Männer geduldig. Dann schlug Hawk auf Edvards Schulter und gratulierte ihm zu seinem klugen Entschluss.

Erst danach bemerkte er die Anwesenheit Darias und des Priesters, die etwas abseits standen. Wie üblich schauten die beiden ziemlich finster drein. Nun, wenigstens waren sie am Kai erschienen. Zunächst fand er keine Gelegenheit, mit ihnen zu sprechen, weil das jung vermählte Paar von Gratulanten umringt wurde. Ein Stallknecht hatte zwei Pferde aus der Festung heruntergebracht. Die Stute für Krysta ignorierte Hawk, hob seine Frau in den Sattel seines Hengstes und stieg hinter ihr auf. Mit dieser Geste entfesselte er neues Jubelgeschrei. Auf dem Ritt durch die Stadt wurde das Paar mit Blütenblättern bestreut. Mehrere Kinder reichten Krysta kleine Sträuße. Bald häufte sich eine bunte Blumenpracht auf ihren Knien. Freudestrahlend bedankte sie sich bei den Kindern und winkte ihren neuen Untertanen zu.

Hawks Stolz auf seine Gemahlin und sein Glück kannten keine Grenzen. Trotzdem begann ein seltsamer Zweifel an ihm zu nagen. Er brachte Krysta in seine Gemächer, die sie von jetzt an gemeinsam bewohnen würden, dann ging er zu Edvard und ließ sich berichten, was während seiner Abwesenheit geschehen war. Etwas später, als er sich für ein paar Minuten in der Sauna entspannte, wurde ihm der Grund seiner Sorge bewusst.

Mit aller Macht und völlig unerwartet hatte die Liebe sein Herz erobert. Eine übergroße Liebe, die seinem Leben einen Sinn gab und ihm sogar half – solchen Gedanken verschloss er sich nicht länger –, Gottes Absichten zu verstehen. Fast mühelos hatte er alle Probleme aus dem Weg geräumt und den Sieg der Liebe genossen. Darüber würde er sich freuen, müsste er nicht an seine bitteren Erfahrungen denken.

Nichts war ihm jemals in den Schoß gefallen. Für sein geliebtes Land hatte er hart gekämpft und geblutet. Um die geliebte Frau für sich zu gewinnen, hatte er ein bisschen Geduld gebraucht. Und nur einen einzigen Feind niedergestreckt.

Zu einfach.

Seufzend schüttelte er den Kopf. Was für törichte Gedanken. Natürlich, das Leben war unsicher und voller Gefahren. Aber er hatte Krysta geheiratet und unversehrt nach Hause gebracht. Warum fürchtete er jetzt wie ein alter Mann irgendwelche vagen Schatten?

Aber ein bestimmter Schatten nahm eine deutlich erkennbare Gestalt an: der dünne, hässliche Schatten, den seine Halbschwester auf seine Freude warf. Jahrelang hatte Daria seinen Haushalt geführt. Und jetzt musste sie ihre Macht an seine Gemahlin abtreten. Darunter würde jede normal veranlagte Frau leiden. Daria aber würde die einschneidende Veränderung *hassen*.

Die Dänen würde er lieber bekämpfen als seine Halbschwester. Aber er wollte die Auseinandersetzung möglichst schnell hinter sich bringen, Krysta zuliebe, die einmal erwähnt hatte, es würde ihr einige Schwierigkeiten bereiten, ihre rechtmäßige Position im Haushalt ihres Ehemanns einzunehmen. Entschlossen stand er von der Bank in der Sauna auf und übergoss seinen Körper mit kaltem Wasser, zog sich an und ging auf die Suche nach Daria.

Er fand sie in der Kapelle. Aus einem sonderbaren Gefühl heraus glaubte er, sie hätte gehofft, er würde sie in diesem halb-

dunklen, von Weihrauchduft erfüllten Raum aufspüren. Den Kopf gesenkt, die Hände gefaltet, vertiefte sie sich in ihr Gebet: das Musterbeispiel einer rechtschaffenen, gottesfürchtigen Frau.

Obwohl sie den Eindruck erweckte, sie hätte seine Ankunft nicht bemerkt, konnte sie seine hellwachen Sinne keine Sekunde lang täuschen. Erwies er ihr einen schlechten Dienst? Vielleicht durfte er trotz ihres unliebsamen Wesens nicht an ihrer aufrichtigen Frömmigkeit zweifeln. Doch das machte keinen Unterschied. Auf ihr Verhalten kam es an, und das fand er eher unchristlich.

Als würde sie aus tiefer Trance erwachen, hob sie den Kopf, drehte sich langsam um und blinzelte mehrmals. Zunächst schien sie ihn nicht zu sehen, dann lächelte sie entschuldigend. »Habe ich dich warten lassen, lieber Bruder? Verzeih mir.«

Mit ihrer Heuchelei stellte sie seine Geduld auf eine harte Probe, was er nicht verhehlte. »Bittest du um Vergebung, weil du gebetet hast? Das glaube ich nicht. Hätte ich zu lange warten müssen, wäre ich gegangen.«

Darias gerunzelte Stirn hielt er für die erste ehrliche Gefühlsäußerung seit seiner Ankunft in der Kapelle. Steifbeinig und ächzend erhob sie sich von den Knien. Auf diese Weise pflegte sie ihre Leiden zu bekunden, die sie niemals erwähnte, weil eine vornehme Lady nicht über solche Dinge sprach. Auch dafür fehlte ihm die Geduld. Aber die musste er aufbringen, weil er seiner Schwester halbwegs freundlich begegnen wollte.

»Hier wirst du auch weiterhin ein Zuhause finden.« Keine besonders taktvolle Formulierung. Aber irgendwie musste er ihr mitteilen, dass er sie nicht davonjagen würde. Immerhin war sie sein Fleisch und Blut, und wenn er sie auch nicht mochte und mit Krysta ein neues Leben begann, er würde stets für Daria sorgen.

»Ein Zuhause?«, wiederholte sie, schaute ihn fragend an, und er dachte an das Glück, das ihm dieses Wort schenkte. Empfand sie ähnliche Emotionen?

»Aber jetzt ist Lady Krysta meine Gemahlin. In Zukunft wird sie mir den Haushalt führen, und du musst ihr die Schlüssel übergeben.«

In Darias Augen schien irgendetwas zu flackern. Um das zu übersehen, war er ein zu erfahrener Krieger. Doch sie senkte sofort die Lider und nickte. »Das hatte ich ohnehin vor, und ich werde es unverzüglich tun. Natürlich werde ich ihr helfen, so gut ich es vermag.«

Hawk hatte mit ihrem Protest gerechnet und überlegt, welche Argumente er anführen sollte, um seinen Willen durchzusetzen. Das ersparte ihm Darias prompte Zustimmung, sein müheloser Erfolg verblüffte ihn.

Zu mühelos?

Schon wieder so ein seltsamer Gedanke, den er ärgerlich verdrängte. »Gut, dann hat alles seine Ordnung.«

Schweigend und reglos stand Daria im Weihrauchduft, die Arme vor der flachen Brust verschränkt, die Hände in den Ärmeln verborgen. Deshalb sah Hawk ihre bebenden Fäuste nicht.

Am nächsten Morgen ging Vater Elbert in die Küche, die Krysta mit Aelfgyth und der kleinen Edythe aufgesucht hatte. An ihrem ersten Tag auf Hawkforte nach der langen Abwesenheit genoss sie die Arbeit in diesem Raum, wunderte sich allerdings, weil Daria nirgends zu sehen war.

»Das soll ich Euch geben«, erklärte der Priester und legte den Schlüsselbund in Krystas Hand. Dabei achtete er sorgsam darauf, sie nicht zu berühren – eine Frau, eine Heidin, wenn sie sich auch eine Christin nannte, und demzufolge doppelt unrein. Nachdem er die unangenehme Aufgabe erfüllt hatte, wollte er möglichst schnell das Weite suchen, fühlte sich aber zu einer Erklärung bemüßigt: »Lord Hawks Schwester legte sehr hohe Maßstäbe an ihre Haushaltsführung. Hoffentlich werdet Ihr der Lady darin nacheifern.«

Diese Maßstäbe fand Krysta nicht besonders hoch, zumindest, was die Behandlung der Dienstboten betraf. Doch es wäre un-

höflich gewesen, das auszusprechen. »Natürlich will ich mich bemühen«, versicherte sie und seufzte erleichtert, als er die Küche mit ebenso düster gefurchter Stirn wie bei seiner Ankunft verließ.

Kaum war er verschwunden, hüpfte Aelfgyth glückstrahlend auf und ab. »O Mylady, ich wage es gar nicht zu glauben, jetzt seid Ihr *wirklich* die Herrin von Hawkforte! Gott sei Dank!«

Die Herrin von Hawkforte, dachte Krysta und versuchte, das Lächeln des Mädchens zu erwidern, aber sie empfand ein wachsendes Unbehagen. Noch nie hatte sie einem so großen Haushalt vorgestanden. Ihr einstiges Heim in Vestfold war viel kleiner gewesen. Wie sollte sie mit so vielen Hundert Leuten zurechtkommen, die sie aufmerksam beobachten und abwarten würden, ob sie sich richtig verhielt? Musste sie befürchten, ihren Gemahl zu enttäuschen?

»Schaut nicht so ängstlich drein, Mylady!«, mahnte Aelfgyth, als sie Krystas Gedanken erriet. »Ihr werdet alles ganz großartig machen. Dafür wollen wir sorgen. Nicht wahr, Edythe?«

»O ja«, stimmte ihre kleine Schwester zu. »Außerdem müsst Ihr Euch nicht fürchten, Mylady. Mutter sagt, Lord Hawk ist so verliebt in Euch, dass Ihr ihm einen Monat lang Salzlake zum Abendessen auftischen könntet, und er würde es gar nicht merken.«

»Edythe!«, schimpfte Aelfgyth, erschrocken über diese freimütigen Worte. Aber sie konnte ihre Belustigung nicht verbergen. »Tut mir Leid, Mylady, sie muss noch lernen, ihre Zunge zu hüten.«

»Warum soll ich so was verschweigen?«, beschwerte sich Edythe. »Wo's doch die reine Wahrheit ist! Das wissen alle. Vorhin hörte ich die Frau des Bäckers sagen, so einen zufriedenen Mann wie Seine Lordschaft hat sie noch nie gesehen. Obwohl er sich kaum auf den Beinen halten konnte. Was sie damit meinte, verstehe ich nicht, aber ...«

»Jetzt reicht's«, unterbrach Aelfgyth das kleine Mädchen und versuchte erfolglos, eine strenge Miene aufzusetzen.

Krystas Wangen brannten. Einerseits geriet sie in tiefste Verlegenheit, andererseits freute sie sich, weil die Leute wussten, dass Hawk glücklich war. Und das erschien ihr letzten Endes viel wichtiger als die Frage, wie sie ihre neuen Pflichten meistern würde.

An diesem Abend fand ein großes Fest statt – in der Halle von Hawkforte, auf den Straßen und in allen Häusern der Stadt, sogar an Bord der Schiffe, die am Kai lagen oder weiter draußen ankerten. Zahllose Fackeln spiegelten sich im Wasser und erhellten die Nebelschwaden, die vom Meer aufstiegen, als die Abendluft abkühlte. Zu später Stunde feierten die Leute immer noch, obwohl vernünftige Männer und Frauen längst in den Betten liegen müssten. Durch die ganze Festung hallten Lieder und lautes Gelächter, Trommelschläge und wehmütige Dudelsackklänge. Im Fackelschein drehten sich Tanzpaare, Kinder rannten umher, schwindlig vor Aufregung, bis sie unter schützenden Bäumen zu Boden sanken und wie Elfen schliefen, bis in ihre Träume von heiterer Musik begleitet. Unter hellem Jubel wurde ein Alefass nach dem anderen angezapft. Auch der Honigwein floss in Strömen, und die Dienstboten servierten eine noch reichlichere Mahlzeit als beim Erntedankfest.

Während der Vollmond über dem Meer aufstieg, warfen die Fischer ihre Netze ins Meer und zogen sie heraus, mit Makrelen gefüllt, die über offenem Feuer an Spießen gebraten wurden. Gegen Mitternacht saß Krysta auf einer Mauer oberhalb des Strands, leckte Kuchenkrümel von ihren Fingern und lehnte den Kopf an Hawks Schulter. »Wenn die Priester vom Himmel reden, glaubst du, sie meinen einen Ort wie diesen?«

»Nachdem ich die Hölle auf Erden sah, würde ich's gerecht finden, wenn's im Diesseits auch einen Himmel gäbe.«

Zärtlich küsste er seine Frau. Solange er sie an seiner Seite wusste, würde er froh und zufrieden durch die Zukunft wandern und das Mondlicht auf dem Meer bewundern.

Aber sie hatte andere Pläne. Lächelnd fütterte sie ihn mit

Kuchenstückchen, bis alles aufgegessen war. Dann jagten ihre süßen Küsse glühende Ströme durch sein Blut.

Und so liebte der Lord of Essex seine Gemahlin im weichen Sand unterhalb seiner Mauern, an einer abgeschiedenen, schattigen Stelle. Dort lagen sie, bis der neue Morgen die Dunkelheit allmählich verdrängte. Als sie zur Festung zurückkehrten, funkelten immer noch ein paar Sterne. Wie mutwillige Kinder lachten sie und stiegen über erschöpfte Zecher hinweg, die tief und fest schliefen, wo sie zusammengebrochen waren.

An diesem Tag hätte ein Besucher geglaubt, Hawkforte müsste ein magischer Ort sein, dessen Bewohner im Bann eines seltsamen Zaubers schlummerten. Doch die Wachtposten patrouillierten wie gewohnt, ernsthafte Männer, die niemals über ihre Pflicht klagten. Nachdem Hawk seine Frau ins Bett gebracht und sich vergewissert hatte, dass sie darin bleiben würde, gesellte er sich zu seinen Kriegern und wechselte ein paar Worte mit ihnen. Der frische Meereswind vertrieb seine Müdigkeit, weckte neue Lebensgeister. Während er über die Mauern schlenderte und seine Domäne betrachtete, empfand er den Wunsch, sein Eigentum zu schützen, intensiver denn je. Aber er richtete den wachsamen Blick nach draußen, ohne zu ahnen, dass die Gefahr innerhalb seiner Burg lauerte.

20

»Habt Ihr letzte Nacht den Mond gesehen, Lady Krysta?«, fragte Aelfgyth, während sie in der Weberei die Stoffbahnen zählten, die zu Winterkleidern für die Dienerschaft verarbeitet werden sollten. Flachs- und Wollflusen flogen umher, und beide Frauen niesten.

»Hier müssen wir lüften«, meinte Krysta und musterte kritisch die schmalen Fenster mit den zugenagelten Läden. »Wie kann man in diesem schwachen Licht arbeiten?«

»Lady Daria glaubte, zu viel Licht und Luft würde die Leute von ihren Pflichten ablenken.«

Erstaunt hob Krysta die Brauen. Aber sie verkniff sich einen Kommentar. Es gab zu viele Gelegenheiten, die Anordnungen ihrer Vorgängerin zu tadeln. Wenn sie dieser Versuchung erlag, würde sie den Wortschwall kaum beenden können. Und so behielt sie ihre Gedanken für sich. »Sag den Zimmermännern, sie sollen die Läden entfernen und die Fenster vergrößern. In Zukunft werden die Frauen bei schönem Wetter draußen weben.«

»Das wird ihnen gefallen. Wegen der schlechten Arbeitsbedingungen war's immer schwieriger, genug Weberinnen zu finden.«

Das muss Aelfgyth von Edvard erfahren haben, dachte Krysta. Obwohl die beiden erst in vierzehn Tagen heiraten würden, besprachen sie schon jetzt alle Probleme des Alltags wie ein altes Ehepaar. Darüber freute sie sich. »Ja, ich sah den Mond«, beantwortete sie die Frage ihrer Zofe. Lächelnd erinnerte sie sich an die Umstände dieser Beobachtung. Einen schöneren Anblick als den nackten Körper ihres Mannes vom Mondschein übergossen gab es nicht. Wir sollten möglichst oft eine Nacht am Strand verbringen, entschied sie. Waren wirklich erst ein paar Wochen verstrichen, seit sie sich am Meeresufer geliebt hatten? Jener Tag schien eine halbe Ewigkeit zurückzuliegen. Und sie war erst vor knapp zwei Monaten aus Vestfold in Hawkforte eingetroffen. So viel hatte sich inzwischen ereignet, kein Wunder, dass ihr der Zeitraum länger vorkam.

Bei Vollmond hatte sie damals die Festung erreicht, bei Vollmond zum ersten Mal in Hawks Armen gelegen und letzte Nacht wieder als seine Gemahlin. Drei Mondreisen markierten den uralten Rhythmus der Zeit und den Rhythmus ihres Körpers.

Im Trubel des Geschehens war ihr das gar nicht aufgefallen. Kurz nach ihrer ersten Ankunft in der Festung hatte ihre letzte Monatsblutung begonnen.

Bestürzt legte sie die Stoffbahnen beiseite und dachte nach. Bisher war ihre Regel stets pünktlich erfolgt. Aber vielleicht war sie wegen all der Aufregungen ausgeblieben. Sie wünschte, sie wüsste etwas mehr über diese Dinge, oder sie könnte mit jemandem darüber sprechen.

Sollte sie sich an Aelfgyth wenden? Diesen Gedanken verwarf sie sofort. Andere Frauen mochten solche Themen unbefangen erörtern. Daran war sie nicht gewöhnt. Außerdem würde die Natur das kleine Versehen bald von allein in Ordnung bringen. Es sei denn …

Nein, unmöglich. Oder doch? Hastig zählte sie die Wochen und lachte beinahe über sich selbst. Wenn ihre vage Vermutung stimmte, müsste sie schon beim ersten Liebesakt ein Kind empfangen haben. Und das hielt sie trotz ihrer mangelnden Kenntnisse für unwahrscheinlich.

Aber es war nicht unmöglich.

»Bedrückt Euch irgendwas, Mylady?«

Verwirrt starrte sie in Aelfgyths sorgenvolles Gesicht. »Nein, gar nichts. Alles in Ordnung. Gehen wir in die Molkerei? Ich möchte mir das Käselager ansehen.«

In Wirklichkeit interessierte sie sich kein bisschen für Käse, nur für die Frage, ob sie ein Baby erwartete. Wenn's doch so wäre. Dann würde sie vor Freude auf und ab springen, zu Hawk laufen und ihn küssen, bis er keine Luft mehr bekam, und ihn mit seiner künftigen Vaterschaft necken. Doch sie beherrschte sich, denn sie musste sich erst einmal Gewissheit verschaffen. Und sie fürchtete, wenn sie zu sehr in ihrem Glück schwelgte, würde sich die Vermutung nicht bewahrheiten. Im alten dunklen Raum neben der Molkerei lächelte sie all die goldenen, duftenden runden Laibe so strahlend an, dass Aelfgyth glaubte, ihre Herrin müsste eine ganz besondere Vorliebe für Käse hegen.

Krystas gute Laune währte bis zur Mittagsstunde und hätte sie noch länger begleitet, wäre sie ihrer Schwägerin nicht begegnet. Daria trat aus der Kapelle, als sich ihre Wege kreuzten. Da

Aelfgyth ihrer Mutter half, das Brautkleid zu nähen, war Krysta allein. Bei Darias Anblick hielt sie den Atem an. Doch die ältere Frau blinzelte nur. Vielleicht fiel es ihren Augen schwer, sich nach dem dunklen Kirchenschiff ans gleißende Sonnenlicht zu gewöhnen. Oder sie wollte nicht mit der neuen Hausherrin sprechen.

Aber Krysta fand es unhöflich, wortlos weiterzueilen. »Ich hoffe, es geht Euch gut, Lady.«

Zunächst entstand der Eindruck, Daria würde nicht antworten, dann verzog sie ihr Gesicht plötzlich zu einem Lächeln, das man beinahe warmherzig nennen konnte. Das geschah so plötzlich und wirkte so beunruhigend, dass Krysta nicht wusste, was sie davon halten sollte. »O ja, sogar *sehr* gut, meine Liebe. Ich kann mich gar nicht entsinnen, wann ich zuletzt einen so tiefen inneren Frieden genoss und wann ich mich so unbelastet fühlte. Nur eine einzige kleine Sorge möchte ich Euch gestehen. Falls die Verantwortung für Hawkforte zu schwer auf Euren jungen Schultern liegt, würde ich Euch gern helfen. Bitte, wendet Euch an mich, wann immer Ihr mich braucht. Solange ich noch hier bin …«

Verblüfft über die merkwürdige Verwandlung und die unerwartete Großzügigkeit, stammelte Krysta: »Oh, vielen Dank, aber – verzeiht mir die Frage … Was bedeutet das? Solange Ihr noch hier seid?«

Daria lächelte wieder und senkte verschwörerisch die Stimme: »Mit Hawk habe ich noch nicht darüber gesprochen. Ich will den Schleier nehmen. Schon seit langer Zeit sehne ich mich nach einem ruhigen, beschaulichen Leben hinter Klostermauern. Aber bisher wurde ich von meinen Pflichten auf Hawkforte festgehalten. Jetzt nachdem Hawk geheiratet hat, kann ich endlich dem Ruf meines Herzens gehorchen.«

Da ihre Worte so ernsthaft klangen, zweifelte Krysta keine Sekunden lang an Darias Aufrichtigkeit. Diese Enthüllung erklärte die Verbitterung der Frau, statt ihrer wahren Berufung zu

folgen, hatte sie den Haushalt ihres Halbbruders führen müssen. Bedauerlicherweise durfte sie sich ihren Wunsch erst jetzt, nach so vielen Jahren erfüllen. Aber welch ein Segen, dass sie ein glückliches Hawkforte zurücklassen würde. Das schien ihr große Freude zu bereiten, denn ihre Augen leuchteten geradezu.

Erleichtert atmete Krysta auf. »Es ist sehr freundlich von Euch, mir Eure Hilfe anzubieten.«

»Oh, das Mindeste, was ich tun kann! Immerhin bot mir Hawk in all den Jahren ein Zuhause, seit mein armer Gemahl viel zu früh den Tod gefunden hatte. Bevor ich abreise, sollte ich Euch vielleicht herumführen und Euch dies oder jenes zeigen, das Euch interessieren könnte?«

Obwohl Krysta die Festung zur Genüge besichtigt hatte – erst mit Edvard, dann mit Aelfgyth – wollte sie Lady Daria nicht kränken. Und so ging sie auf den Vorschlag ein. »O ja, das wäre wundervoll. Sagt mir doch einfach, wann Ihr Zeit dafür finden würdet.«

»Bald. Noch etwas, meine Liebe... Wenn es Euch nichts ausmacht, erzählt bitte niemandem von meinen Plänen. Ich fürchte, Hawk könnte davon hören und glauben, ich würde aus anderen Gründen abreisen, und sich unnötige Sorgen machen. Bevor ich mit ihm rede, möchte ich alle erforderlichen Vorbereitungen treffen.«

»Natürlich werde ich Stillschweigen bewahren. Aber Ihr dürft nichts überstürzen.«

»Nun, das ist sehr nett von Euch, Lady Krysta. Allerdings muss ich zugeben, ich fühle mich zur Eile gedrängt.« Darias Lächeln vertiefte sich. »So lange musste ich warten.«

Gerade wollte Krysta fragen, ob der Rundgang am nächsten Morgen stattfinden sollte, als gellendes Geschrei auf den Wachtürmen erklang. Sie entschuldigte sich bei Daria, rannte die steinernen Stufen zur Mauer hinauf und blickte aufs Meer. Drei Schiffe mit Drachenbug steuerten den Hafen an, zwei davon schwer beladen, offenbar Handelsschiffe. Das andere war un-

verkennbar ein Kriegsschiff. Da sie das Emblem am Segel erkannte, verflog ihre anfängliche Angst.

Sie lachte leise und malte sich aus, wie erfreut die rothaarige Dienerin sein würde.

Dragon sprang auf den Kai und ergriff die Hände des Festungsherrn, der ihn erwartet hatte. Mit einem breiten Grinsen musterte er die Handelsschiffe. »Sven von Vestfold hat sich anders besonnen.«

Verwundert nickte Hawk. Mit einem Schiff hätte er gerechnet. Aber gleich zwei. »Dass Sven so großzügig ist, hätte ich nicht gedacht. Immerhin musste er Hawkforte in Ketten verlassen.«

»Was Wolf mit maßloser Genugtuung erfüllte.«

»Was hat er mit dem Burschen gemacht?«, fragte Hawk, während sie zur Festung hinaufgingen.

»Er verbannte ihn. Dadurch verlor Sven seinen gesamten Besitz. Seine zwei reizenden, blutjungen Schwestern sind mit Männern verheiratet, die Svens ehemalige Ländereien verwalten. Zuletzt wurde er kurz vor seiner Reise nach Jerusalem gesehen, über die er sich bitter beklagte. Zweifellos wird er den Göttern immer noch die Ohren voll jammern. Nun bringe ich dir seine Münzen, sein goldenes Geschirr, Pelze und alles Mögliche – die Mitgift der bezaubernden Lady Krysta, die du hoffentlich inzwischen geheiratet hast.«

»Vor vierzehn Tagen in Winchester.«

Mit dieser Erklärung handelte sich Hawk kraftvolle Schläge auf den Rücken und gute Wünsche ein, die erst verstummten, als sie an den Wachtürmen vorbeigingen und Krysta begegneten. Ohne Zögern nahm Dragon sie in seine Arme, hob sie empor und küsste sie. Nur ein keuscher Kuss auf die Stirn … Trotzdem zog Hawk die Brauen zusammen, als der Freund sie wieder auf die Füße stellte. Bei diesem Anblick konnte Dragon seinen Lachreiz nicht bezwingen. »Bist du etwa eifersüchtig? Ausgerechnet du, der sich so gegen die Heirat gesträubt hat?«

»Dagegen hat er sich gesträubt?«, fragte Krysta, zu überrascht, um den Mund zu halten. »Ich war es doch, die erklärt hat, wir dürften nicht heiraten.«

»Tatsächlich?« Wie Dragons unverhohlene Neugier verriet, würde er nicht ruhen und rasten, ehe er die ganze Geschichte gehört hatte. Stöhnend scheuchte Hawk die beiden in die Halle, winkte einen Diener zu sich und bestellte Ale.

Obwohl Krysta ihre Worte sehr sorgfältig wählte und sich um äußerste Diskretion bemühte, brüllte Dragon vor Lachen. Dann warf er Hawk spöttische Blicke zu. »Wie lange hat's gedauert, bis du deine Liebste umstimmen konntest? Zwei Wochen? Und du musstest sie bis nach Winchester schleppen, um dein Ziel zu erreichen?« Fassungslos schüttelte er den Kopf. »Nur wegen eines Märchens, das dieser schwachsinnige Sven erfunden hat?«

»Ja, genauso war's«, bestätigte Hawk in entschiedenem Ton, bevor Krysta zu antworten vermochte. »Das Märchen eines Schwachsinnigen. Aber meine Frau ist ziemlich empfindsam, und sie nahm sich das alles zu Herzen. Übrigens, meine Süße, deine Mitgift wurde auf zwei Handelsschiffen hierher befördert, die mitsamt ihrer schweren Fracht bald zu versinken drohen.«

»Meine Mitgift? Ich habe keine. Nachdem Sven gesagt hat …«

»Inzwischen ist er zu der Überzeugung gelangt, das Klima im Heiligen Land würde ihm besser bekommen als die Luft von Vestfold«, verkündete Dragon. »Seine beiden Schwager haben die Ländereien übernommen. Der Rest seines einstigen Vermögens gehört dir, liebe Krysta.«

Krysta schnappte entgeistert nach Luft. Sollte sie fragen, was den plötzlichen Sinneswandel ihres Halbbruders bewirkt hatte? Nein, das wollte sie gar nicht wissen. »Mein Vater war ein tüchtiger Geschäftsmann. Sicher hat er Sven ein beträchtliches Erbe hinterlassen.«

»Dir ebenso«, ergänzte Dragon und sah sich um. »Ein Glück, dass Hawkforte so groß ist. Für das ganze Zeug braucht ihr viel Platz.«

Beim Gedanken an die Hochzeitsgeschenke, die sie erst teilweise untergebracht hatte, stöhnte sie laut auf, und die beiden Männer lachten schallend. Die fröhliche Stimmung überdauerte das gesamte Abendessen. Während der Mahlzeit erneuerte Dragon seine Bekanntschaft mit der rothaarigen Magd, die alle anderen Dienerinnen beiseite schob und ihn allein bediente.

Beschämt erinnerte sich Krysta an ihre Eifersucht und errötete. Dann färbten sich ihre Wangen noch dunkler, als Hawk flüsternd vorschlug, sie sollten sich frühzeitig zurückziehen, da der Gast offensichtlich ähnliche Pläne schmiedete.

Unter den Sternen war die Liebe besonders schön. Aber sie wusste auch die Vorzüge des breiten Betts in Hawks Turmzimmer zu schätzen. An diesem Abend erlaubte er ihr geduldig, seinen ganzen Körper zu erforschen, der sich so verlockend von ihrem unterschied. Mit Fingerspitzen und Lippen liebkoste sie seine breite Brust, das dunkle Kraushaar auf seinem Bauch, das sich zwischen den Beinen verdichtete. Gar nicht genug konnte sie von ihm bekommen. Atemlos grub er seine Finger in die Matratze, um nicht nach ihr zu greifen und das betörende Vorspiel zu beenden. Da hatte sie endlich Mitleid. Sie kniete über seinen Schenkeln, warf die zerzausten Locken in den Nacken und sank langsam auf ihn hinab. Mit beiden Händen umfasste er ihre Hüften, und sie vereinten sich. Obwohl es ihn große Mühe kostete, blieb er reglos liegen. Angespannt schloss er die Lider, als sie sich zu bewegen begann.

Allzu lange überließ er ihr die Kontrolle nicht, bald bestimmte er das Tempo des Liebesakts, bis sie ihre Begierde kaum noch ertrug. Den Rücken gekrümmt, legte sie ihren Kopf auf seine Brust, während er den Rhythmus langsam beschleunigte, eine süße Qual, die in explosiver Erfüllung endete. Auf dem Gipfel der Lust wurde ihr schwarz vor Augen.

Ins Bewusstsein zurückgekehrt, lag sie immer noch auf Hawks Körper. Zärtlich streichelte er ihr Haar. Nach einer Weile hob sie den Kopf und schaute ihn vorwurfsvoll an. »Das war grausam!«

»Aber wirkungsvoll, das kannst du nicht leugnen.« Wie hemmungslos sie sich ihrer Leidenschaft überlassen hatte, wusste sie nur zu gut. »In deiner Nähe kenne ich keine Zurückhaltung«, gestand sie. Angesichts seines triumphierenden Grinsens fügte sie erbost hinzu: »Und du hältst dich manchmal viel zu lange zurück!«

Statt zu antworten, drehte er sich mit ihr auf die Seite und hielt sie schützend fest. »Schlaf jetzt«, murmelte er. Sobald er ihre regelmäßigen Atemzüge hörte, schlummerte er ebenfalls ein.

Erst am nächsten Vormittag erinnerte sie sich an Darias Wunsch, ihr »dies oder jenes« in der Festung zu zeigen. Daran hätte sie schon früher gedacht, doch sie wurde von Aelfgyth abgelenkt. Aufgeregt eilte die Zofe zu ihr, das hochrote Gesicht von wirren braunen Locken umrahmt. »Oh, Mylady! Edvard, dieser Schwachkopf, gesteht mir eben erst, Lord Hawk würde unsere Hochzeit mit einem großen Fest feiern. Dafür ist das Kleid, das meine Mutter und ich nähen, viel zu schlicht. Nun wissen wir nicht, was wir tun sollen. Natürlich hätte ich's bedenken müssen, als ich den Heiratsantrag eines Mannes in gehobener Stellung annahm. O Gott, er wird sich meiner schämen und ...« Beinahe begann sie zu schluchzen.

»Beruhige dich«, bat Krysta und umarmte die junge Frau. »Dieses Problem werden wir lösen. Du hast doch die Stoffballen gesehen, die wir aus Winchester mitbrachten. Such dir was aus, und wir machen uns sofort an die Arbeit.«

Fast wäre Aelfgyth der Versuchung erlegen. Aber sie schüttelte den Kopf. »Niemals würde ich Euch zumuten, Mylady ...«

»Gar nichts mutest du mir zu. Ich sage dir einfach, was wir machen. Komm mit mir und wisch deine Augen ab. So soll Edvard dich nicht sehen, oder? Sonst würde er glauben, du willst ihn nicht heiraten, und du wirst auf dem nächstbesten Schiff nach Winchester geschickt!«

Über diese absurde Drohung musste Aelfgyth lachen. Seite an

Seite stiegen sie die Treppe zum Turmgemach hinauf, das Krysta in ein Sonnenzimmer verwandeln wollte, so wie es Königin Eahlswith gestaltet hatte. Der Raum ging nach Osten und Süden hinaus, das Licht eignete sich fabelhaft für Näharbeiten. Jetzt wurden Waffen darin verwahrt. Aber Hawk hatte sich schon großzügig bereit erklärt, sie zu entfernen. Noch waren nicht alle weggeräumt worden, und so teilten sich kostbare Stoffe und Stickrahmen den Platz mit Schwertern, Lanzen und Schilden.

Krysta schob einen großen Schild beiseite und griff nach einem azurblauen, mit winzigen Sternen verzierten Seidenballen. »Was hältst du davon? Die Farbe passt genau zu deinen Augen.«

»O Mylady…« Verwirrt betrachtete Aelfgyth den Stoff, der einer Königin zur Ehre gereichen würde. »Nein, das kann ich unmöglich annehmen.«

Seufzend verdrehte Krysta die Augen. »Du willst mir nichts zumuten, du willst nichts annehmen. Wenn das so weitergeht, werden wir noch den ganzen Tag sinnlos herumstehen.« Als würde sie mit sich selber sprechen, fügte sie hinzu: »Wie soll ich sie bloß umstimmen? Müsste ich erwähnen, ihr Anblick würde Edvard überwältigen, wenn sie ein Brautkleid aus dieser blauen Seide trägt? Jede andere Frau, die er jemals sah, würde er vergessen und dem Himmel für sein Glück danken. Oder soll ich ihr klar machen, sie müsste die Position ihres Bräutigams berücksichtigen und sich entsprechend kleiden?« Zu ihrer verblüfften Zofe gewandt, fuhr sie fort: »Verwandle dich endlich in die zukünftige Gemahlin des Verwalters von Hawkforte, Aelfgyth! Ich kam hierher und gab mich meinem Eheglück zuliebe für eine Dienerin aus. Und nun wirst du aus dem gleichen guten Grund wie eine Lady auftreten.«

Träumerisch betrachtete Aelfgyth die schimmernde Seide. »Seit er um meine Hand bat, finde ich kaum noch Schlaf. Und ich sagte viel zu schnell Ja, nachdem ich monatelang drauf gehofft hatte, statt zu bedenken…«

»Das Denken wird oft überschätzt«, fiel Krysta ihr ins Wort. »Glaub mir, ich habe zu viel gegrübelt. Komm, jetzt holen wir deine Mutter, eine hervorragende Schneiderin, und gehen ans Werk.«

Wie im Flug verging der Morgen. Plötzlich wurden die Frauen von lauten Männerstimmen aufgeschreckt, die aus dem Hof zum Sonnenzimmer heraufdrangen, wie Krysta es schon jetzt nannte. Sie eilte zum Fenster. »Oh, die Schiffe werden ausgeladen«, verkündete sie schweren Herzens.

Aelfgyth und ihre Mutter folgten ihr. Vor lauter Verblüffung trauten sie ihren Augen nicht. Mehrere Dutzend kräftig gebauter Wikinger schleppten Truhen, Kisten und Stoffballen vom Hafen zur Festung. Scheinbar nahm die Prozession kein Ende. Über den Köpfen der Männer zog ein Rabe seine Kreise, als wollte er den Transport beaufsichtigen.

Seufzend stieg Krysta mit den beiden Frauen die Treppe zur Halle hinab, wo sie Hawk und Dragon antraf. Alle Kisten und Truhen wurden geöffnet und begutachtet.

»Pelze!«, rief Dragon und zeigte auf einen Haufen edler Felle, der Krysta wie ein Gebirge vorkam. »Gold, in Form von Geschirr und Ziergegenständen, vor allem in Münzen. Gewürze, vermutlich ein Vorrat für mehrere Jahre. Und Salz. Offenbar legte Sven großen Wert auf Salz, davon besaß er wahre Unmengen. Das müsst Ihr nie wieder kaufen.«

Dann wies er auf kunstvoll geschnitzte Truhen hin, farbenfrohes Tongeschirr, mit Juwelen geschmückte Kelche. Und als würde das noch nicht genügen, gehörten auch noch mehrere Waffen zu Krystas Mitgift. Einige, die sie im Haus ihres Vaters gesehen hatte, erkannte sie wieder. Da lag sein Schwert, eine breite Klinge mit einem Griff, in dem ein großer Rubin steckte, neben seinem in zahlreichen Schlachten zerkratzten Schild.

Als Hawk ihre wehmütige Mine sah, hob er den Schild hoch. »Der soll einen Ehrenplatz in meiner Halle erhalten. Am besten hänge ich ihn neben den Schild meines Vaters.«

Dankbar lächelte sie ihn an.

»Übrigens«, erwähnte Dragon beiläufig, »auch die Schiffe sind das Eigentum deiner Frau, Hawk.«

Hawk blinzelte verdutzt, dann lachte er laut auf. Viel zu überwältigt, um Worte zu finden, betrachtete Krysta die Kostbarkeiten. Hawk hatte eine Frau ohne Familie und Vermögen geheiratet. Und jetzt war sie eine reiche Erbin. Das alles konnte sie nicht begreifen, und sie versuchte es auch gar nicht. Stattdessen galt ihre Dankbarkeit Dragon und seinem Furcht erregenden Bruder Wolf Hakonson. Zweifellos hatten die beiden ein Komplott geschmiedet, um Krystas Ehre zu retten.

Nachdem die Kisten, Truhen und Stoffballen verstaut waren und die Arbeit an Aelfgyths Brautkleid gute Fortschritte gemacht hatte, begann das Abendessen. Dabei erzählte Dragon wieder seine spannenden Geschichten. Wikinger und Sachsen sprachen dem Ale gleichermaßen zu. In freundschaftlichem Einvernehmen festigten sie den Bund des Friedens. Aber als Krysta den Priester und Daria in die Halle kommen sah, erinnerte sie sich wieder an die geplante Besichtigungstour mit ihrer Schwägerin. Darüber wollte sie mit Daria sprechen. Doch da begann Dragon mit einer neuen Geschichte, und Krysta vergaß ihre Absicht.

Erst viel später dachte sie wieder daran, kurz bevor sie in Hawks Armen einschlief. Der Morgen brach viel zu früh an, und Hawk verkündete, er würde mit Dragon auf die Jagd gehen. Nach dem Frühstück erschienen Aelfgyth und ihre Mutter. Zum hundertsten Mal dankten sie Krysta überschwänglich für die schöne blaue Seide. Mit vereinten Kräften nähten sie eifrig am Brautkleid. Gegen Mittag hörten sie die erfreuliche Neuigkeit, die Frau des Gerbers habe gesunde Zwillingsmädchen geboren, und das erinnerte Krysta an ihre eigene erhoffte Schwangerschaft. Die Sonne schien über den Himmel zu rasen. Ehe Krysta wieder an Daria dachte, brach die Dunkelheit herein, und ihr fehlte erneut die Zeit, um etwas zu unternehmen.

Fast die ganze Woche verstrich, ohne dass sie eine Gelegenheit fand, mit ihrer Schwägerin zu sprechen, von morgens bis abends war sie mit den neuen Pflichten einer Hausherrin beschäftigt, von heißem Glück erfüllt. Längst war Hawkforte ihr geliebtes Heim geworden, zum ersten Mal gehörte sie einer Gemeinde an, in der sie als ganz normale Frau anerkannt wurde. Offenbar hatte man Svens Geschichte vergessen, oder man hielt seine Behauptungen für das Gefasel eines Verrückten. Wohin sie auch ging, überall wurde sie freundlich begrüßt, und man erwies ihr die Ehre, die der Gemahlin des Festungsherrn zustand. Doch die Leute schätzten sie auch um ihrer selbst willen. In ihrem tiefsten Innern, in einem Teil ihrer Seele, den sie stets verdrängt hatte, fühlte sie sich endlich wie ein ganzer Mensch.

Was keineswegs bedeutete, dass ihre Vergangenheit vollends ausgelöscht war. Raven besuchte sie sehr oft. Manchmal erschien sie plötzlich im Sonnenzimmer und schloss sogar Freundschaft mit Aelfgyth und deren Mutter.

Beide Frauen bewunderten Raven, weil sie unglaublich geschickt Körbe flocht.

»Wenn man's ohne Hände macht, geht's ganz einfach«, schnaufte sie und schlang behände lange Schilfrohre ineinander.

Diese Erklärung fanden sie etwas seltsam. Doch das behielten sie höflicherweise für sich.

Auch Thorgold kam regelmäßig in die Festung und wurde Dragon vorgestellt, der ihn bereits zu kennen schien. »Haben wir uns schon irgendwo getroffen?«, fragte der Wikingerlord eines Abends beim Essen. Aufmerksam musterte er den kleinen Mann mit dem dunklen Bart. »In Vestfold? Irgendwo bei einer Brücke?«

Thorgold hustete in sein Ale und schüttelte den Kopf. »Das bezweifle ich, Mylord. In der Nähe von Brücken halte ich mich nur ganz selten auf.« Hastig wich er Krystas Blick aus.

»Aber ich bin mir sicher, dass wir uns vor einer Brücke be-

gegnet sind. Du hast Zoll verlangt, und ich erwiderte, statt dir Münzen zu geben, würde ich dir was erzählen. Schließlich tranken wir die ganze Nacht hindurch und tauschten Geschichten aus. Aus deinem Mund hörte ich die wunderlichsten Dinge. Leider konnte ich mich am nächsten Morgen nicht daran erinnern, und du warst verschwunden.«

»So ist's nun einmal. Heitere Nächte, trübe Morgenstunden …« Bedauernd zuckte Thorgold die Achseln und winkte einen Diener zu sich. »Wenn's Euch nichts ausmacht, Mylord, würde ich mir gern noch einen kleinen Schluck Ale genehmigen.«

Obwohl Hawk wohlweislich das Thema wechselte, starrte Dragon während des ganzen restlichen Abends nachdenklich vor sich hin. Aber seine Verwirrung beeinträchtigte seine gute Laune kein bisschen, und alle genossen die heitere Stimmung in der großen Halle. Alle außer Daria und Vater Elbert. Irgendwie erinnerten sie Krysta an graue Geister, die umherschwebten, vom Leben in der Festung abgeschnitten und trotzdem unfähig, sie zu verlassen.

Dafür fühlte sich Krysta verantwortlich, denn ihre Schwägerin würde sicher abreisen und den ersehnten Schleier nehmen, sobald sie erfüllt hatte, was sie für ihre Pflicht hielt.

Eine Woche nach Dragons Ankunft war die Schiffsfracht in der Festung verstaut und Aelfgyths Brautkleid fast fertig. Krysta ging auf die Suche nach Daria. An diesem späten Nachmittag nahmen sich Edvard und seine Verlobte ein bisschen Zeit füreinander. Hawk und Dragon waren noch nicht von der Jagd zurückgekehrt. Obwohl der Herbst begonnen hatte, lag angenehme Wärme in der Luft. Zwischen den letzten Blumen, die im Schutz der Mauern blühten, schwirrten vereinzelte Bienen. Um diese stille Stunde hatten die Leute ihr Tagewerk beendet und die Vorbereitungen für das Abendessen noch nicht begonnen. Sogar der Hafen wirkte ruhig und beschaulich.

Sie entdeckte Daria in der Kapelle und zögerte. Sollte sie ihre

Schwägerin im Gebet stören? Mit kerzengeradem Rücken kniete die Frau auf dem Steinboden, den Kopf gesenkt, das Gesicht verborgen. Diese Frömmigkeit war zweifellos bewundernswert. Trotzdem empfand Krysta ein seltsames Unbehagen, das sie hastig abschüttelte.

Als sie zu warten beschloss, blickte Daria auf und sah sie in ihrer Nähe stehen. Die Schatten in der Kapelle verhüllten ihre Miene. Dann bewegte sie sich, und aus einem Fenster fielen Sonnenstrahlen auf ihr lächelndes Gesicht. »Endlich, meine Liebe! Darf ich zu hoffen wagen, Ihr wollt ein bisschen Zeit für unsere Schlossbesichtigung erübrigen?«

»So viel Zeit, wie Ihr braucht. Tut mir Leid, dass ich mich erst heute an Euch wende. Aber es gab einiges zu tun.«

»Ja, das lässt sich nicht ändern, wenn man einem großen Haushalt vorsteht«, erwiderte Daria und folgte Krysta zur Tür. »Ich finde es sehr nett von Euch, der kleinen Zofe bei den Hochzeitsvorbereitungen zu helfen. So großzügig wären nur wenige Ladys.«

Wenn die Worte auch freundlich klangen, glaubte Krysta, eine gewisse Missbilligung herauszuhören. Vielleicht war ihre Sorge um Aelfgyths Glück übertrieben. Aber Hawk hatte versichert, das würde ihn freuen.

»Hoffentlich werdet Ihr an Edvards und Aelfgyths Trauung teilnehmen, Lady«, bemerkte sie höflich.

Nun traten sie ins Freie, und Daria schaute sie prüfend an. »Habt Ihr Hawk von meinen Plänen erzählt?«

Um auf diese Idee zu kommen, war Krysta viel zu beschäftigt gewesen. Doch sie hätte so oder so geschwiegen, nicht nur wegen ihres Versprechens. Der baldige Abschied seiner Halbschwester würde ihn erleichtern oder sogar entzücken, und sie wollte ihm eine Enttäuschung ersparen, falls Daria sich anders besann. Ein unchristlicher Gedanke, den sie sofort verdrängte. »Nein, natürlich nicht. Habt Ihr inzwischen gründlich genug über Eure Absichten nachgedacht?«

»Oh, ich denke an nichts anderes«, entgegnete Daria, während sie langsam zur Halle gingen.

»Und, Ihr bleibt bei Eurem Entschluss?«

»Selbstverständlich. Nachdem ich so lange auf die Erfüllung meines Herzenswunsches gewartet habe …« Daria lächelte wieder. Oder immer noch. Ihr Gesichtsausdruck wirkte wie eingefroren.

»Wo soll unser Rundgang beginnen?«, fragte Krysta und hoffte, die Tortur würde nicht zu lange dauern. Obwohl die Abreise ihrer Schwägerin bevorstand, fand sie deren Gesellschaft kaum erträglich. Doch das ließ sie sich nicht anmerken.

»Zuerst muss ich Vater Elbert erklären, was wir vorhaben.«

Warum Daria das für nötig hielt, verstand Krysta nicht. Aber sie schwieg. Vielleicht waren die beiden verabredet.

In diesem Moment sah sie den Priester die Straße von der Stadt heraufkommen, anscheinend tief in Gedanken versunken. Sie gingen zum Hoftor und erwarteten ihn. Angesichts der beiden Frauen zuckte er verwirrt zusammen.

»Vater Elbert, jetzt führe ich Lady Krysta in der Festung herum«, verkündete Daria mit klarer Stimme. »Das stört Euch doch nicht?«

»Nein, nein …«, stammelte er, warf Krysta einen kurzen Blick zu und runzelte die Stirn. »Ich glaube nicht …« Dann fasste er sich und fuhr in entschiedenem Ton fort: »Gewiss nicht, Mylady.«

»Gut.« Daria musterte ihn noch ein paar Sekunden lang, dann wandte sie sich wieder zu Krysta, die Lippen immer noch zu einem eigenartigen Lächeln erstarrt. »Fangen wir mit den Vorratsräumen an.«

Die kannte Krysta bereits, und es widerstrebte ihr, die letzten Stunden des Tageslichts in den dunklen unterirdischen Kammern zu verbringen. Trotzdem stimmte sie zu und folgte ihrer Schwägerin zu einem Eingang hinter der Haupthalle. Von dort führten steile Stufen nach unten. Am Fuß der Treppe nahm

Daria Zunder und Feuerstein aus einem kleinen Alkoven, entzündete eine Fackel, die in einem eisernen Wandring steckte, und zog sie heraus. Der Feuerschein war willkommen, aber er konnte die feuchte Kälte nicht verscheuchen.

Schon jetzt sehnte sich Krysta nach der warmen Herbstsonne zurück. »Hier unten war ich schon sehr oft«, erklärte sie und hoffte, die Besichtigungstour abzukürzen.

Im flackernden Fackellicht wirkte Darias Lächeln unheimlicher denn je. »Ja, das kann ich mir denken. Aber da gibt's ein oder zwei Dinge, die Ihr sicher noch nicht entdeckt habt.« Mit schnellen Schritten betrat sie einen Korridor, und Krysta blieb nichts anderes übrig, als sie zu begleiten.

21

Immer steiler führte der Steinboden des langen Gangs bergab, immer feuchter und eisiger fühlte sich die Luft an. Hinter einer Ecke huschte ein dunkler Schemen davon. Krysta erschauerte und wünschte, sie hätte einen Umhang mitgebracht. Hier unten war sie erst ein einziges Mal gewesen, zusammen mit Edvard, und sie hatte sich nur kurz in diesem düsteren Keller aufgehalten. Nun hatten sie bereits die Räume durchquert, wo die Honigwein- und Alefässer lagerten. Aber Daria verlangsamte ihre Schritte noch immer nicht. Verwundert fragte sich Krysta, was so weit von all den anderen Kammern verwahrt werden mochte. Zweifellos würden die meisten Lebensmittel verfaulen, und die haltbaren wären schwierig zu erreichen.

»Ist's noch sehr weit?«, fragte sie, als Daria noch immer nicht stehen blieb.

Die ältere Frau warf einen Blick über die Schulter, das Gesicht im Schatten. »Nein. Was ich Euch zeigen will, wird Euch sicher interessieren.«

Plötzlich hörte Krysta Wasser rauschen und versuchte, die

Richtung zu bestimmen, der sie folgten. Aber in dem langen, gewundenen Korridor hatte sie die Orientierung verloren. »Sind wir in der Nähe des Meeres?«

Daria hielt die Fackel hoch, und Krysta sah Wassertropfen an der Steinwand glänzen. »Nein, da strömt ein unterirdischer Fluss vorbei. Auf diesem Weg kann man die Festung verlassen, wenn sie belagert wird. Seltsam, dass Hawk Euch diesen Gang nicht gezeigt hat...« Sie trat näher, und der Feuerschein leuchtete mitten in Krystas Gesicht. »Oder war er mit Euch hier unten?«

»Noch nie.« Nun freute sich Krysta, weil sie endlich neue Entdeckungen machte, und sie wollte ihrer Schwägerin dafür danken.

Aber Daria ging bereits weiter. »Wahrscheinlich wurde der Gang von den alten Römern gegraben. Ehe sie zum wahren Glauben bekehrt wurden, beteten sie Götzenbilder an. Hier unten finden sich einige Spuren ihres Heidentums.« Seufzend zeigte sie auf einen kunstvoll gemeißelten, halb im Boden versunkenen Stein mit dem Relief eines gehörnten Männerkopfs. »Der Schauplatz solcher Freveltaten ist für immer verdammt.«

»Sicher nicht, das alles liegt so lange zurück«, entgegnete Krysta sanft. Sie widersprach ihrer Schwägerin nur zögernd, und sie musste sich eingestehen, dass in diesem unterirdischen Korridor eine geisterhafte Atmosphäre herrschte. Trotzdem wollte sie nicht an einen jahrhundertealten Fluch glauben.

»Das wollte ich Hawk erklären«, fuhr Daria fort, ohne den Einwand zu beachten. »Ich sagte, an diesem Ort dürfe ein ehrenwerter Mann nicht leben. Aber er hörte nicht auf mich.«

»Vielleicht fand er es am wichtigsten, dieses Land gegen die Dänen zu verteidigen, und maß der Vergangenheit keine Bedeutung zu.«

»Mag sein...« Daria schwieg, bis sie eine Stelle erreichten, wo der Gang nach links bog. »Geht voraus«, forderte sie Krysta auf und trat beiseite. »Ich beleuchte den Weg.«

»Was gibt's da zu sehen?«

»Oh, ich will Euch die Überraschung nicht verderben.« Ungeduldig gestikulierte Daria mit ihrer Fackel.

Krysta trat hinter die Ecke. Zunächst starrte sie in undurchdringliches Dunkel. Der Feuerschein spendete nur wenig Licht, und es dauerte eine Weile, bis sich ihre Augen an die Finsternis gewöhnten. Da erblickte sie die Wände einer kleinen Felsenkammer. Durch einige Ritzen wehte kalter Meereswind herein. »Wozu wird dieser Raum gebraucht?«

Als sie sich umdrehte, stellte sie erstaunt fest, dass Daria zurückgewichen war. Die Felsenkammer schien sich zu verkleinern. Plötzlich erklang ein klirrendes Geräusch, und das Licht erlosch. Nur ein winziger Schimmer blieb zurück. Krysta stürmte in die Richtung, aus der sie gekommen war, und prallte gegen eine massive Holztür. In Augenhöhe entdeckte sie eine kleine Öffnung, durch die der schwache Flammenschein hereinfiel. Und dahinter sah sie Darias gespenstisches, von Schadenfreude verzerrtes Gesicht.

»Verdammte Närrin! Wie inbrünstig habe ich gebetet, es möge gelingen, und der Allmächtige hat meine Bitte erhört! O ja, der Herr ist jenen gewogen, die ihm getreulich dienen.«

Entsetzt und ungläubig schüttelte Krysta den Kopf, dann zwang sie sich zur Ruhe. »Welch ein fabelhafter Scherz, Lady Daria. Ja, Ihr habt mich tatsächlich zum Narren gehalten. Aber jetzt lasst mich hinaus, teilen wir unsere Belustigung mit den anderen …«

»Still! Hofft Ihr mich mit Eurer süßen, sanften Stimme zu umgarnen? Das werdet Ihr nicht schaffen. Wochenlang überlegte ich, wie ich's anfangen müsste. Nach Eurer Rückkehr aus Winchester spielte ich die künftige Nonne, die ihr neues Leben herbeisehnte. Und dann wartete und wartete und wartete ich, bis Ihr Euch endlich an Euer Versprechen erinnert habt, einen Rundgang mit mir zu unternehmen. Lange genug musste ich mich gedulden, und nun bin ich am Ziel meiner Wünsche. In

diesem Gefängnis werdet Ihr vermodern, elende Wikingerhure!«

Mit aller Kraft bekämpfte Krysta ihr wachsendes Grauen. Welch schrecklichen Fehler hatte sie begangen. Nein, daran durfte sie jetzt nicht denken. Um den Klauen dieser Verrückten zu entrinnen, musste sie ihre Angst vergessen. Dafür brauchte sie ihren klaren Verstand bis hin zur Tücke. »Bitte, Daria, jetzt habe ich mich lange genug gefürchtet. Was Ihr mir vor Augen führen wolltet, weiß ich nun. Ich kenne Hawkforte längst nicht so gut, wie ich sollte. Am besten bleibt Ihr noch eine Weile hier, falls Ihr's ertragen könnt, und führt mich in meine neuen Aufgaben ein.«

»Was, ich soll hier bleiben? Wie dumm Ihr seid! Ich verabscheue diese Festung aus tiefster Seele. Statt in einem eigenen Herrschaftshaus zu wohnen, war ich auf das Mitleid meines verhassten Halbbruders angewiesen und musste seine Dienerin spielen. Nie wieder werde ich mich so schmerzlich demütigen. Endlich bekomme ich mein Recht.« Hastig unterbrach sie sich, als hätte sie bereits zu viel gesagt. Ihre Lippen verzogen sich zu einem höhnischen Grinsen. »Sorgt Euch nicht, kleine Närrin. Allzu lange müsst Ihr nicht auf den Tod warten. So gern ich mir auch ausmalen würde, wie Ihr hier unten langsam verdurstet und verhungert, dieses Risiko darf ich nicht eingehen. Nur ein paar Stunden, dann werden Euch die Flammen der ewigen Verdammnis verzehren.«

Eine Zeit lang spähte sie noch durch die winzige Öffnung in der versperrten Tür und musterte Krysta, die wie gelähmt dastand. Dann lachte Daria gellend und entfernte sich. Mit ihr verschwand das Licht, schwarzes Dunkel hüllte die Gefangene ein.

Ihr Herz schlug wie rasend. Das hörte sie ebenso deutlich, wie sie den fauligen Moder in der Zelle roch, wie sie die feuchte Kälte spürte, die durch ihr Kleid bis auf die Haut kroch. Da sie nichts mehr sah, schärften sich ihre Sinne für alles andere. An

diesen vernünftigen Gedanken klammerte sie sich, denn dahinter lauerte die gefährliche Bestie des Wahnsinns.

Die Augen geschlossen, sah sie Lichtpunkte über ihre Lider tanzen. Und als sie sich wieder umschaute, erschien ihr die Finsternis noch tiefer als das Dunkel ihrer Seele. Mit zitternden Fingern berührte sie die geschlossene Tür, das harte Holz gab ihr einen gewissen Halt. Ihre schnellen Atemzüge und die Trommelschläge ihres Herzens zerrissen die Stille von Jahrhunderten.

Verzweifelt überlegte sie, wie weit Licht und Hoffnung entfernt waren. Felsgestein und Erdreich trennten sie tonnenweise von der Außenwelt. Als wäre sie lebendig begraben. Und so allein, so schrecklich allein…

Nicht ganz allein. Plötzlich wurde die Vermutung, die sie seit Tagen begleitete, zur Gewissheit. Sie erwartete ein Kind. Noch ein Wesen teilte diese Zelle mit Krysta, ein Baby, so klein und jetzt schon so innig geliebt.

Mit aller Macht erwachten ihre Mutterinstinkte und verjagten die Angst. Um sich zu beruhigen holte sie tief Luft. *Nur ein paar Stunden.*

Stunden in der Finsternis, in eisigem Entsetzen würden ihre Widerstandskraft schwächen. Nein, das durfte nicht geschehen. Irgendwie musste sie sich und ihr Kind retten.

Langsam und systematisch begann sie, die Wände der Zelle abzutasten, Zoll um Zoll, vom Boden bis zur Decke.

Am frühen Abend kehrten Hawk und Dragon von der Jagd zurück und suchten die Sauna auf, ehe sie sich vor der Halle trennten. Dragon wollte das letzte Tageslicht nutzen, sein Schiff inspizieren und sich vergewissern, dass alle Vorbereitungen für die Abreise am nächsten Morgen getroffen waren. Und Hawk beschloss die Stunde bis zum Abendessen mit Krysta zu verbringen.

Als er zur Treppe ging, traten ihm Edvard und Aelfgyth in den Weg. »Verzeiht mir, Mylord«, bat der Verwalter, »dürfte ich

mit Euch sprechen?« Seine Verlobte stieß ihn mit dem Ellbogen an, und er verbesserte sich sofort: »Dürften *wir* mit Euch sprechen?«

Da Hawk dem jungen Paar gewogen war, nickte er und wappnete sich mit Geduld, trotz seiner heißen Sehnsucht nach Krysta.

»Ich habe Aelfgyth versichert, ihre Sorge sei unbegründet«, fuhr Edvard mit einem kurzen Blick auf die Frau an seiner Seite fort. »Trotzdem regt sie sich auf, und ich dachte, Ihr könntet sie vielleicht beruhigen, Mylord...«

»Vor drei Stunden sah ich Lady Krysta zum letzten Mal«, fiel Aelfgyth ihm ins Wort. »Seit einer Stunde suche ich sie. Inzwischen ist das schöne Brautkleid fertig, das sie mir geschenkt hat, und das wollte ich ihr zeigen. Aber ich finde sie nirgendwo. In der Küche habe ich nachgesehen, in ihrem Zimmer, in der Weberei und den Ställen. Keine Spur von meiner Lady...«

Darüber wunderte sich Hawk, aber auch er sah keinen Grund zur Sorge. Hawkforte war eine sehr große Festung, und Krysta versuchte immer noch, einige Teile genauer zu erforschen. Also konnte sie sich überall aufhalten. »Vielleicht ist sie in die Stadt gegangen oder sonst wohin. In einer Stunde beginnt das Abendessen. Da wird sie sicher auftauchen.«

»Ja, gewiss – danke, Mylord.« Edvard ergriff Aelfgyths Arm und wollte sie davonführen.

Entschlossen blieb sie stehen. »Glaubt mir, Mylord, so kurz vor der Mahlzeit würde Lady Krysta nicht weggehen. Und heute, am letzten Abend vor Lord Dragons Abreise, müsste sie in der Küche die Vorbereitungen beaufsichtigen. Oder sie würde sich in ihrem Zimmer umziehen.« Flehend schaute sie von einem Mann zum anderen, zu dem angesehenen Verwalter, den sie bald heiraten würde, zu dem mächtigen Lord, dem sie beide treu ergeben waren. Ihre Kühnheit überraschte sie selbst. Doch sie dachte an die vielen Vergünstigungen, die Lady Krysta ihr gewährt hatte, und so fügte sie tapfer hinzu: »Irgendetwas stimmt da nicht.«

Edvard zögerte, und Hawk betrachtete die junge Frau mit schmalen Augen. Bisher hatte er sie kaum beachtet. Aber er kannte ihr warmherziges Wesen. Und sie war nicht dumm. »Also gut. Wo genau hast du deine Herrin gesucht?«

In aller Eile wiederholte Aelfgyth, was sie bereits erklärt hatte, und Hawk nickte.

»Vielleicht hast du sie einfach verpasst, während sie von einem Ort zum anderen ging.«

»Möglich...«, gab Aelfgyth zu. »Aber ich bat die Leute in der Küche, mir sofort Bescheid zu geben, wenn sie dort eintreffen würde. Bisher kam niemand zu mir. Obwohl sie um diese Tageszeit *immer* in der Küche zu finden ist...«

Das konnte Hawk nicht leugnen. Nun begann er sich ernsthaft zu fragen, wo Krysta steckte. Aber er empfand noch immer keine Angst. Hawkforte war bestens geschützt. Hin und wieder mochte ein dänischer Spion in die Festung eindringen, doch der würde sich höchstens ein bisschen umsehen, unfähig, größeren Schaden anzurichten.

Und wenn Krysta einen Unfall erlitten hatte? Bei diesem Gedanken verflog seine unbeschwerte Stimmung. Warum wurde seine Frau nicht gefunden? Wahrscheinlich aus ganz harmlosen Gründen. Gleich würde sie vor ihm stehen, unversehrt und frohen Mutes, und staunen, weil sie ihrem Gemahl und ihrer Zofe Kummer bereitet hatte.

Andererseits war Aelfgyth ihr vor drei Stunden zuletzt begegnet. Und dann hatte sie eine Stunde lang vergeblich nach ihrer Herrin gesucht. Das genügte. »Trommelt die Dienstboten zusammen«, befahl er. »Befragt alle, die heute mit Lady Krysta sprachen. Findet heraus, ob sie irgendjemandem mitgeteilt hat, wohin sie gehen würde.«

»Wie Ihr wünscht, Mylord.« Jetzt runzelte auch der Verwalter beunruhigt die Stirn. »Wo soll ich Euch Bericht erstatten?«

»Auf der Mauer, bei den Patrouillen. Ich will wissen, wohin sie sich gewandt hat und mit wem sie zusammen war.«

Während Edvard und Aelfgyth davoneilten, um den Auftrag auszuführen, überquerte Hawk den Hof und sprang die nächstbesten Stufen zur Mauer hinauf. Eingehend befragte er einen Wachtposten, alle versuchten, sich zu entsinnen, ob sie Lady Krysta an diesem Tag gesehen hatten. Aber es gehörte zu ihren wichtigsten Pflichten festzustellen, ob sich jemand der Festung näherte. Was im Inneren geschah, fiel ihnen nur selten auf. Höchstens, wenn sich etwas Ungewöhnliches ereignete.

Unsicher meldete sich ein junger Krieger zu Wort: »Kurz bevor ich meinen Dienst antrat, beobachtete ich, wie sich Lady Krysta von ihrer Zofe verabschiedete. Aelfgyth lief zum Haus ihrer Mutter, und Lady Krysta wandte sich in die Richtung der Kapelle.«

»Hast du sie hineingehen sehen?«, fragte Hawk.

»Nein, Mylord, in diesem Augenblick begann mein Dienst.«

Hawk nickte. Nun gab es wenigstens einen Anhaltspunkt. »Einige Männer sollen Thorgold suchen. Vielleicht spüren sie auch die Frau auf, die sich Raven nennt.«

Einer der Kommandanten erteilte die entsprechenden Befehle, und Hawk eilte zur Kapelle. Im halbdunklen Raum traf er nur Vater Elbert an. Verblüfft schnappte der Priester nach Luft, erholte sich aber sofort von seiner Überraschung und setzte seine übliche strenge, etwas missbilligende Miene auf. »Habt Ihr einen Wunsch, Mylord?«

Wieder einmal entsann sich Hawk, wie unleidlich er den Geistlichen fand. Vor einiger Zeit hatte er beschlossen, ihn durch einen anderen zu ersetzen. In scharfem Ton fragte er: »Habt Ihr Lady Krysta gesehen?«

»Hier, Mylord?« Vater Elbert hob die Brauen. »Nein. Übrigens sehe ich sie sehr selten.«

»Heute kam sie hierher, am späten Nachmittag.«

»Um diese Zeit hielt ich mich in der Stadt auf.«

»Und wer war hier?«

»Keine Ahnung.« Achselzuckend erwiderte der Priester

Hawks Blick, ein Bild reiner Unschuld und Aufrichtigkeit. Trotzdem wirkte er unnatürlich blass.

»Wo finde ich Lady Daria?«, erkundigte sich Hawk.

Spielte das schwache Licht seinen Augen einen Streich? Oder zuckte der Priester tatsächlich zusammen?

»Auch das weiß ich nicht, Mylord. Neuerdings betet sie sehr oft in der Kapelle. Aber heute ist sie mir noch nicht begegnet. Vielleicht solltet Ihr in den Gemächern der Lady nachschauen.«

Ein paar Sekunden lang musterte Hawk den Geistlichen, dann entschied er, dass er von diesem Mann nicht mehr erfahren würde. Abrupt kehrte er ihm den Rücken, verließ die Kapelle und befolgte seinen Rat.

Daria saß in ihrem Zimmer am Fenster, eine Stickerei im Schoß. Warum sah sie immer so gefasst aus? Hawk verdrängte den Gedanken und verkündete ohne Umschweife: »Ich suche meine Frau. Hast du sie gesehen?«

»Lady Krysta?« Nachdenklich schüttelte sie den Kopf. »Nein. Aber sie wird sich sicher bald in der Halle einfinden, wenn das Abendessen beginnt.«

Darauf hoffte Hawk inständig. So schnell, wie er gekommen war, rannte er die Treppe hinab, In der Halle beobachtete er, wie Edvard die Dienstboten befragte. Kein einziger war der Lady seit dem späten Nachmittag begegnet.

Nun stand Hawks Entschluss fest. »Sie muss gefunden werden. Stellt ein paar Suchtrupps zusammen, Edvard.« Während der Verwalter davonlief, rief Hawk seine Kommandanten zu sich und erteilte ihnen den gleichen Auftrag. In der Abenddämmerung wurden einige Dutzend Fackeln entzündet und an die Suchmannschaften verteilt.

Inmitten des allgemeinen Aufruhrs kam Dragon in die Festung zurück. Sobald er hörte, was geschehen war, schloss er sich einem Suchtrupp an. Um die Tageszeit, wo in der Halle von Hawkforte lebhaftes Stimmengewirr und Gelächter erklingen

sollten, hörte man nur schnelle Schritte und sorgenvolles Gemurmel.

Ihre Hände waren wund. In der Finsternis spürte sie pochende Schmerzen, die aufgeschürften Finger bluteten. Erschöpft lehnte sie an einer kalten Mauer. Wie lange sie die Kammer durchsucht hatte, wusste sie nicht. Alle Wände und den Boden hatte sie mehrmals abgetastet, auf der Suche nach einem Gegenstand, den sie als Waffe benutzen konnte. Sie hatte nur glatten, feuchten Fels gespürt, und ihre letzten Hoffnungen schwanden.

Hilflos zitterte sie in der eisigen Luft, und die Entschlossenheit, die ihr bisher Kraft verliehen hatte, begann langsam nachzulassen. Von allen Seiten drang gnadenloses Dunkel auf sie ein. Daria hatte sie tatsächlich bei lebendigem Leib begraben. Bald würde sie zurückkehren, um ihr Werk zu vollenden. Und da Krysta keine Waffe besaß, konnte sie sich wohl kaum verteidigen.

Ihr Gesicht brannte, und das überraschte sie, bis sie merkte, dass heiße Tränen über ihre kalten Wangen rannen. Völlig ermattet, schluchzte und schrie sie nicht. Lautlos weinte sie, an die Wand gelehnt, verschränkte die bebenden Arme vor der Brust und dachte wieder an das Kind, das unter ihrem Herzen wuchs.

»Tut mir so Leid«, flüsterte sie, »ich weiß, ich muss uns beide retten. Das versuche ich schon seit so vielen Stunden …«

In der schwarzen Nacht klang ihre Stimme sonderbar, als hätte jemand anderer die Worte geäußert. Aber seit sie gesprochen hatte, fühlte sie sich nicht mehr so einsam.

»Lange wird's nicht mehr dauern, dann kommt Daria zurück. Sie ist wahnsinnig und will uns töten. Aber ich werde sie bekämpfen, auch ohne Waffe. Jede Gelegenheit muss ich nutzen.« Sie presste ihre Hände auf den flachen Bauch und stellte sich vor, sie würde ihr Kind berühren, ein lächelndes Baby mit Hawks kastanienbraunem Haar und den grünen Augen der Mutter. Auf Hawkforte würde es zur Welt kommen, dem Vater nacheifern,

zu einem starken Mann und mächtigen Führer heranwachsen. Reines Wunschdenken in diesem finsteren Höllenloch. Sie glaubte, das Kind deutlich vor sich zu sehen, einen Jungen, der Hawk glich und ihr tröstend zulächelte. Leicht benommen starrte sie ins Dunkel.

Aus ihren Augen quollen immer noch Tränen, und durch ihren Schleier sah sie die unverkennbare Gestalt des Mannes, der ihr Sohn sein würde. »Falcon«, wisperte sie, und sein Lächeln vertiefte sich.

Dann schluchzte sie und hob die Arme, um ihn wenigstens ein einziges Mal zu berühren, bevor sie beide in ewiger Nacht versinken würden. Wäre doch ihre Liebe stark genug, um dem Tod zu trotzen, um das Kind am Leben zu erhalten …

Voller Sehnsucht nach ihrem Sohn streckte sie die Hände zu weit vor, verlor das Gleichgewicht und landete unsanft auf den Knien. Als sie aufblickte, war die Vision verschwunden.

»Nein!«

Der Schrei rang sich aus der Tiefe ihrer Seele. Welche unbarmherzige Macht hatte ihr ein Bild aus einer Zukunft vorgegaukelt, die ihr das Schicksal verwehren würde? Warum diese zusätzliche Qual, nachdem sie schon so viel erlitten hatte? War der Allmächtige wirklich so grausam?

Schluchzend versuchte sie aufzustehen. Aber sie war zu schwach. Wozu die Mühe? Warum sollte sie kämpfen? War es nicht viel einfacher, sich in ihr Los zu fügen? Der Tod würde sie genauso unerbittlich einhüllen wie diese schwarzen Schatten.

Oder vielleicht nicht, denn ihre Finger berührten einen harten Gegenstand. Langsam richtete sie sich auf. Sie sah noch immer nichts. Aber sie befühlte sorgsam, was sie soeben entdeckt hatte, und schöpfte neue Hoffnung. Offenbar ein Eisenriegel, wie man ihn benutzte, um das Fenster einer Zelle zu schließen. Hier gab es kein Fenster – nur das Loch in der Tür. War es früher geschlossen gewesen, mit diesem Riegel, den sie jetzt umklammerte?

Krysta erhob sich, kehrte vorsichtig zur Wand zurück und tastete sich daran entlang, bis sie den Türrahmen erreichte. Hier konnte sie sich am besten verstecken, wenn Daria die Felsenkammer betrat. In einer Hand den eisernen Riegel, berührte sie mit der anderen ihren Bauch, ihr schlafendes Baby. Jetzt waren die Tränen versiegt, und sie lächelte genauso wie vorhin ihr Sohn. »Danke, mein Liebling«, flüsterte sie, von wachsendem Mut erfüllt.

Oft genug war Hawk der Angst begegnet. Ein Mann, der sich auf Schlachtfeldern nicht fürchtete, war ein Schwachkopf und würde bald sterben. Wenn man sich fürchtete, handelte man bedachtsam und vorsichtig. Manchmal erhielt einen die Angst am Leben – für einen weiteren Augenblick, einen Atemzug, eine neue Stunde, einen neuen Tag, einen neuen Kampf.

Jetzt beherrschte ihn ein anderes Gefühl, ein Grauen, das sein Herz zu verbrennen drohte. Was war schlimmer? Das Entsetzen, das ihn beinahe überwältigte, oder der heiße Zorn?

Sie war verschwunden. Nach der stundenlangen Suche gab es keinen Zweifel. Krysta war tatsächlich wie vom Erdboden verschwunden. Jeden Wachtposten hatte er verhört, um herauszufinden, ob etwas darauf hinwies, dass irgendjemand seine Frau entführt hatte, so wie Udell damals in Winchester. Doch das war nachts geschehen, hier auf Hawkforte hatte sich Krysta am helllichten Tag in Luft aufgelöst. Die Patrouillen waren wachsam gewesen wie eh und je. Trotzdem hatten sie nichts bemerkt, keine einzige Person, die sich nicht innerhalb der Mauern aufhalten dürfte, keine einzige verdächtige Bewegung. Nichts, was angedeutet hätte, Hawks ganze Welt würde einstürzen. Es war noch viel grauenhafter als Udells Verbrechen. In Winchester hatte er den Schuldigen und die Gefahr gekannt, in der Krysta geschwebt war. Jetzt wusste er nichts, er kannte nur den unerträglichen Schmerz in seiner Seele.

War sie aus eigenem Antrieb weggegangen? Diese Frage

quälte ihn, seit man ihm berichtet hatte, auch Thorgold und Raven seien unauffindbar. Zunächst hatte er den Gedanken verworfen. Aber nun ließ sich der Zweifel nicht mehr verscheuchen. Hatte sie in seinen Armen gelegen, seine Leidenschaft geteilt, mit ihm gelacht und gescherzt, seinen Geist genauso entzückt wie seinen Körper, und das alles bedeutete nichts? War sie bei ihrem Entschluss geblieben, dieser Ehe zu entfliehen?

Unglücklich schüttelte er den Kopf und versuchte, klar zu denken. Nein, das war absurd, eine krankhafte Ausgeburt seiner gepeinigten Fantasie. Krysta erwiderte seine Liebe. Schon vor der Hochzeit hatte sie alle Bedenken und Ängste vergessen. Außerdem wüsste er Bescheid, wenn es anders wäre, denn ihr aufrichtiges Wesen erlaubte ihr keine Heuchelei.

Trotzdem war sie verschwunden.

Nicht freiwillig, davon war er mittlerweile fest überzeugt. Jemand hatte sie irgendwo irgendwie hingebracht. Mitsamt dem Kind, das in ihr wuchs. Als Hawk daran dachte, durchzuckte ihn ein neuer Schmerz. Stein um Stein würde er die Festung auseinander nehmen, jeden Erdklumpen auf seinen geliebten Ländereien umdrehen, und – bei Gott und allen Heiligen – er würde seine Frau finden.

»Lieber Bruder...«

Er drehte sich um. Immer noch gefesselt von der Vision seiner Zerstörungswut, starrte er blicklos ins ernste Gesicht seiner Halbschwester.

»Mein lieber Bruder, es ist spät geworden. Sicher bist du genauso erschöpft wie all deine Leute. Wäre es nicht vernünftiger, die Suche morgen früh im Tageslicht fortzusetzen?«

Im Licht? Ohne Krysta würde nie wieder ein Licht in seiner Welt scheinen. Und er fühlte sich nicht müde. Mochten die anderen vor Erschöpfung zusammenbrechen. Für ihn machte das keinen Unterschied. »Geh ins Bett, Daria.«

Sie schaute ihn an. Nicht zum ersten Mal fielen ihm ihre glanzlosen Augen auf. »Ich meinte nur...«

»Was du meinst, weiß ich.« Er wollte nicht unfreundlich sein. Diese Nacht war schon leidvoll genug. »Wer dazu bereit ist, soll weitersuchen. Die anderen dürfen sich ausruhen.«

Als sie die Stirn runzelte, überlegte er, ob sie sich ernsthaft um ihn sorgte. Wohl kaum. Diesen Eindruck hatte sie noch nie erweckt. Ihr Ehemann hatte gegen Alfred rebelliert und deshalb den Tod gefunden. Danach war Daria aus der Höhe ihrer erhofften Vormachtstellung herabgestürzt, um ihrem Halbbruder den Haushalt zu führen. Jetzt wurde ihr auch diese Position entrissen. Also wünschte sie sicher nicht, man würde Krysta finden.

Und was wünschte sie?

Aufmerksam betrachtete er ihre Züge und zwang sein ermattetes, von der Angst um Krysta benebeltes Gehirn nachzudenken. Seine Ehe hatte Daria den Lebensinhalt geraubt. Was blieb für sie übrig?

Seine Ehe. Vorher hatte eine andere Ehe, zwischen seiner Schwester Cymbra und Wolf Hakonson, voller Hass und Rachsucht begonnen und dank göttlicher Gnade zu reiner Liebe geführt.

Vorher hatte der Jarl von Sciringesheal das Bündnis zwischen Norwegern und Sachsen vorgeschlagen, um mit vereinten Kräften die Dänen zu bekämpfen, und Hawk um Cymbras Hand gebeten. In einem beleidigenden Brief war beides abgelehnt worden – in einem Brief mit Hawks Siegel, den er nie geschrieben hatte. Doch die Frage, von wem diese Nachricht stammte, die beinahe einen Krieg entfesselt hätte, war noch immer nicht beantwortet.

Ungeduldig zuckte er die Achseln. Warum dachte er jetzt an solche Dinge, während Krystas Schicksal auf dem Spiel stand? »Geh ins Bett«, wiederholte er und wandte sich von Daria ab.

Wie war das möglich? Nach Mitternacht erstrahlte Hawkforte immer noch im hellen Licht, und niemand lag im Bett. Alle Ecken und Winkel und Korridore, jedes Nebengebäude suchten

die Leute ab. Ständig hallte ihr Geschrei durch die Nachtluft. »Lady Krystaaaaa…, Lady Krystaaaaa…« Wenn das noch lange so weiterging, würde sie den Verstand verlieren.

Warum sorgten sie sich so sehr um diese Frau? Welche Rolle spielte es denn, ob die Wikingerhure gefunden wurde? Wieso ärgerte sich Hawk nicht über die Schwierigkeiten, die sie ihm von Anfang an bereitet hatte? Warum freute er sich nicht, dass er sie endlich los war?

Doch darauf kam es nicht an. Zu lange hatte sie auf diesen Augenblick gewartet, um ihre Pläne zu ändern. Sie musste sich nur etwas vorsichtiger verhalten, und das würde ihr gelingen. Denn sie war klüger als alle anderen.

Noch länger durfte sie nicht warten. Stattdessen wollte sie's hinter sich bringen und dann triumphierend beobachten, wie die Tat entdeckt wurde. O ja, voller Genugtuung würde sie sich am allgemeinen Entsetzen weiden.

Krysta blinzelte ein paar Mal, bis sie sich vergewisserte, was sie sah. Aus dunkler Ferne glitt ein schwaches Licht heran und schimmerte immer heller. Ihr Magen krampfte sich zusammen, und sie umklammerte den Eisenriegel noch fester. Nur mühsam widerstand sie der Versuchung zu schreien. Vielleicht war es kein Suchtrupp, der die Fackel durch den Korridor trug, und wenn doch, würde man sicher nach ihr rufen. In der unterirdischen Stille hörte sie nichts.

Nur ihr eigenes geflüstertes Gebet um die Rettung ihres ungeborenen Kindes…

Die Flammen flackerten hinter dem winzigen Fenster in der Tür und beleuchteten Darias Gesicht. »So, jetzt habt Ihr lange genug gewartet!«, stieß sie mit schriller Stimme zwischen verzerrten Lippen hervor. »Hattet Ihr Angst, ich würde nicht zurückkommen? Nun, da bin ich. Seht doch, was ich Euch mitgebracht habe!« Sie hielt etwas ins Licht, das metallisch glänzte. »Erkennt Ihr's wieder? Hawks Messer? Gleich wird es

Euer Herz durchbohren. Und die Leute werden *ihm* die Schuld geben.«

Obwohl sich Krysta zu beherrschen suchte, konnte sie nicht verhindern, dass sie den Atem anhielt. Das hörte Daria und brach in gellendes Gelächter aus.

»So verblüfft seid Ihr? Wie sollte ich's denn sonst anfangen? Es ist einfach perfekt. In Wirklichkeit wollte Hawk niemals Frieden mit den Norwegern schließen. Er lehnte das Bündnis ab, das Wolf Hakonson vorschlug, und schrieb ihm, seine Schwester Cymbra würde niemals einen schmutzigen, barbarischen Wikinger heiraten. Natürlich war Hawk außer sich vor Wut, als der Jarl sie entführte. Er segelte nach Sciringesheal, holte sie zurück und musste sie letzten Endes seinem Gegner überlassen, der mit einem riesigen Heer hierher kam. Auf den Friedensbund ging er nur zum Schein ein. Seither strebte er unentwegt nach Rache. Euch zu heiraten, Lady Krysta, diesen Gedanken hasste er von Anfang an. Aber Alfred zwang ihn dazu. Jetzt wird unser *großer* König ihm erbittert zürnen. Hawk müsste in Ungnade fallen, so wie er es verdient. Vielleicht wird Alfred ihn sogar töten, so wie damals meinen törichten Gemahl.«

»Nein!«, protestierte Krysta. »Alles Lüge! Niemals würde Hawk das Bündnis verraten, für das er sich so ernsthaft einsetzt. Jenen Brief hat er dem Jarl nicht geschickt. Und niemand würde glauben, er wäre fähig, mich zu ermorden.«

»Warum sollten die Leute daran zweifeln? Weil er vorgab, Euch zu lieben? Dummes Mädchen! Wenn man sein Messer in Eurer Brust findet, wird man sich an die früheren Ereignisse erinnern und ihm die Tat anlasten.«

Krysta starrte entsetzt in das grinsende Gesicht ihrer Feindin. Offensichtlich war Daria so verrückt, dass sie glaubte, was sie da sagte. Und deshalb würde sie nicht zögern, ihren Plan durchzuführen.

»Tretet zurück!«, befahl sie. »Wenn Ihr mir keinen Ärger

macht, ersteche ich Euch schnell und schmerzlos. Ansonsten werdet Ihr Höllenqualen erleiden.«

Schweigend umfasste Krysta den Eisenriegel mit beiden Händen und nahm ihren ganzen Mut zusammen.

Die Tür schwang auf, Daria warf die Fackel in die Zelle und hielt nach ihrer Gegnerin Ausschau. Aber Krysta blieb seitlich im Schatten verborgen.

»Tretet vor und zeigt Euch! Bei Gott, wenn Ihr Euch weigert, werdet Ihr um den Tod betteln!«

Nur noch ein paar Schritte in die Kammer hinein…, flehte Krysta stumm und wagte kaum zu atmen. Flammen züngelten am Boden und spiegelten sich in der Messerklinge.

»Wo seid Ihr denn? Ihr könnt Euch nicht verstecken!«

Blitzschnell hob Krysta den Riegel, sprang vor und ließ ihn hinabsausen.

»Aaaaahhh!« Darias Beine knickten ein, und sie brach zusammen. Doch das Eisen hatte sie nur seitlich am Kopf getroffen. Sie war immer noch bei Bewusstsein. Schreiend stand sie auf. »Wie könnt Ihr es wagen? Jetzt werde ich Euch töten…«

Kalter Stahl funkelte. Ihren Fingern entglitten, war das Messer zum anderen Ende der Felsenkammer geschlittert. Ohne Zögern schleuderte Krysta den Riegel beiseite und stürmte zu der Waffe. Die musste sie erreichen, bevor sich Daria danach bückte…

Als sie den Griff umfasste, hallte wahnwitziges Gelächter von den Wänden wider. Sie spähte über die Schulter – und erstarrte vor Grauen. Hinter ihr stand Daria, den Eisenriegel in der Hand. »Dachtet Ihr wirklich, Ihr könntet mich überlisten? Albernes Ding…«

Abrupt verstummte sie, ließ den Riegel und die Fackel fallen, zerrte verzweifelt an dem starken Arm, der ihren Hals umschlang und ihr die Luft abschnürte.

Hawk. Ein Hawk, den Krysta nie zuvor gesehen hatte, das Gesicht eine angespannte Maske aus wildem Zorn, der Blick

gnadenlos, der Krieger, der die Dänen in ihren schlimmsten Albträumen heimsuchte. Erschrocken ließ sie das Messer fallen, stürzte sich auf ihn und riss an seinem unnachgiebigen Arm »Sie ist deine Halbschwester, vom selben Vater gezeugt wie du! Nein, töte sie nicht!«

Ungläubig runzelte er die Stirn. »Sie wollte dich und unser ungeborenes Kind umbringen. Und du bittest mich, sie zu schonen?«

»Denk an dich selbst! Befleck deine Hände nicht mit ihrem Blut! Sonst würde dich diese Tat bis zum Ende deiner Tage verfolgen. Überleg doch, Hawk! Du wünschst dir dauerhaften Frieden. Nicht Gewalt und Tod!«

Darias Füße traten kraftlos in die Luft, ihre Augen drehten sich nach oben. Nur noch wenige Sekunden und sie würde vor ihrem göttlichen Richter stehen.

Ganz langsam, ohne Krysta aus den Augen zu lassen, lockerte Hawk den Würgegriff. »Irgendwas stimmt nicht mit ihr. Das ahne ich schon seit langer Zeit.« Der traurige Klang seiner Stimme rührte Krysta zu Tränen. Zärtlich streichelte sie seine Wange. Am Boden brannte immer noch die Fackel und warf tanzende Schatten an die Wände. »Sie empfahl mir, die Suche nach dir morgen früh fortzusetzen. Da entsann ich mich, wie viel sie verloren hat, weil du jetzt den Haushalt führst. Trotzdem wirkte sie heiter und gelassen. Das erweckte meinen Verdacht, denn sie war niemals fröhlich. Also musste es einen Grund für ihre gute Laune geben.« Seufzend nahm er seine halb bewusstlose Schwester auf die Arme. »Zum Glück bin ich ihr nachgeschlichen.«

Krysta nickte wortlos. Um ihm durch den langen unterirdischen Korridor zu folgen, musste sie ihre letzten Kräfte aufbieten. Endlich erreichten sie die Halle, wo sie von aufgeregten Leuten umringt wurden.

22

Grelles Licht schien in Krystas Augen. Um ihm zu entrinnen, drehte sie den Kopf zur Seite. Doch sie konnte sich nicht davor schützen. Der Nebel des Schlummers verflog, das Bewusstsein kehrte zurück, begleitet von der Erkenntnis, dass irgendetwas nicht stimmte. Langsam richtete sie sich auf und ließ ihren Blick durch den Raum wandern. Das Herrschaftsgemach, das sie mit Hawk teilte... Und sie lag allein im breiten Bett. Ihr Körper fühlte sich bleischwer an, so als hätte sie sehr lange bewegungslos geschlafen.

Ungewöhnlich lange, denn Hawk hatte sie nach Mitternacht die Treppe heraufgetragen. Und jetzt fielen schräge Sonnenstrahlen ins Zimmer. Im Westen sah sie die rötlichen Farben des sinkenden feurigen Balls. Fast den ganzen Tag hatte sie geschlafen. Sie wollte die Pelzdecken zurückschlagen, und da stürmte die Erinnerung auf sie ein.

Daria... Die Zelle... Die schrecklichen Stunden im Dunkel... Die wunderbare Vision von ihrem Sohn... Dann der letzte Kampf mit der Wahnsinnigen, deren Leben sie gerettet hatte.

»O Gott«, wisperte sie. Sonst gab es nichts zu sagen. Hastig stand sie auf. Nun musste sie möglichst schnell erfahren, was an diesem Tag geschehen war. Während sie sich anzukleiden begann, trippelte Raven ins Zimmer. »Dem Himmel sei Dank!«, rief Krysta. »Die ganze Woche habe ich mich gefragt, wo du steckst. Und Thorgold. Daria hat doch nicht versucht, euch was anzutun?«

Als die Verrückte erwähnt wurde, schüttelte sich Raven. »Wieso glaubt Ihr, sie hätte *nichts* dergleichen gewagt, wenn keiner von uns beiden da war, um Euch zu schützen? Dieser grässliche Priester, Vater Elbert, lockte uns in den Wald und kettete uns an einen Eisenring. Elender Bastard! Sosehr wir uns auch bemühten, wir konnten uns nicht befreien.«

»Hat Hawk herausgefunden, was sich der heuchlerische Schurke zu Schulden kommen ließ? Das hätte ich meinem Mann letzte Nacht erzählen sollen. Aber ich war zu müde. Vater Elbert wusste, wo ich gefangen halten wurde. Und er hat nichts verraten, oder?«

»Mit keinem Wort. Ja, Euer Gemahl hat alles rausgekriegt. Dieser nette Bursche, Lord Dragon, entdeckte uns und löste die Ketten. Gesegnet sei seine Seele. Und wundert Euch bloß nicht, wenn ihm in nächster Zeit was Gutes widerfährt! Nachdem wir ihm erklärt hatten, was geschehen ist, erzählte er Lord Hawk die ganze Geschichte. Aber die schreckliche Daria behauptete, der Priester habe sie zu ihrer Tat verleitet und würde für die Dänen arbeiten. In deren Auftrag würde er sein Bestes tun, um das Bündnis zwischen den Sachsen und Norwegern zu untergraben und dafür reichen Lohn erhalten.«

Mit schmalen Augen musterte Krysta die alte Frau. »Glaubst du das?«

Raven zuckte die Achseln. »Jedenfalls bezichtigte Vater Elbert die Verrückte der Lüge und verkündete, von Anfang an sei alles ihre Idee gewesen. Er berichtete, sie habe Hawks Siegel entwendet und den Brief gefälscht, in dem Lord Wolfs Antrag, Lady Cymbra zu heiraten, abgeschlagen wurde. So nahm alles Weitere seinen Lauf, sagt der Priester. Das bestreitet Daria. Immer wieder betont sie, er habe hinter den Machenschaften gesteckt und sogar geplant, Euch zu töten. Sie sei nur ein willenloses Werkzeug gewesen, dem er eingeredet habe, sie würde Gottes Wünsche erfüllen.«

»Also beschuldigen sie einander, und die Wahrheit wird nie ans Licht kommen.«

»Sieht so aus«, stimmte Raven zu. »Aber es spielt keine Rolle. Bald werden beide weggeschickt, Vater Elbert zu seinem Orden, wo die guten Mönche über ihn richten sollen, und Daria in ein Nonnenkloster.«

Erleichtert seufzte Krysta auf. Die beiden würden aus ihrem

Leben verschwinden. Und was sie noch viel erfreulicher fand, Darias Blut klebte nicht an Hawks Händen. Im Lauf der Jahre hatte er zu viele Menschen getötet. Jetzt sollte er die Früchte des Friedens genießen. Vor allem die wunderbarste Frucht – ihren Sohn, den Krysta ihm schenken würde …

Sie wollte dich und unser ungeborenes Kind umbringen …

Wie Donnerhall dröhnten die Worte in ihren Ohren. Letzte Nacht war sie zu erschöpft und verängstigt gewesen, um darauf zu achten. Und jetzt kehrte die Erinnerung zurück. Er wusste Bescheid. Irgendwie hatte er von ihrer Schwangerschaft erfahren und nichts gesagt. Dieser Schuft! »Jetzt muss ich zu meinem *lieben* Ehemann gehen und einiges mit ihm besprechen.«

Kichernd entfernte sich Raven, und wenige Sekunden später eilte Aelfgyth ins Zimmer. »Das dachte ich mir! Für ein paar Minuten gehe ich weg, und schon steigt Ihr aus dem Bett und zieht Euch allein an!« Ohne eine Antwort abzuwarten, riss sie Krysta das Kleid aus der Hand und streifte es über ihren Kopf. »Nachdem Ihr so viel durchgemacht habt! Das will ich mir gar nicht vorstellen. Aber es war sicher grauenvoll.« Mit sanfter Gewalt drehte sie Krysta herum und verschnürte das Oberteil des Kleids. »Natürlich hat's an Euren Kräften gezehrt, und deshalb …« Sie führte ihre verwirrte Herrin zu einem Stuhl, drückte sie darauf und begann, die goldenen Locken zu bürsten. »Und deshalb dürft Ihr nicht selber für Euch sorgen. Wenn Lord Hawk hört, was Ihr vorhattet! Oh, ich weiß, was er sagen würde. Hat der gute Mann nicht schon genug gelitten? Wollt Ihr ihm noch mehr Kummer bereiten?«

»Nein, gewiss nicht, aber …«

»Welche Haarbänder soll ich nehmen? Zu diesem Kleid würden die rosenroten und malvenfarbenen am besten passen, meint Ihr nicht auch?«

Krysta nickte, weil ihr nichts anderes übrig blieb.

»So.« Zufrieden betrachtete die Zofe ihr Werk. »Jetzt seht Ihr bildschön aus. Soll ich Euch was zu essen bringen?«

»Nein, danke. Wo ist Lord Hawk?«

»Unten in der Halle. Ich sage ihm, dass Ihr aufgewacht seid. Oh, er wird sich so freuen, dass Ihr Euch erholt habt! Fast die ganze Nacht lag er neben Euch im Bett und wollte Euch nicht allein lassen. Nur für ein paar Stunden schlief er ein und hielt Eure Hand. Im Morgengrauen war er wieder auf den Beinen. So viel gibt's zu tun. Trotzdem müsste er sich ausruhen …«

Aelfgyth verstummte, als Krysta zur Tür rannte. Wenn jemand irgendwas sagen würde, dann *sie selbst*. Wahrscheinlich hatte er schon in Winchester von ihrer Schwangerschaft gewusst. Deshalb hatte er sie so merkwürdig angestarrt, wenn ihr übel geworden war. Nicht einmal bei all den Liebesakten hatte er's erwähnt, und er war so behutsam mit ihr umgegangen, voll sanfter Leidenschaft …

Brennend stieg ihr das Blut in die Wangen, und plötzlich war sie ihm nicht mehr böse. Jetzt kannte sie nur mehr einen einzigen Gedanken, wie sehr sie ihn liebte, wie glücklich er sie machte.

Während sie die Treppe hinabrannte, fragte sie sich, ob sie ihm von der merkwürdigen Vision in der Zelle erzählen sollte. Hätte sie nicht versucht, den jungen Mann zu berühren, den sie für ihren Sohn hielt, wäre sie niemals über den Eisenriegel gestolpert. Dann hätte sie Darias Angriff nicht lange genug abwehren können, und Hawk wäre zu spät gekommen.

Bevor sie die Halle betrat, berührte sie ihren Bauch. Obwohl sie das Leben noch nicht spürte, das unter ihrem Herzen ruhte, kannte sie ihr Kind bereits sehr gut. »Lass deine Flügel wachsen, Falcon – mein kleiner Falke«, flüsterte sie freudestrahlend.

Dann betrat sie die Halle und sah Hawk an der herrschaftlichen Tafel sitzen, in ein Gespräch mit Dragon und Thorgold vertieft. Alle drei erblickten sie sofort und verstummten. Die Stirn gerunzelt, stand Hawk auf und ging zu ihr. »Solltest du nicht im Bett bleiben? Müsstest du dich nicht etwas länger ausruhen? Ich habe Aelfgyth befohlen, mich sofort zu holen, wenn du aufwachst. Nach allem, was du erduldet hast …«

»Schon gut«, unterbrach sie ihn, stellte sich auf die Zehenspitzen und küsste ihn. »Ich bin die glücklichste Frau von der Welt«, wisperte sie an seinen Lippen. »Und was mir letzte Nacht widerfahren ist, bedeutet gar nichts, verglichen mit dem Glück, das ich dir verdanke.«

Seufzend erwiderte er ihren Kuss und nahm sie in die Arme. Ringsum stießen die Leute, die sich zum Abendessen in der Halle versammelt hatten, einander mit den Ellbogen an und grinsten. Immer leidenschaftlicher küsste der Lord seine Gemahlin, und beide vergaßen die schrecklichen Ereignisse der Vergangenheit. Jetzt zählte nur noch die segensreiche Zukunft. Es dauerte eine ganze Weile, bis Hawk das Gelächter und das aufmunternde Geschrei der Menge wahrnahm.

Verwirrt blickte er auf, dann lächelte er. Über Krystas Kopf hinweg schaute er zu seiner Tafel hinüber und sagte etwas, das im Lärm des jubelnden Publikums unterging. Nur Dragon hatte die Worte gehört, und der tapfere, erprobte Krieger erschauerte. Denn die Prophezeiung des Herrn von Hawkforte, der seine vergötterte Lady an sich drückte, hatte den Wikinger mitten ins freiheitsliebende Herz getroffen.

»Als Nächster bist du dran!«